은 나라의 병아리 마법사

복거일, 2005

판 1쇄 인쇄일 | 2005년 3월 8일
판 1쇄 발행일 | 2005년 3월 10일

은이 | 복거일
낸이 | 김현주
낸곳 | 이룸

집 | 박설아
자인 | 한은영

판등록 | 1997년 10월 30일 제10-1502호
소 | 121-210 서울시 마포구 서교동 395-172 상록빌딩 2층
화 | 편집부 (02)324-2347, 영업부 (02)2648-7224
스 | 편집부 (02)324-2348, 영업부 (02)2654-7696
mail | erum9@hanmail.net
omepage | http://www.erumbooks.com

BN 89-5707-135-0 (03810)

9,700원

● 잘못된 책은 교환해 드립니다.
● 저자와의 협의하에 인지는 생략합니다.

숨은 나라의 병아리 마법사

◆복거일 장편소설◆

숨은 나라의
병아리 마법사

이룸

차 례

1. 민들레의 이야기　11
2. 숨은 나라　13
3. 견습 마법사　19
4. 수련 여행　24
5. 너른 들판을 바람처럼 달릴 짐승　31
6. 이야기꾼　37
7. 고류진 나루　47
8. 십삼령　52
9. 무사 귀신　58
10. 약초 캐는 사람들　61
11. 오리손　71
12. 리시아　84

13. 사랑의 주문	89
14. 서낭고개	96
15. 안고동	100
16. 빠르고 힘세고 영리한 짐승	106
17. 제도진 나루	110
18. 동백골	122
19. 검종의 주문	139
20. 강가에서의 하룻밤	145
21. 강주	153
22. 마법사의 집	164
23. 산양옥	167
24. 자은포 부두	190
25. 해진주	197

26. 스스로 지키지 못한 교훈	203
27. 하마촌	219
28. 마법성	228
29. 모두 살 만한 곳	234
30. 하수라꽃잎 날릴 때	237
31. 반야군의 침입	243
32. 구원 요청	251
33. 하마촌 싸움	256
34. 전쟁과 평화	269
35. 사기점	279
36. 마석 싸움	283
37. 부역자	291
38. 어린 시절은 바람결에 날리고	300
39. 그리운 아내 받아보시오	304

40. 향음계	311
41. 해진주 작전	317
42. 해진주성 수복	323
43. 전설은 어떻게 생겨나는가	329
44. 수고비 천 냥	335
45. 물러날 때	341
46. 병아리 마법사	345
47. 되돌아온 편지	349
48. 마지막 마법사	355
49. 부모와 자식	359
50. 반야 용	362
51. 크리시트라마	369
52. 실현되는 예언	374
작가 후기	382

숨은 나라의 병아리 마법사

숨은 나라의 병아리 마법사

ⓒ 복거일, 2005

초판 1쇄 인쇄일 | 2005년 3월 8일
초판 1쇄 발행일 | 2005년 3월 10일

지은이 | 복거일
펴낸이 | 김현주
펴낸곳 | 이룸

편　집 | 박설아
디자인 | 한은영

출판등록 | 1997년 10월 30일 제10-1502호
주소 | 121-210 서울시 마포구 서교동 395-172 상록빌딩 2층
전화 | 편집부 (02)324-2347, 영업부 (02)2648-7224
팩스 | 편집부 (02)324-2348, 영업부 (02)2654-7696
e-mail | erum9@hanmail.net
homepage | http://www.erumbooks.com

ISBN 89-5707-135-0 (03810)

값 9,700원

● 잘못된 책은 교환해 드립니다.
● 저자와의 협의하에 인지는 생략합니다.

◆복거일 장편소설◆

숨은 나라의
병아리 마법사

이룸

차 례

1. 민들레의 이야기 11
2. 숨은 나라 13
3. 견습 마법사 19
4. 수련 여행 24
5. 너른 들판을 바람처럼 달릴 짐승 31
6. 이야기꾼 37
7. 고류진 나루 47
8. 십삼령 52
9. 무사 귀신 58
10. 약초 캐는 사람들 61
11. 오리손 71
12. 리시아 84

13. 사랑의 주문	89
14. 서낭고개	96
15. 안고동	100
16. 빠르고 힘세고 영리한 짐승	106
17. 제도진 나루	110
18. 동백골	122
19. 검종의 주문	139
20. 강가에서의 하룻밤	145
21. 강주	153
22. 마법사의 집	164
23. 산양옥	167
24. 자은포 부두	190
25. 해진주	197

26. 스스로 지키지 못한 교훈	203
27. 하마촌	219
28. 마법성	228
29. 모두 살 만한 곳	234
30. 하수라꽃잎 날릴 때	237
31. 반야군의 침입	243
32. 구원 요청	251
33. 하마촌 싸움	256
34. 전쟁과 평화	269
35. 사기점	279
36. 마석 싸움	283
37. 부역자	291
38. 어린 시절은 바람결에 날리고	300
39. 그리운 아내 받아보시오	304

40. 향음계	311
41. 해진주 작전	317
42. 해진주성 수복	323
43. 전설은 어떻게 생겨나는가	329
44. 수고비 천 냥	335
45. 물러날 때	341
46. 병아리 마법사	345
47. 되돌아온 편지	349
48. 마지막 마법사	355
49. 부모와 자식	359
50. 반야 용	362
51. 크리시트라미	369
52. 실현되는 예언	374
작가 후기	382

알려져선 안 되는 것을 알아내고 싶어서,
우리는 간다
사마르칸드로 가는 황금 길을.

-허먼 제임스 엘로이 플렉커,
〈사마르칸드로의 황금 여행〉에서

1. 민들레의 이야기

언덕 아래로부터 바람 한 무더기가 밀려와서 풀잎을 스쳤습니다. 그 바람결을 타고, 보드라운 깃털을 두른 민들레 씨앗 하나가 날았습니다.

'참 가볍게도 나는구나.' 가볍게 감탄하면서, 민이는 그 씨앗의 나는 모습을 지켜보았습니다.

씨앗은 내려앉을 듯 앉을 듯하면서도, 용케 바람을 타고 날았습니다.

한참 바라보다가, 그녀는 마음속으로 그 씨앗을 불렀습니다. 그러나 그 씨앗은 대꾸하지 않고 그냥 날아가기만 했어요. 그 씨앗의 마음은 꼭꼭 접혀 있었지요. 내년 봄에 싹이 돋아야, 비로소 접힌 마음이 펼쳐질 터였습니다. 웃음 띤 얼굴로 고개를 가볍게 끄덕이고서, 그녀는 자신의 삶을 찾아서 먼 길을 나선 그 씨앗을 축복해주었습니다.

풀밭에 앉은 채, 그녀는 둘러보았습니다. 화사한 빛깔의 꽃들을 피워올린 풀들 사이에 시들기 시작한 민들레 하나가 차분한 자세로 앉아 있었습니다. 머리에 인 씨들은 벌써 반 넘게 날아가서 대머리가 벗겨진 것처럼 보였습니다. 그녀가 바라보는 사이에도, 민들레 머리에서 씨앗 하나가 다시 날아올라서 새로운 땅을 찾는 여행을 시작했습니다.

"'봄날에 밝은 웃음으로 모두를 즐겁게 하는 풀' 아," 그녀는 그 민들레에게 말을 걸었습니다.

자기 참 이름을 듣자, 민들레는 그녀를 차분한 눈길로 바라보았습니다.

"씨들이 다 자라서 떠나니, 마음이 어떠니?"

민들레는 잔잔한 미소로 대답했습니다. 그 잔잔한 미소를 통해서, 민들레가 느끼는 편안한 만족과 따스한 자랑이 그녀 마음속으로 들어왔습니다. 그녀 마음도 따라서 편안하고 따스해졌습니다. 한참 지난 뒤에야, 그녀는 깨달았습니다, 민들레가 그녀에게 아주 긴 이야기를 들려주었음을.

편안하고 따스한 마음에 문득 한줄기 서글픔이 어렸습니다. 씨앗을 바깥세상으로 내보내는 민들레가 엄마를 생각나게 한 것이었습니다. 아지랑이 핀 하늘을 바라보면서, 그녀는 본 적 없는 엄마 얼굴을 떠올렸습니다. 바람에 실려, 씨앗 하나가 다시 날아올랐습니다.

2. 숨은 나라

    민이가 집에 닿았을 때, 아빠는 집에 없었습니다. 봄은 약초를 캐기 좋은 철이라, 요즈음 토르토르는 종일 산을 타고 숲 속을 뒤졌습니다. 날씨가 좋은 날엔 멀리 호명산까지 찾아간다고 했습니다.
    몸을 씻고 집 안을 정돈한 다음, 민이는 책상 앞에 앉았습니다. 오늘 '사이코 선생님'께서 내신 숙제가 만만치 않았습니다. 공책을 펴고, 그녀는 선생님이 불러주신 글을 다시 읽기 시작했습니다.

    "파나시아 대륙의 동쪽에 자리 잡은 도룬 제국은 대륙에서 가장 크고 강한 나라다. 제국의 서쪽과 북쪽 국경 너머에 사는 유목민들이 가끔 쳐들어오긴 했지만, 워낙 땅이 넓고 인구가 많고 살림살이가 풍족해서, 도룬 제국은 줄곧 번성했고 고대부터 세계에 그 이름을 떨쳤다.

도룬 제국의 수도는 제국의 한가운데를 흐르는 우장강가에 자리 잡은 산연도다. 산연도는 둘레가 백 리가 넘는다는 웅장한 성으로 둘러싸였다. 산연도 시가 북쪽에는 다시 높은 성으로 둘러싸인 개금성이 있는데, 바로 그곳이 도룬 제국 황제가 사는 곳이다. 일반 사람들은 개금성 안으로 들어갈 수 없다. 강대한 도룬 제국의 수도이므로, 산연도는 무척 크고 번화한 도시고, 국제 정치와 교역의 중심지다. 그래서 세계 각국에서 온 외교 사절들과 상인들이 거기 머문다.

그런 외교 사절들과 상인들은 해마다 겨울철이면 흥미로운 광경을 본다. 동지가 가까워오면, 차림새가 이상하고 낯선 말을 쓰는 한 무리의 이방인들이 동쪽에서 산연도를 찾아온다. 그들은 긴 누비옷을 입는데, 단추 대신 끈으로 옷을 여민다. 그들은 머리카락을 모아 정수리에서 묶고, 그 위에 말총이나 대나무로 만든 커다란 모자를 쓴다. 그들은 피부가 누르스름하고 눈이 검다. 그들은 예절이 바른 사람들이고, 방에 들어갈 때는 언제나 신발을 벗는다.

그 낯선 사람들은 도룬 제국 동쪽 기연반도에 자리 잡은 새벽 왕국에서 온 외교 사절들과 상인들이다. 정식 사절 세 사람과 그들의 부관들은 개금성으로 들어가서 황제를 알현하고 새벽 왕국 임금의 친서를 바치고 황제가 베푼 연회에 참석한다. 이어 도룬 제국의 관리들과 두 나라 사이의 일들을 상의한다. 그사이에 상인들은 가져온 상품들을 산연도의 상인들에게 파는데, 기연반도에서만 나는 약초들, 손으로 두드려 만들어서 곱고 울림이 깊은 놋쇠 악기들, 조개껍데기들로 곱게 장식한 칠기들, 그리고 질 좋은 종이는 늘 인기가 높다. 그들은 그런 상품들을 판 돈으로 도룬 제국에서 나는 갖가지 진귀한 물품들을 산다.

　새벽 왕국 사람들은 다른 나라 사람들과 사귀지 않는다. 여러 나라 사람들이 그들에게 접근했지만, 그들은 점잖게 그들을 물리치곤 했다. 그들은 도룬 제국 사람들과도 일 때문에 필요한 경우에만 접촉한다. 정식 사절들은 한도룬 어로 시를 지어 친숙해진 도룬 제국의 관리들에게 선사하는데, 그들이 자신들의 속마음을 다른 사람들에게 보여주는 경우는 그때뿐이다. 그들은 근처의 유명한 경승지들을 찾아 산연도 밖으로 나가는 일도 없다.

　그들은 산연도에 꼭 사십 일을 머문다. 그 기간이 다 차면, 그들은 산연도를 떠나온 길을 되짚어 자기 나라로 돌아간다. 날씨가 궂거나 도둑 떼가 나타나서 길이 막히지 않으면, 그들은 날마다 올 때와 똑같은 거리만큼만 걸어서 같은 주막에서 묵는다. 마침내 그들은 도둑 떼가 들끓어서 모두 무서워하는 독서강 근처의 국경 지대를 지나, 그들의 신비한 나라로 사라진다.

　새벽 왕국이 동지에 외교 사절을 보낸 것에 대한 답례로 도룬 제국은 이듬해 춘분에 외교 사절을 그리로 보낸다. 그렇게 해마다 한차례씩 외교 사절이 오가는 것이 새벽 왕국의 사정이 바깥세상에 알려지는 단 하나의 길이다. 그래서 다른 나라 사람들은 차츰 새벽 왕국을 '숨은 나라'라고 부르기 시작했다. 새벽 왕국 사람들에게도 그 이름이 그럴듯했던지, 그들도 자기 나라를 그렇게 부르는 일이 점점 흔해졌고, 마침내 자신들의 나라 이름으로 삼았다."

숨은 나라의 병아리 마법사　**15**

선생님께서 불러주신 그 글은 두 세기 전에 도룬 제국에 머물렀던 나르코니라는 아르메이다 외교관이 쓴 《산연도 풍물》이란 책에 나온 다고 했습니다. 선생님께서 내신 숙제는 우리나라에 관한 글이었습니다. 숙제를 내시면서, 선생님께선 거듭 말씀하셨습니다, 자기 나라를 잘 알려면, 다른 나라 사람의 눈길로 우리를 살펴야 한다고. 그러니 먼저 나르코니의 글을 읽어보라고.

민이는 선생님 말씀을 잘 알아들었습니다. 누구에게나 자기 자신을 아는 것이 중요합니다. 자신을 잘 알아야 사람답게 살 수 있고, 잘못을 덜 저지르고, 좋은 일들을 많이 할 수 있습니다. 그리고 자신을 아는 일은 이 세상엔 다른 사람들이 살고 있다는 사실을 깨닫는 일에서 시작됩니다. 실은 이 세상엔 사람들만이 아니라 많은 동물들과 식물들이 있다는 사실을 깨닫는 것이 중요합니다. 아빠가 그녀에게 맨 먼저 가르쳐주신 것이 바로 그것이었습니다.

그러나 다른 아이들은 달랐습니다. 받아쓰기가 귀찮은 아이들은 선생님이 읽으시는 동안 내내 투덜댔습니다. 받아쓰기가 끝나자, 입이 험한 수진이가 "이건 완전히 사이코다, 사이코"라고 말했습니다. 그러자 교실 안이 웃음판이 되었고, 영문을 모르는 선생님은 좀 당황스러운 얼굴로 아이들을 바라보셨습니다. 그 모습이 우스워서, 아이들은 손뼉을 치고 발을 구르면서 웃어댔습니다.

'사이코 선생님'의 그런 모습을 떠올리고서, 민이는 싱긋 웃었습니다. 선생님의 본명은 서이로인데, 물론 정신병자는 아니셨습니다. 아이들은 누가 조금만 이상한 구석을 보여도, 이내 "사이코다, 사이코"

라고 했습니다. '사이코 선생님'은 실은 마음이 따뜻하고 아는 것도 많은 분이셨습니다. 그러나 아이들은 선생님의 참모습은 보지 못하고 선생님의 말이나 행동에 있는 어쩐지 좀 어설픈 구석들만 보고서 그런 별명을 붙였습니다. 아이들이 특히 이상하게 여긴 것은 선생님이 교과서에 나오지 않은 글들을 자주 아이들에게 읽힌다는 것이었습니다. 고등학교 입학시험에 나오지 않은 글들을 읽게 하는 '사이코'의 마음을 도저히 이해할 수 없다고 아이들은 고개를 절레절레 흔들었습니다.

어쨌든, 《산연도 풍물》에 그려진 '숨은 나라' 사람들의 모습은 좀 이상했습니다. 모두가 자연스럽게 여기는 모습도 다른 나라 사람의 눈에는 이상하게 비칠 수 있다는 것을 민이는 새삼 깨달았습니다, 마음을 가다듬고서, 그녀는 글을 쓰기 시작했습니다.

나의 조국

나의 조국은 숨은 나라입니다. 숨은 나라는 파나시아 대륙 동쪽에서 대동양을 향해 동남쪽으로 길게 뻗은 기연반도에 자리 잡았습니다. 기연반도는 산이 많고 너른 들판은 드뭅니다. 숨은 나라의 수도는 기연반도 한가운데에 자리 잡은 대도입니다. 대도는 무척 오래된 도시로, 이미 구석기 시대부터 많은 사람들이 살았다고 합니다. 대도는 평지에 있지만, 돌로 높이 쌓은 성이 둘러싸고 있어서, 침입하는 군대를 어렵지 않게 막아낼 수 있습니다.

대도의 시가 남쪽엔 남산이 있습니다. 높이는 구백이십사 척이라 그리 높지 않지만, 나무들이 울창해서 대도 시민들이 즐겨 찾습니다. 남산의 남서쪽 기슭엔 소나무골이란 조그만 마을이 있습니다. 바로 우리 마을입니다. 뒤쪽에 소나무 숲이 있고 앞으로는 맑은 개울이 흐르는 그 마을 한가운데에 소나무골 중학교가 있습니다. 바로 우리 학교입니다.

3. 견습 마법사

숙제를 마치자, 민이는 홀가분한 마음으로 뒤뜰로 나갔습니다. 대나무 밭이 울타리를 대신한 뒤뜰은 꽤 넓었고 큰 나무들이 많았습니다. 나이 많은 나무들이 그녀에게 반갑게 말을 건넸습니다. 그녀도 반갑게 대꾸했어요.

나무들과 어떻게 얘기를 하느냐고요? 마법을 하는 사람이나 그런 재주가 있냐고요? 맞아요. 민이는 마법사였습니다. 정확하게 말하면, 견습 마법사였습니다. 그래서 아까 풀밭에서 민들레하고 얘기할 수 있었지요. 그녀는 세 해째 아빠에게 틈틈이 마법을 배우고 있었거든요. 토르토르는 원래 숨은 나라에서 가장 뛰어난 마법사였는데, 지금은 은퇴해서 마법을 하지 않았습니다.

추녀 아래 벽을 따라, 토르토르가 캐온 약초들이 걸려 있었습니다.

요즈음 많이 나오는 나귀아름과 어지러니가 그늘에서 천천히 마르고 있었습니다.

생각이 아빠에 미치자, 그녀는 가슴이 안타까움으로 오그라들었습니다. '그때 아빠께서 그렇게……'

세 해 전 어느 무더운 여름날이었습니다. 소나무골에서 그리 멀지 않은 바탕골의 비탈길에 짐을 가득 실은 수레가 세워져 있었습니다. 주인이 잠깐 어디 간 사이에, 수레바퀴를 고였던 돌이 미끄러져 나와서, 수레는 비탈길을 굴러내리기 시작했습니다. 그때 작은 아이가 그 길을 건너기 시작했습니다. 건너편 가게에 걸린 고운 풍선들에 마음이 쏠려서, 그 아이는 수레가 굴러 내려오는 것을 보지 못했습니다.

마침 그곳을 지나던 토르토르가 그 광경을 보았습니다. 그는 정말로 뛰어난 마법사여서 한창때엔 어려운 일들을 잘 해냈습니다. 그러나 나이가 들면서, 그는 힘이 차츰 약해졌습니다. 그래도 일이 워낙 위급한지라, 그는 온몸의 힘을 모아 마법을 해서 굴러내리는 수레를 가까스로 세웠습니다.

아이는 무사했지만, 힘에 부친 마법을 한 토르토르는 지쳐 땅에 쓰러졌습니다. 간신히 집에 돌아오자, 그는 자리에 누워 앓기 시작했습니다. 열이 오르고 헛소리를 했습니다. 의사가 약을 짓고 민이는 열심히 간호했지만, 그는 좀처럼 자리에서 일어나지 못했습니다. 비가 적게 오고 유난히 무더운 여름이어서, 고생이 더욱 심했습니다.

가을이 되어 날씨가 서늘해지자, 토르토르는 차츰 나았습니다. 그러나 건강을 완전히 되찾지는 못했습니다. 더욱 안타까운 것은 그가 마법을 하는 능력을 잃은 것이었죠. 그가 힘을 짜내어 마법을 해도, 아무 일도 일어나지 않았어요. 처음엔 몸이 약해서 그러려니 했습니다. 그러나 건강이 많이 나아져도, 그는 마법을 할 수가 없었습니다. 민이가 어떻게 된 일이냐고 걱정스럽게 묻자, 그는 쓸쓸하게 웃으면서 수레를 세우는 일이 너무 힘에 부쳐서 그만 기혈이 타버린 것 같다고 말했습니다.

뜨락 한쪽 오동나무 앞에 서서, 민이는 자세를 바로했습니다. 마음을 가다듬은 다음, 마음속에 남은 마력을 조심스럽게 한데 모았습니다. 마력은 소중해서 함부로 쓸 수 없었습니다.

옛날엔 이 세상에 마력이 가득했습니다. 그래서 마법사들은 그 마력을 써서 갖가지 마법들을 했습니다. 사람들은 힘들거나 위험한 일들은 모두 마법사들에게 부탁했죠.

그러나 마법사들이 마력을 스스로 만드는 것은 아니었습니다. 그들이 가진 것은 마력을 쓰는 재주뿐이었습니다. 마법사들은 푸른 식물들이 만든 마력을 빌려다 썼습니다. 따지고 보면, 진짜 마법사들은 바로 푸른 식물들이었습니다. 마법사가 어떤 나무나 풀을 그것의 참 이름으로 부르면, 그 나무나 풀은 마법사에게 마음을 열어주지요. 그러면 마법사는 거기 모인 마력을 꺼내서 마법을 하지요.

바로 거기에 문제가 있었습니다. 마법사들은 누구나 푸른 식물들로부터 마력을 꺼내 쓸 수 있었으므로, 그들은 다투어 마력을 썼습니다. 그러나 푸른 식물들이 마력을 지닌 것은 마력이 자신들에게 필요하기 때문입니다. 사람들이 마력을 너무 많이 꺼내가면, 식물들은 기운을 잃고 시들게 되지요. 마법사들이 마력을 마구 썼으므로 푸른 식물들은 점점 시들어갔고, 이 세상에 있는 마력도 따라서 줄어들었습니다.

 마침내 이 세상에 남은 마력은 아주 적어져서, 아주 능숙한 마법사들만이 가까스로 작은 일들을 할 수 있게 됐습니다. 그래서 사람들은 힘들고 위험한 일들을 스스로 해야만 했습니다. 그러나 사람들은 자기들이 어리석었다는 것을 깨닫지 못했습니다. 일이 너무 힘들고 위험하다고 불평을 하면서, 마법사들을 엉터리라고 욕했습니다. 그러나 불평이나 욕을 한다고 문제가 해결되는 것은 아니었지요. 그래서 사람들은 차츰 힘들고 위험한 일들을 쉽고 안전하게 할 길을 찾기 시작했고, 마침내 기술을 발명해냈어요. '마법의 시대'가 가고 '기술의 시대'가 온 것이지요.

 살아 숨쉬는 식물들에서 마력을 꺼내 일을 하는 마법과는 달리, 기술은 돌이나 광석이나 석탄 따위 생명이 없는 물건들을 주로 이용합니다. 그런 것들은 아주 많으므로, 기술은 마법보다 훨씬 큰 힘을 낼 수 있습니다. 그리고 누구나 기술을 배우면 기술자가 될 수 있고, 기술을 배우는 데는 식물들의 참 이름들을 어렵게 알아낼 필요도 없습니다. 그래서 사람들은 다투어 기술을 배웠고, 어려운 마법을 배우려는 사람들은 빠르게 줄어들었습니다.

 불행하게도, 기술엔 큰 결점이 하나 있습니다. 바로 쓰레기를 남기는 것이지요. 공장은 독한 연기와 더러운 폐수를 내뿜습니다. 마법은 쓰레기는커녕 자취도 남기지 않습니다. 그래서 마법이 잊혀지고 기술이 발전하자, 세상은 점점 더러워졌고 자연은 점점 망가졌습니다.

민이는 아버지로부터 나무들과 풀들의 참 이름을 알아내는 재주를 배웠습니다. 그러나 그녀는 자기 참 이름을 듣고 마음을 열어준 식물들의 마력을 좀처럼 쓰지 않았습니다. 나무들과 풀들엔 욕심 사나운 마법사들과 마음 모진 기술자들이 마구 입힌 상처들이 아직 그대로 남아 있었습니다.

민이는 열심히 마법을 배웠지만, 아직 마법을 제대로 쓰지 못했습니다. 그녀는 식물들에서 얻은 마력을 솜씨 있게 다루지 못해서 흘리곤 했습니다. 보통 사람들 눈에는 보이지 않았지만, 그녀는 마법을 하다가 앞자락에 흘린 마력을 보고 혼자 얼굴을 붉히곤 했습니다. 그녀에게 마력을 준 나무가 제대로 마법을 할 줄도 모르는 어린애가 마력을 가져갔다고 생각하는 것만 같았어요.

4. 수련 여행

"끼룩, 끼룩."

막 솔솔이고개에 올라선 민이는 고개를 들어 소리가 난 곳을 살폈습니다. 저만큼 기러기 떼가 북쪽으로 날아가고 있었습니다.

'벌써 봄이구나.' 봄이 와서, 기분이 언짢은 것은 물론 아니었습니다. 추위가 풀렸으니, 멀리 떠나고 싶은 마음이 간절해졌기 때문이었습니다. '마법성으로 수련 여행을 떠나야 하는데……'

훌륭한 마법사가 되려면, 견습 마법사는 수련 여행을 합니다. 여러 가지 경험들을 쌓고 지혜를 얻는 데는 그런 여행이 좋지요. 민이는 이제 자기가 수련 여행을 떠날 때가 됐다고 생각했습니다. 벌써 열다섯 살이었거든요. 그러나 나이 많은 아빠를 두고 멀리 떠난다는 것이 마음에 걸렸습니다. 그래서 말을 차마 꺼내지 못했습니다.

그러나 오늘은 달랐습니다. 좀 전에 과학 시간에 '사이코 선생님'께서 하신 말씀 때문이었습니다. 선생님께선 공장 폐수로 더럽혀진 강에서 기형의 물고기들이 많이 나타났다는 말씀을 하셨습니다. 공장들은 점점 늘어나므로, 자연 환경은 점점 더 많이 파괴될 수밖에 없다는 얘기를 하시고서, 선생님께선 한숨을 길게 쉬셨습니다.

'사람들이 기술에만 매달리지 말고 마법도 함께 쓰면, 얼마나 좋을까.' 기러기가 사라진 하늘을 올려다보면서, 그녀는 아쉽게 생각했습니다. '유능한 마법사가 자연 환경을 해치지 않고 할 수 있는 일들이 얼마나 많은데…… 이제는 정말로 수련 여행을 떠날 때가 된 것 같은데, 어떡하나?'

그날 저녁 식사가 끝나자, 민이는 마음을 단단히 먹고 토르토르에게 말했습니다, "아빠, 드릴 말씀이 있어요."

"그러냐? 무슨 얘긴데?" 웃음 띤 얼굴로 딸의 얼굴을 살피면서, 토르토르는 부드럽게 물었습니다.

"아빠, 저 내일 마법성으로 떠나고 싶어요. 이젠 제가 수련 여행을 떠날 때가 된 것 같아요." 하기 어려운 얘기라, 그녀는 단숨에 얘기를 다 했습니다. 그리고 아빠에게 너무 미안해서 고개를 숙였습니다.

민이에게 마법을 가르치기 시작했을 때, 토르토르는 마법성에 관한 얘기들을 많이 들려주었습니다. 옛날에 마법이 성했을 때, 마법사들은 성지를 순례하는 신도들처럼 마법성을 찾았다고 했습니다. 마법성은 마룡산이라는 높은 산 위에 있었습니다. 마룡산은 대도에서 남쪽으로 천사백 리 되는 곳에 있었는데, 골짜기들이 깊고 산세가 험한데다 갖가지 위험들이 도사리고 있어서, 사람들은 가까이 가기조차 두려워했습니다.

　마법성은 신비로운 곳으로 옛날부터 이름이 높았습니다. 그래서 마법이 잊혀진 뒤에도, 사람들은 거기 어린 전설들을 잘 알았습니다. 바다로부터 나온 초록 비늘의 괴물에게 사랑하는 여인을 빼앗긴 파고파고라는 젊은이가 마법성에서 얻은 은 피리의 신비한 힘으로 애인을 구해낸 얘기는 초등학교 교과서에도 나왔습니다.

　마법성은 아득한 옛날부터 커다란 용이 지켜왔습니다. 그 용은 나쁜 사람들이 성안으로 들어오면 죽였지만, 착한 사람들은 잘 보살폈습니다. 그렇다보니, 나쁜 사람들은 좀처럼 마법성을 찾지 않았습니다. 그래서 할 일이 없어진 용은 날개를 접고 몸을 웅크린 채 잠을 잤습니다. 마침내 이끼와 바위옷이 용의 몸을 덮었고, 대문짝만 한 비늘들 사이에선 풀과 잔나무들이 자라났습니다. 나무 둥치보다 굵은 수염들을 타고 다람쥐들이 놀았고, 탑처럼 솟은 두 뿔 위엔 새들이 집을 지었습니다.

　마법성은 굳고 높았지만, 마법을 아는 사람들에겐 안으로 들어가는 것이 그리 어렵지 않았습니다. 성문은 일곱 가지 나무들로 만들었는데, 그 나무들의 참 이름들을 모두 대면, 성문은 반가워서 스스로 열린다고 했습니다.

　마법성은 참으로 신비로운 곳이었습니다. 성안은 정기로 가득 차서, 한번 성문을 들어서면 사람들은 정신이 맑아지고 몸이 가뿐해졌습니다. 그래서 사람들은 시간이 지나는 것을 거의 느끼지 못했습니다. 마법성에서 가장 중요한 곳은 성 한가운데 솟은 탑이었습니다. 마법성의 정기는 거기서 나왔습니다. 그 탑엔 도서실이 있었는데, 그곳엔 많은 석판들과 점토판들이 있었습니다. 그 판들엔 갖가지 신기한 마법들이 지금은 잊혀진 이상한 문자로 새겨 있었습니다.

마법성으로 떠나겠다는 말을 듣자, 토르토르는 말없이 딸을 바라보았습니다. 민이는 가슴이 오그라드는 듯해서 고개를 숙였습니다. 벽시계가 똑딱거리는 소리가 크게 들렸습니다.

"네가 그 얘기를 꺼낼까 걱정했었다." 차를 한 모금 마시고서, 그가 나직한 목소리로 말했습니다.

"아빠, 저도 오래 망설였어요. 제가 떠나면……"

그는 고개를 끄덕이더니 한숨을 길게 내쉬었습니다. "민이야, 네 말이 맞다. 이젠 네가 수련 여행을 떠날 때가 됐다."

"아빠, 고맙습니다." 그녀는 벌떡 일어나서 아빠의 손을 꼭 쥐었습니다. 그녀는 아빠가 마법성으로 가는 것이 너무 위험하다고 반대할까 걱정했습니다.

"그래도 좀 걱정이 되는구나." 다시 자리에 앉은 딸의 얼굴을 사랑과 자랑이 가득한 눈길로 더듬으면서, 그가 말했습니다. "내가 이렇게 늙고 약하지만 않다면, 네가 어려울 때 달려가서 도와줄 수도 있을 텐데."

"아빠, 제 걱정은 마세요. 전 벌써 열다섯 살예요. 엄만 열네 살 때 마법성을 찾았다고 하셨잖아요?"

"그랬지." 고개를 끄덕이고서, 그는 벽에 걸린 아내의 그림을 그리움이 가득한 눈길로 바라보았습니다. "네 엄마는 어릴 적부터 똑똑하고 용감하다고 이름이 났었지."

"아빠, 저도 엄마만큼 똑똑하고 용감할 거예요." 민이는 자신 있게 말했습니다.

"그래, 나도 믿는다. 아 참, 네게 줄 게 있다." 남은 차를 마저 마시고서, 그는 일어나서 자기 방으로 들어갔습니다.

한참 뒤에 그는 조그만 나무 상자 하나를 들고 돌아왔습니다. 겉에 은빛 나무 한 그루가 새겨진 그 상자를 여니, 목걸이가 하나 들어 있었습니다.

"아, 너무 곱다." 민이가 감탄했습니다.

"곱지? 네 엄마가 마법성으로 떠날 때 지녔던 호박 목걸이다."

"이 목걸이가 엄마 거예요?"

"그래."

찬찬히 들여다보니, 목걸이 가운데에 있는 큰 구슬 속엔 커다란 개미 한 마리가 들어 있었습니다. 마치 살아서 적과 싸우려는 것처럼, 개미는 억세게 생긴 입을 벌리고 있었습니다.

토르토르가 조심스럽게 목걸이를 집어들었습니다. "자, 아빠가 목에 걸어줄게."

아빠가 목걸이를 목에 걸어주자, 민이는 시원한 기운이 목덜미를 덮는 것을 느꼈습니다. 그리고 먼 곳에서 여러 목소리들이 그녀에게 뭐라고 말을 하기 시작했습니다. "아빠, 먼 데서 사람들 소리가 나네요. 꼭 저한테 뭐라고 얘기하는 것 같은데요."

"그러냐?" 토르토르가 흐뭇한 웃음을 지으면서 고개를 끄덕였습니다. "그 목걸이가 제 임자를 찾았구나. 그 목소리들은, 민이야, 네 엄마의 조상들의 목소리다. 엄마에서 딸로, 다시 그 딸에서 딸로 이어진 네 조상들이다. 그 목걸이는 네 엄마의 부족에 전해내려온 부적이다. 지금 네 조상들은 새로운 딸이 목걸이를 물려받은 것을 알고 반가워하는 거란다. 민이야, 거기 큰 구슬에 개미가 들어 있는 거 봤니?"

"네."

"그 개미는 '자작나무 골짜기'에만 산다는 병정개민데, 힘이 세다고 이름이 났다. 그래서 그 부적은 아주 강력하다고 하더라. 네 엄마도 그 부적의 도움을 받아 여러 차례 어려운 고비를 넘겼다고 했다."

"그랬었나요?" 민이는 목에 걸린 그 신비한 부적을 내려다보았습니다. 문득 그 부적이 살아 있는 것처럼 느껴졌습니다. 큰 구슬 속의 병정개미가 억센 턱을 흔들어서 무엇을 쫓아내는 것처럼 보였습니다.

"민이야, 아빤 합죽선을 주마."

"합죽선요? 그럼 아빤 어떻게 해요?"

"아빤 필요없다. 이젠 너도 좋은 마법봉을 가져야 한다."

마법을 할 때, 토르토르는 마법봉으로 합죽선을 썼습니다. 그의 스승으로부터 물려받은 오래된 부채였습니다. 누구를 물리치거나 큰 힘이 필요할 때는, 부채를 접은 채로 칼처럼 찌르거나 휘두르고, 사람의 마음을 움직이거나 정밀한 일을 할 때는, 부채를 펴서 살살 부치면 되었습니다. 접은 부채를 휘두르면 마법사의 가슴에 든 마력이 살기가 되어 나오고, 꽃 핀 복숭아나무가 그려진 부채를 펴서 부치면 마법사의 가슴에서 따스한 기운이 봄바람처럼 불었습니다.

　아빠가 이젠 마법을 하실 수 없다는 생각에 마음이 상한 민이에게 토르토르가 부드럽게 말했습니다. "괜찮다. 저기 소파에 앉자. 네 엄마가 마법성을 찾았을 때 일어난 일들을 들려주마. 아마 네게 도움이 될 거다."

　민이 엄마는 민이를 낳다가 죽었기 때문에, 민이는 엄마의 기억이 없었고 엄마에 대해 아는 것도 많지 않았습니다. 엄마의 이름이 소르포르였다는 것, 엄마가 북쪽 변경 '자작나무 골짜기'에서 태어났다는 것, 그리고 엄마가 어릴 적부터 예쁘고 재주가 뛰어나서 '자작나무 골짜기의 요정'이라 불렸다는 것, 어릴 적에 마법성으로 수련 여행을 떠났다는 것, 그리고 뒤에 뛰어난 마법사가 되어 큰일들을 했다는 것이 그녀가 엄마에 대해 아는 모두였습니다.

5. 너른 들판을 바람처럼 달릴 짐승

이튿날 아침 민이는 아빠에게 작별 인사를 했습니다. 빨리 마법성을 향해 떠나고 싶어서, 아빠의 주름진 얼굴에 그늘이 진 것을 보고도, 그녀는 마음이 그리 무겁지 않았습니다. 학교를 쉬는 일은 아빠가 다 알아서 처리하겠다고 했으므로, 걱정이 없었습니다.

"민이야, 조심하거라." 토르토르는 한 번 더 당부했습니다.

"네, 아빠. 걱정하지 마세요."

토르토르는 물기 어린 눈으로 딸의 얼굴을 더듬었습니다. 그리고 딸의 이마에 흘러내린 머리를 쓸어올려 주었습니다. "가봐라."

"아빠, 안녕히 계세요." 민이는 아빠를 힘껏 껴안았습니다. 이제 아빠 곁을 떠난다는 사실이 문득 실감나면서, 그녀는 눈가가 아려왔습니다.

작별 인사를 했지만, 토르토르는 주춤주춤 딸을 따라왔습니다. 민이가 몇 번이나 들어가시라고 해서야, 겨우 걸음을 멈췄습니다. 그런 아빠의 모습이 마음에 걸려서, 그녀는 걸음을 빨리했습니다.

그녀가 '눈 먼 점쟁이 거리'를 지나는데, 갑자기 비명이 들렸습니다. 소리가 난 곳을 돌아보니, 어떤 남자가 벚나무 둥치에 담배를 비벼 끄고 있었습니다. 그 벚나무는 아직 어려서 껍질이 얇았습니다. 담뱃불에 덴 그 어린 나무는 울기 시작했습니다. 그 사람은 태연하게 담배 꽁초를 길에 버리더니 연기를 내뿜으면서, 막 닿은 역마차로 다가갔습니다.

민이는 그 나무에게 부드럽게 말했습니다. "애야, '빛나는 껍질과 고운 봄 꽃을 가진 나무'야, 조금만 참을래? 내가 덜 아프게 해줄게."

자기의 참 이름을 듣자, 그 어린 벚나무는 깜짝 놀라서 울음을 멈추고 민이를 쳐다보았습니다.

그 나무에게 밝은 웃음을 지어 보이고서, 민이는 근처를 한 바퀴 둘러보았습니다. 길가에 은행나무 몇 그루가 서 있었습니다. 그녀는 가장 씩씩해 보이는 나무를 골랐습니다. 그녀는 아직 마법이 서툴러서, 한 번에 한 나무만 부를 수 있었습니다. "애야, '가을엔 마음이 외롭고 슬픈 사람들에게 노랑 편지들을 보내주는 나무'야. 나는 네 도움이 필요해."

자기 참 이름을 듣자, 그 은행나무는 반가워하면서 그녀에게 마음을 열어주었습니다. 그 나무가 마음속에 모아둔 마력은 얼마 되지 않았습니다. 그 거리의 나무들은 먼지를 뒤집어쓰고 사람들에게 구박을 받았기 때문입니다. 다행히, 담뱃불에 덴 벚나무를 치료하는 데는 많은 마력이 필요하지 않았습니다.

그녀는 합죽선을 펴서 벚나무의 상처에 마력이 실린 바람을 보냈습니다. 벚나무가 자신을 치료하려 하므로, 그녀는 주문을 욀 필요도 없었습니다. 그 나무는 곧 몸에 땀이 나고 얼굴이 밝아졌습니다. 마침내 그 나무가 긴 한숨을 내쉬었습니다. "이제 된 것 같아요. 고맙습니다."

그녀는 나무들과 작별하고서 다시 걷기 시작했습니다. 그녀가 '늙은 장군의 거리'로 들어서자, 저만큼 조그만 개 한 마리가 꼬리를 내리고 달려왔습니다. 아이들 몇이 소리를 지르면서 그 개를 쫓아왔습니다.

그 개는 달리는 모습이 어쩐지 이상했습니다. 찬찬히 살펴보니, 그 개는 다리가 하나 없었습니다. 그래서 절뚝거리는 것이 개구쟁이들의 눈길을 끈 것 같았습니다. 민이는 두 팔을 벌리고 그 개를 불렀습니다. "'너른 들판을 바람처럼 달릴 짐승' 아, 이리 오렴."

자기 참 이름을 듣자, 그 개는 걸음을 늦추고서 절뚝거리면서 다가왔습니다. "고맙습니다, 젊은 귀부인."

그 개는 푸들이었습니다. 그 조그만 개를 품에 안고서, 민이는 아이들이 다가오기를 기다렸습니다. "얘들아, 개는 사람의 가장 좋은 친구란다. 이 개는 사람에게 나쁜 짓을 하지 않을 거야. 봐라, 착하게 생겼지?"

"그건 괴물이야. 다리가 세 개밖에 없잖아," 아이들 가운데 가장 몸집이 큰 아이가 내뱉고서 그녀를 빤히 쳐다보았습니다. 눈에 심술기가 가득 어린 아이였습니다.

민이는 문득 가슴이 막히고 다리가 떨렸습니다. 그러나 내색하지 않고 목소리에 힘을 주어 말했습니다, "아냐, 그렇지 않아. 이 개는 괴물이 아냐. 봐라, 어쩌다 뒷다리를 하나 잃었을 뿐이야. 어쩌면 수레에 치였는지도 몰라. 몇 해 전에 바탕골에서 일어난 일인데, 비탈길에 세워놓은 수레가 아래로 굴러내렸어. 그래서 길을 건너던 아이가 치일 뻔했어. 마침 우리 아빠가 그걸 보시고서 마법을 써서……"

아차 싶어서, 그녀는 말을 멈추었습니다. 마법이 정말로 있다는 것을 모르는 아이들에게 마법 얘기를 하면, 아이들은 그녀를 좀 모자라는 아이로 여기곤 했습니다. 그녀는 서둘러 얘기를 얼버무렸습니다, "마침 우리 아빠가 그걸 보시고서 마법을 하시는 것처럼 빨리 달려가셔서……"

그러나 민이의 얘기가 채 끝나기도 전에, 그 아이는 개를 가리키면서 외쳤습니다. "거짓말 마. 그건 괴물이야."

그러자 다른 아이들이 합세했습니다, "괴물이다, 괴물."

가슴이 막혀, 민이는 더 말할 수가 없었습니다. 겁에 질려 품속으로 파고드는 개를 안은 채, 아이들을 말없이 바라보았습니다. 그녀는 학교에서 그렇게 심술궂은 아이들을 많이 보았습니다. 그녀 반에는 소아마비를 앓아서 다리를 저는 연심이라는 여학생이 있었습니다. 연심이는 착하고 공부도 잘 했지만, 짓궂은 남학생들은 그 아이를 괴물이라고 놀려댔습니다. 체육 시간엔 특히 심하게 놀려댔습니다. 아주 못된 아이들은 선생님이 보지 않을 때를 골라 꼬집기도 했습니다. 연심이는 마음이 굳은 아이였지만, 때로는 견딜 수 없어서, 울기도 했습니다. 그러면 다른 아이들까지 비웃으면서 더 심하게 놀려댔습니다.

갈 길이 바빴으므로, 그녀는 그곳에 오래 머물 수가 없었습니다. 아이들을 한 번 매섭게 노려본 다음, 개를 안고서 걷기 시작했습니다.

그러나 아이들은 따라오면서 외쳐댔습니다. "괴물이다, 괴물. 세 발 달린 괴물."

그녀는 마음을 굳게 먹고 대꾸하지 않았습니다. 자기가 대꾸하면, 아이들이 점점 더 심술궂게 나오리라는 것을 그녀는 잘 알았습니다. 마음이 급했지만, 빨리 걷지도 않았습니다. 그녀가 빨리 걸으면, 아이들은 그녀가 자기들을 두려워한다는 것을 알아차리고서 그녀를 괴롭힐 것이었습니다.

그녀가 대꾸하지 않자, 아이들은 그녀에게 욕을 하기 시작했습니다. 그래도 그녀는 대꾸하지 않았습니다. 그러자 아이들은 지루해졌는지 놀리는 목소리가 차츰 시들해졌습니다.

그녀는 속으로 웃음을 지었습니다. 마침 저만큼 파출소가 나타났습니다. 그녀가 길을 건너 파출소 쪽으로 가자, 아이들은 더 따라오지 못하고 나쁜 욕들만 해댔습니다.

'늙은 장군의 거리'가 끝나고 '까치고개 거리'가 시작되는 모퉁이에 이르자, 그녀는 품고 온 개를 내려놓았습니다. "됐다, 이젠 그 아이들이 널 찾지 못할 거다."

개는 세 다리로 서서 고개 숙여 인사했습니다. "고맙습니다, 젊은 귀부인. 은혜는 잊지 않겠습니다."

그녀는 개의 인사가 마음에 들었습니다. 그녀도 자기를 친절하게 대해준 사람들을 잊지 않았거든요. 그녀는 쪼그리고 앉아서 개의 머리를 쓰다듬어 주었습니다. "알았다. '너른 들판을 바람처럼 달릴 짐승' 아, 용감하게 살아라. 나쁜 아이들이 놀린다고 풀이 죽어선 안 된다. 알았지?"

개는 고개를 힘차게 끄덕였습니다. "네, 잘 알겠습니다, 젊은 귀부인."

까치고개 거리를 따라가니, 남대문이 나왔습니다. 마침내 대도를 떠난다는 생각에 민이는 기쁘면서도 조금 두려웠습니다. 그녀는 돌아서서 소나무골 쪽을 바라보았습니다. '아빠 지금 무얼 하실까? 내 걱정을 하시겠지. 아빠, 걱정 마세요. 잘 다녀올게요. 엄마 목걸이하고 아빠 합죽선이 있어서, 마음이 든든해요.'

민이가 돌아서려고 하는데, 저만큼 길 모퉁이를 돌아 개 한 마리가 절뚝거리면서 걸어왔습니다. 아까 그 개였습니다. 그녀는 그 개에게 손을 흔들었습니다. "날 바래다주려고 여기까지 왔구나. 이제 돌아가렴."

그 개는 꼬리를 흔들어 대꾸했습니다.

6. 이야기꾼

　남대문을 나서자, 민이는 구남도를 골랐습니다. 요즘 사람들은 모두 넓고 곧장 뻗은 신남도를 이용했고, 좁고 구불구불 돌아간 구남도를 이용하는 사람은 드물었습니다. 그녀는 호젓한 길을 따라 서두르지 않고 시골 풍경을 즐기면서 걸었습니다.
　한참 걷다가 문득 돌아보니, 저만큼 개 한 마리가 오고 있었습니다. 셋밖에 없는 다리로 절뚝거리면서, 열심히 그녀를 따라오는 것이었습니다.
　"여기까지 따라왔네." 그녀는 놀라서 중얼거렸습니다.
　그녀가 걸음을 멈추자, 개도 따라서 걸음을 멈추고 애원하는 모습으로 그녀를 바라보았습니다. 그녀가 오라고 손짓을 하자, 개는 반갑게 뛰어왔습니다.

"나랑 같이 가고 싶으냐?" 그녀는 부드럽게 물었습니다.

"네," 개는 기쁜 얼굴로 이내 대꾸했습니다.

"난 지금 아주 먼 길을 간단다. 너는 다리가 성치 않은데, 먼 길을 갈 수 있겠니?"

"네. 갈 수 있습니다."

"그래? 그러면 같이 가자. 길동무가 생겨서 나도 반갑다. 그런데," 그녀는 개를 찬찬히 뜯어보았습니다. "너를 부를 이름이 있어야 하겠다. 너는 털이 예쁘니, '미모'라고 하는 게 좋겠다. 넌 어떻게 생각하니?"

개는 고개를 끄덕이고 꼬리를 흔들어 좋다는 뜻을 나타냈습니다.

민이는 미모를 데리고 천천히 걸었습니다. 들판 풍경을 즐기고 길가의 풀들을 살피면서 걷노라니, 마음이 맑아지고 얼굴은 밝아졌습니다. 그러나 갑자기 많이 걸었으므로, 쉽게 지쳤습니다. 그러면 길가 풀섶에 앉아서 풀꽃들을 들여다보았습니다. 풀꽃들은 아주 작았지만, 찬찬히 들여다보면, 아주 예뻤습니다. 어쩌다 참 이름을 아는 풀을 보면, 그녀는 그 풀과 이야기를 주고받았습니다.

그렇게 해서, 민이와 미모는 해가 질 무렵 이호령에 닿았습니다. 옛날엔 이호령은 깊은 숲 속을 지났고 범들이 자주 나왔다고 했습니다. 그러나 지금은 민둥산을 넘는 야트막한 고개에 지나지 않았습니다.

민이는 고개 바로 아래에 있는 조그만 주막에 들었습니다. 집을 떠나 낯선 곳에서 밤을 지내는 일은 이번이 처음이었으므로, 그녀는 적잖이 불안했습니다. 게다가 주막에서 만난 사람들은 어린애라고 그녀를 얕보았어요. 방물장수를 하는 중년 여인과 딸을 만나러 오리원으로 간다는 할머니와 대도의 친정에 갔다가 무삼진의 집으로 돌아간다는 젊은 여인이 그녀와 한방을 쓰게 됐는데, 그들은 민이에게 문에서 가장 가까운 곳에서 자라고 했어요.

어른들이 그렇게 자기를 얕보아도, 민이는 불평하지 않고 문 가까이에 요를 폈습니다. 아직 졸리지 않았으므로, 그녀는 배낭 속에 넣어 온 《기연반도 식물도감》을 꺼내서 읽기 시작했습니다. 생김새와 성질들과 습관들을 알면, 식물들의 참 이름들을 알아내는 데 도움이 될 터였습니다.

민이가 책을 펴자, 방물장수가 고깝다는 얼굴로 그녀를 흘긋 쳐다보았습니다. 그러고는 사람마다 이야기를 하나씩 하자고 제안했어요. 나머지 두 여인들이 좋은 생각이라고 말했어요. 민이는 아무 말도 하지 않았지요. 그녀는 어른들이 재미있게 들을 만한 얘기를 할 자신이 없었거든요. 자기들의 뜻이 맞자, 세 여인들은 민이의 의견을 물어보지도 않고 이야기를 하나씩 하기로 정했어요.

방물장수가 먼저 이야기를 시작했습니다. 재미있는 이야기를 하나 보다 하고 민이가 들어보니, 〈콩쥐와 팥쥐〉 이야기였습니다. 다음엔 할머니가 〈우렁이 각시〉 이야기를 했습니다. 그리고 젊은 여인은 〈선녀와 나무꾼〉 이야기를 했습니다. 원래는 재미있는 이야기들이었지만 누구나 잘 아는 것들이라, 썩 재미있지는 않았습니다.

젊은 여인이 이야기를 마치자, 방물장수가 입맛을 다시더니 민이를 돌아보았습니다. "너도 얘기를 아니? 아는 것이 있으면, 한번 해봐라. 우리들 얘기만큼 재미가 있지 않아도, 괜찮으니까, 해봐라."

숨은 나라의 병아리 마법사 39

"그러면 이야기를 하나 해보겠습니다." 방물장수가 자기를 너무 무시하는 것에 마음이 적잖이 상했지만, 민이는 공손하게 대꾸했습니다.

"옛날, 옛날, 아주 먼 옛날, 지는 해를 따라 삼 년을 걸어야 닿을 수 있는 아득한 서쪽 땅에 늙은 왕이 살았습니다. 그 왕은 늘그막에 아들을 하나 두었습니다. 그런데 웬일인지 그 왕자는 언제나 우울했습니다. 종일 자기 방에 머물면서, 그저 멍하니 허공을 바라보기만 했습니다. 자기 방에서 나오는 일은 드물었고, 어쩌다 나오더라도 사람을 만나기를 꺼렸습니다.

'어째서 너는 그렇게 우울하냐? 뭐가 문제냐?' 왕은 아들에게 묻곤 했습니다.

그러면 왕자는 힘없는 목소리로 대꾸했습니다, '저도 모르겠어요. 마음이 그냥……'

왕과 왕비는 아들의 마음을 가볍게 해주려고 무던히 애를 썼지요. 그러나 허사였어요. 사냥도, 낚시도, 등산도, 무도회도 왕자에겐 흥미가 없었습니다. 그래서 그는 늘 우울했고 안색은 점점 더 창백해졌습니다.

어찌할 바를 몰라, 왕은 대신들과 상의했습니다. 대신들은 유명한 의사들과 점성가들을 초청해서 왕자를 살펴보라고 했습니다. 왕은 그 얘기를 따랐습니다.

왕자를 만나본 다음, 의사들과 점성가들은 오랫동안 상의했어요. 그리고 왕에게 말했어요, '폐하, 저희는 왕자 전하의 모습을 살펴보고 별들의 모습을 관찰했습니다. 그 결과 저희는 왕자 전하께서 아주 이상한 형태의 저주를 받은 것을 알아냈습니다.'

'저주?'

'예, 그러하옵니다, 폐하. 아주 이상한 형태이긴 하지만, 저주는 분명히 저주이옵니다.'

'우리 아이가 무슨 잘못을 해서 그런 저주를 받았단 말인가. 누가 그런 저주를 했단 말인가.'

'아뢰옵기 황송하오나, 저희는 그것까진 모르옵니다, 폐하.'

왕은 놀라고 두려워서 잠시 할 말을 잊었습니다.

옆에서 바라보던 왕비가 그 사람들에게 물었습니다, '그러면 무슨 방도가 없을까요? 그 저주를 푸는 방도가?'

'다행히, 방도가 하나 있사옵니다. 왕자 전하께서 완벽하게 행복한 사람과 셔츠를 바꿔 입으면, 왕자 전하의 우울증은 사라질 것이옵니다.'

'아, 그렇소? 완벽하게 행복한 사람을 찾아내서 그 사람의 셔츠와 우리 아들의 셔츠를 바꿔 입히란 얘기요?'

'예, 그렇습니다, 폐하.'

'잘 알겠소. 수고들 많이 했소.' 왕은 크게 기뻐하면서, 그 의사들과 점성가들에게 상을 내렸습니다.

이어 왕은 대신들을 불러서 완벽하게 행복한 사람을 찾는 일에 관해서 상의했습니다. 대신들은 행복하기로 이름난 사람들을 만나보라고 했습니다. 그래서 왕은 시장들과 태수들에게 행복하기로 이름난 사람들을 천거하라고 명을 내렸습니다.

어명이 내려지자, 수도의 시장이 이내 '나무통 현자'라고 불리는 사람을 완벽하게 행복한 사람으로 천거했습니다. 그는 나무통을 집으로 삼아 굴리고 다니는 거지였는데 언제나 즐거운 얼굴을 했고, 자기보다 더 가난한 거지를 만나면 서슴없이 가진 것을 나눠주었다고 했습니다.

'나무통 현자'가 궁정으로 들어오자, 왕이 물었습니다. '당신은 완벽하게 행복하오?'

'예, 폐하.' 그 사람은 이내 대꾸했습니다.

'좋소. 그런데 왜 혼자 사시오? 결혼하지 않았소?'

'실은 젊어서 결혼을 했는데, 아내가 병으로 죽었습니다, 폐하.'

'아, 그것 참 안됐구려. 그런데 왜 재혼을 하지 않았소?'

'저는 아내를 무척 사랑했습니다. 그래서 아내가 죽은 뒤엔, 결혼할 마음이 나는 여자를 만나지 못했습니다, 폐하.'

왕은 고개를 끄덕였습니다. '그러면 당신은 죽은 아내가 환생하기를 바라오?'

'물론입니다, 폐하. 아내가 환생할 수만 있다면, 저는 더 바랄 것이 없겠습니다.'

그러자 왕이 말했습니다. '알겠소. 당신은 참으로 충실한 사람이오. 그러나 완벽하게 행복한 사람은 아닌 것 같소. 잘 가시오.'

며칠 뒤 북쪽 지방의 태수가 사제 한 사람을 완벽하게 행복한 사람으로 천거했습니다. 그 사제는 경건하고 자비로울 뿐만 아니라 늘 즐겁게 살았다고 했습니다.

사제가 궁정으로 들어오자, 왕이 물었습니다, '당신은 완벽하게 행복하오?'

'예, 폐하. 저는 주님을 모시기 때문에 더할 나위 없이 행복합니다,' 사제는 이내 대답했습니다.

'좋소. 나는 당신을 가까이 두고 일을 상의하고 싶소. 당신을 수도의 대주교로 임명하려고 하는데, 당신 생각은 어떻소?'

'저로선 감히 바라지 못할 영광이옵니다. 그러나 폐하께서 저를 대주교로 임명해주신다면, 폐하의 뜻을 받들어 일을 잘 처리하도록 최선을 다하겠습니다.'

왕은 무겁게 고개를 끄덕이고서 말했습니다, '그러면 당신은 완벽하게 행복한 사람은 아니구려. 대주교가 되면, 더 행복해질 테니 말이오.'

'그런가 하옵니다, 폐하,' 사제가 인정했습니다.

'유감스럽게도, 당신은 내가 찾는 사람은 아닌 것 같소. 내가 찾는 것은 지금 처지 그대로 완벽하게 행복한 사람이지, 자신의 처지를 향상시키려고 애쓰는 사람은 아니오. 잘 가시오.'

그 뒤로 왕은 시장들과 태수들이 천거한 사람들을 모두 만나보았습니다. 그러나 그 사람들 가운데 완벽하게 행복한 사람은 없었어요. 왕은 크게 실망해서 다시 대신들을 불러 상의했지요. 그들은 다른 왕국들로 사신들을 보내서 행복하다고 이름난 사람들을 찾으라고 했습니다. 그들의 얘기를 따라, 왕은 이웃 왕국들로 사신들을 보냈습니다. 그러나 사신들이 데려온 사람들 가운데도 완벽하게 행복한 사람은 없었어요.

왕은 크게 낙심해서 자신이 우울증에 걸릴 지경이었습니다. 그래서 왕비는 사냥을 나가서 울적한 마음을 달래라고 왕에게 권유했습니다. 그래서 왕은 오래간만에 사냥을 나갔습니다.

왕이 숲에 들어서자마자, 사슴 한 마리가 나타났습니다. 그는 바로 활을 쏘았습니다. 그가 쏜 화살은 사슴을 맞혔는데, 엉덩이에 화살을 맞은 사슴은 절름거리면서 도망쳤습니다. 그는 핏자국을 따라 그 사슴을 쫓아갔습니다. 그래서 수행원들과 떨어져 혼자 숲 속으로 깊이 들어갔고 마침내 길을 잃었습니다. 숲에서 빠져나올 길을 찾다가, 그는 숲 한가운데 있는 빈 터를 발견했습니다. 거기에 집 한 채가 있었고, 노랫소리가 들려왔습니다. 가락은 단순했지만, 그 노래엔 부르는 사람의 행복감이 담겨 있었습니다.

'아, 저렇게 노래를 부르는 사람은 틀림없이 완벽하게 행복한 사람일 것이다,' 왕은 생각했습니다.

왕이 노랫소리를 따라 집 뒤로 돌아가니, 조그만 과수원이 나왔습니다. 그리고 젊은이 하나가 사과나무의 가지들을 가위로 자르면서 노래를 부르고 있었습니다.

'안녕하시오?'

갑자기 나타난 왕을 보자, 젊은이는 놀라서 잠시 말을 잊었습니다. 그러고는 반가운 웃음을 지으면서 허리를 굽혀 공손히 인사했습니다. '어서 오시옵소서, 폐하.'

'고맙소. 한 가지만 물어보겠소. 당신은 완벽하게 행복하오?'

'완벽하게 행복하냐구요?' 그 젊은이는 잠시 생각하더니 조심스럽게 대꾸했습니다, '제가 지금 완벽하게 행복한지는 모르겠습니다, 폐하. 그러나 불행하진 않습니다.'

'아, 그렇소? 당신은 노래를 잘 부르는구려. 당신을 왕실의 음악가로 임명하고 싶소. 어떻소, 나랑 같이 왕궁으로 가는 게?'

젊은이가 공손히 대꾸했습니다, '폐하, 궁정에서 일하는 것은 저로선 큰 영광입니다. 그러나 폐하께서 허락하신다면, 저는 그냥 여기서 살고 싶습니다.'

'내 궁정엔 아름다운 처녀들이 많은데, 당신처럼 노래를 잘 부르는 사람은 그 처녀들에게 인기가 높을 것이오. 누가 아오, 당신이 귀족의 딸과 결혼을 하게 될지?' 왕은 다시 유혹했습니다.

그러자 젊은이는 미소를 지었습니다. '폐하, 실은 저는 저 건너 농장에 사는 처녀와 약혼한 사이입니다. 저는, 귀하든 천하든, 그 처녀 말고는 누구하고도 결혼하지 않을 것입니다.'

'드디어 찾았구나, 완벽하게 행복한 사람을,' 왕은 기뻐서 속으로 부르짖었습니다. '알겠소. 그런데 청이 하나 있소.'

'제가 들어드릴 수 있는 것이라면, 기꺼이 들어드리겠습니다, 폐하.'

왕은 더 이상 기쁨을 누를 수가 없었습니다. 그래서 그 젊은이에게 다가서서 윗옷 단추를 풀기 시작했습니다. '내가 당신의 셔츠를 가져가겠소. 대신 내 아들의 셔츠를 줄 테니, 그것을 입으시오.'

'무슨 일이옵니까, 폐하?'

'내 아들은 완벽하게 행복한 사람의 셔츠가 필요하오. 그래서 당신의 셔츠를 가져가려는 것이오,' 단추를 풀면서, 왕은 신이 나서 설명했습니다. 그러다가 왕은 갑자기 손길을 멈췄습니다. 이어 두 팔을 힘없이 내렸습니다."

잠시 뜸을 들인 다음, 민이는 이야기의 끝을 맺었습니다, "그 완벽하게 행복한 젊은이는 윗옷 아래에 셔츠를 입지 않았던 것이었습니다."

"그게 네 얘기의 끝이냐?" 방물장수가 물었습니다.
"네."
"그래, 그 왕의 아들은 어떻게 되었니?"
"왕자요? 잘 모르겠습니다. 제 이야기는 여기서 끝납니다."
"그럼 얘길 하나 더 해라. 네 얘기가 아주 재미없진 않다," 그녀가 인심을 쓰는 것처럼 말하고서 다른 두 여인들을 둘러보았습니다. 두 여인들이 고개를 끄덕였습니다.

그래서 민이는 이야기를 하나 더 했습니다. 그리고 하나 더. 그래서 끝내는 이야기를 다섯이나 했지요.

그 여인들은 민이의 이야기들을 무척 재미있게 들었습니다. 그리고 어린애가 어떻게 그리도 이야기를 잘 하느냐고 감탄했습니다. 이제 그들은 그녀를 어리다고 얕보지 않고 자신들과 같이 대해주었습니다.

7. 고류진 나루

다음 날 아침 주막 문을 나서면서, 민이는 자신 있게 발걸음을 내디 뎠습니다. 그녀는 어른들도 재미있는 이야기를 좋아하고 이야기를 잘 하는 사람을 반가워한다는 것을 깨달은 것이었습니다. 그리고 그녀는 재미있는 이야기들을 많이 알고 있었습니다.

그날도 그녀는 미모와 함께 천천히 걸어서, 저물 무렵에 사로원에 닿았습니다. 구남도는 거기서 세 갈래가 됐습니다. 왼쪽 길은 청파강을 따라 기연반도의 동남쪽 사구도로 뻗어나갔습니다. 세 갈래 가운데 가장 큰 가운데 길은 반도의 한가운데를 지나 남쪽 끝의 구암도로 뻗어나갔습니다. 세 갈래 가운데 가장 작고 행인이 드문 오른쪽 길은 거칠고 바람 센 한야도 들판을 지나 음령산맥으로 향했습니다. 그 높은 산맥 너머엔 반도의 서남쪽 지역인 흑양도가 있었고, 거기에 그녀가 찾아가는 마룡산이 있었지요.

사로원을 떠난 지 사흘 만에, 민이는 북은강의 고류진 나루에 닿았습니다. 얼굴이 검고 뾰족해서 꼭 쥐처럼 생긴 중년 사내가 나룻배에 앉아 있었습니다.

"안녕하세요?" 그녀는 공손하게 인사했습니다.

사공은 그녀를 빤히 쳐다보면서 고개만 까딱했습니다.

"저기, 제가 강을 건너야 하는데요, 아저씨께서 좀……"

"뱃삯은 있냐?" 사공의 말씨는 퉁명스러웠습니다.

"네. 뱃삯이 얼만가요?" 사공이 마음씨가 좋지 않은 것 같아서, 그녀는 좀 불안해졌습니다.

"스무 냥이다."

"스무 냥요?" 그녀는 놀라서 되물었습니다. 그녀는 뱃삯이 한 냥쯤 되리라고 생각했습니다. 아무리 많아도, 두 냥은 넘지 않으리라고 생각했습니다. 그녀가 어리고 혼자인 것을 보고, 사공이 터무니없이 뱃삯을 많이 받으려는 것이 분명했습니다.

"그래, 스무 냥이다. 너는 한 냥이면 되지만, 개는 열아홉 냥은 받아야 하겠다. 난 원래 절름발이 개 같은 것은 태우지 않지만, 오늘은 특별히 봐준 거다. 뱃삯이 너무 비싸다고 생각하면, 강을 걸어서 건너도 된다. 말릴 사람 없다." 자신의 얘기가 멋진 농담이라고 생각했는지, 사공은 혼자 쿠룩쿠룩 웃었습니다.

그녀는 차갑게 흐르는 강을 바라보았습니다. '여름이라면, 헤엄을 쳐서 건널 수도 있겠지만, 지금은……'

사공은 난감해하는 그녀가 재미있다는 듯 심술궂은 웃음을 얼굴에 띠고서 그녀를 살폈습니다.

그녀는 가볍게 한숨을 쉬고서 고개를 끄덕였습니다. "알겠습니다."

"뱃삯은 선불이다."

"네." 그녀는 지갑에서 돈을 꺼내어 사공에게 건넸습니다. "여기 있습니다."

사공은 돈을 세어보더니 흐뭇한 웃음을 지으면서, 땟국이 흐르는 지갑에 넣었습니다. 그리고 그녀에게 배에 타라고 고갯짓을 했습니다.

그녀는 미모를 안고 배에 올라 이물 쪽 널빤지에 앉았습니다. 배가 낡아서 물이 스며드는지, 배 밑바닥엔 더러운 물이 고여 있었습니다. 제대로 수리하지 않아서, 큰 물결이라도 치면 배는 곧 부서질 것처럼 보였습니다. 그러나 사공은 태연하게 삿대를 집어들어 배를 나루에서 밀어냈습니다. 그리고 천천히 노를 저으면서 콧노래를 부르기 시작했습니다.

태연한 얼굴로 흘러가는 강물을 바라보고 있었지만, 그녀는 속으로는 무척 부아가 났습니다. 사공의 콧노래가 특히 마음에 거슬렸습니다. 사공이 그렇게 기분 좋은 것은 그녀에게서 뱃삯을 비싸게 받았기 때문이라는 생각이 들었거든요. 그녀는 사공에게 앙갚음을 할 길을 생각해보았습니다. 그러나 앙갚음을 하고 싶은 마음을 경계하라는 아빠의 얘기가 떠올랐습니다. 딸에게 마법을 가르치면서, 토르토르는 복수를 하려고 하다가 끝내는 자신을 해치고 만 마법사들의 얘기를 들려주었습니다. 그리고 복수는 현명한 일인 경우가 드물고 거의 언제나 자신의 시간과 돈을 허비할 뿐이라고 가르쳤습니다.

그래서 배가 건너편 나루에 닿자, 그녀는 사공에게 공손하게 인사했습니다. "고맙습니다."

그러나 사공은 대꾸는커녕 고개를 돌리지도 않았습니다. 대신 주머니에서 담뱃대와 쌈지를 꺼냈습니다.

이번엔 그녀도 정말로 화가 났습니다. '저런 사람은 혼이 나야 해. 그래야 정신을 차리지.'

그녀는 배낭을 벗고 합죽선을 꺼냈습니다. 그리고 큰 나무를 찾아 둘레를 살폈습니다. 마침 나루 옆에 큰 버드나무들이 여러 그루 서 있었습니다. 그녀는 가장 큰 버드나무에게 말했습니다. "부드러워서 굳음을 이기는 나무'야, 난 지금 네 도움이 필요하단다. 네가 모은 마력을 조금 나눠다고."

자기 참 이름을 듣자, 그 버드나무는 기꺼이 민이에게 가슴을 열어주었습니다. 버드나무로부터 꺼낸 마력을 가슴에 담은 다음, 그녀는 접은 합죽선을 칼처럼 사공에게 겨누었습니다. 그때 버드나무는 부드럽기 때문에 오히려 굳음을 이긴다는 얘기가 마음속에 떠올랐습니다. 손길을 멈추고, 그녀는 자신에게 마력을 나누어준 버드나무를 바라보았습니다. 막 물이 오르는 버드나무의 보드라운 은빛 털에 싸인 눈들이 그녀의 끓어오른 가슴을 부드럽게 쓰다듬어 주었습니다. '저 사람에게 벌을 준다 하더라도, 저 사람이 마음씨가 좋아질 리는 없겠지. 마음씨가 좋아지는 것이 아니라, 약하거나 어린 사람들에게 화풀이를 하겠지.'

숨을 깊이 쉬고서, 그녀는 마음을 바꿨습니다. 그리고 합죽선을 펴서 사공에게 부채질을 하기 시작했습니다. 꽃이 활짝 핀 복숭아나무가 그려진 부채로부터 마력이 부드러운 바람처럼 사공에게로 밀려갔습니다.

조금 지나자, 사공이 묻는 눈길로 민이를 쳐다보았습니다. 그러고는 아까보다는 훨씬 부드러워진 목소리로 물었습니다. "넌 혼자 어디를 가는 거냐?"

"남쪽으로요. 세상이 어떤지 배우려구요."

"그러냐?" 사공은 고개를 끄덕였습니다.

그렇게 해서, 그들은 한동안 이런저런 얘기들을 했습니다. 사공은 담배를 피우면서, 민이는 부채를 부치면서.

마침내 사공이 담뱃대의 재를 털더니, 지갑을 꺼냈습니다. "그렇게 먼 길을 가려면, 돈이 필요하겠지. 자, 네가 낸 뱃삯에서 내 조금 돌려줄게."

"고맙습니다." 속으로 웃음 지으면서, 그녀는 열아홉 냥을 돌려받았습니다.

8. 십삼령

고류진 나루의 그 일이 민이가 사로원을 떠나 음령산맥에 닿을 때까지 일어난 단 하나의 사건이었습니다. 그녀는 사람들의 손길을 거의 타지 않은 황야의 모습을 즐기면서 천천히 걸어, 이틀 뒤 해가 저물 무렵 음령산맥 발치에 자리 잡은 삼연동에 닿았습니다. 삼연동은 예전에는 상당히 큰 마을이었던 듯했습니다. 그러나 이제는 낡은 집들 열댓 채만 남아 있었습니다. 마을 한 끝에 가게를 겸한 주막이 있었습니다.

그녀가 저녁을 들고서 차를 마시는 동안, 늙수그레한 주막 주인은 친절하게 여러 가지 일들을 알려주었습니다. 음령산맥을 넘는 사람은 적어도 이틀치 양식을 가져가야 한다고 했습니다. 산맥을 넘는 십삼령고개 위엔 할머니가 혼자 살고 있는데, 길손들을 재워준다고 했습니다. 그러나 고개 위엔 양식이나 찬거리를 구할 곳이 없었으므로, 길손들은 쌀과 찬거리를 가져가야 한다는 얘기였지요.

다음 날 아침 길을 떠나기 전에, 그녀는 주막 주인에게서 쌀 서 되와 쇠고기 두 근과 자반 고등어 한 손을 샀습니다. 양식으로 짐이 무거워진데다 산길이 가팔랐으므로, 십삼령고개를 다 올랐을 때는 그녀는 많이 지쳐 있었습니다. 그러나 고개 위에서 바라본 경치는 정말로 시원스러웠습니다. 구름을 벌겋게 물들이면서 서쪽 평야로 지는 해는 특히 아름다웠습니다.

삼연동 주막 주인의 얘기대로, 고개 한쪽엔 어설프게 지은 집이 한 채 있었습니다. 민이가 다가가자, 그 집 주인인 할머니가 부엌에서 나와 그녀를 친절하게 맞아주었습니다. 그녀가 늦은 저녁을 맛있게 들고 나서, 할머니가 차를 끓였습니다.

"할머니, 이 차가 향기가 아주 좋네요."

할머니는 주름 진 얼굴에 잔잔한 웃음을 띠었습니다. "어때, 마실 만해?"

"네, 아주 맛있어요."

"내가 뜯은 약초들로 만든 건데, 보기보단 맛이 시원하다고 사람들이 그러더라. 그런데, 색시. 어떻게 어린 색시가 혼자 이 험한 산길을 올라왔누?"

할머니를 믿었으므로, 민이는 사실대로 얘기하기로 마음을 먹었습니다. "저는 지금 마룡산에 있는 마법성을 찾아가는 길이에요."

"마법성?"

"네. 할머니, 실은요, 제가 마법사가 되려고 수련하는 중이거든요."

"아, 그래? 정말로 신이 나겠구나. 하긴 내게도 너처럼 젊었던 시절이 있었지." 그녀는 한숨을 길게 내쉬고서 먼 곳을 바라보았습니다.

"할머니께선 어떻게 여기서 혼자 사세요? 자식이 없으세요?" 민이는 조심스럽게 물었습니다.

할머니는 다시 한숨만 쉬고서 한참 동안 대꾸하지 않았습니다. 그러더니 다시 한숨을 쉬고서 말했어요, "난 원래 저 아래 삼연동에서 살았단다."

"아, 그러세요?"

"응. 거기서 열여덟 살에 혼인을 했지. 지금 쉰여덟이니까, 꼭 사십 년이 됐지. 그때 두 사람이 내게 청혼을 했는데, 한 사람은 한마을 사람으로 말이 청산유수였어. 다른 사람은 이 고개 너머 남녘 땅 사람이었는데 말을 더듬었고. 집안에선 아무래도 한마을 사람이 좋겠다고 해서, 말을 잘하는 사람하고 혼인을 했지. 그런데 신랑이 없는 사이에 말을 더듬는 사람이 찾아와서 그랬어, 자기는 마음이 너무 아파서 나와 한마을에서 살 수가 없어 아주 떠난다고. 그런데 떠나기 전에 딱 한 번만 입을 맞추고 싶다고. 마지막 소원이라고. 그 사람은 참 좋은 사람이었는데, 그 얘길 들으니, 너무 안됐더라. 그래서 그러라고 했어. 그 사람은 날 껴안더니 입을 맞추었어. 바로 그때 우리 신랑이 돌아왔어."

"아이고," 민이는 자기도 모르게 외마디 소리를 질렀습니다.

잠시 찻잔을 내려다보더니, 할머니는 나직한 목소리로 말을 이었습니다. "우리 신랑은 아무 말도 하지 않고 그대로 돌아서서 집을 나갔어. 그리고 돌아오지 않았어. 며칠을 기다려도, 돌아오지 않았어. 나중에 사람들이 알려주데, 우리 신랑이 십삼령을 넘어 남녘 땅으로 가는 걸 봤다고. 난 그 길로 집을 팔고 이 고개로 올라왔지. 그리고 우리 신랑이 돌아오기를 기다리면서 살아왔어."

"그래서 할머니 신랑께선 돌아오셨어요?"

"아니, 기다려도 기다려도 돌아오지 않았어." 할머니가 한숨을 길게 내쉬었습니다. "꼬박 스무 해를 기다렸지. 고운 색시가 중늙은이가 되도록. 여기 올라온 지 꼭 스무 해가 되던 해 봄에, 그 사람이 혼자 고갯길을 올라왔어. 고향이 그리워졌던 게지. 그 사람도 나이가 들어서, 처음엔 잘 알아보지 못하겠더라. 내가 혼자 여기서 자기를 기다렸다는 것을 알자, 비로소 내가 정절을 지켰다는 것을 깨달았지. 눈물을 흘리면서, 자기를 용서해달라고 하더군."

"그래서 어떻게 하셨어요?"

"어떻게 하긴? 용서해줄 수밖에." 할머니의 주름 진 얼굴에 서글픈 미소가 어렸습니다. "그러나 이미 그 사람에겐 처자가 있었어. 남녘 땅에서 새로 혼인을 해서 자식을 넷이나 두었다고 했어."

"이머," 민이는 혀를 찼습니다. "할머닌 여기서 혼자 스무 해를 기다리셨는데……"

"객지에서 혼자 오래 살기가 힘들었겠지. 그러다가 삼 년 전에 그 사람이 병으로 죽었어. 남녘 땅은 북녘에서 태어난 사람들에겐 맞지가 않거든. 그래서 그 사람은 상여에 실려서 고향으로 돌아왔지. 상여

숨은 나라의 병아리 마법사 55

가 여기 집 앞에 멈추더니, 유족들이 노제를 지내겠다고 그러데. 고인이 그렇게 하라고 유언을 남겼다는 거라. 그래서 나도 술을 한 잔 올렸지. 그리고 상여는 고향 마을로 내려갔어. '이제 가면 언제 오나, 어허 어허.' 하면서. 그리고 난 여기 남았지."

민이는 할머니가 너무 불쌍했습니다. 그러나 어떻게 위로해야 할지 몰라서, 그냥 할머니 얼굴만 바라보았습니다.

"한 잔 더 마실래?" 할머니가 물었습니다.

"네. 그런데, 할머니."

"응?"

"그렇게 평생을 기다리신 것을 후회하진 않으세요?"

민이의 잔에 차를 따르고 나서, 할머니는 잔잔한 눈길로 민이를 바라보았습니다. "후회? 글쎄. 하지만, 색시, 생각해봐, 그때 내가 달리 어떻게 할 수 있었겠는가. 나야 그저 신랑이 돌아오기를 기다릴 수밖에. 달리 무슨 길이 있었겠어? 그래서 그 사람이 돌아오면, 내가 맨 먼저 볼 수 있게, 여기로 올라온 거지."

가슴이 가득해서, 민이는 대꾸를 하지 못하고 그저 고개만 끄덕였습니다. 그리고 옆에 앉아 귀를 기울이는 미모의 머리를 쓰다듬고 또 쓰다듬었습니다.

"그러나 내 팔자가 드세서, 겨우 반 달을 같이 지낸 신랑은 스무 해 만에 다른 여자의 남편이 돼서 돌아왔지." 할머니는 자기 잔에도 차를 따르고서, 민이를 바라보았습니다.

할머니의 눈길이 맑고 깊은 연못 같다고 민이는 생각했습니다.

"그러나 내 기다림이 아주 헛된 것은 아니었어. 그 사람은 마침내 진실을 알았고, 나는 부정한 여자라는 누명을 벗었거든. 지난 일이야 어떻게 할 수 없지. 그러나 진실을 알게 되면 이해를 하게 되고, 이해를 하게 되면 과거사에 밴 독이 씻겨나가지. 그 사람이 용서해달라고 빌었을 때, 내 혼인에 밴 묵은 독이 씻겨 나간 거야. 그러니 내 기다림이 아주 헛되진 않았지."

9. 무사 귀신

다음 날 아침 민이는 할머니에게 작별 인사를 하고 명주 계곡으로 내려가기 시작했습니다. 음령산맥을 넘어서자, 기후와 풍토가 갑자기 바뀐 것을 그녀는 깨달았습니다. 산맥 북쪽에선 땅은 황톳빛이었고, 하늘은 맑았고, 바람은 메마르고 시원했습니다. 산맥 남쪽에선 땅은 검었고, 하늘은 옅은 안개가 낀 듯 흐릿했고, 바람엔 물기가 어려 있었습니다. 나무들도 북쪽에선 소나무와 같은 침엽수들이 많았지만, 이젠 참나무와 같은 활엽수들이 훨씬 많았습니다.

오후 늦게 후텁지근한 남서풍이 불어왔습니다. 이어 하늘이 검은 구름으로 덮이더니, 비가 쏟아졌습니다. 민이는 옷이 흠뻑 젖었지만, 다행히 큰 바위 아래에 있는 굴로 피할 수 있었습니다. 우비를 입고 나니, 몸도 덜 떨리고 마음도 가라앉았습니다.

"봐라. 나를 따라와서 고생하잖니?" 비에 젖은 미모를 수건으로 닦아주면서, 그녀는 미모에게 말했습니다.

그러나 미모는 뭐가 그리 즐거운지 꼬리만 흔들어 댔습니다.

"넌 좀 이상한 개다. 너 그거 아니?"

녀석은 이번엔 고개까지 흔들어 댔습니다.

미모와 그렇게 얘기하는 사이에, 무서운 기세로 내리던 비는 차츰 빗발이 가늘어졌습니다. 날이 어둑했으므로, 그녀는 불을 피우기로 했습니다. 옷도 말리고, 저녁 밥도 데워야 하는데다, 깊은 산속에서 밤을 지내야 했으므로, 불이 꼭 있어야 했습니다. 그녀가 나무를 구하려고 굴 밖으로 나서자, 갑자기 차가운 바람이 훅하고 불어왔습니다. 그 바람에 실린 음산한 기운에 그녀는 소름이 끼쳤습니다. 그녀가 머뭇거리는데, 저만큼 우뚝 선 고목 뒤에서 무엇이 스르륵 나타나더니 그녀에게로 다가오기 시작했습니다. 사람이었습니다. 다시 살펴보니, 사람이 아니라 귀신이었습니다. 그녀는 놀라서 외마디 소리를 지르고 두 손으로 입을 막았습니다.

그 귀신은 옛날 무사의 모습을 하고 있었습니다. 투구를 쓰고 갑옷을 입었고 손에는 부러진 칼을 들었습니다. 막 싸움터에서 빠져나온 것처럼, 여러 군데 깊은 상처를 입었고 온몸이 피로 덮였어요. 그러나 그 귀신은 이글거리는 분노로 얼굴이 벌겋게 달아올랐고, 적을 치려는 것처럼 손에 든 칼을 치켜들고 있었지요.

그때 미모가 굴에서 나와 마구 짖어댔습니다. 조그만 개가 겁도 없이 사납게 짖어대는 모습에 민이는 두려움이 좀 가셨습니다. 그제서야 그녀는 따스한 기운이 자기 목을 감싸고 있다는 것을 깨달았습니다. 가슴을 내려다보니, 호박 목걸이가 발그스레하게 빛나고 있었습니다. 그리고 가운데 큰 구슬에 든 개미가 되살아난 것처럼 큰 턱을 벌리고 있었습니다. 목걸이가 내뿜는 기운에 밀린 듯, 그 귀신은 걸음을 멈추고 식식거리기만 했습니다.

민이는 용기가 나서 굴 안으로 들어가 배낭에서 합죽선을 꺼냈습니다. 훌륭한 마법사였던 아버지가 물려준 합죽선을 손에 들자, 그녀는 마음이 한결 든든해졌습니다. 두 다리에 힘을 주어 버티고 서서, 그녀는 귀신을 향해 합죽선을 부치기 시작했습니다. 그녀 가슴에 있던 마력이 부드러운 바람이 되어 귀신에게로 불었습니다. 그렇게 부채를 부치면서, 그녀는 귀신을 달래는 진언을 열심히 외웠습니다. "지한지안 지한지안 지내한지안 지한지안 옴 지한지안 지지한 옴 지한지안 옴……"

그러자 귀신은 힘이 빠지고 분이 사그라졌는지, 쳐들었던 칼을 내렸습니다. 이어 몇 걸음 물러서더니, 몸을 돌려 고목 뒤로 사라졌습니다.

귀신이 물러나자, 미모는 신이 나서 크게 몇 번 더 짖었습니다. 그리고 민이를 올려다보면서, 꼬리를 흔들었지요. 녀석은 제 힘으로 귀신을 물리친 줄 아는 모양이었어요.

10. 약초 캐는 사람들

 다음 날 아침, 민이는 좀 늦게 일어났습니다. 무사 귀신의 모습이 자꾸 눈에 어른거리고 자신이 잠든 사이에 또 나타날까 걱정이 되어서, 잠을 설쳤던 것입니다. 추위를 막기 위해 걸쳤던 우의를 벗고 일어서니, 온몸이 쑤셨습니다. 비를 맞고 한데서 자는 일이 힘든 줄은 알았지만, 이렇게 큰 고생일 줄은 몰랐습니다. 그래도 불을 피워 아침을 해먹고 햇살을 받으며 한참 걷고 나니까, 몸이 풀리고 마음도 가벼워졌습니다. 내리막길이기도 해서, 그날은 많이 걸었습니다.
 깊은 산속의 골짜기라, 해는 일찍 기울었습니다. 민이는 차츰 마음이 불안해졌습니다. 아무리 내려가도, 마을이 나타나지 않았습니다. 외딴집 한 채 보이지 않았습니다. 집은커녕 종일 한 사람도 만나지 못했습니다.

'오늘도 한데서 자야 할 모양이구나. 어제처럼 어디 굴이라도 있으면……' 그녀는 걸음을 멈추고 둘레를 살폈습니다.

밤을 지낼 만한 곳을 찾아 그녀가 두리번거리는데, 산비탈로 올라간 샛길에서 사람 둘이 나타났습니다. 서른은 넘어 보이는 여자와 남자였습니다. 차림으로 보아, 여행하거나 등산하는 사람들은 아니었습니다.

"안녕하세요?" 그녀는 반가워서 외쳤습니다.

"안녕?" 앞에 선 여인이 대꾸하고서 민이를 살폈습니다.

"만나 뵈니, 반갑네요. 전 오늘 이 골짜기를 내려오면서, 한 사람도 못 봤거든요."

여인이 고개를 끄덕였습니다. "이맘땐 여긴 사람이 드문데. 아직 유람 다닐 철이 아녀서……"

"아, 그렇군요. 전 남쪽으로 가는데요, 아주머니께선 산에서 무엇을…… 약초를 캐시나요?" 민이는 그 여인이 등에 멘 망태를 가리켰습니다.

"응. 약초도 캐고 나물도 뜯고."

그 사람들은 말수가 적었지만, 민이가 계속 얘기를 걸자, 차츰 말문이 트였습니다. 얘기를 들어보니, 이 명주계곡에선 그들 내외가 가장 위쪽에 사는 사람들이었습니다. 그들이 사는 곳에서 다시 사오리는 내려가야, 숯을 굽는 사람들이 사는 동네가 있다고 했습니다. 그녀가 나무와 약초에 대해서 관심이 크다는 것을 알자, 그 사람들은 문득 그녀에게 친밀한 마음을 드러냈습니다. 그리고 오늘 밤은 자기들 집에서 묵어 가라고 권했습니다.

약초 캐는 부부의 집은 시내 둘이 만나는 산자락에 자리 잡은 오막살이였습니다. 집 둘레에 개간한 밭이 있었고 채소들이 자라고 있었습니다. 그들이 다가가자, 어린애 셋이 달려나와서 반겼습니다. 민이는 그 아이들에게 자기를 소개하고 이름과 나이를 물었습니다. 맏이는 영손이라는 열 살 난 사내아이였고, 둘째는 가현이라는 여덟 살 난 계집아이였고, 셋째는 다섯 살 난 수현이라는 계집아이였습니다.

아낙은 이내 부엌으로 들어가서 저녁을 짓기 시작했습니다. 사내는 망태에서 칡뿌리 토막들을 꺼내서 민이에게 권하고 아이들에게도 한 토막씩 나누어주었습니다. 목도 마르고 배도 고팠던 터라, 들치근한 칡뿌리는 보기보다 맛이 있었습니다. 그사이에 날이 아주 어두워져서, 남편은 기둥에 달린 관솔횃대에 불을 켰습니다. 깊은 산속에 외따로 선 집이라, 그녀는 그을음이 많이 나는 관솔불이 아주 정답고 든든하게 느껴졌습니다.

사내가 마루에 걸터앉아 망태에서 캐온 약초들을 꺼냈습니다. 망태 두 개에서 나온 약초들은 꽤 많았습니다.

"약초들이 많네요."

사내가 고개를 끄덕였습니다. "이곳은 산비탈이 남향이라, 다른 데보다 철이 일찍 오거든. 그리고 뿌리를 약으로 쓰는 것들은 요새가 오히려 캐기가 쉬워."

"그런가요? 아저씨, 이 약초는 뭐예요?" 민이는 도라지처럼 생긴 뿌리를 가리켰습니다.

"이거? 이건 나도도라지라는 건데."

"아, 이게 나도도라진가요? 전 책에서만 봤어요." 그녀는 배낭에서 《기연반도 식물도감》을 꺼냈습니다.

사내가 호기심이 어린 눈길로 그녀가 편 책을 살폈습니다. 아이들도 그녀 가까이 다가와서 서로 눈짓을 하면서 책을 살폈습니다.

민이는 색인에서 나도도라지를 찾았습니다. "얘들아, 여기 봐라. 이게 나도도라지다." 그녀는 나도도라지의 그림을 가리켰습니다.

"정말 나도도라지네," 영손이가 큰 소리로 감탄했습니다. 다른 두 아이들도 신기해하면서 그림을 들여다보았습니다.

사내도 다가서서 책에 나온 나도도라지 그림을 살펴보았습니다.

"그 책이 뭔가?"

"이 책은 《기연반도 식물도감》인데요, 우리나라에 있는 나무하고 풀에 대해서 설명한 책예요. 여기 나도도라지에 대한 설명이 있네요. '나도도라지는 초롱꽃과의 다년초로 산과 들에 자란다. 기연반도 중부 이남에서만 나는 우리나라 특산종이다. 모양은 도라지와 비슷하나 좀 크다. 뿌리는 굵고, 줄기는 곧게 자라 이십 치에서 사십 치에 이르고, 자르면, 흰빛 즙액이 나온다. 잎은 어긋나며 긴 달걀 모양인데, 잎자루가 짧고, 앞면은 풀빛이고 뒷면은 회청색이며, 뒷면에 잔 털이 있다. 잎의 길이는 두 치에서 세 치이고 나비는 반 치에서 한 치이다. 유월에서 칠월 사이에 흰 꽃이 위를 향하여 피는데, 끝이 퍼진 종 모양이다. 꽃은 지름이 두 치에서 세 치이며 꽃의 끝과 꽃받침은 다섯 갈래로 갈라진다. 수술은 다섯 개이고 암술은 한 개인데, 암술머리는 다섯 갈래다. 씨

방은 다섯 개다. 열매는 삭과로 달걀 모양이다. 번식은 씨로 잘 된다. 봄, 가을에 뿌리를 캐서 생으로 먹거나 나물로 먹는다. 약효가 있어, 열을 내리는 데 쓰고, 특히 감기로 목이 붓고 열이 나는 데 효과가 있다.' 아저씨, 이 얘기 맞나요?"

"응. 별 걸 다 적어놨네. 그 책 참 신기하구먼."

민이는 아이들과 함께 다른 약초들도 책에서 찾아보았습니다. 아는 약초들이 책에서 나올 때마다, 아이들은 신이 나서 떠들었습니다. 그렇게 하느라, 그녀는 배가 고픈 것도 잊었습니다.

마침내 아낙이 부엌에서 소반을 들고 나왔습니다. "찬이 없어서, 어떻게 하나? 하두 산골이라 뭐가 있어야지."

"아닙니다. 냄새가 구수한데요." 민이는 이내 대꾸했습니다. 집을 떠난 지 여러 날이 되어서, 이제 그녀는 인사를 차리는 법을 많이 배웠습니다.

"맛없는 반찬도 그냥 맛있게 들어요." 사내가 웃으면서, 그녀에게 마루로 올라가라고 손짓을 했습니다.

"고맙습니다. 잘 먹겠습니다." 그녀는 고개 숙여 인사하고 마루 위로 올라갔습니다. 그리고 주인 사내가 앉기를 기다려 밥상 앞에 앉았습니다. "너희들도 같이 앉자."

그러나 아이들은 고개를 저었습니다. 그러고 보니, 소반 위엔 밥 그릇이 둘밖에 없었습니다.

"얘들은 나랑 같이 그냥 마루에 놓고 먹으면 돼요. 어서 들어요." 아낙이 말했습니다.

"자, 아가씨, 들지." 사내가 먼저 숟가락을 들었습니다.

"네. 고맙습니다."

밥은 조가 많이 섞인 보리밥이었고 반찬은 모두 산나물이었습니다. 그래도 워낙 배가 고팠으므로, 그녀는 큰 그릇에 가득 담은 밥을 이내 다 먹었습니다.

식사가 끝나자, 모두 방 안으로 들어갔습니다. 조그만 등잔이 방을 밝혔습니다. 요즈음 대도에 사는 사람들은 모두 촛불을 켰고, 어지간한 주막에서도 촛불을 켰습니다.

주인 사내가 등잔의 심지를 돋우더니, 민이에게 말했습니다. "아가씨, 그 책 내가 좀 볼 수 있을까?"

"네."

사내는 책을 받아들더니 한참 동안 책을 뒤적였습니다. 그러더니, 반색을 했습니다. 민이가 넌지시 살펴보니, 사내는 '약초편'을 펴놓고 있었습니다. 그곳을 읽어가면서, 사내는 연신 고개를 끄덕였습니다. 그러더니, 자기 아내를 쳐다보았습니다. "여보, 여기 좀 봐."

"뭔데유?" 아낙이 그에게로 다가앉았습니다.

"여기. '도로타리'도 약으로 쓰인다는데." 사내가 책장을 가리켰습니다. "여기 나왔잖아. '잎은 이뇨와 해독의 효능이 있다.' 그것 참."

"생긴 게 약초 같으니까, 역시 약이 되네유."

"그러게 말야. 우리 여름에 한번 잎새를 뜯어가지고서, 어디 큰 한약방에 가서 물어봅시다. 실제로 약으로 쓰이는가."

"그런 걸 물어보려면, 강주까지 나가야 하는 거 아녜유?"

"그럴지도 모르지."

"하도 꽉 막힌 산골이라, 뭐 하날 하려고 해두……" 아낙이 가볍게 한숨을 쉬었습니다.

"산골이 좋은 점도 많죠," 민이가 이내 말을 받았습니다. "여기 오니까 공기가 맑아서, 몸도 마음도 새로워지는 것 같아요. 그리고 물이 그리도 맑아요. 시냇물을 그냥 마셔도 되잖아요? 지금 대도에선 물이 귀해서 난리예요. 맘 놓고 먹을 물은 정말로 귀해요. 그래서 요샌 물장수들이 아주 많아졌어요."

"정말 그렇다고 하데. 대도에선 물을 사서 먹는다고 하던데." 사내가 고개를 끄덕였습니다.

"그래도 대도에서 살면, 좋지. 아이들도 학교에 보내구." 아낙이 아이들을 안타까운 눈으로 쳐다보았습니다.

"영손이는 학교에 안 다니나요?" 민이는 조심스럽게 물었다.

아낙이 다시 한숨을 쉬었습니다. "학교가 너무 멀어서, 보낼 수가 있어야지. 학교는 안고동에 있는데, 예서 거기까진 오십 리 길이니."

영손이가 겸연쩍은 얼굴로 민이를 흘긋 살폈습니다. 아마도 학교에 다니지 못한다는 것이 부끄러웠던 모양입니다.

민이는 무겁게 고개를 끄덕였습니다. "그래도 영손이는 책을 잘 읽던데요."

"글을 모르면, 지금 세상에선 살아갈 수가 없잖아? 그래서 우리가 틈틈이 가르쳤지. 덕분에 까막눈은 면했는데……"

민이는 깊은 산골에서 동무들도 없이 자라면서 학교에도 다니지 못

숨은 나라의 병아리 마법사

하는 세 아이들이 너무 안됐다는 생각이 들었습니다. 그래서 그녀는 아이들에게 동화를 들려주기로 했습니다. "영손아, 누나가 재미있는 이야기를 하나 들려줄까?"

"재미있는 이야기?" 영손이가 반색을 했습니다.

"응. 가현이하고 수현이도 함께 들을래?"

두 꼬마가 열심히 고개를 끄덕였습니다.

"옛날, 옛날, 아주 먼 옛날, 지는 해를 따라 삼 년을 걸어야 닿을 수 있는 아득한 서쪽 땅에 예쁘고 마음씨 착한 계집아이가 살았어요." 민이는 아이들에게 〈왕자와 유리 구두〉를 들려주기 시작했습니다.

아이들은 기대에 찬 얼굴로 눈을 반짝거리면서, 그녀 이야기에 귀를 기울였습니다. 어른들까지도 차츰 이야기에 빠져들었습니다.

마침내 그녀가 이야기를 끝내자, 아이들은 손뼉을 쳤고 어른들은 흐뭇한 웃음을 얼굴에 띠고 입맛을 다셨습니다.

"누나, 재미난 얘기 또 없어?" 영손이가 물었습니다.

"하나 더 해줄까?"

"응. 누나 이야기 정말로 재미있다."

그래서 그녀는 〈공주와 개구리 왕자〉를 들려주었습니다. 아이들이 하도 재미있어해서, 그녀는 다시 〈유리 상자의 비밀〉을 들려주었습니다.

이야기를 셋이나 듣고도, 아이들은 더 듣고 싶어 했습니다. 그러자 아낙이 아이들을 타일렀습니다. 누나는 먼 길을 걸어와서 피곤하니, 일찍 자야 한다고. 그제야 아이들은 고개를 끄덕이고 이불 속으로 들어갔습니다.

다음 날 아침 민이는 배낭에 넣어온 공책 한 권과 연필 두 자루를 영손이에게 주었습니다. 방 한구석엔 투박하게 만들어진 책상이 있었는데, 그 위에 해진 책들 몇 권하고 이미 다 쓴 공책 한 권, 그리고 몽당연필 한 자루가 있었습니다.

민이가 공책과 연필을 내밀자, 영손이는 반가워서 덥석 받았습니다. 그러자 아낙이 무척 미안한 얼굴로 말했습니다. "아가씨에게 필요한 물건인데, 어쩌나."

"괜찮아요. 저는 또 사면 되는데요, 뭐."

"그래도 그렇지."

"그리고 이 책은," 민이는 《기연반도 식물도감》을 주인 사내에게 내밀었습니다. "저보다 아저씨에게 더 필요한 것 같습니다. 아저씨가 쓰세요."

그 책은 민이에게도 꼭 필요한 책이었습니다. 그러나 주인 사내가 그 책을 무척 갖고 싶어 하는 눈치였고, 또 약초 캐는 사람에겐 쓸모가 클 것 같았습니다.

"아이, 안 돼." 사내가 황급히 손을 저었습니다. "이렇게 귀한 책을 내가 어떻게……"

"이 책은 아저씨께서 쓰시는 게 옳을 것 같아요. 저희 아버지께서 늘 말씀하셨거든요. '물건은 다 임자가 따로 있느니라.' 아저씨께서 이 책을 보시고 좋은 약초들을 많이 캐시면, 많은 병자들이 도움을 받을 거 아녜요? 받으세요."

"이거, 참." 사내는 무척 미안해하면서도 반갑게 책을 받아들었습니다. "이거 어떻게 보답해야 하나?"

"이렇게 고마울 데가 있나. 그런데 뭐가 있어야 고맙다는 인사를 차리지." 아낙이 안타까운 얼굴로 말했습니다.

"우리가 가진 거라곤 약초뿐이니, 약초라도 조금……" 사내는 방에 들어가더니 말린 약초가 든 봉지들을 내왔습니다. "이거라도 좀……"

"고맙습니다." 민이는 그 봉지들을 배낭에 넣었습니다.

그러자 아낙이 부엌에서 흰 종이에 무엇을 싸서 들고 나왔습니다. "이건 산과일들을 찧어서 말린 버무린데, 길 가다가 입이 심심하면, 조금씩 들어."

11. 오리손

 민이는 영손이네 사람들과 작별하고 다시 길을 따라 골짜기를 내려가기 시작했습니다. 이제는 마을들이 나온다는 말을 들어서, 그녀는 마음이 한결 가벼웠습니다. 영손이가 오 리가 넘게 그녀를 바래다주었습니다.
 숯을 굽는 사람들의 마을을 지나, 시내를 따라 난 산길을 한참 걸으니, 너른 분지가 나왔습니다. 이제 시내는 작은 강이 되었습니다. 강 건너편엔 폐허가 있었는데, 성에서 무너져내린 것처럼 보이는 큰 돌들이 덤불들과 잡초들 사이에 뒹굴고 있었습니다. 그 위를 음산한 기운이 검은 안개처럼 덮고 있었습니다. 거기 깃든 귀신들을 깨우지 않게 민이는 조심조심 걸었어요.
 그녀가 조그만 언덕을 돌아서자, 맑은 피리 소리가 들려왔습니다.

그녀는 걸음을 멈추고 피리 소리에 귀를 기울였습니다. 달콤하면서도 어쩐지 슬픈 가락이 끊어질 듯 이어졌습니다. 피리 소리가 나는 곳을 찾아보니, 저 아래 강가의 넓적한 바위 위에서 젊은 사내가 피리를 불고 있었습니다. 그녀는 조심스럽게 그에게 다가갔습니다. 피리를 부는 데 마음을 쏟아서, 그는 그녀가 다가오는 줄도 몰랐습니다.

바위 아래엔 괭이하고 종다래끼하고 물병이 놓여 있었습니다. 밭에 무슨 곡식 씨를 뿌리고 나서 쉬는 모양이었습니다.

마침내 피리 소리가 그쳤습니다. 그 사람은 피리에서 입술을 떼고 숨을 몰아 쉬더니 손등으로 이마의 땀을 훔쳤습니다.

"저기 말예요." 민이는 조심스럽게 자기가 옆에 있다는 것을 그에게 알렸습니다.

그가 놀라서 돌아보았습니다. 그녀를 보더니, 그는 웃음을 띠고서 부드러운 목소리로 말했습니다. "아가씨, 안녕."

"안녕하세요?"

그는 그녀를 찬찬히 살폈습니다. "아가씬 이곳 사람이 아닌 것 같은데요?"

"네, 그래요. 전 대도에서 왔어요."

"대도에서? 그럼 아주 먼 길을 왔네. 아가씨, 여기 올라와서 좀 쉬어요." 그가 자기 옆 자리를 가리켰습니다.

"고맙습니다." 그녀는 미모를 돌아보았습니다. "미모야, 넌 여기 그늘에서 쉬어라."

미모는 꼬리를 흔들어 대꾸했습니다.

그 사람이 내민 손을 잡고서 올라가보니, 바위는 아래서 볼 때보다 훨씬 컸습니다. 그리고 소나무들이 햇살을 가려서 시원했습니다.

"오리손이라고 합니다. 전 저기 삽니다." 그가 손을 들어 아래쪽을 가리켰다.

"전 민이에요." 그가 어떤 사람인가 궁금해하면서, 그녀는 오리손이 든 대나무 피리를 가리켰습니다. "피리가 참 좋네요."

그가 고개를 끄덕이고 밝은 웃음을 지어 보였습니다.

"무척 오래된 것 같네요."

"예. 우리 집안에 오래전부터 전해 내려온 겁니다. 한 사백 년은 됐을 겁니다."

"사백 년요? 정말 오래됐네요." 그녀는 그 피리를 받아서 자세히 살펴보았습니다. "그렇게 오래됐는데도, 상한 곳이 하나도 없네요. 우리 아빠도 이런 피리를 갖고 계신데."

"아, 그래요? 아버님이 음악가신가 보죠?"

"음악가는 아니세요. 음악을 좋아하시고 악기들을 잘 다루시지만." 그녀는 그에게 피리를 돌려주었습니다. 어쩐지 그에게 마음이 끌려서, 그녀는 사실대로 얘기하고 싶은 마음이 들었습니다. "실은 우리 아빤 마법사세요. 지금은 은퇴하셨지만."

"마법사요?"

"네," 그녀는 꿋꿋하게 대꾸했습니다.

다행히, 그는 놀라거나 비웃지 않았습니다. 민이를 살피면서 잠시 생각하더니, 조심스럽게 물었습니다. "민이 아가씨, 아버님 성함이……?"

"토르토르예요. 아빠를 잘 아는 사람들은 '소나무골의 토르토르'라고 부르죠."

"토르토르요?" 그가 외치고서 그녀를 빤히 쳐다보았습니다. "이것, 참. 아가씨가 토르토르 선생님의 따님이라니……"

"제 아빠를 아세요?"

"물론 알지요." 그가 선뜻 대꾸하더니, 급히 덧붙였습니다. "그러니까, 토르토르 선생님 이름을 많이 들었단 얘깁니다. 우리 증조할아버지께서도 훌륭한 마법사셨거든요. 혹시 '가객 고란초사'란 이름을 들어보셨어요?"

그녀는 '가객 고란초사'란 마법사의 이름을 들어본 적이 없었습니다. 그래도 그녀는 오리손이 마음 상하지 않게 말했습니다. "아빠가 마법사들 얘기를 하실 때, 들어본 것 같아요. 아빤 늘 마법사들 얘기를 하시거든요."

그가 싱긋 웃었습니다. "그래서 전 어릴 적부터 집안 어른들한테 마법과 마법사들에 대해서 얘기를 들으며 자랐죠. 그러면, 민이 아가씨, 어머님 성함은 소르포르이시겠네요. '자작나무 골짜기의 요정 소르포르'"

오리손이 자기 엄마까지 안다는 것이 민이는 정말 반가웠습니다. "네, 맞아요. 그렇지만 전 엄마에 대한 기억이 하나도 없어요. 엄마는 절 낳으시다가 돌아가셨거든요."

"아, 그랬나요? 정말로 슬픈 일이군요." 심각한 얼굴로 고개를 끄덕이던 오리손이 밝은 웃음을 띠고서 그녀를 쳐다보았습니다. "아가씨를 만나게 되어서 기쁩니다. 그런데 어떻게 혼자 여기까지 오셨나요?"

"전 지금 마룡산으로 가는 길이에요. 수련 여행을 떠났거든요."

"그래요? 정말 멋진데요. 그런데 민이 아가씨, 혼자 여행하는 것이 무섭진 않아요?"

"처음엔 좀 떨렸는데요. 막상 길을 나서니까, 그렇게 힘들진 않던데요." 그녀는 씩씩하게 말했습니다.

그가 그녀의 얼굴과 차림을 다시 살폈습니다. 그리고 무엇을 물으려 하다가 그만두었습니다.

"전 열다섯 살이에요," 그가 입 밖에 내지 않은 물음을 짐작하고서, 민이가 먼저 대꾸했습니다. "마법을 공부하는 사람이 수련 여행을 떠나기 좋은 나이죠."

"아, 예. 그렇군요," 그는 이내 대꾸하고서 고개를 끄덕였습니다. 그러나 얼굴엔 그녀 얘기에 선뜻 동의하지 않는 기색이 어렸습니다.

"지금 부신 가락이 무엇인가요?" 그녀는 슬쩍 화제를 돌렸습니다.

"아, 그거요? 그건 '지하에서 떠도는 넋들을 위한 짧은 가락' 이라고 하죠."

"아저씨께서 지으신 건가요?"

"예." 그가 수줍게 웃었습니다.

"저기, 그 가락을 한 번 더 불어보실 수 있을까요?" 그녀는 용기를 내어 부탁했습니다. "마음을 아주 부드럽게 해주는 가락이던데요."

"아가씨 부탁이라면, 열 번이라도." 싱긋 웃으면서, 그는 피리를 입에 가져갔습니다.

숨은 나라의 병아리 마법사 75

피리에서 맑고 부드러운 소리가 나오기 시작했습니다. 달콤하면서도 서글픈 가락이 계곡을 채워나갔습니다. 파란 들판 위로 부는 봄바람처럼 마음을 보드랍게 어루만져주는 그 가락을 들으면서, 민이는 뭉친 살과 긴장했던 마음이 함께 풀어지는 것을 느꼈습니다.

"아까 들었을 때보다 더 좋네요." 가락이 끝나자, 그녀는 진심으로 칭찬했습니다. "'지하에서 떠도는 넋들을 위한 짧은 가락'이라고 하셨죠?"

"예." 그가 그윽한 눈길로 강 건너 폐허를 바라보았습니다. "이곳 명주는 옛날엔 번창한 곳이었죠. 청동기 시대부터 기연반도 남서부에서 중요한 도시국가였죠. 명주는 전략적으로도 중요했어요. 그래서 고대부터 치열한 싸움터가 됐죠. 끊임없이 싸움들이 벌어졌고, 많은 왕들과 전사들이 죽었죠. 분을 삭이지 못해서, 복수심을 그대로 품고서. 그렇게 죽은 왕들과 전사들의 넋들이 땅속에서 늘 꿈틀대고 있어요. '지하에서 떠도는 넋들을 위한 짧은 가락'은 그런 넋들을 달래죠. 그렇게 하지 않으면, 그 넋들이 땅 위로 올라와서 이 골짜기를 위험하게 만들 수도 있거든요."

"아, 그렇군요." 문득 졸아든 가슴으로 그녀는 골짜기를 둘러보았습니다. 그저께 만났던 무사 귀신이 생각났던 것입니다. 그 귀신은 옛날의 어느 싸움에서 한을 품고 죽은 사람의 넋일 터였습니다. 분노로 이글거리던 그 귀신의 얼굴을 떠올리고, 그녀는 부르르 진저리를 쳤습니다.

"이곳엔 그런 넋들을 만난 사람들의 얘기가 많습니다."

"네. 실은 저도 오다가 그런 넋을 만났어요."

"그래요? 어디서요?"

그녀는 무사 귀신을 만난 일에 대해서 얘기했습니다.

"아, 그랬군요." 그가 힘주어 고개를 끄덕였습니다. 그리고 새삼스럽게 그녀를 살폈습니다.

그녀가 골짜기를 다시 둘러보는데, 강 건너 평평한 둔덕에서 무엇이 햇살을 받고 번쩍거렸습니다. "저건 무엇인가요? 번쩍거리는 것 말에요."

"저거요? 저건 흰 돌 조각 같은데요. 저곳은 전에 백류탑이 섰던 자리거든요."

"백류탑요?"

"예. '흰 버들 같은 탑'이란 뜻이죠."

"흰 버들 같은 탑이라면, 하얀 탑이었나요?"

"예. 전설엔 백류탑은 계곡 남쪽 백악에서 캔 흰 돌로 쌓았다고 하거든요. 탑이 하도 높아서, 여기서 삼십 리가 넘는 범기진 나루에서도 보였답니다. 태풍이 불면, 백류탑은 흰 버들처럼 부드럽게 흔들렸대요. 그래서 아무리 거센 태풍이 몰아쳐도 무너지지 않았답니다."

그녀는 높다란 탑이 흰 버들처럼 세찬 바람에 부드럽게 흔들리는 모습을 마음속으로 그려보았습니다. 까닭 모를 그리움이 가슴을 서늘하게 적셨습니다. "그 탑은 누가 쌓았나요?"

"전설엔 '참나무 왕국'의 마법사 아령가하가 쌓았다고 합니다. 아령가하는 탑 쌓는 일을 머리가 검을 때 시작해서 머리가 하얗게 셌을 때

마쳤답니다. 탑을 다 쌓고 강력한 주문으로 그 탑을 보호한 다음, 그가 예언했답니다. '이 백류탑이 서 있는 한, 우리 참나무 왕국은 번성할 것이다.' 그 뒤로 참나무 왕국은 예언대로 번성했습니다. 어떤 나라의 군대도 참나무 왕국 군대를 이길 수 없었습니다." 말을 멈추고, 오리손은 백류탑이 섰던 곳을 아쉬운 눈길로 바라보았습니다.

"그러다가 청동기 시대가 끝날 때쯤 반도 북쪽에 살던 키르키르족이 철을 제련하는 방법을 알아냈습니다. 그래서 키르키르족은 갑자기 강성해졌어요. 철로 만든 무기들은 청동으로 만든 무기들보다 훨씬 우수했거든요. 그들은 기연반도 북쪽과 독서강 너머 땅까지 자기들 영토로 만들어 제국을 세웠죠. 민이 아가씨도 그런 사실은 학교에서 배웠죠?"

"네. 초이타가 키르키르 제국을 세워서 태조가 됐죠?"

"맞아요. 그 뒤에 참나무 왕국의 마지막 왕인 두리고 왕 때, 키르키르 제국의 현종이 참나무 왕국에 싸움을 걸었어요. 그러나 참나무 왕국으로 쳐들어간 키르키르 제국의 강력한 군대는 수가 훨씬 적고 무기도 시원찮은 참나무 왕국 군대에게 늘 졌어요. 마침내 현종 황제가 그 까닭을 알게 됐죠. 백류탑이 서 있는 한, 참나무 왕국은 번성한다는 아령가하의 예언을 알게 된 거죠. 민이 아가씨, 그것을 알게 되자 현종 황제는 어떻게 했겠어요?"

"참나무 왕국으로 쳐들어가기 전에, 먼저 백류탑을 무너뜨리기로 했겠죠." 그녀는 이내 대꾸했습니다.

"맞아요. 그래서 현종 황제는 맏아들 아리하리를 참나무 왕국으로 보냈어요. 화친하자면서요. 아리하리 태자는 잘생겼고 재주가 뛰어났어요. 태자를 보자, 두리고 왕의 외동딸 시즈니아 공주는 바로 그를 사랑하게 됐죠. 그래서 태자에게 백류탑을 지키는 주문을 알려주었죠. 태자를 따라온 키르키르 사람들 중엔 수다나야라는 마법사가 있었어요. 태자가 비밀 주문을 가르쳐주자, 수다나야는 곧 그 주문의 힘을 없애는 주문을 만들었어요. 그러고는 탑을 무너뜨렸어요. 탑이 무너지는 소리를 듣고, 국경 밖에서 기다리던 키르키르 군대가 쳐들어왔고, 참나무 왕국은 멸망했죠."

"그랬군요." 한숨을 쉬고서, 그녀는 물었습니다. "그런데 시즈니아 공주는 어떻게 됐나요?"

"백류탑이 갑자기 무너지자, 두리고 왕은 어떻게 된 일인가 알아보았죠. 그래서 공주가 한 짓을 알게 됐어요. 왕은 사랑에 눈이 멀어 나라를 적국에 판 딸을 자기 손으로 죽였답니다."

"어머." 그녀는 고개를 저었습니다. "참으로 슬픈 얘기네요."

"그렇죠? 그런데 뒷날에 공주 무덤에서 하얀 꽃이 피어났어요. 사람들은 공주의 넋이 그 꽃으로 피었다고 여겨서 그 꽃을 '시즈니아꽃'이라고 불렀다고 합니다. 여기 명주계곡엔 봄에 피었다가 이내 시드는 시즈니아꽃이 있어요. 이상하게도 그 꽃은 여기서만 피고, 다른 곳에선 자라나지 않는다고 합니다."

"그래요? 시즈니아 공주의 넋이 그 꽃이 되었다면, 그럴 만도 하겠네요." 그녀는 생각에 잠겨 고개를 끄덕였습니다. "그러면 태자는 어떻게 됐나요?"

"나중에 황제가 됐죠. 키르키르 제국의 다섯째 황제인 인종이 바로 아리하리 태자거든요."

"그럼 결국 시즈니아 공주만 불쌍하게 됐네요." 민이는 좀 화가 났습니다. "태자는 황제가 되고."

"그런 셈이죠. 그래도 아리하리는 나쁜 사람은 아니었던 것 같습니다." 그가 달래는 어조로 말했습니다.

"왜요?"

"황제가 된 뒤에 아리하리는 시즈니아꽃 얘기를 들었어요. 황제는 자기를 사랑해서 나라를 배반하고 아버지 손에 죽은 공주를 불쌍히 여겨서, 누구도 시즈니아꽃을 꺾지 못하게 했답니다. 그리고 그 꽃씨를 받아다가 자기 궁궐의 뜰에 심게 했어요."

"아, 그랬나요?" 그녀는 마음이 좀 풀렸습니다.

"그런데," 그가 조심스럽게 덧붙였습니다. "공교롭게도, 그 일을 황비가 알게 됐답니다. 황비는 질투가 나서 그 꽃들을 모두 뽑아버리게 했습니다."

"시즈니아 공주가 너무 불쌍해요." 그녀 눈에 고였던 눈물이 볼로 흘러내렸습니다.

"정말로 비극적인 얘기죠. 그런데 이상한 일이 일어났습니다. 아리하리가 죽은 뒤, 시즈니아꽃이 피면 술이 노란 자주 꽃이 함께 피기 시작했습니다. 그래서 사람들은 그 꽃을 '태자화'라고 불렀습니다."

"지금도 태자화가 피나요?"

"예. 조금 지나면, 시즈니아꽃하고 태자화가 함께 필 겁니다. 그렇게 해서, 참나무 왕국은 멸망했고, 그 뒤로 명주는 한 번도 흥성하지 못했습니다. 이 지방의 도읍도 남은강가에 있는 강주로 옮겨졌고," 그가 아쉬운 어조로 말하더니, 문득 그녀 얼굴을 살폈습니다. "그런데 민이 아가씨, 배고프지 않아요? 많이 걸었을 텐데."

"실은 좀 고파요." 그녀는 고백했습니다.

"제가 그 생각을 못 했군요. 우리 집으로 갑시다. 여기서 머지않아요." 그녀가 머뭇거리자, 그는 서둘러 덧붙였습니다. "저에겐 민이 아가씨 또래의 누이가 있어요. 민이 아가씨를 보면, 리시아는 아주 반가워할 겁니다."

"미모야, 가자." 바위에서 내려와, 그녀는 길 옆 풀섶에서 무엇을 찾는 미모를 불렀습니다. 그리고 오리손의 뒤를 따랐습니다.

"개가 영리하게 생겼네요. 이름이 미모인가요?"

"네. 그런데 오리손 아저씨, 아저씨 직업은 무엇이에요?" 그녀는 조심스럽게 물었습니다.

"제 직업요? 글쎄, 뭐라고 해야 하나요? 고고학자라고 해야 하나요? 저는 원래 언어학을 전공했습니다. 어려서부터 고대 언어들에 대해서 알고 싶어 했거든요. 그러나 학교를 나온 뒤엔, 명주의 역사에 마음이 끌렸습니다. 우리 집안은 이곳에서 천 년 넘게 살았거든요."

"천 년 넘게 여기서 사셨다구요?"

"예. 실은 우리 집안이 이 계곡에선 가장 오래된 집안이죠." 그의 어조엔 은근한 자부심이 배어 있었습니다. "그러나 명주의 역사에 관해선 알려진 것이 거의 없습니다. 키르키르 제국 군대가 참나무 왕국을 철저하게 파괴했거든요. 그래서 저는 지금 이곳의 유적을 조사하고 있습니다. 민이 아가씨는 마법사라고 하셨죠?"

"마법사라고 할 정도는 못 돼요. 이제 막 배우기 시작한 걸요. 그래서 전 이름들을 조금밖에 몰라요. 사물의 참 이름을 아는 것이 마법의 첫걸음 아녜요?"

"그렇죠. 참 이름을 아는 것이 기본이죠. 민이 아가씨, 우리 집안에 오래전부터 전해내려온 얘기가 있습니다. '자신의 이름을 아는 사람만이 다른 사람들의 이름을 알 수 있다.' 그런 얘기지요."

그 얘기를 듣자, 그녀 마음이 햇살을 받은 듯 문득 환해졌습니다. "참 좋은 얘기네요. 누가 한 얘긴가요?"

"항신이란 수도승이 한 얘기랍니다. 뒤에 항신의 제자인 조신이 스승의 말씀에 대해서 '자신의 참 이름은 사람이 평생을 두고 씨름하는 수수께끼다'라고 풀이했답니다." 그가 고개를 돌려 그녀를 바라보았습니다. "민이 아가씨, 전 이곳의 옛 모습을 밝히려고 유적을 조사하고 발굴하죠. 그것이 제가 제 참 이름과 씨름하는 길입니다."

오리손의 얘기가 마음에 닿아서, 그녀는 고개를 끄덕였습니다. "그 얘기를 들으니, 제가 반성하게 되네요. 과연 지금까지 나는 내 참 이름을 알려고 얼마나 노력했나, 하는 생각이 드네요."

그가 걸음을 늦추면서, 그녀를 돌아보았습니다. "제가 보기엔, 민이 아가씨는 자기 참 이름을 아는 가장 좋은 길을 고른 것 같습니다. 이제 이 세상엔 마법이 다 잊혀졌는데, 민이 아가씨는 마법의 전통을 이어가고 있으니, 얼마나 멋진 일입니까? 저는 마법을 배우지 못한 것이 늘 아쉬웠는데, 지금 민이 아가씨를 만나니, 더욱 아쉬워지네요."

"증조할아버지께서 훌륭한 마법사셨다고 하셨죠? 그런데 왜 마법을 배우지 못하셨나요?"

"증조할아버지께선 훌륭한 마법사셨을 뿐 아니라 앞을 멀리 내다보신 분이었죠. 그래서 이미 '마법의 시대'는 지나갔고 '기술의 시대'가 왔다는 걸 아셨죠. 그래서 당신의 자식들에게 마법을 가르치지 않으셨죠. 대신 그때 막 우리나라에 들어온 새 학문과 기술을 배우도록 했습니다."

"아, 그러셨군요."

"마침 그때 도룬 제국에선 동시제가 서양의 학문과 기술을 받아들이는 '무연 개혁'을 추진하고 있었죠. 그 일에 마법이 방해가 된다고 마법을 금하고 마법사들을 박해했죠. 증조할아버지께선 도룬 제국에서 일어난 일이 우리나라에서도 일어나리라는 것을 아신 거죠. 실제로 명종 때 '융화 경장'으로 서양의 학문과 기술을 받아들이고 서양식으로 제도를 바꾸는 일이 추진됐잖아요?"

"네."

"다행인지 불행인지, 우리나라는 다른 나라들과 교류가 적었어요. 이름까지 '숨은 나라' 아닙니까? 덕분에 도룬 제국에서 마법의 전통이 끊긴 뒤에도, 우리나라에선 마법의 전통이 살아남았죠. 지금 이 세상에서 마법의 전통이 살아남은 나라는 아마 우리나라하고 반야 왕국뿐일 겁니다. 반야 왕국은 외딴 섬나라라, 그곳엔 우리나라보다 오히려 마법의 전통이 생기를 지녔다고 하더군요."

12. 리시아

　오리손의 집은 큰길에서 갈라진 작은 길을 따라 한참 들어간 골짜기에 자리 잡고 있었습니다. 둘레에 있는 집들이 조그만 마을을 이루고 있었는데, 마을 이름은 자면동이라고 했습니다. 오리손은 마을 사람들이 모두 자기 친척들이라고 했습니다.
　오리손의 가족들은 민이를 반겼습니다. 그의 아버지는 몇 해 전에 돌아가셔서, 그가 가장이었습니다. 그의 누이 리시아는 민이와 같은 또래라, 둘은 이내 친해졌습니다.
　저녁 식사를 하는 자리에선 자연스럽게 민이가 찾아가는 마법성이 화제에 올랐습니다.
　"그렇게 무서운 용이 지키고 있으면, 사람들은 두려워서 어떻게 살지?" 오리손이 마법성에 대해서 설명하자, 그의 어머니가 물었습니다. "숨도 크게 못 쉴 텐데."

"그 성엔 사람이 살지 않아요, 어머니. 그러니 걱정하실 필요가 없어요." 얼굴에 웃음을 띠면서, 오리손이 말했습니다.

"그래? 그럼 빈 성이란 얘기냐?"

"예."

"그럼, 오빠, 그 성엔 처음부터 사람이 살지 않았어? 아주 오래된 성이라면서?"

"아냐. 처음엔 사람이 살았었지. 그런데 '마법사들의 대전'이란 큰 싸움이 있었어. 아주 오랜 옛날에. 여기 기연반도에 있는 마법사들이 두 파로 갈라져서 싸웠어. 그때 마법성 바로 아래에서 아주 큰 싸움이 벌어졌지. 그 싸움에서 마법성에서 살던 마법사 가족이 모두 죽었어. 그 뒤로는 마법성에 사람이 살지 않게 됐지. 용 한 마리만 남아서 성을 지키고."

"아, 그랬구나." 리시아가 감탄하고서 민이를 흘긋 살폈습니다.

"그 얘긴 저도 처음 듣는 얘기네요."

"마법의 역사에 관한 책들을 읽다가 알게 됐어요. 그런데 재미있는 건, 언젠가는 마법성에 다시 사람이 살게 되리라는 예언이 전해내려온 거죠."

"그래요? 누가 그런 예언을 했나요?"

"보신재라는 마법사였죠. '마법사들의 대전'이 끝난 뒤, 그 싸움에서 죽은 사람들을 위한 진혼제가 마법성에서 열렸는데, 제사가 끝나자, 그 사람이 예언을 했답니다. '이제 이 마법성엔 살려는 사람이 없을 것이다. 대신 여기 살던 마법사 가족의 친구였던 용이 찾아와서 성을 지킬 것이다. 그리고 그 용이 새끼를 낳으면, 그 새끼 용과 친구가 될 아이가 함께 태어날 것이다. 그때부터 다시 사람이 이 성에서 살기 시작할 것이다.' 그렇게 예언을 했다고 합니다."

"정말 재미있는 얘기네요." 문득 무슨 예감과 비슷한 것이 민이의 마음에 짙은 안개처럼 어렸습니다. "그 예언이 나온 지 얼마나 됐나요?"

오리손이 잠시 생각했습니다. "정확히 얘기할 수는 없지만, '마법사들의 대전'이 적어도 사천 년 전에 있었다고 하니까, 사천 년은 넘었다고 봐야죠."

"용은 새끼를 낳냐? 용은 알을 낳는다는 소리를 들은 것 같은데……" 오리손의 어머니가 말했습니다.

"그 얘기 어디서 들으셨어요?" 얼굴에 웃음을 띠고서, 오리손이 말했습니다. "어머니 말씀이 맞습니다. 용은 알을 낳아서 품습니다. 이백 일 동안 품는다고 하던데요."

"그런데 새끼를 낳으려면……" 오리손의 어머니는 무슨 얘기를 하려다 멈추고서 민이와 리시아를 흘긋 살폈습니다. 그러고는 민이에게 말했습니다. "많이 들어요. 찬이 입에 맞지 않더라도."

"아닙니다. 찬이 모두 맛있습니다. 벌써 밥을 한 그릇 다 먹었는데요." 그녀는 거의 다 빈 밥그릇을 가리켰습니다.

저녁 식사가 끝나자, 리시아가 차를 끓였습니다. 냄새는 향긋했지만 마시고 나면 입안에 쌉쌀한 맛이 남는 녹차였습니다. 차를 마시는 사이에, 오리손의 어머니는 민이에게 집안 내력에 대해 이것저것 물으셨습니다. 그러고는 더운물에 목욕을 하라고 권했습니다. 그러자 리시아가 목욕물을 데우겠다면서 일어나서 밖으로 나갔습니다. 민이도 일어나서 리시아의 뒤를 따랐습니다.

욕실은 널찍했습니다. 바닥엔 편편한 돌들을 깔았는데, 한쪽에 둥근 무쇠 욕조가 있었습니다. 리시아는 우물에서 물을 길어 욕조에 물을 가득 채운 다음, 욕실 밖에 있는 아궁이에 불을 지폈습니다. 리시아와 민이는 불을 때면서, 여러 가지 이야기를 했어요. 알고 보니, 두 사람은 동갑이었어요. 태어난 달까지도 같았는데, 생일은 민이가 꼭 이틀 빨랐습니다. 그러나 리시아가 학교에 늦게 들어가서, 리시아는 일학년이었죠. 지금은 농번기라 봄방학을 해서, 학교에 가지 않는다고 했어요.

목욕물이 데워지자, 두 사람은 함께 목욕을 했습니다. 촛불을 켜놔서, 욕실은 환했습니다. 리시아는 민이의 살결이 희다고 부러워했습니다. 리시아는 얼굴도 예쁘고 몸매도 좋았지만, 살결이 가무잡잡한 편이었습니다.

목욕이 끝나자, 리시아는 민이를 자기 방으로 데리고 가서 자기 화장품을 쓰라고 했습니다. 그러고는 민이의 몸에 산유나무 기름을 발라주면서, 대도 사람들은 무슨 화장품을 쓰느냐고 물었습니다. 그렇게 화장품 얘기로 시작해서, 민이와 리시아는 많은 얘기를 나누었습니다. 리시아는 혼자서 수련 여행을 떠난 민이를 무척 부러워했습니다. 그녀는 멀리 여행한 적이 없다고 했습니다. 강주에 몇 번 갔었을 뿐, 십삼령을 넘어 북쪽으로 여행한 적은 없었습니다. 그래서 민이와 함께 마법성을 찾고 싶어 했습니다. 그러나 어머니가 허락해주실 리가 없다고 서글프게 말했습니다.

집을 떠난 뒤 처음으로 더운물에 목욕을 했더니, 민이는 몸과 마음이 아주 상쾌했습니다. 그래서 먼 길을 걸었어도, 그다지 피곤하지 않았습니다. 그녀는 리시아에게서 이곳에 전해오는 민요들을 배웠습니다. 물론 목소리를 아주 낮춰서 다른 집에 들리지 않도록 했습니다. 그리고 잠자리에 들기 전에, 아빠에게 편지를 썼습니다. 지금까지 걸어온 길과 그동안 겪은 일들을 간략하게 적었습니다. 봉투엔 오리손의 집 주소를 적었습니다. 그리고 리시아에게 나중에 우체국에 가는 길이 있으면 편지를 부쳐달라고 부탁했습니다.

13. 사랑의 주문

다음 날 아침 민이는 늦게 일어났습니다. 긴 여행으로 지친 데다, 더운물에 목욕까지 했기 때문입니다.

그녀가 황급히 옷을 입는데, 리시아가 들어왔습니다. "민이야, 잘 잤니?"

"응. 그런데 늦잠을 잤네."

"먼 길을 왔으니 피곤했겠지. 민이야, 하루만 더 묵고 가라, 응?"

민이가 망설이는데 문을 두드리는 소리가 나더니, 문 밖에서 오리손이 물었습니다. "리시아야, 민이 아가씨 일어났니?"

"응, 오빠. 들어와."

오리손이 문을 열고 들어왔습니다. "잘 잤어요, 민이 아가씨?"

"네. 오래간만에 잠을 푹 잤어요. 그 바람에 늦잠을 잤지만," 머리를 매만지면서, 그녀는 겸연쩍은 웃음을 지었습니다.

"괜찮아요. 대도에서부터 걸어오느라 많이 지쳤을 텐데요, 뭐. 먼 길은 쉬엄쉬엄 가야 해요. 너무 빨리 가다간, 자기도 모르게 무리를 하게 돼요."

"내 얘기가 바로 그 얘기야, 오빠. 민이보고 하루만 더 묵고 가라고 얘기하던 참야."

그가 환하게 웃었습니다. "그렇게 해요, 민이 아가씨. 하루만 더 묵으면서, 좀 쉬어요."

민이는 머뭇거렸습니다. 하루를 더 묵어 가고 싶기도 했고, 더 묵는 것이 미안하기도 했습니다.

"민이 아가씨도 쉬어야 하지만, 미모도 쉬어야 해요. 다리가 하나 없는 몸으로 여기까지 걸어오느라, 미모는 많이 지쳤을 겁니다."

미모가 지쳤으리라는 얘기를 듣자, 그녀는 마음을 정했습니다. "그럼 하루만 더 신세를 질게요."

그러자 리시아가 손뼉을 치면서 좋아했습니다. "잘 생각했다, 민이야."

"그러면 민이 아가씨, 제가 유적을 발굴하는 곳이 있는데, 저와 함께 그곳에 가보지 않을래요?"

"유적을 발굴하는 곳요? 좋아요."

아침 식사가 끝나자, 민이는 리시아와 함께 오리손을 따라나섰습니다. 오리손은 장비들이 든 배낭을 멨고, 민이와 리시와의 배낭엔 음료수와 점심이 들었습니다. 하루를 편히 지내게 되었다는 것을 아는지,

미모도 꼬리를 흔들며 따라나섰습니다.

　마을에서 조금 내려가자, 시내가 굽이 돌면서 아래쪽에 꽤 너른 분지가 펼쳐졌습니다.

　"여깁니다." 오리손이 걸음을 멈추고, 그곳을 가리켰습니다.

　"아, 그래요?" 민이는 그곳을 살펴보았습니다. 벌써 발굴 작업이 많이 이루어져서, 땅이 많이 파헤쳐진 상태였습니다.

　"이곳은 오랜 옛날부터 사람들이 살았던 곳이죠."

　"그래요? 사람들이 언제부터 살았나요?"

　"아직 잘 모르겠습니다. 지금 파고 있는 지층은 참나무 왕국이 서기 전에 사람들이 살았던 지층입니다."

　"그렇게나 오래됐나요? 참나무 왕국이 서기 전이라면," 그녀는 잠시 따져보았습니다. "이천 년가량 됐겠네요?"

　"예, 그 정도 됐어요. 더 파내려가면, 석기 시대 유물이 나올지도 모르죠." 오리손이 환하게 웃었습니다.

　"정말로 멋진 일이네요." 그녀가 감탄하자, 리시아가 자랑스러운 낯빛으로 오빠를 바라보았습니다.

　"지금 발굴하는 곳은 저쪽입니다." 오리손이 흙더미가 쌓인 곳을 가리켰습니다. "이리 오세요."

　민이와 리시아는 오리손을 따라 발굴 현장으로 다가갔습니다. 집터가 드러나 있었고 토기들이 원래 발견된 자리에 그대로 놓여 있었습니다.

　오리손이 그곳에 대해서 자세히 설명했습니다. 그리고 배낭에서 장비를 꺼내어 발굴 작업을 시작했습니다.

민이와 리시아도 거들기 시작했습니다. 작업은 단순했고 힘들었습니다. 게다가 햇살이 따가웠습니다. 그래서 민이는 곧 지쳤습니다. 그래도 약한 꼴을 보이기 싫어서, 열심히 일했습니다. 이미 여러 번 해본 터라, 리시아는 별로 힘을 들이지도 않으면서 일을 잘 했습니다.

민이가 일하는 모습을 보더니, 오리손이 다가와서 말했습니다,

"민이 아가씨, 이 일은 쉬엄쉬엄해야 해요. 서두를 필요가 없어요."

"보기보단 힘든데요." 그녀는 한숨을 쉬면서 자리에서 일어나 허리를 폈습니다.

"처음엔 다 그래요. 이리 와보세요. 보여드릴 게 있어요." 그는 분지 아래쪽 이미 발굴을 끝낸 곳으로 그녀를 안내했습니다.

"여기도 오빠가 발굴하셨어요?"

"예." 그는 넓은 방처럼 생긴 곳으로 내려가더니, 손을 내밀었습니다. "이리 내려오세요."

오리손의 손을 잡았지만 가장자리의 흙이 무너져서, 민이는 발이 미끄러졌습니다. 다행히 오리손이 재빨리 그녀를 안아서, 다치진 않았습니다.

"괜찮으세요?" 그녀를 안은 채, 그가 걱정스럽게 물었습니다.

"네, 괜찮아요." 문득 수줍어져서, 그녀는 고개를 돌리고 대꾸했습니다. 그리고 그의 품에서 벗어났습니다. "오빠가 붙잡지 않으셨으면, 다칠 뻔했네요."

그가 싱긋 웃고서 벽 한쪽을 가리켰습니다. "저것입니다, 민이 아가

씨에게 보여드리려는 게."

"뭔데요?"

그가 방수포를 조심스럽게 걷자, 벽에 기대어 세워진 흙으로 된 판 하나가 드러났습니다. "점토판이죠. 진흙으로 만든 판에다 글자들을 새기고서 불에 구운 거죠. 불에 구웠기 때문에, 몇 천 년을 가도, 끄떡없죠."

"아, 그래요?" 그녀는 거기 새겨진 글자들을 살폈습니다. "무슨 글자들인지 잘 모르겠네요."

"그건 '방점 문자' 입니다."

"아, 이것이 방점 문잔가요?" 그녀는 그 글자들을 다시 살폈습니다. "그러고 보니, 아주 낯설진 않네요."

방점 문자는 옛적에 기연반도에 살던 사람들이 만든 문자였습니다. 민이는 초등학교 역사 시간에 방점 문자에 대해서 배웠습니다. 방점 문자는 세로로 쓰였는데, 사람들의 이름 옆엔 둥근 점들이 찍혀 있어서, 그런 이름이 붙었습니다.

"예. 민이 아가씨도 방점 문자에 대해선 학교에서 배웠죠?"

"네. 고대에 기연반도에서 그런 문자가 사용됐다, 그렇게 배웠죠. 하지만 실물을 본 건 처음이에요."

"이 방은 이곳을 지배하던 사람이 살던 집의 일부인데, 마법사가 쓰던 방인 것 같아요. 여기서 나온 물건들이 마법을 하는 데 쓰이는 것들이었거든요."

고대의 마법사가 살던 방이란 얘기를 듣자, 민이는 문득 가슴에 시린 물살이 차오르는 것을 느꼈습니다. 그녀는 천천히 고개를 끄덕이면서 방을 둘러보았습니다. 이제 방은 그냥 폐허가 아니었습니다. 아무것도 없이 벽만 서 있었지만, 옛날 마법사가 살았던 방은 무슨 신비한 얘기를 그녀에게 들려주는 듯했습니다.

"이 점토판에 쓰인 것들은 주문들입니다."

오리손의 목소리에 그녀는 생각에서 깨어났습니다. "주문요?"

"예."

"무슨 주문들인가요?"

"음, 여러 가진데요. 사랑을 얻는 주문도 있고, 미워하는 사람을 골탕 먹이는 것도 있고, 질병을 치료하는 것도 있고."

"마법성에도 이런 판들이 있다고 하던데요. 이상한 글자들이 새겨진 판들이오. 그것도 방점 문잔가요?"

오리손은 천천히 고개를 저었습니다. "확실히는 모르지만, 아마 아닐 겁니다. 마법성에 있는 판들에 새겨진 문자는 아직 해독되지 않았습니다. 방점 문자가 해독된 지는 벌써 백 년이 넘었구요. 마법성의 판들에 새겨진 문자는 방점 문자보다 훨씬 오래된 것 같습니다."

"그런가요?"

"마법의 역사가 워낙 오래됐으니, 하긴 당연한 일이죠. 민이 아가씨," 오리손이 갑자기 탁해진 목소리로 그녀를 불렀습니다.

"네?"

"민이 아가씨, 한번 이 주문을 써보시지 않을래요? 시험 삼아서, 한번……" 그가 힘이 실린 눈길로 그녀를 바라보았습니다.

"제가요?" 그녀는 잠시 머뭇거렸습니다. "자신이 없는데요."

"주문은 마법사가 해야 효력이 나오잖아요? 한번 해보세요."

"저는 아직…… 정말 자신이 없어요. 잘못해서 엉뚱한 일이 벌어지면, 어떻게 해요?"

"사랑에 관한 주문은 잘못될 게 없잖겠어요? 그걸 한번 해보세요." 그의 목소리에 간절함이 배어 있었습니다.

"주문은 뭔데요?" 그의 목소리에 밴 간절함에 이끌려, 그녀는 손에 든 합죽선을 고쳐 쥐었습니다.

그가 점토판 앞에 쪼그리고 앉더니 주문을 읽었습니다. "리리시리 리리시리 리리이시리 리리시리 옴 리리시리 리시리 옴 리리시리 옴."

여러 번 되풀이해서 주문을 외운 다음, 민이는 합죽선을 펴들었습니다. 그리고 가슴속의 마력을 모아서 주문을 외웠습니다. 마법을 할 때는 대상이 있어야 하므로, 그녀는 무심코 오리손을 향해 합죽선을 부쳤습니다. 주문을 외웠지만, 아무 일도 일어나지 않았습니다. 그녀의 가슴을 봄바람과 같은 무엇이 스쳤을 따름입니다.

그녀가 주문을 외자, 오리손은 눈을 감았습니다. 그렇게 한동안 서 있더니, 그가 문득 눈을 뜨고서 부드러운 웃음을 지었습니다. "마법사가 한 주문이니, 효력이 있겠죠."

14. 서낭고개

 그날 저녁 습기가 밴 바람이 서남쪽에서 불어왔습니다. 곧 하늘이 검은 구름으로 덮이더니, 비가 내리기 시작했습니다. 비는 다음 날도 그치지 않았습니다.

 그래서 민이는 길을 나서지 못하고, 대신 오리손이 빌려준《방점 문자의 해독》이란 책을 읽었습니다. 방점 문자는 오랫동안 해독되지 않았었는데, 한 백 년 전에 한비온이란 학자가 마침내 해독했습니다. 《방점 문자의 해독》은 한비온이 방점 문자를 해독한 과정을 설명한 책이었습니다. 그는 방점이 찍힌 낱말들이 사람들의 이름이라고 생각했습니다. 그리고 방점이 찍힌 낱말들 가운데는 여러 번 나오는 것들이 있다는 점에 주목했습니다. 그는 가장 많이 나온 낱말은 그 문자가 쓰였던 때에 가장 유명했던 사람의 이름일 것이라고 생각했습니다.

그래서 그 낱말이 전설 속의 유명한 임금인 파시시마를 뜻한다고 풀이했습니다. 몇 글자가 풀리니, 다른 글자들을 풀어내는 일은 그리 어렵지 않았습니다. 다행스럽게도, 기연반도에서 쓰인 언어는 그동안 그리 많이 바뀌지 않았습니다. 숨은 나라가 원래 바깥세상과 교류가 적었기 때문입니다. 그래서 낱말 몇 개를 빼놓고는, 방점 문자는 다 해독되었습니다.

다음 날은 날이 맑게 개었습니다. 아침 일찍 민이는 오리손의 어머니가 만들어준 음식으로 묵직해진 배낭을 메고 오리손의 집을 나섰습니다. 오리손과 리시아는 배웅해주겠다며, 그녀를 따라왔습니다. 여기 사람들은 남쪽으로 가는 사람을 전송할 때는 서낭고개까지 바래다준다고 리시아가 말했습니다.

그들이 길을 따라 한참 내려가자, 야트막한 고개가 나왔습니다. 그 고개 위엔 우람한 고목이 하나 서 있었습니다.

"저기가 서낭고갭니다," 오리손이 말했습니다.

"그래요?"

그들이 고개 위에 오르자, 그가 그 우람한 나무를 가리키면서 민이에게 말했습니다, "여기 서낭에 대고 소원을 말하고 기원하면, 서낭신이 들으시고서 소원을 들어주신답니다." 그러고는 돌을 하나 집어 서낭당 돌무더기에 얹고 나서, 눈을 감고 기원했습니다.

그러자 리시아도 돌을 하나 집어 돌무더기에 얹고서, 눈을 감고 기원했습니다.

"민이 아가씨도 하지 않으시겠어요?"

"그럼 저도 해볼까요?" 그녀는 좀 큼직한 돌을 하나 골라서 돌무더기에 얹었습니다. 그리고 눈을 감았습니다. '수련 여행을 마치고 돌아와서 다시 오리손 오빠를 만나게 해주세요.'

마음속에 자연스럽게 떠오른 소원이 오리손을 다시 만나는 것이었다는 생각에 그녀는 갑자기 수줍어졌습니다. 얼굴이 달아오르는 것이 느껴져서, 그녀는 눈을 감은 채 한참 동안 서 있었습니다.

"그럼 여기서 작별 인사를 해야겠네요." 오리손이 문득 잠긴 목소리로 말하고서 부드러운 마음이 담긴 눈길로 그녀 얼굴을 쓰다듬었습니다.

"민이야, 마법성에서 돌아올 때, 꼭 들러." 그녀 손을 꼭 쥐면서, 리시아가 말했습니다.

"그래, 꼭 들를게."

"꼭 들르세요. 그럼 조심해서 가세요." 오리손이 그녀에게 간절한 어조로 말했습니다. 그러고는 미모의 머리를 쓰다듬었습니다. "미모야, 민이 아가씨를 잘 보호해야 한다."

그의 얘기를 알아들은 것처럼, 미모는 꼬리를 흔들었습니다.

민이와 리시아는 서로 껴안고서 작별 인사를 했습니다.

"민이 아가씨," 그녀가 작별 인사를 하고 고개를 내려가는데, 오리손이 급하게 부르면서 달려 내려왔습니다.

그녀가 돌아서자, 그가 손에 든 것을 내밀었습니다. "깜빡 잊었습니다. 이걸 갖고 가세요. 이건 은으로 만든 숟가락인데, 독이 묻으면 색이 검게 변합니다. 낯선 음식이나 약을 먹을 때 소용이 될 겁니다."

그녀는 고맙다고 인사하고서 그 숟가락을 받아 배낭에 넣었습니다. 그리고 미모와 함께 고갯길을 내려갔습니다.

햇살이 따스해서, 길을 가기에는 아주 좋은 날씨였습니다. 길가 풀꽃들이 그녀 마음을 밝게 했습니다. 그러나 오리손과 헤어진 것이 무척 아쉬워서, 그녀 마음은 한쪽이 갑자기 빈 것처럼 느껴졌습니다. 계곡을 따라 난 길을 걸으면서 흐트러진 마음을 달래기 위해, 그녀는 리시아에게서 배운 노래를 흥얼거렸습니다.

"성도 탑도 무너진 이 골짜기에
너 혼자 피었구나 시즈니아꽃.
하이얗게 사원 몸 꽃잎이 되고
언제라도 붉을 넋 꽃술이 되고.
목숨을 바치고도 못 맺은 인연
이리도 서러우랴 시즈니아꽃."

그녀의 노래에 화창하는 것처럼, 숲 속에서 새 한 마리가 문득 목청을 높였습니다.

15. 안고동

그날 저녁 민이는 조그만 마을 넷을 지나 안고동에 닿았습니다. 안고동은 너른 터에 자리 잡은 큰 마을이었습니다. 마을 앞 강가엔 범기진 나루가 있어서, 이 근처에선 교통의 중심지이기도 했습니다. 그녀는 오리손의 재당숙인 오당호라는 사람의 집을 찾았습니다. 오리손이 꼭 거기서 묵어 가라고 당부했거든요.

오당호는 마흔가량 되어 보였는데 이마에 깊은 주름이 패고 머리가 희끗했습니다. 민이가 찾아오게 된 사정을 얘기하자, 그는 잠자코 고개를 끄덕였습니다. 그녀가 오리손의 편지를 건네도, 그는 시무룩한 얼굴로 받아들였습니다.

오리손의 친척이 그렇게 나오리라고는 예상치 않았던 터라, 민이는 당황했습니다. 오리손은 자신의 재당숙이 큰 부자이며 그의 집안과 가깝게 지내므로 그녀를 반겨주리라고 얘기했었습니다. 그녀는 다른 데서 잘 곳을 찾기로 마음을 먹었습니다.

그녀가 가겠다는 인사를 하려는데, 오당호가 말했어요, "들어와라. 하루 종일 걸었으니, 피곤하겠다."

그의 말씨가 부드러워서, 그녀는 좀 안심이 됐습니다. "고맙습니다."

그는 뒤에서 기웃거리던 젊은 여인을 돌아보았습니다. "새아가, 이 아가씨를……"

"네, 아버님." 그 젊은 여인이 상냥하게 대꾸했습니다. 갓 시집 온 며느리 같았습니다.

"잘 보살펴라. 귀한 손님이다." 며느리에게 당부하고 민이에게 고개를 끄덕여 보이고서, 그는 사랑방으로 들어갔습니다.

민이는 며느리를 따라 안채로 들어갔습니다. 오리손이 얘기한 대로, 오당호의 집은 무척 오래되고 컸습니다. 후원엔 아름드리 나무들이 가득했습니다.

며느리는 마루로 올라서더니 방문 하나를 열었습니다. "이 방에서 쉬세요."

"고맙습니다." 민이는 고개 숙여 인사하고 배낭을 벗었습니다.

"저기 우물이 있고요, 그 옆에 있는 것이 욕실이에요." 며느리가 안마당 한쪽에 있는 우물을 가리켰습니다. "지금 씻으세요. 곧 저녁 식사를 할 거예요."

저녁 식사는 사랑채와 안채 사이에 있는 큰 식당에 마련되어 있었습니다. 식탁에 둘러앉은 사람들은 열이 넘었습니다. 부잣집답게 음식은 풍성했지만, 어찌 된 일이지 분위기는 밝지 않았습니다. 오당호가 민이를 소개하자, 모두 고개만 끄덕였습니다. 식사를 하면서도 사람들은 말이 없었습니다. 식사가 끝나자 차가 나왔습니다. 향긋한 작설차였습니다. 그러나 분위기가 너무 무거워서, 꿀을 타서 맛이 좋은 차를 마시면서도 민이는 마음이 편치 못했어요.

"형님, 이제 저희 얘기를 다 들으셨으니까, 형님께서 결심을 해주세요." 사람들이 차를 거의 다 마셨을 때, 구레나룻을 한 사내가 억센 목소리로 오당호에게 말했습니다.

"무슨 결심을 한단 말이냐?" 오당호가 불쾌한 얼굴로 되물었습니다. "내가 벌써 수십 번 얘기했잖냐, 너희에게 나눠줄 땅은 없다고."

"그건 경우가 닿지 않는 얘깁니다, 형님," 구렛나룻을 한 사내가 목청을 높였습니다. "아, 다 같은 자식인데 지차라고 땅을 한 뼘도 못 물려받다니, 세상에 그런 일이 어딨습니까?"

"큰오빠, 작은오빠. 우리도 부모 유산 물려받을 자격이 있어요. 딸자식은 자식이 아닙니까?" 오당호 맞은편에 앉은 여인이 끼어들었습니다.

식탁에 둘러앉은 사람들 사이의 언쟁은 그런 식으로 한참 계속됐습니다. 민이가 가만히 들어보니, 부모 유산을 놓고서 형제들이 다투는 것이었습니다. 그녀는 듣기 민망해서 빨리 일어설 궁리를 했습니다.

"형님, 세상 사람들한테 물어보십쇼, 누가 옳은가." 구렛나룻을 한 사내가 벌컥 화를 내면서 내뱉었습니다.

"그래 물어봐라, 누구 얘기가 경우에 맞는가." 오당호가 어림없다는 얼굴로 대꾸했습니다.

"어린애라도 다 알 겁니다, 형님이 터무니없는 욕심을 부린다는 건. 저기 앉은 저 아이한테 물어봅시다, 누구 얘기가 옳은가."

민이는 뜨끔했습니다. 괜히 남의 일에 끌려 들어가 곤란한 처지가 될까 걱정이 됐습니다.

"그래, 한번 물어보자," 동생의 기세에 눌리지 않겠다는 듯, 오당호는 거세게 말을 받았습니다. 그리고 그녀에게로 몸을 돌리더니, 그들이 언쟁을 벌인 까닭을 설명하기 시작했습니다.

얘기를 듣고 보니, 사정은 복잡했습니다. 오당호의 아버지가 작년에 죽었는데, 유언을 남기지 않았습니다. 그러자 맏아들인 오당호는 관습대로 유산은 생전에 아버지를 모셨고 제사를 받드는 맏아들이 받아야 한다고 주장했습니다. 분가한 두 남동생들은, 집은 맏형이 차지하는 것이 옳지만, 땅은 셋이 나누어 갖자고 주장했습니다. 시집간 세 누이들은, 남자 형제들만 유산을 받는 것은 공평하지 못하니, 자기들에게도 유산을 나눠달라고 주장했습니다. 모두 자기 주장이 옳다고 내세우며 다른 사람들의 얘기엔 귀를 기울이려 하지 않았습니다.

민이는 아주 난처했습니다. 그래서 자기는 어려서 그렇게 어려운 일에 대해선 잘 모른다고 말했습니다. 그러나 사람들은 그녀에게 생각을 말해보라고 졸랐습니다.

"그러면 제가 이야기를 하나 하겠습니다," 생각하다 못해, 그녀는 역사책에서 읽은 일을 그 사람들에게 들려주기로 했습니다.

"옛날, 옛날, 아주 먼 옛날, 키르키르 제국 혜종 황제 시절에 마나암이란 관리가 있었습니다. 그는 훌륭한 재판관으로 유명했습니다. 그가 북쪽 간서도의 태수가 되었을 때의 일입니다. 하루는 그를 보좌하는 평사가 서류 하나를 들고 왔습니다. 하도 판결하기가 어려워서, 전임 태수들이 모두 판결을 내리지 못하고 미루어온 송사라고 했습니다.

그가 서류를 읽어보니, 남매가 아버지의 유산을 놓고 다투고 있었습니다. 남동생이 주장하기를, '딸과 아들이 모두 한부모의 소생인데 어째서 누이 혼자 부모의 재산을 다 차지하고 남동생은 아무것도 받지 못합니까?' 라고 했습니다. 누이가 말하기를, '아버지께서 돌아가실 때 재산을 모두 내게 주었고, 남동생에겐 검정 두루마기 한 벌, 갓 하나, 미투리 한 켤레, 종이 한 묶음 그리고 붓 한 자루만 남기셨습니다. 유언장에 그것이 다 적혀 있습니다. 아버지의 자세한 유언을 무시하고 재산을 더 달라는 것은 경우가 어긋납니다,' 라고 했습니다.

마나암이 그 두 사람을 불러놓고 물었습니다, '너희 아버지가 죽었을 때, 너희 어머니는 어디 있었느냐?'

그러자 그들은 대답했습니다, '저희 어미는 저희가 어릴 적에 죽었습니다.'

마나암이 물었습니다, '그러면 너희 아버지가 죽었을 때, 너희는 몇 살이었느냐?'

누이가 말했습니다, '저는 스물하나였고 제 동생은 열두 살이었습니다.'

마나암이 다시 물었습니다, '그러면 너는 그때 결혼했었느냐?'

'네. 그래서 제가 저 아이를 길렀습니다.'

그러자 마나암이 그 누이를 타일렀습니다, '부모 마음엔 딸이나 아들이나 똑같은 자식이다. 열 손가락 깨물어서 안 아픈 손가락이 있느냐, 라는 말도 있지? 그런데 너희 아버지가 나이가 차서 출가한 딸에겐 후하게 하고 어미도 없는 어린 아들에겐 박하게 할 리가 있었겠느냐? 너희 아버지는, 어린 아들이 의지할 사람은 출가한 누이뿐인데, 재산을 똑같이 나누어주면, 누이가 동생을 아끼는 마음이 줄어들지도 모른다고 걱정한 것 같다. 그래서 아들이 커서 어른이 되면, 이 붓으로 이 종이에 소장을 쓴 다음 검은 두루마기를 입고 갓 쓰고 미투리 신어 정장을 하고 관가에 가서 소송을 하면 옳게 판결해줄 사람이 있으리라는 뜻으로 이 다섯 가지 물건만을 어린 아들에게 남긴 것으로 보인다.'

 이 얘기를 듣자, 누이와 남동생은 아버지의 깊은 뜻을 깨닫고 감동하여 서로 부둥켜안고 울었습니다. 그러자 마나암은 재산을 두 사람에게 반씩 나누어주었습니다."

 민이의 얘기가 끝나자, 방 안엔 무거운 정적이 내렸습니다. 마침내 오당호가 헛기침을 하고 말했습니다. "좋은 얘기다. 내가 그 얘기를 듣고 깨달은 것이 많구나."

 그러자 남자 형제들은 자기들도 반성할 점이 있다고 말했고, 딸들은 울먹였습니다. 그렇게 해서, 유산을 놓고 다투던 형제들은 화해했습니다.

16. 빠르고 힘세고 영리한 짐승

 다음 날 아침 오당호와 그의 형제들은 민이에게 거듭 고맙다고 치하했습니다. 오당호는 그녀가 먼 길을 가야 하니 탈 것이 필요하다면서 그녀에게 나귀 한 마리를 선물했습니다. 성질이 순하면서도 영리한 짐승이라고 오당호는 말했습니다.
 나귀를 타고 가니, 걸을 때보다는 훨씬 편하고 빨랐습니다. 그러나 다리가 셋뿐인 미모는 따라오기가 힘든 눈치였습니다. 그래서 마을 어귀를 나오자, 민이는 나귀 등에서 내렸습니다. 무슨 일이냐고 묻는 듯한 얼굴로 나귀가 그녀를 살폈습니다.
 "'빠르고 힘세고 영리한 짐승' 아," 민이는 나귀의 참 이름을 불렀습니다.
 자기 참 이름을 듣자, 나귀는 놀란 얼굴로 새 주인의 얼굴을 살폈습니다.

"난 너랑 같이 길을 가게 되어, 아주 기쁘단다. 여기 미모와 인사해라."

서로 시큰둥하게 바라보던 나귀와 개는 비로소 정식 인사를 했습니다.

"아, 참, 이젠 이름이 있어야지. 너는 옅은 잿빛 털이 아주 멋지다. 그러니 '회려' 라고 하는 것이 어떨까? '잿빛 털을 가진 나귀' 라는 뜻인데."

나귀는 고개를 끄덕였습니다. 그러고는 긴 꼬리를 한 번 힘차게 휘둘러서 파리들을 쫓았습니다.

"회려야, 나는 걷는 것이 좋단다. 그래서 이제부턴 걸어갈게. 넌 짐만 지고 가라. 혹시 미모가 다리가 아프면, 미모가 타고 가게 해줄래?"

회려는 다시 고개를 끄덕이고 꼬리를 힘차게 휘둘렀습니다.

"나 지금 다리가 아픈데," 미모가 냉큼 말했습니다. 그리고 장난기가 어린 눈으로 회려를 살폈습니다.

회려는 어이가 없다는 얼굴로 잠시 미모를 내려다보았습니다. 그러더니 말없이 다리를 굽혀서 미모가 등에 올라탈 수 있도록 했습니다.

일행이 길을 따라 계곡을 내려가니, 길 양쪽의 산줄기들이 점점 낮아져 야산이 되었고, 계곡은 너른 들판으로 펼쳐지기 시작했습니다. 곧 길이 두 갈래가 되었습니다. 마침 가까운 산자락 아래에 사람들이 모여 있었습니다. 찬찬히 살펴보니, 그들은 흰 수염을 길게 기른 노인을 둘러싸고 있었습니다. 그 노인의 가죽 장갑 낀 손 위에는 매 한 마리가 앉아 있었습니다.

"할아버지, 안녕하세요?" 민이는 그 노인에게 다가가서 공손히 인사했습니다.

"아, 안녕? 먹이를 잡고 흥분한 매를 손으로 쓰다듬어 달래면서, 매부리 노인은 거센 소리로 대꾸했습니다. 그러나 그 노인의 얼굴엔 온화한 미소가 어렸습니다.

"할아버지께선 사냥을 하시는군요."

"그래, 아가야."

"저는 지금 마룡산으로 가는 길이에요, 할아버지."

"마룡산?"

"네. 마법성을 찾아가거든요."

"그러냐?" 그 노인은 민이를 새삼스레 훑어보았습니다. "어디서 오는 길이냐?"

"대도에서요. 할아버지, 여기서 어느 길로 가야 마룡산이 나오나요?"

"마룡산은 왼쪽 길로 가야 하는데…… 아가야, 곧 점심때가 되니 여기서 점심을 들고 가거라."

"할아버지, 고맙습니다."

"그럼," 노인은 둘러선 사람들을 둘러보았습니다. "아침 사냥은 이걸로 끝내지. 점심 준비를 하게."

"예," 여러 사람들이 대꾸하고서 흩어졌습니다.

곧 점심상이 마련되고, 대자리 위에 모두 빙 둘러앉았습니다. 식사를 하는데, 좀 방정맞게 생긴 사람이 민이를 흘긋거리면서 혼잣말 비

숫하게 말했습니다. "어린애가 혼자 길을 가다니, 참. 그것도 사내아이도 아니고. 마룡산이 예서부터 몇 린데."

어떻게 대꾸해야 할지 몰라서, 민이는 그 사람의 얘기를 못 들은 척했습니다.

그러자 매부리 노인이 말했습니다. "나이가 어리다고 걱정할 것은 없다. 자기 운명을 따라가는 사람은 운명이 보살펴주는 법이다."

17. 제도진 나루

그날 오후 민이 일행은 남은강의 제도진 나루에 닿았습니다. 나루터엔 길손들이 비바람을 피할 만한 움막이 있었는데, 그 앞에 흰 수염이 탐스럽게 난 노인이 평상에 걸터앉아서 한가롭게 담배를 피고 있었습니다. 그 옆에 털북숭이 개 한 마리가 웅크리고 있었습니다.

민이는 노인에게 다가가서 인사했습니다. "할아버지, 안녕하세요?"

노인이 좀 놀라는 얼굴로 그녀를 바라보았습니다. "어서 와요, 아가씨."

"할아버지, 저하고 이 짐승들을 건너게 해주시겠어요?" 그녀는 태연한 얼굴로 공손하게 부탁했습니다. 그러나 속으로는 뱃삯이 비싸지나 않을까 걱정스러웠습니다. 지난 북은강을 건널 때 사공이 뱃삯을 터무니없이 비싸게 받았기 때문이었습니다.

"그러지. 아가씨는 마법성으로 가는 길인가?"

"네. 그런데 할아버지, 그걸 어떻게 아세요?" 그녀는 놀라서 노인을 쳐다보았습니다.

노인은 고개를 끄덕이고서 천천히 일어섰습니다. 그리고 지나가는 얘기처럼 말했습니다. "아가씨를 전에 본 적이 있구먼."

"저를요? 할아버지께서 잘못 보신 것 같네요." 그녀는 조심스럽게 말했습니다. "전 이쪽 지방으론 처음 왔는데요."

노인은 고개를 끄덕였습니다. "그렇겠지. 그래도 내가 잘못 본 것은 아닐세. 내가 젊었을 때 아가씨를 보았지. 아가씨는 할머니를 그대로 닮았구먼. 아가씨는 '자작나무 골짜기의 요정 소르포르'의 손녀가 아닌가?"

노인이 자기 엄마를 안다는 것이 무척 반가웠습니다. 그리고 이제는 사공이 뱃삯을 많이 달라고 하지 않으리라는 생각에 긴장했던 마음이 스르르 풀렸습니다. "할아버지, 소르포르는 제 엄마예요."

"아, 그런가?" 노인이 싱긋 웃었습니다.

"저는 민이라고 해요. 할아버지께선 제 엄마와 친구셨어요?"

"아니다." 노인은 고개를 저었습니다. "난 그저 '자작나무 골짜기의 요정'을 멀리서 바라보며 감탄한 사람이었지. 그래, 지금 어머니께선 잘 계신가?"

그녀는 고개를 저었습니다. "제 엄만 절 낳으시다가 돌아가셨어요."

"저런." 먼 곳을 바라보면서, 노인이 한숨을 길게 쉬었습니다. "미인은 하늘이 일찍 데려간다고 하더니만…… 그래도 아가씨, 너무 슬퍼하지 말게나. 아름다움은 쉽게 사라지지 않거든. 한 사람의 아름다움은 다른 사람들의 기억 속에 살아 있거든. 아가씨는 지금 마법성으로 가는 길이라고 했지?"

"네."

"진정한 마법성은 기억이지," 노인은 말하고서 다시 먼 곳을 바라보았습니다.

먼 눈길로 옛날을 회상하는 듯한 노인의 얼굴을 쳐다보면서, 민이는 생각했습니다. '엄마가 마법성을 찾아 이 나루를 지났을 때, 그때는 저 노인도 젊으셨겠구나.'

"갈 길이 바쁜 사람을 놓고서, 내가 지금……" 노인이 회상에서 깨어나 민이를 바라보았습니다. "아가씨, 배에 타요. 냉큼 건너줄 테니까."

"네. 그런데, 할아버지, 이 나귀는 어떻게 태우죠?"

"나귀? 걱정할 것 없다. 나귀는 내가 태울 테니, 걱정 말고 먼저 배에 타라. 하루에도 몇 번씩 짐승들을 태우고 강을 건넌단다."

"알겠습니다." 민이는 미모를 안고 배에 탔습니다.

그녀가 배에 오르기를 기다려, 노인은 회려의 고삐를 잡고 나귀를 달랬습니다. 그러고는 회려를 데리고 배 위로 올라왔습니다. 회려는 겁을 내지 않고 노인을 따라 배에 탔습니다. 이어 털북숭이 개가 날렵하게 뛰어올랐습니다.

그때 저만치에서 손짓을 하며 달려오는 여인이 보였습니다. "할아버지."

"응?"

"저기 누가 달려오는데요?"

노인이 뒤를 돌아보았습니다. "저 아이가 웬일로? 친정에 가나?" 혼잣말을 하면서, 노인은 배에 서서 기다렸습니다.

"아저씨," 헐레벌떡 달려온 여인이 숨 찬 소리로 노인을 불렀습니다. 여인은 등에 아기를 업고 손에는 보퉁이를 하나 들고 있었습니다.

"그래. 웬일이냐? 친정에 가는 거냐?"

"네."

"어서 타라."

여인이 배에 오르자, 노인은 고물에 서서 천천히 노를 젓기 시작했습니다. 물살이 그리 세지 않아서, 배는 매끄럽게 나아갔습니다.

"김 서방은 안 오냐?" 노인이 다시 그 여인에게 물었습니다.

"네."

"너 또 김 서방하고 다툰 모양이구나." 노인이 껄껄 웃었습니다.

그러자 여인은 부끄러운지 민이를 흘긋 보고는 말없이 흘러가는 강물만 바라보았습니다.

"오목네야," 노인이 부드럽게 불렀습니다.

"네."

"애기는 잘 크지?" 노인이 턱으로 여인의 등에 업힌 아기를 가리켰습니다.

"네."

"그럼 걱정할 것 없다. 애기가 잘 크면, 김 서방하고 가끔 다툰다고

숨은 나라의 병아리 마법사

해서 문제가 될 것 없다. 자, 이제 얼굴 좀 펴라. 그 얼굴 하고서 집에 들어갈 수는 없잖냐?"

"네." 마음이 좀 풀렸는지, 오목네는 희미한 웃음을 얼굴에 띠고 고개를 끄덕였습니다.

배가 맞은편 나루에 닿자, 노인이 민이와 오목네에게 말했습니다, "우리 집에 잠깐 들러서 차나 한잔 하고 가라. 어저께 강주에서 온 사람이 좋은 차를 한 봉지 주더라."

노인은 나루 바로 옆에 자리 잡은 조그만 집으로 그들을 데려갔습니다. 집안은 겉에서 보기보다 훨씬 아늑했습니다. 신을 신은 채 들어갈 수 있게 된 방의 한쪽엔 아궁이와 온돌을 놓아 기거할 수 있게 만들었고, 문 쪽엔 탁자와 의자들을 놓아 손님들이 차를 마시면서 기다릴 수 있게 했습니다. 벽 쪽엔 묵은 잡지들과 신문들이 꽂힌 조그만 서가 하나가 서 있었습니다.

"아저씨, 혼자 적적하지 않으세요?" 아기에게 젖을 물리면서, 오목네가 노인에게 물었습니다.

아궁이 앞에 몸을 굽히고서 불을 살리던 노인이 고개를 들어 그녀를 쳐다보았습니다. "할멈이 먼저 떠나고 나니까, 아닌 게 아니라 좀 적적하다. 그렇지만 어떻게 하겠니?"

"지효 언니네 가서 지내시면 되잖아요?"

"내 몸이 멀쩡한데, 딸한테 얹혀 살어?" 노인이 코웃음을 쳤습니다. "난 강바람을 쐬지 않으면, 병이 난다."

불을 피우고 그 위에 주전자를 얹은 다음, 노인은 탁자 쪽으로 와서 앉았습니다. "민이라고 했지?"

"네."

"그럼 민이한테서 대도 소식 좀 들어볼까?"

"대도 소식요? 저야 잘 모르죠. 할아버지께선 무슨 얘기를 듣고 싶으세요?"

"아무 얘기나. 지금 중학교 다니나?"

"네. 2학년이에요."

"학교를 여러 날 안 나가도 되나?"

"한 학기 휴학했어요."

"아, 그래?" 노인이 고개를 끄덕였습니다.

그렇게 해서, 이야기가 자연스럽게 이어졌고, 말문이 트인 민이는 생각나는 대로 노인에게 여러 가지 이야기들을 했습니다.

"민이 얘기가 재미있네. 물이 끓으니 차를 마시면서, 얘기를 하지." 노인이 일어섰습니다. 그리고 찬장에서 찻잔들과 차 봉지를 꺼내놓았습니다.

"학생은 어디까지 가나?" 아기에게 다른 젖을 물려주면서, 오목네가 물었습니다.

"저는 마룡산까지 갑니다."

"마룡산? 마석 마룡산?"

"네."

"아이고, 그 험한 데를? 혼자서?" 그녀가 놀란 얼굴을 하고 민이를 새삼스럽게 훑어보았습니다.

민이는 대꾸할 말이 생각나지 않아서 잠자코 있었습니다.

"이 아가씨는 아직 어리지만, 마룡산뿐만 아니라 마법성 안에까지 충분히 갈 수 있단다." 주전자의 뜨거운 물을 찻잔들에 따르면서, 노인이 대신 말했습니다. "아, 참, 오목네야."

"네?"

"이 아가씨가 오늘 너희 집에서 묵으면 좋겠다. 이 근처엔 주막이 없으니, 천생……"

"그렇게 하죠." 오목네가 좀 떨떠름한 얼굴로 말했습니다. 하긴 친정으로 낯선 사람을 데려가는 것이 반가울 리 없을 터였습니다.

"가서 부모님께 말씀드려라, 내 손님이라고." 노인이 힘주어 말했습니다.

"네." 오목녀가 고개를 끄덕이면서 다시 민이를 훑어보았습니다.

"자, 한잔씩 들지." 노인이 오목네와 민이 앞에 찻잔을 놓았습니다.

"고맙습니다. 잘 들겠습니다." 민이는 공손하게 인사했습니다.

"잘 들겠습니다." 오목네도 인사했습니다. "차가 향긋한데요."

노인이 인자하게 웃으면서 고개를 끄덕였습니다.

"맛도 아주 좋은데요." 차를 한 모금 마신 민이가 말했습니다.

노인이 다시 고개를 끄덕이더니, 문득 정색을 하고 민이를 바라보았습니다. "민이야."

"네, 할아버지."

"옛 성현께서 말씀하시기를, '짐이 무겁고 갈 길이 먼 사람은 자신을 아껴야 한다'고 하셨다. 민이 너는 짐이 무겁고 갈 길이 먼 사람이다. 자신을 아껴야 한다."

"알겠습니다. 마룡산이 아직도 멀고 무척 험하다고 하니까, 할아버지 말씀을 명심하겠습니다."

노인이 고개를 끄덕였습니다. "그래, 조심해서 가거라. 하지만 민이야, 내 얘기는 마룡산과 마법성에 다녀오는 것만을 두고 한 얘기가 아니다. 나는 앞으로 네게 아주 무거운 짐이 맡겨질 것만 같은 생각이 든다."

민이는 노인의 얘기가 알 듯도 하고 모를 듯도 했습니다. 그래서 그녀는 잠자코 차를 한 모금 마셨습니다.

"작년 여름에 낯선 사람 셋이 여기 나루를 건너 북쪽으로 갔다," 노인이 무겁게 가라앉은 목소리로 말을 이었습니다. "모두 우리나라 옷을 입었지만, 분명히 두 사람은 우리나라 사람이 아니었다. 나한테 말을 건넨 사람은 우리 사람이었지만, 다른 두 사람은 생김새도 어쩐지 우리하고 달랐고, 무엇보다도 입을 아예 열지 않았어. 그리고 대나무 지팡이들을 짚고 있었어. 우리나라에선 대나무를 지팡이로 삼지 않지. 부모가 돌아가셨을 때, 상제들이 짚는 지팡이를 대나무로 만들기 때문에, 보통 지팡이는 대나무로 만드는 법이 없거든."

"그렇죠. 우린 대나무 지팡이를 짚지 않죠," 열심히 고개를 끄덕이면서, 오목네가 말을 받았습니다.

대나무 지팡이 얘기는 처음 듣는 터라, 민이는 잠자코 고개만 끄덕였습니다.

"그리고 그 대나무 지팡이가 묵직해 보이더라, 속에 무엇이 든 것처럼. 익도장이 분명했어. 속에 긴 칼을 감춘 지팡이 말야."

"아, 그런 것도 있나요?" 오목네가 물었습니다.

"응. 우리나라 사람들은 잘 쓰지 않지만, 반야 사람들은 많이 쓴다고 하더라. 그 나라는 옛날부터 작은 나라들로 나뉘어서 끊임없이 전쟁을 했기 때문에, 그런 무기들이 많은 모양이야. 그래서 그 사람들이 반야 사람들이라는 걸 눈치 챘지. 거기까진, 뭐, 괜찮았어. 반야 왕국에서 우리나라에 첩자들을 몇 보내서 이곳 사정을 염탐하는 것이 대단한 건 아니거든. 내 맘에 꺼림칙했던 것은 그 사람들이 마법을 하는 사람들이었다는 거야."

"마법요?" 민이가 놀라서 물었습니다.

"응. 어쩐지 그 사람들에게서 풍기는 분위기가 이상했지만, 다른 나라 사람이라 그러려니 했는데. 그 사람들을 건네주고 움막 앞에서 담배 한 대를 피려고 하는데, 그 사람들 가운데 앞장을 섰던 길잡이가 외마디 소리를 지르더라구. '아이구, 뱀에 물렸네,' 하구. 작년 여름에 이곳에 큰물이 져서, 산골짜기의 뱀들이 많이 떠내려왔거든. 길잡이가 길 옆 수풀로 들어갔다가 까치독사에게 물린 거라. 길잡이가 죽는소리를 지르자, 우두머리가 지팡이로 뱀을 가리켰어. 그러자 지팡이 끝에서 파란 불길이 나와 그 뱀을 후려쳤어. 그러고선 그 사람이 뱀에 물린 길잡이의 종아리를 손으로 문질러댔어. 그랬더니, 물린 자리에서 검붉은 피가 나오더라구. 그러곤 상처가 이내 아물더니, 아, 까치독사에 물린 사람이 이내 걷는 거라. 까치독사에 물리면, 물린 데가 이내 부어오르고 인사불성이 되는데, 그 길잡이는 말짱하더라구. 나중에 보니까,

까치독사는 벼락을 맞은 것처럼 까맣게 그슬렸더구먼."

"그럼 마법을 한 게 분명하네요," 오목네가 말했다.

"그렇지." 노인이 고개를 끄덕이고서, 힘이 실린 눈길로 민이를 바라보았습니다. "지금 세상이 수상해. 무슨 일이 일어날 것만 같거든. 그때 민이가 할 일이 있을 거야. 그래서 자신을 아끼라고 한 거야."

"네, 할아버지. 잘 알겠습니다," 민이는 공손하게 대꾸하고서 차를 다 마셨습니다. "참, 뱃삯을 드려야죠. 할아버지, 얼만가요?"

"나귀까지 건넜으니, 한 냥은 받아야겠다," 노인이 대꾸하고서 부드러운 웃음을 지었습니다.

"네." 민이는 지갑에서 돈을 꺼내어 노인에게 내밀었습니다. "고맙습니다."

"그래. 그리고 내가 네게 줄 것이 하나 있다. 잠깐 기다려라." 노인은 부엌에 있는 쪽문을 열고 안으로 들어갔습니다.

오목네가 자리에서 일어나 방 안을 서성거리면서 칭얼대는 아기를 얼렀습니다.

"아기가 참 잘생겼네요. 이름이 뭐예요?" 민이도 따라 일어서서 오목네에게 말을 건넸습니다. 아기가 특별히 잘생긴 것은 아니었지만, 이제 그녀는 그런 가벼운 칭찬이 사람들과 사귀는 데 아주 좋다는 것을 깨달은 터였습니다. 처음엔 그런 칭찬이 무척 어색했지만, 여러 번 하다 보니, 이제는 입에서 아주 자연스럽게 나왔습니다.

"우리 애기 이름? 충구다, 충구," 오목네는 자랑스럽게 대꾸하고서 아기에게 입을 맞추었습니다.

"이건데." 노인은 옻칠한 나무 상자를 탁자 위에 내려놓았습니다.

민이와 오목녀는 다시 탁자 앞에 앉아서 나무 상자를 흥미롭게 살폈습니다.

노인이 뚜껑을 열었습니다. 안에는 책들이 몇 권 들어 있었습니다. 노인이 하도 오래돼서 누렇게 변색한 책을 한 권 꺼냈습니다. "이건 우리 처가에 대대로 전해 내려온 건데, 여기 나루를 건너던 길손이 놓고 간 것이라나. 내가 훑어보니까, 마법을 배우던 사람이 배운 것을 적어놓은 것 같아. 혹시 소용이 될지 모르니까, 민이가 가져가서 한번 읽어봐."

"고맙습니다." 민이는 공손히 그 책을 받아들었습니다. 그리고 한 번 슬쩍 열어본 다음, 배낭에 넣었습니다.

"그러면, 가보게. 오목네야."

"네."

"귀한 손님이니까, 네가 신경을 써서 편히 묵고 가도록 해라. 알겠니?" 노인이 다시 당부했습니다.

"네, 아저씨. 염려 마세요."

민이는 먼저 집 밖으로 나와서 미모와 회려를 살폈습니다. 회려는 묵묵히 서 있는데, 미모는 노인의 털북숭이 개와 친해져서 장난을 치고 있었습니다. 민이는 다리가 하나 없어서 제대로 뛰지 못하고 친구도 없던 미모가 친구를 사귄 것이 반가웠습니다. 그래서 차마 미모에게 그만 가자고 말하지 못하고 그냥 바라보고만 있었습니다.

"흠. 저 녀석들이 잘 사귀었구나," 노인이 웃으면서 말했습니다.

"우리 토실인 암캐고 민이 네 개는 수캐니까, 짝을 이뤘구나. 민이야, 토실이를 데려가라. 그게 좋겠다."

민이는 무척 반가웠지만, 노인에게 너무 미안했습니다. "토실이를 제가 데려가면, 할아버지께서 적적하실 텐데요."

"난 새로 개를 한 마리 구하지. 그렇잖아도, 강아지를 한 마리 준다는 사람이 있다. 내 걱정 말고 토실이나 잘 보살펴줘라."

"고맙습니다, 할아버지."

그래서 민이는 나귀와 개 두 마리를 이끌고 오목네를 따라 멀리 보이는 마을로 향했습니다.

18. 동백골

"진은 아저씨하곤 어떤 사이냐?" 나루터를 벗어나자, 오목네가 무척 궁금하다는 얼굴로 민이에게 물었습니다.

"그분은 오늘 첨 뵈었어요. 전에 제 어머니하고 안면이 있으셨대요. 그래서 용케 절 알아보시고서……"

"그래? 그래도 그렇지. 첨 만난 사인데, 대대로 전해 내려온 책을 선뜻 내주시고 그렇게 아끼시던 토실이까지 주시다니……" 오목녀가 고개를 흔들었습니다. "딴 사람도 아니고, 책이라면 버르르하는 양반이……"

"그 할아버지께서 책을 좋아하세요?"

"그럼. 돈이 좀 모이면, 사람들에게 부탁해서 대도로부터 책을 구해서 읽으시는데. 거기 나루터 집 뒷방은 책방 같아. 방 안이 책으로 가득 찼어."

"이런 시골에 계신 분이 그렇게 열심히 책을 읽으시다니, 정말……" 민이는 아차 싶었습니다. 입 밖에 내놓고 보니, 시골 사람들을 얕보는 얘기로 들릴 수도 있는 말이었습니다. 그녀는 슬쩍 오목네의 얼굴을 살폈습니다.

다행히, 오목네는 그녀 얘기를 고깝게 여기지 않는 것 같았습니다. "그 아저씬 원래 이곳 사람이 아냐. 대도 사람이야."

"아, 그러세요?"

"그 아저씨 아버님이 이곳으로 귀양을 오셨대," 등의 아기를 추스르고서, 오목네는 설명했습니다. "내가 태어나기 훨씬 전 얘긴데. 그래서 아저씨가 따라 내려오셨대. 그런데 귀양 오신 분이 병에 걸려서 다섯 해 만에 돌아가셨다는 거라. 그리고 유언을 남기셨대, 상여를 메고 고향으로 돌아가지 말고 여기에 묻으라고. 그래서 그분 묘는 여기다 쓰고, 아저씨는 여기 남으신 거라. 마침 나루지기네에 참한 색시가 있었어. 바로 우리 어머니의 사촌이셨는데. 그래서 아저씨가 나루지기가 된 거야."

"아, 그러셨어요?"

"우리 집안으로선 언감생심이었는데, 훌륭한 가문의 사위를 얻은 거지. 나루지기 집안이 어떻게 대도 명문가의 자제를 사윗감으로 넘보겠어? 아저씨의 선친께선 이름 높은 선비셨대, 벼슬도 높았고. 그러다가 새 임금님이 즉위하시자, 모함을 받고 이리로 귀양을 오신 거라."

"할아버지 성함이 진은이라고 하셨나요?"

"진은은 호야. 나루에 숨은 사람이란 뜻이래, 본 이름은 나시온이라고 하셔. 훌륭하신 분이라, 이 근처에선 모두 그분을 따르지. 이곳 현감들도 새로 부임하면, 으레 아저씨를 먼저 찾아 뵙거든."

그렇게 나루지기 노인에 관한 얘기를 듣는 사이에, 오목네의 친정에 다다랐습니다. 오목네의 친정은 조그만 마을의 한쪽에 자리잡고 있었습니다. 동백나무들에 둘러싸인 아담한 초가집이었습니다.

"엄마, 나 귀한 손님 모시고 왔어," 사립문 밖으로 급히 달려나오는 나이 든 여인에게 오목네가 큰 소리로 말했습니다.

"웬일이냐?" 딸에게 물으면서도, 오목네의 어머니는 민이를 호기심 어린 눈길로 살폈습니다.

어린애가 나귀를 끌고 다리를 저는 개까지 데리고 왔으니 그럴 만도 하다고 생각하면서, 민이는 속으로 미소를 지었습니다. "안녕하세요? 저는 민이에요."

"그러냐? 들어와요, 색시," 오목네 어머니가 민이에게 말하고서 딸이 든 보퉁이를 내려다보았습니다. "또 김 서방하고 싸웠니?"

"진은 아저씨가 귀한 손님이니 신경 써서 편히 묵고 가도록 하라고 신신당부했어," 오목네는 엄마의 물음엔 대꾸하지 않고 여전히 큰 소리로 말했습니다.

"그러냐? 알았다. 충구 내려놔라." 그녀가 딸의 등에 업힌 외손자를 향해 두 팔을 내밀었습니다. "우리 충구가 왔구나. 외할미 보러 왔구나."

오목녀 친정 사람들은 모두 민이에게 친절하게 대했습니다. 나루지기 노인의 당부가 있기도 했지만, 원래 마음씨가 좋은 사람들인 것 같았습니다.

 민이가 그들과 함께 저녁을 들고 차를 마시는데, 사내 하나가 들어왔습니다. 오목네의 친정 식구들은 모두 그 사람을 반갑게 맞았지만, 오목네는 외면하고서 아무 말도 하지 않았습니다. 오목네의 남편이었습니다. 그는 쭈뼛거리면서 오목네 곁에 앉았지만, 오목네는 그에게 눈길도 주지 않았습니다. 오목네가 하도 쌀쌀맞게 굴어서, 분위기가 좀 어색해졌습니다.
 "저어기," 분위기를 부드럽게 하려고, 민이가 나섰습니다. "제가 아는 이야기가 하나 있는데, 한번 해볼까요?"
 "그래, 한번 해봐라," 오목네의 친정 아버지가 그녀의 제안을 반겼습니다.

 "옛날, 옛날, 아주 먼 옛날, 지는 해를 따라 삼 년을 걸어야 닿을 수 있는 아득한 서쪽 땅에 가난한 농부가 살았습니다. 그 농부에겐 태리안이란 딸이 있었습니다. 태리안은 어려서부터 아주 똑똑하고 아는 것이 많았습니다. 그래서 어른들도 어려운 일이 생기면, 태리안에게 묻곤 했습니다.
 어느 봄날, 그 농부는 자기 과수원에서 죽은 사과나무의 그루터기를 파내고 있었습니다. 그가 괭이로 땅을 힘껏 찍자, 괭이 날이 무슨 단단한 것에 부딪혔습니다. 그래서 그는 조심스럽게 흙을 파헤쳤습니다. 그러자 작은 쇠 절구가 나왔습니다. 절구에 묻은 흙을 다 털어내니, 절구는 누런 빛이 났습니다. 쇠 절구가 아니라 금 절구였던 것입니다. 그는 입이 벌어졌습니다.

'야, 내가 오늘 운수가 대통했구나. 이제 난 팔자를 고쳤다,' 그는 신이 나서 외쳤습니다.

그런데 찬찬히 생각해보니, 가난한 농부인 자기가 금 절구를 가진다는 것이 아무래도 격식에 맞지 않았습니다. 금 절구를 살 만한 사람도 그 마을엔 없었습니다. 한참 생각한 다음, 그는 금 절구를 임금에게 가져가기로 했습니다. 그것을 바치면, 임금은 그에게 후한 상을 내릴 것이었기 때문입니다.

집에 돌아오자, 그는 딸에게 금 절구를 내보였습니다. '태리안, 봐라. 오늘 내가 이걸 과수원에서 캤다. 금으로 만들어진 절구다.'

태리안은 덤덤한 얼굴로 금 절구를 살피더니 천천히 고개를 끄덕였습니다. '정말 금으로 만든 거네요.'

'이제 우리는 부자가 됐다. 이 금 절구를 임금님께 바치면, 임금님께서 후한 상을 내리실 거다. 그러면 우리도 잘살 수 있다. 네게도 좋은 걸 해주마. 좋은 옷도 사주고, 비싼 패물도 사주마,' 그 농부는 신이 나서 말했습니다.

그러나 태리안은 고개를 저었습니다. '금으로 만들어졌고 모양도 예뻐서, 이것은 아주 큰 값이 나갈 거예요. 그러나 이 물건을 받으면, 임금님께선 무엇이 빠졌다고 흠을 잡으실 거예요. 그리고 아빠에게 상을 내리는 대신 벌을 내리실 거예요.'

'임금께서 무엇이 빠졌다고 흠을 잡으실 거라고? 무엇이 빠졌단 얘기냐?' 그 농부가 놀라서 물었습니다.

'절구는 공이가 있어야 제대로 쓸 수 있잖아요? 임금님께선 금 공이는 어디 갔느냐고 트집을 잡으실 거예요. 임금들이나 귀족들은 원래 그런 사람들이에요.'

'원, 별 걱정을 다 한다. 임금님이 너 같은 줄 아니?' 그는 딸에게 핀잔을 했습니다. 그리고 금 절구를 보자기에 싸들고서, 왕궁을 찾아갔습니다.

초라한 농부가 임금을 뵙고 싶다고 하자, 왕궁의 성문을 지키던 병사들은 어이없다는 듯이 고개를 저으면서 그를 밀어냈습니다. 그러나 그가 보자기에 싼 금 절구를 보이자, 그들은 금세 달라졌습니다. 자기들끼리 이리저리 연락하더니, 금빛 무늬가 든 견장을 단 군관이 나와서 농부를 왕궁 안으로 안내했습니다.

'폐하, 소인이 진귀한 물건을 하나 얻었습니다. 그래서 폐하께 바치려고 이렇게 찾아왔습니다.' 임금 앞에 서자, 농부는 찾아온 까닭을 밝혔습니다.

'무슨 물건인가?' 임금이 물었습니다.

'금으로 만들어진 절구이옵니다.' 농부는 말하고서 보자기를 풀었습니다. '이 절구를 보자, 저는 폐하만이 이렇게 좋은 물건을 가지실 수 있다고 생각했습니다. 폐하께서 원하신다면, 소인은 기쁘게 이것을 바치겠습니다.'

농부가 금 절구를 바치자, 임금은 그것을 받아서 찬찬히 살폈습니다. 그러고는 말했습니다. '금으로 만들어진 게 틀림없고, 예쁘기도 하다. 그런데 공이가 없다.'

딸이 예측한 대로 임금이 말하자, 농부는 손으로 이마를 쳤습니다. '하, 태리안이 말한 대로구나,'

'누가 무엇을 말했단 말인가?' 임금이 물었습니다.

'폐하, 죄송합니다. 제가 그 절구를 임금님께 바치고자 한다고 하자, 제 여식이 말했습니다, 임금님께선 공이가 없다고 하실 거라고. 저는 그 말을 믿지 않았는데, 이제 보니 제 여식이 옳았습니다.'

'그런가? 자네 딸이 무척 영리한 모양이군. 그러면 자네 딸이 얼마나 영리한가 한번 알아보세,' 임금이 재미있다는 표정으로 말했습니다. 그리고 한참 동안 수염을 쓰다듬으면서 생각했습니다. '이렇게 하지. 내가 삼 실을 한 뭉치 줄 터이니, 그걸 가져가서 딸에게 주고 내일까지 병사들에게 줄 군복을 열 벌 만들라고 하게.'

농부는 너무 놀라서 입만 벌리고 말을 하지 못했습니다.

그러자 임금이 사나운 얼굴로 물었습니다, '무슨 문제가 있나?'

'아, 아닙니다, 폐하,' 농부는 황급히 대꾸했습니다. 그리고 임금이 주는 실 뭉치를 받아들었습니다. 임금의 얘기는 억지였지만, 농부가 자기 임금에게 따지는 것은 물론 어리석은 일이었습니다. 그래서 농부는 임금에게 감사하다는 인사를 하고 물러났습니다.

왕궁의 성문을 나와서야, 그는 한숨을 길게 내쉬었습니다. 그리고 한탄을 했습니다, '내가 태리안의 말을 듣지 않아서 이렇게 됐구나. 금 절구를 바치고도 상은커녕 우리 일가족이 살아남지 못하게 됐으니, 이를 어떻게 하나.'

집에 돌아오자, 농부는 딸에게 왕궁에서 있었던 일을 얘기했습니다.

그리고 한숨을 쉬면서, 삼 실 뭉치를 내밀었습니다.

그러나 태리안은 조금도 걱정하는 기색이 없었습니다. 삼 실 뭉치를 받아들더니, 야릇한 웃음을 띠고 그것을 한참 내려다보았습니다. 그러고는 부엌으로 들어가서 장작개비 한 개를 들고 나왔습니다. '아빠, 내일 이걸 들고 왕궁으로 가세요. 그리고 임금님께 이렇게 말씀을 드리세요. 폐하, 저희 집엔 베틀이 없습니다. 제 딸에게 삼 실 뭉치를 주었더니, 폐하께서 이 장작으로 베틀을 만들어주시면 이내 군복 열 벌을 만들어 올리겠습니다, 라고 말했습니다. 그렇게 말씀드리면 잘 될 거예요.'

농부는 임금에게 그런 얘기를 할 용기가 도저히 나지 않았습니다. 그래도 딸이 하도 끈질기게 권했으므로, 그는 마지못해 다음 날 장작개비 한 개를 들고 왕궁으로 향했습니다. 그리고 임금에게 딸이 하라는 얘기를 했습니다.

그러자 임금은 얼굴에 웃음을 띠고 말했습니다, '자네 딸이 과연 똑똑하구나. 짐이 한번 만나서 얘기를 하고 싶으니, 가서 딸을 데려오거나.'

큰 벌을 받을 각오를 하고 있던 농부는 너무나 기뻐서 눈물이 나왔습니다. '예, 폐하.'

'그러나 한 가지 조건이 있네,' 임금이 덧붙였습니다. '딸에게 이르게, 여기로 올 때 옷을 입어도 안 되고 벌거벗어도 안 되고, 배가 불러도 안 되고 비어도 안 되고, 낮이어도 안 되고 밤이어도 안 되고, 걸어도 안 되고 말을 타도 안 된다고. 만일 그렇게 하지 않으면 자네와 자네 딸은 목숨을 잃을 걸세.'

농부는 전날보다 더 낙심해서 왕궁을 나왔습니다. 그리고 딸에게 임금의 얘기를 전했습니다.

그러나 태리안은 태연한 얼굴로 말했습니다, '아빠, 걱정할 것 하나도 없어요. 임금님께서 말씀하신 대로 따르려면 고기 잡는 그물이 필요하니까, 아빠 그물을 주세요.'

다음 날 태리안은 아직 컴컴할 때 일어났습니다. 그리고 옷 대신 그물을 걸쳤습니다. 그래서 옷을 입은 것도 아니고 벌거벗은 것도 아니었습니다. 그리고 우유를 반 잔만 마셨습니다. 그래서 배가 부른 것도 아니고 빈 것도 아니었습니다. 그리고 염소를 타고서 한 발은 땅에 끌리고 다른 발은 공중에 뜨도록 했습니다. 그래서 걷는 것도 아니고 말을 탄 것도 아니었습니다. 그녀는 그렇게 해서, 막 해가 뜰 때 왕궁에 닿았습니다. 물론 그때는 낮도 아니고 밤도 아니었습니다.

그녀가 그렇게 괴상한 모습으로 왕궁에 닿자, 성문을 지키던 병사들은 꼭두새벽부터 미친 여자가 왕궁 앞에 나타났다고 화를 내면서 그녀를 내쫓았습니다. 그러나 그녀가 임금의 명령을 따르고 있다는 것이 밝혀지자, 그들은 그녀의 꾀에 감탄해서 연신 고개를 내저으면서 그녀를 임금에게 안내했습니다.

"폐하, 폐하의 말씀대로 이렇게 폐하를 뵈러 왔습니다," 태리안은 임금에게 차분하고 공손하게 말했습니다. "저는 그물을 입었고, 조반으로 우유 반 잔을 마셨고, 이렇게 염소를 탔고, 지금은 낮도 아니고 밤도 아닙니다."

태리안의 모습을 보자, 임금은 고개를 뒤로 젖히고 웃었습니다. 그리고 손뼉을 쳐서 태리안을 환영했습니다. "잘 왔다, 태리안. 넌 정말로 꾀가 많구나. 우유 반 잔만 마셨으니, 배가 고프겠다. 나랑 같이 아침을 들자."

임금과 태리안은 함께 아침을 들면서 여러 가지 얘기를 했습니다. 그러는 사이에 임금은 태리안에게 반했습니다. 그래서 임금은 점심도 그녀와 함께 들었습니다. 그러고는 말했습니다, '태리안, 나와 결혼하자. 나는 아직까지 마음에 드는 사람이 없어서 결혼을 미루어왔는데, 너랑 결혼할 운명이어서 그랬던 모양이다.'

'저는 신분이 미천한 농부의 딸입니다. 폐하의 배필로는 맞지 않습니다. 폐하의 청혼은 제겐 큰 영광이오나, 폐하의 뜻을 따르기가 어렵습니다,' 태리안은 슬쩍 임금의 청혼을 물리쳤습니다.

그러자 임금은 속이 달아서 그녀를 달래면서 거듭 거듭 청혼했습니다. 마침내 그녀는 못 이기는 체하면서 임금의 청혼을 받아들였습니다.

그렇게 해서, 사흘 뒤엔 성대한 약혼식이 열렸고, 다시 사흘 뒤엔 더 성대한 결혼식이 있었습니다.

결혼식이 끝난 뒤 두 사람만 남자, 임금이 태리안에게 말했습니다, '왕비, 내가 당신에게 한 가지만 당부하겠소. 당신이 현명하지만, 왕비가 나라 일에 나서는 것은 옳지 못하니, 나라 일엔 결코 나서지 마시오. 알겠소?'

'네, 그렇게 할게요,' 왕비가 된 태리안은 선뜻 약속했습니다.

그러나 왕비가 현명한 것을 아는 신하들은 그녀에게 여러 가지 일에 대해서 물었고, 태리안은 자기 생각을 얘기했습니다. 그녀의 판단이

위낙 훌륭했으므로, 신하들은 그녀를 칭송했습니다. 그리고 때로 임금이 서투른 판단을 내리면, 임금에게 왕비의 판단을 얘기하면서 그것을 따를 수 있도록 해달라고 요청했습니다.

마침내 짜증이 난 임금은 태리안에게 주의를 주었습니다, '결혼할 때 내가 한 얘기를 잊었소? 나라 일엔 나서지 말라고 했잖소? 당신이 또 나라 일에 나서면, 당신과 이혼하겠소.'

그래서 태리안은 다시 약속했어요, '알겠습니다, 폐하. 저는 앞으로는 나라 일에 절대로 나서지 않겠습니다.'

그때 시골에 사는 농부 하나가 새끼를 밴 암소를 팔려고 시내로 나왔습니다. 마침 주막의 외양간이 짐승들로 다 차서, 그 농부는 자기 암소를 넣을 수 없었습니다. 그러자 주막 주인이 암소를 헛간에 넣고 거기 있는 다른 농부의 수레에 매어놓으라고 했습니다. 농부는 그렇게 했습니다. 공교롭게도, 그날 밤 암소가 새끼를 낳았습니다. 그래서 다음 날 아침에 농부는 기뻐하면서 암소와 송아지를 데리고 헛간 밖으로 나왔습니다.

그러자 수레 주인이 달려나와 길을 막으면서 말했습니다, '암소는 분명히 당신 소지만, 송아지는 내 것이니 놓고 가시오.'

농부는 어이가 없어서 되물었습니다, '무슨 얘기요? 내 암소가 새끼를 낳은 것을 당신도 보지 않았소?'

'암소는 내 수레에 매어 있었고, 그 암소가 새끼를 낳았으니, 그 새끼는 내 것 아니오?'

그렇게 해서 언쟁이 벌어졌고, 끝내는 싸움이 벌어졌습니다. 그래서 사람들이 파출소에 연락해서 경관들이 왔고, 경관들은 송아지를 놓고 다투는 그 두 사람을 임금의 재판소에 넘겼습니다.

임금은 두 사람의 주장을 들었습니다. 그리고 판결을 내렸습니다. 송아지는 수레 주인의 것이라고.

암소 주인은 임금의 판결이 믿어지지 않았습니다. 그러나 어찌하겠습니까? 임금의 판결은 최종적이었지요. 그 농부는 아무 말도 하지 못하고 재판소에서 물러나왔어요.

그가 억울해서 밥도 먹지 못하고 끙끙 앓는 것을 보고, 주막 주인이 그에게 말했어요, '여기 보시오. 우리 왕비께서 아주 현명하시다고 합디다. 그러니 그렇게 끙끙 앓지만 말고, 한번 왕비께 사정을 말씀 드리는 게 어떻겠소?'

그 얘기를 듣자, 농부는 다시 기운이 났습니다. 그래서 왕궁으로 갔습니다. 그러나 성문을 지키던 병사들은 그를 내쫓았습니다. 그는 낙심해서 한참 동안 성문 앞에 슬픈 얼굴을 하고 서 있었습니다.

마침 그때 태리안이 나들이를 갔다가 돌아왔습니다. 성문 앞에 슬픈 얼굴로 서 있는 농부를 보고, 그녀는 마차를 세우게 했습니다. 그리고 시녀를 시켜 그가 왜 그렇게 슬픈 얼굴로 서 있는가 알아보게 했습니다. 농부의 억울한 사정을 듣자, 그녀는 시녀에게 일렀습니다, '가서 저 농부에게 이렇게 말하거라. 내일 폐하께서 사냥을 나가실 거다. 사냥터에 가시려면, 폐하께선 '거북이 등 호수'를 지나셔야 한다. 그 호수는 이맘때면 바짝 말라서 거북이 등처럼 된다. 내일 아침에 그물을 들고 그 마른 호수에 가서, 그물질을 하는 시늉을 하라고 해라. 마른 호수에서 그물질을 하는 사람을 보시면, 폐하는 별사람 다 보겠다고 하시면서 웃으실 거다. 그러고선 물으실 거다, 왜 물도 없는 호수에서 고기를 잡으려 하느냐고. 그러면 폐하께 말씀드리라고 해라. 폐하, 수레가 송아지를 낳는다면 마른 호수에서도 고기를 잡을 수 있잖겠습니까, 라고.'

다음 날 아침 일찍 농부는 그물을 들고 '거북이 등 호수'로 나갔습니다. 그리고 그물질을 하기 시작했습니다.

마침내 왕비가 얘기한 것처럼, 사냥할 채비를 갖춘 임금이 수행하는 사람들을 거느리고 호수로 다가왔습니다. 말라붙어서 바닥이 거북이 등처럼 갈라진 호수에서 정성스럽게 그물질을 하는 사람을 보자, 임금은 말을 세웠습니다. 그리고 껄껄 웃었습니다. '참 별사람 다 보겠도다.'

그러고는 농부에게 가까이 다가가서, 웃음 띤 얼굴로 말을 걸었습니다, '이보게. 자네 낯이 익은 것 같은데. 혹시 어저께 나한테서 판결을 받은 사람 아닌가?'

농부는 허리를 깊이 숙여 공손히 인사했습니다. '그렇습니다, 폐하.'

'그런데 여기서 웬 그물질인가? 물도 없는 호수에서 그물질을 하면, 고기가 잡힐 것 같은가?'

다시 허리 숙여 인사한 다음, 농부는 왕비가 가르쳐준 대로 대꾸했습니다, '폐하, 수레가 송아지를 낳는다면 마른 호수에서도 고기를 잡을 수 있잖겠습니까?'

임금은 말문이 막혔습니다. 한참 생각한 다음, 임금이 농부에게 말

했습니다, '이것은 자네 혼자 생각해낼 수 있는 얘기가 아니다. 누구한테서 이렇게 하라는 얘길 들었나?'

차마 왕비에게 들었다고 대답할 수가 없어서, 농부는 얼굴만 붉혔습니다.

농부가 머뭇거리면서 대꾸하지 못하자, 임금은 다그쳤습니다, '그 얘긴 왕비한테서 들었지?'

임금이 다그치자, 농부는 실토했습니다, '예, 폐하. 왕비 마마께서 소인의 딱한 사정을 들으시고서……'

농부의 대답을 듣자, 임금은 굳은 얼굴로 한참 생각했습니다. 그러고는 농부에게 말했습니다, '알았다. 내가 다시 판결을 내릴 테니, 왕궁으로 가자.'

왕국으로 돌아온 임금은 송아지 임자를 가리는 재판에 관련된 사람들을 다시 불러 모아 재판을 열었습니다. 그리고 새 판결을 내렸습니다, '이 세상에 수레가 송아지를 낳는 일은 없다. 그러므로 송아지는 그것을 낳은 어미 소의 주인 것이다.'

재판이 끝나자, 임금은 태리안을 불렀습니다. 그리고 속에서 끓어오르는 분을 가까스로 참으면서, 조용히 말했습니다, '왕비, 내가 그렇게 일렀는데도 또 나라 일에 끼어들었소. 그러니 난 당신과 헤어지겠소. 당장 왕궁을 떠나시오.'

태리안은 깊이 후회했지만, 이미 엎질러진 물이었습니다. 그녀는 울먹이는 목소리로 말했습니다, '제가 잘못했습니다, 폐하. 폐하 말씀대로 왕궁을 떠나겠습니다.'

손등으로 눈물을 훔치면서 방에서 나가는 아내를 보자, 임금은 불쌍한 생각이 들었습니다. 그래서 좀 누그러진 목소리로 태리안에게 말했습니다, '떠날 때, 왕궁에서 갖고 싶은 것 하나만 갖고 가시오.'

태리안은 공손하게 말했습니다, '감사하옵니다, 폐하. 이왕 제게 그렇게 너그럽게 대해주셨으니, 제 소원을 한 가지만 더 들어주십시오, 폐하.'

'말해보시오.'

'제가 이렇게 급작스럽게 떠나면, 백성들이 모두 수군거릴 것입니다. 그러하오니, 오늘밤은 왕궁에서 지내고 내일 아침에 떠나도록 해주십시오.'

'일리가 있는 얘기요. 좋소, 오늘 저녁엔 우리 함께 마지막 식사를 하도록 합시다. 그리고 내일 아침에 떠나도록 하시오.'

그날 저녁 태리안은 요리사들에게 임금이 좋아하는 쇠고기와 양고기 요리들을 만들도록 했습니다. 그리고 왕궁 지하실의 포도주 창고에서 가장 좋은 포도주를 두 병 골라서 저녁 상에 올리도록 했습니다. 저녁 식사를 하면서, 태리안은 재미있는 이야기들을 하면서 임금의 기분을 좋게 만들었습니다. 기분이 좋아진 임금은 고기를 많이 먹고 연신 술잔을 비웠습니다. 태리안은 여느 때는 임금이 술을 너무 많이 마시지 않게 막았지만, 그날은 임금이 잔을 비울 때마다, 이내 술잔을 채웠습니다. 그렇게 해서, 임금은 고기를 아주 많이 먹고 포도주를 두 병이나 비웠습니다. 그러니 졸지 않을 수가 있겠습니까? 눈이 게슴츠레해지더니, 의자에 앉은 채 코를 골기 시작했습니다.

그러자 태리안은 힘센 시종들을 불렀습니다. '폐하께서 앉으신 의자를 그대로 들고 나를 따라오너라. 폐하께서 깨시지 않도록 조심해라. 만일 폐하께서 잠이 깨시면, 너희들은 호된 벌을 받을 것이다.'

태리안은 임금이 앉은 의자를 든 시종들을 거느리고 왕궁을 나섰습니다. 그리고 곧바로 자기 집으로 향했습니다. 집에 닿자, 그녀는 시종들에게 임금이 앉은 의자를 자기 방으로 들고 가게 했습니다. 그리고 임금의 옷을 벗기고 자기 침대에 눕혔습니다. 그렇게 한 다음, 그녀는 시종들을 물리치고 불을 끄고 임금 곁에 누웠습니다.

임금은 한밤중에 잠이 깨었습니다. 정신을 차리고 보니, 요가 다른 때보다 훨씬 딱딱했습니다. 그리고 덮은 이불도 아주 거칠었습니다. 그래서 더듬어보니, 아내가 옆에서 자고 있었습니다. 그래서 임금은 아내를 깨웠습니다. '태리안, 내가 당신보고 집으로 돌아가라고 하잖았던가?'

'네, 폐하,' 태리안은 천연스럽게 대꾸했습니다. '하지만 아직 날이 밝지 않았습니다. 그러니 다시 주무십시오.'

그래서 임금은 다시 잠이 들었습니다. 다음 날 새벽, 임금은 닭이 꼬꼬댁거리고 개가 멍멍거리고 염소가 음메에 하는 바람에 잠이 깼습니다. 임금은 이상해서 중얼거렸습니다, '도대체 이게 웬 소란인가? 내 침실 밖에서 닭이 꼬꼬댁거리고 개가 멍멍거리고 염소가 음메에 하니, 도대체 이게 무슨 일인가?'

임금은 불편한 침대에서 일어나 앉았습니다. 그러고 보니, 침실이 영 낯설었습니다. 그래서 옆에서 자고 있는 아내를 깨웠습니다. '태

리안, 뭔가 이상하다. 우리가 지금 어디 있는 건지 모르겠네.'

그러자 태리안이 일어나 앉아 기지개를 켜고서 느긋하게 말했습니다, '여긴 제 집이에요. 어저께 당신이 얘기하셨잖아요, 제가 가장 좋아하는 것을 하나만 왕궁에서 들고 나가라고. 그래서 제가 가장 좋아하는 당신을 데리고 왕궁에서 나왔어요. 이제 당신은 영원히 내 거예요.'

임금은 어이가 없어서 태리안을 한참 쳐다보았습니다. 그러고는 그녀를 꼬옥 껴안았습니다. 그렇게 해서 두 사람은 화해를 했고, 사이좋게 왕궁으로 돌아왔습니다. 그 뒤로 임금은 나라 일을 꼭 태리안하고 상의했습니다."

민이가 이야기를 마치자, 사람들은 일제히 참았던 숨을 내쉬었습니다.

"참 좋은 얘기다." 오목네 아버지가 얼굴에 웃음을 띠고 고개를 끄덕였습니다.

"예, 정말 좋은 얘긴데요." 오목네 남편이 말을 받았습니다. 그리고 자기 아내에게 말했습니다, "당신도 집을 나올 때 보퉁이만 하나 달랑 들고 나올 게 아니라, 나까지 들고 나오지 그랬어?"

그러자 사람들이 모두 손뼉을 치면서 웃었습니다. 오목네는 얼굴이 빨개지면서도, 남편 얘기가 싫지는 않은지 남편에게 눈을 살짝 흘겼습니다.

19. 검종의 주문

 다음 날 아침 민이는 오목네 부모님께 작별 인사를 드렸습니다. "덕분에 편하게 지냈습니다. 감사합니다."
 그러자 오목네 어머니가 말했습니다. "아니다, 고마운 건 우리다. 네 덕분에 우리 오목네하고 김 서방이 금슬이 좋아졌다."
 옆에서 듣던 오목네가 얼굴을 붉혔습니다.
 그러나 그녀 남편은 껄껄 웃으면서 고개를 끄덕였습니다. "어머님 말씀이 맞습니다."
 "민이는 가는 길이 머니까, 뭣보다도 먹을 게 마땅찮을 거야. 알을 잘 낳는 닭을 한 마리 줄 테니, 데려가거라." 오목네 어머니는 닭장에서 닭 한 마리를 꺼냈습니다.
 그러자 오목네 아버지가 말했습니다. "이왕 줄 거면, 한 쌍을 주지.

가금도 짝이 있어야 하는 법이여."

"장닭은 제가 꺼내죠." 장인 얘기에 오목네 남편이 나섰습니다.

민이는 고맙다고 인사하고서 닭 한 쌍을 받아들었습니다. 닭들을 나귀 등에다 얹고서, 그녀는 속삭였습니다, "반갑다, '벼슬이 곱고 목청이 좋은 새'야. 나랑 함께 가자. 여기 회려 등에 타고서 가거라."

자기들의 참 이름을 듣자, 닭들은 반갑게 인사했습니다, "<u>꼬꼬댁 꼬꼬꼬꼬</u>."

등에 닭 한 쌍을 태운 나귀를 이끌고 개 두 마리를 거느리고, 민이는 다시 길을 나섰습니다. 남은강 줄기를 따라 한참 내려가니, 강이 굽이 도는 곳에 뽕나무들과 미루나무들이 자라는 너른 모래펄이 펼쳐져 있었습니다. 점심때는 아직 덜 되었지만, 그녀는 거기서 점심을 먹기로 했습니다. 나루지기 노인이 준 책을 빨리 펼쳐보고 싶었기 때문입니다.

그녀는 길에서 좀 떨어져서 사람들 눈에 잘 뜨이지 않는 곳으로 내려갔습니다. 그리고 짐승들에게 말했습니다, "이제 '벼슬이 곱고 목청이 좋은 새'들에게 이름을 지어줘야지. 장닭은 아주 용감하니 '용조'라고 하는 게 좋겠다. 암닭은 알을 잘 낳으니, '다산'이라고 하는 게 좋겠다. 너희 생각은 어떠니?"

"좋습니다," 장닭이 기운차게 대꾸하고는 고개를 들어 맑은 목청으로 가락 한 마디를 뽑아서 자기 기분을 알렸습니다.

"마음에 드는 이름을 지어주셔서, 고맙습니다." 암닭은 예절 바르게 대꾸했습니다.

"그러면 너희는," 그녀는 풀이 파랗게 돋은 둔덕을 가리켰습니다. "여기서 벌레를 잡아먹거라." 이어 나귀에게 말했습니다, "회려야, 수고했다. 이제 여기서 풀을 뜯거라." 그리고 개들에게 말했습니다, "미모와 토실이는 가서 마른 나뭇가지들을 물어와라. 불을 피워서 점심을 먹자."

그렇게 이른 뒤, 그녀는 돌들을 모아 화덕을 만들었습니다. 그리고 둘레에 있는 마른 나뭇가지들을 모아 불을 지폈습니다. 개들이 연신 물어오는 나무토막들을 얹자, 불길이 세졌습니다. 그녀는 강에서 냄비에 물을 길어와 화덕 위에 얹었습니다. 그러고는 배낭에서 나루지기 노인이 준 책을 꺼냈습니다.

책의 겉장엔 '검종 초산파 모길미사'라고 쓰여 있었습니다. 책의 제목이 아니라 책 주인 이름 같았습니다. 책을 읽어보니, 그 생각이 맞았습니다. 그 책은 실은 책이라기보다 공책 비슷했어요. 옛적에 마법을 배운 사람이 스승의 가르침을 배운 순서대로 적어놓은 책이었거든요. 물론 붓으로 정성 들여 적어놓았으므로, 깨끗하고 읽기도 쉬웠지요.

거기 나온 지식들은, 그녀가 아빠에게 배운 것들도 더러 있었지만, 대부분 처음 보는 것들이었습니다. 토르토르는 어린 딸에게 당장 쓸모가 있을 만한 것들만 가르쳤습니다. 그러나 책에 나온 것들은 직업적 마법사가 되려는 사람이 마법학교에서 배운 것들이었습니다. 그녀에겐 마법의 역사에 관한 사항들이 특히 흥미로웠습니다. 물론 그녀는 아빠에게서 마법사들에 관한 이야기들을 많이 들었고, 마법을 처음으로 정리해서 '마법의 시조'로 불리는 미나얀 족의 여자 마법사 비조미안과 같은 중요한 인물들에 대해선 알고 있었습니다. 그러나 마법의 역사에 대해서 체계적으로 배운 적은 없었으므로, 마법의 발전 과정과 마법사들의 계보는 무척 흥미로웠습니다. 다섯 대에 걸쳐 뛰어난 마법사들을 배출해서 마법의 융성기로 꼽히는 '이새 씨 오대'의 이야기는 특히 재미있었습니다.

또 하나 민이가 흥미롭게 읽은 것은 검종과 선종의 내력을 밝힌 부분이었습니다. 이새 씨 오대의 마지막 마법사인 이새만에겐 삼천 제자들이 있었다고 할 만큼 제자들이 많았습니다. 그 제자들 가운데 보시인과 나하시령이 가장 뛰어났습니다. 그들은 인품과 자질과 능력에서 엇비슷했습니다. 그래서 두 사람 가운데 누가 스승의 뒤를 이어야 할지 가리기 어려웠습니다. 마침내 이새만은 두 사람 모두가 자기 뒤를 이을 자격이 있다고 선언한 다음, 두 사람에게 의발을 주어 대를 잇게 했습니다. 이때부터 마법계는 두 파로 갈라지게 됐습니다. 보시인은 도룬 제국의 국경 북쪽에서 유목민의 아들로 태어났는데, 칼을 마법봉으로 삼았습니다. 그때까지는 마법사들은 모두 나무나 짐승의 뿔로 만든 작대기를 마법봉으로 삼았었습니다. 나하시령은 도룬 제국의 국경 너머 남쪽에서 대나무로 공예품들을 만드는 사람의 딸로 태어났는데, 합죽선을 마법봉으로 삼았습니다. 그래서 보시인을 따른 마법사들은 북종 또는 검종이라 불렸고, 나하시령을 따른 마법사들은 남종 또는 선종이라 불렸습니다.

숨은 나라에선 검종보다 선종이 융성했습니다. 키르키르 제국 후기에 보라미네라는 아주 뛰어난 여자 마법사가 나와서 선종의 이름을 드높였던 것이었습니다. 선종의 시조가 여자였고 선종에선 부드러움으로 거센 것들을 제압하는 기술들을 높이 여겼으므로, 선종엔 여자 마법사들이 많았습니다.

점심이 끝나자, 짐승들에게 멀리 가지 말고 모래밭과 뽕밭에서 놀라고 이른 다음, 그녀는 다시 책을 들었습니다. 주문들이 여럿 나와 있었습니다. 그러나 주문만 적혀 있을 뿐 설명은 없어서, 무엇에 쓰는 주문인지 알 수 없었습니다. 시험해서 알아내는 수밖엔 없었습니다.

그녀는 맨 먼저 나온 주문을 달달 외웠습니다. 이어 뽕나무 가지를 모래펄에 박아놓았습니다. 그러고는 가까이 선 미루나무에게서 마력을 얻어 가슴에 가득 채웠습니다. 기웃거리는 미모와 토실이에겐 멀찍이 물러나라고 엄하게 일렀습니다. 그렇게 한 다음, 접은 합죽선으로 뽕나무 가지를 겨누었습니다. 칼을 마법봉으로 삼은 검종의 주문인데다 주문이 어쩐지 날카롭게 느껴졌으므로, 부드러운 일을 하는 주문이기보다는 힘찬 일을 하는 주문일 것 같았습니다.

마음을 모아 마력을 합죽선에 실은 다음, 그녀는 주문을 외웠습니다. "파키시디 파키시디 파키피시디 파키시디 옴 파키시디 파시디 옴 파키시디 옴."

주문을 다 외운 순간, 그녀는 온몸의 힘이 합죽선으로 빨려나가는 것을 느꼈습니다. 이어 퍼런 불길이 합죽선 끝에서 나와 뽕나무 가지를 향해 뻗어나갔습니다. 뽕나무 가지가 조각이 나 흩어지는 것을 보면서, 그녀는 기운이 빠져서 그 자리에 주저앉았습니다. 정신이 어찔해지고 땅이 핑그르르 돌아서, 그녀는 눈을 감고 손으로 땅을 짚었습니다.

"괜찮아요, 민이 아씨?" 미모가 걱정스럽게 물었습니다.

"응, 괜찮아." 아직 흔들리는 정신을 가다듬으면서, 그녀는 눈을 뜨고 억지로 미모에게 웃음을 지어 보였습니다.

그사이에 다른 짐승들도 달려와서 어찌 된 일이냐고 서로 걱정스럽게 물었습니다.

기운이 모두 몸 밖으로 빠져나간 것 같았습니다. 덜컥 겁이 났습니다. 아빠처럼 힘에 너무 부치는 마법을 하다가 가슴이 타버려서 마법을 할 수 없게 된 것은 아닌가, 하는 생각이 들었던 것입니다. 그녀는 이마에 난 진땀을 손등으로 훔쳤습니다. 그러고는 울렁거리는 가슴을 간신히 가라앉히고서, 천천히 일어났습니다.

"정말 괜찮아요?" 회려가 물었습니다.

"응. 너무 강력한 주문을 했더니, 기운이 좀 빠진 거야." 그녀는 태연한 어조로 대꾸하고서, 회려의 머리를 쓰다듬어주었습니다. 그러고는 가까이 있는 뽕나무에서 마력을 꺼내어 놀란 짐승들의 마음을 가라앉혀 보았습니다. 그녀가 합죽선을 펴서 부치자, 그녀를 둘러싼 짐승들의 얼굴이 이내 밝아졌습니다.

'다행이다. 탈이 난 건 아니구나.' 그녀는 좀 안심이 됐습니다.

'검종의 주문이라, 역시 거세구나. 이번엔 가슴에 마력을 반만 채우고, 해보자.'

20. 강가에서의 하룻밤

모닥불에 나뭇가지들을 얹고 부지깽이로 잘 고른 다음, 민이는 밤하늘을 올려다보았습니다. 금세 쏟아져 내리기라도 할 것처럼, 별들이 많고 초롱초롱했습니다. 대도에서 하늘을 올려다보았을 때보다 별들이 훨씬 많았습니다.

그녀는 오후 내내 그 검종의 주문을 연습했습니다. 그래서 뜻하는 대로 그것을 쓸 수 있게 됐습니다. 그러다보니 해가 저물어서, 강가에서 밤을 보내기로 했지요.

강 건너 가파른 산비탈에서 새가 울었습니다. 문득 밤이 적막하게 느껴졌어요. 밤이슬을 가리기 위해 쳐놓은 조그만 천막 아래 웅크린 짐승들은 신기한 듯 모닥불을 바라보고 있었습니다. 처음엔 불이 두려워서 멀찌감치 물러나 앉았지만, 차츰 모닥불에 익숙해지자 따스한 불길이 좋은 듯, 가까이 다가왔습니다.

"하앙," 회려가 큰 입을 쩍 벌리고 하품을 했습니다. 그러고는 입맛을 쩝쩝 다셨습니다.

"잠이 잘 안 오지?"

"예," 회려가 고개를 무겁게 끄덕였습니다.

"그러면 내가 옛날이야기 하나 해줄까?"

"좋아요." 회려가 대꾸하기도 전에, 토실이가 냉큼 받았습니다. 이어 다른 짐승들도 좋다고 말했습니다.

"저기, 하늘을 올려다봐라. 하늘 한가운데로 길게 은하수가 흐르지?"

"예."

"은하수 양쪽에 아주 밝은 별 두 개가 마주 보고 있지? 그 별들에 관한 이야기란다."

"아, 이야기가 참 재미있겠다." 다산이가 날개를 펴고 몇 번 날갯짓을 했습니다.

"이야기가 재미있는 것하고 너하고 무슨 상관이 있다고, 네가 날개를 펴고 바람을 일으키냐?" 토실이가 다산이에게 핀잔을 주었습니다. 친구가 되긴 했지만, 개들과 닭들은 사이가 썩 좋지는 않았습니다.

"조용히들 해라," 회려가 점잖게 꾸짖었습니다.

"옛날, 옛날, 아주 먼 옛날, 북극성을 바라보고 석달 열흘을 가야 닿을 수 있는 먼 북쪽 땅에 파고파고라는 젊은이가 살았대," 민이는 짐승들에게 〈파고파고의 전설〉을 들려주기 시작했습니다.

"파고파고? 참 이상한 이름이다," 다산이가 말했습니다.

"조용히 해," 다른 짐승들이 합창을 했습니다.

"파고파고에겐 시비리안이란 애인이 있었어. 시비리안은 북쪽 민족의 말로 '샛별과 같은 처녀' 라는 뜻이었어. 시비리안은 그만큼 예뻤지. 한번은 시비리안이 자기 엄마와 함께 남쪽 자은포에 있는 외가에 다녀오게 되었어. 길을 떠난 지 보름이 지나서, 시비리안과 엄마는 마침내 자은포 가까이 이르렀어. 그래서 바닷가에 솟은 '정자 바위' 에서 잠깐 쉬는데, 갑자기 바다에서 괴물이 하나 나타났어. 몸집이 집채만 하고 온몸이 초록 비늘로 덮인 괴물이었지. 그 괴물이 시비리안을 덥석 안고서 다시 바다로 뛰어들어 먼바다로 사라졌어."

"어머, 어쩌나," 다산이가 안타까워했습니다.
"너 정말 입 다물지 못하겠니?" 토실이가 화를 냈습니다.
"괜찮아." 민이는 다산이의 등과 토실이의 머리를 쓰다듬어 주었습니다.

"애인이 괴물에게 끌려갔다는 얘기를 듣자, 파고파고는 이내 애인을 찾아나섰지. 길을 물어물어, 마침내 '정자 바위' 까지 찾아왔어. 그렇지만 시비리안의 모습이 보일 리 있겠어? 초록 비늘로 덮인 괴물이 먼바다로 끌고 갔으니. 파고파고는 하도 슬퍼서 눈물도 나지 않았어. 그냥 바위 위에 서서 먼바다를 바라보기만 했어. 그러다가 가슴이 하도 아파서 하늘을 올려다보며 울부짖었어.

'내 너를 찾아왔다, 사랑스런 시비리안.

먼 길을 단숨에 달려왔다, 아름다운 시비리안.

넌 어디 있느냐, 마음씨 고운 시비리안.

아아, 네 모습 보이지 않고

정자 바위 아래 파도만 치는구나.'

파고파고가 그렇게 슬퍼하는데, 문득 여자 하나가 나타났어. 나이가 많이 들고 아주 못생긴 여자였지. 그 여자가 파고파고에게 말했어, '젊은이, 내가 당신 애인을 찾는 법을 가르쳐주지.'

파고파고는 고개 숙여 인사했어. '고맙습니다, 아주머니. 시비리안만 찾게 해주신다면, 무슨 일이라도 하겠습니다.'

'좋아. 그러나 한 가지 조건이 있어. 내 도움을 받아 시비리안을 구하면, 당신은 나랑 결혼해야 해.'

파고파고는 그 나이가 많고 못생긴 여자를 한참 쳐다보았어. 그리고 말했어, '시비리안만 찾게 해주신다면, 저는 아주머니와 결혼하겠습니다. 그렇지만, 제가 아주머니와 결혼하면 시비리안이 슬퍼할 텐데, 어떻게 하면 좋죠?'

그러자 그 여자가 한참 생각하더니 말했어, '좋아. 그럼 이 세상에선 시비리안과 결혼해서 살아. 그러나 다음 세상에선 나랑 결혼해야 해.'

파고파고는 다음 세상에서도 시비리안과 살고 싶었지. 그렇지만, 시비리안을 구해야 하니, 어떻게 할 수 있어? 그래서 좋다고 했지. 그랬더니, 그 여자가 파고파고에게 시비리안을 찾는 길을 말해주었어."

"그걸 그 여잔 어떻게 알았죠?" 미모가 물었습니다.
"그 여자는 실은 요정이었거든. 그래서 알 수 있었지."
미모가 고개를 끄덕였습니다. "아, 요정이라 아는구나."

"그 여자는 파고파고에게 가르쳐줬어. 먼바다 한가운데에 섬이 하나 있고, 그 섬엔 깊은 동굴이 하나 있는데, 시비리안은 거기 갇혀 있다고. 그러나 그 섬 둘레엔 높은 파도가 쳐서 배가 닿을 수 없고, 동굴 속엔 그 초록 비늘로 덮인 괴물이 잠을 자지 않고 지키고 있어서, 시비리안을 구하기가 힘들다고 했어. 그래서 시비리안을 구하려면, 먼저 마법성에 있는 은 피리를 얻어야 한다고 했어. 배를 타고 그 섬에 다가가서 피리를 불면 높은 파도가 잔잔해지고, 동굴 속으로 들어가서 다시 피리를 불면 잠을 안 자면서 지키던 그 괴물이 잠이 드는데, 그 사이에 시비리안을 데리고 나오면 된다는 얘기였지. 그래서 파고파고는 마룡산 위에 있는 마법성을 찾아갔어. 파고파고는 그 요정이 가르쳐준 대로 마법성의 성문을 여는 주문을 외었어. 그랬더니 성문이 스르르 열렸지. 파고파고는 성안에 있는 탑에서 은 피리를 찾았지. 파고파고가 피리를 갖고 나오는데, 갑자기 커다란 용이 앞을 가로막았어. 마법성을 지키는 용이었지.

그 용이 천둥치는 것처럼 큰 소리로 말했어, '넌 피리를 훔친 도둑이니, 죽어야 마땅하다.'

파고파고는 피리를 탑에서 들고 나오게 된 사정을 자세히 얘기했어. 그리고 마지막으로 말했어, '시비리안을 구한 다음엔 이 피리를 다시

가져오겠습니다. 그때는 내가 죽어도 좋습니다.'

 한참 생각하더니, 용은 고개를 끄덕였어. '좋다, 그러면 그 피리를 가져가라. 대신 애인을 구한 다음엔 꼭 다시 가져와야 한다. 그리고 목숨을 내놓아야 한다.'

 파고파고는 좋다고 했지. 그리고 조그만 돛배를 한 척 구해서 타고 먼바다로 나갔어. 사흘을 나가니까, 정말 그 나이 많고 못생긴 여자가 얘기한 섬이 나왔어. 섬 둘레엔 집채만 한 파도들이 넘실대서, 도저히 배를 섬에 댈 수가 없었지. 그렇지만 파고파고가 피리를 꺼내서 불자, 파도는 이내 가라앉았어. 파고파고가 섬에 배를 대고 올라가보니, 그 여자 말대로 동굴이 하나 있었지. 그래서 피리를 불면서 그 동굴 안으로 들어갔어. 그랬더니, 거기에 그 초록 비늘로 덮인 괴물이 시비리안의 무릎을 베고 누워서 잠을 자고 있었지. 파고파고를 보자, 시비리안은 너무 반가워서 벌떡 일어났어. 그래서 그 괴물의 머리가 바위 바닥에 부딪쳤어. 그래도 그 괴물은 그냥 잠을 잤어. 두 사람은 이내 동굴에서 빠져나왔어. 파고파고는 계속 피리를 불면서. 배가 섬을 떠나자, 잠에서 깬 그 괴물이 헤엄쳐 따라왔지. 그럴 때마다 파고파고는 피리를 불었고, 그러면 그 괴물은 잠이 들었지.

 그렇게 해서, 두 사람은 무사히 자은포로 돌아왔어. 그리고 마법성으로 갔어, 피리를 돌려주려고.

 피리를 탑 안에 도로 갖다놓고서, 파고파고는 용에게 말했어, '이제는 내가 죽을 차례인 것 같습니다.'

 그러자 용이 말했지, '당신은 정직하니까, 죽이지 않겠소. 그리고 그

피리를 가져가시오. 당신은 그 피리를 좋은 일에만 쓸 사람인 것 같소.'
 파고파고는 용에게 고맙다고 하고서 시비리안과 함께 마법성을 나와 고향으로 돌아갔지. 그리고 시비리안과 결혼해서 행복하게 살았어. 그은 피리로 좋은 일을 하면서."

"그게 그 얘기의 끝인가요?" 토실이가 물었습니다.
"아니, 조금 더 있어. 파고파고와 시비리안은 아주 오래 살았어. 그리고 한날 한시에 죽게 됐어. 그때 그 나이 많고 못생긴 여자가 나타났어. 그리고 파고파고에게 옛날 약속을 지키라고 말했어. 그래서 저 세상에선 파고파고는 시비리안과 살지 못하고 그 나이 많고 못생긴 요정하고 함께 살게 됐어."
"어쩌나." 다산이가 안타까워했습니다.
다산이의 목을 쓰다듬어 주면서, 민이는 말했습니다. "생물들은 모두, 사람이나 요정이나 나귀나 개나 닭이나, 다 죽은 다음엔 별이 되거든. 저기 별들을 봐라. 은하수 왼쪽 밝은 별이 파고파고이고 오른쪽 밝은 별이 시비리안이야. 그런데 파고파고를 잘 봐라. 그 옆에 흐린 별이 하나 붙어 있지. 그게 바로 그 요정이야. 파고파고와 시비리안은 은하수 때문에 만나지 못하고 마주 보면서 늘 눈물을 흘리면서 살지."
"참 안됐다." 다산이가 말하자, 모두 그렇다고 한마디씩 했습니다.
잘 아는 전설이었지만, 민이도 따라서 서글퍼졌습니다. 문득 오리손이 그리워졌습니다. 그가 곁에 있으면, 그래서 함께 별들이 초롱초롱한 밤하늘을 올려다보면, 마음이 이처럼 서글프지 않을 것만 같았습니다. 문득 수줍은 생각이 들면서, 오리손이 안내했던 발굴 현장의 모습이 눈앞에 떠올랐습니다. '혹시 내가 왼 그 사랑의 주문이 정말로……'

21. 강주

 나흘 뒤 민이 일행은 강주에 이르렀습니다. 급할 것 없는 걸음이라, 천천히 걸은 탓도 있었지만, 민이가 책에 나온 검종의 주문들을 제대로 배워서 쓰려고 틈틈이 연습한 덕분이기도 했습니다.
 강주는 남은강 바로 옆에 자리잡았는데, 흑양도의 중심지였습니다. 대도에 비길 수야 없었지만, 그래도 이 근처에선 가장 크고 번화한 도시로 이름이 높았습니다.
 "하아, 참 멋진 성이다." 저녁 햇살을 받고 은은하게 빛나는 성을 바라보면서, 민이는 탄성을 냈습니다. 이 지역은 옛날부터 반야 왕국의 해적들이 자주 쳐들어온 터라, 강주성은 돌로 높고 튼튼하게 쌓았습니다.
 그러자 짐승들도 모두 한마디씩 했습니다. 회려는 히이잉 울었고,

미모와 토실이는 멍멍 짖었고 다산이와 용조는 꼬꼬댁, 하고 목청을 뽑았습니다.

성문은 병사 둘이 지키고 있었습니다. 문지기들은 모자를 삐딱하게 쓰고 문 한쪽에 함께 서서, 창들을 성벽에 기대어놓은 채, 담배를 피면서 오가는 사람들을 게으른 눈길로 살피고 있었습니다. 민이 일행을 보자, 문지기들은 문득 자세를 고쳤습니다. 그들의 얼굴엔 '이건 또 뭐냐?' 하는 생각이 쓰여 있었습니다. 하긴 그럴 만도 했습니다. 행색을 보니, 소녀 혼자 먼 데서 온데다, 나귀를 타는 대신 닭 한 쌍을 나귀 등에 태우고 개를 두 마리 거느렸으니, 게다가 개 한 마리는 다리가 하나 없어서 절름거렸으니, 문지기들로선 가관이었을 것입니다.

민이 일행이 성문에 가까이 가자, 안쪽에 선 문지기가 창을 들어서 길을 가로막았습니다. 서른가량 된 사내였습니다.

"안녕하세요?" 민이는 미소를 지으면서 밝은 목소리로 인사했습니다.

그러나 그 문지기는 대꾸하지 않고 그녀를 훑어보았습니다. 그 사내의 끈적거리는 눈길이 그녀의 젖가슴에 오래 머물렀습니다.

그녀는 자신의 몸을 더듬는 그 사내의 눈길이 좀 징그러웠습니다. 그러나 그녀는 내색을 하지 않고 그대로 서서 그의 눈길을 받았습니다. 길을 떠난 뒤로 여러 번 그런 눈길을 받은 터여서, 이제는 좀 익숙해진 터였습니다. 그리고 그녀는 알았습니다, 사내들이 자기를 그런 눈길로 보는 것은 자연스러운 일이며 그녀는 그런 사내들을 조심스럽게 다루어야 한다는 것을. 따지고 보면, 사내들이 그녀를 그런 눈길로 보는 것은 사내들의 몸속 깊은 곳에 있는 아주 오래되고 거센 힘 때문이었습니다. 그 힘은 마법보다도 훨씬 오래되고 거센 것이었습니다.

사내가 혀로 입술을 축이고서, 억세 보이는 수염을 쓰다듬었습니다. "어디서 온 거냐?"

"저는 대도에서 왔습니다."

"여기엔 무슨 볼일이 있나?"

"반시문 씨를 찾아가는 길입니다." 반시문은 오목네의 큰아버지였는데, 강주에서 큰 상점을 한다고 했습니다. 오목네 아버지는 강주에 들르면, 꼭 자기 형을 찾아보라면서 편지를 써주었습니다.

"반시문 씨?"

"네."

반시문이란 이름을 듣자, 문지기들은 서로 쳐다보면서 눈짓을 했습니다. 그러더니 지금까지 바라보기만 하던 문지기가 훨씬 부드러운 목소리로 물었습니다, "반시문 씨하곤 어떤 사이냐?"

"제가 아는 분의 형님이십니다. 그분에게 급히 전할 편지가 있어서 찾아가는 길입니다." 그녀는 머뭇거리지 않고 대꾸했습니다. 그리고 속으로 좀 겸연쩍은 웃음을 지었습니다. 편지를 지닌 것은 사실이지만, 그것을 전하는 것이 자기가 이곳에 온 목적은 아니었고 그 편지가 급한 것도 아니었습니다. 그러나 길을 나선 뒤 그녀는 배웠습니다, 나쁜 일을 위한 거짓말이 아니라면 사실을 약간 비틀어서 얘기하는 것이 때로는 필요하다는 것을. 지금 그녀가 문지기들에게, 실은 마법성을 찾아가는 길이라고 설명하면 그냥 시간만 걸리는 것이 아니라, 이상한 사람 취급을 받아 골치 아픈 일이 생길 터였습니다.

숨은 나라의 병아리 마법사

문지기는 고개를 끄덕였습니다. "알았다. 들어가거라."

"네. 그럼 아저씨들 수고하세요." 밝은 목소리로 대꾸하고서, 그녀는 아까 그녀를 막아섰던 문지기에게 웃음을 지어 보였습니다.

그러자 그 문지기는 아쉬운 낯빛으로 고개를 끄덕였습니다.

강주 시가는 무척 번화했습니다. 여러 날 동안 시골 마을들만 보았던 터라, 민이는 죽 늘어선 집들과 가게들을 감탄하는 마음으로 두리번거렸습니다. 반시문 씨의 상점은 찾기 쉬웠습니다. 가게가 아주 크고 큰 간판이 걸려 있었습니다. 가게 앞엔 옹기들을 실은 수레가 둘 있었고 점원들이 짐들을 부리고 있었습니다. 반씨는 그릇들을 다루는 상인이었습니다.

"저어기, 할아버지," 그녀는 손에 서류를 들고서 짐들을 확인하는 노인에게 다가가서 말을 건넸습니다. "반시문 씨를 뵈려고 하는데요."

"내가 반시문인데……" 노인이 허리를 펴고서 민이를 살폈습니다.

"아, 그러세요? 안녕하세요?" 그녀는 주머니에서 편지를 꺼냈습니다. "이건 동백골 오목네 언니 아버님께서 저보고 전해달라고 하신 편진데요."

"그래?" 노인은 편지를 받더니 봉투를 살피고 나서, 서두르지 않는 손길로 봉투를 뜯었습니다. 그리고 편지를 다 읽더니, 인자한 낯빛으로 민이를 살폈습니다. "먼 길을 왔으니, 피곤하겠다. 안으로 들어가자."

"네, 고맙습니다. 그런데, 할아버지."

"응?"

"제 나귀하고 개들이 배가 고픈 모양인데, 어떻게……"

"그래? 흐음," 노인이 빙그레 웃으면서 그녀를 다시 살폈습니다. "네가 짐승들을 보살필 줄도 아는구나."

"아주 좋은 친구들이에요. 저 닭들은 오목네 언니 어머님께서 주셨어요."

"그러냐?" 노인은 고개를 끄덕이고서, 옆에 선 점원을 돌아보았습니다. "저 짐승들을 안으로 끌고 들어가서 먹이를 줘라."

점원이 나귀 고삐를 끌고 안마당으로 들어가자, 개들과 닭들도 뒤를 따랐습니다.

"우리도 안으로 들어가자."

노인의 사무실은 그리 넓지 않았는데, 서류들이 가득 담긴 나무 서가들이 벽마다 세워져 있었습니다. 노인은 민이에게 자리를 권한 다음 따라 들어온 비서로 보이는 여자 점원에게 차를 가져오라고 했습니다.

"내 아우가 네 칭찬을 많이 했구나. 착하고 똑똑한 아가씨라구," 노인이 그녀 얼굴을 살피면서 말했습니다.

그녀는 대꾸할 말을 찾지 못하고 그냥 수줍은 웃음만 지었습니다.

"진은 선생이 자기 손님이니 각별히 신경을 써달라구 부탁하셨다고 했구나."

"진은 할아버지께서 제게 아주 잘해주셨어요."

비서가 차 쟁반을 들고 들어왔습니다. 두 사람은 유자차를 들면서 얘기를 했습니다. 노인은 민이가 그동안 겪은 일들을 흥미롭게 들었습니다.

그들이 차를 다 마셨을 때, 갑자기 밖이 시끄러워졌습니다. 그러더니 그릇이 깨지는 소리가 났습니다. 노인이 이내 일어나서 밖으로 나갔습니다. 그녀도 궁금해서 따라 나갔어요.

　가게 밖엔 젊은 사내들 한패가 뭐라고 외치면서 몽둥이를 휘둘러 수레에서 내린 옹기들을 부수고 있었습니다. 열 명이 넘는데다 워낙 우락부락하게 생긴 사내들이라, 점원들은 그저 떨면서 바라보고만 있었습니다. 노인은 얼굴이 파랗게 질린 채 그 광경을 바라보고만 있었습니다.

　"할아버지, 저 사람들 왜 저러나요?" 그녀는 조심스럽게 물었습니다.

　노인은 입술을 깨문 채 그 날뛰는 사내들을 노려보기만 했습니다. 그러더니, 한숨을 길게 내쉬고 그녀를 돌아보았습니다. "저놈들은 이곳에서 가장 무도한 놈들이다. 내가 자기들 얘기를 듣지 않는다고 저렇게 행패를 부린단다."

　"저 사람들이 할아버지께 무엇을 요구했는데요?"

　"자기들에게 달마다 돈을 오백 냥씩 바치고 자기들 가운데 한 사람을 우리 상점의 지배인으로 쓰라는 거다."

　"억지를 쓰는 거네요. 할아버지, 저렇게 나쁜 사람들은 경찰에 신고해서 혼을 내야 하잖아요? 왜 경찰에 신고하지 않으세요?"

　"저기 뒷전에서 지시를 내리는 모자 쓴 놈 있지?"

　"네."

　"그놈이 두목인데, 새로 온 경찰서장이 바로 그놈 형이다." 노인이 한숨을 쉬었습니다. "경찰에 신고했지만, 나랑 친한 경관들도 고개를 젓더라. 서장 동생을 어떻게 건드리냐구."

노인의 얘기를 듣고, 민이는 잠시 생각했습니다. "그래도 저 사람들을 그냥 내버려두면 안 되잖아요? 경찰서장보다 높은 사람에게 얘기하면 안 될까요?"

노인은 고개를 저었습니다. "그게 쉬운 일이 아니란다. 그리고 그렇게 하면, 저놈들이 틀림없이 보복을 할 거다. 얼마 전에 저놈들한테 당한 사람 하나가 경찰에 고소했는데, 저놈들이 몰려와서 입에 담지 못한 일들을 저질렀다. 그래서 그 사람이 결국 고소를 취하하고 말았다. 지독한 놈들이다. 후환이 두려워서 모두 그냥 참고 있다."

민이는 이제 자기가 나설 때라고 생각했습니다. 그녀는 다시 사무실로 들어가서 배낭에서 합죽선을 꺼내 들었습니다.

그 사내들은 수레 두 대분 옹기들을 다 부수고 나서, 두목의 지시를 기다리고 있었습니다. 두목은 입가에 징그러운 웃음을 띠고서 박살이 난 그릇들을 둘러보았습니다. 그러고는 으스대면서 천천히 가게 앞으로 다가왔습니다.

"왜 그릇들을 부숩니까?" 민이는 가게 문 앞에 버티고 서서 두목을 노려보며 다부진 목소리로 물었습니다.

"이건 또 뭐야? 어린 계집애가 버르장머리 없이……" 두목은 어이가 없다는 듯이 피식 웃고서 그녀를 훑어보았습니다.

"난 어리지만, 사람들이 쓸 그릇들을 마구 부수는 자들은 사람 대접을 받을 자격이 없다는 것은 압니다." 그녀도 두목을 경멸하는 눈길로 훑어보았습니다. 서른은 넘은 것처럼 보이는 사내였는데, 여드름 자국으로 덮여서 얼굴이 빤한 데가 없었습니다. "얼굴을 보니, 꼭 만화에 나오는 조무래기 악한이네요."

그녀 얘기에 그 사내 얼굴이 검붉어졌습니다. "이게, 뭐…… 쬐끄만 계집애가 입이 달렸다구 마구 짖어대네." 그가 팔을 쳐들고 그녀에게 다가섰습니다.

그러나 그녀는 벌써 합죽선을 그에게 겨누고 주문을 외고 있었습니다. "……파키시디 파시디 옴 파키시디 옴."

문득 합죽선 끝에서 파란 불길이 나와 바로 앞으로 다가선 사내의 오른쪽 허벅지에 꽂혔습니다.

"어이쿠," 그 사내는 비명을 지르면서 그 자리에 주저앉았습니다. 그리고 불길에 타버린 자기 다리를 내려다보았습니다. 살이 다 타서 뼈가 드러난 것을 보자, 그는 입만 벌리고 소리도 내지 못했습니다.

민이는 아까 후환이 두렵다고 한 노인의 얘기를 떠올렸습니다. 섣부르게 대했다간, 노인과 노인의 가족들이 큰 화를 입을 수 있었습니다. 그래서 마음을 모질게 먹고 합죽선을 그 사내의 오른발 뒤꿈치에 겨누었습니다. 이내 파란 불길이 그 사내의 발 뒤꿈치를 태웠습니다. 아픔을 견디지 못해 땅에 데굴데굴 구르는 그 사내를 따라가면서, 그녀는 왼발 뒤꿈치마저 태웠습니다. 폭력배들이 적들을 없앨 때, 죽이는 대신 아킬레스건을 끊어서 앉은뱅이로 만든다는 얘기가 생각났던 것입니다.

"이제 아저씨는 앉은뱅이가 됐네요." 겁에 질린 얼굴로 불길에 탄 다리들과 그녀 얼굴을 번갈아 보는 사내에게 말하고서, 그녀는 합죽선을 옆에 선 사내에게 겨누었습니다.

이내 그 사내의 허벅지에 불길이 꽂히고 그 사내의 입에서 비명이 나왔습니다. 그러자 몽둥이를 들고 식식거리던 사내들이 도망치기 시작했습니다. 허벅지를 다친 사내도 절뚝거리면서 도망쳤습니다.

땅바닥에 주저앉아 넋 나간 얼굴로 못 쓰게 된 다리들을 살피는 사내를 민이는 한참 동안 내려다보았습니다. 큰일을 벌여놓았는데, 어떻게 마무리해야 할지 걱정스러웠습니다. 그녀는 마음을 정하고 부드러운 목소리로 사내에게 말했습니다. "아저씨."

사내가 멍한 얼굴로 그녀를 올려다보았습니다.

"많이 아파요?"

사내가 고개를 끄덕였습니다.

"몽둥이에 부서진 그릇들은 더 아팠을 거예요."

사내가 고개를 숙였습니다.

"아저씨 이름이 뭐예요?" 그녀는 목소리에 힘을 주어 물었습니다.

"호이주." 사내는 갈라진 목소리를 냈습니다.

"아저씨는 나쁜 짓들을 많이 했죠?"

사내가 고개를 끄덕였습니다.

"앞으로도 나쁜 짓들을 할 건가요?"

사내가 고개를 세차게 저었습니다. "이젠 나쁜 짓 절대로 하지 않겠습니다."

"약속할 수 있어요?"

"예. 약속하겠습니다. 우리 '이주파'도 해체하겠습니다." 사내는 그녀에게 잘 보이려고 애썼습니다.

"만일 아저씨가 경찰서장인 형을 믿고서 사람들에게 행패를 부렸다는 얘기가 대도에 알려지면, 아저씨 형은 어떻게 되죠? 대도에서 나오는 신문에 '강주 경찰서장의 동생이 형의 위세를 믿고 행패를 부리다'라고 대문짝만 하게 나오면, 아저씨 형은 경찰서장 오래 할까요?"

"그건 안 됩니다." 사내가 정말로 겁에 질려 손을 내밀었습니다. "대도에 알려지면, 절대 안 됩니다. 제가 죽을 죄를 졌습니다. 용서해 주십시오."

"그러면, 제가 아저씨 화상을 치료해줄게요. 이미 타버린 힘줄은 어쩔 수 없으니까, 이제 아저씨는 앉은뱅이가 됐어요. 대신 상처가 깨끗이 아물어서 살이 썩지 않게 해줄 테니, 집에 가서 잘 요양하세요."

"예, 고맙습니다. 아가씨 말씀대로 하겠습니다." 사내는 가까스로 몸을 돌려 두 팔로 땅을 짚고서 고개를 숙였습니다.

민이가 둘러보니, 가게 바로 옆에 오래된 오동나무가 한 그루 있었습니다. "'잎새가 넓어서 시원한 그늘을 사람들 머리 위에 드려주고 꽃이 고와서 사람들의 마음을 부드럽게 해주는 나무'야, 내게 네 마력을 조금 나누어주렴. 여기 화상을 입은 사람이 있는데, 치료를 받아야 해."

자기 참 이름을 듣자, 그 오동나무는 그녀에게 웃음을 보이고 가슴을 열어주었습니다.

그녀가 합죽선으로 마력이 실린 바람을 보내자, 아픔과 겁으로 일그러졌던 사내의 얼굴이 차츰 제 모습을 찾아갔습니다. 마침내 사내의 얼굴이 땀으로 덮였습니다.

"됐어요. 어떠세요? 좀 낫죠?"

"예. 고맙습니다." 사내가 희미한 웃음을 지어 보였습니다.

그녀는 노인을 돌아보았습니다. "할아버지, 이분을 수레에 태워서 집까지 데려다주세요."

민이가 마법을 하는 모습을 보고 놀랐던 노인의 얼굴에 부드러운 웃음이 떠올랐습니다. "그래, 그렇게 하마. 고맙다, 정말로 고맙다."

점원들이 폭력배 두목을 수레에 태웠습니다.

"불길에 난 상처라, 곪지 않고 쉽게 아물 거예요. 잘 치료하세요."

"예."

"그리고 약속하신 거 절대 잊지 마세요." 그녀는 다짐을 두었습니다. "잊으시면, 아마 두 팔도 못 쓰게 될 거예요."

22. 마법사의 집

눈을 감은 채, 민이는 방금 꾼 꿈을 되살렸습니다. 악몽은 아니었지만, 징그러워서 다시 꾸고 싶지 않은 꿈이었습니다. 그녀가 마법을 써서 마을 사람들을 괴롭히는 괴물을 죽인 꿈이었습니다. 합죽선에 나온 불길에 괴물의 배가 갈라지자, 푸른 피가 뿜어져 나왔습니다. 그 모습이 징그러워서, 그녀는 속에서 무엇이 올라올 것 같았습니다.

그녀는 마음을 가다듬었습니다. 낮에 폭력배 두목을 혼낸 일이 꿈속에서 그렇게 나타난 모양이었습니다. 그녀는 한숨을 쉬고서 자리에서 일어났습니다. 그제야 몸이 땀에 젖었다는 것을 깨달았습니다. 그러고 보니, 이부자리도 축축했습니다.

그녀는 옷을 찾아 입고서 방 밖으로 나왔습니다. 달이 없었지만, 안채 마루 끝에 장명등이 하나 걸려 있어서, 마당은 훤했습니다. 변소에도 장명등이 걸려 있어서, 다행스러웠습니다. 변소에서 나오자, 그녀는 마구간으로 다가갔습니다.

"민이 아가씨?" 그녀를 알아본 미모가 소곤거렸습니다.

"그래." 그녀는 마구간 밖으로 나온 미모의 머리를 쓰다듬어 주었습니다. "다들 잘 자니?"

"예."

미모를 안고서, 그녀는 별들이 초롱초롱 빛나는 하늘을 올려다보았습니다. 어쩐지 마음이 서글퍼지면서, 몸에서 기운이 빠져나가는 느낌이 들었습니다. 아까 낮에 있었던 일이 다시 떠올랐습니다. 자기가 멀쩡한 사람을 불구자로 만들어놓았다는 사실이 무거운 돌덩이처럼 가슴을 눌렀습니다.

'그렇게 앉은뱅이로 만들 필요는 없었잖았을까?' 그러나 그녀는 이내 고개를 저었습니다. '그 사람은 보통 사람이 아니잖아? 경찰에 고소했다고, 끔찍한 짓을 한 폭력배의 두목이잖아? 고소를 취하했을 정도면, 어떤 일을 당했는지 알 수 있잖아? 반씨 노인이 후환이 두렵다면서……'

수련 여행을 나선 뒤로 그녀는 전에는 몰랐던 일들을 많이 알게 됐습니다. 사람들의 더럽거나 나쁜 행실들도 많이 보았습니다. 그리고 끔찍한 일들에 관한 이야기들을 많이 들었습니다. 특히, 음령산맥을 넘어 서남쪽 해안 지대로 내려오자, 반야 해적들이 쳐들어와서 저지른 끔찍한 일들에 관한 이야기들이 많았습니다.

그래서 그녀는 수련 여행이 말 그대로 몸과 마음을 튼튼하게 만드는 일이며, 결코 한가롭게 경치를 구경하는 관광 여행이 아니라는 것을 절실하게 느끼고 있었습니다. 이제 그녀는 깨달았습니다, 마법사가 해야 하는 일들이 때로는 끔찍한 것들일 수도 있다는 것을. 더러운 물을 퍼내려면, 더러운 물 속에 발을 담그고 손에 더러운 물을 묻혀야 한다는 것을.

남은강 나루에서 진은 노인이 한 얘기가 생각났습니다. '나는 앞으로 네게 아주 무거운 짐이 맡겨질 것만 같은 생각이 든다.'

무엇이 그녀의 바지를 당겼습니다. 내려다보니, 토실이가 꼬리를 저었습니다. 그녀는 토실이도 안아들었습니다. 그리고 걱정과 기대가 뒤섞인 마음으로 다시 하늘을 올려다보았습니다. 그녀는 눈앞에 떠오른 인자한 노인에게 말했습니다. '할아버지 기대에 어긋나지 않게 노력할게요. 마법성에서 비법들을 배우면, 힘든 일들도 해낼 수 있을 거예요.'

23. 산양옥

 다음 날 아침 민이는 반씨 노인에게 작별 인사를 올렸습니다. "할아버지, 덕분에 잘 묵었습니다. 안녕히 계세요."
 "아니다. 네 덕분에 큰 시름 하나를 덜었다. 실은 나만이 아니라 여기 강주에서 장사하는 사람들 모두가 큰 시름을 덜었다. 그런데, 아가. 너도 보다시피, 난 큰 상점을 하고 있다. 그래서 네게 노자를 좀 주고 싶다." 노인이 책상 서랍에서 검은 천으로 만들어진 물건을 꺼냈습니다. 허리에 차는 전대였습니다. 묵직해 보이는 품으로 보아, 돈이 꽤 많이 든 것 같았습니다.
 "아, 아녜요, 할아버지. 저는 돈이 필요없어요."
 "아가, 이 세상에 돈이 필요없는 사람은 없단다." 노인이 정색하고 말했습니다. "돈을 만지지 않는 사람은 다른 사람들이 대신 돈을 만지기 때문에 돈을 만지지 않고도 사는 거란다."

민이는 노인의 얘기를 새겨보았습니다. 그 얘기엔 참된 얘기에만 있는 무슨 울림이 있었습니다. 어쩌면 그것은 큰돈을 오래 다루어본 사람만이 할 수 있는 얘기일 것 같았습니다.

"이 전대엔 천 냥이 들었다. 네가 이번에 우리에게 해준 일을 생각하면, 큰돈은 아니다. 그렇다고 천 냥은 처음 본 사람에게 선뜻 건넬 만큼 적은 돈도 아니다. 내가 그런 돈을 네게 주는 것은…… 아가, 내 얘기 잘 들어라. 네가 돈을 잘 쓸 줄 아는 사람 같아서다."

노인의 말뜻을 잘 헤아릴 수 없어서, 그녀는 노인을 쳐다보기만 했습니다.

"돈을 잘 벌기는 참으로 어렵다. 나쁜 짓을 하지 않고 정직하게 살면서 큰돈을 벌기는 참으로 어렵다." 노인은 가볍게 한숨을 쉬었습니다. "그러나 돈을 잘 쓰기도 쉽지는 않다. 오래간만에 돈을 잘 쓸 수 있는 사람을 만나서, 실은 반갑다. 그러니 아가, 이거 받아서 좋은 일에 써라."

"잘 알겠습니다. 할아버지, 고맙습니다."

노인은 흐뭇한 얼굴로 고개를 끄덕였습니다.

"그런데, 할아버지. 청이 하나 있는데요."

"뭐냐?"

"제게 나귀 한 마리를 주세요."

"나귀?"

"네. 제 나귀가 짝이 없어서 심심하대요. 개들하고 닭들은 쌍쌍인데, 나귀만 혼자거든요. 제 나귀는 수나귀니까, 암나귀 한 마리를 주셨으면, 좋겠어요."

"그러냐?" 노인 얼굴의 주름들이 웃음으로 굵어졌습니다. "그거 어렵잖지. 내가 순하고 기운 센 녀석으로 골라주마."

노인에게 작별 인사를 올린 다음, 민이는 짐승들을 이끌고 강주성의 남문을 향해 걸었습니다. 새로 얻은 암나귀에겐 '자려' 라는 이름을 붙여주었습니다. 그 암나귀의 털은 짙은 자줏빛이었습니다.

남문 가까이 가니, 중학교가 나왔습니다. 그 옆에 책방들과 문구점들이 있었습니다. 그녀는 먼저 책방에 들러 《식물도감》과 《옛말사전》을 샀습니다. 그리고 문구점에선 공책과 연필들을 많이 샀습니다. 마법성에 닿으면, 탑 속 도서실의 석판들과 점토판들에 새겨진 글자들을 해독해볼 생각이었습니다. 오리손의 집에서 《방점 문자의 해독》을 읽자, 그녀는 자기도 한비온처럼 그 판들에 새겨진 고대 문자를 해독해보고 싶은 생각이 들었던 것입니다. 만일 그 문자를 해독하게 된다면, 그녀는 오래 잊혀진 마법의 비법들을 얻게 되는 것이었습니다. 그 생각만 해도, 가슴이 뻐근해지곤 했습니다.

강주성을 나서자, 틈이 나는 대로 검종의 주문을 익히면서, 그녀는 쉬엄쉬엄 남은강을 따라 내려갔습니다. 닷새 뒤엔 자은포에 닿았습니다. 자은포는 기연반도의 서남 해안에서 가장 큰 항구였습니다. 남은강 어구에 자리잡아서, 흑양도의 산물들이 모이는 곳인 데다가, 반야 왕국과 무역이 이루어지는 곳이어서, 옛날부터 번창한 항구였습니다.

민이 일행이 성문 가까이 갔을 때, 갑자기 하늘이 어둑해지더니, 비가 뿌리기 시작했습니다. 그녀는 서둘러 '산양옥'이란 주막을 찾았습니다. 반씨 노인이 그 집이 자기 단골 주막인데, 주인이 믿을 만한 사람이라면서, 거기서 묵으라고 했습니다. 다행히 산양옥은 북문에서 그리 멀지 않은 곳에 있었습니다. 그래도 빗줄기가 워낙 굵어서, 일행은 비에 흠뻑 젖었습니다.

"저어, 아저씨," 그녀는 주막 문간에서 그들을 맞는 주인에게 말했습니다. "강주에 사시는 반시문 씨께서 이곳을 소개해주셨어요."

"반시문 씨가 소개했다구?" 주인이 뜻밖이라는 얼굴로 되물었습니다.

"네."

"그래?" 늙수그레한 주인은 새삼스럽게 그녀와 그녀 뒤에 선 일행을 살폈습니다. "저 나귀는 많이 본 듯한데……"

"알아보시겠어요? 저 나귀는 반시문 씨께서 제게 주셨어요."

"그러냐? 어서 들어와라. 비를 많이 맞았구나." 주인이 갑자기 친절해졌습니다. "짐승들은 마구간에 넣거라."

"네, 알았습니다." 그녀는 고개 숙여 인사하고 일행을 돌아보았습니다. "그럼 마구간으로 가자."

그녀는 배낭에서 마른 수건을 꺼내서 닭들부터 비에 젖은 깃털을 닦아주었습니다. 다음엔 개들을 닦아주었고, 마지막으로 몸집이 큰 나귀들을 닦아주었습니다. 짐승들에게 먹이와 물까지 다 챙겨준 뒤에야, 그녀는 방으로 들어가서 마른 옷으로 갈아입었습니다. 옷을 갈아입고 나니, 그제야 몸이 떨렸습니다. 방은 불을 때지 않아서 추웠습니다. 그녀는 밖으로 나와 불을 찾아서 부엌을 기웃거렸습니다.

"추우냐?" 여전히 문간에 서서 비 구경을 하던 주인이 눈치를 채고 물었습니다.

"네, 좀……"

"거기 안으로 들어가서 아궁이 앞에서 불을 쬐거라."

"네, 고맙습니다." 그녀가 부엌 안으로 들어가자, 밥을 짓던 주막 안주인이 아궁이 앞에 앉으라고 손짓을 했습니다.

"고맙습니다." 그녀는 장작불이 지펴진 아궁이 앞에 쪼그리고 앉아서 손을 내밀었습니다. "아, 좋다."

"강주서 여기는 사흘 걸음인데, 먼 길을 혼자서 잘 왔구나." 어느 사이엔가 따라 들어온 주인이 말했습니다.

"일행이 많아서 심심하진 않았어요." 불을 쬐면서, 그녀는 주인에게 웃음을 지어 보였습니다. 그가 이것저것 캐물을 것이 뻔했지만, 그녀는 그다지 마음을 쓰지 않았습니다. 사람들로선 그녀에 대해 호기심을 품는 것이 당연하다는 것을 깨달은 것이지요. 그리고 화제를 그녀 자신에게서 슬쩍 상대에게 돌리는 것도 배웠구요. 그녀에 대해서 캐묻는 주인의 얘기를 슬쩍 피해서, 그녀는 자은포의 사정에 대해서 물어보기 시작했습니다. 주인은 좀 수다스러운 편이어서, 그녀가 묻기도 전에 자은포에 관한 얘기들을 잇따라 풀어놓았습니다.

"그런데, 여보." 주인이 문득 얘기를 멈추고 한쪽에서 음식을 마련하는 아내를 불렀습니다. "좀 올라나?"

"글쎄요." 안주인은 그냥 도마에 무엇을 썰면서 심드렁하게 대꾸했습니다.

"어떻게 하나? 술청 난로에 불을 피울까?"

"그 사람들 아니면 다른 손님이라도 들겠죠, 뭐."

"그럼 피우지." 주인이 돌아서서 나갔습니다.

"무슨 일이 있나요?" 민이는 썬 것을 그릇에 담는 안주인에게 물었습니다.

"조금 전에 반야 배가 하나 닿았거든. 그래서 그 배 손님들이 올까 해서……"

"아, 네. 반야 배면, 사람이 많이 탔을 테니까, 여기도 손님들이 많이 오겠죠?"

"여긴 부두에서 멀어서, 뭐…… 딴 때도 몇 사람 안 와."

민이는 일어나서 가슴을 폈습니다. "불을 좀 쬐었더니, 살 것 같네요."

"요새 비가 얄궂어. 이런 비를 맞으면, 감기 걸리기 딱 좋아." 민이를 돌아보면서, 안주인은 사람 좋게 생긴 웃음을 지었습니다. "저기 헛간에 가서 장작을 가져다 방에 군불을 좀 때라."

"네, 알겠습니다." 그녀는 헛간에서 장작단을 하나 골라서 방 앞 아궁이로 날랐습니다. 그리고 부엌에서 불쏘시개와 불씨를 얻어서 불을 지폈습니다.

그녀가 느긋하게 아궁이 앞에서 불을 쬐는데, 문간에서 주인의 목소리가 났습니다. "어서 오십쇼."

그녀가 문간 쪽으로 고개를 돌리니, 사내 하나가 주막 안으로 들어서고 있었습니다. 머리엔 방갓을 썼고 손엔 긴 대나무 지팡이를 들었습니다.

그녀의 가슴이 문득 오그라들었습니다. 그 사내가 든 지팡이는 익도장이 분명했습니다. 반야 사람들이 잘 쓴다는, 속에 칼이 든 지팡이 말입니다.

"방을 드릴까요?" 웃음 띤 얼굴로 그 사내의 낯빛을 살피면서, 주인이 공손하게 물었습니다.

사내가 천천히 고개를 끄덕이고서 집안을 한바퀴 둘러보았습니다. 사내의 몸에서 거센 기운이 뻗쳐나왔습니다. 사내의 눈길이 방 앞 아궁이에 쪼그리고 앉아서 군불을 때는 민이에게 한참 동안 머물렀습니다. 오그라든 가슴이 더욱 오그라들어서, 그녀는 숨을 쉬기가 힘들었습니다.

"그럼 이리 오시죠." 주인이 말하고서 민이 쪽으로 다가오더니 바로 옆 방의 문을 열었습니다. "손님, 이 방을 쓰시죠."

사내가 여전히 말없이 고개를 끄덕이고서 자기 방 앞으로 다가섰습니다. 그러고는 배낭을 벗어 방 안에 넣었습니다. 사내의 방갓과 옷에서 빗물이 떨어졌습니다.

사내와 눈길이 마주치자, 민이는 용기를 내어 말을 건넸습니다. "아저씨, 비에 젖으셨네요. 여기 오셔서 옷을 좀 말리세요."

사내의 굳었던 얼굴이 문득 풀리면서 입가에 웃음이 떠올랐습니다. "고마워요, 아가씨."

"그렇게 하시죠, 손님. 지금 제가 막 술청 난로에 불을 피우려던 참이었습니다. 잠시만 기다려주세요." 주인이 부산하게 술청으로 들어갔습니다.

민이가 한쪽으로 비켜 앉자, 사내가 아궁이 앞에 쪼그리고 앉았습니다. 그러고는 두 손을 내밀어 불을 쬐었습니다. "아, 불이 좋다."

"전 대도서 왔어요."

"대도? 그럼 먼 데서 왔네요."

"네. 아저씬 어디서 오셨어요?"

"나?" 사내가 웃음 띤 얼굴로 그녀를 살폈습니다. "나도 먼 데서 왔지요. 그런데 여기까지 아가씨 혼자 왔어요?"

"아뇨. 개 두 마리하고 닭 두 마리하고 나귀 두 마리랑 함께 왔어요. 저기 보세요. 헛간에 제 일행이 있어요."

사내가 헛간을 돌아보더니 껄껄 웃었습니다. "재미있는 아가씨구먼."

그렇게 얘기를 하다 보니, 두 사람은 금세 친해졌습니다. 그때 주인이 다가와서 술청의 난로에 불을 지폈다고 말했습니다. 사내는 주인을 따라 술청으로 들어가고, 민이는 방으로 들어갔습니다. 아직 방바닥은 미지근했지만, 그녀는 이불을 펴고 누웠습니다. 길을 많이 걸은 데다 비까지 맞아서, 이불 속에 들어가니 몸이 가라앉는 느낌이 들었습니다. 그래서 깜빡 잠이 들었고, 안주인이 방문을 두드리면서 저녁을 들라고 해서야 잠에서 깨었습니다.

저녁은 술청에 차려져 있었습니다. 그 사이에 비는 더 거세졌지만, 어유 등잔이 두 개 켜 있고 난로가 발갛게 달구어진 술청은 아늑했습니다. 손님도 세 패가 더 들어서, 분위기도 밝았습니다.

안쪽에 있는 식탁 한쪽에 좀 전의 그 사내가 앉아 있었습니다. 여전히 방갓을 쓴 채, 주먹 쥔 두 손을 허벅지에 올려놓고 윗몸을 조금 숙이고서 식탁을 내려다보며 무엇을 골똘히 생각하고 있었습니다. 그의 몸에선 그가 처음 주막 문을 들어섰을 때 풍겼던 거센 기운이 다시 뿜어져 나오고 있었습니다. 그 기운이 두려웠는지, 다른 손님들은 앞쪽 두 식탁에 몰려 앉아 그를 흘끔거리고 있었어요.

민이는 사내에게서 뿜어져 나오는 기운이 노여움과 비슷하다고 느꼈습니다. 마치 오늘 밤에 그가 오래 미워해온 누구를 해치려는 것만 같았습니다. 그녀는 안쪽 식탁으로 가서 사내 앞에 앉았습니다. "아저씨, 일찍 나오셨네요?"

그녀 목소리에 사내가 깊은 생각에서 깨어났습니다. 그녀를 알아보자, 사내 얼굴에 어렸던 검은 빛이 좀 가셨습니다. "아, 아가씨군. 지금 왔어요?"

"네. 피곤해서 한숨 잤어요."

웃음 띤 얼굴로 사내가 고개를 끄덕였습니다.

주인이 큰 쟁반에 음식을 날라왔습니다. 주인은 민이와 사내가 앉은 식탁에 먼저 음식을 차렸습니다.

생선찌개 냄새가 구수해서 민이는 입맛을 다셨습니다. "주인 아저씨, 냄새가 아주 구수하네요."

"우리 집 찌개는 유명하거든. 반씨 어르신께서도 맛이 좋다고 늘 칭찬하시지."

"그러세요?"

숨은 나라의 병아리 마법사

민이가 붙임성 있게 말을 건네는 바람에 좀 긴장되었던 술청 분위기가 훨씬 가벼워졌습니다. 곧 모두 부지런히 저녁을 들기 시작했습니다. 저녁 식사가 끝나자, 차가 나왔습니다. 주인도 민이 옆에 앉아 차를 들었습니다. 주인은 그녀를 다른 손님들에게 소개했습니다. 그녀가 혼자서 대도에서 왔고 마룡산을 찾아간다는 얘기를 듣자, 사람들은 모두 탄성을 냈습니다. 그리고 그녀에게 여러 가지를 물어왔습니다. 좀 짓궂은 것을 묻는 사람도 있었지만, 그녀는 차분한 목소리로 공손하게 대꾸했습니다.

사람들의 호기심이 좀 채워져서, 물음이 뜸해지자, 주인이 그녀에게 은근한 어조로 말했습니다. "아가씨, 여기까지 오다가 뭐 재미난 얘기 들은 것 없어? 재미난 얘기가 있으면, 한번 해보지."

"재미난 얘기요?"

"그래. 길을 가다보면 얘기도 많이 듣잖아?" 슬쩍 부추기면서, 주인은 찻주전자를 들어 그녀 잔에 차를 다시 따랐습니다.

그녀는 잠시 생각했습니다. 사람들의 얘기에 끼지 않고 가만히 듣기만 하는 앞자리의 사내를 보자, 문득 하고 싶은 얘기가 생각났습니다. "그러면, 제가 대도를 떠나기 전에 들은 옛날이야기를 하나 하겠습니다."

사람들이 손뼉을 쳤습니다. 어디서나 옛날이야기는 환영을 받았습니다. 앞자리의 사내도 모처럼 밝은 웃음을 지으면서 손뼉을 쳤습니다.

"옛날, 옛날, 아주 먼 옛날, 지는 해를 따라 삼 년을 걸어야 닿을 수 있는 아득한 서쪽 땅에 옷감을 파는 장사꾼이 살았습니다. 그의 이름은 야고보였습니다. 야고보의 가게는 큰길가에 있었는데, 건너편에 포목점이 또 하나 있었습니다. 그렇게 마주 보면서 장사를 하다 보니, 야고보와 건너편 장사꾼은 사이가 좋지 않았습니다. 두 사람은 가끔 목청을 높여 다투기까지 했습니다.

어느 날 아침 일찍 야고보가 가게 문을 열었더니, 문 앞에 건너편 장사꾼이 누워 있었습니다. 그가 놀라서 살펴보니, 그 장사꾼은 죽어 있었습니다. 그는 난감했습니다. 자기와 그 장사꾼이 사이가 좋지 않았다는 것은 사람들이 잘 알았습니다. 그래서 자기가 그 장사꾼을 죽이지 않았다고 얘기해도, 사람들이 믿어줄 것 같지 않았습니다. 그는 그 길로 집을 도망쳤습니다. 뒤에 아내와 세 아들을 남겨둔 채.

야고보는 국경을 넘어 이웃 나라로 갔습니다. 그리고 고생 끝에 그 나라의 수도에 닿았습니다. 거기서 그는 에비세토라는 점쟁이의 하인이 됐습니다. 에비세토는 점도 잘 쳤지만 아주 현명한 사람이었습니다. 그래서 무슨 사업을 하려는 사람들이나 먼 길을 떠나려는 사람들은 그를 찾아와서 그의 얘기를 들었습니다. 야고보는 에비세토를 잘 섬겼고, 에비세토의 신임을 얻었습니다. 세월이 흘러, 그가 점쟁이 에비세토의 하인이 된 지도 스무 해가 됐습니다. 그러자 그는 집으로 돌아가서 가족들을 보고 싶은 생각이 갑자기 간절해졌습니다.

그래서 야고보는 에비세토에게 말했습니다, '주인님, 이제 제가 집으로 돌아갈 때가 된 것 같습니다. 제가 주인님 곁을 떠나는 것을 허락해주십시오.'

하인의 얘기를 듣자, 에비세토는 고개를 끄덕였습니다. '그렇게 하게. 그동안 고마웠네. 그럼 자네가 받아야 할 품삯을 따져보세.'

그동안 야고보는 품삯을 한 냥도 받지 않아서, 스무 해 동안 밀린 품삯을 다 합치니, 삼천 냥이나 됐습니다. 에비세토는 이내 야고보와 함께 은행으로 가서 삼천 냥을 찾아 그에게 주었습니다.

야고보는 에비세토에게 하직 인사를 하고 집을 나섰습니다.

그가 문턱을 넘는데, 에비세토가 불렀습니다, '여보게, 야고보.'

'예, 주인님.'

에비세토가 웃음 띤 얼굴로 그를 바라보았습니다. '이 도시에 사는 사람들은 모두 내게 와서 좋은 얘기를 해달라고 하네. 자네는 나하고 스무 해를 같이 지내고서 헤어지는데도, 나보고 좋은 얘기 한마디를 해달라고 하지 않네 그려.'

듣고 보니, 맞는 얘기였습니다. 야고보는 한참 주인의 얼굴을 살피면서 생각했습니다. 그리고 물었어요, '좋은 말씀 한마디에 얼마를 받으시겠습니까?'

'천 냥은 받아야겠네.'

주인의 대꾸를 듣자, 야고보는 다시 한참 생각했습니다. 그러고는 허리에 찬 전대를 끌러서 천 냥을 세어서 주인에게 내밀었습니다. '제게 좋은 말씀 한마디를 해주십시오.'

하인이 건넨 돈을 받아들고서, 에비세토는 말했습니다, '새 길이 좋다고 옛길을 외면하지 말게.'

'아니, 주인님, 겨우 그 얘깁니까?' 야고보는 놀라서 외쳤습니다.

'겨우 그 얘기 한 마디에 천 냥을 받으십니까?'

에비세토는 태연했습니다. '비싼 값을 치르고 들은 얘기라야 쓸모가 있다네. 사람은 그냥 들은 얘기는 이내 잊어버리거든.'

야고보는 고개를 설레설레 흔들면서 돌아서서 문을 나섰습니다. 그러나 이내 주인에게 돌아왔습니다. '이왕 이렇게 된 것, 좋은 말씀 한 마디를 더 듣겠습니다.'

에비세토는 미소를 지으면서 고개를 끄덕였습니다. '천 냥일세.'

야고보는 다시 전대를 끌러 천 냥을 꺼냈습니다. '여기 있습니다.'

'다른 사람의 일에 참견하지 말게,' 돈을 건네받자, 에비세토가 말했습니다.

'알겠습니다.' 야고보는 공손하게 대꾸하고서 돌아섰습니다. 그리고 생각했습니다, '이제 이천 냥이나 나갔구나. 달랑 천 냥만 갖고 집에 돌아가느니, 아예 빈손으로 돌아가는 게 차라리 낫겠다.'

'왜 그러나? 무슨 일이 있나?' 뒤에서 에비세토가 물었습니다.

야고보는 돌아서서 다시 전대를 끌렀습니다. '이왕 이렇게 된 것, 제게 좋은 말씀을 한마디 더 해주십시오.'

하인이 건넨 마지막 천 냥을 받자, 에비세토는 말했습니다, '화를 낼 일이 있으면, 다음 날로 미루게.'

'잘 알겠습니다.' 야고보는 주인에게 인사하고서 돌아섰습니다.

'잠깐,' 에비세토가 불렀습니다. '깜빡 잊었네. 내가 자네에게 줄 선물을 하나 마련했네. 갖고 나올 테니까, 여기서 잠깐 기다리게.'

'선물요?'

'응.' 야릇한 웃음을 지으면서 에비세토는 부엌으로 들어갔습니다. 그리고 한참 만에 상자 하나를 들고 나왔습니다. '이건데, 자네의 귀향을 축하하는 케이크일세.'

'감사합니다.' 야고보는 보자기로 꼭 싼 그 케이크 상자를 받아들었습니다.

'이 케이크는 자네가 집에 돌아가서 식구들이 모두 모인 자리에서 자르게. 식구들이 모두 모인 자리에서 잘라야만 하네. 알겠나?'

'네, 잘 알겠습니다. 그러면 안녕히 계십시오.' 야고보는 허리 굽혀 주인에게 인사하고 돌아섰습니다.

그렇게 해서, 그는 스무 해 동안 일한 값으로 얻은 케이크 상자 하나를 들고 자기 나라로 돌아가는 길에 올랐습니다. 수도를 벗어나자, 길이 두 갈래로 나뉘었습니다. 하나는 좁은 옛길이었고 다른 하나는 넓은 새 길이었습니다.

그가 어느 길로 갈까 망설이는데, 거기서 쉬던 한 무리의 장사꾼들이 일어나서 다시 길을 갈 채비를 했습니다. 그들 가운데 한 사람이 그에게 말했습니다, '우린 이 새 길로 갈 터인데, 당신도 우리와 함께 가지 않겠소?'

새 길이 걷기에도 좋고 일행이 있으니 의지도 될 터여서, 야고보는 그 사람의 제의를 받아들이려고 했습니다. 그 순간 새 길이 좋다고 옛길을 외면하지 말라고 한 주인의 얘기가 떠올랐습니다. 그는 속으로 생각했습니다, '지금 내가 새 길로 가면, 주인님께 바친 천 냥은 그냥 버린 셈이 되네. 그 돈이 아까워서라도, 난 새 길로는 못 가겠다.' 그래

서 그는 공손하게 말했습니다, '말씀은 고맙지만, 저는 옛날에 다니던 길로 다니는 것이 마음에 편합니다.'

그가 혼자서 옛길을 따라 한참 가는데, 갑자기 고함이 나고 사람들이 어지럽게 싸우는 소리가 들렸습니다. 도둑 떼가 새 길로 간 그 장사꾼들을 습격한 것이었습니다. 그 장사꾼들은 물건들을 모두 빼앗기고 목숨도 잃었습니다.

'휴우, 천 냥 덕분에 목숨을 구했구나,' 그는 가슴을 쓸어내렸습니다. '주인님, 감사합니다.'

며칠 뒤 그는 국경을 넘어 자기 나라로 들어섰습니다. 그곳은 사람들이 잘 다니지 않는 곳이었습니다. 그래서 밤을 지낼 곳이 마땅치 않았습니다. 다행히, 그는 외딴집을 하나 찾았습니다. 그가 문을 두드리자, 구렛나룻을 한 사내가 문을 열었습니다. 그리고 야고보의 얘기를 듣더니, 자기 집에서 묵어 가라고 했습니다. 주인은 식탁에 저녁을 차리더니, 그에게 함께 들자고 했습니다.

저녁 식사가 끝나자, 주인은 지하실로 통하는 문의 자물쇠를 따고 문을 열었습니다. 그러자 눈 먼 여인이 비틀거리면서 계단을 올라왔습니다. 주인은 찬장에서 해골로 만든 그릇을 꺼내더니 거기에 밥과 국을 말아서 그 여인에게 주었습니다. 그리고 뼈로 만든 숟가락을 쥐어주었습니다. 누더기를 걸치고 오랫동안 몸을 씻지 않아서 고약한 냄새를 풍기는 그 여인은 무척 배가 고팠던지 이내 밥을 다 먹었습니다. 그러자 주인은 그녀를 다시 지하실로 들여보내고 문을 닫은 다음 자물쇠를 채웠습니다.

그러고는 야고보를 돌아보면서 물었습니다, '당신이 지금 본 일에 대해선 어떻게 생각하시오?'

야고보는 주인의 두 번째 얘기를 떠올렸습니다. 그래서 부드러운 목소리로 대꾸했습니다, '당신이 그렇게 한 데엔 분명히 무슨 이유가 있겠죠.'

그러자 주인이 한숨을 쉬고서 말했습니다, '그 여자는 내 아내요. 나는 원래 먼 데로 장사를 다니는 사람인데, 내가 집에 없을 때면, 아내가 다른 사내를 집 안으로 불러들였소. 한번은 길을 떠났는데, 내가 무엇을 잊고 가져가지 않아서 급히 되돌아왔었소. 그랬더니, 아내가 다른 사내와 함께 침대에 누워 있었소. 아까 아내가 먹은 밥그릇은 그 사내의 머리고 숟가락은 그 사내의 팔뼈로 만든 것이오. 그 숟가락으로 난 아내의 두 눈을 파내서 장님을 만들었소. 당신은 어떻게 생각하시오? 내가 한 짓이 잘한 짓이오, 잘못한 짓이오?'

야고보는 여전히 부드러운 목소리로 대꾸했습니다, '그 일은 다른 사람이 잘했다 잘못했다 할 일은 아니라고 생각합니다.'

그러자 주인은 씨익 웃었습니다. '당신 말 한번 잘 했소. 지금까지 나보고 잘못했다고 한 사람들은 모두 죽었소.'

야고보는 슬그머니 가슴을 쓸어내렸습니다. '천 냥 덕분에 다시 목숨을 건졌구나. 주인님, 감사합니다.'

며칠 뒤 그는 고향에 닿았습니다. 해가 저물기를 기다려, 그는 자기 집을 찾아갔습니다. 사람을 죽였다고 의심받을까 도망쳤던 터였으므로, 사람들과 만나는 것을 꺼렸던 것입니다. 그의 집엔 방마다 불이 켜 있었습니다. 그리고 거실엔 그의 아내가 젊은 사내와 얘기하고 있었습니다. 젊은 사내가 무어라고 말하자, 그의 아내는 그 사내의 볼을 쓰다듬었습니다. 그 광경에 화가 치밀어, 그는 다짐했습니다, '나도 그 구레나룻 사내처럼 저놈을 죽이고 아내는 장님으로 만들어놓겠다.'

호신용으로 품속에 지니고 온 단검을 꺼내려고, 그는 손에 든 케이크 상자를 계단에 내려놓았습니다. 그 순간 주인이 한 마지막 얘기가 떠올랐습니다.

'화를 낼 일이 있으면, 다음 날로 미루라고 하셨는데……' 그는 머뭇거렸습니다. 그는 당장 집 안으로 뛰어 들어가서 그 젊은 사내와 아내를 죽이고 싶었습니다. 그러나 주인의 얘기를 따른 덕분에 이미 두 번이나 죽을 고비를 넘긴 터였습니다. 그는 화를 가까스로 누르고서 아침까지 기다리기로 했습니다.

그는 케이크 상자를 집어들고 돌아섰습니다. 그때 길 건너편 가게의 문이 열리더니, 젊은 여인이 바구니를 들고 나왔습니다. 예전에 포목점이었던 그 가게는 이제 철물점으로 바뀌어 있었습니다. 그는 그 여인에게 다가갔습니다, '안녕하세요?'

'안녕하세요?' 여인이 대꾸하고서 그를 살폈습니다. 다행히, 그 여인은 그가 모르는 사람이었습니다.

'집을 찾고 있는데요, 저 앞집은 누가 사는 집인가요?'

'저 집요? 저 집엔 아들 셋을 둔 부인이 살고 있는데요. 저 집에 경사가 났어요. 맏아들이 신학교에서 신부가 되어 돌아와서, 오늘 우리 성당에서 미사를 집전했어요. 지금 부인은 입이 벌어져서 다물지를 못

한답니다.'

'아, 그렇습니까? 감사합니다.' 그는 인사하고서 자기 집으로 천천히 걸어갔습니다. 그리고 마지막 천 냥을 주고 받은 현명한 주인의 충고를 가슴 깊이 새겼습니다.

그를 보자, 그의 아내는 기뻐서 거의 기절할 지경이었습니다. 그리고 세 아들들은 기억에 없고 말로만 듣던 아버지를 반겼습니다. 그가 갑자기 사라졌던 까닭을 얘기하자, 그의 아내는 그럴 줄 알았노라고 하면서 고개를 끄덕였습니다. 처음엔 그가 길 건너편 포목점 주인을 죽인 범인으로 몰렸지만 뒤에 진범이 붙잡혀서, 그는 누명을 벗어났다고 했습니다.

긴 얘기가 끝나자, 그는 식구들과 함께 행운을 자축하기로 했습니다. 그는 주인이 준 케이크 상자를 싼 보자기를 풀고 케이크을 잘랐습니다. 그러자 그 속에서 기름 종이에 싼 삼천 냥이 나왔습니다.

케이크 속에서 많은 돈이 나오자, 가족들은 입이 벌어졌습니다. 그는 가족들에게 그동안 일어났던 일들을 얘기해주었습니다.

그러자 맏아들이 말했습니다, '그러면, 아버지. 그 현명하신 주인께서 아버지께 세 가지 얘기들을 해주시고서 돈을 받았던 것은 아버지께서 그 얘기들을 잘 기억하시라는 생각에서였군요.'

"그래, 맞다. 주인님께선 그냥 들은 얘기는 이내 잊는다고 하셨다."

그 돈으로 야고보는 포목점을 늘려서 아주 큰 부자가 되었고, 사람들에게 도움이 되는 얘기들을 해주어서, 현명한 사람으로 존경을 받았습니다.

얘기를 마치고, 민이는 다 식은 차로 마른 목을 축였습니다.

사람들은 모두 참 재미있는 얘기라고 칭찬을 했습니다. 그러나 앞에 앉은 사내는 무엇을 골똘히 생각하고 있었습니다. 그리고 뒤늦게 생각에서 깨어나 민이에게 얘기를 잘 들었다고 말했습니다.

다음 날도 비가 내렸습니다. 그동안 먼 길을 걸어서 피로가 쌓였는지, 아니면 어저께 비를 맞아서 그런지, 민이는 감기 기운이 있었습니다. 목이 간지럽고 재채기도 많이 나고 열도 조금 있었습니다. 그래서 방에 군불을 뜨듯하게 때고서 오전 내내 방 안에서 지냈습니다. 검종 학습서를 공부했기 때문에, 시간을 허송한 것은 아니었어요.

점심을 먹은 다음, 그녀는 마구간에서 일행들을 보살폈습니다. 마구간에 갇혀 있는 터라, 모두 지루한 모습이었지요.

"좀 지루하지? 비가 그치면, 우리 부두로 나가자. 부두에 가서 반야에서 온 무역선을 구경하자. 배가 엄청나게 크대."

모두 좋다고 했습니다. 닭들은 꼬꼬댁 소리를 뽑았고, 개들은 멍멍 짖었고, 나귀들은 히이잉 울었습니다.

"이제 내가 노래를 들려줄 테니까, 내 노래 듣고서 사이좋게 놀아라."

모두 좋다고 소리를 냈습니다.

그녀는 목청을 가다듬고 '시즈니아꽃'을 부르기 시작했습니다.

"성도 탑도 무너진 이 골짜기에
너 혼자 피었구나 시즈니아꽃……"

"아가씬 노래도 잘 하네요." 그녀가 노래를 끝내자, 뒤쪽에서 누가 손뼉을 치면서 말했습니다.

그녀가 돌아보니, 옆 방에서 묵었던 사내가 마구간 문간에 서 있었습니다.

"아, 아저씨." 그녀는 수줍은 웃음을 지었습니다.

사내가 웃는 얼굴로 고개를 끄덕였습니다. "좋은 노래네요. 무슨 노랜가요?"

"'시즈니아꽃' 이란 노랜데요. 여기 오는 길에 배웠어요."

"그래요? 아가씨, 내가 아가씨한테 할 얘기가 있어요. 이리 좀 올래요?" 사내는 앞장서서 술청 안으로 들어갔습니다.

식사 시간이 지났으므로, 술청은 비어 있었습니다. 사내는 안쪽 식탁으로 다가가더니 그녀에게 자리에 앉으라고 손짓을 하고 배낭을 벗었습니다.

"어제 저녁에 아가씨가 한 얘기 아주 재미있었어요. 그런데," 사내가 문득 정색을 하면서 그녀를 살폈습니다. "아가씨, 그 얘기 나보고 새겨들으라고 한 얘기였어요?"

민이는 무슨 나쁜 짓을 하다가 들킨 것만 같았습니다. 그래서 목을 움츠리고 고개만 끄덕였습니다.

"역시……" 사내가 천천히 고개를 끄덕였습니다. "아가씨 얘기 덕분에 내가 큰 화를 피할 수 있었어요. 고마워요."

그녀는 놀라서 말없이 사내 얼굴만 살폈습니다.

"긴 얘긴데……" 사내는 고개를 돌려 밖을 내다보면서 한숨을 길게 내쉬었습니다. 한참 동안 그렇게 비가 내리는 마당을 내다보던 사내가 다시 그녀를 바라보며 말을 이었습니다. "난 원래 이곳 사람이오."

"아, 그러세요? 그런데 왜……"

"난 어려서부터 배를 탔어요. 하긴 여기 사람들은 다 그렇지만. 어떻게 하다 보니, 여기 자은포에서 가장 큰 선주의 배를 타게 됐어요. 그때 나는 결혼해서 돌 지난 딸이 하나 있었어요. 한번은 배를 타고 심안포로 떠났는데, 갑자기 동료 뱃사람 셋이 달려들어 나를 밧줄로 묶었어요. 그리고 조그만 배에 태우더니, 바다 한가운데에 솟은 조그만 무인도로 데리고 갔어요. 선장은 며칠 먹을 양식하고 물 한 통을 남겨두고 배를 돌렸어요. 난 선장에게 도대체 왜 이러느냐고 물었죠. 그러자 선장이 그럽디다, '예쁜 아내를 둔 죄다.' 얘기를 들어보니, 선주가 내 아내를 탐내서 나를 죽이라고 했다는 거였어요. 선장이 차마 날 죽이지 못하고 무인도에 내려놓고 간 거죠." 사내가 말을 멈추고 다시 밖을 내다보았습니다.

"세상에 그런 일이 다 있나요?" 고개를 저으면서, 그녀는 사내의 얼굴을 살폈습니다.

"세상엔 그런 일도 실제로 있어요. 마침 반야의 무역선이 그 섬 근처를 지나기에, 옷을 벗어 흔들었죠. 그렇게 구조되어서 반야의 수마모로로 가서 살았어요. 꼭 열두 해 동안을. 선주에게 복수할 날만 기다리면서. 그래서 이번에 반야 배를 타고 왔어요. 선주의 집은 잘 아니까, 어젯밤에 들어가서 선주를 죽이려고 했어요. 그런데 아가씨 얘기를 듣고서, 마음을 가라앉혔어요. 날이 밝은 뒤에 사정을 알아보고

숨은 나라의 병아리 마법사

죽여도 늦지 않겠다고 생각한 거죠. 그래서 아침에 선주 집 가까이 가서 살펴보니, 어쩐지 좀 이상한 느낌이 들었어요. 그래서 알아보니까, 선주는 삼 년 전에 죽었다고 합니다. 배 두 척이 물건을 가득 싣고 가다가 돌풍을 만나 가라앉는 바람에 돈을 다 날렸고, 그 바람에 울화병이 생겨서 죽었다는 얘깁니다. 지금 그 집엔 다른 사람이 산다고 합디다. 하마터면 엉뚱한 사람을 죽일 뻔했죠."

"아, 그랬군요. 그런데 아저씨 부인하고 따님은요?"

"아내하고 딸아이는, 선주가 죽자 집에서 쫓겨나 강주로 갔다고 합디다. 벌써 삼 년 전 일이니, 지금은 어떻게 됐는지……" 사내가 근심 어린 얼굴로 다시 밖을 내다보았습니다. "우리 효인이도 지금은 많이 컸을 텐데. 열네 살이면, 아가씨하고 나이가 비슷할 텐데."

"네. 제 또래겠네요. 빨리 찾으셔야죠." 민이가 오히려 속이 탔습니다.

"그래서 지금 강주로 가는 길입니다. 내가 다시 들른 것은 아가씨한테 고맙다는 인사를 하고 싶어서……" 사내가 싱긋 웃으면서, 배낭을 집어 속에서 책하고 길쭉한 헝겊 자루를 꺼냈습니다. "이건 내가 반야에서 배웠던 반야 노래들을 적은 악본데, 고향 생각 나고 식구 생각 날 때, 이 노래들을 부르면서…… 아까 보니까, 아가씨는 노래 솜씨가 좋던데, 한번 이 노래들을 배워봐요." 사내는 손때가 묻은 책을 민이 앞으로 밀어놓았습니다.

"고맙습니다." 민이는 그 책을 조심스럽게 펴보았습니다. 붓으로 필사한 악보였습니다.

"그리고 이건 반야 피린데, 우리나라 피리보다 구멍이 두 개가 더 있어서 배우기가 쉽진 않지만, 소리는 아주 좋아요." 사내는 헝겊 자루도 민이 앞에 밀어놓았습니다.

"너무 큰 선물이네요. 얘기 한 번 하고서, 이렇게 값진 물건들을 받다니……"

"한때는 내게 요긴했던 물건들이지만, 이젠……" 사내가 고개를 저었습니다.

"정말 고맙습니다."

"그럼 난 가봐야겠소." 사내가 일어섰습니다.

그녀도 따라 일어났습니다. "강주로 가시게요?"

사내가 고개를 끄덕였습니다. 그리고 배낭을 등에 메고서 밖으로 나갔습니다.

사내가 문 밖으로 걸어나간 뒤에도, 그녀는 한참 동안 술청 밖에 서서 부슬부슬 내리는 비를 하염없는 눈길로 바라보았습니다.

24. 자은포 부두

"어디 가려구?" 마구간에서 짐승들을 이끌고 나오는 민이를 보더니, 술청에서 나오던 주막 주인이 물었습니다.

"네. 얘들이 심심하다고 해서, 밖에 바람 좀 쐬게 해주려구요."

"괜찮겠어? 아직 몸이……"

"이젠 괜찮아요. 아저씨, 아주머니 덕분에 큰 병을 얻지 않고 잘 넘긴 것 같아요."

지난 닷새 동안 민이는 방 안에서 앓았습니다. 대도를 떠나 줄곧 걸은 데다 자은포에 닿은 날엔 비까지 맞아서, 몸살이 난 것이었지요. 열이 높고 입맛이 떨어져서, 고생을 많이 했습니다. 다행히, 어제는 열이 내렸고, 오늘은 입맛도 살아나서 안주인이 쑤어준 전복죽을 한 그릇 다 먹었습니다.

"우리가 뭘……"

주막 주인 내외는 아픈 그녀에게 마음을 많이 써주었습니다. 원래 좋은 사람들이기도 했지만, 강주의 반시문 씨를 위해 일하는 행수가 그저께 주막에 들러서 그녀에 대해 큰 관심을 보인 것이 아마 작용했을 것입니다. 강주에서 그녀가 혼자서 무뢰배들을 혼내준 일을 듣고는, 주막 주인은 그녀를 아주 어렵게 대했습니다.

"아저씨, 저 다녀올게요." 짐승들을 이끌고 밖으로 나서면서, 그녀는 상냥하게 인사했습니다.

"그래, 다녀오너라."

그녀는 짐승들을 이끌고 북문으로 향했습니다. 북문의 파수병들은 그녀를 알아보고 실없는 농담들을 던졌습니다. 그녀는 그냥 상냥한 웃음으로 대꾸하고서 성문을 나섰습니다. 비가 온 뒤라, 거리도 들판도 산뜻했습니다.

성문을 나서자, 그녀는 짐승들을 이끌고 남은강 쪽으로 갔습니다. 강둑의 연한 풀들을 보자, 짐승들은 반가워 소리를 질렀습니다. 엿새나 마구간에 갇혀 건초만 먹은 나귀들이 특히 기뻐했습니다. 짐승들이 신이 나서 풀을 뜯고 장난을 치는 것을 바라보면서, 그녀는 잠시 따뜻한 햇살을 즐겼습니다.

문득 오리손의 모습이 떠올랐습니다. '오리손 오빠는 지금 무얼 할까? 농사 짓느라, 바쁘겠지? 날 생각할까? 여기 함께 앉아서……'

건너편 둑에 강물을 내려다보는 노인의 모습이 보였습니다. 그제야 그녀는 아빠 생각이 났습니다. 오리손을 만난 뒤로는 늘 그랬습니다.

숨은 나라의 병아리 마법사

오리손 생각이 먼저 나고 그 다음에야 아빠 생각이 났습니다.

　아빠에게 미안한 생각이 들어, 그녀는 혼자 배시시 웃었습니다. 그리고 반야에서 돌아온 사내가 준 노래책을 배낭에서 꺼냈습니다. 노래책엔 반야글로 된 노랫말과 악보가 인쇄되어 있었고 그 아래에 숨은 나라 말로 번역된 노랫말이 연필로 적혀 있었습니다. 그 사내가 번역해놓은 것 같았습니다. 첫 장엔 '미시우노 봄 바다'라는 노래가 나와 있었습니다.

　　가리지 않은 이마에 떨어지던 햇살
　　얇은 누더기 헤치던 바람
　　잔인한 세월 속에 품고 다녔느니
　　숯이 된 가슴에 고이 품고 다녔느니
　　혼자 익는 석류처럼 발그레한 사랑
　　아, 이제 모른다 하네
　　아, 이제 모른다 하네
　　저 봄 바다 물결은 모른다 모른다 하네
　　소금기 허연 등줄기에 서린
　　열다섯 긴 여름을
　　열다섯 긴 겨울을

　민이는 그 노랫말을 소리 내어 외워보았습니다. 열다섯 해 만에 사랑하던 여인이 살았던 바닷가를 찾아온 사내가 부른 노래 같았습니다. 그녀는 전과는 달리 요즈음엔 그런 사랑 노래에 마음이 끌렸습니다. 악보는 반야 왕국이나 숨은 나라나 같았습니다. 그래서 그녀는 악보를 보고 그 노래를 불러보았습니다. 몇 번 부르니, 감정을 넣어 자연스럽게 부를 수 있게 됐습니다.

"애들아, 이제 그만 가자. 부두 구경하러 가자." 새 노래 하나를 배운 터라, 그녀는 뿌듯한 마음으로 자리에서 일어났습니다. 부두 구경을 간다는 얘기에 짐승들은 신이 나서 하던 짓들을 그만두고 그녀에게로 달려왔습니다.

그들은 해안을 따라 난 길을 걸어서 부두 쪽으로 향했습니다. 자은포 성은 부두 뒤쪽에 솟은 조그만 언덕을 중심으로 세워졌고, 부두는 남문 바로 밖에 있었습니다. 부두에 닻을 내린 반야 무역선은 멀리서도 이내 알아볼 수 있을 만큼 컸습니다.

그들은 가까이 가서 무역선을 바라보았습니다. 그렇게 큰 배를 본 적이 없는 짐승들은 입만 벌린 채 말이 없었습니다. 민이에게도 무역선은 신기했습니다. 돛들은 내렸지만, 울긋불긋한 깃발들은 바닷바람에 펄럭이고 있었습니다. 부두에 닿은 지 벌써 여러 날이 됐는데도, 아직 사람들이 배에서 물건들을 내리고 있었습니다.

짐을 나르는 사람들을 살펴보다가, 그녀는 그들이 부두에서 꽤 떨어진 곳으로 짐들을 나른다는 것을 깨달았습니다. 그러고 보니, 그쪽에 집들이 여러 채 모여서 조그만 마을을 이루고 있었습니다. 그 집들은 생김새가 어쩐지 좀 이상했습니다. 거기 사는 사람들도 차림과 생김새가 좀 다르고. 아무래도 반야 사람들의 마을인 듯했습니다. 반야 사람들이 숨은 나라 땅에서 산다는 것은 그녀에겐 뜻밖이었습니다. 반야 사람들만이 아니라 다른 나라 사람들이 숨은 나라 땅에서 산다는 얘기는 들은 적이 없었습니다. 이름부터 숨은 나라였으니, 당연한 얘기였습니다.

짐을 나르는 사람들에게 방해가 되지 않도록 조심하면서, 민이는 짐승들을 이끌고 그 마을로 다가갔습니다. 앞쪽에 있는 큰 집들은 창고들이었고, 뒤쪽에 선 좀 작은 집들은 가게들과 사람들이 사는 집들이었습니다. 모두 잘 지은 집들이었습니다. 그녀가 돌아서려는데, 바로 앞 가게에서 마음씨 좋아 보이는 나이 지긋한 사내가 나왔습니다. 짐승들을 거느리고서 집들을 살피는 그녀를 보니, 그 사내는 미소를 띠고 그녀에게 고개를 까딱해 보였습니다.

그 사내의 친절한 태도에 그녀는 용기가 났습니다. "저어, 아저씨, 아저씨는 반야 왕국에서 오셨어요?"

그는 싱긋 웃으면서 고개를 끄덕였습니다. "그래요, 아가씨."

사내의 말씨가 부드러우면서도 또렷해서, 그녀는 안심이 됐습니다. "제가 반야 노래책을 하나 얻었거든요. 그런데 전 반야 말을 몰라서…… 혹시 아저씨께서 시간이 있으시면, 노랫말을 가르쳐주시겠어요?"

"그래요? 한번 봅시다."

그녀는 배낭을 벗어 노래책을 꺼냈습니다. "이건데요."

그 사내는 책을 받아들고서 훑어보았습니다. "아가씨, 내 사무실로 들어갈래요?"

"네, 고맙습니다." 그녀는 짐승들에게 거기 그대로 있으라고 당부하고서 그 사내를 따라 가게 안으로 들어갔습니다.

들어가보니, 가게 안엔 물건들은 없고 대신 책상들과 서류함들이 여럿 있었습니다. 그 사람은 무역을 하는 장사꾼이 아니고 반야 왕국에서 나온 관리 같았습니다.

"거기 앉아요." 사내는 한쪽에 놓인 긴 의자를 가리켰습니다. 그리고 그녀가 앉기를 기다려 물었습니다, "무엇을 어떻게 도와드릴까요?"

"거기 반야 말로 나온 노랫말을 어떻게 발음하는지 알고 싶거든요. 우리 말로 번역을 해놔서, 뜻은 알겠는데……"

사내는 고개를 끄덕이더니, 책상 앞에 앉았습니다. "음역을 해달라, 그런 얘긴데…… 여기 책에다 써도 돼요?"

"네."

사내는 뭐라고 혼잣소리를 하더니, 연필을 들어 책에다 쓰기 시작했습니다.

그녀는 사무실 안을 둘러보았습니다. 사내 뒤쪽 벽에 지도 셋이 걸려 있었습니다. 하나는 숨은 나라만이 아니라 도룬 제국과 반야 왕국까지 나온 지도였습니다. 그 옆엔 숨은 나라만 나온 지도가 있었고 다시 그 옆에 이곳 자은포 둘레의 흑양도가 나온 지도였습니다.

"아가씨," 사내가 고개를 들고 민이를 쳐다보았습니다. "여기 '미시우노 봄 바다'는 다 음역을 했어요. 시간이 있으면, 다른 것들도 해주고 싶은데, 내가 좀 바빠서……"

"됐습니다. 정말 고맙습니다."

"대신 숨은 나라 문자의 발음을 반야 문자로 적은 표를 하나 줄 테니, 그것을 보고 아가씨가 거꾸로 옮겨봐요." 사내는 책상 서랍에서 종이 하나를 꺼내더니 그녀에게 다가와서 건넸습니다.

"고맙습니다."

사내는 책상 위에 놓인 노래책을 집어들고 다시 한 번 훑어보더니 그녀에게 넘겨주었습니다. "그런데 이 책은 어디서 났어요?"

"그 책요? 반야 왕국에서 오래 살던 사람이 제게 선물로 주었어요."

"그래요? 반야 노래들도 좋은 것들이 많으니까, 한번 배워봐요."

"고맙습니다." 그녀는 공손하게 인사하고 가게에서 나왔습니다.

"그리고 아가씨."

"네?" 그녀는 돌아서서 사내를 쳐다보았습니다.

"이왕이면, 반야 말과 글도 한번 배워 봐요. 쓸모가 있을 거요." 사내가 야릇한 웃음을 지었습니다.

25. 해진주

 다음 날 아침 일찍 민이는 '산양옥'을 나섰습니다. 여러 날 묵어서 숙박료가 꽤 많이 나왔지만, 그녀는 거기다가 열 냥을 더 얹어서 주인에게 건넸습니다. 그녀가 아플 때 따뜻하게 보살펴준 것이 고마웠기 때문입니다.
 짐승들을 이끌고서, 그녀는 자은포 시장으로 갔습니다. 그리고 나귀 두 마리가 싣고 갈 만큼 건어물들을 샀습니다. 마른 오징어, 마른 꼴뚜기, 마른 새우, 조갯살, 멸치, 뱅어포, 김, 미역…… 살 만한 건어물들은 참 많았습니다. 이제부터 내륙 지방으로 들어가니, 해산물들이 차츰 비싸질 터였습니다. 그래서 길을 가면서 건어물들을 다른 물건들로 바꾸면, 두루 좋을 것이었습니다.
 자은포를 떠난 뒤 나흘째 되는 날 저녁, 민이 일행은 해진주에 닿았습니다. 해진주는 흑양도 남부의 중심 도시로, 너른 삼진강 평야 한가운데 자리 잡아서, 옛적부터 번창했습니다. 성안의 시가지는 아주 오래됐고, 가게들도 옛날 건물들이었지만, 물건들은 많았습니다. 해진주는 마룡산으로 가는 길의 마지막 큰 도시였으므로, 그녀는 시가지를 구경하면서 마법성에 머물 동안 필요한 물건들을 샀습니다.

생각했던 대로, 해진주에선 해산물들이 값이 많이 나갔습니다. 대신 곡식 값은 상당히 쌌습니다. 그녀는 가져온 해산물들을 반쯤 팔고 그 돈으로 곡식을 샀습니다. 그녀는 그것이 무척 흐뭇했습니다. 따지고 보면, 그렇게 해서 얻은 이익은 그리 크진 않았습니다. 그러나 해산물들을 값이 싼 항구 도시 자은포에서 값이 비싼 내륙 지방의 해진주로 가져옴으로써, 그녀는 그 해산물들의 가치를 높인 것이었습니다. 중학교에 들어가서 처음으로 경제학을 배울 때, 선생님은 거듭 말씀하셨습니다. "재화는 때와 곳에 따라 가치가 달라져요. 청파강가에서 물 한 잔은 가치가 거의 없지만, 사막에선 물 한 잔이 얼마나 소중하겠어요?" 마법성을 향해 길을 가면서, 그녀 자신에게 좋고 사회에도 좋은 일을 했다는 사실이 흐뭇해서, 그녀는 나귀 두 마리에 실린 해산물 꾸러미들과 곡식 자루들을 볼 때마다 얼굴에 웃음이 떠올랐습니다.

해가 설핏했으므로, 그녀는 묵을 곳을 찾기로 했습니다. 번화한 시가지에서 벗어나 허름한 주막들이 있는 골목으로 접어드는데, 할머니가 혼자 길가에 앉아 있었습니다. 머리가 하얗게 세고 얼굴은 주름이 많은 할머니였는데, 옆에 산양 한 마리가 엎드려 있었습니다. 근처 시골에서 산양을 팔러 나온 모양이었는데, 종일 손님을 기다리느라, 할머니도 산양도 지친 모습이었습니다.

커다란 젖통을 드러내고 햇볕 아래 누운 산양이 너무 안쓰러워서, 민이는 그 앞에서 걸음을 멈췄습니다.

"아가, 산양 살래?" 할머니가 반갑게 물었습니다. 그리고 민이 뒤에 늘어선 일행들을 호기심 어린 눈길로 살폈습니다.

생각해보니, 산양이 한 마리 있으면, 그녀가 마법성에 머물 때 큰 도움이 될 터였습니다. 산양은 풀만 먹고서도 영양분이 많은 젖을 만들어내는 짐승이었습니다.

"이 녀석은 젖이 아주 많단다. 봐라, 젖통이 얼마나 큰가." 그녀가 마음이 끌리는 것을 눈치챘는지, 할머니는 열심히 권했습니다.

"산양이 기운이 없어 보이네요. 병든 건 아닌가요?"

"병들다니?" 할머니가 펄쩍 뛰었습니다. "제 발로 우리 마을부터 이십 리를 걸어왔는데. 그런 소리 하지두 말라구."

"값은 얼만데요?"

값 얘기가 나오자, 피곤해 보였던 할머니 얼굴에 문득 생기가 돌았습니다. 할머니는 민이의 얼굴을 살피면서, 잠시 생각했습니다. "원래 스무 냥은 받아야 하는데, 날두 저물구 했으니, 열일곱 냥만 받으마. 열일곱 냥이면, 거저 갖는 거나 마찬가지다."

민이는 좀 비싸다는 생각이 들었습니다. 그래도 더 말하지 않고, 전대에서 돈을 꺼내 할머니에게 건넸습니다. 그리고 누워 있는 산양에게 말했습니다. "나랑 같이 가자, '튼튼하고 젖도 많은 짐승' 아."

자신의 참 이름을 듣자, 그 산양은 깜짝 놀라서 일어섰습니다. 그리고 기대에 차서 그녀를 따라나섰습니다.

그녀는 그 산양에게 '오목이'란 이름을 지어주었습니다. 통통한 젖통을 지닌 녀석의 모습이, 가슴이 커서 젖이 많다고 한 동백골 오목네를 생각나게 했던 것입니다.

골목으로 접어드니, 가축들을 파는 사람들이 길거리에 죽 늘어서 있었습니다. 아마도 근처 시골에서 가축을 팔거나 사러 나온 사람들이 모이는 곳인 듯했습니다. 나귀 두 마리, 나귀 등 위에 앉은 닭 두 마리, 그리고 개 두 마리에 산양 한 마리를 거느린 민이를 보자, 사람들은 모두 손으로 가리키면서 한마디씩 했습니다.

"어이, 아가씨," 누가 큰 소리로 불렀습니다.

민이가 돌아보니, 산양들을 많이 데리고 선 마흔 줄의 사내가 싱글거리고 있었습니다.

"절 부르셨어요?"

산양 장수가 고개를 끄덕였습니다. "아가씨 짐승들은 다 짝이 있는데, 산양만 외톨이네그려. 아가씨, 이왕이면, 산양 숫놈을 한 마리 사서 짝을 맞춰주는 게 어때요? 여기 좋은 놈들이 많아요."

듣고 보니, 그른 얘기가 아니었습니다. 그녀는 고개를 끄덕이고서 오목이를 돌아보았습니다. "오목아, 네 짝으로 누가 좋으냐? 저기 숫산양들 가운데 네 마음에 드는 친구를 골라봐라."

오목이는 수줍게 웃더니 숫산양들을 찬찬히 살폈습니다. 그러고는 뒤쪽에 선 시꺼먼 녀석을 턱으로 가리켰습니다. "저 친구요."

"아저씨, 저기 뒤쪽에 있는 저 까만 산양은 값이 얼마나 되나요?"

"저 녀석? 하아, 아가씨가 산양을 보는 안목이 있는데. 저 녀석은 여기서 제일 힘이 센 놈인데." 산양 장수는 자기 말이 재미있는지 혼자서 껄껄 웃었습니다.

민이는 잠자코 그 사내의 얼굴을 쳐다보았습니다. 그녀가 어리다고 얕보는 기색이 보였기 때문이었습니다.

"저 녀석이라." 그녀의 차분한 눈길을 받자, 그 사내가 정색을 했습니다. "아가씨, 스물닷 냥만 내요. 내가 특별히 싸게 드리는 겁니다."

민이는 그 옆에 있는 암컷을 가리켰습니다. "그럼 저 산양은요?"

"저 녀석? 저 녀석은 암컷인데."

"네, 알아요? 저 암컷은 얼마나 가죠?"

"마흔 냥인데."

"그렇게 비싸요?"

"당연하지. 암컷인데. 산양이야 젖이 나오는 암컷이 수컷보다 훨씬 비싸지."

"제 산양은 암컷이지만, 열일곱 냥에 샀어요. 바로 조 앞에서요. 수컷이 스물닷 냥이면, 아저씨가 좀 비싸게 받는 것 아녜요?"

그 사내의 얼굴이 일그러졌습니다. 암컷의 값을 물어본 것이 민이의 작전인 것을 뒤늦게 안 것이었습니다.

"아저씨," 그녀는 낮지만 힘이 들어간 목소리로 말했습니다. "저 숫놈을 열닷 냥에 파세요. 그러면 아저씨도 섭섭하진 않으시겠죠?"

사내는 뭐라고 하려다가 그녀의 다부진 눈길을 받고는 입을 다물었습니다. "아이고, 오늘은 왜 이러냐? 나보다 단수가 높은 손님들만 걸리고." 사내가 기름진 한숨을 쉬었습니다.

"아저씨, 저는 대도에서 왔는데요. 거기 사는 복덕방 할아버지께서 그러셨어요. '팔 때는 좀 싸게 판다는 생각으로 팔고, 살 때는 좀 비싸게 산다는 생각으로 사라.' 때로는 좀 싸게 파는 것도 괜찮아요." 눈가에 웃음을 띠고서, 그녀는 사내를 바라보았습니다.

"어린 아가씨가 아는 것도 많네. 좋다, 오늘은 내가 싸게 판다. 아가씨, 열닷 냥 내쇼."

민이는 새로 산 숫 산양에게 '우람이'라고 이름을 지어주었습니다. 우람하게 생긴 산양이었기 때문입니다. 오목이와 우람이는 이내 좋아하는 사이가 됐습니다.

그녀가 골목 안으로 조금 더 들어가니까, 닭과 오리들을 파는 사람들이 모여 있었습니다.

"거기, 짐승들을 끌고 가는 아가씨," 누가 그녀를 불렀습니다.

그녀가 돌아보니, 흰 수건을 머리에 두른 오리 장수 아주머니였습니다. "절 부르셨어요?"

"응. 아가씨에게 다른 짐승들은 다 있는데, 오리는 없네. 오리를 한 쌍 사요. 내 싸게 줄 테니까."

그렇게 오리 한 쌍이 들어와, 식구는 열로 늘어났습니다. 그녀는 흐뭇한 마음으로 자기를 따라오는 식구들을 돌아보았습니다. '이만하면, 길을 가는 데 적적하진 않겠다.'

그녀의 마음을 아는지, 자려 등 위에 올라탄 암오리 '새안'과 숫오리 '비안'이 함께 꽥꽥거렸습니다.

26. 스스로 지키지 못한 교훈

 해진주를 떠난 지 사흘 뒤에 민이 일행은 마석에 닿았습니다. 마석은 뒤에 조그만 산성이 있는 읍으로, 마룡산으로 가는 길에서 마지막으로 나오는 큰 마을이었습니다. 마석을 지나면, 마룡산 자락에 이르기까지 조그만 마을들 몇이 나올 뿐이었습니다.
 오후 두 시가 넘은 터라, 민이는 쉬면서 점심을 들 곳을 찾았습니다. 마침 길가에 주막이 하나 있었습니다. 시골 주막이라, 집은 조그마했지만, 안마당은 넓어서 민이 일행이 쉬기엔 좋았습니다. 짐승들에게 물과 먹을 것을 찾아주고서, 그녀는 주막 안채의 마루에 걸터앉았습니다. 모르는 새 한숨이 나왔습니다. 그리고 문득 몸에서 힘이 쭈욱 빠져나가는 느낌이 들었습니다. 마석에서 마룡산까지는 오십 리 길이라 하니, 이제 마룡산에 거의 다른 셈이었거든요.

안주인이 부엌에서 행주치마에 손을 씻으면서 나왔습니다.

민이는 문득 시장기가 느껴졌습니다. "아주머니, 제가 아직 점심을 못 먹었는데요, 혹시 밥 좀……?"

"지금? 때가 지나서, 밥이……" 안주인은 고개를 저었습니다. "찬이 뭐 있어야지."

"찬이야, 뭐, 괜찮습니다. 밥만 한 그릇 주세요."

"글쎄…… 그럼 밥만 한 그릇 내올 테니까, 찬이 없다고 흉보진 말어." 그녀에게 웃음을 지어 보이고서, 안주인은 다시 부엌으로 들어갔습니다.

민이는 침을 삼켰습니다. 뱃속에선 꼬르륵 소리가 났습니다. 대도에서 학교 다닐 때, 그녀는 친구들과 마찬가지로 살이 찌는 것에 마음을 썼습니다. 친구들과 얘기할 때는, 늘 다이어트가 가장 중요한 화제였습니다. 그러나 길을 떠난 뒤로는, 제때에 잘 먹는 것이 얼마나 중요한 일인가 깨닫게 됐습니다. 그런 생각을 하면서, 그녀는 혼자 싱긋 웃었습니다.

조금 있다가, 안주인이 밥상을 들고 나왔습니다. 조그만 개다리소반에 밥 한 그릇하고 장아찌, 새우젓, 그리고 물 그릇이 전부였습니다. "이거 반찬이 워낙 없어서…… 시간이 있으면, 국이라두 끓이겠는디."

"아닙니다. 고맙습니다." 민이는 상을 당겨놓고 밥을 먹기 시작했습니다. 밥은 보리와 콩이 많이 섞였고 그나마 찬밥이었지만, 물에 말아 장아찌와 함께 먹으니, 술술 넘어갔습니다. 그래서 이내 밥 한 그릇을 다 비웠습니다.

"아이구, 눈 깜짝할 새에 밥 한 그릇을 뚝딱 해치웠네. 고맙기두 해라. 찬이 워낙 없어서, 미안했는디." 민이가 밥 먹는 모습을 바라본 안주인이 감탄했습니다.

"밥이 아주 맛있네요. 구수한데요." 좀 아쉬운 마음으로 숟가락을 놓으면서, 민이는 인사를 차렸습니다. "그런데 이거 무슨 장아찌예요?"

"왜? 먹을 만헌가?"

"네, 아주 맛있는데요."

안주인의 얼굴에 느긋한 웃음이 느리게 퍼졌습니다. "그거 수박 장아찌야."

"수박으로도 장아찌를 담그나요?"

"그럼. 수박 껍데기를 겉 껍데기만 벗기구 말려서 비들비들해지면, 그걸 된장에다 박는 거야."

"아, 그래요? 저도 나중에 한번 수박 장아찌를 만들어봐야겠네요."

"이거 큰일났네," 나귀들에게 여물을 주고 밖으로 나갔던 바깥 주인이 급한 걸음으로 들어오면서 외쳤습니다.

"뭔데 그래유?" 소반을 들려다가 멈추고서, 안주인이 차분한 목소리로 물었습니다.

"한림댁 병진이가 지금 인사불성이래," 바깥주인이 숨찬 목소리로 설명했습니다.

"인사불성이라구유? 왜 갑자기……"

"탕약을 먹었는데, 뭐가 잘못됐나, 약을 다 토하구서 그냥……"

숨은 나라의 병아리 마법사

"그럼 빨리 의원을 불러야 하는데……"

"아, 여기 의원이 있어야지. 이 근처에 의원이 있는 곳은 소곡인데, 소곡까지 갔다오려면, 한나절이 걸리는데."

"환자가 아인가요, 어른인가요?" 서둘러 배낭을 메면서, 민이가 물었습니다. 약을 잘못 먹어서 탈이 난 환자는 일찍 손을 쓰는 것이 무엇보다도 중요했습니다.

"병진이가 지금 여섯 살인가? 우리 종식이보다 한 살 아래니까, 여섯 살 맞지?" 바깥주인이 아내에게 동의를 구했습니다.

안주인이 고개를 끄덕였습니다. "맞아유. 여섯 살."

"아저씨, 그 집으로 안내 좀 해주시겠어요? 제게 좋은 약초들이 있으니까, 환자에게 도움이 될지도 모르겠어요."

"그래? 아, 그럼 빨리 가자구." 바깥주인이 앞장을 섰습니다.

환자의 집은 마석 시가지에서 걸어서 십 분 남짓 걸리는 마을에 있었습니다. 그리로 가면서, 민이는 주막 주인에게 환자와 환자 가족에 대해서 물어보았습니다. 직업이 직업이었으므로, 주막 주인은 이곳 사정에 밝았고 아는 것들을 얘기하는 것도 즐겼습니다. 한림댁은 이 근처에선 명망이 높은 집안이었는데, 옛적에 그 집안에서 한림학사 벼슬을 한 사람이 나와서 그렇게 불린다고 했습니다. 환자는 종손에 이대 독자인데다 아버지가 작년에 죽은 터라, 집안에서 끔찍하게 위하는 아이라고 했습니다. 그 아이의 어머니가 늦게까지 아이를 낳지 못해서, 그 아이의 할아버지는 자기 아우의 손자 하나를 입양해서 대를 이어가려 했는데, 뒤늦게 그 아이가 태어나서, 입양했던 아이를 돌려보냈다고 했습니다.

환자의 집은 대문부터 우람했습니다. 높은 담장 너머로 기와집들이 여러 채 솟고, 후원엔 아름드리 나무들이 많아서, 오래된 집안임을 잘 말해주었습니다.

주막 주인이 안으로 들어가더니, 바로 노인과 함께 나왔습니다. 그리고 민이를 가리켰습니다. "저애입니다, 어르신."

"안녕하세요, 할아버지?" 민이는 공손하게 인사했습니다.

긴 수염을 쓰다듬으면서, 노인은 그녀를 찬찬히 뜯어보았습니다. "네게 좋은 약초가 있다고?"

"네. 독이 있는 것을 먹었을 때 해독 효과가 있는 약초를 조금 갖고 있습니다."

"그럼 한번 들어와 봐라." 노인이 반신반의하는 낯빛으로 그녀에게 따라 들어오라고 손짓했습니다.

그녀는 노인을 따라 안채로 들어가서 환자를 살펴보았습니다. 환자는 의식이 없었습니다. 열이 많이 나고 몸에 두드러기가 나 있었습니다.

"환자는 무엇을 먹었나요?"

"우리 아이가 몸이 약해서, 의원에게 부탁해서, 보약을 지었다. 오늘 사흘째 약을 끓여서 먹였는데, 이틀 동안은 괜찮았는데, 갑자기……" 땀이 송글송글 돋은 손자의 얼굴을 걱정스러운 눈길로 살피면서, 노인이 대꾸했습니다.

"그 약을 볼 수 있을까요?"

"글쎄다. 약이 남아 있을까? 아까 누가 약을 버리라고 하는 것 같았는데……" 말끝을 흐리면서, 노인이 일어나 밖으로 나갔습니다. 그러고는 곧 돌아와서 고개를 저었습니다. "약 남은 걸 다 버린 모양인데."

"그러면, 할아버지, 이 약초를 달여주세요." 그녀는 영손이 아버지에게서 얻은 약초를 내밀었습니다.

노인은 약초를 받아들더니, 잠시 망설였습니다. 처음 보는 계집아이를 믿어도 되는가, 하는 생각이 든 것 같았습니다. 노인은 의식을 잃은 손자를 흘긋 보더니 마음을 정한 듯, 밖으로 나가 사람들에게 약초를 달이라고 했습니다.

"할아버지," 그녀는 다시 돌아온 노인에게 부탁했습니다. "그 약을 버린 곳을 가르쳐주세요. 그 약이 무슨 약인지 알면, 치료에 도움이 되거든요. 그리고 그 약이 왜 갑자기 문제를 일으켰는지 알아야, 다음에 같은 일이 일어나는 것을 막을 수 있잖겠습니까?"

"듣고 보니, 그렇다." 노인이 고개를 끄덕였습니다.

그녀는 노인과 함께 부엌에서 나온 쓰레기들을 버리는 두엄 더미로 갔습니다. 그곳엔 오늘 버린 것이 분명한 탕약 재료들이 있었습니다. 민이는 쪼그리고 앉아서 그것들을 찬찬히 살폈습니다. 탕약 재료들은 모두 잘게 썬 것들이었는데, 더러 길게 세로로 찢어진 조각들이 섞여 있었습니다. 버섯이었습니다. 탕약 재료들에 독버섯이 섞여 들어가서 일이 생긴 것처럼 보였습니다. 그녀는 배낭에서 오리손이 작별 선물로 주었던 은 숟가락을 꺼내어 그 조각들에 대어보았습니다. 숟가락은 이내 검게 변했습니다. 다음엔 다른 재료들에 대보았습니다. 은 숟가락이 거무스름하게 변했습니다. 그녀는 고개를 끄덕이고 일어섰습니다. 그리고 노인에게 자기 생각을 설명했습니다.

그녀 얘기를 들더니, 노인이 감탄하는 얼굴로 그녀를 새삼스럽게 살폈습니다. "네 말이 맞는 것 같다. 그러면 어떻게 해야 좋으냐?"

"할아버지, 너무 걱정하지 마세요. 제가 손을 좀 써볼게요." 그녀는 큰 나무들이 선 후원으로 갔습니다. 아주 크고 오래된 밤나무가 그녀의 눈길을 끌었습니다.

"'꽃이 향기롭고 열매는 맛있는 나무'야, 나는 네 속에 든 마력이 필요하단다. 지금 이 집의 어린 종손이 아프거든," 그녀는 그 밤나무 앞에 서서 나직이 속삭였습니다.

자기 참 이름을 듣자, 그 밤나무는 이내 자기 가슴을 그녀에게 열어 주었습니다.

다시 방으로 돌아온 민이는 부채를 펴들고 환자 앞에 앉았습니다. 환자의 상태는 아까보다 더 나빠진 것 같았습니다. 자꾸 조급해지는 마음을 애써 가라앉히면서, 그녀는 환자의 옷을 모두 벗겼습니다. 그리고는 환자를 향해 마력이 실린 부채 바람을 보내기 시작했습니다. 힘을 써서, 그녀 얼굴은 이내 달아올랐고 이마엔 땀방울이 맺혔습니다.

그렇게 한참 마력을 환자에게 보내자, 환자의 몸에서 검붉은 기운이 도는 땀이 흘러나오기 시작했습니다. 다시 한참 지나자, 죽은 듯이 누워 있던 환자가 몸을 뒤채기 시작했습니다. 다시 한참 지나자, 환자가 한숨을 쉬는 것처럼 숨소리를 내더니, 힘들게 눈을 떴습니다.

"아이고, 우리 병진이가 눈을 떴구나. 병진아, 어떠냐? 좀 나으냐?" 옆에서 바라보던 노인이 환자에게 다가앉으면서 목이 타는 목소리를 냈습니다.

 그러나 환자는 그 목소리가 귀에 들어오지 않는 듯, 다시 눈을 감았습니다.

 "할아버지, 물을 한 그릇 떠오세요. 독이 든 것을 먹은 환자에겐 물을 많이 먹여야 해요."

 "그래, 알았다." 노인은 부리나케 일어나서 밖으로 나갔습니다. "게 누구 없느냐. 마실 물을 한 그릇 떠오너라."

 아까보다 훨씬 높아지고 생기가 도는 노인의 목소리에 민이는 싱긋 웃었습니다. 그리고 다시 후원으로 나가서 가슴에 마력을 채웠습니다. 이번엔 밤나무 옆에 선 커다란 오동나무에게서 마력을 얻었습니다.

 그녀가 방으로 돌아오니, 노인과 중년 부인이 함께 환자에게 물을 먹이고 있었습니다. 중년 부인은 환자의 어머니 같았습니다. 환자는 물을 한 모금 마시더니, 이내 토했습니다. 환자가 토한 물은 검붉었습니다. 노인이 서서 내려다보는 민이의 얼굴을 살폈습니다.

 "그렇게 환자의 속에 든 독기를 씻어내야 합니다. 계속 물을 먹이세요." 민이는 자신 있는 목소리로 말했습니다.

 "그래, 그렇겠다. 아가, 물을 더 가져와라."

 "네, 아버님." 그 중년 부인이 대답하고서 조용히 일어났습니다. 그리고 민이에게 희미한 웃음을 지어 보였습니다. "고마워요, 아가씨."

 민이도 웃음으로 대답하고서, 다시 환자 앞에 앉았습니다. 그리고 부채로 마력을 환자 몸속에 넣기 시작했습니다. 그렇게 해서 환자의 상태는 차츰 나아졌고, 물로 속을 씻어 내고 해독제 탕약 한 사발을 마신 뒤엔, 많이 편해진 얼굴로 잠이 들었습니다.

그녀는 방에서 나와 집 안을 기웃거리면서 사람들에게 이것저것 물어보았습니다. 어떻게 해서 독버섯이 보약 속에 들어가게 되었는지 알아내려는 것이었습니다. 알아볼 것들을 대충 알아보자, 그녀는 노인에게 안채에 있는 사람들을 한데 모아달라고 했습니다.

"병진이가 정신을 잃고 쓰러진 것은 탕약을 먹고 난 뒤였습니다," 민이는 안채 대청에 모인 사람들을 향해 또박또박 말했습니다. "제가 탕약 남은 것을 살펴보니, 버섯 조각들이 많이 들어 있었습니다. 그 버섯 조각들은 손으로 길게 찢은 것이었습니다. 작두로 잘게 썬 다른 약재들과는 모양이 달랐습니다. 그리고 남은 보약 봉지들을 살펴보니, 그런 버섯 조각들은 없었습니다. 따라서 병진이를 아프게 만든 건 그 버섯 조각들이었다고 일단 의심해볼 수 있습니다. 제가 그 버섯 조각에 독을 알아내는 은 수저를 대보니, 은 수저가 이내 검게 변했습니다. 그러나 다른 약재들에 대보았을 때는, 그저 거무스름하게 변했습니다. 따라서 독은 그 버섯 조각들에서 나왔다고 볼 수 있지요."

잠시 말을 멈추고서, 그녀는 대청마루에 둘러앉은 사람들을 한바퀴 훑어보았습니다. 모두 여섯 사람이었습니다. 환자의 엄마, 환자의 할머니, 나이가 든 침모, 부엌에서 일하는 젊은 하녀 둘, 그리고 환자의 당숙모였습니다. 민이 옆엔 병진이 할아버지가 무거운 낯빛으로 허공을 응시하면서 앉아 있었습니다.

"아까 탕약을 끓일 때, 탕약에 독버섯을 넣을 수 있었던 사람들은 모두 여덟입니다. 여기 모이신 일곱 분하고 소곡에 의원을 부르러 갔다는 수왕이하고."

"왜 수왕이가 그런 짓을 해?" 침모가 이내 항의했습니다. 수왕이는 침모의 열세 살 난 아들이었습니다.

"수왕이가 독버섯을 탕약에 넣었다는 얘기가 아닙니다. 그렇게 할 기회를 가졌다는 얘깁니다." 민이는 차분한 목소리로 설명했습니다.

"그래두 그렇지, 그런 끔찍한 얘기를 왜 헌댜?" 민이이게 곱지 않은 눈길를 보내면서, 침모가 구시렁거렸습니다.

"내 말이 그 말여," 병진이 당숙모가 거들었습니다. 그녀는 몸집이 크고 얼굴도 사내처럼 생긴 여인이었습니다. 그녀가 바로 병진이가 태어나기 전에 이 집안에 양자로 들어왔던 아이의 어머니였습니다.

민이는 속으로 한숨을 쉬었습니다. 일이 그녀가 생각했던 것처럼 쉽게 풀려나갈 것 같지 않다는 생각이 들었습니다.

"그렇게 구시렁대지들 말고 얘기를 다 들어봐라," 병진이 할아버지가 힘이 들어간 목소리로 말했습니다. 그러자 침모는 고개를 숙이고 몸을 움츠렸습니다. 그러나 병진이 당숙모는 여전히 불만이 가득한 얼굴로 민이를 쏘아보았습니다.

"그 여덟 분 가운데 누가 독버섯을 탕약에 넣었는지 알려면, 먼저 그 독버섯을 가졌을 만한 사람을 가려내야 합니다. 그 독버섯은 오래 말린 것이 아니고 딴 지 길어야 사나흘 정도밖에 되지 않은 것이었습니다. 그리고 그것은 인가 근처에서 쉽게 볼 수 있는 버섯이 아니었습니다. 여러분들 가운데 혹시 요 며칠 사이에 산에 가신 분이 있으신가요?" 그녀 말씨는 부드러웠지만, 모인 사람들의 얼굴을 살피는 그녀 눈길은 날카로웠습니다.

　두 하녀들이 동시에 병진이 당숙모에게 고개를 돌리다가 황급히 고개를 숙였습니다. 병진이 당숙모의 얼굴이 발갛게 달아올랐습니다.

　"또 하나 생각해야 할 것은, 병진이가 죽으면 누가 이득을 볼 것이냐 하는 점입니다. 병진이를 해코지하려 한 사람은 분명히 병진이의 죽음으로부터 이득을 보려고 그렇게 했을 것입니다. 여기 모이신 분들 가운데 누가 이득을 봅니까, 병진이가 죽으면?"

　이번엔 모든 사람들의 눈길이 병진이 당숙모에게 향했습니다.

　사람들의 눈길을 받자, 그녀의 얼굴을 시뻘겋게 달아올랐습니다. 갑자기 그녀가 민이를 손가락질하면서 소리를 질렀습니다, "저년이 사람 잡을 소리를 마구 허네. 야, 이년아, 네가 봤냐, 내가 독버섯을 따다가 탕약에다 넣는 걸?"

　민이는 놀라서 입만 벌리고 대꾸할 생각도 하지 못했습니다.

　"어디서 굴러먹다가 여기까지 온지는 몰라도, 쬐그만 년이 별 발칙한 소리들을 마구 허네. 그러구두 네 아가리가 성할 것 같으냐. 이년아, 어디 보자, 네 아가리가 얼마나 질긴지." 그녀는 벌떡 일어나더니, 민이에게 달려들었습니다.

　"무슨 일이 있었어?" 주막 주인이 은근한 어조로 물었습니다.

　"별일 없었어요," 민이는 짧게 대꾸했습니다. 방금 한림댁 안채에서 일어난 일은 남에게 말하는 것은 그만두고 다시 떠올리기도 싫은 일이었습니다.

"아니, 그런 법이 어딨어?" 행랑채에서 술을 얻어 마신 주막 주인은 혀가 꼬부라진 소리를 냈습니다. "다 죽어가는 아이를 살려놨는데, 그렇게 냉랭하게 대접할 수가 있어? 세상에 그런 경우가 어딨어?"

대꾸하면 얘기가 길어질 것 같아서, 그녀는 잠자코 걸었습니다. 그리고 아직도 얼얼한 머리를 매만졌습니다. 병진이 당숙모의 손아귀 힘이 어떻게 세던지, 만일 그녀 머리가 좀 길었더라면 머리가 한 움큼 빠졌을지도 몰랐습니다.

어느새 날이 저물어, 서쪽 하늘엔 노을이 곱게 익고 있었습니다. 그 고운 노을이 쓰린 마음을 더욱 쓰리게 했습니다. 잘못은 물론 그녀 자신에게 있었습니다. 어설프게 탐정 흉내를 내다가 범인을 잡기는커녕, 자신이 험한 꼴을 보고 쫓기다시피 빠져나온 것이었습니다.

'탐정소설에선 이렇지가 않았는데. 마지막에 탐정이 용의자들을 다 모아놓고 차근차근 따져가면, 범인은 꼼짝 못하고 자백하던데. 그 여잔 자백은 그만두고, 오히려……'

주막 주인은 비틀걸음으로 민이를 따라오면서, 혼자서 연신 뭐라고 해댔습니다.

그녀는 쏩쓸한 웃음을 지었습니다. 주막 주인으로선 그녀를 안내한 것에 대해 한림댁 사람들로부터 치하를 받지 못한 것이 꽤나 억울할 터였습니다. 문득 자은포 주막에서 반야로부터 복수하러 돌아온 사내에게 해주었던 얘기가 떠올랐습니다. 그 얘기에서 두번째 교훈은 '남의 일에 참견하지 마라'였습니다. 그런데 그녀 자신이 그 교훈을 따르지 못한 것이었습니다.

'하지만 남의 일에 참견하지 않는 것이 그렇게 중요하다면, 애초에 병진이가 아프단 얘길 들었을 때부터 그냥 있었어야 하는데. 치료해보겠다고 나선 것 자체가 남의 일에 참견한 것이니까. 과연 내가 못 들은 척했어야 옳은가?' 그녀는 한참 생각해보았습니다. 그러나 또렷한 답은 나오지 않았습니다. '이래서 세상 사는 게 어렵다고 하는 거겠지. 옛날얘기에선 아주 간단한 일이, 막상 닥치면 이리 꼬이고 저리 걸리고 해서……'

"저어기, 저 좀 보세유," 뒤쪽에서 누가 숨찬 목소리로 불렀습니다.

돌아다보니, 저만큼 여자가 달려오고 있었습니다. 찬찬히 살펴보니, 한림댁에서 일하는 하녀들 가운데 하나였습니다. 그 뒤에 부인이 치맛자락을 거머쥐고서 바쁘게 걸어왔습니다.

"거기 서 계셔유," 하녀가 외쳤습니다.

"한림댁 마님이시잖아?" 주막 주인이 외쳤습니다. "웬일이시지?"

그러고 보니, 뒤에 선 부인은 병진이 어머니였습니다.

곧 하녀가 두 사람이 기다리는 곳에 이르렀습니다. "우리 마님께서 하실 말씀이 계시대유. 조금만 기다리세유," 그녀는 숨찬 목소리로 말했습니다.

"정말로 미안합니다." 그들이 기다리는 곳에 이르자, 병진이 어머니는 숨을 돌릴 새도 없이 말했습니다. "제 아들 목숨을 구해주신 분을 대접도 하지 못하고 이렇게 그냥 돌아가시게 해서."

"아닙니다. 저희들은 괜찮습니다," 병진이 어머니는 민이에게 말했는데, 주막 주인이 대신 나서서 혀가 꼬부라진 목소리로 인사를 차렸습니다. 그 모습이 하도 우스워서, 민이는 소리 내어 웃을 뻔했습니다.

"아가씨, 정말로 고맙습니다. 제 아들을 두 번이나 구해주신 셈이니, 뭐라고 해야 좋을지 모르겠습니다."

대꾸할 말이 생각나지 않아서, 민이는 잠자코 고개만 숙여 인사했습니다. 그러나 그녀의 가슴은 뿌듯하기만 했습니다. 다른 사람들은 몰라도, 환자의 어머니만큼은 그녀의 마음을 알아본 것이었습니다. 어설프긴 했지만, 그녀가 탐정처럼 나서서 범인을 추적한 덕분에 용의자가 드러난 것이었고, 이제 병진이는 제대로 보호받을 수 있게 된 것이었습니다.

"그 사람이 하도 소란을 피워서, 아깐 인사도 제대로 못 했습니다." 부인은 말하고서 다시 정중하게 고개를 숙여 인사했습니다.

민이도 황급히 고개를 숙여 인사했습니다. 물론 주막 주인도 인사를 했습니다.

"그리고 이건," 부인은 품에서 손수건에 싼 것을 꺼냈습니다. "이건 제 성의니까 얼마 되지 않지만, 받아주세요."

"고맙습니다. 잘 쓰겠습니다." 눈길이 마주치자, 부인과 민이는 얼굴에 미소를 띠고 다정한 눈인사를 했습니다.

부인과 헤어진 뒤 한참 걷고 나서야, 민이는 아까 부딪쳤던 물음에 대한 답을 얻었습니다. 그녀가 잘못한 것은 남의 일에 참견했다는 것이 아니라 어설프게 참견했다는 것이었습니다. 사람은 혼자 사는 것이 아니고 서로 도우며 삽니다. 그러니 어쩔 수 없이 남의 일에도 나서야 합니다. 그러나 남의 일에 나서려면, 분별이 있게 행동해야 하는 것입니다. 분별이 없으면, 쓸데없이 남의 일에 참견한 것이 되고, 분별이 있어서 일을 잘 처리하면, 좋은 일을 했다고 칭찬받는 것이었습니다.

문득 기분이 좋아져서, 그녀는 자신도 모르게 콧노래를 부르기 시작했습니다.

"아까 받은 돈 얼마나 되지?" 주막 주인이 은근한 어조로 물었습니다.

그녀는 걸음을 멈추고 돌아서서 그를 쳐다보았습니다.

그녀의 눈길을 받자, 그는 머쓱해진 얼굴로 먼 산을 바라보았습니다.

"얼만지는 세어보지 않아서 모르겠구요, 아저씨도 수고 많이 하셨으니, 삼분의 일은 아저씨께 드리죠."

"삼분의 일?" 주막 주인은 반색을 했습니다. "그렇게 생각해주면, 나로서야, 뭐……"

"다만," 그녀는 목소리에 힘을 주어 말했습니다. "그 돈은 주막에 닿은 다음 아주머께 드리겠어요."

"왜?" 입을 헤벌린 모습을 보니, 그는 민이의 얘기에 정말로 놀란 모양이었습니다.

"아저씨께서 약주를 좋아하시니까, 그 돈을 받으시면 며칠 못 갈 것 같습니다. 돈은 주부가 관리하는 것이 원칙이랍니다. 적어도, 대도에선 그렇게들 얘기합니다." 그녀는 '대도'에 힘을 주었습니다. 이번에 길을 떠난 뒤로, 그녀는 시골 사람들에게 대도 얘기를 하면 잘 통한다는 것을 배웠거든요.

대도 얘기가 나오자, 주막 주인도 더 얘기할 기운이 나지 않는 듯했습니다. 뭐라고 혼자 웅얼거리더니, 그녀에게 고개를 끄덕여 보였습니다.

27. 하마촌

 마석의 주막을 나선 지 꼬박 이틀 만에 민이 일행은 마룡산 자락에 있는 마지막 마을로 들어섰습니다. 짐승들이 많다 보니, 겨우 오십 리 길에 이틀이나 걸린 것이었습니다. 녀석들이 원래 걸음이 느린 것은 아니었지만, 날씨가 워낙 좋고 볼 것들이 많아서, 번갈아서 해찰하곤 했습니다. 특히 미모와 토실이는 쉬지 않고 냄새를 맡으면서 길에서 벗어났습니다. 나중엔 민이까지 마음이 싱숭생숭해져서, 길가에 핀 작은 풀꽃들의 애기에 귀를 기울이곤 했습니다.
 마을 어귀엔 커다란 바위에 큰 글씨로 '하마촌'이라 새겨 있었습니다. 그리고 그 아래에 작은 글씨로 '이곳은 용왕님을 모시는 마을입니다. 하인을 막론하고 말에서 내리십시오'라고 새겨 있었습니다.
 민이 일행이 마을 안으로 들어서자, 아이들이 우르르 몰려들어서 그들을 에워싸다시피 하면서 구경했습니다. 남들의 구경거리가 되는 것이 즐거운 일은 아니었지만, 짓궂은 짓을 하는 아이들은 없어서, 민이는 마음이 좀 놓였습니다.

그렇게 아이들에 둘러싸여 영락없는 곡마단이 된 민이 일행이 어느 초가 앞을 지나는데, 집 뒤쪽에서 괭이를 든 사내가 나타났습니다. 잠시 그들을 살피던 그 사내는 아이들을 헤치고 민이에게 다가왔습니다. 가까이서 보니, 그 사내는 나이가 꽤 많이 들어 보였습니다.

"어서 오십시오."

사내의 낯빛이 밝고 목소리가 부드러워서, 민이는 마음이 놓였습니다. 그녀는 걸음을 멈추고 고개 숙여 인사했습니다. "안녕하세요?"

"손님은 어디서 오시는 길인가요?"

"전 대도에서 왔어요."

"아, 그러세요? 먼 걸음을 하셨네요." 사내가 고개를 끄덕였습니다. "여기 저희 마을을 찾아오셨나요? 아니면, 어디 다른 데로 가시나요?"

"마룡산으로 가는 길이에요. 마법성을 찾아가거든요."

묘한 표정이 사내의 얼굴을 스쳤습니다. "마법성으로 가신다면, 혹시…… 마법사이신가요?"

"마법사라고 할 처지는 못 돼요. 전 견습 마법사예요. 그래서 마법성으로 수련 여행을 가는 길이죠." 마법사라는 것을 알면, 아이들이 놀릴까 걱정이 돼서, 그녀는 열심히 그녀 얘기를 듣는 아이들을 살폈습니다. 다행히 놀리거나 이죽거리는 아이는 없었습니다.

그녀 얘기를 듣자, 그 사내의 낯빛이 문득 심각해졌습니다. 그러고는 둘러선 아이들 가운데 가장 큰 아이를 불렀습니다. "한돌아."
"예."
"너 지금 촌장댁으로 달려가서 말씀드려라, 대도에서 마법사 한 분이 오셨다고."
"예." 아이는 이내 마을 안으로 달려갔습니다.
"촌장님께서 무척 기뻐하실 겁니다. 물론 저희들도 모두 기쁘죠." 사내가 흡족한 낯빛을 지었습니다.
민이는 얼떨떨했습니다. 마법 얘기를 하다간 놀림을 받기 십상인 세상에서, 이렇게 마법사를 반기는 사람들이 있다는 것이 좀처럼 믿어지지 않았습니다. 그래서 그녀는 그 사내가 약간 미치거나 아니면 놀리는 것은 아닌가 하는 생각까지 들었습니다. 그러나 그녀가 슬쩍 사내의 얼굴을 훔쳐보니, 사내는 미친 것 같지도 않았고 무슨 장난을 치는 것 같지도 않았습니다. "저어기, 마을 어귀 바위에 용왕님을 모신다고 써 있던데, 그 용왕님은 혹시 마법성을 지키는……?"
"맞습니다. 마법성을 지키시는 바로 그 용왕님이십니다." 사내가 반갑게 대꾸했습니다. 그리고 하마촌의 내력에 대해서 얘기하기 시작했습니다.
옛적부터 내려온 전설에 따르면, 마법성이 서 있는 한 하마촌은 평화롭게 번창한다고 했습니다. 실제로 그동안 기연반도엔 여러 번 큰 난리들이 일어났고, 특히 이곳 흑양도엔 반야 해적들이 자주 침범했지만, 하마촌은 한 번도 피해를 보지 않았다고 했습니다. 당연히 마법성을 지키는 용은 하마촌 사람들에겐 무엇보다도 고마운 존재였습니다. 그리고 마법성을 성지로 여겨 찾아오는 마법사들도 마을 사람들에게서 융숭한 대접을 받았습니다.

마을에서 가장 큰 집 앞엔 나이가 무척 많이 든 노인이 나와서 기다리고 있었습니다.

"촌장 어르신이십니다," 안내한 사내가 민이에게 속삭였습니다.

"안녕하세요? 전 민이이에요." 그녀는 고개 숙여 인사했습니다.

"어서 오십시오, 마법사님," 한순간 꿰뚫는 눈길로 그녀를 살피더니, 촌장은 문득 얼굴에 반가운 웃음을 올리고서 정중히 인사했습니다. "하마촌의 사람들을 대표해서, 제가 마법사님을 환영합니다."

이어 촌장은 그녀를 집 안으로 안내했습니다. 문을 지나자, 바로 촌장이 기거하는 사랑채가 있었습니다.

"시장하시죠?" 사랑방에 자리를 잡자, 그녀 얼굴을 살피면서, 촌장이 은근한 어조로 물었습니다.

"아뇨."

"저녁 밥이 되려면 좀 시간이 걸릴 텐데, 차를 좀 드시죠?"

"고맙습니다."

"그럼," 촌장이 방문 앞에서 기다리던 젊은이를 돌아보았습니다. "여기 차를 내오고, 그리고 짐승들에게 물과 먹이를 줘라."

"예."

"아, 그리고 나귀들은 발이 괜찮은지 살펴봐라. 나귀들에 실린 짐은 여기로 갖고 오고."

민이는 모든 것들을 자상하게 챙기는 촌장을 감탄하면서 살폈습니다. 촌장은 나이가 무척 많이 들어 보였습니다. 그녀 아빠보다도 나이가 더 들어 보였습니다. 그러나 무척 정정해 보였고 목소리도 카랑카랑했습니다. 하얗게 센 머리와 수염으로 위엄도 있었습니다.

곧 차가 나왔습니다. 목이 마르던 참이라, 그녀는 이내 찻잔을 비웠습니다. 배도 고팠으므로, 차와 함께 나온 다식들도 맛있게 다 먹었습니다.

"대도에서 오셨다구요?" 그녀 잔에 차를 다시 채우고 밖에다 대고 다식을 더 내오라고 이른 다음, 촌장이 슬쩍 그녀에게 물었습니다.

"네."

"대도에서 예까지는 먼 걸음인데, 힘드시지 않았습니까?"

"그렇게 힘들진 않았는데, 자은포에서 비를 맞았더니, 몸살이 나서, 한 댓새 앓았어요."

촌장이 웃음을 지으면서 고개를 끄덕였습니다. "객지에서 아프면 힘이 든 법인데, 고생을 하셨겠습니다. 그러면, 가족은 다 대도에 계시고……?"

"아버지 한 분만 대도에 살고 계세요."

"아, 그러신가요?" 촌장이 고개를 끄덕이면서 잠시 생각했습니다. "마법사님 아버님께서도 마법사이신가요?"

"네. 전에는 마법을 하셨는데, 지금은 은퇴하셨어요."

"아, 예. 그러셨군요." 천천히 고개를 끄덕이고서, 촌장이 조심스럽게 물었습니다. "아버님 성함은……?"

"토르토르라고 하세요. 마법을 하는 사람들 사이에선 '소나무골의 토르토르'라고 불리시죠."

"토르토르 선생님?"

"네. 제 아버지를 아세요?"

"예. 하아, 이건……" 촌장의 얼굴이 반가움으로 환해졌습니다. "토르토르 선생님의 따님이 마법사가 돼서 이곳을 찾으시다니……"

"그럼 제 아버지께서 여기로 수련 여행을 오셨을 때, 촌장님께서 만나셨나요?"

"그렇습니다. 아득한 옛날 얘기군요. 가만 있자," 촌장이 고개를 들어 천장을 바라보면서, 소리 내어 생각했습니다. "그때가 내가 혼인한 해였으니까, 열아홉 살 때라. 그러면 쉰일곱 해 전 일이군요."

"정말 오래전 일이네요. 아버지는 몇 해 전에 아이를 구하시다가 무리를 하셨어요. 그래서 요즘엔 마법을 전혀 하지 않으세요."

"아, 그러세요? 그러면 어머님께서도 마법사이신가요?"

"네. 소르포르라고 하셨죠."

"소르포르 선생님?"

"네."

"그러면, '자작나무 골짜기의 요정' 소르포르 선생님이 바로 마법사님의 어머님이시란 얘깁니까?"

"네. 그런데 제 어머니는 돌아가셨어요. 저를 낳다가요."

"저런," 노인이 외마디 소리를 냈습니다. 이어 고개를 숙이고서, 무엇을 골똘히 생각했습니다. 그러고는 그녀에게 무엇을 물으려다 말고 그냥 가볍게 한숨만 내쉬었습니다.

침묵이 어색하게 느껴져서, 그녀는 촌장에게 물었습니다. "마법성을 찾는 사람들이 많죠?"

촌장이 무겁게 고개를 저었습니다. "옛날엔 많았다고 합니다. 그러나 기술이 발전하고 나라에서 마법을 억제한 뒤로는, 마법성을 찾는 사람들이 드물어졌습니다. 그래도 제가 젊었을 때는 해마다 마법사들이 두셋은 찾았는데, 요즈음은…… 마법사가 이곳을 마지막으로 찾은 것은 꼭 스무 해 전이었습니다. 그해에 젊은 마법사 세 분이 찾아오셨죠. 그분들이 마지막이었습니다. 그 뒤로는 아무도 찾아오지 않았습니다. 그래서 우리나라에서 마법사들의 맥이 끊긴 것이 아닌가 하는 생각까지 들었습니다."

"그 세 분 마법사들은 그 뒤로 어떻게 됐나요?"

"그분들이 여기 다녀가신 뒤, 네 해 뒤에 '적성군 역모사건'이 났죠. 그 세 분들이 모두 그 사건에 얽혀서…… 마법사로서 재능을 발휘하기도 전에 죽었죠. 그때는 하도 비통해서, 마법성에 관한 전설이 틀린 것이 아닌가, 하는 생각까지 들었었죠."

"무슨 전설인데요?"

"우리 마을에 전해 오는 전설인데요. 마법사들이 서로 싸우느라 마법이 쇠퇴했으므로, 마법성은 오천 년 동안 주인이 없을 것이다. 그러다가 오천 년이 지나면 새 주인이 나타나서 마법을 다시 크게 일으킬 것이다, 그런 얘기죠."

"제가 들은 얘기는요, 용이 새끼를 낳으면 마법성의 새 주인이 나타난다, 그런 얘기였는데요."

촌장이 빙그레 웃었습니다. "우리 마을에 전해 내려오는 얘기하고 비슷한데요, 다른 것은 우리 마을 전설에선 새 주인이 먼저 나타나서 용왕님의 짝을 찾아주어 새끼를 낳게 하고 그 주인에게서도 자식이 태어나서 새 용왕님과 벗이 된다는 겁니다."

"아, 그런가요? 그러면 그 오천 년이 되는 해가 언젠가요?"

촌장이 얼굴에 가벼운 웃음을 띠면서 고개를 저었다. "아무도 모르죠. 하도 오래전에 나온 예언이라…… 그래서 실은, 내가 바로 마법성의 새 주인이다, 하고 나선 사람들이 있었죠. 그러나 모두 거짓 주인이라는 것이 드러났습니다."

심부름하는 젊은이가 들어와서 다식과 다른 과자들이 든 접시를 상에 내려놓았습니다.

촌장은 그 접시들을 그녀 앞으로 밀어놓았습니다. "이거 더 드시죠."

"네, 고맙습니다."

"그런데 재작년에 느닷없이 마법사 두 사람이 여기 나타났습니다." 문득 어두워진 낯빛으로 촌장이 말했습니다. "마법사는 마법산데, 그 사람들은 반야 사람들이었습니다."

"아, 네."

"그 사람들은 우리 마을에서 마법성에 대해 이것저것 물었습니다. 그리고 마법성으로 올라갔죠. 그런데 갑자기 용왕님의 노성이 들렸습니다. 무엇에 크게 화가 나신 것이었습니다. 우리가 놀라서 성으로 올라가보니, 성문 앞에 그 두 사람이 피투성이가 되어 누워 있었습니다. 아마도 그 두 사람은 마법성에 있는 비밀을 훔쳐가려고 했는데, 용왕님께서 아시고서 죽이신 것이겠죠."

그녀는 가슴이 뜨끔했습니다. 자기도 마법성의 탑 속에 있다는 비밀 주문들을 얻을 생각을 품었기 때문이었습니다.

"어쨌든," 촌장이 부드러우나 무게가 실린 목소리로 말했습니다. "제 생각엔 마법사님이 우리 숨은 나라에 단 하나 남은 마법사이신 것 같습니다. 그러니 마법사님, 매사에 조심하십시오."

민이는 제도진 나루에서 진은 노인이 한 얘기가 떠올랐습니다. 여기서 그 얘기를 다시 들으니, 문득 어깨에 진 짐이 더욱 무거워지는 것만 같았습니다. "네, 촌장님. 촌장님 말씀대로 조심하겠습니다."

28. 마법성

"마법사님, 그러면 저희들은 돌아가보겠습니다." 젊은이들 가운데 나이가 가장 많은 이가 민이에게 말하고 가볍게 고개를 숙였습니다.

"아, 네." 민이도 고개 숙여 젊은이들에게 인사했습니다. "정말 수고들 많이 하셨어요. 덕분에 쉽게 올라올 수 있었네요."

그 세 젊은이들은 마법성으로 올라오는 길을 안내해준 하마촌 사람들이었습니다. "아, 아닙니다. 저희야, 뭐……"

"그런데, 댁에 아이들이 있으시죠?" 그녀는 나이 많은 사람에게 물었습니다.

"예. 세 살 난 딸하고 돌 지난 아들이 있습니다."

"그러시면," 민이는 전대에서 돈을 꺼냈습니다. 세어보진 않았지만, 한 스무 냥은 될 것 같았습니다. "집에 돌아가실 때 따님에게 뭐

먹을 거나 장난감 같은 걸 사다주세요."

"아, 아닙니다." 그 사람이 황급히 손을 저었다.

"명색이 마법사라는 사람이 마을에 나타나서 하룻밤을 묵었는데, 그냥 올라왔어요. 아이들이 얼마나 실망했겠어요? 그러니, 이것 얼마 되지 않지만, 따님하고 다른 아이들에게 뭘 좀 사서 나눠주세요. 그래야 나중에 하마촌에 다시 내려가도, 제가 아이들한테 환영을 받을 것 아녜요?" 하마촌은 시골의 작은 마을이었지만, 조그만 잡화 가게가 하나 있어서, 엿과 과자를 팔았습니다.

"그러시면…… 감사합니다." 그 사내가 돈을 받아들었습니다. 그리고 다시 그녀에게 고개 숙여 인사했습니다.

그러자 맨 뒤에 서 있던 젊은이가 보자기에 싼 네모난 그릇을 민이 옆에 내려놓았습니다. "이건 촌장댁 마님께서 싸주신 건데, 마법사님께서 다식을 좋아하신다고……"

"이게 다 다식예요?" 민이는 웃으면서 물었습니다.

"그런 모양입니다. 마법사님께서 다식을 좋아하시더라고 하시면서, 그걸 제게 주셨거든요."

"돌아가시면, 마님께 고맙다고 인사 좀 전해주세요."

"예."

"그럼 용왕님께 인사 올리고 돌아가자." 나이 많은 사내가 말하자, 세 사람은 문득 정색하고서 옷깃을 바로 했습니다. 그리고 아까처럼 성문을 향해 절을 올렸습니다.

마을 사람들이 모퉁이 뒤로 사라진 뒤에야, 민이는 천천히 성문으로 다가갔습니다. 가슴속엔 갖가지 감정들이 뒤섞여 소용돌이를 치고 있었습니다. 이제 마침내 마법성에 닿은 것이었습니다.

막상 성문 앞에 서니, 그녀는 걱정으로 가슴이 굳어지는 듯했습니다. 그녀가 비법을 얻으려 한다는 것을 안다면, 용이 어떻게 나올지 몰랐습니다. 당장 성안으로 들어가는 일도 어려워 보였습니다. 성문이 하도 육중해서, 무슨 주문으로도 열릴 것 같지 않았습니다.

마음을 다잡고서, 그녀는 아빠에게 배운 주문을 외기 시작했습니다, "언제나 푸르르고 올바르며 태어난 곳에 대해 불평을 하지 않는 나무, 소나무."

목소리가 좀 떨렸습니다. 가볍게 헛기침을 한 다음, 민이는 주문을 이어나갔습니다. "언제나 참되고 믿음직스러우며 다른 생물들을 도와주는 나무, 참나무. 오래오래 살면서 속에 품은 향기로 이 세상의 더러움을 씻어주는 나무, 향나무. 우아한 자태로 서서 보는 이들의 마음을 맑게 해주는 나무, 자작나무. 우람하게 서서 늘 다른 이들을 돌보는 나무, 삼나무. 마음이 따스해서 늘 가슴을 열어주는 나무, 팽나무. 작지만 용감해서 어떤 시련에도 좌절하지 않는 나무, 나도참나무."

그녀가 주문을 마치자, 꿈쩍하지 않을 것 같던 성문이 삐걱거리면서 열리기 시작했습니다. 그녀를 환영하는 듯, 일곱 가지 나무들로 만들어진 성문은 밝게 빛났습니다.

성문이 활짝 열리기를 기다려, 그녀는 짐승들을 이끌고 성안으로 들어섰습니다. 짐승들도 예삿일이 아니라는 것을 느낀 듯, 여느 때처럼 까불지 않고 의젓하게 걸었습니다. 나귀 등이 자기 집이라고 늘 고집하던 닭들과 오리들도 이번엔 모두 내려서 짧은 다리들로 바삐 따라왔습니다.

성안으로 들어서자, 그녀는 먼저 용부터 찾았습니다. 용은 저만치 누워 있었습니다. 얘기에서 들었던 것처럼, 무척 컸습니다. 생물이란 느낌보다는 조그만 언덕 앞에 선 것 같은 느낌이 들었습니다. 짐승들도 그런 느낌이 드는지, 그녀를 따라 용에게 다가가면서도, 그다지 겁을 내지 않았습니다.

오그라든 가슴으로 그녀는 용 앞에 섰습니다. 마법성의 비밀을 훔치려다 용에게 물려 죽었다는 반야 마법사들의 얘기가 자꾸 떠올랐습니다.

그녀가 옆에 다가갔어도, 용은 그냥 잠만 잤습니다. 그녀는 난감했습니다. 용에게 말을 걸어야 하는지, 아니면 용이 알은체할 때까지 그냥 기다려야 하는지 알 수 없었습니다. 한 오 분 기다리다, 그녀는 용기를 내어 헛기침을 한 번 했습니다.

그러자 용이 스르르 눈을 떴습니다. 말이 눈이지 하도 커서, 두 개의 동그란 연못 같았습니다.

그녀는 몸이 오그라드는 듯했습니다. 뒤에서 자기를 믿고 의지하는 일행을 생각해서, 그래도 그녀는 꿋꿋이 서서 용의 눈길을 되받았습니다. 그리고 인사를 건넸습니다. "안녕하세요, 미르미르나임."

그녀가 마법성으로 수련 여행을 한다고 하자, 토르토르는 딸에게 마법성을 지키는 용에 대해서 자세히 말해주었습니다. 그는 용을 꼭 '미르미르나임'이라고 부르라고 당부했습니다. '미르미르'는 용들이

숨은 나라의 병아리 마법사

자신들을 가리키는 말이었고 '나임'은 용들의 언어에서 상대를 높이는 호칭이었습니다.

연못처럼 깊은 눈으로 민이와 그녀 뒤에 한 줄로 선 일행을 잠시 바라보더니, 용은 동굴 같은 입을 벌렸습니다. "안녕하세요, 시리시리나임." 용의 목소리는 뜻밖에 낮고 부드러웠습니다. '시리시리'는 용들이 인간 마법사들을 부르는 말이었습니다.

"수련 여행으로 이곳을 찾았는데요, 저어기, 제가 여기 좀 오래 머물 것 같아요." 그녀는 말을 멈추고 숨을 몇 번 깊이 쉬었습니다. 이어 마음을 다잡고서 어려운 말을 입 밖에 냈습니다. "저기 탑 속에 있다는 석판들과 점토판들에 새겨진 문자를 해독해서 마법의 비법들을 배우고 싶거든요."

그녀의 예상과 달리, 용은 덤덤한 얼굴로 고개를 끄덕였습니다. "행운이 따르기를 바랍니다, 시리시리나임."

그녀는 굳었던 몸이 문득 풀리는 것을 느꼈습니다. 가슴이 거칠게 뛰고 있었습니다. 자기도 모르게 한숨을 내쉬고서, 그녀는 한 걸음 물러섰습니다. 그리고 뒤늦게 인사를 차렸습니다. "감사합니다, 미르미르나임."

그녀는 일행을 돌아보았습니다. "자, 너희도 미르미르나임께 인사를 드려라."

일행이 워낙 많았고, 모두 자기소개를 길게 하는 바람에, 인사를 하는 데 시간이 걸렸습니다. 자기 이름, 참 이름, 출생지, 나이는 기본이고, 취미와 장기에다 장래 희망까지 얘기했습니다. 특히 다리가 셋뿐인 것에 마음을 쓰는 미모는 다리 하나를 잃게 된 사정을 길게 설명해서, 민이는 용이 짜증을 내지 않을까 마음이 조마조마했습니다. 다행히, 용은 참을성 있게 미모의 얘기를 다 들었습니다. 그리고 여러 가지 경험을 한 미모와 만나게 되어서 반갑다고 점잖게 말했습니다.

  인사가 다 끝나자, 민이는 일행을 이끌고 용 뒤쪽에 보이는 탑으로 향했습니다. 탑으로 들어가는 문 앞에 이르자, 그녀는 걸음을 멈추고 돌아보았습니다. 저 아래 하마촌이 보였습니다. 그 뒤로 그녀가 걸어온 흑양도 길이 굽이굽이 뻗어 있었습니다. 집을 나선 지 한 달 반, 마침내 그녀는 수련 여행의 목적지에 닿은 것이었습니다.

29. 모두 살 만한 곳

　이제 햇살이 비껴 떨어지고 있었습니다. 민이는 짐승들을 이끌고 왼쪽에 서 있는 작은 집으로 갔습니다. 그녀가 생각한 대로, 그곳엔 큰 마구간이 있었습니다. 그녀는 짐승들과 함께 지낼 생각이었습니다. 짐승들을 보살펴야 하기도 했지만, 그녀도 빈 성의 외딴 방에서 혼자 잘 생각은 나지 않았습니다.
　그러나 마구간을 들여다보고, 그녀는 한숨을 쉬었습니다. 마구간은 흙으로 덮이고 풀이 자라나서, 도저히 그냥 쓸 수가 없었습니다. 마법사가 마지막으로 찾은 것이 스무 해 전이라니, 마구간만이 아니라 다른 곳들도 비슷할 터였습니다.
　다행히, 마구간 한구석에 날이 벌겋게 녹슬고 많이 닳은 삽 한 자루가 풀 속에 뒹굴고 있었습니다. 그녀는 그 삽으로 마구간의 흙을 퍼냈습니다. 마구간이 넓은 데다, 쌓인 흙도 많아서, 일을 마치니, 지치고 목도 말랐습니다.

"얘들아, 난 목이 말라서 우물로 가는데, 너희도 가지 않으련? 너희도 목이 마르지?"

우물도 사람이 오래 쓰지 않았다는 것을 이내 알아볼 만큼 지저분했습니다. 우물 안을 들여다보니, 그리 깊지 않은 우물 속에 나뭇잎들이 가득했습니다. 그리고 물엔 무슨 기름 같은 것이 떠 있었습니다. 목은 무척 말랐지만, 그 물을 마실 생각은 나지 않았습니다.

"얘들아, 이 우물은 오래 쓰지 않아서 마실 수가 없다. 어디 샘이 있나 찾아보자." 짐승들이 알아듣게 말하고서, 그녀는 샘이 있을 만한 곳들을 둘러보았습니다. 다행히 성 뒤쪽에 약수터가 있었습니다. 거기서 그녀와 짐승들은 목을 축였습니다.

벌써 날이 어둑했습니다. 그녀는 약수터에서 길어온 물로 밥을 지었습니다. 집 안엔 부엌이 있었지만 그냥 쓸 수 없는 상태여서, 그녀는 평평한 돌로 화덕을 만들어 밥을 지었습니다. 짐승들은 마구간에 들어가지 않고 그녀 둘레에 앉아서 그녀가 밥 짓는 모습을 구경했습니다.

"겉에서 볼 땐 근사한데 막상 들어와보니, 하룻밤도 지낼 형편이 못 되네." 그녀는 혼잣소리로 불평을 했습니다. "내일부턴 맘 먹고 치워서, 사람이 사는 곳으로 만들어야지."

"우리도 이런 곳에선 살고 싶은 생각이 없어요." 토실이가 냉큼 받았습니다. 그러자 다른 짐승들도 토실이 얘기가 옳다고 한마디씩 했습니다.

"맞다. 내일부턴 우리 함께 이 성을 다듬어서, 모두 살 만한 곳으로 만들자."

모두 좋다고 했습니다.

"아, 참 잊을 뻔했다. 오늘부터 일기를 써야지." 혼잣소리를 하고서, 그녀는 쳐다보는 식구들에게 설명했습니다, "이곳에선 시간이 가는 줄 모르니까, 자칫하면 날짜도 잊어먹을 수가 있거든."

30. 하수라꽃잎 날릴 때

 하수라꽃잎이 날렸습니다. 바람이 불지 않아도, 오래된 하수라나무들로부터 꽃잎들은 끝없이 날렸습니다. 어쩌다 바람이라도 불면, 꽃잎들은 하늘을 하얗게 덮었습니다. 언뜻 보면, 눈발이 날리는 듯했습니다.
 '대도를 떠날 땐, 시렁골 깊은 응달엔 아직 눈이 남아 있었는데. 어느 사이에 저렇게 꽃잎이 날리니……' 점토판의 글을 공책에 옮겨 적던 손길을 멈추고, 도서실 창으로 뜰을 내다보면서, 민이는 가볍게 탄식했습니다.
 이곳 마법성에 닿은 뒤의 일들이 그녀 마음속을 스쳤습니다. 그녀는 공책의 앞쪽을 펴서, 거기 적힌 일기를 내려다보았습니다.

5. 8. 목. 맑음.
오후 네 시 경에 마법성 도착. 용과의 첫 대면, 무사히 마침. 마구간에 거처를 정함.

5. 9. 금. 맑음.
우물과 부엌 청소. 반야 노래 '설화봉' 연습.

5. 10. 토. 흐림.
도서실 스물다섯 개 방들의 맨 앞 큰 방 청소. 반야 노래 '비 내리는 천신령' 연습. 닭들을 위해 마구간 한쪽에 홰를 만들어줌.

5. 11. 일. 비.
도서실 둘째 방 청소. 점토판 두 개를 옮겨 적음. 반야 노래 '내 고향 이즈미스' 연습.

5. 12. 월. 비.
도서실 셋째 방 청소. 점토판 세 개를 옮겨 적음. 반야 노래 '즐거운 도시 오가사오나' 연습.

5. 13. 화. 오전 비, 오후 갬.
도서실 넷째 방 청소. 점토판 네 개를 옮겨 적음. 반야 노래 '불효령을 넘으며' 연습. 노래를 하면서, 아빠 생각. 토실이와 미모가 허물어진 성벽 아래서 흙에 묻힌 돌칼을 캐냈음. 그 돌칼로 검종의 주문을 외웠더니, 부채를 쓸 경우보다 마법의 힘이 훨씬 셌음.

5. 14. 수. 맑음.
도서실 다섯째 방 청소. 뜰 청소. 점토판 두 개를 옮겨 적음. 약수터 아래쪽에 물을 막아 오리들 놀이터를 만듦.

5. 15. 목. 맑음.
도서실 여섯째 방 청소. 점토판 네 개를 옮겨 적음. 반야 노래 '첫사랑' 연습.

5. 16 금. 흐림.
도서실 일곱째 방 청소. 점토판 다섯 개를 옮겨 적음. 반야 노래 '고향 언덕' 연습. 느타리버섯 많이 땀.

5. 17. 토. 맑음.
도서실 여덟째 방 청소. 점토판 다섯 개를 옮겨 적음. 반야 노래 '이별의 수메로소 항구' 연습. 더덕 상당히 많이 캠. 다산과 새안이 알을 품기 시작함. 다산은 알 일곱 개를 품고 새안은 여섯 개를 품었음.

5. 18. 일. 오전 흐림, 오후 늦게 비.
도서실 아홉째 방 청소. 점토판 여섯 개를 옮겨 적음. 반야 노래 '눈

내리는 가마시마 해변' 연습.

5. 19. 월. 흐림.
유레카!! 점토판 문자를 해독할 수 있는 열쇠 발견!!

느낌표가 두 개씩이나 쳐진 구절에 눈길이 닿자, 그녀는 그 가슴 벅찼던 순간을 되살렸습니다. 점토판 문자를 해독할 수 있는 열쇠를 자신이 찾아냈다는 것을 깨달은 순간, 그녀는 세상이 문득 멈춰서는 것 같았습니다. 머릿속은 흰 빛으로 가득했고, 가슴은 숨을 쉬기 어려울 만큼 오그라들었습니다. 귀에서 쿵쿵 울리던 소리가 좀 가라앉자, 그녀는 자리에서 조용히 일어나 창가에 서서 하늘을 내다보았습니다. 그리고 자신에게 말했습니다. '내가 해낸 거야. 이 마법성을 찾은 수많은 마법사들이 해내지 못한 일을 내가, 견습 마법사인 내가 해낸 거야.'

그녀는 처음엔 점토판들에 쓰인 글자들을 그저 공책에 옮겨 적었습니다. 글자들을 모르니까, 옮겨 적었다기보다 그렸다고 하는 편이 맞겠지요. 그러는 사이에, 차츰 글자들의 모양이 눈에 익숙해지고 글자들 사이에 있는 규칙들이 눈에 들어오기 시작했습니다. 점토판의 글들은 가로로 왼쪽부터 쓰였는데, 글자 위에 둥근 점이 붙어 있는 경우가 많았습니다. 문자를 해독하는 열쇠를 찾은 날, 점토판의 글을 공책에 옮겨 적다가, 그녀는 그 둥근 점들이 사람 이름에만 붙는 것 같다는 생각이 들었어요. 그래서 점토판들을 여럿 꺼내놓고 점이 찍힌 글자들을 살펴보았지요. 그리고 점들이 유난히 많이 찍힌 점토판을 찾아냈습니다. 거기엔 앞쪽 두 개의 글자가 같은 다섯 낱말들이 나와 있었습니다. 그 순간 그녀는 확신했습니다, 그 낱말들이 마법의 융성기를 이룬 유명한 '이새 씨 오대'를 가리킨다는 것을.

이새 씨 오대는 이새요파, 이새규절, 이새토천, 이새다후, 그리고 이새만이었습니다. 따라서 자음들은 비읍과 키읔을 빼놓은 열두 개가, 그리고 단모음들은 으 하나만 빼놓은 다섯 개가 확인된 것이었습니다. 그리고 검종 학습서에 나온 유명한 마법사들의 이름들을 이용해서, 나머지 글자들을 찾는 것도 어렵지 않았습니다.

물론 글자들의 소리값을 알았다고 해서, 말뜻을 아는 것은 아니었습니다. 다행히, 점토판의 말은 지금 숨은 나라에서 쓰이는 말과 크게 다르지 않았습니다. 그래서 어렵지 않게 뜻을 짐작할 수 있었습니다. 덕분에 그녀는 벌써 두 개의 주문들을 외워서 마법을 할 수 있게 됐습니다. 하나는 안개를 불러내서 자신의 몸을 숨기는 주문이었고, 다른 하나는 바람을 불러서 그 안개를 걷어내는 주문이었습니다.

느긋한 한숨을 쉬고서, 그녀는 다시 창밖을 내다보았습니다. 하수라꽃은 여전히 눈발처럼 흩날리고 있었습니다. 문득 아빠 생각이 났습니다. 아빠가 하도 보고 싶어서, 가슴이 저릿했습니다. 그녀는 자리에서 일어나 창가로 다가갔습니다. 그리고 반야 노래들 가운데 가장 좋아하는 '불효령을 넘으며'를 부르기 시작했습니다.

"열다섯 해 동안 헤맸네

바람 세찬 만바로 해안을
안개 낀 만시로 산맥을.
이제 젊은 날의 꿈은 바래고
삶은 점점 더 어려워지니,
내 언제 고향에 돌아가서
부모님 인자한 얼굴을 뵈올까?
고향을 떠날 때 내리던 눈
천리 밖 낯선 땅에 내리느니,
얇은 옷에 언 다리 절며 절며
불효령 가파른 고개,
아아, 나 혼자 울고 넘네."

31. 반야군의 침입

 민이는 바구니에 든 버섯들을 부엌 한쪽 바람이 잘 통하는 곳에 늘어놓았습니다. 새벽에 일어나서 딴 것들이었습니다. 마법성엔 나무들이 많고 사람들이 오랫동안 살지 않았기 때문에, 버섯들이 많았습니다. 송이버섯, 갓버섯, 능이버섯, 목이버섯, 싸리버섯, 꾀꼬리버섯, 표고버섯, 느타리버섯, 팽나무버섯, 젖버섯, 기와버섯, 오이꽃버섯 따위. 새벽에 딴 버섯은 아침 식사를 한 다음, 후식으로 짐승들과 함께 먹었습니다. 버섯을 넓은 나뭇잎으로 싸서 밥을 짓고 남은 불 위에 올려놓아 구우면, 맛이 정말로 좋았습니다. 처음엔 낯선 음식이라고 구운 버섯을 먹지 않으려고 하던 나귀들과 개들과 산양들이 민이의 아침 식사가 끝나기도 전에 부엌에 모여들어 버섯을 빨리 굽자고 보채곤 했습니다. 버섯은 단백질이 많아서, 고기를 구하기 어려운 이곳에

선 아주 좋은 식품이었습니다.

"곡식만 좀 구할 수 있으면…… 곡식이 조금 더 있으면, 올해는 너끈히 버틸 수 있을 텐데……" 버섯을 다 널어놓고 부엌을 나서면서, 그녀는 여러 번 한 생각을 한 번 더 입 밖에 냈습니다.

마법성에 들어온 지 한 달이 훌쩍 넘었지만, 먹을 것은 충분했습니다. 먼저, 나귀 두 마리에 싣고 온 식품들이 적지 않았고, 오목이는 젖이 많았습니다. 그리고 마법성의 너른 숲엔 먹을 것들이 많았습니다. 벚나무나 팽갈나무처럼 먹을 수 있는 열매들을 맺는 나무들이 있었고, 나물들과 버섯들도 많았고, 캐기는 좀 힘들었지만 더덕이나 도라지도 많았습니다. 성 한쪽엔 밤나무, 능금나무, 고욤나무 같은 과일나무들까지 있었습니다. 아마도 옛날에 마법성에서 살았던 사람들이 심었던 과수들의 후손들인 것 같았습니다. 그래서 부지런히 따서 모으면, 배고프지 않게 먹을 수 있을 것 같았습니다.

문제는 곡식이었습니다. 아무리 영양가 높고 몸에 좋은 자연식품이 많더라도, 민이는 하루에 적어도 한 끼는 밥을 먹어야 했습니다. 그러나 나귀에 싣고 온 곡식은 이제 쌀이 두 말 남짓, 보리쌀이 한 말, 그리고 콩이 반 말가량 남았을 뿐이었습니다. 그 곡식으로는 잘 해야 석 달 양식이 될 터였습니다. 도서실의 문서들을 옮겨 적고 해독하는 데는 앞으로 얼마 걸릴지 짐작하기도 어려운 판이었습니다. 게다가 곡식은 야생으로 자라나지 않았습니다. 마법성엔 온갖 풀들이 무성했지만, 아무리 찾아봐도 그 가운데에 곡식은 보이지 않았습니다. 하긴 그녀는 생물학 시간에 야생 곡식은 드물다고 배웠습니다. 벼나 밀이나 보리 같은 곡식들은 사람들이 자기들 필요에 맞게 개량해온 품종들이라, 야생에서 다른 풀들과 경쟁하는 힘이 떨어진다는 것이었습니다.

'천생 하마촌에 내려가서 구해와야 하나?' 그녀는 입맛을 다셨습니다. 하마촌에 내려가서 곡식을 구해가지고 올라오는 일이 쉽지 않기도 했지만, 그녀는 어쩐지 성을 떠나기가 싫었습니다. 자기가 어느 사이엔가 성의 주인이 된 것처럼 느껴졌습니다.

밖으로 나와 살펴보니 아니나 다를까, 짐승들은 용 둘레에서 놀고 있었습니다. 짐승들은 처음엔 용을 좀 두려워했으나 차츰 익숙해지자 용을 놀이동산으로 여기기 시작했습니다. 나귀들과 산양들은 용의 비늘 사이에 자란 풀들과 잔나무들을 뜯어 먹었습니다. 다른 곳에 더 먹음직스런 풀들이 많은데도, 굳이 용의 옆구리에 난 것들을 뜯어 먹는 심사는 민이로선 헤아리기 어려웠습니다. 개들은 아예 용의 잔등에 올라가서 다람쥐들을 쫓는 것을 세상에서 가장 재미있는 놀이로 여겼습니다. 병아리들을 거느린 다산이도 용 둘레에서 어정거리는 것을 좋아했습니다. 심지어 새안이까지도 약수터 아래 놀이터를 마다하고 막 알에서 깨어난 새끼들을 거느리고 엉덩이를 기우뚱거리면서 용 둘레를 열심히 돌았습니다.

'저러다간 오리 새끼들이 헤엄치는 것도 배우지 못하겠다.' 가볍게 한숨을 쉬고서, 그녀도 슬금슬금 용 쪽으로 다가갔습니다. 무어니 무어니 해도, 역시 마법성에선 용이 제일 흥미로운 존재였습니다.

용 가까이 가는 것은 물론 위험했습니다. 용의 몸집이 워낙 크다보니, 용이 조금만 움직여도 모두 깔려 죽을 터였습니다. 그러나 용에게 잡아 먹힐 위험은 거의 없었습니다. 용은 초식동물이었습니다. 그동안 그녀가 해독한 점토판들 가운데엔 용에 대한 기록들이 있었습니다. 용의 내력, 습관, 사람과의 관계 따위 용에 관한 얘기들이 많이 있었는데, 거기 용이 초식동물이라고 나와 있었습니다. 생각해보면, 당연한 얘기였습니다. 조그만 언덕만 한 용이 다른 동물들을 잡아먹고 산다면, 먹이를 구하기가 어려울 터였습니다. 몸집이 아주 큰 코끼리나 하마나 고래 같은 동물들이 모두 초식동물이라는 사실이 바로 그 점을 잘 말해주었습니다. 실은 고대에 살았던 공룡들도, 몸집이 가장 큰 종들은 모두 초식동물이었습니다.

지금 마법성을 지키는 용은 이름이 크리시트라미였는데, 마법성에서 살던 마법사 가족과 친구였다고 했습니다. 용은 머리에 뿔이 두 개가 있었는데, 암컷의 뿔은 짧고 곧지만 수컷의 뿔은 길고 앞으로 휘어졌다고 했습니다. 크리시트라미의 뿔은 곧고 그리 길지 않았습니다. 암컷이 분명했습니다.

그녀가 제법 자란 병아리들이 노는 것을 바라보는데, 문득 바람결에 피리 소리가 실려왔습니다. 어쩐지 귀에 익은 그 소리를 가만히 들어보니, '지하에서 떠도는 넋들을 위한 짧은 가락'이었습니다. 그녀의 가슴이 거세게 뛰기 시작했습니다. 그 가락을 피리로 불 사람은 오리손밖에 없었습니다. 그녀는 성문으로 달려갔습니다.

성루에서 내려다보니, 과연 오리손이 성문 앞 바위에 걸터앉아서 피리를 불고 있었습니다. 조급한 마음을 가까스로 누르고, 그녀는 그 가락이 끝나기를 기다렸습니다. "오빠, 오리손 오빠."

오리손이 고개를 들어 그녀를 보더니, 자리에서 일어나서 씨익 웃었습니다. "무사하셨네요, 민이 아가씨."

"여긴 웬일이세요?"

"민이 아가씨에게 전해줄 것이 있어서요. 우리 집으로 아버님 편지가 왔어요." 그가 품에서 편지 봉투 하나를 꺼내 그녀에게 보였습니다.

"편지를 전해주시려고 여기까지…… 잠깐 기다리세요, 제가 성문을 열게요." 그녀는 성루에서 내려와 주문을 외었습니다.

성문이 열리자, 오리손은 짐을 한쪽 어깨에 멘 채 서두르지 않는 걸음으로 성안으로 들어섰습니다. 그리고 그녀에게 싱긋 웃어 보였습니다. "마법사가 아닌 사람이 마법성에 들어온 것은 제가 처음이겠죠?"

"여기까진 먼 길인데, 힘들지 않으셨어요?" 자신이 오리손을 자주 그리워했다는 생각에 갑자기 수줍어져서, 그녀는 얼굴을 살짝 붉혔습니다.

"힘이 들긴 좀 들었지만, 뭐……" 그가 쾌활하게 대꾸하고서 용을 가리켰습니다. "저것이 그…… 맞습니까?"

"네, 맞아요."

"우선 편지를 받으세요." 그가 짐을 내려놓고서 편지를 꺼냈습니다.

"고맙습니다." 그녀는 편지를 받아들고서 용을 가리켰습니다. "먼저 저리로 가서……"

"그러죠."

두 사람은 용에게로 다가갔습니다. 그녀가 흘긋 살펴보니, 거대한 용 앞에 서서도 오리손은 태연했습니다.

"미르미르나임." 태연한 목소리를 내려고 애쓰면서, 그녀는 용을 불렀습니다. 이제 용은 그녀에겐 아주 익숙한 존재였지만, 용 앞에 서니, 그녀는 어쩔 수 없이 마음이 떨렸습니다.

용이 스르르 눈을 떴습니다. 그리고 동그란 연못 같은 눈으로 잠시 민이와 오리손을 내려다보았습니다. 그러고는 동굴 같은 입을 벌렸습니다. "안녕하십니까, 시리시리나임?"

"저어기, 여기 사람 한 분이 또 들어왔어요."

"알았습니다." 용은 고개를 살짝 끄덕이고서 다시 눈을 감았습니다.

민이는 살그머니 안도의 한숨을 내쉬고서 탑 쪽으로 향했습니다. 오리손은 아무 말 없이 그녀를 따라왔습니다. 성문이 열리자, 놀라 흩어졌던 짐승들이 두 사람을 따라왔습니다.

"저 개는 지난번에 본 개네." 오리손이 미모를 가리켰습니다. "이 짐승들이 모두 민이 아가씨를 따라서 여기 온 겁니까?"

"네. 애들 덕분에 적적하지 않았어요. 지금도 그래요."

"닭하고 오리는 새끼까지 낳았네요?"

"네. 귀엽죠?"

"예. 이것, 참." 고개를 흔들면서, 그는 감탄하는 얼굴로 그녀를 바라보았습니다.

민이는 봉투를 열고 편지를 꺼냈습니다. 낯익은 아빠의 글씨를 보자, 가슴이 뭉클해지면서 눈가가 따가워졌습니다. 편지엔 별다른 내용은 없었습니다. 민이 편지를 잘 받았고, 아빠도 건강하게 잘 지내고, 민이가 수련 여행을 잘 해서 아빠가 마음이 놓인다는 얘기였습니다.

"이 편지를 전해주려고 여기까지 오시다니…… 정말로 고마워요." 그녀는 다시 인사를 했습니다.

"편지를 전해드리는 것이 첫째 목적이었고, 또 하나 목적은 민이 아가씨가 잘 있나 궁금해서……"

"저야 물론 잘 있죠."

"민이 아가씨," 지금까지 밝은 얼굴에 가벼운 목소리로 얘기하던 오리손이 문득 정색을 했습니다. "지금 밖엔 난리가 났어요."

"난리가 나요?"

"예. 한 달 전에 반야 군사들이 쳐들어왔어요. 우리나라에선 준비가 전혀 안 돼서, 싸움마다 졌어요. 그래서 자은포가 이내 반야군 손에 들어갔고 며칠 전에 강주까지 반야군에게 내줬어요."

그녀는 입이 벌어졌습니다. "그랬나요? 저는 전혀 몰랐어요."

"반야군의 주력이 강주 쪽으로 향해서, 아마 이쪽으로는 큰 병력이 몰려오지 않은 것 같습니다."

"강주가 반야군에게 넘어갔으면…… 그럼 오빠는 어떻게 여길 오셨나요?"

"강주에서 싸움이 벌어졌단 얘기를 듣고, 제도진을 건너자, 바로 후양산맥을 넘는 산길을 골랐죠."

"거기도 길이 있나요?"

"길은 있죠. 좀 험하긴 하지만."

"저 때문에 큰 고생을 하셨네요."

"덕분에 마법성도 와봤잖습니까?" 그는 짐짓 쾌활한 목소리를 냈습니다. 그리고 그녀에게 한걸음 다가서면서 그녀의 눈을 들여다보았습니다. "민이 아가씨가 무사해서 정말로 기쁩니다."

32. 구원 요청

"어, 저것 좀 보세요." 오리손이 눈을 감고 엎드린 용을 가리켰습니다. "용 등허리가 짐승들 놀이터가 됐잖아요?"

짐승들은 오늘 아침도 용 둘레로 모여들었습니다. 병아리들과 오리 새끼들까지 가세해서, 스무 마리가 넘는 짐승들이 놀이터를 찾은 가족들처럼 장난을 치고 있었습니다. 이제 제법 자란 병아리들은 엄마 다산이를 따라 용의 등허리를 열심히 올라가고 있었습니다.

그 모습이 우스워서, 민이는 웃음을 터뜨렸습니다. "다산이네 식구가 오늘은 등산에 나섰네."

오리손은 성안을 한바퀴 둘러보았습니다. "밖엔 난리가 났는데, 여기 성안은 이렇게 평화스럽네요."

그 말이 떨어지기가 무섭게, 성문을 두드리는 소리가 났습니다. "마법사님, 마법사님."

그의 얼굴이 이내 굳어졌습니다. "누굴까요?"

민이는 잠시 생각했습니다. "아마 마을 사람들일 거예요. 절보고 마법사님이라고 부를 사람은 하마촌 사람들밖엔 없으니까요."

그녀가 오리손과 함께 성루에 올라가서 살펴보니, 성문 앞에 선 사람들은 지난번에 그녀를 안내했던 바로 그 사람들이었습니다. 그녀는 반갑게 외쳤습니다. "안녕하세요?"

"마법사님, 그동안 안녕하셨습니까?" 그 사람들도 반갑게 인사했습니다. 산길을 달려 올라왔는지, 세 사람 모두 땀으로 몸이 젖어 있었습니다.

"무슨 일이세요?"

"저어기, 마법사님, 난리 난 것 아시나요?"

"네, 반야 군사들이 쳐들어왔다는 얘긴 들었어요."

"우리 군대가 싸우고는 있는데, 당해내지 못하는 모양입니다." 일행 가운데 지도자로 보이는 젊은이가 흘긋 오리손에게 캐묻는 눈길을 던지고서 말했습니다. "제대로 싸워보지도 못하고 겁에 질려서 도망치는 모양입니다. 벌써 강주성까지 반야군에게 넘어갔답니다."

"그런가요? 반야 군대가 아주 센 모양이죠?"

"그런 모양입니다. 그런데 어제저녁에 저희 마을에 우리 군대 한 패가 들어왔어요. 반야 군대에게 쫓겨서 여기까지 왔답니다. 우리 장수가 하는 말이 반야 군대엔 마법사들이 있어서 싸울 때마다 마법을 한답니다. 그래서 우리 군사들이 겁을 먹고 반야 군대만 보이면 싸울 생각도 하지 못하고 도망친답니다."

"그런가요? 마법엔 마법으로 대항해야 하는데……"

"그래서 촌장님께서 마법사님께 한번 부탁을 드려보라고 하셨습니다. 저희 마을에 내려오셔서 반야 마법사의 마법을 막아주십사 하고……"

그녀는 난처했습니다. 군대를 따라온 마법사라면 마법을 잘 쓰는 정식 마법사일 텐데, 견습 마법사인 자신이 어떻게 그런 사람하고 겨룰 수 있겠나, 하는 생각이 들었습니다. 오리손을 쳐다보니, 그는 천천히 고개를 저었습니다.

"반야 군대가 마을로 오고 있나요?"

"아직은 안 왔는데, 우리 장수 얘기로는, 오늘 늦게나 내일엔 마을로 닥칠 것 같답니다."

"민이 아가씨, 내려가시는 건 무립니다," 오리손이 그녀에게 다가서서 거세게 속삭였습니다. "여기 있으면, 안전합니다. 용이 지키고 있는 성엔 반야 군사들도 함부로 쳐들어오진 못할 겁니다."

"아마 그렇겠죠. 하지만 오빠, 마을 사람들이 반야 군사들에게 해를 입는데, 그 사람들을 외면하고 저 혼자 여기서…… 그럴 순 없어요." 그녀는 고개를 저었습니다. "마법은 왜 배우나요? 어려운 사람들을 도와주려고 배우는 것 아녜요? 여기 마법성으로 수련 여행을 온 것도 훌륭한 마법사가 돼서 사람들을 도와주려고 한 것 아녜요?"

"바로 그겁니다," 오리손이 그녀 말을 자르면서 낮지만 거센 목소리로 말했습니다. "민이 아가씬 아직 어린 견습 마법사죠. 민이 아가씨 입으로 그렇게 얘기했잖아요? 지금은 민이 아가씨가 나설 때가 아닙니다."

"오빠가 절 생각해주시는 마음은 잘 알아요. 그렇지만, 지금은 제가 나설 때라고 생각해요. 전 하마촌으로 내려가겠어요. 대신 아까 얘기한 것처럼, 오리손 오빤 여기 남으셔서 점토판들을 번역하세요." 그녀는 몸을 돌려 성문 앞에서 기다리는 마을 사람들에게 말했습니다, "곧 내려갈게요. 여기서 처리할 일이 좀 있으니까, 먼저 내려가세요. 촌장님께 곧 내려간다고 말씀드려주세요."

"알겠습니다. 마법사님, 그럼 저희들은……" 세 사람은 그녀에게 인사했습니다. 그러고는 성문을 향해 용왕에게 절을 올렸습니다.

마을 사람들이 떠나자, 민이는 나귀들을 불렀습니다. 그리고 짐을 꾸려 나귀 등에 얹기 시작했습니다.

오리손도 어두운 얼굴로 말없이 짐을 꾸리기 시작했습니다.

"오빠, 오빤 여기 남아서 번역을 계속하셔야 하잖아요?"

그녀 얘기에 그가 고개를 번쩍 들더니 노기 서린 눈으로 한참 동안 그녀를 노려보았습니다.

그녀는 당황해서 그를 멀거니 바라보기만 했습니다.

"민이 아가씨," 그가 차가운 목소리로 나직이 말했습니다. "민이 아가씬 제가 아가씨 혼자 마을로 내려가는 것을 그냥 보고 있으리라고 정말로 생각하셨습니까? 저 혼자 여기 남아서, 안전한 성안에서 번역이나 하리라고 정말로…… 그렇게 하려고 가족도 내팽개치고 강을 건너고 산을 넘어서 예까지 왔다고 정말로 생각하셨습니까?"

그녀는 아차 싶었습니다. 그러나 무슨 말을 해야 좋을지 몰라서, 그저 얼굴만 붉혔습니다.

"나보고 혼자 여기 남으라고…… 어떻게 그 얘기를 내게 할 수 있습니까?"

오리손의 노기가 밴 목소리가 그녀의 가슴을 아프게 할퀴었습니다. 문득 눈앞이 흐려졌습니다. 눈물을 흘리지 않으려고 애썼지만, 나오는 눈물을 막을 수는 없었습니다. 그녀는 돌아서서 마구 달리기 시작했습니다. 뒤쪽에서 놀라서 그녀를 부르는 오리손의 목소리가 따라왔지만, 그녀는 눈물을 흘리면서 그냥 성 뒤쪽으로 달렸습니다. 볼을 타고 흘러내리는 서럽고도 달콤한 눈물을 주먹 쥔 손으로 훔치면서, 마냥 달렸습니다.

33. 하마촌 싸움

　내려오는 길이라 힘은 들지 않았지만, 민이 일행이 하마촌에 닿은 것은 긴 여름 해가 막 질 때였습니다. 등에 병아리들을 태운 자려와 오리 새끼들을 태운 회려가 조심스럽게 걷느라, 걸음이 느리기도 했지만, 정작 해찰한 것은 오리손이었습니다. 길가에 고운 꽃이 핀 것을 볼 때마다 그는 꽃반지를 만들어서 민이 손가락에 끼워주곤 했습니다.
　그들이 마을에 닿자, 촌장과 군대의 장수가 함께 마중을 나왔습니다. 장수는 나이가 꽤 들어 보였습니다. 몸집은 그리 크지 않았지만, 움직이는 모습엔 힘이 담겨 있었습니다. 그는 뜻밖으로 부드러운 목소리로 자신을 '관암포 첨사 마려한'이라고 소개했습니다. 관암포는 흑양도의 가장 남쪽에 있는 항구였습니다.
　민이는 마려한이 마음에 들었습니다. 병아리들과 오리 새끼들까지 끼어서 정신없이 들까불고 시끄러운 그녀 일행을 보고도, 가벼운 웃음을 얼굴에 띤 채 말없이 바라보기만 했습니다. 소녀라고 그녀를 얕보는 기색이 없었고, 마법사님이라고 깍듯이 존칭을 썼습니다.

촌장댁 사랑에 자리잡자, 마려한은 그녀에게 정세를 설명했습니다. 이번에 침입한 반야 군대는 해적 떼가 아니고 반야 왕국 정규군으로, 큰 배 다섯 척과 작은 배 수십 척을 타고 자은포에 닿았다는 얘기였습니다. 반야군의 수는 그리 많지 않아서, 아마도 오천 명은 넘지 않는 것으로 보이지만, 워낙 우리나라가 방비를 하지 않아서, 튼튼한 성으로 둘러싸인 자은포도 이틀 만에 반야군에게 넘어갔다고 했습니다. 반야군의 주력은 강주로 향해서 보름 만에 강주를 손에 넣었고, 일부 병력이 해진주를 중심으로 한 흑양도 남부를 노략질하고 있었습니다. 흑양도를 지키던 우리나라 군대는 자은포와 강주에서 패한 뒤 거의 다 흩어졌고, 남은 병력이 남은강 나루를 지키고 있었습니다.

정세를 설명하고 나자, 마려한은 찻잔을 들어 목을 축였습니다. 그러고는 그녀 얼굴을 찬찬히 살폈습니다.

"그럼, 첨사님, 제가 할 일을 무엇인가요?"

"우리 군대가 그렇게 쉽게 무너진 것은 우리 군대가 약했던 탓도 있었지만, 저쪽엔 마법사들이 있어서 마법을 했기 때문입니다. 한번 마법에 혼이 난 군사들은, 별것 아닌 마법을 보기만 해도, 정신이 나가서 그냥 도망치거든요. 그러니, 마법사님께서 한 번만 반야 마법사들의 마법을 막아주십시오. 그러면, 우리 군사들이 자신감을 회복할 것입니다."

"알겠습니다. 보시다시피, 저는 아직 나이도 어리고 마법을 제대로 할 줄도 모릅니다. 그래서 큰 도움을 드릴 수는 없지만, 사태가 워낙 위급하니까, 한번 나서보겠습니다."

"마법사님께서 여기 계신 것만으로도 우리 군사들의 사기가 크게 올랐습니다. 사실 우리 군사들이 자신감만 회복하고 사기가 오르면, 해볼 만합니다. 바다를 건너온 터라, 적군은 군세가 그리 크진 못합니다. 많아야 오천 명인데, 주력은 강주로 갔고 자은포에 상당한 병력이 남았을 테니, 이 근처에서 분탕질을 치는 적군은 얼마 되지 않을 겁니다." 마려한의 목소리는 크지 않았지만, 그의 말엔 자신감이 배어 있었습니다.

"반야 마법사들이 쓰는 마법들은 어떤 것들인가요?" 마려한의 그런 태도는 오히려 그녀 마음을 무겁게 했습니다. 반야 마법사들에게 져서, 사람들의 기대를 저버리는 것이 두려워졌습니다.

"그들이 잘 쓰는 것은 안개를 피우는 겁니다. 안개를 피워서 몰고 오면서 공격을 하는 거죠. 그 안개 속에 들어간 우리 군사들은 아무 것도 안 보이니까 겁이 나서 우왕좌왕하다가 적군에게 당하거나 겁이 나서 도망치거든요. 우리 군사들이 안개라면 고개를 절레절레 흔듭니다."

그녀는 고개를 끄덕이고서 속으로 안도의 한숨을 쉬었습니다. 안개를 피우고 걷어내는 마법은 그녀가 마법성에서 익힌 마법들 가운데 하나였습니다.

저녁을 들고 나자, 마려한은 한바퀴 순찰을 돌겠다고 했습니다. 민이와 오리손도 따라나섰습니다. 마려한이 거느린 군대는 원래 관암포

진의 군사들로 이백 명가량 됐습니다. 그들은 마을 어귀에 둑을 쌓아서 적병들이 단숨에 진지로 들어오지 못하게 해놓고 기다리고 있었습니다.

가슴이 책임감으로 졸아드는 것을 느끼면서, 민이는 부채와 돌칼을 든 손에 힘을 주었습니다. 그리고 마을을 한바퀴 둘러보았습니다. 마침 보름이 가까워서, 동쪽 산 위로 막 달이 뜨고 있었습니다. '여기서 내가 죽으면, 아빠는 누가 보살펴드리나?'

그때 누가 다급한 목소리로 외쳤습니다. "적군이다. 적군이 온다."

갑자기 진지 곳곳에서 불안하게 웅성거리는 소리들이 났습니다. 그러자 군관인 듯한 사람이 큰 소리로 외쳤습니다, "적군을 처음 보나? 모두 차분히 자기 자리를 지켜라."

마려한을 따라 진지 앞쪽으로 다가가면서, 민이는 마을로 들어오는 길을 살폈습니다. 과연 저만큼 산모퉁이를 돌아 횃불을 든 사람들이 다가오고 있었습니다. 한참 바라보아도, 산모퉁이를 돌아오는 적군의 행렬은 끊어지지 않았습니다. 적군의 수효가 무척 많다는 얘기였습니다. 적잖이 걱정이 되어서, 그녀는 마려한의 얼굴을 슬쩍 살폈습니다.

그러나 마려한의 얼굴엔 걱정하는 빛이 없었습니다. 억세어 보이는 턱수염을 손등으로 문지르면서, 적병들의 움직임을 찬찬히 눈여겨보고만 있었습니다. 그러더니 옆에 선 늙수그레한 군관에게 말했습니다, "자한 대장, 저놈들이 또 그 수법을 쓰고 있죠? 두 갈래로 된 횃불을 양손에 든 것처럼 보이는데."

"그런 것 같습니다."

"우리 군사들에게 알리시오, 적군이 낡은 수법을 또 쓰고 있다고."

자한 대장이 떠나자, 마려한은 민이를 돌아보았습니다. "마법사님, 적군이 지금 꾀를 쓰고 있습니다. 찬찬히 살펴보십시오, 횃불이 쌍으로 움직일 겁니다. 지금 적군은 군사들마다 두 갈래로 된 횃불을 양손에 들게 하고서 다가오고 있습니다. 그렇게 하면, 병력이 네 배로 많아 보일 것 아닙니까?"

민이는 몸을 앞으로 내밀고서 찬찬히 살폈습니다. 마려한의 얘기대로, 횃불들이 쌍으로 움직이는 것도 같았습니다. "누가 생각해냈는지, 참 잘도 생각해냈네요."

"옛날부터 썼던 수법입니다. 반야 왕국은 말만 왕국이지, 실은 여러 섬들이 서로 끊임없이 세력을 다투는 연합국가입니다. 그래서 반야 군사들은 저런 잔꾀들을 쓰는 데 아주 능숙합니다." 마려한이 씁쓸한 웃음을 얼굴에 띠었습니다. "잘 모르는 사람들한테는 그런 잔꾀가 아주 큰 효과를 볼 수도 있거든요. 우리가 밤 싸움에서 여러 번 당했습니다."

"그랬나요?" 걱정이 되면서도, 그녀는 마려한의 얘기가 재미있었습니다.

"저놈들은 사람들에게만 횃불을 들게 하는 것이 아니라, 소들에게도 횃불을 들게 하는 놈들입니다. 쇠뿔에 횃불을 달아놓고, 그 소들을 앞장세우고 쳐들어오거든요. 그렇게 하면, 군사들이 많아 보일 뿐 아니라, 소들까지 싸움에 이용할 수 있죠. 횃불이 다 타면 불에 덴 소들이 날뛰면서, 우리 진영으로 돌진해 오는 거죠. '미기포 싸움'에서 우리 군대가 그 꾀에 걸려 크게 당했습니다."

 불에 덴 소들이 미쳐서 돌진하는 모습을 떠올리고, 민이는 자기도 모르게 웃었습니다. 그리고 우리 군대가 패한 일을 두고 웃은 것이 미안해서, 얼른 덧붙였습니다. "적군이긴 하지만, 저 사람들이 꾀는 아주……"

 "예. 그것은 병서에 있는 수법입니다. '화우계'라고. 도룬 제국에선 오래전부터 그런 수법을 썼다고 합니다."

 "그런가요? 우리도 그런 꾀를 생각해내서 한번 쓰지 그래요?" 마려한과 얘기하다 보니, 그녀는 마음에 무겁게 드리웠던 두려움이 좀 덜해진 것 같았습니다.

 마려한이 웃음 띤 얼굴로 그녀를 살폈습니다. "좋은 말씀입니다. 우리도 좋은 꾀를 써야죠. 마법사님께서 좋은 꾀를 하나 생각해주십시오."

 "제가요? 전 군대와 전쟁에 관해선 아무것도 모르는데요?"

 "바로 그 점이에요. 제 생각엔 바로 그 점이 중요합니다." 마려한은 진지하게 말했습니다. "저 같은 군인은 군사에 관한 것들이 모두 당연하게 보이죠. 그래서 늘 그러려니 생각합니다. 그런 상태에선 좋은 꾀가 나오기 힘들어요. 마법사님처럼 군대나 싸움에 관한 일들이 낯선 분들이 보면, 직업군인들에겐 당연해 보이는 것들도 이상하게 보이고 그래서 진지하게 생각하게 되고, 그러다보면 좋은 꾀도 떠오를 것 아닙니까?"

 듣고 보니, 일리가 있는 얘기였습니다. 그녀는 한참 동안 좋은 꾀를 생각해내려고 애썼습니다. 그러나 그럴듯한 생각은 떠오르지 않았습니다. 그녀는 천천히 고개를 저었습니다. '지금은 내가 좋은 꾀를 생각하려고 할 때가 아니지. 저 속에 틀림없이 있을 마법사들이 부릴 마법을 막아낼 일을 생각해야지.'

"제 생각엔 오늘 싸움은 우리 군사들이 활을 쏠 기회를 갖느냐 못 갖느냐로 판가름이 날 것 같습니다." 마려한이 말했습니다.

마치 남의 얘기를 하듯이 메마른 목소리로 말하는 그를 민이는 흘긋 살폈습니다. 목숨을 걸고 싸움터에 여러 번 선 사람만이 지닐 수 있는 무엇이 마려한에겐 있었습니다.

"반야 군사들은 창과 칼을 잘 씁니다. 그들은 공격을 할 때 달려가는 힘을 이용해서 일제히 창을 던지고 칼을 휘두르면서 적진으로 뛰어듭니다. 그들이 쓰는 창은 대나무로 만들었는데, 목이 가늘어서, 한 번 던지고 나면 목이 부러지죠. 그래서 적이 그 창을 되던지지 못합니다. 반면에 우리 군사들은 활을 잘 쏘죠. 화살은 물론 투창보다 훨씬 멀리 나갑니다. 그래서 반야 군사들이 대형을 갖춰 달려와서 창을 던지기 전에 우리 군사들이 먼저 활을 쏘아서 적군의 대열을 흩트리고 달려오는 기세를 죽여야 합니다. 지금까진 그렇게 하지 못했어요. 마법으로 안개를 피우고 그 뒤에 숨어서 다가오니, 활을 쏠 기회를 얻지 못한 겁니다." 마려한이 입맛을 다시더니, 민이를 돌아보았습니다. "오늘 밤엔 반야 군사들이 좀 놀라겠죠. 숨은 나라 군사들의 화살 맛이 매운 걸 알고서."

민이는 고개를 끄덕였습니다. 그녀는 마음이 동시에 무거워지고 가벼워졌습니다. 자신에게 주어진 책임이 얼마나 중요한지 실감했고,

다른 편으로는 우리 군사들에게 활을 쏠 기회를 준다는 목표가 또렷하게 떠올랐지요.

그 사이에 적군이 마을로 많이 다가와서, 마을 앞 들판이 횃불의 숲이 되었습니다. 이제 모두 다 닿았는지, 적군은 앞으로 나오지 않고 진형을 갖추기 시작했습니다.

"마법사님," 힘이 실린 목소리로 마려한이 그녀에게 말했습니다. "곧 적의 공격이 시작될 모양입니다. 마법사님께서도 준비를 하시죠."

"네." 그녀는 억지로 그에게 웃어 보였습니다.

그가 웃음 띤 얼굴로 고개를 끄덕였습니다.

그녀는 진지 왼쪽에 있는 조그만 둔덕으로 갔습니다. 그곳은 마을의 사내들이 지키는 곳이었는데, 거기에 오리손이 있었습니다. 마을 사내들이 모두 나서서 진지를 지키기로 했다는 얘기를 듣자, 오리손도 바로 그 사람들과 함께 싸우겠다고 나섰습니다. 마침 촌장집에 대대로 전해오는 강궁이 있었습니다. 어지간한 힘으로는 시위를 당기기가 어려울 만큼 억센 활이었는데, 오리손은 그 활을 가볍게 다루었습니다. 몸집이 그리 크지 않고 학자처럼 생긴 사람이 억센 활을 잘 다루자, 마을 사람들은 적잖이 놀라는 눈치였습니다. 그러나 민이는 놀라지 않았습니다. 오리손이 명주계곡에선 이름난 사냥꾼이란 얘기는 이미 리시아에게서 들은 터였습니다.

그녀가 다가오는 것을 보자, 오리손이 자기 자리에서 일어나 뒤로 나왔습니다.

"오리손 오빠," 문득 가슴에서 무엇이 치밀어 올라와서, 그녀는 목소리가 잠겼습니다. 이제 싸움이 시작되면, 두 사람이 다시 얼굴을 맞댈 수 있으리라는 보장은 없었습니다. 그녀를 위해서 먼 데서부터 위험한 이곳으로 찾아온 오리손에게 고맙다는 얘기를 하고 싶었습니다. 그러나 자신의 마음을 제대로 전할 자신이 없어서, 그녀는 그냥 그의 얼굴만 바라보았습니다.

부드러운 웃음을 얼굴에 띠고서, 오리손은 간절한 정이 담긴 눈길로 그녀 얼굴을 쓰다듬었습니다.

"잘 할 수 있을지 모르겠어요," 그녀의 입에선 엉뚱한 얘기가 나왔습니다.

"물론 잘 할 거예요." 그의 목소리엔 믿음이 배어 있었습니다. "평소에 연습한 대로 하면, 잘될 거예요."

"그럼, 오빠." 그녀는 고개를 끄덕였습니다.

고개를 끄덕이고서, 그가 나직이 뇌었습니다. "민이." 소중한 주문처럼.

민이가 진지 한가운데로 돌아오자, 마려한은 적진을 가리켰습니다. 어느 사이엔가 반야군 진영엔 횃불이 모두 꺼져 있었습니다. 이제 은은한 달빛만이 마주 선 두 진영을 비치고 있었습니다. 찬찬히 살펴보니, 반야군 진영 앞쪽엔 흰 두루마기에 달빛을 받은 사람이 긴 머리를 풀어헤치고 서 있었습니다.

"반야 마법사 같은데요," 마려한이 말했습니다. 좀 전과는 달리, 그의 목소리가 팽팽해진 듯했습니다.

"그런 모양이네요," 그녀는 차분한 목소리로 대꾸했습니다. 막상 반야 마법사가 모습을 드러내자, 그녀는 마음이 오히려 차분히 가라앉는 것을 느꼈습니다.

이제 반야군의 진영도 조용했습니다. 양 진영의 사람들이 모두 숨을 죽이고서 반야 마법사를 응시하고 있었습니다. 한참 동안 꼼짝 하지 않고 앞을 노려보던 그 사내가 문득 손에 든 익도장에서 칼을 뽑아 들었습니다. 칼날에서 되비친 달빛이 차가운 기운을 사방으로 뿜어냈습니다.

민이는 흙으로 쌓아올린 벽 바로 안쪽에 있는 팽나무로 다가섰습니다. 그리고 부드러운 목소리로 팽나무의 참 이름을 불러서 마력을 써도 좋다는 허락을 얻었습니다.

드디어 반야 마법사가 주문을 외고는 칼을 들어 이쪽 진지를 가리켰습니다. 그러자 두 진영 사이에 푸르스름한 안개가 모이기 시작했습니다.

그녀도 부채를 펴들고 주문을 외웠습니다. 바람을 부르는 주문이었습니다. 그리고 느티나무 안에 있는 마력을 부채로 부쳐서 반야군 진영으로 보내기 시작했습니다. 직사법이었습니다. 나무 속의 마력을 꺼내어 자신의 가슴속에 넣어서 단단하게 뭉치고 다듬어서 쓰는 대신 나무 속의 마력을 그대로 부쳐 보내는 것이었습니다. 그렇게 하면 마력의 효율은 떨어지지만, 대신 마법사 가슴속의 마력을 축내지 않아서, 나중에 급할 경우 가슴속의 마력을 한껏 쓸 수 있었습니다.

이제 안개는 짙은 장막처럼 펼쳐져서 반야군을 모두 가리고 빠르게 마을 쪽으로 다가왔습니다. 그러나 민이가 부채질을 점점 빠르게 하면서 마력을 실어보내자, 거센 바람이 안개의 장막을 흔들기 시작했습니다. 그래도 반야 마법사의 솜씨는 대단했습니다. 바람에 밀려 흩어지려는 안개의 장막을 다시 거두어 한걸음 한걸음 밀고 다가왔습니다. 민이도 땀을 흘리면서 팽나무의 마력을 부채로 부쳐 계속 바람을 보냈습니다. 그렇게 두 마법사들의 싸움이 한참 동안 이어졌습니다.

마침내 팽나무의 마력이 거의 바닥이 났습니다. 민이는 탈진한 그 나무에게 말했습니다. "고맙다, '마음이 따스해서 늘 가슴을 열어주는 나무'야. 이제 쉬렴."

이제 안개의 장막은 많이 다가와서, 진지에서 백 걸음도 채 되지 않았습니다. 민이는 다시 주문을 외고 가슴에 담아둔 마력을 부채로 부쳐서 앞으로 보냈습니다. 그러자 한무더기 시원한 바람이 일더니, 푸르스름한 안개의 장막을 덮쳤습니다. 워낙 바람이 세차서 안개의 장막이 펄럭이더니, 위쪽부터 풀리기 시작했습니다. 그녀는 두 발로 땅을 단단하게 딛고 서서, 다시 가슴속의 마력을 모아 부채로 부쳤습니다. 세찬 바람결에 안개가 풀려나가는 것이 눈에 또렷이 보였습니다. 그녀는 늦추지 않고 부채질을 했습니다. 온몸이 땀으로 젖었고 이마에선 땀방울이 흘러내렸습니다. 문득 부채를 부치는 손길이 헛도는 듯한 느낌이 들었습니다. 그 순간 진지에서 일제히 함성이 올랐습니다. 안개의 장막이 사라지고, 마법사 혼자 선 것이 눈에 들어왔습니다.

"사수 발사 준비," 마려한의 목소리가 진지 안에 울렸습니다. "겨냥, 다섯, 네엣, 세엣, 두울, 하나, 쏴아,"

마려한의 구령에 맞춰, 진지에서 일제히 화살이 날았습니다. 안개의 장막 뒤에서 걸어나오던 반야 군사들이 놀라서 떠드는 소리가 들려왔습니다. 높이 솟았던 화살들이 반야군 진영에 박히면서, 곳곳에서 비명이 나왔습니다. 가지런하던 반야군의 대열이 흐트러지기 시작했습니다.

"사수 발사 준비." 마려한의 목소리가 다시 울렸습니다. "겨냥, 다섯, 네엣, 세엣, 두울, 하나, 쏴아."

다시 화살들이 자욱하게 날았습니다. 화살이 반야군 대열을 덮자, 다시 비명이 들리고 반야군의 대열이 무너졌습니다.

"사수 발사 준비." 흔들림이 없는 마려한의 목소리가 다시 진지에 울렸습니다. "겨냥, 다섯, 네엣, 세엣, 두울, 하나, 쏴아."

다시 화살들이 날고 다시 비명이 들렸습니다. 이제 반야군 진영은 완전히 혼란에 빠진 듯했습니다. 앞에 선 군사들은 화살들이 두려워서 앞으로 나오려 하지 않았지만, 나오던 탄력으로 뒤에 선 군사들이 계속 밀어붙이는 바람에, 조금씩 밀려나오고 있었습니다. 재빠른 군사들은 옆으로 빠져서 도망치고 있었습니다.

"사수 발사 준비." 흔들림이 없는 마려한의 목소리가 그들을 따라갔습니다. "겨냥, 다섯, 네엣, 세엣, 두울, 하나, 쏴아."

다시 화살들이 자욱하게 날았습니다. 다시 반야군 진영에서 비명이 났습니다. 마침내 반야군의 투지가 꺾인 듯, 군사들이 모두 마을 쪽에 등을 돌리고 뒤로 물러나기 시작했습니다.

"관암포군 전진 준비." 메말랐던 마려한의 목소리에 문득 물기가 돌았습니다.

마려한의 명령이 떨어지자, 군사들은 진지 앞으로 나아가서 대형을 짜기 시작했습니다. 군관들이 "오열 종대, 오열 종대," 하고 외쳤습니다.
　"관암포군 전진," 마려한의 목소리는 뜻밖에도 차분했습니다.
　"관암포구운 전지인," 모든 군사들이 지르는 함성이 진지를 가득 채우고 멀리 퍼져나갔습니다. 그 소리가 채 사라지기 전에, 대형을 이룬 관암포군은 앞으로 나아가기 시작했습니다.

34. 전쟁과 평화

"여러분들 덕분에 어젯밤 싸움은 우리가 통쾌하게 이겼습니다." 마려한이 좀 쉰 목소리로 말하고서 밝은 얼굴로 모여 앉은 사람들을 한 바퀴 둘러보았다.

아침 식사가 끝나자, 마려한은 촌장댁 사랑에서 회의를 열었습니다. 회의에 참석한 사람들은 관암포군의 대장들 아홉과 마을을 대표한 촌장과 부촌장, 그리고 민이와 오리손이었습니다.

"첨사님께서 훌륭히 지휘하신 덕분입니다." 촌장이 이내 말을 받았습니다.

"제가 공이 없는 것은 아니지만, 공을 따지기로 한다면 마법사님의 공이 으뜸입니다." 마려한의 억세 보이는 얼굴에 뜻밖으로 맑고 부드러운 웃음이 퍼졌습니다.

"제가 한 일이야 뭐……" 갑작스런 칭찬에 좀 당황스러워서, 민이는 얼굴이 붉어졌습니다.

"정말 그렇습니다. 마법사님 덕분에 이번 전쟁에서 처음으로 우리 군대가 반야군한테 이겼습니다." 참모장 격인 자한 대장이 말했습니다.

"마법사님께서 마법으로 바람을 보내시자, 저쪽 마법사의 안개가 싸악 씻겨나갈 때는 정말로……" 기병 대장인 변지운이 말을 받았습니다. "난 지금도 그때 생각을 하면, 오장이 다 시원해진다구."

그렇게 해서 한참 동안 어젯밤 싸움에 관한 얘기들이 이어졌습니다. 통쾌하게 이긴 싸움이라, 싸움 얘기만 나오면 모두 신이 났습니다.

"이번 승전에 공이 있는 분들은 모두 상부에 보고해서 나중에 상을 받으시도록 하겠습니다." 싸움 얘기가 좀 가라앉자 마려한이 회의를 진행시켰습니다. "특히 마법사님, 오리손님, 촌장님, 그리고 적병을 생포한 이지오님은 제가 보고서에 사정을 자세히 쓰겠습니다."

어젯밤 싸움에서 반야군은 아홉 명이 죽었습니다. 그리고 새벽에 마을의 젊은이가 들판의 수로에서 부상한 반야 군사 하나를 붙잡았습니다. 마침 관암포군에 반야 말을 아는 군사가 있어서, 지금 그 반야 군사를 신문하고 있었습니다. 관암포군의 화살 공격에 반야군의 대열이 이미 흩어진 터에, 관암포군이 진격했으므로 싸움은 일방적 추격전이 됐고, 덕분에 관암포군의 피해는 거의 없었습니다. 동료의 창에 찔린 군사 하나가 유일한 피해였습니다.

"그리고 이건 촌장님과 부촌장님께 간곡히 말씀드리는 것인데, 혹시 마을의 젊은이들 가운데 저희 관암포 군대에 들어오려는 사람이 있는지 한번 알아봐 주십시오. 어젯밤에 보니, 이 마을 젊은이들은 아주 용감해서 훌륭한 군사들이 될 것 같습니다."

촌장이 선뜻 대꾸하지 못하고 우물쭈물했다. 부촌장이 뭐라고 말할 듯하다가 흘긋 촌장의 얼굴을 살피더니 입을 다물었다.

"물론 마을에 일이 많을 줄로 압니다. 그러나 나라가 이처럼 위급한 때엔 군사가 되어 싸우는 것도⋯⋯ 제가 직접 나서서 모병하는 것보다는 마을 어른들께서 한번 알아봐 주시는 게 좋을 것 같아서, 드리는 말씀입니다."

촌장이 고개를 끄덕였다. "알겠습니다. 군대에 지원할 사람이 있는지 제가 한번 알아보겠습니다."

"감사합니다, 촌장님. 이렇게 갑작스럽게 군사들을 모집할 때는 무장이 문제가 되는데, 다행히 이번엔 반야 군사들이 버리고 간 무기들이 많아서, 그 문제는 해결됐습니다. 무기는 반야 무기들이 우리 무기들보다 오히려 낫습니다." 마려한이 가볍게 웃었습니다.

그의 웃음 덕분에 잠시 긴장됐던 분위기가 좀 풀렸습니다. 회의는 그런 식으로 이어졌습니다. 한 가지 일이 끝나면 다른 일이 나왔고, 사람들이 저마다 의견을 내놓았습니다.

민이는 나오던 한숨을 황급히 되삼켰습니다. 싸움에서 이기면, 그것으로 끝나는 것으로 그녀는 알고 있었습니다. 이제 보니 실제로 적군과 싸우는 것은 잠깐이고, 정말로 어렵고 시간이 걸리는 것은 그 뒤치다꺼리였습니다. 그런 점에서 싸움은 식사와 같았습니다. 음식을 먹는 것은 잠깐인데, 음식을 마련하고 나중에 설거지하는 것은 힘들고 시간도 많이 걸리잖아요?

"회의가 너무 길어졌죠?" 좀 미안한 웃음을 띠고서, 마려한이 사람들을 둘러보았습니다. "이제 마지막 안건입니다."

마지막 안건이란 말에 민이는 하품을 하던 입을 손으로 막고서 자세를 고쳐 앉았습니다. 그런 그녀를 오리손이 부드러운 웃음을 띤 얼굴로 살폈습니다.

"이번 싸움에서 얻은 전과가 많은데, 적병 하나를 생포한 것은 아주 중요한 전과입니다. 그 적병은 계급은 낮지만, 반야 왕국의 수도인 아바라오 출신이라 듣고 본 것들이 많은 모양입니다. 신문은 막 시작됐지만, 벌써 여러 가지 중요한 정보들이 나왔습니다. 무엇보다도, 반야군이 갑자기 쳐들어온 까닭이 어느 정도 밝혀졌습니다."

좀 지루하다는 낯빛을 했던 사람들이 모두 자세를 고쳐 앉았습니다. 그리고 마려한의 다음 말을 기다렸습니다.

"반야 왕국의 임금이 작년 여름에 죽었답니다. 그 임금에겐 아들이 셋 있었는데, 위로 둘은 죽은 왕비 소생이고 막내는 새로 얻은 왕비 소생이랍니다. 그 임금은 막내아들을 총애해서, 생전에 막내를 세자로 삼았답니다. 그러나 임금이 죽자, 두 형들이 손을 잡고 군대를 일으켜 세자인 동생이 거느린 군대와 대판 싸움을 벌였답니다. 겨울까지 이어진 그 싸움에서 두 형들의 군대가 이겨서 세자는 죽고 맏이가 임금이 됐답니다. 그러자 둘째가 자기는 얻은 게 없다고 불평을 했고, 새로 임금이 된 맏이가 동생에게 숨은 나라에 영지를 만들어보라고 군대를 주었답니다. 그래서 지금 둘째가 군대를 이끌고 우리나라에 쳐들어온 거라는 얘기죠."

 사람들은 마려한의 얘기를 입을 벌리고 들었습니다. 동생에게 줄 것이 없다고 군대를 주어 이웃 나라를 정복하라고 한 반야 임금의 처사가 너무 어이없는 짓이기 때문이었습니다.

 "반야 임금은 동생을 빨리 자기 나라 밖으로 보내고 싶어서, 준비가 덜 된 군대를 서둘러 여기로 보냈답니다. 그래서 이번에 침입한 군대는 선발대고 주력은 조금 뒤에 건너온다는 얘깁니다."

 사람들의 얼굴이 문득 어두워졌습니다. 지금도 전황이 나쁜데, 만일 반야군의 주력이 건너오면 상황은 크게 나빠질 터였습니다.

 "그래서 포로를 상부에 후송하는 일이 시급합니다. 아직도 대도 사람들은 정신을 못 차리고 이번 전쟁을 가볍게 보는 것 같은데……" 마려한이 고개를 저었습니다. "포로를 대도로 후송하려면, 강주 길이 막혔으니, 후양산맥을 넘어야 합니다. 그러니 길을 안내할 사람 둘을 촌장님께서 골라주십시오. 이 일이 무척 중요하니까, 믿을 만한 사람들을 골라주십시오."

 "잘 알겠습니다." 촌장이 선뜻 대꾸하고서 부촌장을 돌아보았습니다. "내 생각엔 길성이하고 장성이 형제를 보내는 것이 좋을 것 같은데, 자네 생각엔 어떤가?"

 "역시 걔들이 제일 낫겠죠." 부촌장이 동의했습니다.

 "후양산 줄기에서 인삼을 캐는 심마니 형제가 있는데, 형은 서른이고 아우는 스물여섯인가? 하여튼, 이 근처에선 그 형제보다 후양산 줄기를 잘 아는 사람은 없습니다." 촌장이 마려한에게 말했습니다.

"아, 그렇습니까? 잘됐군요." 마려한은 자한 대장을 돌아보았습니다. "그럼 자한 대장이 그 형제를 만나보시죠."

"예, 알겠습니다."

"포로의 후송은 자한 대장이 맡기로 됐습니다." 마려한이 사람들에게 설명했습니다. "포로의 상처는 그리 크지 않기 때문에, 기운만 되찾으면 대도까지 가는 것은 어렵지 않을 겁니다. 자한 대장은 포로를 데리고 적병들의 수급들을 지참하고 대도로 갈 겁니다. 목이 잘린 적병들의 시체들은 적당한 곳에 묻으면 될 겁니다. 그러니 촌장님, 나중에 적병들의 수급을 베고 시체들을 파묻을 때, 마을 분들이 일을 좀 거들어주십시오."

"알겠습니다." 촌장이 좀 떨떠름한 얼굴로 대꾸했습니다.

"첨사님," 지금까지 말없이 듣기만 하던 오리손이 입을 열었습니다.

"예, 오리손님."

"적병들의 수급들을 벤다고 하셨는데, 그것이 우리 군대의 관행인가요?"

"예. 전투 보고서를 올릴 때, 죽인 적병들의 수급을 함께 보내는 것이 관행입니다."

"적병들을 실제로 죽였다는 증거로 보내는 거죠?"

"그런 셈이죠." 마려한이 겸연쩍은 낯빛을 했다. "싸움터에 나선 장수들은 누구나 자기 공을 과장하게 마련이라서……"

"첨사님, 이건 제가 나서서 뭐라 할 일은 못 됩니다만," 오리손이 난처하다는 낯빛을 지으면서, 머리를 긁었다. "이번에 죽은 반야 군사들의 시신들은 온전하게 보전해서 묻는 것이 어떨지요?"

"무슨 말씀이신가요?" 마려한이 되물었습니다.

"비록 어젯밤 싸움에 대패해서 도망치긴 했지만, 반야군이 언제 이 마을에 다시 닥칠지 아무도 모릅니다. 제 생각엔 죽은 군사들의 시신을 찾기 위해서라도, 한번쯤은 이 근처로 작전을 나올 것 같습니다. 그때 우리 군대가 이 마을을 지켜줄 수 있다고 장담할 사람은 없을 겁니다. 만일 그렇게 다시 들이닥친 반야군이 목이 잘린 자기 동료들의 시신을 보면, 그 사람들은 어떻게 나올까요? 이 마을이 온전할까요? 그렇잖아도 포악하기로 이름난 반야 사람들인데, 이 마을 사람들을 그냥 놔둘까요?"

촌장과 부촌장이 서로 눈짓을 주고받았습니다.

"그럼 반야 군사들의 시체들을 그대로 묻자는 말씀이신가요?"

"예, 첨사님. 제 생각엔 반야 군사들에게 제대로 무덤을 만들어주는 것이 좋을 것 같습니다. 다행히 포로가 있으니, 죽은 사람들의 이름과 계급과 고향을 알 수 있잖겠습니까? 그러니 관을 짜서 묻어주진 못한다 하더라도, 양지쪽에 묻고 봉분을 만들고 이름과 계급과 고향을 적은 비목을 세워놓으면, 나중에 반야군이 들이닥치더라도, 이 마을은 해를 입지 않을 것입니다. 죽은 동료들이 제대로 묻혔다는 것을 알면, 아무리 포악한 반야 군사들이라도 좀 달라지잖겠습니까?"

"그럼 우리가 적병들을 죽였다는 것은 어떻게 알립니까? 수급을 바쳐야, 위에서 인정해줄 텐데요?" 불만이 어린 목소리로 자한 대장이 말했습니다.

"적병들의 수급을 바치는 관행에 익숙한 윗사람들은 수급을 눈으로 보아야 좋아할지 모르겠습니다. 그러나 보고서에 이번 싸움의 경과를 자세히 적고 죽은 적병들의 이름과 계급과 출신지를 밝히면, 위에서도 관암포군의 공적을 인정하는 데 인색하진 않을 것 같습니다. 그리고 정 필요하다면, 죽은 적병들의 갑옷이나 투구 같은 것들을 갖다 바치면 되잖을까요? 그렇게 하고서, 마을 사람들을 생각해서 적병들의 시신을 온전히 보존해서 묻었다고 설명하면, 오히려 칭찬을 받지 않을까요?"

오리손의 얘기가 조리가 섰으므로, 자한 대장은 입맛만 다셨습니다. 다른 대장들도 드러내놓고 반대하진 않았습니다. 촌장과 부촌장은 열심히 고개를 끄덕였습니다.

"오리손님의 말씀이 옳으신 것 같으니, 그렇게 하겠습니다." 잠시 생각하더니, 마려한이 선선하게 말했습니다.

"첨사님, 정말로 감사합니다." 오리손이 뭐라고 대꾸하기 전에 촌장이 먼저 마려한에게 감사했습니다.

"저에게 감사하실 게 아니라, 오리손님께 감사하셔야죠," 마려한이 대꾸하고서 껄껄 웃었습니다. "그러나 한 가지 조건이 있습니다. 오리손님께서 보고서를 써주십시오. 저희는 모두 글이 짧아서, 그렇게 복잡한 얘기를 제대로 할 자신이 없습니다."

"알겠습니다. 그런데, 첨사님," 그가 정색하고서 마려한을 바라보았습니다.

"예?"

"첨사님 앞에서 이런 말씀을 드리는 것은 비례인 줄 알지만, 그래도 말씀드리겠습니다. 어젯밤 싸움은 이번 전쟁에서 우리 군대가 처음 이긴 싸움입니다. 그래서 승장이신 첨사님께선 당연히 상도 받으시고 더 높은 직책을 맡으실 것입니다. 제가 첨사님을 뵌 지는 얼마 되지 않지만, 첨사님은 인품이나 장수로서의 자질이나 모두 뛰어나신 분이십니다. 그래서 말씀 드리는 것인데, 앞으로 반야군과 싸우실 때는 전쟁이 끝난 뒤의 일도 생각하셔서 일을 처리하시는 것이……" 마려한이 말 없이 눈으로 묻자, 오리손은 설명을 덧붙였습니다. "누군가 이런 말을 했습니다, '평화로울 때는 전쟁을 생각하고, 전쟁을 할 때는 평화를 생각해야 한다.' 우리나라 사람들은 평화로울 때 전쟁을 생각하지 않았습니다. 벌써 여러 해 전부터 반야 사람들이 우리나라를 넘보는 징후들이 있었습니다. 이번 침입을 촉발시킨 왕자들의 다툼이 없었더라도, 반야는 조만간 우리나라에 침입했을 것입니다. 그러나 조정에선 아무런 대비도 하지 않았습니다. 그래서 불시에 침입을 받아서, 흑양도의 도읍인 강주가 보름 만에 적군의 수중에 들어갔습니다."

마려한이 무겁게 고개를 끄덕였습니다. 다른 대장들도 따라서 고개를 끄덕였습니다.

"반면, 일단 전쟁이 일어났으니 이제 우리는 전쟁이 끝나고 평화가 다시 찾아왔을 때를 생각해야 합니다. 우리가 이기든, 반야군이 이기든, 언젠가는 전쟁이 끝날 것입니다. 그때 우리는 다시 반야 사람들과 이웃하면서 살아야 합니다. 따라서 불필요하게 반야 사람들의 마음을 사납게 할 일들은 피하는 것이 옳습니다. 물론 첨사님께서 잘 하시리라고 믿습니다만, 저로서는 첨사님께서 우리 군사들을 이끄시고서 반야군과 싸우실 때, 반야군 포로들이나 전사자들을 너그럽고 명예롭게 대해주십사…… 그런 말씀을 드리고 싶습니다."

"참 좋으신 말씀이십니다. 제가 높은 자리로 올라갈 것 같진 않지만, 어쨌든 반야군과 싸울 때 지금 하신 말씀대로 하도록 노력하겠습니다."

사람들이 모두 오리손에게 존경심이 담긴 눈길을 보냈습니다. 민이는 물론 무척 흐뭇했지요. 자신이 칭찬을 들은 것보다 훨씬 흐뭇했지요.

"그러면 회의는 일단 마치겠습니다. 혹시 하실 말씀이 있으시면," 마려한이 사람들을 둘러보았습니다. "지금 하시죠."

사람들은 서로 쳐다보기만 했습니다. "뭐, 따로 할 얘기가……" 촌장이 말끝을 흐렸습니다.

"저어기, 첨사님," 다른 사람들이 할 얘기가 없다는 것을 확인하자, 민이는 말했습니다.

"예, 마법사님."

"자한 대장님께서 대도에 가시면, 대장님 편에 편지를 전할 수 있을까요? 이곳에서 난리가 일어났으니, 제 아버지께서 걱정을 많이 하실 것 같거든요."

"아, 예." 햇살에 그을린 마려한의 얼굴이 웃음으로 밝아졌습니다. "그거야, 뭐, 어렵지 않죠. 마법사님은 효녀이시기도 하군요."

35. 사기점

"저어기 긴 것 보이죠?" 민이는 왼쪽 야트막한 언덕에 걸쳐진 긴 집을 가리켰습니다. "그릇 굽는 가마 말예요."

"어디? 아, 저거? 가마 맞네요." 오리손이 고개를 끄덕였습니다.

"저 가마에서 사기그릇들을 많이 구워서, 저 앞에 있는 마을 이름이 사기점이래요. 지난번에 올 때, 저 마을에서 하룻밤을 묵었거든요."

"아, 그러셨어요?" 산자락 너머로 반만 보이는 마을을 가늘게 뜬 눈으로 살피면서, 오리손은 등에 멘 활과 전통을 추스렸습니다.

오리손이 멘 활은 하마촌의 촌장댁에서 얻은 것이었습니다. 그저께 밤 싸움에서 그는 촌장이 내놓은 그 활을 갖고 싸웠는데, 그가 관암포군을 따라간다고 하자, 촌장은 그에게 그 활을 갖고 가라고 말했습니다. 그는 답례로 자신이 지녔던 피리를 내놓았습니다. 그 피리의 내력을 듣더니, 촌장은 오히려 큰 보물을 얻었다고 기뻐했습니다. 그는 마지막으로 피리를 불고 싶다면서 반야 군사들의 무덤 앞에서 '지하에서 떠도는 넋들을 위한 짧은 가락'을 불었습니다. 민이가 그 가락의 내력을 얘기하자, 마을 사람들은 모두 마을에 귀한 보물이 생겼다고 반겼습니다. 마침 마을에 피리를 잘 부는 사람이 있어서, 촌장의 부탁을 받고 오리손은 '지하에서 떠도는 넋들을 위한 짧은 가락'을 그 사람에게 가르쳐주었습니다.

"자려야, 이제 가자." 민이는 길가의 풀을 한가롭게 골라서 뜯어먹는 나귀에게 말했습니다.

"이러다간 점심도 못 얻어먹겠는데……" 오리손이 짐승들을 돌아보면서 싱긋 웃었습니다.

날씨는 무더운데다 먼 길을 걸었으므로, 짐승들은 지루한지 해찰할 거리만 생기면 마냥 시간을 끌었습니다. 그래서 본대가 사기점에 닿은 지 한참 됐는데도, 민이 일행은 아직 여기서 꾸물거리고 있었습니다.

산자락을 돌아서자, 마을이 나타났습니다. 사기점은 스무 채가량 되는 초가집들이 길 양쪽으로 옹기종기 모여 있는 마을이었는데, 가운데 가장 큰 집이 그릇들을 파는 가게였습니다.

"어라, 저건 뭐야?" 마을을 살피던 오리손이 외마디 소리를 냈습니다.

"뭐가요?" 민이도 고개를 내밀고 마을을 살폈습니다. "어머, 불이 났네. 집들이 불에 탔네."

길 왼쪽에 있는 집들 대여섯 채가 불에 타버린 것이었습니다.

"반야 군사들이 불을 질렀나?" 오리손이 고개를 갸웃했습니다.

"민이 아가씨가 지난번 여기에서 묵으셨을 때는 이렇지 않았죠?"

"네. 바로 저 집에서 묵었는데요." 그녀는 가장 가까운 집을 가리켰습니다. "불이 난 지 얼마 되지 않은 것 같죠?"

"예." 불탄 집들을 둘러보면서, 그가 한숨을 내쉬었습니다. "마을 사람들은 어떻게 됐는지 모르겠네요."

그러고 보니, 마을에 마을 사람들은 없었습니다. 관암포 군사들만 나무 그늘 아래 흩어져 앉아서 점심을 들고 난 뒤의 나른함을 즐기고 있었습니다.

"제가 묵었던 집은 젊은 부부가 살았는데, 부인이 만삭에 가까웠어요. 지금쯤 아이가 태어났을 텐데. 갓난애가 무사한지 모르겠네요." 문득 다리에서 기운이 빠져나가는 것 같아서, 그녀는 풀섶에 주저앉았습니다.

"다리 아프세요?" 오리손이 그녀를 살폈습니다.

"아뇨." 그녀는 한숨을 길게 내쉬었습니다. "전쟁이 이런 건가요? 이렇게…… 아기하고 산모가 집에서 쉬지도 못하고, 죽거나 아니면 피난을 가야 한다니……"

"전쟁은 비참하죠. 언제나 비참하죠," 그가 메마른 목소리로 대꾸했습니다.

"그런데 왜 사람들은 전쟁을 일으키죠? 왜 반야 사람들은 우리나라에 쳐들어와서 이런 짓들을 하죠?" 소용이 없는 줄 알면서도, 그녀는 푸념을 했습니다.

오리손은 굳은 얼굴로 한참 동안 땅을 내려다보았습니다. 그러고는 그녀의 푸념에 정색하고서 대꾸했습니다, "사람의 마음이 전쟁을 좋아하도록 만들어졌기 때문일 겁니다. 그래서 옛날 어떤 장수가 그랬답니다, '전쟁이 그렇게도 비참한 게 오히려 다행이다. 안 그렇다면, 사람들은 전쟁을 너무 좋아하게 될 것이다.' 그 얘기가 맞는 것 같습니다."

36. 마석 싸움

　그날 오후에 마려한이 이끄는 관암포 군대는 마석읍을 점령했습니다. 기병들로 이루어진 정찰대는 하마촌에서 물러난 반야군이 마석읍에서 서쪽으로 오 리가량 되는 마석산성에 진을 치고 있다고 보고했습니다. 관암포 군대는 곧 마석읍 둘레에 야전 축성을 시작했습니다. 적군이 들이닥쳐도 단숨에 밀고 들어올 수 없을 만큼 흙을 높이 쌓는 작업이었습니다. 군사들은 모두 그 일에 매달렸고, 심지어 마려한까지 삽을 잡았습니다. 덕분에 일은 해가 지기 전에 끝났고, 군사들은 좀 느긋한 마음으로 저녁을 짓기 시작했습니다.
　마려한은 지난번에 민이가 묵었던 주막을 사령부로 삼았습니다. 그래서 민이도 주막 안채를 거처로 삼았습니다. 주막 안마당이 넓어서, 짐승들도 좋아했습니다.

그날 밤은 싸움이 벌어지지 않았습니다. 관암포 군대는 먼 길을 와서 지친 터라, 산성에 진을 친 반야군에게 싸움을 걸 생각이 없었고, 반야군은 하마촌 싸움에서 져서 겁을 먹은 터라, 산성에서 나와 싸움을 걸 생각이 없었을 것입니다.

다음 날에도 싸움은 없었습니다. 마려한은 경계병들만 남기고 다른 군사들은 푹 쉬도록 했습니다. 그리고 오후엔 군사 한 무리를 이끌고 근처 보리밭에서 보리를 베었습니다. 아직 보리를 거두기엔 좀 일렀지만 보리는 이미 누릇누릇해서, 군량이 부족한 관암포군으로선 풋보리를 잡을 만했습니다.

민이로서는 마려한의 그런 태도를 이해하기가 어려웠습니다. 우리나라에 침입해서 사람들을 죽이고 집에 불을 지른 적병들이 바로 코앞의 산성에 진을 치고 있는데도, 그들과 싸울 생각은 하지 않고 그냥 바라보기만 하는 것은 장수의 도리가 아닌 것 같았습니다.

"첨사님," 그녀는 보리밭에서 돌아온 마려한에게 말했습니다. "사람이 먹어야 사니까 보리를 베어오는 것도 중요하지만, 그래도 마석산성의 적군을 쳐서 내쫓는 것이 더 급하지 않은가요?"

마려한은 생각에 잠긴 눈길로 그녀의 좀 불만스러운 낯빛을 살폈습니다. 그러고는 싱긋 웃으면서, 이마의 땀을 소매로 훔쳤습니다. "마법사님께서 도와주신다면, 적군들을 한번 쳐보죠."

그의 말뜻을 몰라서, 그녀가 우물쭈물하자, 그가 정색하고 말했습니다. "마법사님, 저 산성엔 지금 사오백 명 되는 반야 군사들이 있을 겁니다. 줄잡아도, 이백 명은 훨씬 넘습니다. 지금 제가 거느린 군사는, 이번에 모집한 신병들을 포함해도 백오십 명가량 됩니다. 그래서 저 반야군과 맞부닥치면, 승산이 거의 없습니다."

그녀는 고개를 끄덕였습니다. 하마촌에서 마려한은 사로잡은 반야 군사를 대도로 후송하는 자한 대장에게 관암포군의 거의 절반이 되는 병력을 주었습니다. 그리고 무슨 일이 있어도 포로를 보고서와 함께 도원수에게 직접 넘기라고 당부했습니다. 그는 포로의 입을 통해서 대도에 있는 대신들과 장군들이 상황을 제대로 아는 것이 무엇보다도 중요하다고 판단했던 것이지요.

"그리고 마법사님, 저 마석산성은 보기보다는 단단한 성입니다. 그래서 우리처럼 공성 기구가 없는 군대는 저 성을 치기가 어렵습니다. 그냥 나섰다가는, 군사들만 많이 다칠 뿐입니다."

듣고 보니, 옳은 얘기였습니다. 문득 쑥스러워져서, 그녀는 산성만 바라보았습니다. 잘 알지도 못하는 일에 대해 괜히 참견했다는 생각이 들었고, 혹시 마려한이 그녀를 '역시 어린애'라고 생각할까 걱정스럽기도 했습니다.

"급할 거 없잖니까?" 두 사람의 얘기를 듣고 있던 오리손이 말했습니다. 그는 마려한과 함께 보리를 베고 돌아온 길이었습니다.

"왜 급하지 않아요?" 그렇지 않아도 쑥스러운 판에 오리손까지 거드는 것이 화가 나서, 그녀는 날카롭게 말했습니다. "빨리 적군을 물리쳐야 사람들이 돌아와서 살 거 아녜요?"

"아, 그런 얘기가 아니고," 젖은 수건으로 얼굴과 목을 훔치면서, 오리손이 느릿한 말씨로 대꾸했습니다. "제 얘긴 저 마석산성의 반야

군과 싸우는 것이 급하지 않다는 거죠."

"저 산성을 치기는 어렵지만, 그래도 빨리 적군들을 저기서 몰아내야 사람들이 돌아와서 살 것 아녜요?" 그녀는 추궁했습니다.

"마법사님, 그 점에 대해선 제가 말씀드리죠. 자문관님 말씀은 지금 답답한 쪽은 우리가 아니라 적군이란 얘깁니다. 시간은 우리 편이거든요," 마려한이 말했습니다. 오리손은 이제 관암포군의 자문관이었습니다. 민간인 신분으로 군대와 함께 행동하면, 불편하거나 어색한 점들이 있었습니다. 그렇다고 오리손을 다른 마을 사람들처럼 병사로 대하기도 어색했습니다. 그래서 마려한은 자문관이란 임시 직책을 생각해낸 것이었습니다.

"지금 우리가 적군과 싸우지 않는다고 해서, 우리가 그냥 놀고 있는 건 아닙니다," 잠시 뜸을 들인 다음, 마려한은 말을 이었습니다. "우리는 저기 산성에 있는 적군 몇 백 명을 여기에 붙잡아놓고 있거든요. 저 적군은 우리 때문에 강주로 가서 합세하지 못하고 여기 매여 있는 겁니다. 그러니 강주에서 싸우는 우리 군대는 그만큼 힘이 덜 드는 거죠. 군대라고 늘 싸움만 하는 건 아닙니다. 이렇게 서로 버티고 있는 것도 군대가 맡은 임무의 한 부분입니다. 그리고 지금 우리 군대에게 필요한 것은 시간입니다. 갑자기 침입을 받아서, 우리 군대는 싸움을 할 준비가 제대로 되어 있지 않습니다. 준비를 하려면, 시간이 걸립니다. 지금 적군을 여기 붙잡아놓음으로써, 우리는 그만큼 시간을 벌고 있는 겁니다. 반면, 적군은 시간이 지날수록 전세가 불리해집니다. 바다 건너 외국에 왔으니 모든 게 다 낯설고, 기후도 자기 나라 기후와는 많이 다르고, 음식이나 물도 몸에 잘 맞지 않죠. 그러니 시간이 갈수록 군사들이 지치게 되죠. 지금 답답한 건 적군이지 우리가 아닙니다." 자기 얘기가 마음에 들었는지, 말을 마치고서 마려한은 빙그레 웃었습니다.

"첨사님 말씀이 맞습니다." 오리손이 다시 거들었습니다. "산성에 갇혀서 벌써 이틀을 지냈으니, 반야 군사들은 많이 따분할 겁니다. 산성에 집이나 큰 나무들이 없을 터이니, 그늘이 있을 리 없죠. 그러니 이 더위에 그늘 아래서 쉬지도 못 한단 얘깁니다. 그리고 산성 안에 우물이 있다지만, 우물물이 오죽하겠습니까? 배탈이 나지 않으면, 다행이죠. 그러나 우리야 여기 민가들에서 편히 지내죠. 우리가 답답할 건 하나도 없죠."

오리손이 다시 나서자, 민이는 정말로 화가 났습니다. 그래서 오리손의 소매를 잡아끌었습니다. "오빠, 나 좀 봐요."

집 모퉁이를 돌아 뒤뜰로 가자, 그녀는 오리손에게 낮지만 거센 목소리로 항의했습니다, "오빠, 지금 오빤 다른 사람 앞에서 날 망신 줄 일이 있어요? 그냥 첨사님한테 언제 반야군하고 싸울 거냐고 물어본 건데, 오빠가 나서서 이러니 저러니 하고……"

"미안. 대단히 미안." 말은 그렇게 했지만, 그는 대단히 미안해하는 낯빛은 아니었습니다. 눈가에 웃음이 어린 얼굴로 그녀를 살피고 있었습니다.

'내가 말을 말아야지. 말이 통하지 않는 사람하곤……' 그녀는 오리손에게 눈을 흘기고 돌아서서 짐승들이 있는 곳으로 향했습니다.

짐승들은 그녀를 난처하게 만드는 일은 없었습니다.

해가 기울어 더위가 좀 가시자, 마려한은 군사들에게 마을을 둘러친 흙벽을 더 높이도록 했습니다. 흙담 바로 앞쪽의 흙을 파서 벽을 높이면, 적병들이 달려오는 기세를 누그러뜨릴 수 있고, 두 군대가 흙벽을 사이에 두고 싸울 때도 유리할 터였습니다.

저녁을 먹고 나자, 마려한은 대장들을 불러모았습니다. 그 작전 회의엔 물론 민이와 오리손도 참석했습니다. 마려한은 오늘 저녁이나 내일 새벽에 적군이 기습할 가능성이 높다고 얘기했습니다. 그리고 그런 기습에 대한 방책들을 설명했습니다.

마려한의 예상대로, 그날 밤 달이 뜨자 반야군은 마석산성에서 나와 마을로 쳐들어왔습니다. 지난번에 관암포군의 화살에 혼이 난 터라, 반야군은 이번엔 흩어져서 방패로 몸을 가리고 조심스럽게 다가왔습니다.

조용히 다가오는 반야군을 바라보면서, 민이는 부르르 몸을 떨었습니다. 지난번 하마촌 싸움 때보다 오히려 두려움이 컸습니다. 지난번엔 뭐가 뭔지 모르고 싸움에 끌려 들어갔지만, 이제는 싸움이 어떻게 시작되고 어떤 고비들이 있고 얼마나 비참한지 알게 된 터였습니다. 오른손에 잡은 돌칼의 칼자루에 힘을 주면서, 그녀는 자기도 모르게 오리손을 찾아 둘레를 살폈습니다. 그러고는 아까 낮에 그에게 화를 냈던 일을 떠올리고, 피식 웃었습니다. 오리손은 하마촌에서 응모한 사람들과 함께 진지의 뒤쪽을 맡아 지키고 있었습니다.

반야군은 관암포군 진지에서 백 걸음가량 되는 곳에서 걸음을 멈췄습니다. 돌격에 앞서, 숨을 가다듬고 대열을 맞추려는 것이었습니다. 그러더니 한 무리의 군사들이 방패로 한 사람을 에워싸고 스무 걸음쯤 앞으로 나왔습니다. 군사들이 양 옆으로 비켜서자, 그 사람이 은은한 달빛 아래 모습을 드러냈습니다. 하마촌에서 보았던 바로 그 마법사였습니다.

문득 사방이 조용해졌습니다. 긴 머리를 풀어헤친 채, 흰 두루마기에 달빛을 받은 반야 마법사의 모습은 지난번 하마촌 싸움터에서처럼 보는 사람의 마음에 무서움을 불어넣었습니다. 관암포군 진지에선 모두 그 자리에 얼어붙은 듯 꼼짝하지 않았습니다.

잠시 관암포군 진지를 노려보던 반야 마법사는 익도장에서 칼을 뽑아들었습니다. 그리고 주문을 외더니 관암포군 진지를 향해 칼을 휘둘렀습니다. 한줄기 퍼런 불길이 칼끝에서 뻗쳐나와 관암포군 진지를 후려쳤습니다. 불길을 맞은 군사 하나가 외마디 소리를 질렀습니다.

넋을 잃은 것처럼 그 마법사가 하는 짓을 바라보기만 하던 민이는 정신을 차렸습니다. 오른손에 든 돌칼에 자기도 모르게 힘을 주어서, 손이 저렸습니다. 그녀는 마음을 가다듬고 가슴에 든 마력을 한데 모았습니다. 그리고 여러 번 연습했던 검종의 주문을 외웠습니다. 그리고 반야 마법사를 향해 힘껏 돌칼을 휘둘렀습니다. 문득 온몸의 힘이 돌칼을 따라 빨려나가는 느낌이 들었습니다. 눈앞이 하얘지는 것을 느끼면서, 그녀는 앞쪽의 흙벽을 왼손으로 짚었습니다.

그 순간 양쪽 진영들에서 외마디 소리들이 터졌습니다.

가쁜 숨을 쉬던 민이는 마음을 가다듬고 앞쪽을 살폈습니다. 반야 마법사가 땅에 넘어져 있었습니다. 흰 두루마기는 검게 그을렸고 아직 연기가 나고 있었습니다.

"사수 발사 준비." 외마디 소리들이 채 가라앉기도 전에, 마려한의 힘찬 목소리가 밤하늘을 헤쳤습니다. "다섯, 네엣, 세엣, 두울, 하나, 쏴아."

일제히 밤하늘을 가르는 화살들을 바라보는 민이의 마음속으로 생각이 한줄기 스쳤습니다. '역시 장수는 다르구나. 모두 넋을 잃고 구경을 하는 사이에도, 첨사님은 기회를 잃지 않으시고……'

37. 부역자

"색시, 이거 좀 들어보지." 주막 안주인이 민이 앞에 사발을 내려놓았습니다. "앵두가 끝물이라 시원친 않은데……"

몸이 나른해서 마루에 걸터앉아 병아리들과 오리 새끼들이 노는 모습을 물끄러미 바라보던 민이는 일어나 고개 숙여 인사했습니다. "고맙습니다, 아주머니."

발 없는 말이 천리를 간다더니, 관암포군이 싸움에서 이기고 반야군이 마석산성에서 나와 해진주 쪽으로 물러났다는 소식은 이내 퍼졌습니다. 그래서 이튿날 아침엔 벌써 그동안 어디로 숨었는지 그림자도 보이지 않던 사람들이 돌아와서, 마석읍내는 활기를 되찾았습니다. 주막 주인 내외는 누구보다도 일찍 돌아왔습니다. 가까운 산골짜기 마을로 피난했다가 돌아왔다고 했습니다.

"어서 들어봐. 병난 다음엔 과일이 좋다구 하던데," 안주인이 사람 좋아 보이는 웃음을 지으면서 권했습니다.

싸움이 있던 밤, 마법을 하면서 힘을 한꺼번에 너무 많이 쏟은 탓에, 민이는 탈진했습니다. 몸이 너무 가라앉아서, 그녀는 사흘 동안 자리에 누워 앓았습니다. 식욕이 없어서, 주막 안주인이 쑤어준 미음도 제대로 먹지 못했고, 자연히 회복이 더뎠습니다. 더 큰 걱정은 어쩌면 영영 마법을 할 수 없게 될지도 모른다는 것이었습니다. '아빠처럼 된 걸까?' 하는 생각이 머리에서 떠나질 않았습니다. 겨우 어저께부터 기운을 좀 차려서, 밥을 제대로 먹기 시작했습니다.

"네." 민이는 앵두 한 개를 집어먹어 보았습니다. 목이 마르던 참이라, 달고도 시원했습니다. "맛이 아주 좋은데요. 잘 먹겠습니다, 아주머니."

그때 오리손이 다른 사람들과 함께 주막으로 들어왔습니다. 마루에 앉아 앵두를 먹는 그녀를 보자, 그는 반갑게 안마당으로 들어왔습니다. "어때요? 좀 나아요?"

"네." 그녀는 웃음을 지어 보였습니다. 앓고 난 뒤라, 얼굴이 땅기는 느낌이 들었습니다. "일은 다 마치셨어요?"

"예. 이제 다 끝났습니다."

오리손은 읍장을 비롯한 마석읍의 유지들과 함께 관암포군이 베어서 군량으로 삼은 보리가 얼마나 되는지 조사하고 돌아온 것이었습니다. 싸움이 있은 지 이틀 후 관암포군은 물러나는 반야군을 뒤쫓아 해진주 쪽으로 나아갔습니다. 그때 오리손이 마려한에게 얘기했습니다,

관암포군이 민가들에서 얻은 식량에 대해 보상을 해주어야 한다고. 당장 보상해주긴 어려우니, 나중에 정부에서 보상해줄 수 있도록 증서를 써주기는 해야 한다는 얘기였습니다. 그렇게 하는 것이 옳을 뿐만 아니라, 그렇게 해야 민심이 정부에서 떠나지 않아서, 전쟁에서 쉽게 이길 수 있다고 말했습니다. 마려한도 오리손의 얘기를 옳게 여겨, 그렇게 하자고 했습니다. 마침 탈진해서 길을 나서지 못하는 민이를 위해, 마려한은 오리손과 함께 군사 다섯을 남겨서 그녀를 나중에 호위하게 했는데, 보상해주는 일을 오리손에게 맡긴 것이었습니다.

"자문관님, 어서 가시죠." 어느 사이엔가 다가온 주막 주인이 기대에 찬 웃음을 지으면서 오리손에게 말했습니다. "읍장님께서 한 잔 사신다는데요."

"아, 그렇습니까? 전 술을 잘 하지 못하는데……"

"그러시면, 뭐, 조금만 하시죠. 지금 모두 자문관님을 기다리는데요."

"그럼……" 민이이게 고개를 끄덕여 보이고서, 오리손은 주막 주인을 따라 바깥채로 나갔습니다.

앵두를 다 먹자, 민이는 우물가에서 그릇을 씻어 부엌의 찬장에 넣었습니다. 그녀가 부엌에서 나와 바깥채로 가는데, 갑자기 사람들이 흥분해서 떠드는 소리가 났습니다. 그녀가 문간에 나가 내다보니, 저만큼 사람들이 몰려왔습니다. 여러 사람들이 한 사람을 에워싸고 번갈아 때리면서 끌고 오고 있었습니다. 그 사람들이 주막 앞 너른 마당에 이르자, 주막에서 술을 마시던 사람들이 나와서 바라보았습니다.

"무슨 일이냐?" 읍장이 누구에게랄 것도 없이 위엄 있는 목소리로 물었습니다.

"비오만이 놈을 잡았습니다. 안새골에서요." 막 어른이 된 듯한 젊은이가 자랑스럽게 말했습니다. "제가 나무를 하러 안새골 골짜기로 올라가는데 아, 이놈이 상여집에 숨어 있잖아요? 그래서……"

"저 사람이 누군데 저렇게 피투성이가 되도록 팼습니까?" 오리손이 읍장에게 물었습니다.

그 사이에도 한 사내가 입에 게거품을 물고서 잡혀온 사람을 발길로 차고 있었습니다.

"그만 하시오." 오리손이 외쳤습니다.

그러자 그 사내가 잡혀온 사람을 향해 내지르던 발길을 멈추고 고개를 돌려 오리손을 노려보았습니다. 사내는 얼굴이 벌겋게 달았고 눈까지 빨갛게 핏줄이 서 있었습니다. "네가 뭔데 그런 소리를 해?"

그러고는 다시 잡혀온 사내를 발길로 걷어찼습니다.

"관암포군의 자문관님이시다." 오리손의 곁에 선 우두머리 군사가 대신 대꾸했습니다. "됐나?"

그러자 그 사내는 흘긋 그 군사와 오리손을 쳐다보았습니다.

"야, 이놈아, 됐냐고 물었다. 됐나?" 그 군사가 목소리를 높였습니다.

그러자 그 사내는 마지못해 외마디 대꾸를 했습니다. "됐소."

그 군사의 위세에 눌렸는지, 자문관이 무슨 큰 권세가 있는 직책인 줄 알았는지, 사람들은 슬그머니 한 걸음씩 뒤로 물러섰습니다.

"저 사람이 누굽니까?" 오리손이 다시 읍장에게 물었습니다.

"비오만이라는 자로 행상을 하고 사는데, 이번에 반야군의 길잡이 노릇을 했습니다. 저자가 반야 말을 할 줄 알 거든요."

"아, 예." 그는 고개를 끄덕이고서 비오만에게 다가섰습니다. "비오만 씨."

비오만이 머리를 감쌌던 두 팔을 풀고 고개를 들어 오리손을 올려다보았습니다.

"비오만 씨, 당신이 정말로 반야군의 길잡이 노릇을 했습니까?"

비오만이 고개를 끄덕였습니다. "누가 허구 싶어 했나유? 제가 반야 말을 안다는 얘길 듣구서, 강제루……"

"그러면 자진해서 길잡이 노릇을 한 것이 아니란 얘깁니까?"

"아, 그러문요. 누가 반야 앞잡이 노릇을 하겠다구 나서겠습니까?"

"그러면 언제 어디서 반야군에게 붙잡혔습니까?"

"자은포 반야 사람 가게에서요."

"자은포에서요?"

"예. 자은포에 미나바시야라는 반야 사람 객주가 있는데, 그 사람한테 물건을 받으러 갔다가……"

"거긴 언제 갔습니까?"

"반야군이 쳐들어와 자은포를 점령한 뒤에 갔습니다."

"아니, 반야군이 자은포를 점령했는데, 거기로 갔단 얘깁니까?" 오리손이 처음으로 놀라는 얼굴을 했다.

"예. 제가 미나바시야에게 선금을 주었는데, 물건을 받지 못하면 저는 알거지가 됩니다. 물건 달라고 선금 준 걸 떼이고 나면, 저 같은 장돌뱅이에게 무엇이 남겠습니까? 알거지가 되는 거쥬. 그래서 그 반야 사람 가게로 갔습니다. 청명에 죽으나 한식에 죽으나 하는 심정으루."

"그래서, 물건은 받았습니까?"

"물건은 받지 못허구, 미나바시야가 절 반야군 군관에게 넘겼습니다, 반야 말두 허구, 장돌뱅이라 지리두 훤하니까, 길잡이루 제격이라면서유."

"알겠습니다." 오리손이 고개를 끄덕였습니다. "비오만 씨, 반야군 길잡이 노릇을 할 때, 잘못을 저지른 일이 있습니까? 사람을 해코지했다든가, 남의 재물을 빼앗았다든가?"

"그런 일은 전혀 없습니다. 나쁜 짓 한 적은 한 번두 없습니다," 비오만이 문득 열을 내면서 외쳤습니다.

"네 놈이 내 안식구를 데려갔잖아, 이 죽일 놈아," 아까 비오만을 마구 발길질한 사내가 받아쳤습니다.

"미채도완이, 그렇지 않아," 비오만이 그 사내를 향해 간절한 어조로 설명했습니다. "내가 왜 자네 부인에게 몹쓸 짓을 했겠나? 내가 자네 부인을 보았을 때는 이미 반야 군사 두 놈이 자네 부인을 붙잡아가지고 오더라구. 이미 일이 그렇게 됐는데, 그 반야 놈들이 눈이 뒤집혔는데, 내가 무얼 어떻게 할 수 있었겠나?"

"말은 잘 헌다, 이 죽일 놈," 미채도완이란 사내는 다시 입가에 게거품을 물었습니다.

"그러면 비오만 씨, 당신이 반야군 길잡이 노릇을 하면서, 잘한 일은 없습니까?" 오리손이 말했습니다. "어려운 사람을 도와준 일 같은 것 말입니다."

비오만은 잠시 눈을 껌벅거리면서 생각했습니다. "제 목숨 하나 부지할 생각밖엔 없어서, 남 도와줄 생각도 못 했습니다. 뭐가 잘못 되면 저한테 책임을 물을 것만 같아서, 뭐…… 저기, 사기점 사는 벙어리 하시동이가 반야 군사에게 죽을 뻔했는데, 제가 벙어리라 말을 못한다고 말해줘서 살아났습니다. 다 피난 갔는데, 어떻게 그놈 혼자 남았다가, 변을 당할 뻔했습니다."

"사기점에 하시동이란 사람이 삽니까?" 오리손이 읍장에게 물었습니다.

"예. 벙어리에다 머리가 좀 모자라는 사람인데, 여기 사람이야 '벙어리 하시동' 하면 다 알죠."

"반야 군사들이 물러간 뒤에 그 하시동이란 사람을 본 분이 여기 안 계신가요?" 오리손이 사람들을 둘러보았습니다.

"제가 봤습니다." 뒤쪽에 서 있던 나이가 든 사람이 말했습니다. "반야 놈들이 사기점에서 민가에 불을 놓아 집이 여러 채 탔습니다. 그래서 제가 어저께 처남 집 고치는 일을 도와주러 갔었거든요. 하시동이가 거기 어슬렁거리고 있던데요."

"됐습니다. 비오만 씨가 자기 말대로 하시동 씨를 구해주었는지는 알 수 없죠. 하지만 비오만 씨 얘기를 들어보면, 그랬을 것 같기도 합니다." 오리손은 한바퀴 사람들을 둘러보았습니다.

"자문관님 말씀이 맞습니다," 읍장이 재빨리 동의하고 나섰습니다. 그러자 사람들이 모두 고개를 끄덕였습니다. 미채도완만 불만이 가득한 얼굴로 뭐라고 웅얼거렸습니다.

"적어도 비오만 씨가 하시동 씨를 해코지하지 않은 것은 분명합니다. 군대가 쳐들어오면, 민간인들은 아주 어려운 처지로 몰립니다. 적군이 하라는 대로 하지 않으면, 죽을 수밖에 없습니다. 길잡이를 하라면 할 수밖에 없죠. 비오만 씨가 길잡이를 하지 않았다고 칩시다. 그러면 반야군이 길잡이를 구하지 못했을까요?" 사람들을 한바퀴 둘러본 다음, 오리손은 고개를 저었습니다. "다른 사람이 했겠죠. 그건 분명합니다. 그러니 길잡이 노릇을 했다고 해서, 부역자라고 몰아붙일 일은 못 됩니다. 길잡이 노릇을 하면서 나쁜 짓을 했다면, 물론 벌을 받아야죠. 그러나 반야군에 강제로 끌려가서 길잡이 노릇을 하고 통역 노릇을 했다고, 무조건 때려죽여야 한다고 하면, 그건 잘못된 얘깁니다. 그리고 설령 나쁜 짓을 했다고 하더라도, 여러분들이 마구잡이로 때리고 벌을 줄 수는 없습니다. 이곳을 다스리는 태수가 정식으로 재판을 열어서 진상을 조사한 다음, 판결을 내린 뒤에야 벌을 줄 수 있는 것입니다. 아시겠습니까?"

모두 고개를 끄덕였습니다. 아직도 눈이 벌겋고 입가엔 게거품이 남은 미채도완만 빼놓고.

"물론 미채도완 씨처럼 불행한 일을 당하면, 나라도 반야군을 위해 일한 사람들이 미울 것이고, 그 사람들에게 분풀이를 하고 싶어질 것입니다. 그래도 법은 법입니다. 지킬 것은 지켜야 합니다. 앞으로 이와 비슷한 일이 또 벌어지면, 먼저 읍장님하고 상의하십시오. 분통이 터진다고, 너무 억울하다고, 이렇게 마구 때리면 안 됩니다. 아시겠습니까?"

모두 고개를 끄덕였습니다. 이번엔 미채도완도 고개를 살짝 끄덕였습니다.

"반야군의 길잡이 노릇을 했으니, 비오만 씨는 반야군에 관해서 중요한 정보들을 갖고 있을 터입니다. 그러니 비오만 씨는 저희 관암포군이 맡아서 조사하겠습니다. 여러분들은 돌아가셔서 일들을 하십시오." 오리손은 읍장을 돌아보았습니다. "그럼 읍장님, 여기 뒷일을 좀 부탁드립니다. 저희는 비오만 씨를 데리고 가서 신문하겠습니다."

"아, 예, 그렇게 하시죠. 자문관님, 수고 많이 하셨습니다." 읍장이 허리를 굽혀 인사했습니다. 그리고 마을 사람들을 둘러보았습니다. "다들 자문관님 말씀을 잘 들었지? 자, 가세, 우리 집으로 가서 나머지 얘기들을 해보세."

38. 어린 시절은 바람결에 날리고

　점심을 한껏 먹고 난 뒤의 나른함을 즐기면서, 민이는 마루 기둥에 등을 대고 주막 안마당에서 병아리들과 오리 새끼들이 노는 모습을 물끄러미 바라보았습니다. 밥맛이 돌아오기도 했지만, 푹 퍼진 햇보리밥에 열무 겉절이를 넣고 고추장으로 벌겋게 비벼서 든 점심은 더할 나위 없이 맛있었습니다.
　주막 안마당은 조용했습니다. 읍내 사람들은 모두 보리를 거두려고 들로 나갔습니다. 반야 군사들이 빼앗아가고 우리 군사들이 축낸 터라, 어느 집이나 양식이 없었습니다. 그래서 모두 보리를 일찍 잡아야 했습니다. 바깥채에선 오리손과 군사들이 반야군의 길잡이 노릇을 한 사람을 조사하고 있었습니다.
　병아리들을 바라보던 그녀는 녀석들 가운데 하나가 다리를 전다는

것을 깨달았습니다. '모슬이 녀석이구나. 다리를 다쳤나?'

다른 병아리들과 제대로 어울리지 못하고 한쪽에서 절뚝거리는 녀석을 잡아서, 그녀는 다리를 살펴보았습니다. 무슨 물건에 다친 듯, 왼쪽 다리의 껍질이 벗겨지고 피가 나 있었습니다. '크게 다친 것 같진 않은데. 마침 잘됐다. 안 그래도, 내가 마법을 제대로 할 수 있나 알아보려던 참인데……'

반야군과 싸우던 날, 그녀는 마력을 한꺼번에 쏟아내어 탈진했습니다. 마음을 모아 마법을 내보내기도 했지만, 개들이 마법성에서 찾아낸 돌칼이 엄청난 힘을 지닌 마법봉이라는 점도 있었을 터입니다. 생각해보면, 그럴 만도 했습니다. 그 돌칼은 마법의 황금기에 훌륭한 마법사들이 쓴 마법봉이었을 테니까요. 어쨌든, 탈진한 그녀의 머리에 맨 먼저 떠오른 것은 자기도 아빠처럼 마법을 할 수 없을지 모른다는 생각이었습니다. 이제 기운을 차렸으니, 과연 마법을 할 수 있는가 확인해보고 싶어졌어요.

그녀는 모슬이를 손에 들고 안채를 돌아 뒤뜰로 갔습니다. 뒤뜰엔 오래된 나무들이 많았습니다. 그녀는 가장 오래된 것처럼 보이는 돌보리나무로 다가갔습니다. "저기, '나이 들어갈수록 부드러워지고 너그러워지는 나무'야, 네 마력을 내게 좀 주렴. 이 귀여운 병아리가 다리를 다쳤단다."

돌보리나무가 가슴을 열어주자, 그녀는 거기 고인 마력을 자기 가슴에 받아들였습니다. 문득 몸과 마음이 함께 시원해지는 느낌이 들었습니다. 마른 땅이 빗줄기를 빨아들이듯, 그녀의 몸은 마력을 받아들였습니다. 전에는 마력을 받아들일 때 무슨 약을 먹는 듯한 느낌이 들었으나, 지금은 마력이 마른 목을 축이는 물과 같았습니다.

그녀는 부채를 펴서 마력이 실린 바람을 모슬이의 다리에 보냈습니다. 문득 그녀 마음이 환해지면서, 마력이 모슬이의 다친 다리를 치료하는 모습이 보이는 듯했습니다. 모슬이 다리의 뼈와 살과 힘줄과 핏줄과 신경이 얽힌 모습과 그것들의 결이 보이고, 그 결을 따라 마력이 스며드는 모습이 눈에 들어왔습니다.

자신이 헛것을 본 것은 아닌가 해서, 그녀는 마음을 가다듬고 다시 살펴보았습니다. 분명히 헛것을 본 것은 아니었습니다. 그 사이에 모슬이는 다리가 다 나은 듯, 그녀의 손바닥에서 뛰어올라 날개를 퍼덕이더니 땅에 내려앉았습니다. 그녀는 싱긋 웃으면서 안도의 한숨을 내쉬었습니다.

낯선 생각 한마디가 떠올라서, 그녀는 웃음을 거두고 정색을 했습니다. 그녀는 그냥 전처럼 마법을 할 수 있게 된 것이 아니었습니다. 이제는 마법을 훨씬 잘 할 수 있게 된 것입니다. 전에는 공식들을 뜻도 모르고 그냥 외워서 수학 문제를 풀었지만, 이제는 공식들이 어떻게 나왔는지 알고서 문제를 푸는 셈이었습니다. 그녀는 깨달았습니다. 이제 자기는 견습 마법사가 아니고 정식 마법사가 되었다는 것을.

제 엄마와 형제들을 찾아, 집 모퉁이를 돌아 안마당으로 종종걸음을 치는 모슬이를 바라보면서, 그녀는 자신이 요 며칠 사이에 부쩍 자랐다는 것을, 무슨 껍질을 깨고 나온 것처럼 달라졌다는 것을, 느꼈습니다. 넉 달 전 대도를 떠날 때, 그녀는 분명히 열다섯 살 난 계집애였습니다. 그러나 이제는 어른이었습니다. 그리고 실제로 어른들로부터 어른 대접을 받고 있었습니다.

학교에서 책을 펴놓고 선생님 말씀을 들으면서 공부하고 있을 친구들의 모습이 눈앞에 떠올랐습니다. 그 친구들이 아주 낯설게 느껴졌습니다. 이제 그녀는 험악한 싸움터에서 적군과 힘든 싸움들을 벌였고, 적군의 마법사와 대결해서 그를 죽였고, 싸움이 얼마나 비참한 것인지 두 눈으로 보았습니다. 이제 그녀는 교실로 돌아갈 수 없었습니다. 설령 돌아간다 해도, 그녀는 친구들과는 다를 수밖에 없었습니다. 아직 어렸지만, 그녀는 이제 어린아이들이 보아선 안 될 것들을 너무 많이 보았고, 어린아이들이 알아선 안 될 것들을 너무 많이 알아버린 것입니다. 이제 그녀의 어린 시절은 끝난 것이었습니다.

생각에 잠겨, 그녀는 돌보리나무 앞에서 물러났습니다. 바로 옆에 꽃이 흐드러지게 핀 수국 한 그루가 있었습니다. 나무 아래 파릇한 이끼 덮인 땅엔 꽃잎들이 흩어져 있었습니다. 그녀가 바라보는 사이에도 꽃잎 하나가 바람결에 날려 떨어졌습니다. 그녀는 잘 알았습니다, 꽃은 언젠가는 져야 한다는 것을. 그래야 열매가 맺힐 수 있었지요. 그래도 바람에 날리는 꽃잎을 보면, 마음은 어쩔 수 없이 서글퍼지게 되는 것이었습니다. 이제 그녀의 어린 시절은 꽃잎이 되어 세월의 바람결에 날려갔습니다. 어른이 되는 것은 반가운 일이었지만, 지난 시절을 바라보는 그녀의 마음은 어쩔 수 없이 애틋했습니다. 바람결에 꽃잎 하나가 다시 날렸습니다.

39. 그리운 아내 받아보시오

다음 날 아침 일찍 민이 일행은 다시 해진주를 향해 길을 나섰습니다. 다른 때와는 달리, 오리손이 서둘렀습니다. 호위하는 군사들 다섯이 앞장을 섰고, 반야군의 길잡이 노릇을 한 죄로 관암포군의 진영으로 압송되는 비오만과 그의 가족이 그 뒤를 따랐고, 뒤에 민이와 오리손과 짐승들이 섰습니다.

오리손이 서두른 덕분에, 일행은 마석에서 사십 리 길인 성하리 삼거리에서 점심을 들 수 있었습니다. 성하리는 서쪽 해진주로 가는 길과 남쪽 관암포로 가는 길이 갈리는 곳이었습니다.

점심을 마치자, 오리손은 우두머리 군사인 기요인과 한참 동안 얘기를 했습니다. 그러고는 주막 마루 한쪽에 모인 비오만 가족에게 다가갔습니다. "비오만 씨."

"예, 자문관 나으리." 비오만이 벌떡 일어나서 허리를 굽혔습니다.

"비오만 씨는 행상이시니, 지리를 잘 아시죠?"

"아, 예. 조금 압니다."

"여기서 남쪽 길을 고르면, 관암포로 가죠?"

"예, 나으리."

"관암포에서 동쪽으로 조금 가면 흑하가 나오고, 흑하를 건너면 구암도죠. 맞죠?"

"예, 그렇습지요."

"반야군의 길잡이 노릇을 했다는 것이 알려지면, 그 애긴 평생을 따라다닐 겁니다." 나직한 목소리로 말하고서, 오리손은 비오만과 그의 가족을 무거운 눈길로 살폈습니다.

오리손의 얘기에 비오만은 움찔했습니다. 그의 아내도 걱정스러운 얼굴로 오리손을 슬쩍 쳐다보았습니다. 그러나 여섯 살, 네 살, 그리고 막 돌이 지난 아이들은 여행이 재미있는지 낯빛이 밝았습니다.

"그래서 비오만 씨는 이제 여기 흑양도에선 사시기가 어려울 것 같습니다." 오리손이 말을 이었습니다. "천생 다른 지방에 가셔서 거기서 사셔야 할 것 같습니다."

비오만이 어두운 낯빛으로 고개를 끄덕였습니다.

"그러니 여기서 남쪽 길로 가십시오. 될 수 있으면, 멀리 구암도로 가시는 게 좋을 것 같습니다."

"저를 풀어주시는 겁니까, 자문관 나으리?" 비오만이 놀라서 외치다시피 말했습니다.

"예. 이미 조사는 끝났으니까, 관암포군 진영까지 가실 필요는 없습니다. 이미 보고서를 만들었습니다."

"감사합니다, 자문관 나으리. 정말 감사합니다."

"남쪽 길을 따라가면, 관암포에 닿기 전에 아슬포가 나오죠?"

"예, 그렇습지요."

"아슬포에 제 친구가 있습니다. 그 친구에게 소개장을 써놓았으니, 아슬포에 닿으시면 그 친구를 찾아가십시오. 박대는 하지 않을 것입니다." 오리손이 문서통에서 봉투 하나를 꺼내 비오만에게 건넸습니다. "주소는 겉봉에 쓰여 있습니다."

"예, 감사합니다."

"그리고 관암포에 가시면," 오리손이 웃음 띤 얼굴로 군사들을 돌아보았습니다. "여기 계신 분들 댁을 찾아보십시오. 싸움터에서 잘 계시다는 소식을 갖고 가시면, 반가워들 하실 겁니다."

"내 집은 관암포 높은가맷골에 있는데, 비오만 씨, 높은가맷골 아시오?" 기요인이 물었습니다.

"예, 압니다. 낮은가맷골 위에 있는 마을 아닙니까? 뜨거운 물이 나온다는 골짜기 바로 아래에……"

"맞습니다. 거기 가서 이 기요인이 이름을 대면, 다 알 거요."

"그냥 찾아가기보다 소개장을 하나 갖고 가는 것이 나을 텐데. 아, 그러면," 오리손이 기요인에게 말했습니다. "기 부대장님, 아예 집으로 편지를 한 통 써서 부치시오. 인편이 있으니, 편지를 하는 게 안 좋겠습니까?"

기요인이 억센 수염이 난 턱을 쓰다듬었습니다. "그런데 제가 글을 알아야죠."

"글은 제가 써드리죠." 오리손이 서류통에서 필기구를 꺼내 마루에 늘어놓았습니다. "자, 준비됐습니다. 부르시죠."

기요인이 심각한 얼굴로 글귀를 생각하기 시작했습니다. 이마를 찌푸린 채, 두 주먹을 쥐었다 폈다 했습니다. 그러고는 고개를 저었습니다. "안 되겠습니다, 자문관님. 도저히 무어라고 써야 할지. 평생 편지라곤 써본 적이 없어서."

오리손이 웃음 띤 얼굴로 고개를 끄덕였습니다.

"저어, 자문관님, 자문관님께서 제 대신 글을 하나 지어주시면 안 될까요? 전에도 한 번 첨사님께서 대신 편지를 써주신 적이 있는데요."

"아, 그래요?" 오리손이 껄껄 웃었습니다. 그리고 잠시 생각하더니, 이것저것 물었습니다. 이어 종이에 글을 적기 시작했습니다.

모두 둘러서서 오리손이 편지 쓰는 모습을 신기한 듯이 지켜보았습니다. 호기심이 많은 미모와 토실이까지 꼬리를 저으면서 사람들 사이로 비집고 들어와서 무엇을 아는 듯이 연신 고개를 끄덕이면서 지켜보았습니다.

"자아, 제가 한번 읽어볼게요." 마침내 몸을 일으킨 오리손이 말하고서 헛기침으로 목을 가다듬었습니다. "그리운 아내 받아보시오."

그 말을 듣는 순간, 민이의 가슴에 짙은 무엇이 서렸습니다. 여느 때 같으면, 무심히 듣고 넘겼을 말이었습니다. 그러나 위험한 싸움을 벌써 여러 차례 겪었고, 앞으로도 힘든 싸움들에 나설 군사가 싸움터에서 틈을 내어 쓴 편지글에 쓰인 그 말은 그녀의 가슴에 절절한 외침으로 다가왔습니다. 어쩌면 그 편지를 오리손이 대신 썼다는 사실 때문에, 글도 모르는 군사가 싸움터에서 어쩌다 얻은 인편으로 보내려고 다른 사람에게 부탁해서 쓴 편지라는 사실 때문에, 그렇게 절절하게 다가왔는지도 모릅니다.

그동안도 잘 있는지 궁금하오. 부모님 모시고 시동생들 뒷바라지하고 아이들 키우느라 고생이 많을 줄로 아오. 여기 나는 별다른 어려움 없이 잘 지내고 있소. 그동안 반야 군사들과 여러 차례 싸움을 했는데, 첨사님의 훌륭하신 지휘 덕분에 우리 관암포군은 적군을 거듭 물리쳤소. 나도 작으나마 공을 세워서 첨사님으로부터 칭찬을 들었소. 자은포에는 좋은 물건들이 많다고 들었소. 전쟁이 끝나면, 내 당신에게 선물을 하나 사갖고 돌아가리다. 마침 인편을 얻어서 이 편지를 부치게 되었는데, 이 편지를 갖고 갈 비오만 씨 가족을 잘 대접해주시오. 싸움터에선 늘 바쁘지만, 그래도 시간이 나면, 나는 늘 당신 생각을 한다오. 다시 만날 때까지 건강하게 지내길 바라오. 부모님께 당신이 대신 인사 말씀을 올려주시오. 성하리에서 당신의 남편 기요인 부침.

"하아," 누구의 입에선지 탄성이 나왔습니다. 모두 오리손의 글 솜씨에 감심한 얼굴로 고개를 끄덕였습니다.
"감사합니다, 자문관님." 원래 목소리가 걸걸한 기요인이 잠긴 목소리로 인사했습니다.

"급히 쓰느라, 잘 쓰지 못했습니다." 오리손이 가볍게 대꾸하고서 편지를 봉투에 넣어 기요인에게 건넸습니다.

"정말로 감사합니다." 기요인이 봉투를 받아서 두 손으로 쓰다듬더니 비오만에게 내밀었습니다. "자아, 여기 편지를 좀…… 잘 부탁하오."

"예. 꼭 전해드리겠습니다."

"자문관님," 비오만이 기요인의 편지를 받아 품에 간수하는 것을 보던 효조명우라는 군사가 오리손을 불렀습니다.

"예?"

"저도 편지를 한 통……" 효조명우가 어렵사리 말하고서 얼굴을 붉혔습니다.

"아, 그렇죠. 다른 분들도 댁에 편지를 보내셔야죠." 오리손은 선선히 말했습니다.

그렇게 해서 오리손은 편지를 네 통 더 썼고, 그 편지들은 군사들의 손을 거쳐 비오만의 품속으로 들어갔습니다. 그러고 나서, 비오만 가족은 남은 사람들에게 작별 인사를 했습니다. 비오만의 부인은 고마워서 인사도 제대로 못 하고 눈물만 흘렸습니다.

"아주머니," 작별 인사가 끝나자, 민이는 전대에서 삼십 냥을 꺼내 비오만의 부인에게 내밀었습니다. "이거 가시는 길에 노자로 삼으세요."

"아녜유. 이렇게 살려주시는 것만두 고맙기 그지없는디, 돈까진……" 부인이 고개를 저었습니다.

"받으세요. 먼 길을 가시려면 돈이 있어야, 아이들이 배고프지 않죠."

아이들 얘기가 나오자, 부인은 눈물범벅이 된 얼굴로 돈을 받았습니다. "아이구, 고마워라. 이 은혜를 어떻게 갚쥬?"

"감사합니다, 마법사님," 눈시울을 붉히면서, 비오만이 말했습니다.

"아저씨께서 감사해야 할 분은 따로 계세요. 아저씨는 강주에 사시는 반시문 할아버지를 아세요?"

"강주 반시문 씨유? 잘 알쥬, 아주 훌륭하신 분으로 호가 나신 분이쥬."

"지금 제가 드린 돈은 원래 반시문 할아버지께서 주신 거예요. 좋은 일에 쓰라고 하시면서, 제게 주셨어요. 난리가 끝나고 강주에 갈 일이 생기면, 반시문 할아버지께 한번 찾아가서 인사를 올리세요."

해진주로 가는 길을 따라 한참 걷다가, 민이는 걸음을 멈추고 뒤를 돌아보았습니다. 관암포로 가는 길을 따라 다섯 식구는 부지런히 가고 있었습니다. 나이 지긋한 장돌뱅이 아빠는 등에 짐을 지고, 엄마는 등에 돌 지난 막내를 업고 한 손에 보퉁이를 들고, 아직 철 모르는 두 아이들은 다리를 재게 놀리면서. 갑자기 고향에서 쫓겨난 한 가족은 그렇게 여름 한나절 뙤약볕 아래 정처 없는 길을 가고 있었습니다. 그들은 점점 작아져서 작은 점들이 되었습니다. 그리고 산모퉁이를 돌아 사라졌습니다.

40. 향음계

관암포군이 진을 친 곳은 해진주성에서 사오 리 되는 석교리라는 마을이었습니다. 마을 앞쪽에 돌다리가 있어서, 아마도 그런 이름이 붙은 모양이었습니다. 석교리 가까이 갔을 때, 갑자기 비가 쏟아져서, 민이 일행은 꼼짝없이 비를 맞았습니다.

민이 일행이 다가오는 것을 보자, 마려한은 빗속에서도 반갑게 나와서 그들을 맞았습니다. 그러고는 서둘러 목욕 물을 데우라고 군사들에게 지시했습니다. 마려한은 민이가 비를 맞아서 감기에 걸릴까 무척 걱정했습니다. 덕분에 그녀는 마법성을 나선 뒤 처음으로 더운 물에 목욕을 했습니다.

더운물에 목욕을 한데다 좀 이른 저녁을 먹어 나른해진 민이가 깜빡 졸고 있는데, 오리손이 방으로 들어왔습니다. 그는 상황을 살핀다고 마려한의 숙소를 찾아갔었습니다. 자리에 앉자, 그는 쓸쓸하게 입맛을 다셨습니다.

"오빠, 무슨 일이 있어요?"

"뭐, 별거 아닌데요." 그는 억지로 밝은 낯빛을 지었습니다. "상황이 좀 바뀌었어요."

"어떻게요?"

"관암포군이 여기 진을 친 것을 알고, 지난번 해진주성 싸움에서 우리 군대가 패한 뒤 도망쳤던 장수들이 여기로 모여들었어요."

"그래요? 우리 장수들이 모여들었으면……" 그녀는 고개를 갸웃했습니다. "그게 문제가 되는가요?"

"장수들이 몸만 달랑 왔거든요. 군사들은 다 잃고. 네 장수가 거느리고 온 군사들은 모두 합쳐도 서른 명밖에 안 된답니다. 그렇지만, 그 장수들의 지위는 마려한 첨사보다 높거나 비슷하거든요. 그러니 마려한 첨사가 마음대로 일을 처리할 수 없게 됐죠."

"아, 그런가요?"

"게다가 가장 높은 장수는 흑양남도병마절도사거든요. 바로 마려한 첨사의 직속 상관이죠. 그러니……" 그가 고개를 저었습니다.

그의 설명에 따르면, 흑양도는 군사적으로는 자은포 남쪽을 경계로 해서 남도와 북도로 나뉘어서, 각각 육군은 남도병마절도사와 북도병마절도사가 그리고 수군은 남도수군절도사와 북도수군절도사가 지휘했습니다. 마려한은 남도병마절도사의 지휘를 받는 관암포 첨사로 그의 정식 직명은 관암포 병마첨절제사였습니다.

다음 날 아침에 흑양남도병마절도사가 묵고 있는 집에서 작전 회의가 열렸습니다. 군인 여섯에 민이와 오리손까지 여덟 사람이 모였습니다. 회의가 시작되자, 곧 어젯밤 오리손이 걱정한 것이 사실임이 드러났습니다. 지휘관인 절도사와 다른 세 장수들은 은연중에 한통속이 되어 마려한을 견제했습니다. 마려한은 답답하다는 낯빛을 지을 뿐, 그들에게 드러내놓고 맞서지는 않았습니다.

답답하기는 민이가 더했습니다. 전황을 들어보니, 어떻게 해볼 도리가 없었습니다. 지금 우리 군대는 마려한이 거느린 이백오십 명가량의 군사들과 다른 장수들이 이끌고 온 삼십 명가량 되는 군사들을 합쳐 삼백 명이 채 못 되었습니다. 마려한이 거느린 군대도 반 넘게 새로 모집한 신병들이었습니다. 그러나 해진주성을 지키는 반야군은 마려한의 추산에 따르면, 적어도 오백 명은 넘었습니다. 원래 해진주성을 지키던 군대에 마석 싸움에서 패해 물러난 군대가 합세한 것이었습니다. 따라서 해진주성을 치는 일은 생각할 수도 없었습니다. 원래 성을 지키는 쪽이 아주 유리한 데다, 저쪽이 군사들도 많고 모두 잘 훈련된 군사들이었습니다. 당장은 적군이 단숨에 쳐들어올 수 없는 거리에서 진을 치고 마주보는 수밖에 없었지요.

물론 전략적으로는 그렇게 하는 것도 좋았습니다. 우리나라가 전쟁 준비를 할 시간을 벌게 하면서, 해진주성에 있는 적군이 다른 곳의 작전에 가담하지 못하게 할 수 있었습니다. 문제는 석교리처럼 작은 마을에서 삼백 명이나 되는 군대가 오래 머물 수 없다는 점이었습니다. 당장 군량을 마련하는 일이 쉽지 않았습니다. 게다가 오랫동안 아무 일도 않고 있자니, 군사들이 지루해져서 문제들을 일으켰습니다. 서로 싸우고, 어디서 구했는지 술을 마시고 소란을 피웠습니다. 심지어 도망치는 군사들도 나왔습니다.

"우리 처지가 좀 답답한데, 저기…… 마법사님," 얘기가 뜸해진 틈을 타서, 절도사 하인상이 민이에게 말했습니다. "무슨 좋은 계책이 없을까요?"

"글쎄요." 갑작스러운 요청에, 그녀는 좀 당황스러웠습니다. "절도사님, 제 생각엔 지금 당장 필요한 것은 우리 군사들에게 일거리를 만들어주는 것 같습니다."

"옳은 말씀입니다," 하인상이 선뜻 동의했습니다. 다른 장수들도 고개를 끄덕였습니다.

민이는 절도사가 주재하는 회의에서 자신이 한 첫 발언이 좋은 반응을 얻어서 무척 기뻤습니다. 그녀가 제일 두려워하는 것은 나이가 많고 군대와 전쟁에 관해서 많이 아는 사람들이 자신을 어린애로 여기는 것이었습니다.

"구체적으로 무슨 일을 해야, 군사들이……?" 가늠하는 눈길로 민이를 살피면서, 만리진 첨사 표민이 슬쩍 물었습니다.

"글쎄요. 이러면 어떨까요? 우리가 한번 해진주성 바로 앞까지 가서 진지를 만들고 시위를 해보면……"

"그것도 괜찮은 생각인데," 절도사가 동의하고서, 마려한을 쳐다보았습니다. "관암포 첨사는 어떻게 생각하시오?"

"제 생각도 같습니다. 다만," 마려한이 턱을 쓰다듬으면서 잠시 뜸을 들였습니다. "그냥 해진주성 앞에 진을 치는 것은 좀 싱거울 것 같습니다. 진을 치고서 무슨 일을 하면 좋을 텐데요."

하인상이 고개를 끄덕이고서 다시 민이를 쳐다보았습니다. "마법사님, 무슨 좋은 생각 없으신가요?"

"제가 지난번에 자은포에서 반야 노래책을 하나 구했거든요. 거기 나온 반야 노래들 가운데는 고향을 떠난 사람이 고향 집과 가족을 그리워하는 노래들이 많아요. 그 노래들을 해진주성에 있는 반야 군사들에게 들려주면 어떨까요? 반야 군사들의 마음이 좀 흔들리지 않을까요? 그 사람들이야 먼 땅에 나와서 고생하는 일이 즐겁겠어요?"

"어, 그거 정말 좋은 생각이네." 하인상이 무릎을 쳤습니다. "역시 마법사님께선 생각하시는 것이 우리 무변들하곤 다릅니다. 다른 분들은 어떻게 생각하십니까?"

모두 그럴듯한 생각이라고 말했습니다. 민이가 공을 세웠다는 얘기를 듣고 긴가민가 하던 사람들도 이제는 그녀를 달리 보는 눈치였습니다.

"향음계라는 거군요." 오리손이 말했습니다. 궁금해하는 사람들을 한 번 둘러다보고서, 그는 말을 이었습니다, "향음계는 고향의 음악을 써서 적을 물리치는 계책이란 뜻이죠. 옛날 도룬 제국에서 그런 계책을 실제로 쓴 적이 있습니다. 오상이라는 남쪽 나라가 배이수라는 북쪽 나라를 공격했는데, 배이수의 꾀 많은 장수가 노래를 잘 하는 사람들에게 오상의 노래들을 부르게 해서 오상 군사들의 마음을 흔들어 놓았습니다. 그래서 그 장수는 싸움을 하지도 않고 오상의 군대를 물리쳤습니다."

"그것 참." 하인상이 감탄했습니다. "듣고 보니, 마법사님께서 낸 계책이 정말로 좋은 계책이네."

"제가 반야 노래들을 반야 말로 부르겠습니다. 그리고 제게 반야 피리가 하나 있는데, 오리손 오빠가 피리를 잘 부시니, 오빠가 피리로 반주를 해주시면, 될 것 같습니다."

"그럼 더 잘 됐네." 하인상이 입맛을 다셨습니다. "그러면 관암포 첨사가 두 분과 상의하셔서, 잘 좀……"

41. 해진주 작전

　다음 날 아침 흑양남도병마절도사 하인상이 거느린 군대는 석교리를 나와 해진주성 쪽으로 나아갔습니다. 갑자기 숨은 나라 군대가 다가오자, 해진주성에선 놀란 반야 군사들이 부산하게 움직였습니다.
　그러나 해진주성 동문 앞으로 나아간 흑양남도군은 성에서 활 한 바탕이 조금 넘는 곳에서 멈췄습니다. 그리고 그 자리에서 야전 축성을 시작했습니다. 비가 내린 뒤라, 일하기는 수월했습니다. 해가 뉘엿해졌을 때, 진지 앞쪽엔 사람 허리까지 오르는 흙벽이 세워졌습니다. 반야군은 흑양남도군의 의도를 몰라, 모두 동쪽 성벽 위에 올라와서 흙벽이 세워진 진지를 가리키면서 떠들어댔습니다. 아마도 반야 군사들이 가장 궁금하게 여긴 것은 진지 앞쪽 한가운데 흙을 높이 돋우어 만든 무대였을 것입니다.

마침내 준비가 끝나자, 흑양남도군의 군관 하나가 흰 깃발을 날리면서 말을 타고 동문으로 다가갔습니다. 그리고 문밖에 나무 상자 하나를 내려놓고 돌아왔습니다. 그 상자 안에는 하인상이 반야군 장수에게 보내는 편지가 있었습니다.

숨은 나라 흑양남도병마절도사 하인상은 해진주성 주둔 반야 왕국 군대 사령관께 글월을 드립니다. 끝날 것 같지 않은 전쟁도 언젠가는 끝나고 아득하기만한 평화도 언젠가는 오게 마련입니다. 당연히, 전쟁을 하면서도 우리는 사람으로서 지킬 것들은 지키려고 애써야 하며, 적군이나 민간인들에게 불필요한 해를 끼치지 않아야 합니다. 그래서 우리 숨은 나라 군대는 지난번 하마촌 싸움과 마석읍 싸움에서 죽은 반야 군사들의 시체들을 거두어 장례를 치렀습니다. 반야군이 아무런 이유 없이 우리 땅에 침범해서 벌어진 이 전쟁이 끝나면, 하마촌과 마석읍에 묻힌 반야 군사들도 함께 고국에 돌아갈 수 있기를 바랍니다. 아울러 먼 이국 땅에 나와 힘든 나날을 보내는 반야 군사 여러분들을 잠시나마 위로하고자, 오늘 밤 노래를 들려드리고자 합니다. 여러분들의 성원을 부탁드립니다.

편지는 도룬어를 잘 아는 오리손이 썼습니다. 반야 사람들과의 교섭엔 으레 국제어인 도룬 어가 쓰였습니다.

마침내 해가 기울고 흑양남도군 진영에선 저녁 식사가 끝났습니다. 모두 노래 공연이 시작되기를 기다리고 있었지요.

"그러면, 절도사님, 시작하겠습니다." 오리손이 무대 옆 의자에 앉은 하인상에게 말했습니다.

"그러시오." 하인상이 고개를 끄덕이고 두 손을 마주 비볐습니다.

"첨사님, 그럼 저희가 한번 해보겠습니다." 오리손은 하인상 옆에 앉은 마려한에게 말하고서 싱긋 웃었습니다.

"예. 자문관님하고 마법사님께서 수고를 좀 해주십시오." 마려한은 짐승들을 다독거리는 민이를 슬쩍 돌아보았습니다.

"횃불과 모닥불을 모두 꺼주십시오." 오리손이 그를 돕는 관암포군 군관에게 부탁했습니다.

그 군관이 고개를 끄덕이고서 외쳤습니다, "모두 불을 꺼라. 횃불도 끄고 모닥불도 다 꺼라."

불을 끄느라 한동안 소동이 일어났습니다. 불이 꺼지자, 무대를 밝힌 횃불들만 남아서 무대를 비쳤습니다.

오리손이 먼저 무대 위로 올라갔습니다. 그리고 해진주성을 향해 종이 쪽지에 적은 대사를 반야 말로 외쳤습니다, "해진주성에 계신 반야 군사 여러분, 낮에 약속한 대로, 반야 왕국 군대와 숨은 나라 군대의 친선을 도모하고자 위문 공연을 시작하겠습니다."

오리손의 인사가 끝나자, 짐승들을 앞세우고 민이도 무대 위로 올라갔습니다. 좀 전에 생각해보니, 배경도 없고 소도구도 없어서, 무대가 너무 밋밋할 것 같았습니다. 그래서 짐승들을 배경으로 삼기로 한 것이었습니다. 반야 노래들을 들으면 반야 군사들은 나귀, 개, 산양, 닭, 오리와 같은 짐승들로부터 고향 집을 떠올릴 터여서, 향음계의 효

숨은 나라의 병아리 마법사

과를 높일 수 있을 터이기도 했습니다.

　무대 위에 오르자, 짐승들도 긴장이 되는지 모두 조용히 자리를 잡았습니다. 늘 까부는 병아리들과 오리 새끼들은 제 어미들 품속으로 들어가 고개만 내밀었습니다.

　"그럼," 오리손이 민이에게 고개를 끄덕이고서 그녀가 준 반야 피리를 꺼냈습니다. 그리고 '지하에서 떠도는 넋들을 위한 짧은 가락'을 불기 시작했습니다. 두 진영의 군사들이 숨을 죽이고 바라보는 가운데, 횃불로 밝힌 무대에 혼자 선 사내가 눈을 지그시 감고 부르는 그 가락은 사람들의 가슴을 부드럽게 어루만져 주었습니다.

　'오빠 피리 소리를 처음 들은 때가 아주 먼 옛날처럼 느껴지는구나.' 민이는 명주계곡을 내려오던 자신의 모습을 떠올렸습니다. '그땐 어린애였는데, 이젠……'

　오리손의 피리 독주가 끝나자, 민이가 오리손의 반주에 맞춰 '머루 타령'을 불렀습니다.

　　"우리가 처음 만난 것은
　　머루 익어가던 날이 아니었나요?
　　굽이굽이 돌아간 황성령 고갯길
　　알알이 익어가던 머루알처럼
　　사랑도 수줍게 익지 않았나요?'

　'머루 타령'은 원래 명주계곡에 전해내려온 민요인데, 이번에 오리손이 그녀에게 가르쳐주었습니다.

이어 민이는 반야 노래 '이역의 싸움터에서'를 불렀습니다. "북국의 눈 덮인 벌판에서 나는 그리워하네, 남쪽 고향의 푸른 언덕을……"

노래를 부르면서, 그녀는 지금 해진주성 성벽 위에서 그녀의 노래를 듣는 반야 군사들이 어떤 심정일까 궁금했습니다. 야유하는 소리가 나지 않는 것으로 보아, 적어도 반야 군사들이 그녀의 노래에 귀를 기울이고 있는 것은 분명했습니다.

오리손의 반주에 맞춰 민이가 노래를 서너 곡 부르면, 오리손이 혼자 피리를 불었습니다. 그 사이에 그녀는 숨을 가다듬고 물도 마시고 짐승들도 다독거렸습니다. 그런 식으로 그녀는 거의 스무 개나 되는 반야 노래들을 불렀습니다. 마지막 노래는 '불효령을 넘으며'였습니다.

"열다섯 해 동안 헤맸네
바람 세찬 만바로 해안을
안개 낀 만시로 산맥을.
이제 젊은 날의 꿈은 바래고
삶은 점점 더 어려워지니,
내 언제 고향에 돌아가서
부모님 인자한 얼굴을 뵈올까?"

낯선 반야 말로 노래를 부르는 그녀의 눈앞에 문득 아빠의 얼굴이 떠올랐습니다. 그랬습니다. 아빠 얼굴은 늘 인자했습니다. 당장 아빠에게 달려가고 싶었습니다. 그러나 전쟁은 언제 끝날지 몰랐습니다. "마법사가 한 번 마법하는 능력을 잃으면, 오래 못 산다"고 한 아빠의 얘기가 밑도 끝도 없이 떠올라서, 그녀는 한순간 마음이 흔들렸습니다. 마음을 다잡고서, 그녀는 아빠를 그리는 마음을 실어 간절하게 노래를 불렀습니다.

"고향을 떠날 때 내리던 눈
천리 밖 낯선 땅에 내리느니,
얇은 옷에 언 다리 절며 절며
불효령 가파른 고개,
아아, 나 혼자 울고 넘네."

42. 해진주성 수복

다음 날 아침 민이는 여느 때보다 훨씬 일찍 일어났습니다. 천막 밖으로 나오니, 막 동이 트고 있었습니다.

야영지에선 모두 일찍 일어났습니다. 잠자리가 워낙 불편해서, 일찍 일어날 수밖에 없었지요. 밤엔 도처에서 군사들이 끙끙 앓는 소리들이 났습니다. 여름이었지만, 밤엔 추웠고 찬 이슬이 내려서, 덮을 것 없이 맨땅에서 자야 하는 군사들은 고생이 컸습니다.

'여름이 이렇다면, 도대체 겨울엔 어떻게 지내지?' 관암포 첨사의 천막에 누워서, 민이는 어두운 마음으로 생각했었습니다.

그래도 야영이 하룻밤에 그치니, 다행이었습니다. 군사들도 크게 불평하는 눈치는 아니었습니다. 활기찬 목소리를 내면서, 모두 아침 준비에 바빴습니다.

"마법사님, 잠자리가 불편하셨죠?" 짐승들을 살피고 있는 그녀를 보자, 오리손과 함께 진지를 한바퀴 둘러보고 돌아온 마려한이 쾌활한 목소리로 말을 건넸습니다.

"아, 첨사님. 저야 천막 안에서 편히 쉬었죠. 한데서 잔 군사들이 고생이 많았겠어요."

"뭐, 하룻밤인데요. 마을 안에 틀어박혀 있다가, 잠깐 소풍 나온 셈이죠. 가끔 이렇게 훈련도 해야 합니다. 게다가 마법사님하고 자문관님 덕분에 좋은 노래들도 많이 들었고." 마려한은 흘긋 해진주성 쪽을 살폈습니다. "반야 군사들은 어젯밤엔 고향 생각이 나서 잠이 들지 못했을 겁니다."

"무슨 효과가 있을까요?" 그녀는 조심스럽게 물었습니다.

"물론 효과가 있겠죠." 마려한은 머뭇거리지 않고 대꾸했습니다. "저도 고향 생각이 나던데요. 반야 말을 모르는 저도 그런데, 저 사람들이야…… 그리고 반야군 사령관은 얼떨떨할 겁니다. 우리가 왜 이런 기상천외한 작전을 펴는지 몰라서." 마려한이 싱긋 웃었습니다.

따라 웃음을 지으면서, 그녀는 슬그머니 안도의 한숨을 내쉬었습니다. 쓸데없이 군사들을 고생시키기만 했다는 소리를 들을까, 은근히 걱정이 됐었거든요.

아침 식사가 끝나자, 군사들은 이내 석교리 진지로 돌아가기 위한 준비를 시작했습니다. 몸이 풀리고 배가 든든해지자, 군사들의 기분도 좋아졌습니다. 마려한의 말대로, 소풍을 나온 것처럼 보였습니다.

군대가 이동할 준비가 다 된 것처럼 보였을 때, 정찰을 나갔던 기병대가 급히 돌아왔습니다. 정찰대장의 보고를 받은 마려한은 거듭 무엇을 캐물었습니다.

민이는 심상치 않다는 생각이 들어 오리손과 함께 그들에게 다가갔습니다.

그들을 보자, 생각에 잠긴 얼굴로 수염을 쓰다듬던 마려한은 그들에게로 다가왔습니다. "정찰대장 얘기로는, 반야군이 지금 해진주성 서문을 나와 자은포 쪽으로 가고 있답니다."

"예? 그게 무슨 말인가요?" 오리손이 놀라서 물었습니다.

"아직 확실한 것은 아니지만, 반야군이 해진주성을 포기하고 자은포로 철수하는 것 같습니다."

민이가 마려한의 얘기를 새기고 있는데, 갑자기 군사들이 외치는 소리가 났습니다. 소리가 난 곳을 돌아보니, 말 탄 반야 군사 하나가 흰 깃발을 들고 동문을 나와 천천히 다가오고 있었습니다. 그 군사는 숨은 나라 군대의 진지 바로 앞에 나무 상자 하나를 내려놓고서 성으로 돌아갔습니다.

우리 군사 하나가 재빨리 그 상자를 집어들고 마려한에게 달려왔습니다. 마려한은 그 군사에게 상자를 열어보라고 일렀습니다. 상자 안에는 편지 한 통이 들어 있었습니다. 지난번에 절도사가 보낸 편지에 대한 답신 같았습니다.

"자문관님께서 한번 읽어주시죠," 마려한이 도룬 어로 된 그 편지를 오리손에게 내밀었습니다.

"예." 오리손은 편지를 받아들고 한번 훑어보더니, 천천히 소리 내어 읽기 시작했습니다. "해진주성 외 숨은 나라 군대 흑양남도절도사 하인상 귀하. 귀하께서 어제 주신 서찰은 잘 받았습니다. 전쟁에서도 지킬 것들은 지켜야 한다는 귀하의 얘기에 본관도 동의하는 바입니다. 아울러 조국을 위해 영예롭게 목숨을 바친 우리 반야 왕국 군사들을 예절에 따라 장사하신 것에 대해서 심심한 사의를 표합니다. 우리도 그런 영예로운 대우로 귀군에 보답할 기회를 갖기를 희망하는 바입니다. 어젯밤 우리 반야 노래들을 들려주신 데 대해서도 본관은 감사를 드립니다. 우리 반야군의 작전 계획이 변경되어, 해진주성에서 물러나게 되었습니다. 귀하에게 해진주성의 관할권을 넘기게 되어, 본관은 기쁩니다. 해진주성 주둔 반야군 사령관 이시미지."

마려한이 천천히 고개를 끄덕였습니다. "반야군이 정말로 해진주성에서 물러나는 모양이군. 절도사께 보고를 드려야 하니, 두 분도 함께 가시죠."

마려한의 보고를 받자, 하인상은 입이 벌어졌습니다. 그로선 그럴 만도 했습니다. 단 두 차례 싸움에서 군사들을 거의 다 잃고 도망친 터였는데, 절도사영이 있는 해진주를 싸우지도 않고 거저 얻었으니, 그로선 꿈을 꾸는 기분일 터였습니다.

"절도사님, 축하드립니다. 절도사님께서 잘 이끄신 덕분에 군사들이 피를 흘리지 않고서도 해진주성이 수복되었습니다. 이처럼 좋은 일이 어디 또 있겠습니까?" 오리손이 매끄럽게 말했습니다.

하인상이 껄껄 웃었습니다. "아니오, 자문관님하고 마법사님께서 수고해주신 덕분이죠. 두 분께서 어젯밤 반야 군사들의 마음을 흔들어서……"

"향음계가 효과를 본 것 같습니다." 마려한이 조심스럽게 거들었습니다.

하인상이 고개를 끄덕이고서 부관을 돌아보았습니다. "작전 회의를 열 테니, 다들 모이라고 해라."

모처럼 좋은 소식이 있는 터라, 작전 회의는 전과는 사뭇 달랐습니다. 모두 민이와 오리손을 칭찬했고 마려한에 대해서도 그렇게 적대적이지 않았습니다.

작전 회의가 끝나 민이와 오리손이 절도사 장막에서 나오니, 그 사이에 소식이 퍼졌는지, 군사들이 군데군데 모여서 수군거리고 있었습니다. 모두 흥분한 낯빛이었습니다.

민이를 보더니, 젊은 군사 하나가 냅다 소리를 질렀습니다. "마법사님 만세."

다른 군사들이 합세했습니다. "마법사님 만세."

이내 진지는 군사들의 '마법사님 만세' 소리로 울렸습니다.

"정말로 향음계가 성공한 것일까요?" 짐승들이 있는 곳으로 가면서, 민이는 오리손에게 물었습니다. "우리가 반야 노래를 들려주어서, 반야군이 해진주성에서 물러난 것일까요? 잘 믿어지지 않아요."

"그게 무슨 상관입니까? 민이 아가씨의 반야 노래를 반야 군사들이 듣도록 우리가 향음계를 썼고, 바로 다음 날 반야군이 해진주성에서 물러났으면, 민이 아가씨가 칭찬을 듣는 게 당연하잖습니까? 설령 해진주성의 반야군 사령관이 상부로부터 해진주성에서 물러나라는 명령을 받아 철수했다 해도, 달라지는 것은 없습니다. 앞으로 사람들은 나이 어린 마법사가 적군의 고향 노래를 불러 금성철벽 해진주성을 그냥 얻었다고 얘기할 겁니다."

"그래도……"

"앞으로 살다 보면, 민이 아가씨도 엉뚱한 일로 욕을 먹거나 자신의 잘못이 아닌 일에 대해서 책임을 지는 경우가 있을 겁니다. '까마귀 날자 배 떨어진다'는 식으로 오해와 비난을 받는 일이 많을 겁니다. 그런 때를 생각해서, 지금과 같은 때에 좀 과분한 칭찬을 들어두는 것도 나쁘진 않습니다."

43. 전설은 어떻게 생겨나는가

 그렇게 해서, 석교리로 물러나려던 군대는 해진주성으로 들어갔습니다. 뜻밖의 진격에 신이 난 군사들은, 누가 시키지 않았어도 군가들을 소리 높여 불렀습니다. 말이 군가지, 민이처럼 나이 어린 사람들이 듣기엔 거북한 내용들이었습니다.
 대열의 맨 뒤에 서서, 민이는 짐승들을 데리고 천천히 걸었습니다. 자신이 낸 계책이 뜻밖에 크게 성공을 거둔 것이 흐뭇했습니다. 자기들도 한몫 했다는 것을 아는 것처럼, 짐승들도 기분이 좋아서 여느 때보다 장난이 심했고 해찰을 많이 했습니다.
 그러나 해진주성 안으로 들어서자, 그녀는 충격을 받았습니다. 사람들이 바글거리던 거리는 유령의 거리가 되어 있었습니다. 사람들 대신 쓰레기만 가득했습니다. 전쟁의 무서움을 새삼 느끼고, 그녀는 부르르 몸을 떨었습니다.

점심을 들면서, 그녀는 그런 얘기를 마려한과 오리손에게 했습니다.

그러자 마려한이 야릇한 웃음을 지었습니다. "전쟁은 원래 그런 겁니다. 싸움터는 지옥이죠. 그래도 이번은 사뭇 낫습니다. 반야군이 물러나면서, 사람들을 잡아가지 않았거든요."

"반야군은 사람들을 잡아가나요?"

"예. 사람들을 잡아가서 노예로 부려먹거나 도룬 제국에다 팔기도 하죠. 여기 남쪽 해안엔 그렇게 끌려간 사람들이 많습니다."

"그런가요? 반야 군사들이 흉포하단 얘긴 들었지만, 그렇게까지……" 그녀는 고개를 저었습니다.

"그리고 반야 사람들은, 군대든 해적 떼든, 물러날 땐 늘 불을 지릅니다. 그런데 이번엔 불을 지르지 않고 그냥 물러났습니다." 잠시 뜸을 들인 다음, 마려한은 말을 이었습니다. "아마도 이번에 우리가 한 일들이 반야 사람들에게 충격을 준 것 같습니다. 반야 군사들의 시체를 잘 묻어주었고, 편지를 보내 그 사실을 알렸고, 속내야 어찌 되었든 위문 공연까지 했고…… 그래서 반야 사람들이 예전처럼 흉포한 짓들을 마구 하지 못한 것 같습니다. 덕분에 해진주성 사람들이 큰 덕을 입었죠. 다 두 분 덕택입니다."

"저희가 뭐 한 것 있습니까? 어려운 결정이야 다 첨사님께서 내리신 거죠." 오리손이 매끄럽게 말을 받았습니다.

마려한은 말없이 미소만 지었습니다.

"그런데, 첨사님. 저는 이번에 반야군이 행패를 부리지 않고 철수한 것이 자꾸 마음에 걸립니다." 오리손이 덧붙였습니다.

마려한이 무의식적으로 몸을 바로했습니다. 그리고 조심스럽게 물었습니다. "무슨 얘기신가요?"

"지금 반야군은 이 땅이 마치 자기들 영지인 것처럼 행동하고 있거든요. 첨사님 말씀대로 예전엔 반야군은 우리나라에 들어와서 온갖 흉악한 짓들을 다 했습니다. 그런데 이번엔 웬일인지 전혀 다르게 행동하고 있습니다. 사람들을 별로 해치지 않았고, 불을 지른 건 제가 아는 한 사기점에서 집 몇 채 태운 것이 전부입니다. 마석읍 같은 큰 마을도 그대로 놔두었잖습니까? 물건을 빼앗고 사람들을 납치해서 물러갈 군대가 아니라 여기 그대로 눌러앉을 군대같이 행동하거든요. 우리가 점잖게 대해주니까, 그들도 그런다고 보기엔……" 오리손이 고개를 저었습니다. "그리고 하마촌에서 붙잡힌 포로가 그랬잖습니까, 이번 전쟁은 반야 국왕의 아우가 여기에 영지를 마련하기 위해 일으켰다고? 그때는 무심코 흘려들었는데, 이제 와서 생각해보니, 그 얘기가 중요한 얘기 같습니다."

마려한이 무겁게 고개를 끄덕였습니다. "이번에 온 군대는 선발대라고 했는데, 그러면 전쟁이……"

"예. 이번 전쟁은 아직 제대로 시작되지도 않았단 얘깁니다. 힘든 싸움이 오래 계속될 것 같습니다."

그들이 점심을 들고 나서 차를 마시는데, 절도사영의 군관이 들어왔습니다. "관암포 첨사님, 곧 작전회의가 열립니다."

"작전 회의?"

"예."

"알겠소. 좀 앉으시오. 차나 한 잔 하시고……" 마려한이 빈 의자를 가리켰습니다.

"감사합니다만, 다른 분들께도 알려야 해서……"

마려한이 고개를 끄덕였습니다. "혹시 무슨 일인지 아시오?"

"강주의 도원수부에서 사람이 왔습니다. 그저께 강주성을 수복했다고 합니다."

"그래요? 그거 정말로 좋은 소식이구먼. 그럼, 우리도 영으로 가봅시다."

세 사람은 서둘러 절도사영의 대회의실로 향했습니다. 이미 사람들이 많이 모여 있었습니다. 곧 절도사 하인상이 상기된 얼굴로 낯선 군관과 함께 회의실에 들어왔습니다. 하인상은 그 군관이 도원수부 소속 군관이라고 소개했습니다.

소개가 끝나자, 그 군관은 가져온 문서를 폈습니다. 그 문서는 강주 전선에서 숨은 나라 군대를 지휘하는 도원수 소호익이 흑양남도의 모든 군사들에게 내리는 명령이었는데, 그저께 우리 군대가 반야 군대를 쳐부수고 전략적 요충인 강주를 수복했으니, 흑양남도의 군사들도 힘껏 싸워서 반야군을 쳐부수라는 얘기였습니다. 도원수의 서찰을 다 읽고 나자, 그 군관은 강주성에서 물러난 반야군이 강주와 자은포 사이에 있는 파랑진에 진을 치고 있다고 덧붙였습니다.

도원수부 소속 군관이 설명을 마치자, 사람들이 그에게 여러 가지를 물었습니다. 이어 흑양남도군이 할 일들에 관해서 논의가 벌어졌습니다. 얘기에 별 내용이 있는 것도 아니고 시원스러운 계책이 나온 것도 아닌데 회의는 지루하게 이어져, 해가 뉘엿해졌을 때에야 끝났습니다.

숙소인 관암포 첨사 장막으로 돌아오는 길에, 민이는 오리손에게 말했습니다. "오빠, 그러면 오늘 아침에 반야군이 급히 여기 해진주성을 빠져나간 건 강주 소식을 들었기 때문인가 보죠? 반야군이 강주성 싸움에서 패해서, 파랑진으로 물러났단 소식을 듣고……"

"글쎄요." 오리손은 고개를 갸웃했습니다. "강주에서 반야군이 패한 것이 여기 있던 반야군에게 무슨 영향을 미친 것은 분명하지만……"

"적어도 어젯밤 우리가 향음계를 쓴 것 때문에 물러난 것은 아닌 것 같죠?"

"글쎄요. 강주에 있던 반야군이 파랑진으로 물러났다고 해서, 이곳을 점령했던 반야군이 퇴로가 막히는 것도 아니고…… 여기 있던 군대가 파랑진으로 가서 주력 부대에 합류했을 가능성도 그리 크지 않고…… 제 생각엔 역시 어젯밤 우리가 쓴 향음계가 직접적 원인인 것 같은데요."

생각에 잠겨, 그녀는 잠시 땅만 내려다보면서 걸었습니다.

"민이 아가씨의 향음계 덕분에 해진주성을 얻었다는 얘기가 마음에 짐이 되나요?"

"솔직히 말하면, 짐이 돼요. 제가 세우지도 않은 공을 남들이 세웠다고 말하니까, 영 꺼림칙해요."

오리손이 천천히 고개를 끄덕였습니다. "하지만 이제 그것은 끝난

애깁니다. 해진주성에 있던 반야군이 갑자기 물러난 사정은 아마 밝혀지지 않을 겁니다. 설령 그들이 물러난 것은 향음계와는 아무 상관이 없었다고 나중에 밝혀진다 하더라도, 민이 아가씨가 세운 공은 그대로 남을 겁니다. 민이 아가씨의 향음계는 이미 전설이 됐으니까요. 그리고 사람들은 그 전설을 늘 애기할 겁니다."

"왜요?"

"생각해보세요. 한 소녀 마법사가 향음계를 생각해냈다, 그리고 한밤에 적이 점령한 성 밖에서 적군의 고향 노래들을 불러 군사들의 마음을 흔들어놓았다, 그래서 적군이 스스로 성에서 물러났다, 이것보다 더 전설이 되기 좋은 이야깃거리가 어디 있겠습니까? 나중에 역사학자들이 아무리 증거들을 내놓으면서 실상은 그렇지 않다고 우긴다 하더라도, 사람들은 향음계를 써서 적군을 물리친 소녀 마법사 애기를 재미있게 하며 들을 겁니다. 전설은 그렇게 생겨나는 법입니다."

44. 수고비 천 냥

"아무리 생각해봐도, 이건 무슨 말인지 모르겠어요." 골똘히 공책을 들여다보던 민이는 고개를 들고 돌아보았습니다.

"어느 거요?" 읽던 책을 뒤짚어놓고서, 오리손이 그녀에게 다가서서 공책을 살폈습니다.

"이거요. '마법사는 폭포를 거슬러 오르는 물고기다.' 이게 무슨 뜻이죠?"

잠시 생각하더니, 그도 고개를 저었습니다. "잘 모르겠네요. 누구 얘기죠?"

"피리안호슈의 얘긴데요."

"피리안호슈? 음유시인 마법사?"

"네."

민이는 지금 마법을 공부하고 있었습니다. 마법성의 점토판들에 적힌 글들을 옮겨 적은 공책을 펴놓고, 한 구절 한 구절 뜻을 캐고 있었습니다. 그 글들은 대부분 마법의 본질에 대한 마법사들의 생각을 적어놓은 것들이었습니다. 그래서 실제로 써먹을 수 있는 주문들은 뜻밖으로 적었습니다. 실제적 주문들이 드물어서, 그녀는 처음엔 실망이 적지 않았습니다. 그러나 마석 싸움이 있은 뒤로는 그런 글들이 제대로 마음에 들어오기 시작했습니다. 원숙한 마법사에게 중요한 것은 이것저것 주문들을 많이 아는 것이 아니라 마법의 본질에 대한 이해임을 어렴풋이나마 깨닫게 된 것이었습니다.

"폭포를 거슬러 오르는 물고기라. 음유시인의 얘기답게 멋진 표현인데." 오리손이 입맛을 다셨습니다.

"그렇죠? 분명히 무슨 깊은 뜻이 담긴 얘긴데."

그때 문이 열리는 소리가 나더니, 촛불이 껌벅거렸습니다.

"아, 공부들 하시는군요." 마려한이 방으로 들어섰습니다. 저녁 식사 뒤 갑자기 절도사로부터 연락이 와서, 그는 급히 절도사 숙소로 들어갔던 터였습니다.

"절도사 숙소에서 이제 돌아오시는 건가요?" 오리손이 물었습니다.

"예."

"무슨 일이 있었어요, 첨사님?" 마려한의 낯빛이 어두운 것을 보고, 민이가 물었습니다.

잠시 뜸을 들인 다음, 마려한은 무겁게 입을 열었습니다. "며칠 안에 부원수께서 여기 해진주 전선을 시찰하시러 오신답니다."

"그래요? 그것이 나쁜 소식인가요?"

"절도사께선," 마려한은 억지로 말을 입 밖으로 밀어내는 것처럼 말했습니다. "부원수께서 여기 오시기 전에 마법사님하고 자문관님께서 해진주성을 떠나시는 것이 좋겠다고 생각하십니다."

잠시 무거운 침묵이 방 안에 내렸습니다. 마려한의 검게 그을린 얼굴이 부끄러움 때문인지 분노 때문인지 검붉었습니다.

"그러면, 절도사께선 우리가 방해가 된다고 생각하신단 얘깁니까?" 오리손의 착 가라앉은 목소리가 방 안에 두껍게 쌓인 침묵을 깨뜨렸습니다.

"그런 셈이죠. 제가 면목이 없습니다." 마려한이 고개를 들어 입을 꽉 다문 얼굴로 오리손과 민이를 번갈아 쳐다보았습니다.

"해진주성을 점령한 반야군을 군인 신분이 아닌 사람들이 향음계로 물리쳤다고 부원수에게 보고하면 절도사의 체면이 깎이니까, 우리 두 사람을 멀리 보내고 그다음에 부원수에게 적당하게 보고한다, 그런 각본인가요?"

"틀린 얘기는 아닙니다." 마려한이 메마른 목소리로 대꾸했습니다.

"절도사께서 공을 탐내시는 거예요, 첨사님?" 비로소 사정을 짐작한 민이가 물었습니다.

"솔직히 말씀드리면, 저희 절도사께선 공을 탐하시는 편입니다. 두 분께서 이해를 좀 해주셨으면…… 정말로 면목이 없습니다." 마려한이 나오던 한숨을 되삼키고 허공을 응시했습니다.

"그러죠. 어려운 일은 아니니까요," 그녀는 가벼운 어조로 말했습니다. "원래 저와 오빠가 무슨 공을 세우려고 나선 건 아니잖아요? 첨사님께서 먼저……"

"예, 잘 압니다. 그래서 제가 더 면목이 없습니다."

"절도사처럼 높은 자리에 있는 장수가 싸워서 이길 생각은 하지 않고, 남이 세운 공이나 가로챌 생각을 하고……" 분노를 가까스로 억누른 목소리로 오리손이 말했습니다. "그러니 우리 군대가 싸움 한번 제대로 해보지도 못하고 무너졌지."

다시 무거운 침묵이 방 안에 내렸습니다.

"어느 군대에나 공을 탐하는 장수는 있게 마련입니다." 마려한의 무겁게 가라앉은 목소리가 침묵을 헤쳤습니다. "두 분께서 공을 세우려고 저를 도와주신 것은 아니지만, 이렇게 박절하게 대접하게 돼서, 저로선…… 제가 너무 무능해서……"

"아녜요, 첨사님. 그럼 저하고 오빠는 내일 아침에 여기를 떠날게요. 그리고 오늘 밤은 여기 절도사영에서 나가 거리의 주막에서 지내겠어요. 그럼 됐죠?"

"알겠습니다. 감사합니다. 이거 너무 미안해서……"

"괜찮아요, 첨사님. 저는 이번에 힘든 싸움을 두 차례나 이긴 첨사님의 공이 모두 절도사한테 돌아가는 것 아닌가 해서 걱정이 되네요."

"그건, 뭐, 문제도 안 됩니다. 그리고 이건," 마려한은 손에 든 물건을 책상 위에 내려놓았습니다. "절도사께서 두 분께 드리는 겁니다."

"뭔데요?"

"두 분께서 그동안 수고한 값으로 절도사께서 천 냥을 드리시는 겁니다." 어렵게 말을 마치고서, 마려한이 두 사람의 낯빛을 살폈습니다.

"아니, 우리를 모욕하는 겁니까?" 마침내 폭발한 오리손이 목소리를 높였습니다. "아니, 우리가 돈 몇 푼 때문에 이렇게……"

"오빠, 잠깐만요," 그녀는 서둘러 오리손을 진정시켰습니다. "이 돈은 절도사께서 직접 주신 건가요?"

"예."

"그러면 첨사님, 저희가 이 돈을 받지 않으면 첨사님께서 입장이 곤란해지시는 것 아닌가요?"

"두 분께서 이 돈을 받아주시면, 제가 좀 편하긴 합니다만…… 받고 받지 않는 건 두 분께서 결정하실 일이죠."

"우리한텐 그런 돈 필요 없습니다," 여전히 화가 난 목소리로 오리손이 내뱉었습니다.

"오빠, 제가 강주의 반시문 할아버지한테서 들은 얘긴데요," 민이는 부드러운 목소리로 오리손에게 말했습니다. "이 세상에 돈이 필요 없는 사람은 없대요. 돈은 잘 쓰는 것이 중요하다고 하셨어요."

오리손은 대꾸하지 않고 고개를 돌렸습니다.

"첨사님, 절도사님께 말씀드리세요, 저희가 이 돈을 잘 쓰겠다고 하더라고."

"마법사님, 정말로 감사합니다." 마려한이 안도의 한숨을 내쉬고서 그녀에게 희미한 웃음을 지어 보였습니다.

"그러면, 첨사님, 오늘 밤이 저희가 첨사님하고 함께 보내는 마지막 밤이 되겠네요."

"그런가 봅니다. 섭섭합니다."

"첨사님하고 저희는 두 차례의 어려운 싸움에서 함께 싸운 전우죠. 그렇죠?"

"그렇습니다, 마법사님."

"그런 전우들이 그냥 헤어지면, 너무 서운하잖겠어요? 오늘 제가 술을 한잔 살게요. 같이 가세요. 오빠, 오빠도 좋죠? 우리 셋이 어디 조용한 술집에 가서 실컷 마셔요."

아직 어린 그녀가 호기롭게 술을 사자고 나서자, 두 사람은 놀라서 잠시 대꾸를 하지 못하고 서로 쳐다보기만 했습니다.

45. 물러날 때

'머리만 좀 흔들리지 않아도 괜찮을 텐데.' 씁쓸하게 입맛을 다시면서, 민이는 옆에서 걷고 있는 오리손을 슬쩍 살폈습니다. 얼굴이 좀 핼쑥했고 잠을 제대로 못 잔 기색이 또렷했지만, 그는 어젯밤 크게 취했던 사람 같지 않게 똑바로 걷고 있었습니다.

'아직 술이 덜 깨어, 이렇게 비틀거리는 걸 보시면, 하애리스 선생님은 또 문제아가 따로 없어, 라고 하시겠지.' 작년에 다비성으로 수학 여행을 갔을 때, 얌전한 모범생 시현이가 술에 취해 주정을 하는 것을 보고, 민이의 담임 선생님은 큰 충격을 받으셨던 모양입니다. 그 뒤로 선생님은, 누가 말썽을 피우면, 으레 "문제아가 따로 없어" 하고 탄식하셨습니다.

'그냥 사람들이 권하는 술을 받아 마신 것이 아니고, 내가 술자리를 마련했다는 것을 아시면, 그것도 관암포 첨사하고 자문관을 초청해서 술집 안채를 통째로 세내서 밤새 술판을 벌였다는 것을 아시면…… 기절하시려나?' 그녀는 속으로 클클 웃었습니다. 수백 명 군사들을 거느린 첨사를 초청해서 술대접을 한 것이 그녀는 무척 흐뭇하고 자랑스러웠습니다. 마법사인지라, 그녀는 군사들이나 민간인들로부터 쭉 어른 대접을 받았습니다. 그래도 군대의 지휘관을 술대접한 것은 그녀에겐 가장 어른스러운 일이었고, 나중에 술값을 낼 때는 정말로 우쭐했었습니다.

"저기 느티나무 아래서 좀 쉬어갈까요?" 향음계를 쏠 때 우리 군사가 진을 쳤던 곳에 이르자, 오리손이 개울가에 선 느티나무를 가리켰습니다.

"그러죠. 어젯밤에 술을 마셔서 그런지, 걷는 게 다른 때보다 좀 힘이 드네요."

오리손이 고개를 들고 껄껄 웃었습니다. "민이 아가씨가 술을 그렇게 잘 마시는 줄은 정말 몰랐습니다. 가다가 목이 컬컬하면, 같이 한잔하면서 슬금슬금 갑시다."

그녀는 오리손의 얘기가 싫지 않았어요. 짐승들이 느티나무 그늘 아래로 들어가도록 하면서, 그녀는 농담을 했습니다, "그럴 줄 알고서 절도사께서 노자를 두둑이 주신 모양이죠?"

함께 웃으면서, 두 사람은 해진주성을 돌아보았습니다. 안개가 걷히고 뙤약볕이 내리쪼여서, 길에는 오가는 사람이 드물었습니다. 민이는 문득 해진주성이 먼 나라처럼 느껴졌습니다. 이제 그곳에서 볼 일은 다 끝난 것이었습니다.

　오리손이 그녀를 바라보았습니다. "좀 섭섭하시죠?"

　"뭐가요?"

　"절도사가 그렇게……"

　"뭐, 별로…… 그런 사람들이야 원래 그런 것 아녜요? 공을 다퉈야, 자리도 지키고 출세도 하고, 그런 것 아녜요?"

　오리손이 고개를 끄덕였습니다. "그렇죠. 민이 아가씨가 그렇게 생각하시니, 다행이네요. 제 생각엔 이렇게 된 것이 차라리 잘된 것 같습니다."

　그녀는 잠자코 고개를 끄덕였습니다.

　"실은 전 조금 불안했거든요. 민이 아가씨가 갑자기 큰일들을 하고 유명해지는 것이 말입니다. 높은 곳에 오르면, 떨어져서 다칠 위험도 커지거든요."

　"실은 저도 적잖이 불안했어요. 사람들은 제가 무슨 대단한 마법사인 줄로 아는데, 전 아직 올챙이 마법사 아녜요?"

　오리손이 싱긋 웃었습니다. "제가 보기엔, 올챙이 마법사는 지났고 개구리 마법사는 된 것 같습니다."

　웃음이 그치자, 오리손이 말을 이었습니다. "민이 아가씨처럼 큰 공을 잇따라 세우면, 위험이 따라요. 공을 시기하는 사람들이 생기거든요. 절도사 같은 사람들이 세상엔 너무 많습니다."

　민이는 고개를 끄덕였습니다. "그런 것 같아요."

　"그래서 일단 이렇게 끝난 게 전 다행스럽습니다. 민이 아가씨가 싸움터에서 물러날 때가 된 거죠. 옛 성현 말씀에 '물러날 때를 알면, 위태롭지 않다'고 했습니다."

"그 말씀이 참 좋네요. 물러날 때를 알면, 위태롭지 않다. 새겨들을 말씀이네요." 그녀는 따가운 햇살 아래 나른하게 누운 해진주성을 바라보았습니다. "오빠, 마음이 아주 홀가분해요. 날아갈 것만 같아요."

오리손이 피리를 꺼냈습니다. "민이 아가씨 얘기를 들으니, 문득 가락이 하나 떠오르네요. 저도 성문을 나오면서 마음이 문득 홀가분해지는 것을 느꼈거든요. '해진주성을 하직하면서'. 곡명이 그럴듯하죠?"

46. 병아리 마법사

무거운 책임에서 벗어나 마음은 홀가분하고 갈 길이 바쁘지 않았으므로, 민이 일행은 모처럼 풍경을 즐기면서 걸었습니다. 곳곳에 난리의 물살이 휩쓸고 간 자국들이 남아 있었지만, 사람들은 그 자국들을 부지런히 지우고 있었습니다. 특히, 들마다 난리에 미루어졌던 농사일들을 하는 사람들이 바삐 움직이는 모습은 민이를 흐뭇하게 했습니다.

그러나 민이 일행의 여행이 한가롭기만 한 것은 아니었습니다. 사람들은 이내 민이가 누군지 알아보았습니다. 그리고 모두 그녀에게 고맙다고 인사했습니다. 그녀가 두 차례 싸움에서 반야 마법사의 마법을 물리쳐서 우리 군대가 이기도록 도왔다는 얘기는 이미 널리 퍼졌고, 그녀가 향음계로 해진주성을 싸우지 않고 되찾았다는 얘기도 빠르게 퍼지고 있었습니다. 그래서 그녀는 이제 이 지방에선 어떤 배우나 가수보다도 유명한 '스타'가 되어 있었습니다. 마을을 지날 때면, 사람들이 몰려들어 그녀를 가리키면서 수군거렸습니다.

"정말 어리네. 어린 시악시가 어떻게 마법을 그리두 잘 헌다냐?"
"'병아리 마법사'라더니만, 정말 나귀에 병아리들을 태우고 다니네."
"저건 오리 새끼들인디."

오리손은 '병아리 마법사'라는 이름이 마음에 든다고 했습니다. 그러나 민이 자신은 그 이름이 마음에 쏙 들지는 않았습니다. 어쩐지 아주 어린 풋내기 마법사라는 느낌이 풍겼기 때문입니다. 어쨌든, 그녀는 이제 '스타'가 되었고 '스타'답게 처신해야 했습니다. 그리고 '스타'답게 처신하는 데는 어쩔 수 없이 돈이 들었습니다. 다행히, 그녀에겐 하인상 절도사가 준 돈이 있었습니다. 이번 난리에 특히 큰 어려움을 겪은 사람을 볼 때마다, 그녀는 열 냥이나 스무 냥을 내밀었습니다. 마려한으로부터 그 돈을 받을 때는 떨떠름했지만, 막상 좋은 일에 그 돈을 쓸 때는 흐뭇하기만 했습니다. 그래서 돈을 쓸 때마다, 이 세상에 돈이 필요 없는 사람은 없다고 한 반시문 할아버지 얘기를 떠올리곤 했지요.

그렇다보니, 해진주성을 나온 지 열흘이 넘어서야 사기점에 닿았습니다. 사기점은 이번 난리에서 가장 크게 피해를 본 마을이어서, 아직 제대로 복구되지 않았습니다. 사람들이 불에 탄 집들을 허물고 다시 짓고 있었습니다.

"아이고, 이게 누구야?" 민이가 전에 묵었던 집을 찾아가자, 불탄 집 옆 가죽나무 그늘 아래서 갓난애에게 젖을 주던 안주인이 반겼습니다.

"안녕하셨어요?"

"응." 안주인이 민이와 짐승들을 번갈아 살폈습니다. "시악시가 '병아리 마법사' 맞지?"

"네. 사람들이 절 그렇게 부르는 모양이에요."

"사람들이 '병아리 마법사', '병아리 마법사' 하기에, 아무래두 우리 집에서 묵고 간 그 시악시가 아닌가 했는데, 맞구먼."

"그동안 피난하시느라고 고생이 많으셨죠?"

"고생이야 말루 다 못 허지. 이 어린 걸 품고 도망다니느라구……" 안주인은 고개를 설레설레 흔들었습니다. 그리고 지붕에 이엉을 올리는 바깥 주인을 돌아보았습니다. "여보, 영이 아빠, 여기 좀 와봐요."

하던 일을 마저 마치고서, 바깥주인은 느릿한 웃음을 얼굴에 띠고 다가왔습니다. "어서 오십시오, 마법사님."

"안녕하셨어요? 지난번에 여기 지날 때는 불탄 자리만 있었는데, 그새 집이 많이 지어졌네요."

"사람들이 많이 도와줘서……" 손등으로 이마의 땀을 훔치면서, 그는 오리손을 흘긋 살폈습니다.

"오빠, 이리 오세요." 그녀는 짐승들과 함께 서 있는 오리손을 불렀습니다. "제가 지난번에 마법성으로 가는 길에 저를 재워주셨던 분들이세요."

인사가 끝나자, 오리손은 이내 새로 짓는 집에 대해서 이것저것 묻기 시작했습니다. 그래서 바깥주인과 이내 친해졌고, 두 사람은 집을 둘러보러 함께 집터로 갔습니다.

숨은 나라의 병아리 마법사

"아기 얼마나 됐나요?" 앙증맞은 아기를 들여다보면서, 민이가 물었습니다.

"이제 두 달이 다 되어가." 안주인의 목소리에 사랑과 자랑이 배어 있었습니다.

"여자아기예요?"

"응. 첫딸이라구 영이 아빠가 좋아해."

민이는 고개를 끄덕이고서 좀 핼쑥한 안주인의 얼굴을 살폈습니다. "다 불에 타버렸으니, 힘드시겠네요? 젖은 잘 나오나요?"

"응." 그녀가 흐릿한 웃음을 지었습니다. "때를 잘못 타고 나와서, 애가 고생을 하지. 내가 잘 먹어야 젖도 잘 나올 텐데, 이 난리에……"

민이는 오목이를 돌아보았습니다. 젖을 짤 시간이 다 되어서, 원래 통통한 오목이의 젖통이 탐스러웠습니다. 그녀는 한쪽에 놓인 세간에서 큰 대접을 집어들고 오목이 쪽으로 갔습니다. 그리고 젖을 짜서 안주인에게 권했습니다. "이걸 드세요. 젖이 좀 잘 나올 거예요."

"원 고맙기두 해라." 안주인은 산양젖을 맛있게 마셨습니다.

"그리고, 아주머니. 저 산양 한 쌍은 여기 놓고 갈게요. 젖을 짜서 드세요."

안주인은 너무나 고마워서 한참 동안 말을 하지 못했습니다. 그저 눈빛으로만 고마운 마음을 전했습니다.

"그럼 전 가볼게요." 그녀는 일어섰습니다. 그리고 바깥주인하고 무엇을 열심히 얘기하고 있는 오리손을 불렀습니다. "오빠, 이제 가요."

47. 되돌아온 편지

"아아, 역시 집이 좋구나." 기지개를 켜면서, 민이는 만족스럽게 중얼거렸습니다.

옆에서 책을 읽던 오리손이 그녀를 돌아보며 야릇한 웃음을 얼굴에 띠었습니다.

그제야 그녀는 자기가 마법성을 집으로 여겼다는 것을 깨달았습니다. 굳이 따지자면, 자기 집은 대도에 있다는 것을 떠올리고, 그녀는 잠시 혼란을 겪었습니다. 어느 사이엔가, 그녀는 마법성이 자기가 오래 살 곳이라고 여기기 시작했고, 어저께 마법성에 돌아오자 오랜만에 집에 돌아온 것처럼, 마음이 푸근해졌습니다.

짐승들도 그렇게 느끼는 듯했습니다. 모두 몸을 웅크리고 잠든 용 둘레에 모여서 오랜만에 찾은 놀이터가 반가운 듯 장난들을 치고 있었습니다. 이제 다리와 날개에 힘이 붙은 병아리들은 하는 짓마다 영락없는 개구쟁이들이었습니다.

"물건마다 임자가 따로 있고, 집마다 주인이 따로 있지요." 책장을 넘기면서, 오리손이 지나가는 얘기처럼 말했습니다.

그녀는 성안을 한바퀴 둘러보았습니다. 따지고 보면, 마법성은 무척 큰 성이었습니다. 그러나 그녀에겐 성이 그리 넓게 느껴지지 않았습니다. 물론 좁게 느껴진 것도 아니었습니다. 적당하게 크다고 느껴졌습니다. 아니, 실은 적당하게 크다는 느낌도 들지 않았습니다. 그녀에겐 성은 그저 자연스러웠습니다, 크기도 생김새도. 그리고 그 안에 있는 모든 것들이, 집들과 나무들과 용과 짐승들이, 그녀에겐 자연스러웠습니다. 모두 있어야 할 곳에 있었고 모두 제 할 일들을 하고 있었습니다.

"오빠, 오빠가 보시기엔 어때요? 제가 여기에 잘 어울리는 것 같아요?"

오리손이 부드러운 웃음이 고인 눈으로 그녀를 잠시 바라보았습니다. "만일 지금 민이 아가씨가 이 자리에 없다면, 이 성은 빈 성처럼 느껴질 겁니다."

"제가 보기엔, 오빠도 그래요. 오빠가 이 자리에 계시지 않다면, 이 성이 어쩐지 허전할 것 같아요."

두 사람은 마주 보며 소리내어 웃었습니다. 그들의 웃음소리가 성안을 채우고 넘쳐서 마룡산 기슭을 타고 멀리 들판까지 내려가는 것을 그녀는 느꼈습니다.

그때 성문을 두드리는 소리가 났습니다. "마법사님, 마법사님."

그들이 성루에 올라가 밖을 내다보니, 마을 사람 둘하고 군사 대여섯이 성문 앞에 서 있었습니다. 군사들은 해진주성의 절도사영에서 왔다고 했습니다. 민이와 오리손은 서로 얼굴을 쳐다보았습니다. 하인상 절도사에게서 왔다면, 그렇게 반가운 소식은 아닐 터였습니다. 그녀는 밖에 있는 사람들에게 좀 기다리라고 한 다음, 부리나케 자기 방으로 가서 전대를 들고 나왔습니다. 그리고 오리손과 함께 성문을 열고 밖으로 나왔습니다.

"마법사님, 이것이 절도사님께서 보내신 편지입니다." 군사의 우두머리인 군관이 정중하게 말하고서 봉투 하나를 내밀었습니다.

"아, 네, 고맙습니다. 수고가 많으셨네요."

"그리고 이건," 그 군관은 오리손에게도 봉투 하나를 내밀었습니다. "절도사님께서 자문관님께 드리라고 하셨습니다."

"아, 고맙습니다. 절도사님께선 잘 계시죠?" 오리손이 뒤늦게 인사를 차렸습니다.

"예. 요새 좀 바쁘십니다. 새로 절도사가 되신 터라, 챙기실 일이 아주 많으시거든요."

"새로 절도사가 되셨다구요?" 오리손이 의아한 얼굴로 물었습니다.

"아, 참. 절도사님은 전에 관암포 첨사를 지내신 마려한 장군님이십니다. 이번에 흑양남도병마절도사가 되셨죠."

"아, 그러셨어요?" 오리손의 얼굴이 이내 환해졌습니다.

"정말 반가운 소식이네요," 민이도 반가워서 외치다시피 말했습니다.

"저희도 모두 기뻐하고 있습니다." 이마의 땀을 군복 소매로 훔치면서, 군관도 씨익 웃었습니다.

"그런데 이걸 어떻게 하죠? 먼 길을 오셨는데, 성안으로 들어오십사고 할 수가 없으니. 이 성은 여느 성과는 달리……"

그녀가 미안해하자, 그 군관은 손을 저었습니다. "괜찮습니다. 저희는 곧 돌아가서 절도사님께 보고를 올려야 합니다. 그리고 마법사님, 여기 두 사람은 하마촌에 남을 겁니다. 혹시 무슨 일이 생기면, 이 사람들에게 연락을 하십시오."

군관이 가리킨 두 사람은, 그러고 보니 전에 마을에서 보았던 젊은이들이었습니다. 한 사람은 지난번에 관암포 군사들을 안내해서 여기까지 올라왔던 젊은이였습니다.

"그러고 보니, 두 분은 낯이 익은 분들이시네요. 그러시면," 그녀는 마을 사람들 가운데 나이가 좀 많이 든 이에게 몸을 돌리고 전대에서 백 냥을 꺼냈습니다. "아저씨들이 번번이 수고해주시는데, 인사도 한 번 못 차렸습니다. 여기 얼마 되지 않지만, 이걸로 절도사영에서 오신 분들께 약주 좀 대접해주세요."

"아, 아닙니다." 마을 사람들이 손을 저었습니다. "저희가 다 알아서 대접하겠습니다."

마을 사람들은 돈을 받으려 하지 않았지만, 오리손이 나서서 그들에게 돈을 쥐어주었습니다. 사람들이 내려가자, 그녀와 오리손은 이내 성안으로 들어와서 마려한이 보낸 편지 봉투를 열었습니다.

그녀가 봉투를 열자, 편지와 함께 작은 봉투가 들어 있었습니다. 해지고 땀에 젖어 글씨가 번진 봉투였습니다. 위에 그녀의 글씨로 '보고 싶은 아빠께. 민이 올림' 이라고 쓰여 있었습니다. 그 봉투를 보는 순간, 그녀 가슴이 쿵하고 뛰면서 마음이 아득해졌습니다. 마음에 차오르는 두려움의 검은 물살을 가까스로 억누르면서, 그녀는 서둘러 편지를 펼쳤습니다.

민이 마법사님, 보시옵소서.

그동안 잘 지내셨는지요. 염려해주신 덕분에 저도 잘 지내고 있습니다. 마법사님께서 도와주셔서, 저희 군대는 어려운 싸움들에서 이겼고 위에선 그 공을 인정해서 저희 군대에게 큰 상들을 내리셨습니다. 저도 상을 받고 흑양남도병마절도사로 승진했습니다. 모두 마법사님과 자문관님께서 도와주신 덕분입니다. 반야군 포로를 데리고 대도로 올라갔던 우리 군사들은 임무를 잘 마치고 어제 돌아왔습니다. 애석하게도, 마법사님께서 아버님께 쓰신 편지는 전달하지 못했다고 합니다. 저희 군사들이 댁을 찾았을 때는 마법사님 아버님의 장례를 막 치른 다음이었다고 합니다. 아버님께선 그 마을 유치원에서 불이 났을 때 어린아이 둘을 구하시고서 자신은 미처 불길 속에서 나오지 못하셨다고 합니다. 삼가 조의를 표하옵고 고인의 명복을 비옵니다. 고인의 의로운 행동을 기리는 뜻에서 대도 시장은 고인에게 '의로운 대도시민상'을 추서했다고 합니다. 이 소식이 마법사님의 아픈 마음을 조금이나마 위로하기를 기원합니다. 다시 심심한 조의를 표하옵

나이다. 난필을 용서하시옵소서.

수흑양남도병마절도사 마려한 배상.

그녀의 가슴에서 차오르던 검은 물살이 왈칵 그녀를 삼켰습니다. 아득해진 정신으로 그녀는 편지를 움켜쥐고 벚나무 둥치에 어깨를 기댔습니다. 점점 멀어지던 정신이 문득 돌아섰습니다. 이어 검은 물살이 잦아들고 대신 차갑도록 파란 물살이 그녀의 가슴을 씻기 시작했습니다. 파란 물살에 씻겨 가슴이 빈 것처럼 느껴졌을 때에야, 비로소 막혔던 말문이 열리고 가느란 목소리가 새어나왔습니다. "아빠."

48. 마지막 마법사

　민이는 뜨거운 콩나물죽을 한 숟가락 떠서 호호 분 다음 조금씩 먹었습니다. 아빠가 돌아가셨다는 소식을 들은 터라 밥맛이 있을 리 없었지만, 고추장을 많이 풀어서 끓인, 얼큰한 콩나물죽은 먹을 만했습니다. 촌장 마님이 주신 콩나물로 오리손이 끓인 것이었습니다.
　오리손은 말없이 죽을 먹고 있었습니다. 민이 아버지가 돌아가셨다는 것을 알고 난 뒤에도, 그는 아무 말도 하지 않았습니다. 그저 그녀 어깨를 몇 번 다독거리고서 그녀 혼자 아빠의 죽음을 슬퍼할 수 있게 했습니다.
　그녀는 그것이 고마웠습니다. "오빠, 죽이 참 맛있어요."
　그는 싱긋 웃으면서 고개를 끄덕였습니다.
　"오빠, 마려한 절도사가 편지에서 뭐라고 했어요?"

죽을 한 숟가락 먹고서, 그는 생각을 가다듬었습니다. "으음, 저기, 병부에서 민이 아가씨하고 나한테 벼슬을 내리셨어요."

"벼슬요?"

"예. 무관 벼슬요. 민이 아가씨는 병절교위 벼슬을 받으셨고 난 승위부위 벼슬을 받았습니다."

"그래요? 벼슬하기가 어렵다고 하던데……" 느닷없이 벼슬을 받았다는 생각에 얼떨떨해져서, 그녀는 피식 웃음이 나왔습니다. "우리가 받은 벼슬이 높은 건가요?"

그녀는 농담처럼 물었는데, 오리손은 아주 진지한 얼굴로 대꾸했습니다, "높다고 할 수 있죠. 민이 아가씨가 받으신 병절교위는 종육품이고, 내가 받은 승의부위는 정팔품입니다."

"아니, 그러면 제가 받은 벼슬이 오빠 벼슬보다 더 높단 얘기예요?"

"높아도 한참 높죠. 종육품하고 정팔품은 품계가 셋이나 다른데요."

"말도 안 돼요. 제 벼슬이 오빠 벼슬보다 그렇게 높다니……"

"말이 됩니다. 이번 일을 주관한 병부시랑의 입장에서 판단해보세요. 민이 아가씨는 마법을 써서 어려운 싸움을 두 번이나 이기도록 한 마법사입니다. 반면, 난 뚜렷하게 공을 세운 것이 없거든요. 마려한 절도사가 특별히 저를 추천하지 않았다면, 정팔품 벼슬을……" 그가 고개를 저었습니다.

죽을 먹으면서, 그녀는 잠시 어지러운 생각들을 가다듬었습니다. "벼슬은 꼭 받아야 하나요? 벼슬을 받고 싶은 생각은 별로 없는데."

"그래요?" 그가 흐릿한 웃음을 지었습니다. "모두 벼슬을 하고 싶어서 안달을 하는데……"

"벼슬엔 책임이 따르잖아요? 전 책임을 지는 일이 반갑지 않아요."

그가 고개를 끄덕였습니다. "뭐, 벼슬이 싫으면, 꼭 받을 필요는 없겠죠. 하지만 지금은 전쟁이 일어났으니, 그리고 앞으로도 민이 아가씨가 우리 군대를 도울 일이 생길지 모르니, 무관 신분이 되는 것도 괜찮을 겁니다. 내 생각엔 그래요."

"오빤 그렇게 생각하세요?"

"예. 병부에서 민이 아가씨에게 상당히 높은 벼슬을 선뜻 내린 것은 민이 아가씨가 세운 공이 크기 때문만은 아닌 것 같거든요. 공도 물론 크긴 하지만. 무슨 얘기냐 하면, 조정에선 앞으로도 민이 아가씨의 도움을 받을 일이 생길 거라고 생각한다, 그런 얘기죠. 마려한 절도사가 하마촌에 군사 둘을 연락병들로 남겨놓은 것도 깊은 생각에서 나온 일일 겁니다. 군사 기밀이라 자세한 얘기는 안 했지만, 마려한 절도사는 이번 전쟁이 오래 가리라고 생각하는 것 같거든요."

"그래요? 지난번에 오빠도 그런 얘길 했죠? 정말로 걱정이 되네요."

"절도사의 편지에서 가장 중요한 내용은 편지에 나오지 않은 얘깁니다." 말을 하고서, 오리손은 그녀를 살폈습니다.

"편지에 나오지 않은 얘기요?" 그녀는 고개를 갸웃했습니다. "그게 뭔데요?"

"새로운 마법사가 나타났다는 얘기요. 만일 마법사가 나타났다면, 절도사는 틀림없이 그 얘기를 했을 겁니다. 그런데 하지 않았어요. 그러니 새로운 마법사가 나타나지 않았단 얘기죠."

"그게 그렇게 중요한 얘긴가요?"

"그럼요. 생각해봐요. 반야군이 우리 군대한테 이긴 것은 반야군에 마법사들이 있기 때문이었어요. 그러니 그동안 우리나라에서도 마법사들을 찾으려고 전국을 다 뒤졌겠죠. 그런데 마법사가 안 나타났어요. 지금 우리나라엔 마법사가 없단 얘기죠. 민이 아가씨를 빼놓고는." 민이가 말을 새길 시간을 주고서, 오리손은 말을 이었습니다. "말을 바꾸면, 민이 아가씨는 지금 우리 숨은 나라의 유일한 마법사죠. 그러니 나라에서 민이 아가씨에게 큰 관심을 갖는 것은 당연하죠."

"그런가요?" 그녀는 그릇을 비우고 숟가락을 내려놓았습니다. "오빠 요리 솜씨가 좋아서, 죽을 한 그릇 다 먹었네요."

부드러운 웃음으로 대답하고서, 오리손은 진지한 어조로 말했습니다, "절도사는 내게 신신당부했어요, 마법사님을 잘 보호해달라고. 아마 머지않아, 절도사에게서 연락이 올 겁니다."

49. 부모와 자식

"민이야, 아빠 여기서……" 토르토르가 가라앉은 목소리로 말했습니다. "이제부터는 너 혼자 가야 한다."

민이는 가슴이 저려서 잠시 대꾸를 하지 못했습니다. 여기서 헤어지면 아빠를 다시 만나지 못한다고 생각하니, 마음이 꽉 막히면서도 무엇이 떨어져나간 것처럼 허전했습니다. 그녀는 아빠의 얼굴을 찬찬히 살폈습니다. 주름 많은 얼굴이 억지로 지은 미소로 더욱 쪼글쪼글했습니다. "알아요, 아빠."

"민이야, 그럼 가봐라." 토르토르는 손을 들어 딸의 이마에 흘러내린 머리를 쓸어 올려주었습니다.

"네, 아빠." 속에서 치미는 울음을 억지로 누르면서, 그녀는 또렷이 대꾸하려고 애썼습니다. 눈물 속으로 보이는 아빠의 모습은 너무 약하고 외로웠습니다. 그녀는 아빠에게 고개 숙여 인사하고서 앞을 바라보았습니다. 이제 그녀 혼자 걸어가야 할 길이 아득한 지평 너머로 뻗어 있었습니다. 울음을 참느라 꽉 다문 턱에 힘을 주면서, 그녀는 발을 내디뎠습니다. 그 순간 잠이 깨었습니다.

눈을 감은 채, 그녀는 마음을 가다듬었습니다. 아빠가 돌아가셨다는 소식을 들은 뒤, 여러 날째 같은 꿈을 꾸고 있었습니다. 꿈을 꿀 때마다 풍경들은 조금씩 달랐지만, 아빠와 헤어지는 장면과 그녀가 느끼는 슬픔은 똑같았습니다. 가슴을 가득 채운 슬픔의 물살이 온몸의 살을 시리게 만드는 것을 느끼면서, 그녀는 마지막으로 본 아빠의 모습을 떠올렸습니다.

"민이야, 조심하고 또 조심해라. 알았지?" 걱정과 자랑이 뒤섞인 눈길로 딸의 얼굴을 쓰다듬으면서, 아빠는 다시 당부했었습니다.

"알았어요, 아빠. 걱정하지 마세요." 마침내 수련 여행을 떠난다는 생각에 들떠서, 그녀는 건성으로 대꾸했었습니다.

회한의 안개가 슬픔의 물살 위에 자욱이 내렸습니다. '아, 그때 그렇게 건성으로 대꾸하지 않고…… 이제는 너무 늦었지.'

언젠가 아빠가 한 얘기가 문득 떠올랐어요. 아빠가 무리하게 마법을 해서 얻은 병에서 가까스로 회복된 뒤였을 것입니다. "민이야, 마법사는 마력을 늘 몸속에 지니고 사는 덕분에 잔병치레를 하지 않고 건강하게 산다. 대신 마법을 하지 못하게 되면, 오래 살지 못한다. 아마 나도 오래 살지는 못할 거다. 그렇지만, 민이야. 자식이 있는 사람은 죽어도 아주 죽는 것은 아니다. 부모는 자식 속에 살아 있는 거란다. 참나무가 도토리 속에서 살아남아 나중에 새로운 참나무가 되는 것처럼."

아빠의 얘기는 자주 들은 얘기였습니다. 그러나 지금은 무척 깊은 뜻을 지닌 얘기로 다가왔습니다. 그랬습니다, 아빠의 몸과 마음이, 아빠의 몸과 마음 모두가 아니라면 적어도 한 부분이, 그녀의 몸과 마음 속에 살아 있는 것이었습니다. 그리고 그녀가 자식을 낳으면, 아빠의 몸과 마음은 그 자식에게 이어질 터였습니다. 따지고 보면, 그녀는 아득한 옛날부터 그렇게 부모와 자식으로 이어진 줄기의 한 마디였지요.

그녀는 자신의 얼굴에 잔잔한 웃음이 어리는 것을 느꼈습니다. 그 웃음을 지닌 채, 그녀는 다시 잠 속으로 들어갔습니다.

50. 반야 용

"적군의 본대가 곧 바다를 건너온다는 것이 확실해졌으므로, 우리는 적군 본대가 상륙하기 전에 자은포의 적군을 깨뜨리기로 했습니다. 마려한 절도사님께서 그렇게 해야 한다고 강력히 주장하셨고, 도원수님께서도 그 얘기가 옳다고 하셨습니다." 잠시 말을 그치고, 자한 첨사는 허리춤에서 땟국이 흐르는 수건 쪼가리를 꺼내 이마의 땀을 훔쳤습니다. 자한은 이번에 마려한의 뒤를 이어 관암포 첨사가 됐다고 했습니다.

"아, 그러셨어요?" 민이는 가볍게 대꾸하고서, 흘긋 오리손을 살폈습니다. 오리손이 예측한 대로, 마려한에게서 소식이 온 것이었습니다. 뜻밖이었던 것은 자한 첨사처럼 높은 자리에 있는 장수가 몸소 백 명 가까이 되는 군사들을 이끌고 나타난 것이었습니다. 그래서 그녀는 자한 첨사가 지니고 온 소식이 무척 중대하다는 것과, 그 소식이 좋은 소식은 아니리라는 것을 알았습니다.

"우리는 자은포성을 에워싸고서 공격을 했습니다. 그러나 우리 주력의 목표는 성이 아니라 부두였습니다. 부두를 장악하면, 적군의 본대가 상륙하기 어려울뿐더러, 부두엔 반야 배들이 여러 척 매여 있었거든요. 그 배들을 차지하거나 불사르면, 적군에게 큰 타격이 될 것 아니겠습니까?"

"그렇겠죠. 성 대신 부두를 목표로 삼은 것은 참 좋은 작전인데요," 오리손이 말하고서 싱긋 웃었습니다.

자한 첨사도 싱긋 웃었습니다. "예. 우리 절도사님은 군사에 관한 한 정말로 뛰어난 분이십니다. 물론 적군도 부두가 중요하다는 것을 알고 있었죠. 그래서 나름으로 잘 대비했더군요. 부두 둘레에 토성을 쌓고 토성 바깥쪽엔 해자를 깊이 파놓았습니다. 그러나 급히 만든 토성이 잘 쌓은 석성 같을 수야 없죠. 우리가 밤낮으로 사흘을 밀어붙이자, 적군이 버티지 못하고 자은포성 안으로 물러났습니다. 그래서 우리는 부두에 매여 있던 배들을 얻었죠. 그 배들을 놓고 어떻게 처리할까 또 한참 의논이 분분했죠. 결국 도원수님께서 모두 불사르라고 하셨습니다. 그래서 배들에다 불을 질렀는데, 그것 참 장관입디다. 해질 무렵 불을 질러서 밤새 타는데, 구경 중에서 불구경이 제일이란 얘기가 빈말이 아닙니다. 하지만 반야 군사들은 가슴이 찢어졌을 겁니다. 자기 배들이, 나중에 고향으로 갈 때 타고 갈 배들이, 모두 타버리는 것을 밤새 지켜봤으니…… 어쨌든, 그렇게 싸움에 이겨서 곧 자은포

숨은 나라의 병아리 마법사

성을 되찾는가 했는데, 그때 적군의 본대가 나타났습니다."

시원한 바람 한무더기가 지나갔습니다. 바람에 흔들리는 나뭇가지들과 잎새들을 올려다보면서, 민이는 아빠와 함께 아랫자랏골의 원두막을 찾았던 날을 떠올렸습니다. 수박 잎새들이 바람에 뒷면을 드러내는 것을 재미있게 바라보면서, 시원한 원두막에서 수박을 먹었었습니다. 그때가 하도 그리워서, 그녀는 가슴이 저렸습니다.

"어, 시원하다." 자한 첨사는 가볍게 감탄했습니다. "우리도, 뭐, 적군의 본대가 오리라는 것을 알고 있었으므로, 부두에 자리 잡고서 한바탕 싸울 준비를 했습니다. 우리 작전은 적군의 배들이 아예 부두에 닿지 못하게 하는 것이었죠. 아, 그런데 갑자기 이런 게 나타났습니다."

자한 첨사는 품에서 봉투 하나를 꺼내더니, 그 속에 든 종이를 펼쳤습니다.

민이와 오리손은 자한 첨사가 펼쳐 보인 종이를 들여다보았습니다. 거기엔 날개를 활짝 편 용 한 마리가 그려져 있었습니다. 모습은 마법성을 지키는 크리시트라미와 비슷했지만, 뿔이 길고 앞으로 휘어 있었습니다.

"용 아녜요?"

"예, 맞습니다. 절도사님께서 화원을 시켜서 그린 것인데요. 여기 나와 있죠? 길이가 오백 자이고 날개 너비가 천 자에 몸통 너비는 백오십 자가량 되죠. 물론 자를 대고 잰 것이 아니고 눈대중으로 짐작한 거니까…… 어쨌든, 어마어마하게 큽니다. 그런 놈이 갑자기 나타나서, 부두에 있던 우리 군사들을 덮쳤습니다. 빠르게 날아오면서 앉지 않고 그냥 날아가면서 발톱으로 우리 군사들을 훑고 지나가는 거죠. 그놈이 한 번 그렇게 훑고 지나가면, 모래밭에 수레바퀴 자국이 나듯, 우리 진영이 쑥대밭이 되는 거죠."

"우리 군사들이 많이 상했겠네요?" 오리손이 걱정스러운 얼굴로 물었습니다.

"예. 군사들이 많이 상하기도 했지만, 모두 혼비백산해서 도망치는 바람에…… 다행히 자은포성 안에 있던 적군이 공격하지 않아서, 그런 대로 큰 피해는 보지 않고 물러났죠. 그 다음부턴 그 용만 떴다 하면, 우리 군사들이 겁을 먹고 도망치기 바쁩니다. 군사들을 나무랄 수도 없어요. 그놈이 얼마나 큰지, 저도 그놈이 하늘에 뜬 걸 보면, 간이 콩알만 해집디다. 날개 너비가 천 자인데, 말이 천 자지……" 자한 첨사가 고개를 저었습니다.

"그렇겠죠." 오리손이 무겁게 고개를 끄덕였습니다. "그런데, 첨사님, 그 용이 날아올 때 우리 군사들이 일제히 화살을 쏘면…… 화살도 별 효과가 없나요?"

"그게 잘 안 됩니다. 이놈이 아주 약아서, 우리 군사들이 활을 쏘기 어려운 곳으로 공격해옵니다. 하늘 위에서 빙빙 돌다가 갑자기 먹이를 본 솔개처럼 덮치기 때문에 뭐, 우리 군사들이 일제사격을 할 겨를이 없습니다. 그리고 이놈이 용케도 우리가 약한 곳을 잘 꿰뚫어봅니다. 절도사님 말씀으로는, 반야에서 많이 싸워본 놈 같다고 합니다." 자한 첨사가 쓸쓸하게 입맛을 다셨습니다.

"그럼 지금 우리 군대는 어디 있습니까?"

"도원수님께서 직접 지휘하시는 경군은 강주성으로 물러났고, 절도사님께서 지휘하시는 우리 흑양남도군은 해진주성으로 물러났습니다. 다행스러운 것은 그놈의 용이 성은 제대로 공격하지 못한다는 겁니다."

"아, 그런가요?"

"이놈이 공격하는 수법은 공중에서 빙빙 돌다가 갑자기 덮치는 건데, 성벽에 걸려서 그렇게 하기가 어렵거든요. 절도사님 말씀으로는, 그놈이 한번 땅에 내려앉으면 다시 뜨는 게 상당히 힘들 거랍니다. 몸집이 워낙 크다 보니, 그냥 제자리에서 날아오르기는 어렵지 않겠느냐는 얘기죠. 새도 작은 새들은, 참새나 비둘기 같은 새들은 제자리에서 쉽게 날아오르지만, 기러기 같은 새들은 한참 달려야 뜨잖습니까?"

"그렇죠. 용에겐 그런 약점이 있군요." 생각에 잠긴 얼굴로 오리손이 고개를 끄덕였습니다.

"그래서 지금 우리 군대는 밖으로 나가지 못하고 성안에 갇혀 있습니다. 당장 불편한 건 없는데, 적군은 자유롭게 움직이며 작전을 하고, 우린 그저 적군이 하는 대로 놔둘 수밖에 없으니……" 자한 첨사가 고개를 저었습니다. "무슨 수를 내서, 빨리 상황을 바꿔야 하는데, 좋은 수가 없습니다. 그래서 절도사님께서 저보고 마법사 님하고 자문관님께 전황도 말씀드리고 좋은 계책도 받아오라고 하셔서, 제가 이렇게……"

"잘 오셨습니다. 덕분에 전선의 상황도 알게 됐고……" 오리손이 매끄럽게 대꾸했습니다. "그런데 그것 참. 용을 막아낼 방도가……

마법이라면 몰라도, 용은……"

"여기 마법성에 용이 하나 있죠?" 자한 첨사가 닫힌 성문을 흘긋 살폈습니다.

"예."

"그 용을 반야 용하고 싸우게 하면 어떨까요?" 여전히 성을 살피면서, 자한 첨사가 짐짓 가벼운 목소리로 물었습니다.

'아, 이것이었구나.' 그녀는 속으로 고개를 끄덕였습니다. '이 분이 찾아온 목적이 바로 이것이었구나. 우리 용을 이용해서 반야 용을 막아 달라고……'

"글쎄요? 우리가 부탁한다고 용이 나설까요, 목숨을 건 싸움에?" 오리손이 고개를 갸웃했습니다.

"하지만 반야군이 쳐들어왔는데, 여기 용이 가만히 보고만 있을까요?"

"그건 사람들 얘기죠. 자신에게 위험이 닥치지 않는 한, 용이 사람들 싸움에 끼어들려고 하겠습니까? 만일 용들이 싸운다면, 사람들이 목숨을 걸고서 그 싸움에 끼어들려고 하겠습니까?" 오리손은 여전히 회의적이었습니다.

"마법사님께서 마법으로 어떻게 용을 좀……" 자한 첨사는 낙심한 얼굴로 민이에게 말했습니다.

"글쎄요. 저도 돕고는 싶은데, 마법을 써서 용을 부린다는 얘기는 아직 못 들었거든요. 반야 마법사들은 그렇게 하는지 몰라도, 우리 마법사들은……" 그녀는 고개를 저었습니다. "여기 마법성의 도서실에 있는 자료들에도 용에 관한 것들은 아주 적어요."

"그건 아마도 용이 원래 남쪽 지역에서 사는 생물이라 그럴 겁니다. 용은 원래 도룬 제국 남쪽 지방하고 더 아래 남미하 왕국에서 살았다고 합니다. 우리나라는 용이 살기엔 너무 춥죠. 다행히 여기 마법성은 기연반도 맨 남쪽에 자리 잡았고, 북쪽엔 음령산맥하고 이화령산맥이 있어서 찬 바람을 막아주죠. 마법성 자체도 봉우리 남쪽에 남향으로 지어졌거든요. 그래서 용이 살 수 있는 거죠. 그러나 반야 왕국은 우리나라보다 훨씬 남쪽에 있고 섬나라라 따스하죠. 그래서 반야엔 용들이 많을 테고, 용들을 길들여서 싸움에 쓰는 전통도 생겼을지 모르죠."

"그것 참." 자한 첨사가 크게 낙심한 얼굴로 민이를 살폈습니다. "절도사님께선 마법사님을 뵙고 말씀을 드리면, 좋은 방도를 가르쳐주실 거라고 하셨는데……"

무거운 마음으로 민이는 한참 망설였습니다. 크리시트라미에게 사정을 얘기하면, 그 용은 틀림없이 비웃는 눈길로 그녀를 바라볼 터였습니다. 답답해서 성 밖의 풍경을 둘러보는 그녀의 눈에 저 아래 나무 그늘에서 쉬면서 기다리는 군사들의 모습이 들어왔습니다. 그리고 전선에서 반야 용에게 쫓기는 군사들의 모습이 떠올랐습니다. "첨사님, 사정이 워낙 급하니, 한번 용에게 부탁은 해볼게요. 그렇지만, 큰 기대는 하지 말라고 절도사님께 말씀드리세요."

51. 크리시트라미

자한 첨사를 전송하고 성안으로 들어오자, 민이는 용에게 다가갔습니다. 그녀는 먼저 용 둘레에서 놀고 있는 짐승들을 타일러서 다른 곳에서 놀도록 했습니다. 숨을 몇 번 깊이 쉬고 마음을 다잡은 다음, 그녀는 차분한 목소리로 용을 불렀습니다. "미르미르나임, 드릴 말씀이 있는데요."

용이 눈을 뜨고 그녀를 살폈습니다. "그래요? 말씀해보세요, 시리시리나임."

그녀는 마른침을 삼키고 미리 생각했던 얘기를 했습니다. "미르미르나임, 얼마 전에 반야 왕국에서 큰 군대를 보내서 우리 숨은 나라를 침범했습니다. 우리나라에선 반야 군대의 침입을 예상하지 못했기 때문에, 준비를 못 했죠. 그래서 우리 군대가 지금 밀리고 있습니다. 미르미르나임께서 좀 도와주실 수 있겠습니까?"

눈을 껌벅거리면서, 용은 잠시 생각했습니다. "제가 왜 인간들의 싸움에 끼어들어야 하나요?" 여전히 부드러웠지만, 용의 목소리엔 비웃음이 어려 있었습니다. 이어, 얘기가 다 끝났다는 듯이, 용은 눈을 감았습니다.

"크리시트라미나임," 민이는 야무진 목소리로 용의 이름을 불렀습니다.

자기 이름을 부르는 소리에 용이 좀 놀란 듯 이내 눈을 떴습니다. 그리고 민이를 매서운 눈길로 살폈습니다. "반야 군대는 커다란 미르미르 하나를 데리고 왔습니다. 그 미르미르가 우리 군사들을 마구 죽이고 있습니다. 반야의 미르미르가 인간들의 싸움에 이미 끼어들었으면, 그 싸움은 여기 마법성을 지키시는 크리시트라미나임의 일이 된 것 아닌가요?"

그녀의 얘기를 듣자, 용이 갑자기 고개를 앞으로 내밀었습니다.

"반야의 미르미르가 여기에 나타났단 얘깁니까?"

그녀는 고개를 끄덕였습니다. 그리고 품에서 마려한이 보낸 용의 그림을 보여주었습니다. "이것이 그 미르미르의 모습입니다."

용은 민이가 보여준 그림을 한참 살폈습니다. 그리고 고개를 끄덕였습니다. "알겠습니다, 시리시리나임. 지금 그 미르미르가 어디 있는지 아십니까?"

"반야 군대가 자은포에 상륙해서 자은포성을 근거로 삼았으니, 그 근처에 있겠죠."

"자은포라. 자은포면 여기서……" 용은 잠시 생각했습니다. "알겠습니다. 너무 걱정하지 마십시오."

"고맙습니다, 미르미르나임. 그런데, 저어기, 이제부턴 저를 그냥 민이라고 불러주세요. 저하고 친한 이들은요, 사람들만이 아니고 다른 생물들도요, 모두 민이라고 부르거든요."

"그런가요? 그럼 민이는 나를 크리스라고 불러요."

"크리스요? 부르기 좋은 이름이네요. 애칭인가요?"

"예. 한 귀여운 소녀가 나를 그렇게 불렀죠."

"그랬어요? 그 소녀는 지금 어디 있어요?"

아득한 옛일을 회상하는 듯, 용은 그윽한 눈길로 먼 곳을 한참 바라보았습니다. "그 소녀는 지금부터 꼭 오천 년 전에 살았는데, 갑자기 싸움터에서 죽었어요. 나쁜 마법사들 손에."

"어머, 세상에 그런 일이. 정말 안됐네요."

용은 고개를 숙이고 한숨을 내쉬었습니다. "다 지나간 일이죠. 민이, 반야에서 왔다는 용은 내가 알아서 할게요. 너무 걱정하지 말아요."

"고마워요, 크리스."

"그럼 멀리 물러나요. 내가 일어날 땐 좀 시끄럽거든요." 용의 눈에 웃음이 어렸습니다.

"알았어요. 다리야 날 살려라, 도망갈게요."

그녀가 멀찍감치 물러나자, 용은 천천히 몸을 일으켰습니다. 용 자신이 말한 대로, 좀 시끄러웠습니다. 조그만 언덕 하나가 일어서는 셈이니, 용이 조용히 움직이려 애쓴다 하더라도, 시끄러울 수밖에 없었습니다. 등의 비늘들을 덮은 이끼들과 바위옷들이 먼지처럼 날리고, 비늘 사이에 자란 풀들과 잔나무들이 뽑혀서 날았습니다. 나무들에 둥지를 틀었던 새들은 놀라서 멀리 도망쳤습니다. 몇 해 전에 반야 마법사들을 물어 죽일 때 털어낸 덕분에, 큰 나무들은 없어서, 그나마 덜 시끄러웠을 터였습니다.

다 일어서자, 용은 천천히 날개를 폈습니다. 날개는 어마어마했습니다. 용의 날개가 크다는 것을 잘 알고 있었지만, 막상 한껏 편 용의 날개를 보니, 민이는 숨이 막히는 것 같았습니다. 내리쬐는 한여름 햇살에 눈이 부시게 빛나는 금빛 날개는 보는 이의 가슴에 그리움과 두려움을 함께 느끼게 했습니다.

용은 날개를 몇 번 접었다 폈다 했습니다. 아마도 오래 쓰지 않은 날개의 근육들을 푸는 것 같았습니다. 그러고는 새들이 부리로 깃털을 고르듯, 몸에 난 풀들과 이끼들을 벗겨내고 비늘들을 다듬었습니다. 마침내 다듬어진 자기 모습이 만족스러웠는지, 용은 큰 입을 벌려 길게 소리를 질렀습니다.

용은 분명히 소리를 질렀는데, 소리는 들리지 않았습니다. 민이는 대신 온몸이 떨리는 것을 느꼈습니다.

"소리가 너무 낮아서, 들리지 않는 것 같아요." 곁에 선 오리손이 말했습니다. "살이 떨리는 것처럼 느껴지지요?"

"네, 그래요."

용은 천천히 성 뒤쪽의 숲으로 걸어갔습니다. 용이 웅크렸던 자리엔 엄청나게 큰 구덩이만 남았습니다.

"비가 오면, 저건 연못이 되겠다."

오리손이 껄껄 웃었습니다. "그러면 오리들 놀이터가 하나 더 생기는 셈이네."

숲으로 다가간 용은 나뭇잎들을 먹기 시작했습니다. 커다란 입 속으로 나뭇잎들이 잔가지째 들어갔습니다.

"정말 맛있게 먹네. 하긴 오랜만에 깨어났으니, 많이 먹어야 할 거예요, 그렇죠, 오빠?"

"예. 많이 먹어야 활동을 하겠죠. 저렇게 먹다간 나뭇잎이 모자라겠다."

가만히 살펴보니, 그러나 용은 나뭇잎들을 마구 먹는 것이 아니었습니다. 나무들이 자라는 데 꼭 필요하지 않은 부분들을 골라서 먹고 있었습니다. 마치 뜰의 나무들을 손질하는 정원사처럼, 용은 나뭇잎들을 먹으면서 나무들을 다듬어나가는 것이었습니다. 한참 먹더니, 용은 몸을 돌려 서쪽을 바라보고 들리지 않는 소리를 길게 질렀습니다. 그리고 다시 먹기 시작했습니다.

"반야 용을 부르는 것 같죠?"

"그런데요. 민이 아가씨 얘기대로, 우리 용은 암컷 같고 반야 용은 수컷 같으니까, 잘하면 둘이 싸우지 않고……" 무심코 얘기를 꺼냈던 오리손이 말끝을 흐리면서, 그녀 얼굴을 슬쩍 살폈습니다.

52. 실현되는 예언

　석판의 글자들을 공책에 옮겨 적던 손길을 멈추고, 민이는 남쪽 창으로 앞쪽 큰 뜰을 내려다보았습니다. 숲에서 점심을 푸짐하게 먹은 크리시트라미는 편한 자세로 엎드려 뉘엿한 햇살을 즐기고 있었습니다. 갑자기 놀이터를 잃은 짐승들은 먼발치에서 아쉬운 눈길로 용을 살피고 있었습니다.
　"이제 무슨 소식이 있을 때도 됐는데요." 아직 해독되지 않은 석판의 문자를 골똘히 들여다보는 오리손에게 그녀는 혼잣소리 비슷하게 말을 건넸습니다.
　"예." 오리손이 고개를 들고 씨익 웃었습니다. "곧 소식이 있을 것 같은데요. 예감이 좀…… 자은포에서 여기까지 오려면, 하늘을 가로질러 오는 용이라도 여러 날 걸릴 테니까요."

고개를 끄덕이고서, 그녀는 서쪽 창문으로 하늘을 살폈습니다. 어저께 소나기가 내린 터라, 하늘은 맑았고 구름장 몇이 한가롭게 걸려 있었습니다. 벌써 닷새째 크리시트라미는 나뭇잎들을 한껏 먹고는 서쪽 하늘을 향해 길게 소리를 지르는 일을 되풀이했습니다.

그녀가 다시 석판의 글자들을 공책에 옮겨 적는데, 무엇이 남쪽 창문을 막아서는 듯한 느낌이 들었습니다. 그녀가 고개를 들어보니, 크리시트라미가 급하게 일어나고 있었습니다. 이어 용은 긴 목을 들어 서쪽 하늘을 향해 들리지 않는 소리를 질렀습니다.

"오빠, 용이 일어났어요. 소리를 질렀어요." 그녀는 오리손에게 말하고서 서쪽 하늘을 살폈습니다. 그러나 하늘엔 아무것도 보이지 않았습니다.

"용이오?" 오리손이 뒤를 돌아보았습니다. 이제 용은 기대에 찬 모습으로 서쪽 하늘을 바라보고 있었습니다.

"나가보죠, 오빠."

"그러죠."

두 사람이 밖으로 나오자, 크리시트라미가 다시 목을 들고 소리를 질렀습니다. 무슨 얘기에 대답하는 듯했습니다. 용은 그렇게 듣고 대답하기를 여러 번 되풀이했습니다. 마침내 용이 반갑다는 몸짓을 했습니다.

두 사람이 돌아다보니, 서쪽 하늘에 조그만 검은 점 하나가 나타났습니다. 그 점은 빠르게 커져서, 곧 새처럼 보였습니다.

민이는 조심스럽게 크리시트라미에게 다가갔습니다. "크리스, 소식이 있어요?"

"예. 저기 오는 것이 그 반야 미르미르입니다. 이름이 피골로스티라는데, 내가 한번 가서 만나볼게요."

"잘 됐네요."

"멀찌감치 물러나요. 미르미르가 날아오를 때는 꽤 시끄럽거든요." 용의 눈에 장난스러운 웃음기가 어렸습니다.

"알았어요. 잘 다녀와요, 크리스."

그녀가 물러서자, 용은 뒤쪽으로 물러나서 날아오를 준비를 했습니다. 이어 날개를 한껏 펴더니, 날개를 퍼덕이기 시작했습니다. 어지러운 바람이 성안을 휩쌌습니다. 용은 점점 더 빠르게 날갯짓을 했습니다. 마침내 몸이 들썩거릴 만큼 날갯짓이 거세지자, 용은 앞으로 달려나갔습니다. 그리고 보기좋게 하늘로 떠올랐습니다.

참았던 숨을 내쉬면서, 민이는 자신도 모르게 손뼉을 쳤습니다. 오리손도 따라서 손뼉을 치면서 외쳤습니다, "브라보."

크리시트라미는 한참 곧바로 날아가더니, 힘을 얻자 비잉 돌아서 위로 오르기 시작했습니다. 몸집이 너무 커서 날지 못할 것만 같았는데, 막상 날아오르자 용은 아주 우아하게 날았습니다. 서쪽에서 다가오는 용도 그동안 부지런히 날아와서, 이제는 그것이 용이라는 것을 어렵지 않게 알아볼 수 있었습니다.

충분한 고도를 얻자, 크리시트라미는 마법성 위를 한바퀴 돌았습니다. 그리고 아래서 올려다보면서 손짓을 하는 두 사람에게 고갯짓을 했습니다. 그러고는 서쪽으로 동료를 마중나갔습니다.

그 두 용들의 만남은 오래 기억할 만한 사건이었습니다. 커다란 용들이 너른 하늘 속을 날면서 인사하고 함께 춤을 추면서 낯을 익히는 의식은 우아하고 장엄했습니다. 그 광경을 보면서, 민이는 자기도 그렇게 하늘을 날면서 춤을 추고 싶은 생각이 간절했습니다.

한참 그렇게 서로를 감돌면서 춤을 추던 용들은 서쪽으로 날아가기 시작했습니다. 반야 용이 앞장을 서고 크리시트라미가 뒤를 따랐습니다. 용들은 점점 작아지더니, 이윽고 지평 너머로 사라졌습니다.

민이는 숨을 길게 내쉬었습니다. "어디로 간 거죠?"

"혼인 비행을 간 모양인데요." 오리손이 무심코 말하고서 후딱 민이의 얼굴을 살폈습니다.

"혼인 비행요?"

"예. 용들은 짝을 만나면, 혼인 비행을 한다고 하던데요."

"그래요? 그럼 이리로 다시 돌아올 건가요?"

"아마 그럴 겁니다. 크리시트라미가 둥지를 틀고 알을 낳을 곳으론 이곳보다 나은 곳이 없겠죠."

"혼인 비행이 오래 걸리나요?"

"그리 오래 걸리진 않을 겁니다. 우리 탑 위로 올라가요." 오리손이 탑을 돌아보았습니다. "저 위에선 훨씬 잘 보일 겁니다."

나무들에 가려지지 않아서, 탑 위에선 서쪽 하늘이 훨씬 잘 보였습니다. 어느 사이엔가 해가 많이 저물어 노을이 익고 있었습니다.

"이제 크리스가 반야 용을 싸움판에서 빼내면, 전쟁이 곧 끝나겠죠?" 문득 밝아진 마음으로 민이는 오리손을 쳐다보았습니다.

오리손은 고개를 갸웃했습니다. "그렇게 되면 좋겠지만, 내 생각엔 전쟁은 이제 막 시작된 것 같아요."

"오빠 생각은 달라요?" 뜻밖의 대답에 좀 놀라서, 그녀는 큰 소리로 물었습니다.

"반야군에 용이 한 마리 있고 없는 것이 전세에 결정적 영향을 주는 것은 아니거든요. 반야 용이 싸움터에서 발을 빼면 우리 군대가 큰 시름을 하나 덜긴 하겠지만, 전쟁이 바로 끝나진 않을 겁니다. 양쪽에서 몇 만 명씩 군사들을 동원해서 싸울 테니까요. 반야 왕국은 큰 나랍니다. 그리고 준비를 많이 해서 쳐들어왔습니다. 기습적으로 침입한 덕분에, 자은포에 튼튼한 근거도 마련해놓았고 언제라도 군대를 상륙시킬 수 있어요. 우리가 쉽게 이길 수 있는 형편은 아니죠."

"그런가요?" 짙은 그늘이 마음에 내리는 것을 느끼고, 그녀는 한숨을 쉬었습니다.

"게다가 반야는 섬나라라서, 전통적으로 수군이 아주 강해요. 그래서 뱃길을 이용해 우리나라의 약한 곳들을 골라서 쳐들어올 수 있거든요. 우리나라는 반도라서, 온 나라가 반야군의 공격에 그대로 드러난 셈이죠. 대도도 무심기포에서 오십 리밖에 되지 않거든요."

"그러면 어떻게 되나요? 언제 전쟁이 끝나나요?"

"언젠가는 끝나겠죠. 어떤 전쟁이든 영원히 계속될 수는 없으니까. 민이 아가씨, 너무 걱정하지 마세요. 전쟁이 오래 계속되더라도 사람들은 살아남아요. 그리고 자식들을 낳아 기르죠. 중요한 건 그거죠. 사기점에서 보셨죠? 집이 불탄 자리에 다시 집을 짓던 사람들 말이에요."

그녀 가슴에 문득 보얀 무엇이 서렸습니다. 저 아래 하마촌에서 저녁 연기가 오르는 것을 바라보면서, 그녀는 천천히 고개를 끄덕였습니다.

"난리 통에 모든 것들을 잃었어도, 희망을 잃지 않고 갓난애를 키우는 젊은 부부—그렇게 사람들은 살아갈 겁니다. 그리고 그것이 정말로 중요한 겁니다. 길게 보면, 그래요."

마음이 좀 가벼워져서, 그녀는 서쪽 하늘을 바라보았습니다. "하긴 우리나라도 수많은 전쟁을 치렀죠? 그러고도 사람들은 살아남았죠."

"예."

"어쨌든, 우리가 할 일은 한 셈이죠?"

"그렇죠. 이제 우리 군대도 작전을 하기가 쉽겠죠."

"전 크리스가 짝을 만난 게 아주 기뻐요."

"보신재의 예언이 오천 년 뒤에 실현되는군요," 문득 탁해진 목소리로 오리손이 말했습니다. "마법성을 지키던 용이 새끼를 낳으면, 그 새끼 용의 친구가 될 어린이가 함께 태어나고, 그 뒤로 사람들이 다시 마법성에 살게 된다는 예언 말입니다."

"제가 하마촌에서 들은 얘기로는요, 먼저 마법성의 새 주인이 나타나서 용의 짝을 찾아준다던데요. 그래서 용이 새끼를 낳고 새 주인도 자식을 낳는데, 그 자식이 마법을 새로 일으킨다, 그런 얘기던데요."

탑의 돌 난간을 두 손으로 꽉 짚고서, 오리손이 잠시 생각했습니다. "어쩌면, 그 얘기가 더 정확할지도 모르겠네요. 민이 아가씨가 먼저 크리시트라미에게 짝을 찾아주었으니까요."

한순간 민이는 정신이 어찔했습니다. 오리손의 얘기대로, 그녀가 한 일은 결국 크리시트라미에게 짝을 찾아준 것이었습니다. "크리스에게 짝을 찾아줘야겠다는 생각은 한 적도 없는데……"

"그래서 예언이 무섭다는 겁니다. 예언이 어떻게 해서 이루어지는지는 예언하는 사람도 모르는 경우가 많거든요. 이제 보신재의 예언에서 반은 실현되었으니, 나머지 반도 실현되도록 해야겠죠?"

"나머지 반요?"

"예. 용이 새끼를 낳으면, 그 새끼 용과 친구가 될 사람의 자식도 함께 태어난다는 얘기 말입니다." 앞만 바라보면서, 오리손은 힘이 너무 들어가서 무엇에 눌린 듯한 목소리로 말했습니다.

오리손의 말뜻을 깨닫자, 그녀는 문득 얼굴이 달아올랐습니다.

"민이 아가씨, 이건 내가 참나무 왕국의 유적을 발굴하다가 얻은 반진데요." 오리손이 품에서 조그만 나무 상자를 꺼냈습니다. 검붉은 옻칠을 한, 예쁜 상자였습니다. 그가 뚜껑을 열자, 반지가 들어 있었습니다. "은으로 만든 거라 다행히 녹이 많이 슬지는 않았습니다. 이 반지를 민이 아가씨 손에 끼워드리고 싶습니다."

오리손과 눈길이 마주치자, 민이는 이내 눈길을 돌렸습니다. 가슴이 거세게 뛰고 있었고, 마음은 혼란스럽기만 했습니다.

그가 그녀에게 한 걸음 다가서면서, 손을 내밀었습니다. "민이 아가씨가 나를 거절하시더라도, 나는 원망하지 않고 민이 아가씨의 결정을 받아들이겠습니다. 나는 마법사도 아니고……"

"그게 무슨 문제예요?" 그녀는 날카롭게 되물었습니다. "제가 언제 오빠가 마법사가 아니라고 해서 뭐라고 했나요?"

"그래도……"

"뭐가 그래도예요? 끼워주려면, 얼른 끼워주세요." 짐짓 화가 난 목소리로 말하고서, 그녀는 왼손을 내밀었습니다.

오리손이 허겁지겁 상자에서 반지를 꺼내 그녀 손가락에 끼워주었습니다. 그리고 잠시 망설이다가 그녀의 손에 입을 맞추었습니다.

손에 오리손의 입술이 느껴지면서, 그녀의 몸속으로 저릿한 기운이 흘렀습니다. 그가 물러서자, 그녀는 그의 입맞춤 자국이 남은 손을 내려다보았습니다. 손가락에 낀 반지를 보아도, 자신이 오리손과 약혼했다는 사실이 아직 실감이 나지 않았습니다. "이 반지, 처음 낀 사람은 누구였을까요?"

"글쎄요."

"참나무 왕국 사람인 것만은 틀림없죠?" 말을 하지 않으면, 더 어색해질 것 같아서, 그녀는 별로 중요하지도 않은 일을 캐물었습니다.

"예. 그것만큼은 틀림없습니다." 그가 싱긋 웃었습니다. 그리고 서쪽 하늘을 가리켰습니다. "저어기……"

곱게 물든 노을 속으로 혼인 비행을 마친 용들이 천천히 날갯짓을 하면서 돌아오고 있었습니다. 오천 년 동안 적막했던 마법성에 드디어 활기찬 날들이 다시 찾아온 것입니다.

작가 후기

　이 작품은 대략 열두 살에서 열일곱 살 사이의 소년들을 독자들로 상정하고 쓰여졌다. 주인공은 열다섯 살 난 소녀고 이야기는 그녀의 눈에 들어온 세상의 모습이다. 이런 작품들은 출판계에선 '소년용(juvenile)'이라 불린다.

　흔히 '10대(teen)'라 불리는 소년은 한 사람의 삶에서 가장 어설픈 시기다. 어린이로 보호받지도 못하고 어른으로 대접받지도 못한다. 그런 어설픔은 독서에도 반영된다.

　어린이 책들은 많다. 그러나 열 살을 넘어서면, 어린이들은 자신들이 읽을 만한 책이 문득 줄어들었음을 깨닫게 된다. 이제 동화들을 읽기엔 나이가 들었고 일반 소설들을 읽을 준비는 덜 됐는데, 소년들을 위한 소설들은 잘 띄지 않는다.

　작가로서도 소년들을 위한 소설은 어설프다. 소년들은 아주 작은 독자 집단이다. 어린이들을 위한 동화들이 영구적 베스트셀러라는 사실이 가리키듯, 어린이 책 시장은 크고 불황을 모른다. 어른들은 수도 많고 모두 자기 입맛에 맞는 소설들을 선뜻 살 돈이 있다. 그러나 부모에게서 용돈을 타 쓰는 소년들은 처지가 다르다. 게다가 소년들은 열정적 독자들이 아니다. 책보다 재미있는 것들이 얼마나 많은가. 무엇보다도, '입시 지옥'에 빠진 터라, 우리 사회의 소년들은 애초에 책을 읽을 시간이 없다. 어릴 적에 부지런히 책을 사주던 부모들이 이제는 교과서만 보라고 다그친다.

독자가 거의 없는 상황에서 작가가 신명이 날 리 없다. 게다가 소년들을 위한 이야기는 어린이들이나 어른들을 위한 이야기보다 쓰기가 기술적으로 어렵다. 모든 면들에서 어중간하거나 어설프기 때문이다.

사정이 그러한데, 문학적 보답까지도 작다. 어느 사회에서나 소년들을 위한 소설은 진지한 문학 평론의 대상으로 여겨지지 않는다. 자신의 평판에 마음 쓰는 평론가라면 소년들을 위한 소설을 아예 만지지 않는다는 것이 상식으로 통한다. 소년들을 위한 소설을 써서 명성을 얻은 작가들은 서양에서도 정말로 드물다.

그런 사정은 지금 내게 야릇한 흐뭇함을 준다. 자신이 쓰는 작품의 독자들이 누구일지 모른다는 생각은 작가에게 드문 자유를 누리게 한다. 작가에겐 독자들보다, 특히 애독자들보다, 억압적인 존재는 없다. 게다가 이 작품으로 나는 자신에게 내놓았던 기술적 과제 넷 가운데 둘을, 환상소설(fantasy)을 쓰는 것과 소년들을 위한 소설을 쓰는 것을, 한꺼번에 해냈다(나머지 두 과제는 그럴듯한 여주인공을 창조하는 것과 현실적인 로봇을 그리는 것이다. 전자는 영어권 문학에서 남성 작가들을 유혹하는 기술적 과제가 《율리시즈》 몰리 블룸만큼 그럴

듯한 여주인공을 창조하는 것이라는 얘기를 듣고 오래전에 설정한 과제였는데, 《파란 달 아래》의 리명순으로 아쉬운 대로 해냈다. 사람의 마음에서 나왔으면서도 사람의 마음과 무엇인가는 다를 수밖에 없을 인공지능의 모습을 상상하는 일이 워낙 어려워서, 후자는 아직 '매혹적 과제'로 남아 있다).

  이 작품은 원래 《마법성의 수호자, 나의 끼끗한 들깨》에서 주인공의 어린 딸이 쓰는 동화였다. 그 작품을 읽은 분들이 앞부분만 나온 그 동화를 완결해보라고 권유했다. 그런 권유는 이 작품을 쓰는 데 결정적 계기가 됐다. 소설가들은 원래 큰 자아를 지닌 사람들이다. 실제로, 자아가 병적으로 큰 사람(egomaniac)이 아니면, 소설 판을 기웃거릴 이유가 없다. 그렇지 않다면야, 어찌 소설가마다 그리 굳게 믿겠는가, 자신이 만든 이 세상의 모형이 이야기로 다듬어낼 만한 가치를 지녔다고, 그리고 그 이야기에 돈을 내고 열심히 귀를 기울이지 않는 사람들은 예외 없이 어리석거나 무식하다고. 그러나 에고메이니액도 때로 다른 사람들의 칭찬을 필요로 한다. 특히, 소설가들은 자신들의 작품에 관한 한 칭찬과 외교적 언사를 구별할 필요를 느끼지 못한다.

  이 작품이 연재된 계간지 《숨소리》 관계자들께 감사 말씀을 드린다. 박경리 선생님과 최유찬 교수께는 따로 감사 말씀을 드려야 도리일 터이다. 어려운 여건 속에서 책을 펴내주신 이룸출판사 여러분들께 감사 말씀을 드린다.

2005년 2월
복거일

사회문제와 신학윤리
Social Problems & Theological Ethics

열린기독교신서
사회문제와 신학윤리
Social Problems & Theological Ethics

지은이 / 김영일
펴낸이 / 김윤환
펴낸곳 / 열린출판사

1판1쇄 펴낸 날 / 2006년 2월 21일
등록번호 / 제2-1802호
등록일자 / 1994년 8월 3일
주소 / 서울 중구 인현동2가192-20 정암504호
전화 / (02)2275-3892   팩스(02)2277-6235

2006ⓒ 열린출판사

저자와의 협의에 의해 인지는 생략합니다
잘못된 책은 바꾸어 드립니다.

ISBN   89-87548-25-1

값 10,000원

사회문제와 신학윤리
Social Problems & Theological Ethics

김 영 일 지음

열린출판사

차 례 Table of Contents

머 리 말 Preface · 10

제1부 사회문제의 사회학적 고찰
Sociological Inquiry of Social Problem

I. 사회와 사회문제의 이론적 성찰 · 14
Society & Theory of Social Problem

1. 사회란 무엇인가? · 14
2. 사회의 구성요소 · 16
3. 사회를 이해하는 시각 · 18
   (1) 거시적 접근과 미시적 접근   (2) 기능주의 시각
   (3) 갈등주의 시각   (4) 상징적 상호작용주의 시각
4. 사회문제의 이론적 고찰 · 22
   (1) 사회문제의 정의   (2) 사회문제의 근원
   (3) 사회문제의 상호 연관성   (4) 사회학적 상상력

II. 공동체의 윤리 · 29
Ethics of Community

1. 공동체의 의미 탐구 · 29
2. 철학적 의미의 공동체 · 31
3. 성서에 나타난 공동체 · 33
4. 건강한 공동체와 병든 공동체 · 36
5. 영화 "하이 눈"에 비추어 본 공동체 · 40

제 2 부 사회윤리와 신학적 사고
Social Ethics & Theological Thinking

III. 아우구스티누스와 루터의 두 왕국설의 기독교 윤리적 성찰 · 46
Study of Two Kingdoms of Augustinus & Luther in Christian Ethics

1. 아우구스티누스의 두 도성(The City of God) · 46
   (1) 하나님 도성의 일반적 범위 · 46
   (2) 두 가지 사랑과 두 도성 · 49
   (3) 아우구스티누스의 사랑의 개념 · 54
   (4) 두 도성과 사회 · 57
2. 루터의 두 왕국 · 62
   (1) 루터의 변증법적 접근 · 62
   (2) 두 왕국 사이의 차이 · 63
   (3) 두 왕국 안에서의 그리스도인의 삶 · 68
3. 아우구스티누스의 두 도성과 루터의 두 왕국 비교 · 74

IV. 웨슬리의 경제윤리 · 79
Economical Ethics of John Wesley

1. 선한 청지기의 사명 · 80
2. 돈의 사용 · 82
3. 가난한 사람들에 대한 사명 · 86

V. 본회퍼의 윤리 · 90
Ethics of Dietrich Bonhoeffer

1. 본회퍼의 윤리적 삶 · 90
2. 본회퍼의 윤리적 특징 · 92
   (1) 그리스도의 현실로서의 윤리
   (2) 형성의 윤리
   (3) 명령으로서의 윤리
3. 사랑에 대한 본회퍼의 이해 · 97

제 3 부 종교와 사회
Religion & Society

VI. 폭력과 평화: 비폭력의 길 · 100
Violence & Peace

1. 평화의 개념 · 101
   (1) 고대 그리스의 평화 개념   (2) 로마 제국의 평화 개념
2. 신학 윤리적 평화의 고찰 · 104
   (1) 구약에서의 평화   (2) 신약에서의 평화
3. 평화를 저해하는 요소 · 107
   (1) 폭력과 테러   (2) 전쟁
4. 평화의 수단 · 115
   (1) 비폭력   (2) 관용   (3) 책임적인 존재
5. 최고의 선으로서의 평화 · 124

VII. 종교 사회학적 고찰 · 126
Study of Sociology of Religion

1. 종교의 사회학적 이해 · 126
   (1) 종교의 정의   (2) 뒤르켐의 종교 이해
   (3) 맥스 베버의 종교 이해   (4) 칼 마르크스의 종교 이해
2. 종교의 기능과 역할 · 133
3. 종교 체험 · 137
   (1) 신성의 경험   (2) 카리스마와 지도자
4. 종교와 사회변화 · 141
   (1) 미국의 종교와 사회의 관계성   (2) 세속화의 문제
5. 니버의 그리스도와 문화 · 150
6. 이단이 사회에 미치는 영향 · 153
   (1) 이단이란 명칭과 정의   (2) 종교사회학적인 입장에서의 종교
   (3) 이단의 발생원인   (4) 이단의 특성과 공통점

(5) 사회에 미치는 영향

VIII. 산업화의 윤리적 모순 · **170**
   Industrialization & Ethical Problems

   1. 맥도날드 제도화의 사회 · 1711
   2. 베버의 합리화 이론 · 172
   3. 산업화에 따른 가치관의 변화 · 173
      (1) 도시화 현상   (2) 경제의 풍요와 여성의 위치
      (3) 산업화가 교회 성장에 끼치는 영향

IX. 여성주의와 여성의 역할 변화 · **180**
   Feminism & Changing Role of Women

   1. 여성의 위치 · 181
   2. 여성 평등성 이론을 야기한 사회적 조건 · 184
   3. 성서 속의 Sexism · 188
   4. Sexism에 대한 신학적 윤리적 평가와 과제 · 191

제 4 부   사회문제의 실제와 윤리적 사고
Practice of Social Problems & Ethical Inquiry

X. 자살 · **194**
   Suicide

   1. 자살의 개념 · 194
   2. 자살의 종류 · 195
      (1) 이기적 자살   (2) 이타적 자살   (3) 무규범적 자살
      (4) 전염병으로서의 자살   (5) 유전적 자살
   3. 자살의 원인과 방법 · 198
   4. 자살에 대한 견해 · 200
      (1) 자살 예찬론   (2) 자살 반대론   (3) 유교문화권의 자살

5. 기독교적인 입장 · 204

XI. 뇌사와 장기이식 · 208
Brain Dead & Organ Transplantation

1. 팔리는 인간의 몸 · 209
2. 뇌사 · 210
   (1) 죽음의 정의와 뇌사설 (2) 삶과 죽음에 대한 기독교적 이해
3. 장기이식 · 215
   (1) 장기이식이란?   (2) 장기이식에 관여하는 자
4. 장기이식의 윤리문제 · 219

XII. 안락사 · 222
Euthanasia

1. 안락사란 무엇인가? · 223
2. 안락사의 종류 · 224
3. 안락사에 대한 찬반 논쟁 · 226
   (1) 죽음의 권리와 존엄성   (2) 자비로운 죽임의 필요성
   (3) 경제적 부담의 삭감   (4) 생명의 존엄성
   (5) 자살 혹은 타살의 가능성
4. 안락사의 윤리적 이슈와 문제점 · 230
5. 안락사의 대안으로서의 호스피스 · 231

XIII. 사회계층과 빈곤 · 233
Stratification & Poverty

1. 사회계층과 사회 계급 · 234
   (1) 사회계층 (2) 사회 계급 (3) 사회계층에 대한 미국의 사례
2. 빈곤의 정의 · 238
3. 빈곤의 원인 · 239
   (1) 가난한 자의 책임   (2) 빈곤의 문화적 설명
   (3) 마르크스주의의 견해

4. 성서에 나타난 빈부에 대한 이해 · 243

XIV. 다인종 사회와 문화적 다원주의 이론 · 247
Multi-Racial Society & Cultural Pluralism

1. 용어 개념 · 248
2. 다수인종 집단과 소수인종 집단의 관계 · 249
   (1) 편견   (2) 선입관   (3) 주변성
3. 동화와 문화적 다원주의 · 254
   (1) 동화의 이론   (2) 문화적 다원주의

XV. 윤리적 삶의 길 · 258
Ethical Ways of Life

1. 여러 종류의 윤리와 삶의 길 · 260
   (1) 고대 그리스 철학 윤리적 삶의 길 · 260
   (2) 문화적 상대주의의 삶의 길 · 261
   (3) 윤리적 이기주의의 삶의 길 · 263
   (4) 공리주의적 삶의 길 · 264
   (5) 상황 윤리적 삶의 길 · 266
   (6) 덕목으로서의 삶의 길 · 268
2. 그리스도교 윤리적 삶의 길 · 271

참고 도서 Bibliography · 275

■ 머 리 말 Preface

　　톨스토이는 "사람이 무엇으로 사는가?"라는 그의 작품에서 사람과 사람 사이의 관계성 속에서 작용하는 중요한 요소에 대해서 문제 제기를 했고, 플라톤은 그의 저술 공화국(Republic)에서 "진실되고 이상적인 인간 사회는 어떻게 이루어지며, 무엇으로 구성되는가?"라는 질문을 제기한다. 이러한 질문은 아우구스티누스가 하나님의 도성에서 묻고 있는 숨겨진 질문이다. 과연 "인간의 삶에 가장 중요한 것은 무엇이며, 인간이 살고 있는 사회가 안녕과 질서 그리고 정의와 평화로 가득 채워지는 마당을 이루기 위해서 우리는 무엇을 어떻게 해야 되는가"라는 주제는 대단히 중요하고, 필수적으로 고민해야 할 문제이다.

　　역사의 흐름과 더불어 인간의 사회는 변화되어 간다. 퇴니스가 지적했듯이, 작은 공동체를 중심한 인격적이고 다정다감한 사회는 점점 비인격적이고 어름과 같이 차가운 사회로 바뀌어져 왔다. 초월적인 신, 즉 계시를 강조하는 시대가 있었는가 하면, 내재적인 신, 즉 이성을 강조하며 인간 중심적인 사회를 강조하여 세속화의 사회로 치닫는 경향도 있어 왔다. 그래서 인간 사회는 미움과 분노, 욕심과 배반, 갈등과 분쟁 등으로 점철되어 왔다. 산업화와 자본주의의 성장과 더불어 과학, 기술, 의학, 유전 공학 등의 눈부신 발전은 인간에게 희망과 안락을 챙겨왔지만, 그들로 인한 윤리적 모순들, 즉 인간성의 상실, 힘의 남용과 오용, 저소득층의 인권유린이나 빈곤의 문제들은 인간 사회를 어둡게 만드는 요소들이다.

　이 책이 다루고 있는 주제와 문제가 바로 이러한 것이다. 인간이 살아가는 공동체에 대해서, 그리고 사회를 보는 여러 가지 관점들, 그리고 인간 사회 속에서 일어나는 다양한 문제들을 다루고 있다. 신학윤리와 사회윤리적인 차원에서는 아우구스티누스의 두 도성, 마르틴 루터의 두 왕국, 요한 웨슬리의 경제윤리, 그리고 디트리히 본회퍼의 윤리를 살피고; 종교와 사회의 차원에서는 폭력과 평화의 문제, 종교 사회학의 제 문제, 산업화의 윤리적 모순, 그리고 사회의 변천 속에서 바라본 여성의 역할 변화를 다루었다. 따라서 이 책은 신학과 사회학, 종교와 사회, 복음과 세속을 연결하려는 노력을 엿볼 수 있다.

　제4부에서는 실제적인 사회문제를 다루었는데, 그들은 자살, 뇌사와 장기이식, 안락사, 빈곤의 문제, 인종의 문제이다. 결론적으로는 윤리의 몇 가지 유형에 따른 삶의 길을 조명해 본다. 삶의 길에 있어서 정답이 있을까? 필자는 하나님과 자신에게 정직하며, 하나님께 합당한 삶, 선한 열매를 맺는 삶, 사회와 다른 사람들에게 사랑을 나누며 보람이 되는 삶, 즉 그리스도교 윤리적 삶의 길이 정답이라고 믿는다.

　협성대학교 신학대학과 신학대학원에서 지난 13년간 교수로 신학교육에 참여할 수 있는 기회를 주신 하나님께 감사드린다. 그동안 연구와 행정업무와 교수 활동에 도움을 준 조교들, 그리고 올바른 사회정립과 삶의 길에 대하여 신학 윤리적으로 함께 고민한 윤리전공자들에게 감사한다. 이 책을 출판하도록 배려해 주신 열린출판사 김윤환 사장님께 감사의 뜻을 표한다. 지난 25년 동안 늘 기도로 힘을 보태어 주신 미국 뉴욕주 Whitney Point의 Mrs. Barbara Swan께 특별한 감사의 마음을 전하고 싶다. 그리고 이 책의 각주에 나오는 모든 사람들에게도 감사한다.

    끝으로 나에게 하나님을 믿는 신앙의 대물림을 주시고 그 신앙이 건전하게 성장하고 열매를 맺을 수 있도록 가꾸어 주신 부모님, 김준호 장노님과 홍사국 권사님께 무한히 감사드린다. 그리고 나에게 맡은 일에 충성하도록 인내와 힘을 주는 아내 나효자와 보라(Paula), 의근(Egan), 현근(Denny) 그리고 새 식구가 된 애린(Irene)에게 특별히 고마움을 표한다.

2006년 2월

김 영 일

"This book is dedicated to My Dear Children
Paula, Egan, Denny & Irene
For Their Love & Patience "

제 1 부
사회문제의 사회학적 고찰
Sociological Inquiry of Social Problem

I. 사회와 사회문제의 이론적 성찰
Society & Theory of Social Problem

II. 공동체의 윤리
Ethics of Community

I. 사회와 사회문제의 이론적 성찰

1. 사회란 무엇인가?

　　　　사회란 인간이 모여 사는 공동체이며, 그 공동체 속에서의 인간 삶의 모습과 상황 즉, 관계성, 움직임, 조직체, 생산성, 경제성 등이 복합체로 이루어지고 얽혀진 것이다. 그렇기 때문에 사회는 여러 기관 혹은 요소들로 구성되어 있는데, 예를 들면, 학교, 교회, 은행, 국가의 행정기관, 도서관, 공장, 회사들로써 이들은 제각각의 기능을 갖으며, 서로간의 관계성을 유지하고 있다. 사회를 떠난 인간은 존재할 수 없으며, 인간 개개인을 배제한 사회의 존재는 불가능하다. 사회는 개인들로서 만들어지는 것이다. 사회는 인간 개인들에게 삶의 의미를 부여하며, 사회의 멤버들은 그 사회의 요원들이 공유하고 있는 그 사회의 가치관과 규범에 의하여 삶의 방향을 안내 받는다.[1]

　　에밀 뒤르켐(Emile Durkheim)[2]은 사회를 하나의 총체적인 유

---

1) Emile Durkheim, <u>The Rules of Sociological Method</u>, translated by S. A. Solovay and J. H. Mueller, Glencore, Illinois, Free Press, 1958.
2) 사회학의 아버지라고 불리 우는 "더카임" (영어식 발음)은 유대인이지만 프랑스에서 태어나서 살았기 때문에 "뒤르켐" 이라고 발음하는 것이 통속적이다.

기체로 이해한다. 그가 이해하는 사회는 개인들로 인하여 만들어진 것이므로 개인들은 곧 사회를 형성하는 요소이며, 반면에 사회는 개인들의 삶에 의미를 부여하며, 사회 안에서의 개인들은 결속력이 필요하다고 본다. 그러므로 사회를 벗어난 개인이란 존재할 수 없다는 것이다.3) 아담 스미스도 개인과 사회의 필연적인 관계성을 역설한다.

"사회"라는 낱말은 라틴어의 "societas"에서 유래된 것인데, 이 "societas"라는 단어는 "socius"와 "tas"의 합성어로 된 것이다. 형용사인 "socius"는 "타인과 연결되어 있는" 또는 "동료의 관계에 있는" 이라는 뜻을 가졌고, "tas"는 단순히 명사형을 만드는 일격 어미이다. 그러므로 사회는 개인들이 모여 사는 공동체로서 상호간의 관계성을 갖고, 때로는 공통적인 규범과 가치관 혹은 공유의 목적의식을 갖고 살아가는 집단이다.4)

마르크스(Karl Marx)에 의하면, "인간은 사회적 동물일 뿐만 아니라 사회를 벗어나서는 개인이 되지 못하고 정치적 동물이 된다"5)라고 지적했는데, 이것은 아리스토텔레스가 인간을 가리켜 "zoon politikon," 즉 "정치적인 동물"(political animal)이라고 말한 것을 인용한 것이다. 토마스 홉스(Thomas Hobbes)는 말하기를 인간이 자연적으로 볼 때, 정치적이 아니라 "사회적인 존재"라고 지적했고, 사회는 개인들이 그들의 안전과 편의를 극대화하는 와중에서 자연스럽게 생겨난 결과라고 주장한다. 여기에서 인간이 사회적 존재란 말은 사회 속에서의 "나"는 "너"와의 관계 속에서 조화

---

3) Emile Durkheim, The Elementary Forms of the Religious Life, translated by Joseph Wald Swain (New York: Free Press, 1965, originally published in 1912). 참조: Adam Smith, The Wealth of Nations (1776).
4) 김영일, 그리스도교 윤리: 기초 이론과 현대적 적용 (서울: 대한기독교서회, 1998), p. 27.
5) D. McLellan 편, 정치경제학 비판 강요, Marx's Grundrisse (London, 1971).

를 이루며 살아갈 때에 가치 있는 삶을 영위할 수 있다는 것이다. 이것은 또한 "나"와 "너"가 공존하는 한 사회에서 "내가 어떤 행동을 해야 하는가?" "나는 다른 사람과 어떤 관계를 갖고 사는가?" 그리고 "나는 어떤 삶을 살아야 하는가?"라는 삶의 태도를 갖게 된다.

2. 사회의 구성요소

인간이 사는 사회는 몇 가지의 요소로서 구성되어 진다. 그들은 사회적 실제, 인간 본성, 가치관과 규범, 그리고 동력(dynamics)이다. 사회적 실제란 그 사회의 실상과 현실을 의미한다. 예컨대, 한국에는 아파트가 유난히 많다든가, 출산 비율이 최저치에 있고 노인의 인구가 급격히 증가한다든가, 외국인 노동자의 인구가 많은데 그들이 없으면 한국의 경제가 난관에 처할 수 있다든가 등이 사회의 실제적 현상이다.

인간의 본성은, 예를 들면, 인간은 본래적으로 자유를 가지고 태어났느냐, 아니면 인간은 자연의 환경에 의해서 통제를 받고 살아가야 하는 것인가, 혹은 인간은 창조주의 피조물로서 신의 섭리에 의해서 태어나고 그렇게 살아가야 하는 것인가 등이다. 안락사나 자살에 대한 논쟁에서 인간의 자연적 권리가 인정되느냐 아니냐에 따라 안락사나 자살에 관한 인식이 달라질 수 있다. 가치관과 규범은 인간이 사회에서 살아가는데 있어서 방향을 제시해 주고, 그들의 사고와 행동에 대한 옳고 그름 그리고 선악에 대해서 안내해 주는 나침반과 같은 역할을 한다.

한 사회에서의 동력적인 요소는 정치, 경제, 교육, 노동, 종교,

스포츠 등 사회 안에서 일어나는 모든 것들의 역동적인 관계에서 나타나는 것들이다. 예컨대, 정부의 어떤 정책이 활용되고 있는가, 교육 차원의 정도라든가 졸업생들의 취업상태라든가, 경제적인 차원과 역동적인 상황, 회사들의 노사 갈등이라든가 등이 사회의 동력적인 요소이다.

사회를 구성하는 요소는 마치 연극과 비교하여 설명할 수 있다. 연극에는 무대와 대사와 배우들이 있어야 하듯이 공동체를 구성하는 주요한 조건도 세 가지가 있다. 연극에서의 무대는 사람들의 활동마당이 되는 사회이고, 그 무대에서 연극을 하는 배우들은 그 사회 안에 멤버들이고, 대사는 곧 가치관과 규범을 말한다. 사실 불루머와 같은 학자들은 인간이 매일 사회 속에서 행동하고 말하고 살아가는 것이 마치 무대 위에서의 연극과 같다고 주장한다.[6]

무대장식은 정부의 정책이나 대 기업가들의 영향력으로 꾸며질 수 있고 바뀔 수도 있다. 또한 문화적 전통으로서 하나의 무대가 오랫동안 유지되어지기도 한다. 예를 들면 남미의 몇몇 국가들은 국가 경제적인 차원에서 마약 재배를 인정 혹은 장려했고, 태국도 외화 획득과 빈곤의 울타리에서 벗어나기 위해 매춘을 정책적으로 인정했다. 배우들은 인간의 본성 혹은 성격을 표출하는 것인데, 여기에서 우리가 사람들의 본성이 선천적으로 선하고 다른 사람들과 조화를 이루며 살도록 되어있는지, 아니면 환경의 영향을 받아 행동형태가 선 혹은 악으로 나타나는지에 대해 생각해야 할 것이다. 어떤 사람들은 하나의 가치관이나 사회적 조건, 상황에 의해서 부패되거나 비틀어 질 수도 있다. 규범과 가치관은 시대적 상황에 따라서 변화될 수도 있고 또 종교적 영향으로 가감될 수도 있다.

---

6) Herbert Blumer, "Society as Symbolic Interaction," in Arnold M. Rose, edited, <u>Human Behavior and Social Processes</u> (Boston: Houghton Mifflin, 1962).

3. 사회를 이해하는 시각

사회를 이해하는 시각에는 두 부류의 종류들이 있다. 첫째 부류는 거시적인 접근과 미시적인 접근이고, 두 번째의 부류는 사회학의 거장들의 이론을 중심으로 이루어진 것으로써 기능주의적 시각, 갈등주의적인 시각, 그리고 상징적 상호작용주의적인 시각이다.

(1) 거시적 접근과 미시적 접근

사회를 이해하기 위하여 바라보는 시각에는 기본적으로 두 가지 방법이 있다. 즉, "사회를 볼 때 어떤 안경을 끼고 보느냐"라는 것이다. 첫째 시각은 개개인(individuals)을 보는 시각이다. 그것은 개인들이 사회의 생산품이기 때문이다. 사회와 개인은 공존하며 상호의존적이다. 우리가 옷을 벗고 평생을 살 수 없거나, 도구 혹은 어떤 생필품을 전혀 사용하지 않고 살수 없다는 사실이 그것을 입증한다. 우리가 누구이며, 무엇을 믿으며, 무엇을 위하여 노력하며, 우리가 우리들에 대하여 어떤 느낌을 갖느냐 하는 문제들은 곧 우리가 다른 사람들과 삶의 현장인 사회에 의존하고 있다는 사실이다. 각 개인의 감정과 행동은 그 사회와 밀접한 관계가 있다. 이렇게 개인을 중심으로 사회를 이래하려는 시각을 미시적 시각(micro-perspective)라고 한다.

또 다른 종류는 거시적 시각(macro-perspective)이다. 거시적 시각은 사회의 전체 구조를 한 눈에 관찰하는 것이다. 예컨대, 한국사회에 실업자 수가 엄청나게 많다는 상황을 한국사회 전체적인 차원에서 그 구조와 정책적인 요소 그리고 그런 상황을 초래하게 된 원인 등을 함께 살핀다. 가난한 한 두 사람에게 책임을 전가하기 보다는 구조적이고 사회적 조직을 놓고 평가하는 것도 한 예가 될 수 있다.

(2) 기능주의 시각

사회학에서 사회를 이해하는데 있어서 잘 알려진 이론은 크게 세 가지가 있다. 그들은 기능주의(Functionalism) 혹은 구조주의(Structuralism), 갈등주의(Conflict theory), 그리고 상징적 상호작용주의(Symbolic Interactionism)이다. 각 이론은 사회를 이해하는 방법에서 큰 차이를 보이고 있다. 기능주의자들은 사회를 하나의 큰 덩어리로 묶어서 보지만, 상징적 상호작용주의자들은 한 사회 속에 속하여 활동하는 각 개인들의 삶을 관찰함으로서 사회를 이해하려고 한다. 갈등주의자들은 사회 안에 크고 작은 조직체들의 갈등적인 관계성을 통하여 사회를 풀이한다.

기능주의의 기원은 유기체 모형(organic model)이며, 초기의 대표 학자들은 꽁트(August Comte)[7], 스펜서(Herbert Spencer), 뒤르켐 등이며, 후기학자들은 파슨스(Talcott Parsons), 멀튼(Robert Merton) 등이다. 기능주의에 의하면, 사회란 수많은 요소들 혹은 기관과 그룹들이 서로 연관을 맺고 상호의존적으로 큰 하나의 사회 구조를 위하여 존재한다고 본다. 이러한 요소들은 각 요소들의 기능을 수행하면서 동시에 그 사회 안의 다른 요소나 기관에 무언가를 공헌함으로써 상호보완적인 관계를 유지한다는 것이다.[8] 여기에서 사회의

---

7) August Comte (1798-1857)는 자연과학 안에서 관찰과 추리의 방법론을 사용하여 새로운 사회과학을 수립하였기 때문에 "사회학의 아버지"라고 불리운다.
8) Talcott Parsons, <u>The Social System</u> (New York: Free Press, 1951); Robert K.

요소들이란 사회의 조직체와 사회적인 역할 그리고 사회적 그룹 또는 소문화 집단들(sub-cultures)을 의미한다. 예를 들면, 교회, 은행, 학교, 정부의 기관, 여행사, 음식점, 건설회사, 출판사 등 수많은 기관이나 그룹들이 사회의 요소들이다. 기능주의를 나타내는 대표적인 용어는 안정, 평형성(equilibrium), 결속력(cohesion), 총합 혹은 합일(integrity), 일치(consensus) 등이다.

(3) 갈등주의 시각

갈등주의는 칼 마르크스(Karl Marx)에 의해서 정립된 이론으로서 사회 안에서 갈등의 역할과 불공평한 힘에 대하여 관심을 갖는다. 갈등주의 시각이 이해하는 사회는 다음과 같은 몇 가지의 기초적이고 특정적인 요소들을 가지고 있다. 첫째, 사회는 항상 변화를 갖는다. 둘째, 갈등과 의견의 충돌은 사회 안에서 항상 존재한다. 셋째, 모든 사회는 변화를 부추기는 요소들과 부분들이 존재한다. 넷째, 강제적 힘 혹은 권력은 사회 안에 현존한다. 즉, 어느 사회나 막론하고 다른 사람들 보다 더 큰 힘을 행사하는 사람들이 있다.

그러므로 갈등주의가 사회를 보는 시각은 사회가 항상 변화를 할 뿐만 아니라 그룹 간의 힘의 불균형이 지속되며, 상호 간에 힘의 줄다리기가 진행된다는 것이다. 따라서 이런 사회에서의 가치관이나 사고 그리고 도덕적 표준은 힘을 가진 그룹의 사람들에 의해서 그리고 그들에게 적합하게 합리적으로 형성되고 요구되어 진다고 본다.

갈등주의에 의하면 사회적 배열이나 사회적 합의는 전형적으로 어떤 특정 그룹의 사람들에게 유리하게 되며, 다른 그룹들은 결국 그에 대한 손해를 받게 된다고 한다. 다시 말하면, 특정 그룹은 이기

Merton, Social Theory and Social Structure, 2nd ed. (New York: Free Press, 1968.

고, 다른 약한 그룹은 잃게 되는 것이다. 힘 있는 그룹의 사람들은 힘이 없는 그룹의 사람들에게 강제적 힘을 사용하게 된다. 그래서 갈등주의자들이 자주 묻는 질문이, "누가 이익을 챙기나?" 그리고 "누가 패배 하는가?"이다. 갈등주의를 가장 잘 나타내는 단어는 강제(coercion), 불평등(unequal), 착취(exploitation), 투쟁 등이다.

(4) 상징적 상호작용주의 시각

기능주의와 갈등주의는 거시적 접근방법으로써 유럽 대륙에서 발전된 이론인데 비해, 상징적 상호작용주의는 미시적 접근방법으로써 미국산이다. 사회를 이해하는 방법이 미시적이기 때문에 상징적 상호작용주의자들은 사회를 구체적으로 그리고 섬세하게 관찰한다. 즉, 이들은 사람들의 감정과 의미, 상징과 몸짓 등에 초점을 맞춘다. 인간은 느끼고 생각하는 존재이기 때문에 인간들은 의미와 상징을 표출하고, 의미와 상징을 인간관계 속에서 사용한다는 것이다.

불르머(Blumer)와 같은 상징적 상호작용주의자들은 세 가지의 전제를 가진다.[9] 첫째, 우리 인간이 행동하는 어떤 행위에는 의미를 기초로 하여 이루어지며 또한 어떤 행위이든 의미를 부여한다는 것이다. 예컨대, 어떤 사람이 전쟁터에 나가서 적군과 싸우는 것은 용기와 명예를 상징하기 때문이다. 다른 사람은 참전을 거부 할 수도 있는데, 이럴 경우에 이 사람에게는 전쟁에서나 어떤 경우에서나 사람을 죽이는 것은 살인이며 죄를 의미하기 때문일 것이다.

두 번째 전제는 우리가 동료들과 갖는 친교적인 상호작용 혹은 교제를 통해서 의미가 생겨 진다고 하는 것이다. 셋째, 상징적 상호

---

9) Herbert G. Blumer, <u>Symbolic Interactionism: Perspective and Method</u> (Englewood Cliffs, New Jersey: Prentice Hall, 1969), p. 2.

작용주의는 해설적인 과정을 강조한다. 다시 말하면, 사람들은 다른 사람들이 말하는 모든 것을 그냥 기계적으로 받아들이지 않고, 말하는 상황들을 계속적으로 재평가 한다.

　　미국에서 상징적 상호작용주의를 발전시킨 중요한 학자들은 미드(George Herbert Mead), 쿨리(Charles Horton Cooley), 블루머(Herbert Blumer), 고푸만(Erving Goffman) 등이 있다. 상징적 상호작용주의를 잘 묘사하는 용어로는 의미, 해설, 상호작용, 상징 등이다.

　　여기에서 미드의 이론을 간단히 요약하면, 미드가 주장하는 기본이론은 인간이 생존을 위해서는 상호협동을 촉진시켜야 한다는 집단적 상호상조이다. 또한 개인은 상대방의 입장에 서서 자기 행위를 이해할 수 있는 역할담당(role-taking)을 강조한다. 미드는 자아를 본질적으로 보지 않고 상호작용(interaction)의 관계성으로 이해한다. 즉, 자아는 출생과 더불어 존재하는 것이 아니라 "발전적인 자아"로서 사회 경험과 사회 활동의 과정에서 다른 사람들과 만나고 관계를 맺음으로써 성립된다는 것이다.[10]

4. 사회문제의 이론적 고찰

(1) 사회문제의 정의

　　위에서 논의한 상징적 상호작용주의는 인간 개인이 타자와의 상호작용 속에서 사회적 자아로 성숙되어 지고, 그리고 사회적 자아

---

10) George Herbert Mead, The Philosophy of Act (Chicago: University of Chicago Press, 1938). Mead, Mind, Self, and Society, edited by Charles W. Morris (Chicago: University of Chicago Press, 1967).

로 성숙하는 과정을 통하여 사회적 인간상(homo socialis)이 이루어진다는 것을 살펴보았다. 아리스토텔레스가 인간을 "zo-on politikon" 즉 "정치적 동물"이라고 표현한 것이나, 마르크스가 인간을 "사회적 동물"이라고 말한 것은 인간이 사회 속에서 살 수밖에 없는 존재임을 지칭하는 것이라 생각한다. 사람들이 삶을 영위함은 사회라는 공동체 안에서 활동하며, 다른 사람들과 상호교제를 나누며 살아가는 것을 의미하는 것이다.

그런데, 두 사람 이상이 모인 곳에는 사회가 형성되고, 그런 공동체 하에서는 희로애락이 존재할 수 있다. 자기중심적인 성향을 가진 인간은 소유의 욕망이 있는 한 소유를 위해서 서로 싸우고, 남을 속이고, 미워하며, 죽이기도 한다. 이러한 과정에서 사회문제들이 출현되는 것이다. 하나의 사회가 유토피아를 이룩한다는 것은 거의 불가능 하지만, 상호충돌이거나 여러 가지 문제들로 점철되는 사회는 흔히 찾아볼 수 있다. 다시 말하면, 인간이 사는 곳에는 사회문제가 존재 할 수밖에 없다.

사회문제를 정의함에 있어서 어떤 일정한 기준이 있어야하는가? 하나의 사회현상이나 사회조건을 사회문제로 간주함에 있어서 어떤 표준을 기준으로 삼아야 하는가? 그러한 문제를 다루는데 있어서 모든 사람이 의견을 같이 하고 있지는 않다. 남녀의 애정행위가 자신에게는 로맨스가 되고, 남이 하면 불륜이라는 말과 같이, 한사람의 문제는 또 다른 사람의 즐거움이 될 수도 있기 때문이다. 예를 들면 동성연애자들은 그 연애 행위 자체를 문제시하지 않고 정상적인 생활방식으로 생각하고 있다는 것이다.

또한 한 나라의 사회문제가 다른 나라에서는 문제로 간주되지 않고 구세대의 사회문제가 신세대에 와서는 당연시 되는 하나의 문화로 받아들여질 수도 있다. 여기에서 우리는 시간적, 시대적, 그리고 지역적 차원이 있음을 알 수 있다. 그러므로 사회문제는 객관적 실재(object reality)로 연구하여야 한다. 우리 인간 사회 안에는 일정부분의 사회 구성원들에게 물질적 혹은 정신적 고통이나 거부반응의 원인을 제공하는 사회현상이나 조건들이 존재한다. 말하자면 가진 자들에게 있어 빈곤이나 일탈 행위 등은 거추장스러운 요인일 뿐이다.

그러면 하나의 사회적 상황이 어떻게 사회문제로 바뀌어 지는 조건인가? 크게 세 가지의 요소가 있다. 첫째, 영향력 있는 그룹이 사회조건을 사회문제화 시켜서 그 사회의 가치관을 위협한다고 정의할 때; 둘째, 하나의 사회적 상황이 그 사회의 다수의 사람들에게 영향을 미칠 때; 셋째, 그 사회적 상황이 집단적 행동에 의해서 치유될 수 있을 때, 예를 들어서 홍수는 인간의 삶에 크나큰 손상을 끼치지만 그것이 사회문제로 간주되지는 않는다. 왜냐하면 그것은 인간의 힘으로 완전히 예방할 수 없기 때문이다. 그러나 음주운전이라는 사회문제는 인간의 노력과 정책통제에 따라서 얼마든지 방지할 수 있기에 사회문제로 간주되는 것이다.

객관적 사회문제를 논의할 때 우리는 힘 있는 자들(정치가, 법률가, 언론관계자, 치부 자)에 의해 제시되어지는 사회문제의 정의를 그대로 받아들이는 자세는 옳지 않다. 왜냐하면 힘 있는 자들은 조작한 통계자료를 대중의 의견인양 오용할 수 있기 때문이다. 실례로 어떤 정부에서는 그 나라의 빈민의 통계나 범죄율 통계를 사실보다는 적은 숫자로 발표하는 경우가 있는데 그것은 정부가 안정된 사회임을 보이기 위한 하나의 수단으로 사용한다는 것이다.

여기에서 사회문제의 정의를 내린다면, 사회문제란 한 공동체의 일부분 혹은 전체에게 해를 주거나 거부반응을 줄 수 있는 상태를 말한다. 다시 말하면 사회적으로 야기된 상태 그리고 이러한 상태가 그 사회의 가치관과 규범을 위반하는 행동이나 상태를 사회문제라고 한다. 가치관이란 무엇이 옳고 그름인가, 무엇이 선하고 악한 것인가에 대한 그 사회 구성원들의 생각을 말한다. 즉 사람들은 그들의 목적과 판단을 하는 행위를 위해 안내지침으로서 이러한 가치관들을 사용한다. 규범이란 가치관보다 훨씬 더 포괄적인 것으로써 사람들의 행위의 테두리를 말해주는 규칙이다.[11]

(2) 사회문제의 근원

사회문제를 단순한 "사회적 상태"로 간주하기에는 부적당하다는 견해가 많은 사회학자들에 의해서 1890년대부터 1900년대 초반에 제언되었다. 그들은 사회문제를 병리학적(Pathological interpretation)으로 이해하려고 노력하여, 사회문제는 비정상적이고 정신적인 결함 즉, 정신질환 혹은 교육의 결핍 등의 이유가 있는 "나쁜 사람들" 때문에 발생한다고 간주하였다. 그와 동시에 그들은 사회문제를 그 사회의 기초 규범과 사회 도덕질서를 혼란시키는 사회적 행위로 인지했다. 예를 들면, 알코올 중독자나 동성연애자는 병리적인 문제가 있을 뿐만 아니라, 사회의 도덕적 질서를 혼탁케 하는 처신이라고 보았다.

그러나 1920년대와 1930년대의 사회학자들은 사회문제의 원인을 병리학적인 접근 보다는 "사회의 조건"이라는 사회 변화현상에 그들의 초점을 맞추었다. 산업이 육성되어 기계화가 성황을 이루고, 도시화로 인간 이주현상이 현저하게 발생하여 가족제도의 변화 그리고 범죄와 악덕의 진도가 높아 가는 사회문제들이 속출하게 되었다.

---

11) 김영일, <u>그리스도교 윤리</u>. (서울: 대한기독교서회, 1998), pp. 23-26.

1950년대부터 1970년대에는 사회문제의 근원을 일탈행위와 연관하여 해석하려는 학자들이 많았다. 일탈자들은 한 사회의 일반적인 규범과 도덕적 가치관의 범주 외곽에서 그 사회의 기대와 질서를 범하는 행위를 하기 때문이다. 이 문제는 범죄와 일탈행위를 다룰 때 자세히 논의하겠지만, 여기에서 우리가 생각할 것은 일탈행위에 대한 연구의 두 가지 방향성이다. 하나는 일탈의 원인을 사회적 구조형성 자체 안에서 찾으려는 것이다. 즉, 경제적인 성공을 중요시하는 사회-경제-문화적 요구에 대응하지 못할 때 일어나는 일탈행위가 그러한 예이다. 또 다른 일탈의 원인은 사회의 역할에 초점을 맞추는 경향이다. 비정상적이며 규범에 맞지 않는 사람이나 그의 행위에 대해서 그 사회가 꼬리표(label)를 붙이는 경우가 바로 그런 것이다. 사회의 대중은 그들이 원하든 원하지 아니하든 간에 그들이 행함을 평가하여 무엇이 사회문제이고, 누가 일탈자임을 말해준다.

최근에는 사회문제 자체 내에서 문제적 본질을 찾으려는 것이 새로운 경향이다. 이런 것을 주장하는 현대 이론가들은 "사회문제의 주관적 본질"을 강조한다. 사실상 사회문제들은 시간과 장소와 환경 여건에 의해서 다르게 이해될 수 있다는 것이다. 예를 들어, 오염은 옛날부터 항상 사회문제로 간주되지 않았다. 그러나 공장의 폐수나 자동차의 배기가스 등이 얼마나 공기와 토양을 오염시킨다는 것이 현대에 들어와서 사회문제로서 심각하게 대두되었다.

(3) 사회문제의 상호 연관성

사회문제를 이해하고 연구하는데 있어서 알아두어야 할 위험성이 있는데, 그것은 하나의 사회문제를 고립시켜서 다룰 때에 발생하는 문제이다. 즉, 하나의 사회문제는 다른 하나의 사회문제 혹은 몇 개의 다른 사회문제와 연관성이 있다는 말이다. 그러므로 하나의 사회문제를 볼 때에 그것과 연관될 수 있는 다른 사회문제들도 함께 다루어야 더 정확한 분석이나 그 사회문제에 대한 해결책을 얻을 수 있다.12)

예컨대, 빈곤이란 사회문제를 생각할 때, 빈곤 그 자체만을 분리해서 생각할 수 없고, 빈곤과 국가의 경제적 정책이나 노동 정책 또는 가난한 사람들의 게으름이나 일탈 행위의 가능성, 또는 계급사회의 치부나 사업주들의 착취 등을 함께 연구해야 한다.

한국 사회가 1970년대 와 1980년대에 추진했던 "하나 낳기 운동" 은 장기적인 안목으로 보지 못하고, 그 때 당시의 인구 팽창만이 문제라고 생각하여 실시한 '실패한 정책' 이었다. 물론 그 당시에 한국 사회에는 좁은 땅에서, 경제적으로 넉넉하지도 못한데, 넘치는 인구로 인하여 어려움이 노출되었을 것이다. 그러나 그런 하나 낳기 정책으로 인하여 야기되어진 사회문제가 얼마나 막중한가를 오늘날 우리는 실감한다. 하나 낳기로 야기된 한국 사회의 사회문제들은 남성에 비해서 여성의 수가 작다는 것이다. 그래서 농촌의 총각들은 외국에서 수입된 여자와 결혼을 해야 하는 실정이다. 노동인력 (소위 말하는 3D 업종)이 부족하여 외국인 노동자들이 몰려와서, 지금 한국의 인구분포도를 보면 1%를 차지하고 있다. 또 다른 사회문제는 한국인구의 노령화이다.

그러므로, 하나의 사회문제는 또 다른 사회문제(들)로 연결될 수도 있는 것이다. 인구팽창은 식량의 부족으로, 식량의 부족은 신체적이고 정신적인 질병으로 연계될 수 있다. 이런 것을 "사회문제의 상호연관성" 이라고 부른다.

---

12) Jerome G. Manis, "Assessing the Seriousness of Social Problems," in Social Problems, 22 (October, 1984).

(4) 사회학적 상상력

사회학적 상상력은 미국의 사회학자인 밀스(C. Wright Mills)가 제창한 이론이다.[13] 그가 주장하는 것은 사회학자들이 사회적 세계를 탐구해야 한다는 것인데, 그렇게 할 때, 개인의 삶이나 여러 사람들의 삶을 폭넓게 그리고 원만하게 진단할 수 있는 능력을 가진다는 것이다.

사실상 한 개인은 하늘에서 갑작이 생겨난 존재가 아니다. 나 개인은 부모와 형제자매, 친척들과 친구들, 학창시절과 교회활동 그리고 직장생활 등 다양한 역사와 연결을 갖고 살아 왔다. 그러므로 사회학적 상상력은 일상생활의 단순하고 친숙한 과정으로부터 우리 자신을 격리시켜 생각하고, 나 자신을 에워싸고 있는 많은 것들을 연계함으로써 그것들을 새롭게 바라볼 수 있도록 하는 것이다.

사회학적 상상력은 개인과 주위의 사람들 사이의 연관, 개인의 일들과 공적인 일들과의 관계성, 현재의 상황과 과거의 역사적인 상황과의 관계성을 함께 볼 수 있는 능력을 말한다.[14] 그렇게 함으로써 전체의 그림을 볼 수 있으며, 한 개인과 전체 사회의 구조의 틀 속에서 위치 판단을 할 수 있다고 본다. 예를 든다면, 한 이혼한 사람을 무조건 비난하기 보다는 그 부부의 자라난 배경과 그들 양가의 집안의 역사, 그들의 친척과 친구들, 직장과의 얽혀진 관계 등을 연계하여 참작하는 것이 사회학적 상상력의 능력이다.

---

13) C. Wright Mills, The Sociological Imagination (New York: Oxford University Press, 1959).
14) Thomas J. Sullivan & Kenrick S. Thompson, Introduction to Social Problems (New York: Macmillan Publishing Company, 1995), pp. 9-10.

II. 공동체의 윤리

　　인간은 어딘가에 소속하여 살아간다. 세상에 태어 날 때 부모를 중심으로 한 가정에 속하게 되고, 친척들과도 자연적으로 관계 설정이 되어 진다. 성장하면서 친구, 학교, 지역사회, 교회와 같은 종교 단체, 직업 장소 등의 공동체에 소속되어 관계를 맺는다. 한 인간은 또한 국가라는 공동체에 시민이 되며, 현 시대에서는 세계의 공동체에 속하기도 한다. 그러면, 공동체란 무엇을 의미하며, 공동체의 기능은 무엇인가를 알아본다.

1. 공동체의 의미 탐구

　　공동체란 무엇인가를 규명함에 있어서 우리는 몇 가지 차원에서 접근해야 한다. 첫째는 공간적 혹은 지역적 차원에서, 둘째는 사회-문화적 차원에서, 셋째는 앞의 두 차원을 합친 혼합적 차원에서 다루어야 할 것이다. 공간이나 지역적 차원이란 지리적인 선을 의미하는데, 예컨대 충청남도나 서울특별시라는 지역의 공동 사회적 집단을 의미 한다. 사회-문화적 차원이란 공동의식과 공동규범을 가진 동질성의 사람들이 모인 집단을 말한다. 예컨대, 해병대 전우회, 학교

동창회, 호남향우회 등을 지칭한다. 그러므로 공동체란 작게는 가족이 될 수도 있고, 크게는 한 국가나 지구 혹은 세계가 하나의 공동체라고 불리 울 수 있다.

공동체란 말의 영어 단어인 'community'는 라틴어의 'comunitas'에서 유래된 말인데, 그것은 보편적, 공동적, 친교적인 의미를 지칭한다. 또한 공동체란 말 community의 접두어인 'com...'은 communication, communion, committee, commonality 등의 단어에서와 같이 "함께" 라는 의미를 내포하고 있다.

사회학에서의 사회는 공동체와 유사하게 사용하기도 하지만, 때론 그 둘을 비교하여 사용한다. 사회학자인 퇴니스(Toennies)는 그의 연구저서 "공동체와 사회," Gemeinschaft und Gesellschaft에서 사회와 공동체를 구별하여 설명한다. 아래의 도표에서 보는 바와 같이, 공동체는 전통적인 틀의 작은 구성체로서 개인 상호간의 인격적인 관계성을 가지며, 작은 규모로서 서로 돕고 보살피는, 그래서 영구적으로 유대 관계가 유지되는 것이라고 말한다. 반면에 사회는 현대도시가 보여주는 것처럼, 그 규모가 크고 사람들은 비인격적이며 개인주의적일 뿐만 아니라 일시적이며 피상적이라고 한다. 그렇기 때문에 이런 집단의 구성원들은 친밀감이나 따뜻한 정이 결여되어 있는 것이다.[15]

---

15) Ferdinand Toennies, Community and Society, ed. and trans. by Charles Loomis (New York: Harper Torchbook, 1957).

퇴니스의 공동체와 사회 개념 비교

	공동체 (Gemeinschaft)	사회 (Gesellschaft)
규모	작은 규모	큰 규모
가족제도	대 가족 제도	핵가족 제도
구성요소	동질성(homogeneity)	이질성(heterogeneity)
삶의모습	전통적, old way of life 영구적 (permanent)	현대적, modern urban life 임시적(temporary)
관계성	인격적, 그룹 중심 group oriented face-to-face relationship	비인격적, 개인중심 individual oriented transitory & superficial 관계

아무튼 공동체이든 사회이든 간에 그것은 사람들이 모여 살아가는 집단이라고 말할 수 있다. 공동체는 사회의 변화와 관계가 있지만, 그러나 공동체라는 본성은 지속적인 성격을 갖는다. 즉, 공동체의 기능적인 면은 근본적으로 사회의 변화와 무관하다. 이런 것이 바로 퇴니스가 지적하는 그 "본연의지"(Wissenwille)일 것이다. "왜 인간들은 홀로 살아가지 않고 더불어 살아가는 것일까" 라는 질문에 대하여 퇴니스는 그것은 인간의 타고난 성향, 즉 본연의 의지라고 설명한다. 인간은 다른 인간들과 더불어 살아가면서, 가치관과 규범을 형성하며, 그 사회의 틀을 마련하여 삶의 장을 이룬다.

2. 철학적 의미의 공동체

공동체가 가지는 중요한 의미는 무엇보다도 상호작용일 것이다. "너는 내 등을 긁어 주고, 나는 네 등을 긁어 줄께" 라는 표현은 인간이 상호 교환적이며 상호의존적이라는 말일 것이다. 동양철학의

"음양"(Yin-Yang)원칙도 이와 같은 정신과 유사하다고 볼 수 있다. 음양철학에서 음은 양을 위하여 존재하고, 양은 음을 위하여 존재한다. 음은 단독적으로 존재의 가치가 없고, 양이 있을 때에 음으로서의 참 가치를 발휘할 수 있는 것이다. 양도 역시 마찬가지이다. 그러므로 음과 양은 상호보완적이며 상호의존적인 연관성을 가지고 있다.

스코틀랜드의 맥머레이(Macmurray)의 철학적 사고는 공동체를 철학적인 의미로 접근하는데 도움을 준다. 그는 우선 "자아"(self)를 인간이 생각하는 것과 행동하는 것을 대행하는 대리인(agent)라고 칭한다. 생각하는 사고는 실질적인 세상에서 움직이고 어떤 행위를 하는 자아를 안내해 준다고 한다. 그런데, 자아의 행위는 인간들이 함께 모여 살고 관계를 맺고 살아가는 공동체를 통해서만이 인식되어지고 의미가 부여된다는 것이다.[16] 맥머레이에게 있어서, 벗으로서의 사귐인 우정은 곧 공동체이다. 인간의 모든 의미 있는 행위는 우정을 위한 것이라고 말한다.[17]

맥머레이에 의하면, 자아는 타자(the Other)와의 관계에 의해서 구성되어진 존재이며, 그러한 관계성은 필수적으로 인격적이라고 한다. 물론 인격적인 관계는 직접적으로 이루어 질 수도 있고 간접적으로 이루어 질 수 있다는 것이다.[18] 그는 주장하기를 인격적이고 직접적인 관계로 이루어진 집합체는 공동체이고, 간접적인 관계로 이루어진 그룹은 사회라고 한다. 그리고 공동체를 세우고 유지하는 것은 종

---

16) John Macmurray, The Self as Agent (London: Faber and Faber Limited, 1957, 1991), pp. 10 ff.; Frank G. Kirkpatrick, The Ethics of Community (Oxford, UK: Blackwell Publishers Ltd, 2001), pp. 65-68.
17) Macmurray, The Self as Agent, 15.
18) John Macmurray, Persons in Relation (New York: Harper and Brothers, 1961, 1991), pp. 17-60.

교의 기능이라고 언급한다.

3. 성서에 나타난 공동체

하나님은 아브라함에게 "내가 너로 큰 민족을 이루고..." [19]라면서 전 세계적인 공동체의 비전이 하나님의 권능과 계약에 의해서 이루어 질 것을 암시하셨다. 그러나 성서에서 공동체의 실질적인 형성과 성장은 애굽을 탈출하는 사건 속에서 이루어 졌다고 볼 수 있다. 위의 두 사건의 공통점은 하나님께서 의도하시고 주관하신다는 것이다. 출애굽의 결과로 형성된 공동체는 그 규모가 단순하고 소규모의 공동체를 초월해서 정치적 요소와 사회적 요소 그리고 경제적이고 종교적인 요소를 두루 갖춘 큰 사회 또는 국가의 단위로까지 발전되었다. 이러한 특별한 공동체는 서로가 유대관계를 가지며, 서로 보살피며, 공동체의 보존을 위하여 결집되었다.[20]

구약시대의 이스라엘 사람들은 하나님의 적극적인 개입으로 공동체 혹은 민족으로 형성되어지고 가꾸어져 갔다. 여호수아의 지도 아래 가나안 땅을 정복한 유대인들은 곧 12단위의 공동체를 형성했던 것이나, 느헤미야가 포로생활에서 돌아온 유대인들에게 동기 부여를 함으로써 공동체로 함께 뭉치게 했던 것이 그런 예이다. 그런데 그들 공동체가 형성되고 유지되었던 가장 중요한 요소는 율법과 하나님의 뜻이라는 매개체를 통한 종교적인 힘이 있었다. 율법을 중심

---

19) 창세기 12:2.
20) Walter Brueggemann, <u>Theology of the Old Testament</u> (Minneapolis: Fortress Press, 1997), pp. 420-421.

으로 한 그들의 종교는 그들의 공동체를 밀착하는 응집력을 공급한 것이다.

신약성서에 나타나는 공동체는 예수의 부활을 믿는 사람들을 중심으로 "에클레시아"(ekklesia) 혹은 "코이노니아"(koinonia)라고 불려지는 신앙의 공동체로 형성되었다.21) 그러니까 에클레시아는 일반사람들이 사회적이고 정치적인 공동체로서 모이는 집회를 말한다. 그런데 바울이 가졌던 에클레시아는 같은 뜻을 가진 사람들이 적은 숫자가 정규적으로 모이는 자발적인 연합체이며, 가정의 특성을 가지고 있다.22) 코이노니아는 서로 물건을 공유하고, 나누고, 참여하고, 서로 의지하는 모임으로서 초대교회가 보여 준 것이다.23) 이것은 초대교회의 공동체의 모델인 "가정교회"라고도 말할 수 있다.

바울은 특별히 "에클레시아"라는 단어를 즐겨 사용했는데, 그의 서신에서 그 용어는 약 60번 정도 나타난다. 이 용어가 가지는 중요한 의미는 공동체 생활에서 함께 모이는 "모임"이 핵심인 것을 강조하는 것이다. 공동체에서의 그런 모임은 공동체가 형성되고, 그 공동체가 지속적으로 존재하면서 그 공동체의 사람들에게 삶의 힘을 심어주고, 함께 어우러지는 응집력을 창출한다는 것이 중요한 점이다.24)

바울의 믿음의 공동체는 "화해"라는 주제에 기반을 두고 세

---

21) Frank G. Kirkpatrick, The Ethics of Community (Oxford, UK: Blackwell Publishers Ltd, 2001), pp. 13-14.
22) 한정애, 교회사를 통해 본 작은 공동체 운동 (충남 천안: 한국신학연구소, 1997), pp. 26-42. 한정애 교수는 한국에서 대형교회를 지양하고, 공동의 삶 속에서 물질과 생각을 서로 나누며, 서로 동등하게 중요한 지체가 되는 작은 공동체를 지향하는 것이 바람직하다고 제언한다.
23) 사도행전 2:42; 갈라디아서 2:9; 고린도전서 1:9; 고린도후서 13:14 등등.
24) 로버트 뱅크스, 장동수 옮김, 바울의 그리스도인 공동체 이상 (서울: 여수룬, 1991), pp. 81-85.

워 졌다.25) 그의 화해의 공동체를 이해하기 위해서는 인간학을 다루어야 한다. 바울이 이해하는 인간은 하나님으로부터 소외되어진 존재이고 죄인이다. 그러나 하나님은 죄 된 인간에게 접근하신다. 그 이유는 화해를 위해서 이다. 그래서 하나님은 예수 그리스도를 세상에 보내시어, 인간으로 하여금 더 이상 죄인으로 그리고 방랑자로 머물지 말고 예수의 제자가 되어서 하나님과 올바른 관계를 수립하여야 된다는 것이다.26)

그리스도 안에서 새롭게 된 믿음의 공동체 회원들의 다음 단계는 책임을 부여 받는다. 그 책임은 화해의 사역을 통하여 다른 사람들에게 '새로움'을 보급해야 한다. 즉, 낡고 험악한 세상 속에서 새로움을 갖고 믿음의 공동체를 형성하고 성장시켜야 한다. 그러므로 바울의 믿음의 공동체에 일원이 된다는 것은 개인적으로 용서 받고, 하나님과 올바른 관계를 가짐으로 이루어지는 화해가 있어야 하고, 그런 후에는 "그리스도의 몸"인 새 공동체의 요원이 되며, 다른 사람들에게 새로운 가치관을 주어야 하는 책임이 있는 것이다.

물론, 이러한 초대교회의 공동체 안에는 상호 사랑과 동정 그리고 나눔과 봉사가 특징적이다. 이러한 요소들은 코이노니아의 성격을 가진 그들의 공동체가 미래에 도래할 하나님 나라의 모델이었고, 그러한 공동체의 모습은 세상 사회와도 구별되는 것으로 여겨졌다. 바울은 그들 그리스도인 공동체의 연합성을 실현하고 더 다지기 위하여 여러 가지 비유로 말하는데, 예를 들면, '건물' 이나 '몸' 또는 '가족'을 사용한다. 이러한 비유들은 공동체에 속한 사람들의 유기적인 통일성과 상호 관계성을 강조한다고 볼 수 있다.27)

---

25) Keith Russell, <u>In Search of the Church</u> (The Alban Institute Publication, 1995), pp. 52-64.
26) 에베소서 2:19-20.

초대교회의 초기에는 이러한 가정교회(household church)[28]가 특징적이었다. 신약시대의 믿음의 공동체는 "collegia"의 형태였는데, 그곳에서는 남녀노소, 부자와 가난한자, 유대인이나 이방인 누구나가 평등한 관계이었고, 여성 지도자들이 많이 활동하였다. 가정교회는 고린도, 예루살렘, 로마, 그리고 골로새 등에 여러 가정교회들이 존재했으며, 소아시아의 빌립보, 에베소, 라오디게아, 드로아, 사데, 두아디라, 빌라델비아, 서머나 등에도 가정교회가 있었을 것이다.[29]

4. 건강한 공동체와 병든 공동체

건전한 공동체와 병든 공동체는 각각 무엇으로 이루어지는가? 즉, 그러한 공동체들은 어떤 요소들로 구성되는가? 건전한 공동체의 사람들은 그 구성원 간에 사랑과 믿음으로 연결되고, 서로 봉사하고 나누며, 무엇보다도 그 공동체를 이끌고 나갈 수 있는 공동체의 건전한 규범과 가치관이 수립되어야 할 것이다. 아우구스티누스는 사랑이 연합하는 힘이 있어서, 한 공동체를 건전하게 엮어 매는 기능을 한다

---

27) Kirkpatrick, The Ethics of Community, pp. 15-19. 참조: Wayne Meeks, The Origins of Christian Morality (New Haven: Yale University Press, 1993), pp. 69-70. Meeks는 이런 초대교회의 공동체들이 세상 사람들과 구별되는 삶, 즉 믿음을 통한 도덕성을 강화하는데 강조점이 있다고 말한다.
28) 로마제국 시대의 "household"는 두 가지 형태가 있었다. 하나는 "the paterfamilias"로써 여기에서는 대개 남자 가장이 좌지우지하는 대가족제도와 같은 것이다. 다른 하나는 "the colgia"인데, 이것은 단체조직으로써 어떤 목적과 동기를 가지고 자발적으로 모인 공동체이며, 평등주의적인 성격 을 가진다.
29) D. Birkey, The House Church: A Model for Renewing the Church (Scottdale, PA: Herald Press, 1988), pp. 40-54; 참조 R. Banks, Paul's Idea of Community : The Early House Churches in Their Historical Setting (Grand Rapids: Eerdmans, 1980).

고 언급한다. 초대 교회의 공동체나 떼제 공동체가 건전한 공동체의 좋은 예일 것이다.

또한 건강한 공동체의 요소로는 강한 소속감, 공동체의 요원들에게 힘을 북돋아 주는 동기부여, 공동체에 속한 사람들이 이성적 존재로서 자신들의 행위에 대하여 책임을 질만한 능력과 마음의 자세가 있는 행위자적인 책임[30], 공동체의 요원 모두가 함께 "내 것"이라고 할 수 있는 공유비전, 공동체를 위한 충성심, 개인들의 삶에 방향성과 활력소를 줄 수 있는 의미부여, 그리고 그런 공동체를 이끌어 갈 수 있는 건강한 정신과 태도와 올바른 가치관을 가지고 봉사하며 솔선하는 지도자 등이 필수적이다.[31]

에브린 화이트헤드와 제임스 화이트헤드는 신앙의 공동체가 주는 열 가지 차원을 제안했다.[32] 첫째는 신앙의 공동체가 사람들에게 소속감을 공급해 주고; 둘째는 세계관을 주며; 셋째는 생기를 주고; 넷째는 공동체의 요원들에게 인격적인 온전함을 위하여 상황을 마련하고; 다섯째는 삶의 의미를 공급하며; 여섯째는 미래를 위한 비전을 제시하고; 일곱째는 사람들에게 결단할 수 있도록 도움을 주며; 다음은, 사람들이 상처를 받거나 어려움을 당할 때 돌봐주고 위로하는 기능을 하며; 아홉째는 성령의 신비체험에 대해서 중재를 하고 해설을 하고; 그리고 마지막으로는 공동체가 희망의 매체가 된다는 것이다.

---

30) William Schweiker, Responsibility and Christian Ethics (Cambridge, Great Britain: The University of Cambridge, 1995), pp. 40-45. 슈바이커는 책임의 종류를 "행위자적인 책임"(agential responsibility), "사회적인 책임"(social responsibility), 그리고 "대화적인 책임"(dialogical responsibility)으로 구분한다.
31) 김영일, "건강한 윤리적 지도자," 목회리더십: 신학과 실제 (서울: 열린출판사, 2005), pp. 15-69.
32) Evelyn & James Whitehead, Community of Faith (Seabury Press, 1982).

사회 윤리적 덕목의 차원에서 볼 때, 불건전한 공동체에는 다음과 같은 요소들이 있을 수 있다. 즉, 편견, 낙인, 주변성, 차별대우, 선입관, 자아 중심적인 끼리끼리 주의, 독선주의, 무책임, 소극적인 참여, 신뢰성 상실, 관료주의 의식, 계급의식 등이다. 편견은 적절하고 타당한 정보와 증거를 갖지 않고 미리 판단하는 것을 말한다. 편견은 대개 공정성과 객관성을 잃은 것이기 때문에 부정적으로 상대방을 매도하기 쉽다. 지나친 부정적 편견은 비난, 미움, 방관, 배타, 무시 등으로 그 공동체를 편견 병균으로 전염시켜서 병든 공동체로 만들 수 있다.

불건전한 공동체의 또 다른 요소는 낙인인데, 낙인(labeling 혹은 stigmatizing)이란 어떤 사람이나 그룹을 "그런 사람"이라고 단정하여 각인 시키는 현상을 말한다. 예컨대, A라는 사람을 "거짓말쟁이"라고 찍고 꼬리표를 달아주는 경우를 의미한다. 이와 비슷한 표현으로 박씽(boxing)이란 말이 있다. 박씽의 의미는 어떤 사람을 상자 속에 가두어 놓고, 그를 통제하며 오명을 씌우거나, 뭐 뭐라고 간주해 버리는 상황을 말한다. 영화 주홍글씨"33)에서 그 당시의 청교도 사회의 사람들은 헤스터를 박씽했고, 그녀가 간음을 저지른 죄인이라고 낙인을 찍었다. 헤스터 프린은 결국 감옥에서 아이를 분만하고, 그 대가로 "간통 여"(Adulteress)라는 의미의 주홍글씨 'A'를 가슴에 달고 다녀야 했다.

공동체에 악영향을 주는 요소로써 사회학적 용어가 선입관(stereotype)과 차별대우(discrimination)가 있다. 선입관은 원래 인쇄

---

33) 영화 "주홍글씨"(The Scarlet Letter)는 Roland Joffe감독이 1995년도에 제작한 영화로써, 17세기청교도주의가 지배세력인 미국 동부 보스턴 지역의 작은 마을을 배경으로 된 것이다. 참조: 김영일, 영화 속의 인생과 윤리 (서울: 대한기독교서회, 2004), pp. 186-202.

기술에서 유래된 것으로써 지난 50여 년간 사회과학 분야에서 사용되어져 왔다. 인쇄를 하기 위해서는 인쇄 내용의 동판을 만드는데, 그 목적은 그 동판으로 수 천 장의 인쇄를 찍어 내려는 것이다. 그러므로 "stereotype" 이란 말은 "기계적으로 반복되어 짐"을 의미하며, 넓은 의미로 사용되어 질 때의 뜻은 "케케묵은" 혹은 "흔해빠진" 이란 뜻도 있다.

주변성(Marginality)도 불건전한 공동체를 만들 수 있는 요소가 된다. 미국 시카고 대학의 교수였던 로버트 파크(Robert E. Park)는 이 개념을 사회학적인 측면에서 처음으로 사용하였다.[34] 그러면, 파크가 말하는 주변성이란 무엇을 의미하는가? 파크에 의하면, 개인이 한 사회의 중심에 위치해 있지 못하고 문화적으로나 신분적, 그리고 때로는 경제적으로 변두리에 밀려 존재한다는 것을 의미한다. 그럼에도 불구하고 그러한 주변적 인간은 자신의 문화적 가치관과 행위 등을 고수하는 것이 특징이다. 그러므로 그 변두리 인간은 한 사회에 살고 있지만 사실상 두 사회에 존재하면서 항상 갈등과 충돌 속에서 살아간다. 또한 그는 편견과 차별대우의 희생자이기도 하다.

이러한 주변성은 이민의 왕국인 미국에서 흔히 찾아볼 수 있는데, 주변성은 영구히 지속되거나 혹은 장기간 지속된 후에 점차 그 사회의 대중 혹은 지배적인 그룹의 문화에 동화될 수 있다. 변두리 인간은 정서적으로 불안정하고, 항상 불쾌감을 가지며, 자아의식 즉 수줍음을 지니고 살아간다고 한다. 최근 한국 사회에도 외국인 노동자들이 대거 몰려 들어와서 이러한 사회적 현상을 보이고 있다.

혼혈로 태어난 사람들은 인종적으로 그리고 생물학적으로 두

---

34) Robert E. Park, <u>Race and Culture</u>, (Glencoe, Illinois: The Free Press, 1950). 참조, Park, "Human Migration and the Marginal Man," in <u>American Journal of Sociology</u>, 33(6), 1928 pp.881-93.

세계를 넘나들며 살아야 하는, 그래서 자칫하면 영구히 변두리에 버림받아 살 수도 있다. 이것은 두 가지 이미지로 인한 갈등(clash in two images)이 그 개인을 주변인간으로 떠밀어 버린다고 한다. 그러한 그들의 생활은 도덕적 질서의 혼탁함, 그리고 양면가치의 태도와 감정을 가질 수 있다고 본다. 그들은 고독과 자포자기로 점철된 소외된 삶을 살 수 밖에 없다. 공동체 혹은 사회가 이와 같이 소외당하고 변두리로 밀려있는 주변 사람들을 계속 방관할 수도 있고, 또는 그들을 초대하고 영접하여 관용을 베풀 수도 있다.

5. 영화 "하이 눈"에 비추어 본 공동체 상

영화 "하이 눈"(High Noon)[35]은 공동체의 윤리에 대하여 문제점을 제기하고 그 해답을 암시한다. 먼저 "하이 눈"의 내용을 소개하면, 이 영화는 1860년대 미국의 뉴멕시코(New Mexico)주 하들리빌(Hadleyville)이란 마을을 배경으로 되어 진 영화이다. 하들리빌은 철도역이 위치한 신흥 마을로서 650여명의 인구를 가졌고, 마을 사람들은 열심히 일하며 근실하게 살아갔다. 이 영화는 매우 간단한 이야기를 가졌는데, 매우 고도의 긴장감을 갖게 하며, 모든 초점은 이 영화의 마지막 12분간의 "정의의 순간," "어둠의 순간," 즉

---

[35] 영어에서 "high noon"은 "한낮" 즉 "정오," 그리고 더 정확하게는 낮 12:00시를 의미한다. "high"는 "높은" 이라는 형용사 혹은 "높은 것" 이라는 명사로 쓰인다. "noon" 이란 단어는 그 자체가 "정오" "한낮" 이란 뜻을 가지고 있다. "noon"은 라틴어의 "novem"에서 왔는데, 그 뜻은 "nine"이다. 그래서 불어에서의 "noon"은 "ninth hour from sunrise," 즉 일출로부터 아홉 번째 시간을 의미한다. "high noon"은 13세기부터 낮 정오12시로 사용되어져 왔다.

"심판의 순간"에 맞춰진다. 그래서 이 영화의 줄거리 구상은 알려지지 않은 불일치에서 미지의 해답으로 진행된다.

"하이 눈"은 하들리빌 지역의 연방 보안관 (경찰서장)인 월 케인(Will Kane)이 결혼하는 것으로부터 시작한다. 중년인 그는 퀘이커(Quaker) 교인인 에이미 화울러(Amy Fowler)와 결혼하는데, 피로연 도중에 철도역장으로부터 놀랍고 긴장되는 소식이 담긴 전보를 전해 받는다. 그 전보는 결국 그들의 미래를 다짐하는 즐겁고 행복한 결혼의 기쁨을 흔들어 놓는 동기가 된다. 주위 친구들의 강력한 충고대로 그는 늦장가 가는 마당에서 자기의 직업인 경찰서장 자리까지 사임하고, 결혼식이 끝난 직후 다른 지역에 가서 새로운 삶을 시작하려고 떠난다.

그러나 그 전보 내용의 뉴스는 마차를 타고 신혼여행을 떠나고 있는 그를 계속 괴롭히고, 그는 마음의 갈등을 갖는다. 전보의 내용은 잘 알려진 무법자 그리고 살인자인 후랭크 밀러(Frank Miller)가 5년간의 감옥살이 후에 가석방이 되어 자신을 체포했을 뿐만 아니라 감옥에 보낸 윌 케인에게 복수하기 위해서 그날 12시 정오 기차로 돌아온다는 것이다. 후랭크 밀러는 이전부터 윌 케인에게 복수하겠다고 누차에 공언한 바가 있다. 철도역장이 알려준 소식에 의하면 후랭크 밀러의 동생과 또 다른 두 사람이 역에서 12시 정오에 도착하는 기차를 기다리고 있다고 했다. 자신이 그 마을을 떠나면 후랭크 밀러의 일당에 의해서 그 마을이 무법천지가 되고, 혼돈 속에서 마을 사람들이 고생을 할 것이라는 사실을 윌 케인은 잘 알고 있었다.

윌 케인은 양심의 갈등으로 괴로워한다. 그 공동체에 되돌아가서 그 공동체를 보호하며 책임을 다 할 것이냐, 아니면 나 몰라라 하고 자신의 안락을 위해서 그 위기를 회피할 것이냐의 갈등에 양심의 싸움을 한다. 결국 그는 새 신부의 간곡한 부탁에도 불구하고 자기의 본연의 위치로 돌아간다. 에이미 화울러는 윌 케인에게 결혼을 택하여 남편의 역할을 하든지 아니면 결혼생활을 포기하고 책임을 수행하든지 둘 중에 하나를 선택하라고 하며, 책임을 택한 남편을 떠나려고 기차역으로 간다.

　　네 명의 무법자들을 자신이 혼자 방어하기에는 역부족인 것을 잘 알고 있는 윌 케인은 자신을 도와서 싸워 줄 사람들을 다 방면으로 찾아본다. 자신의 부하 경찰관도 떠나고, 절친한 친구도 치사하게 회피하고, 교회에 출석하여 긴급한 호소를 했지만 결국은 아무도 그를 도와서 목숨을 걸고 싸워 줄 사람은 없었다. 아무튼 협조자를 애타게 구하는 장면이 17번이나 나왔다. 시계의 분침은 정오 12시를 향해서 자꾸만 움직이는데, 위기의 순간은 점점 박두하는데, 윌 케인은 혼자서 애 간장을 태우고 있다.

　　위기의 순간은 닥쳐왔다. 네 명의 총잡이 일당이 동네로 진입한다. 총성이 그 지역을 공포의 분위기로 몰아넣고 있는데, 드디어 윌 케인을 돕기 위한 한 사람의 후원자가 총성의 현장으로 달려 온 것이다. 결혼생활을 포기하고 고향으로 돌아가려고 기차역에 머물러 있든 에이미 화울러가 총성을 듣고 급히 마을로 달려 온 것이다. 그녀 역시 마음의 갈등으로 괴로워하고 있었던 것이 사실이다. 네 명의 총잡이 중에 한 명이 윌 케인에게 총을 겨냥하여 그가 죽음의 위기에 처해 있는 순간, 에이미가 그 총잡이를 살해했다. 그래서 윌 케인의 목숨은 살아났지만 결국 에이미 화울러가 총잡이 두목에게 잡히고 말았다. 이젠 자기 부인이 인질로 잡힌 상태에서, 그리고 부인을 살리려면 항복하라는 위협에 봉착한 윌 케인은 부인을 위해서 자신이 포기하려 한다. 그때 마침 에이미가 후랭크 밀러에게서 벗어나려고 안간힘을 쓰며 후랭크의 얼굴에 손톱으로 상처를 내는 순간, 그래서 후랭크가 시선 집중을 잃는 순간, 윌 케인이 후랭크를 죽일 수 있는 기회가 주어진다.

이제 그 마을의 총성은 끝났고, 안도의 숨을 쉬고 감사한 마음을 갖은 마을 사람들은 거리로 뛰쳐나와서 마차를 타고 마을을 떠나려는 윌 케인과 에이미 화울러를 지켜본다. 그때 윌 케인은 그의 앞 가슴에 달려 있든 연방 보안관의 배지를 떼어서, 삶과 죽음의 현장인 그 길거리에 던져 버리고 유유히 떠난다.

윌 케인은 자신이 책임지고 있는 마을의 치안을 위해 그리고 생명을 담보로 내어 맡기면서 까지 투쟁을 한다. 그것은 윌 케인이 공동체의 평안과 질서를 위해서 자기가 맡은 책임을 완수하려는 차원 높은 윤리성이다.

빅터 터너(Victor Turner)는 말하기를 "나는 한 공동체에 소속하고 있다. 그러므로 나는 존재 한다"라고 천명했다.[36] 공동체란 개인들이 직접 또는 간접적으로 관계를 갖고 일정한 범위 내에서 함께 어울려 살아가는 사람들의 모임 체이다. 기본적으로 공동체에는 가족과 친척 공동체가 있고, 그 이외에 지역공동체, 기관 공동체, 취미나 직업으로 이루어지는 동료공동체, 더 나아가서는 국가 공동체 그리고 세계 공동체가 있다.

위에서 언급했듯이, 퇴니스에 의하면, '공동체'의 특징은 소규모이면서 인격적이고 전통적으로써, 그 결과는 사람들 사이에 끈끈한 정과 유대관계가 깊으며, 영구성과 동질성이 강할 뿐만 아니라 전통적인 가치관과 공동체의 가치관을 존중한다는 것이다. 반면에 '사회'는 규모가 크기 때문에 사람들의 상호간에 비인격적이며 개인주

---

36) Victor Turner, The Ritual Process (1969).

의의 성향이 깊다고 본다. 또한 사회의 특성은 이질성과 임시성이기 때문에 변화가 많고 피상적이라고 규정한다.

공동체에는 건강하고 기능이 활발한 공동체가 존재하는가 하면, 기능이 무디거나 마비된 병들은 공동체가 있다. 그렇다면 어떤 공동체가 건강한 공동체이며 어떤 것이 건강하지 못한 공동체인가? 건강한 공동체와 병든 공동체의 사람들은 어떤 역할과 기능을 가지고 있는가? 건강한 공동체에는 강한 소속감과 연대의식이 있어야 하고, 그 공동체에게 의미를 부여할 수 있고, 공동체를 안내하여 주고 방향을 제시할 수 있는 건전한 가치관과 규범이 존재해야 된다.

그런데, "하이 눈"에 나오는 공동체에는 위기가 닥쳐와도 누구하나 이 위기를 타파하려는 협력적인 의지가 없고, 개인들의 안일에만 연연하는 모습을 볼 수 있다. 악명 높은 무법자 네 명이 원수 갚기 위해서 그 동네로 몰려오는데, 아무도 보안관을 도와서 공동체를 방어하려하지 않는다. 윌 케인의 부하 경찰관도 떠나고, 절친한 친구도 남 몰라라 외면하고, 교회의 교인들도 각가지 핑계로 협조를 기피한다. 하들리빌이란 공동체는 상호연대성이 희박한 공동체임에 틀림없다.

하들리빌 공동체는 개인 이기주의가 만연된 공동체이다. 어떤 공동체는 "님비", 즉 집단 이기주의가 팽배한 곳도 있다.[37] 어느 공동체이든 그 공동체를 이루고 있는 구성원들의 공동체에 대한 연대의식과 투철한 책임감 그리고 희생정신을 갖지 않는 한, 그 공동체는 결코 건강할 수 없다.

---

37) "님비"(NIMBY)는 "Not In My Back Yard"의 약자이다. 즉, 공익을 위해서는 필요하지만, 자신이 속한 지역에서는 이롭지 않다고 생각하기 때문에 적극적으로 반대하는 집단적 이기적인 행동을 의미한다.

제 2 부
사회윤리와 신학적 사고
Social Ethics & Theological Thinking

III. 아우구스티누스와 루터의 두 왕국설의 기독교 윤리적 성찰
Study of Two Kingdoms of Augustinus & Luther in Christian Ethics

IV. 웨슬리의 경제윤리
Economical Ethics of John Wesley

V. 본회퍼의 윤리
Ethics of Dietrich Bonhoeffer

III. 아우구스티누스와 루터의 두 왕국설의 기독교 윤리적 성찰

1. 아우구스티누스의 두 도성

(1) 하나님 도성의 일반적 범위

사건의 발단은 A. D. 410년, 고대 세계에 충격이 주어진 것이다. 그것은 고트(Goths)족에 의해 로마가 공격을 당하고 탈취된 사건이었다. 가장 문명화된 세계가 지배하는 로마 제국은 갑자기 무너졌다. 끊임없는 풍문과 모순의 하나는 기독교가 로마를 무너뜨렸다는 것이다. 로마의 관원과 시민들은 여전히 기독교와 이방인 그룹으로 나누어져 있었다. 북아프리카에 있든 로마의 관원이며 기독교인인 마셀리우스(Marcellius)는 기독교에게 향하는 책임에 대하여 그것을 논박하라고 요청하는 글을 아우구스티누스에게 보냈다. 이것이 하나님의 도성을 저술하게 된 원인이었다. 그가 22권의 책을 완성하는 데는 13년 이상이나 걸렸다.

다양한 이단들 - 도나티즘, 펠라기즘, 마니교뿐 아니라, 스스로 기독교의 형제라고 주장하는 - 사람들은 오래된 신념을 바꾸고 자신들의 방법으로 새롭게 전향하였는데, 아우구스티누스는 옛 진리를 손상시키는 것에 대하여 책임감을 느꼈든 것이다. 다른 한편으로 정통주의는 세속적 비판들로부터 공격을 받았고, 기독교는 제국 붕괴의 주원인으로 보여 졌다. 이러한 비판에 대해 아우구스티누스는 하나님의 도성에서 답변하였으며, 그 자신 스스로 하나님의 방법이 황폐의 시대에 인간에게 공의로운 것임을 정당화하였다.[1]

인류 전체의 역사는 인간이 마지막 심판에 떨어지게 되는데, 그것은 "하나님의 도성"과 "인간의 도성" 사이의 투쟁으로 묘사되었다. 아우구스티누스의 접근은 이원론적이다. 즉, 두 종류의 인간 구별과 두 사회의 구별은 그 시대에는 결코 형식적으로 제도화되지 않았다. 마지막 심판 후에 그들은 천국과 지옥으로 나누어진다고 한다. 지상의 도시에 사는 자들은 물질적 관심과 육체적 쾌락을 추구한다. 그들의 고통은 지상에 사는 동안 그들의 잘못된 신앙에 의해 좌절되는 것이 아니라, 죄의 벌로서 하나님으로부터 소외된 것을 영원히 찾는데 있는 것이다. 하나님의 도성의 백성으로 사는 동안 하늘에 있는 성도들과 지상의 신자들의 사회는 신비적이면서도 일치된 도성을 형성한다. 그리스도의 구속사역을 통하여 그들은 지상에서 영적 평화와 하나님의 비전의 영원한 축복을 즐기는데, 이것이 인간의 진정한 행복이라는 것이다.[2]

중요한 정치적 구분으로서, 하나님의 도성의 처음 열권은 세 가지 질문과 관계되어 있다. 즉, 로마의 붕괴에 대한 기독교인의 책임이 있는가? 이교도들이 그것을 야기했는가? 만약 이교도가 아니라면, 로마의 발흥을 책임진 영적 힘은 무엇인가? 어떤 이교도의 조직이 진정한 영적 종교로서 기독교에 대해 적대적인 주장을 할 수 있는가?[3] 그러므로 처음 열권의 책들은 기독교가 사회적으로 정치적으

---

1) Waldo Beach & H. Richard Niebuhr, Christian Ethics (New York: The Ronald Press Co. 1973), p. 103.
2) Ethel M. Albert, Thodore C. Denise, and Sheldon Penterfreund, Great Traditions In Ethics (New York: American Book Co., 1983), p. 110.
3) Roy W. Battenhouse, ed., A Comparison to the Study of St. Augustine (New York: Oxford Press, 1969), p. 260.

로 부식되는 영향에 대한 답변을 제시한다. 사실상 아우구스티누스는 이교도의 다신론이 로마에 좋지 않은 영향을 야기했다는 책임과 논쟁을 부정한다. 그의 종교와 이교 정신의 비교는 제국의 마지막 날에 부흥의 신념을 증언하고, 아우구스티누스는 그의 문학적이며 역사적인 학문의 방대한 자료를 이용한다. 나머지 12권의 책들은 두 도성의 발생, 진행 그리고 종말에 대해 묘사하고 있다.

처음 세 권의 책들의 논문은 로마의 몰락을 관찰하고, 그리스도인들이 이 사건에 대해 왜 책임을 질 수 없는가를 기술한다. 그리고 나머지 여섯 권의 책들은 고대 이교주의와 기독교 믿음의 근본적이고 철학적인 차이, 그리스의 플라톤주의와 철학자들의 범주가 기독교 신앙에 의해 변형되어 쓰여 진 차이를 조사한다. 그의 작업에 있어서 두 도성의 발생, 역사, 그리고 두 도성의 종말은 위대한 주제이다. 다시 말하면, 우리의 지식은 하나의 중재자의 의해 정화되어야 함이 요청된다.[4]

제14권에서 아우구스티누스는 사회적 이론을 다룬다. 다시 말해, 조화의 원리[5]를 다룬다. 그것은 그의 사상대로 하나님을 믿는 자들의 공통된 사회 안에서 완전함과 그 모델을 발견한다. 여전히 그의 사회적 원리들의 적용은 구조적이기보다는 비판적이며, 비록 총명한 적용일지라도 체계적인 것은 아니다. 그러므로 아우구스티누스는 하나님의 도성의 굉장히 긴 부분(14-22권)에서 가인과 아벨의 도성으로부터 예수 그리스도의 사역, 그리고 그의 종말론을 다루기까지 도성들의 역사와 관계를 다루고 있다. 여기에서 그는 선한 삶의 목적이 완전하게 질서가 잡힌 하나님과의 조화의 기쁨이며, 각자는 하나님

---
4) Ibid., pp. 264-7.
5) 동양적 이원론의, 특별히 극동 지역에 있어서의, 목적은 조화이다. 예를 들면, 태극기에서는 빨강과 파랑, 하늘과 땅, 남성과 여성 등의 조화가 그 목적이다.

안에 관계된 것임을 보여고 있다.6)
　　22권의 하나님의 도성은 인상적으로 일치성을 지니고 있다. 이 일치는 그의 역사와 윤리학의 해석 안에 놓여 있으며, 태초의 시간으로부터 하나님과 천사의 조화는 하늘과 지상의 운명을 하나의 장대한 것으로 이해하고 있으며, 부활과 영원한 축복의 하나님의 도성은 마지막 심판 때, 인간 역사의 당혹과 대조를 통하여 역사의 최후가 완성된다는 것을 보여준다. 정말로, 아우구스티누스는 지상의 도성과 하나님 도성 사이의 근본적인 구분을 만들었으며, 그것은 천사들과 인간의 구속을 위한 운명으로 구성되어 있다.7)

(2) 두 가지 사랑과 두 도성

　　아우구스티누스에 의하면, 두 가지 사랑이 두 도성을 만든다. 다시 말하면, 두 가지 사랑이 두 도성을 생겨나게 한다는 것이다. 하나님이 구속의 역사를 계획하고 시작하셨다. 이제 인류의 회복이 시작되었고 그들의 지배는 완성되었다. 그는 다음과 같이 말한다. 즉: 두 도성은 두 사랑에 의해 형성되었다. 지상적인 것은 하나님을 경멸하기까지 하는 자아사랑에 의해서 이다; 천상적인 것은 자기를 경멸하기까지 하는 하나님 사랑에 의해서이다. 전자는 세상에서, 스스로 영광을 받으며, 후자는 주안에서 축복을 받는다.8)

　　이들 두 사랑에 있어서 하나는 순수하며, 다른 하나는 순수하

---

6) Edward L. Long, A Survey of Christian Ethics (New York: Oxford University Press, 1967), p. 177.
7) T. A. Burkil, The Evolution of Christian Thought (New York: Cornell University Press, 1981), p. 124.
8) Augustine, City of God, trans. by Marcus Dods (New York: Random House, 1950), XIV, 28.

지 않다. 하나는 이기주의에 의하여 발견되며 다른 하나는 자비에서이다. 하나는 자기를 부정하는 하나님 사랑이며, 다른 하나는 하나님을 부정하는 자기 사랑이다; 하나는 거룩하며, 다른 하나는 거룩하지 않으며, 하나는 평화롭고 다른 하나는 싸움을 좋아하며, 하나는 다정하며, 다른 하나는 질투한다.

　　아우구스티누스는 이들 두 가지 사랑은 천사들 가운데 구별을 가져온다고 설명한다. 첫 번째 사랑은 선한 천사들에게 속하고, 두 번째 사랑은 악한 천사들에게 속해 있다고 주장한다. 그리고 그것은 또한 인류 가운데 두 도성을 구별하는 기초가 되며, 창조된 모든 것들은 하나님의 경이로움과 말할 수 없는 증거 아래서 다스려지고 질서가 세워진다는 것이다. 두 가지 사랑은 두 도성을 만들고, 삶의 두 가지 태도를 만들며, 삶의 두 가지 가치를 만든다고 본다.[9]

　　아우구스티누스는 그리스도인의 사랑을 칭찬과 욕망의 대상으로 규정하고자 하였다. 무가치한 욕망은 직접적으로 낮은 대상에게로 향하는 반면에, 가치 있는 욕망은 반드시 진실로 가치 있는 것을 추구한다고 분명하게 생각하였다. 모든 것 가운데 최고는 하나님이시다. 그러므로 모든 욕망의 최고의 가치는 하나님 자신을 욕망하는 것이어야 한다. 이러한 욕망이 진정한 그리스도인의 사랑 또는 카리타스(caritas, 자비)이다. 그리스도인의 사랑은 하나님과 이웃 모두에게 직접적인 것 일뿐만 아니라 진리, 아름다움, 그리고 선은 이웃 안에서 발견되고 성장되어진다는 것이다.

　　그는 자비가 하나님이 주신 하나님의 사랑으로 인식하는데, 그것이 덕을 추구하는 진실한 동기와 덕을 어떻게 적용하며 무엇을 해야 하는가에 대해 인식할 수 있는 인간의 자질 모두에게 존재하는

---

9) Augustine, <u>Literal Commentary on Genesis</u>, XI, 15, 20, trans., by Vernon J. Bourke.

것으로 보았다. 그러므로 아우구스티누스에게 있어서 자비 혹은 사랑은 도덕적 삶의 중심일 뿐만 아니라; 그것은 또한 사회 질서를 움직이는 원리의 중심이기도 하다. 그가 지적한 것은 사람이 선한 것에 대해서 안다고 하는 것이 "그가 무엇을 믿을 것인가 아니면 무엇을 기대할 것인가를 묻는 것이 아니라, 그가 무엇을 사랑해야 하는가?"를 묻는 것이라고 한다. 그는 사랑이 자연적이며 드러난 것일지라도 원리의 원천이며, 다른 모든 덕이 걸려 있는 원리의 요점이라고 말한다.10)

아우구스티누스에 의하면, 덕(virtue)은 완전하며 경건에 의하여 순수함을 지킨다(II, 29). 그리고 그것은 기도를 통하여 하나님으로부터 획득되어질 수 있다(IV, 20). 덕이란 하나님으로부터 오는 선의 근원으로서 규정되어진다. 하나님과의 관계없이 덕의 존재를 규정할 수 없다. 사랑은 창조된 인간의 본성 안에서 고유한 것이며 인간의 덕의 의미가 되었다. 그러나 사랑은 적당한 대상을 가져야만 한다. 그리스도인은 반드시 선을 추구해야 하지만 인간을 찬양해서는 안 되며, 하늘에 계신 하나님께 영광을 돌려야 한다. 사람의 눈으로부터 선한 행위를 숨기는 사회는 덜 유용한 것이 된다. 모든 그리스도인은 자신에게뿐 만 아니라 타인에게도 책임이 있다고 한다.11)

성령으로부터 덕을 받은 사람은 그의 삶이 변화된 것으로서 행동해야만 한다. 그런 사람은 원수 사랑을 배워야 할 뿐만 아니라 그들을 사랑하고, 그들이 의롭게 변화되도록 추구해야 한다(V, 19). 우

---

10) "Enchiridion," ch. 117, in Works, ed. by M. Dods (Edinburgh: T. & T. Clark, 1873), Vol. IX, p. 256. Cited by J. Fletcher, Situation Ethics, p. 63.
11) Thomas R. Frazier, "the Ethics of the City of God," Journal of Religious Thought, XXVI (1969), 23-36. 디트리히 본회퍼는 예수는 타자를 위한 사람이다 라고 주장하였다. 그러므로 그리스도인의 삶은 타자를 위한 삶이어야 한다. J. Robinson, Honest to God, p. 101.

리가 배워야만 하는 한 가지는 용서이다. 상호간의 용서의 의미는 "하나님의 도성의 백성들이 지상에서 체류하는 동안 평화로운 하늘나라를 사모하며 치료를 받는 것이다(XV, 6)." 그리스도인은 그가 "세속도시"의 거주민으로서 그의 동료들에게 용기를 주고 사랑할 수 있는 가능한 모든 방법을 찾아야만 한다. 이와 같이 할 때, 그는 그의 동료들을 찬양하고 존경하는 것을 피하지 말아야 한다. 그리스도인은 인간의 찬양을 피하는 것이 그의 사랑을 몰수하는 것임을 알고 있다.

아우구스티누스에게 있어 도덕성의 근본 문제는 의를 따르는 책임의 응답이다. 선한 행위의 결정을 고려해야 한다. 하나님을 섬길 때에 의지는 선을 행한다. 왜냐하면 단순히 그 동기 외에 진실한 선은 의미 있는 행동과 관련되어 있는데, 그것은 하나님 안에서이다. 윤리적 심성의 질문은 바르지 못한 행동과 올바른 행동의 결정에 놓여 있는 것이 아니라, 신자의 심성 안에서 대조하여 올바른 태도와 경험을 창조하는 데 있는 것이다. 그러므로 아우구스티누스에게 있어서 윤리적인 문제는 하나님과의 관계성의 문제라고 본다.[12]

도덕적 선의 본질 가운데 하나는 하나님께 대한 올바르고 직접적인 의지이다. 하나님의 사랑은 시간과 환경에 따라서 독특한 행동의 다양성을 포함하고 있는 그리스도인의 선택의 궁극적 형태이다. 선 또는 악은 의지를 인도하는 모든 것 가운데 첫 번째이며, 본성 가운데 있는 것이 아니라, 인간의 정신에 대응하는 것으로서 육체 안의 부족함 인 것이다.

아우구스티누스는 기독교 윤리의 변명을 행복론의 원리, 즉 우리는 행복하기를 원한다는 것과 더불어 시작하였다. 선한 삶은 육체

---

12) Long, Survey of Christian Ethics, p. 129.

와 정신의 발달 안에서 발견되어진다. 사회적 조화의 삶은 가족과 함께, 이웃과 함께, 인류와 함께 보다 높은 힘과 함께 하는 것인데, 아우구스티누스는 이것을 천사라고 부르기를 원했다. 하지만 만일 그가 무엇을 사랑해야 하는지를 가지고 있지 않다면 그는 행복하지 않다. 행복한 삶은 인간의 우선적인 선이 그 자신에게 있어서 하급의 것으로 취급되지 않을 때이며; 그것은 비록 인간의 영혼이 그의 육체보다 우위에 있을지라도 하나님이 인간보다 우위에 있어야만 하는 것이다.

최고의 선과 악은 영원한 것이며, 이 세상에서의 순간이 아님을 인식해야만 한다. 이 세상에서 그들 자신의 노력으로 행복을 추구하는 사람은 참된 행복도, 참된 도덕도 찾을 수 없다. 육체적 쾌락을 추구할 뿐만 아니라 도덕의 기초로서 이성을 의지하는 것은 잘못이다. 신적 인도, 이성의 자립은 삶의 악을 치료할 수 없다.

하나님은 완전한 선이시고 모든 것이 그에게서부터 나왔다고 그는 주장한다. 그의 선 안에서 하나님은 어떤 악도 창조할 수 없기 때문에 악은 사물의 긍정적 특성에서 따라 나오는 것이 아니다. 하지만 하나님이 창조한 모든 것들은 완전한 선은 아니다. 선이 결여된 것에 있어서 그것들은 악이라고 본다.[13] 하나님이 직접적으로 악을 산출하지 않았지만, 악은 궁극적으로 보다 큰 선 또는 가치가 무엇인가에 대한 물음 때문에 허용되었다. 아우구스티누스는 근본적으로 그의 존재론에 있어서는 낙천주의자였다. 존재하는 것이 선이고 존재하지 않는 것은 악이며, 하나님에게 있어서 도덕적 선은 충만함이라고 한다(XI, 23; XIV, 11).

악의 본성에 대한 개념에 있어서 아우구스티누스는 신플라톤주의자였다. 악은 긍정적 존재를 가지지 않는다고 본다. "모든 자연

---

13) Albert, *et al.*, Great Traditions in Ethics, pp. 111~9.

은 .... 그들 자신의 위치와 종류를 가지고 있기 때문에 내적 조화의 종류는 분명하게 선이다(XII, 5)." 그는 또 다음과 같이 말한다.

> 그러므로 단독적인 선은, 어떤 환경 안에서 존재하는 것이다; 단독적인 악은 결코 그렇지 않다; 그것이 비록 이들 본성이 악한 의지에 의해 손상될지라도, 그들이 정말로 손상되었을 지라도, 그것이 악이라도, 그러나 그들의 본성은 선이다.(XI, 17)

아우구스티누스가 이런 관점을 가지고 있기 때문에 그는 죄의 실제를 사용하여 선의 존재를 증명할 수 있었다(XXII, 1).[14] 죄가 없었더라면, 만들어진 것들로부터의 어떤 표준도 없었을 것이다. "그러므로 하나님으로부터 떠남은 악이 아니었을 것이다. 본성이 가진 자산은 하나님과 함께 거하는 것이다. 따라서 악은 본성의 선을 강하게 증명하는 것이다(XI, 3)."

(3) 아우구스티누스의 사랑의 개념

아우구스티누스의 사상을 한마디로 표현한다면, 아마도 "사랑"일 것이다. 그는 사랑이 모든 덕목의 중심이 되며, 가장 중요한 덕목이라고 주장한다. 물론 그가 말하는 사랑은 아가페적인 사랑, 즉 하나님의 선물로서의 사랑이다.[15] 아우구스티누스의 사상 속에 나타난 사랑의 개념을 다음과 같이 크게 세 가지로 요약한다.

---

14) 플라톤은 선에 대해 모든 실존과 존재를 넘어 서 있는 것이라고 말하였다. 아우구스티누스의 선은 하나님 개념과 관계되어 있지만 그의 주관적인 기독교 신앙은 변덕스럽고 방해받는 것은 아니며, 그것은 플라톤의 전통과 함께 계속되는 것이다. 그러나 아우구스티누스의 임의적인 하나님의 개념은 성서로부터 유출된 개념과는 분명한 차이가 있다.
15) 김영일, 그리스도교 윤리, pp. 67-68.

① "더 이상의 교훈은 없다" No other precept

  아우구스티누스의 사랑에 대한 이해는 조직적이면서도 난해하다. 그는 말하기를 사랑은 여러 가지 덕목과 연관을 갖는데, 모든 덕목들은 사랑의 일부분이라는 것이다. 예컨대, 용기는 사랑하는 사람을 위하여 모든 것을 기쁘게 참는 사랑이며, 의(righteousness)는 사랑하는 사람을 봉사하는 사랑이라고 한다.

  사랑은 연합하는 힘이 있는데, 오직 사랑을 통해서만 하나님과의 연합이 가능하며, 이와 같은 연합 속에서 인간은 그들의 가장 선함과 행복을 실현할 수 있다고 말한다. 사랑에 의한 연합의 힘은 교회를 함께 매는 작용을 하고, 한 공동체를 건전하게 형성할 수 있다는 것이다.16)

② "당신이 무엇을 사랑하는지 조심하시오"
  Be careful what you love

  아우구스티누스에 의하면, 사랑에 대한 도덕적인 문제는 "우리가 사랑해야 하는가?"가 아니고, "우리가 무엇을 어떻게 사랑해야 하는가?"라고 한다. 우리의 삶이 사랑인데, 사랑은 하되 사랑의 대상이 무엇인지에 대하여 조심해야 된다고 충고한다.17) 하나님보다 세상을 더 사랑하는 사람은 마치 약혼녀가 자신의 약혼자를 사랑하기 보다는 그가 준 약혼반지를 더 사랑하는 것과 마찬가지가 아닌가? 이웃사랑을 하기보다 명예나 권세를 더 사랑하는 것은 옳은 것이 아니라는 것이다. 하나님을 사랑하는 것보다 재물을 더 사랑하는 것은 올바른 신앙의 자세가 아니다.

---

16) On Psalms, 54:7.
17) Ibid., 31, 2, 5.

아우구스티누스가 이해하는 사랑의 대상은, 첫째로 우리 인간에게 사랑을 먼저 주신 하나님이고, 둘째는 자기 자신을 사랑하는 것이라고 한다. 그런데, 자신을 사랑한다는 의미는 자신을 하나님께 드린다는 것을 말하는 것이다. 그것은 우리가 우리자신을 하나님께 바치지 않으면, 결국 우리자신을 잃게 되기 때문이다. 사랑의 대상으로써 셋째는 이웃사랑이다. 오직 이웃사랑을 통해서만 하나님의 비전을 획득할 수 있다고 한다.

③ **"사랑을 하라, 그런 다음 네가 원하는 바를 행하라"**
Love and do what you will.

이 표현은 사랑이 모든 인간행동의 중심이 되어야 하며, 사랑을 포함하지 않는 행동은 도덕적인 것이 될 수 없다는 것을 강하게 나타내는 것이다. 또한 이 말 속에는 사랑이 동기이며, 수단과 방법이 되어야 한다는 의미일 것이다. 사랑함에 있어서 어떤 특정한 태도나 감정의 제한이 있을 수 없다. 예를 들어서, 사랑함과 분노가 있을 수 있다. 그러나 그 분노는 미움에서가 아니라 정의나 올바르게 교정하기 위한 것이어야 한다. 이럴 때의 분노는 죄가 아니라고 한다. 아우구스티누스에 의하면, 사랑은 때에 따라 여러 가지 다른 모양의 에너지를 동원한다고 한다. 그러나 어떤 경우를 막론하고 중요한 것은 "사랑함"이란 중요한 맥락을 잊어서는 안 된다. 침묵을 지킨다면, 그 침묵이 사랑으로부터 그리고 사랑의 틀 속에서; 외침이 있다면, 그 외침이 사랑을 위한 그리고 사랑으로부터의 외침이 되어야 하는 것이다. 사랑의 뿌리와 줄기는 항상 흔들리지 않아야 되며, 사랑은 모든 것의 중심이 되어야 한다고 피력한다.[18]

---

18) On Epistle of John, 7:8.

(4) 두 도성과 사회

우리가 관찰한대로, 아우구스티누스의 하나님의 도성은 플라톤이 다룬 것에 신세를 지고 있다. 그 물음에 대한 답변은 플라톤의 "국가"에서의 답변과 같은 원리이다. 즉, 참된 사회를 구성하는 것은 무엇인가? 그의 대답은 플라톤주의의 색채가 깊게 배어 있다. 다시 말하면 그 대답은 같은 것이다. 즉, 이상적이고 완전한 사회는 하나이고 그 안에서 인간은 그들의 실제적인 '종말'이나 '선'을 추구한다. 배리(Barry)는 하나님에 대한 지식이나 사랑이라기보다는 아우구스티누스주의나 기독교의 "선," 즉 무(nothingness)의 개념과는 다르다고 주장한다. 그러나 의의 도성은 이상적 도시이며, 플라톤이 말한바 하늘 어딘가에 있는 것이다. 하지만 아우구스티누스의 하나님의 도성은 실제적인 사회이며, 그것은 진실한 하나님의 종들로 구성되어 있고, 모든 민족과 국가로부터 불러 모은 그의 은혜의 선물에 믿음으로 응답한 자들이며, 하나님의 사랑 안에서 죄와 자기 사랑으로부터 다시 태어난 자이며, 그 안에서 인간의 참된 종말과 평화와 축복을 누리는 것이다. 이것은 올바른 관계의 도시이며, 우주에 대한 하나님의 의지의 질서에 순종하며, 피조물 안에 타고난 질서를 가지고 있다는 것이다.[19]

아우구스티누스에 의하면, 인간의 두 종류가 인류 역사 여명기에 나타났다, 즉 가인과 아벨이다. 그들은 같은 아버지에게서 태어난 이성적 존재들이었다. 그들은 동등한 존재들이었으나, 두 개의 다른 극단적인 의지를 지니고 있었으며, 거기에는 두 개의 극단적으로 구별되는 사회의 가능성이 내포되어 있었다는데, 그 중 하나는 선을 사

---

19) F. R. Barry, <u>Christian Ethics and Secular Society</u> (London: Hodder & Stoughton, 1986), pp. 123-4.

랑하고, 다른 하나는 악을 사랑하는 것이라고 한다.

아우구스티누스는 다양한 방법으로 두 사회를 구별하였다. 즉, 하나님을 사랑하는 것 또는 세상을 사랑하는 것; 영을 사랑하는 것 또는 육을 사랑하는 것; 선한 사회와 악한 사회; 첫 번째는 하나님에 의해 영원히 다스려지게 되어 있었고, 두 번째는 악과 함께 영원한 벌 아래 놓여 있게 되어 있었다. 다른 말로 하면, 거기에는 두 개의 공동체가 존재 한다: 하나의 공동체는 "하나님의 도성"(Civitas Dei)으로 하나님의 사랑에 의해 묶여진 인간의 공동체이다. 이 공동체는 그가 아담으로부터 그리스도에 이르기까지 추적한 것이며 그의 시대에 있어서, 기독교 교회와 밀접하게 접근해 있는 것이었다. 그는 실제 교회 안에서 다른 것들보다 하나님의 순수한 사랑을 지니고 있는 것을 잘 알고 있었다. 제도화된 교회는 어떤 의미에서 완전한 사회와 동등할 수 없다. 그러나 이것이 역사 안에서 신성 공동체로서 세워지게 하는 동기를 촉발하는 정신적 자질이었다.

아우구스티누스는 하나님의 도성의 창설자로서 그리스도를 지목한다. 그러므로 그는 제20권에서 교회가 그리스도의 왕국이며 하늘 왕국의 현재로서 선언하였다(XX, 9). 하나님의 왕국은 신적 진리의 분여를 통하여, 성례전적인 삶을 통하여, 교회를 통하여 이미 현실화된 존재이다. 그는 교회가 지상의 하나님의 왕국임을 선언한 최초의 교부이다(XX, 9). 그는 교회의 정체성을 천년왕국과 보좌에 앉아 교회를 다스리는 것으로서 간주하였다. 하지만 교회는 이 세상의 왕국은 아직 아니다. 그는 사람들에 의해 부름 받은 왕들이나 왕자들에 의해 하나님의 도성이 세워질 수 없으며, 그것은 영혼의 부름에 의해 오는 것이라고 말하였다.[20] 조직화된 교회는 실제적으로 지상에서의

---

20) John N. Figgis, The political Aspects of St. Augustine's City of God (Gloucester, Mass: Peter Smith, 1973), pp. 68-69.

하나님의 왕국이다. 그리고 그리스도의 통치는 마침내 성자의 중재를 통하여 세상이 다스려질 것으로 설명한다.

이와 반대되는 사회는 "세상의 도성"(Civitas Terrenna)인데, 이것은 권력을 사랑하는 것으로서 자아 사랑의 정치적 형태이며, 호전적 자부심에 근거해 세워진 것이다. 이 도시는 제국의 다양한 역사 안에서 그 예를 찾을 수 있는데, 비근한 예는 로마제국이다. 다시 말하면, 로마제국은 전적으로 악한 지상의 도성과 동일시할 수 없다, 왜냐하면 로마제국이 비록 부패하였을지라도 무질서한 야만의 홍수에 대항하여 세계의 질서와 평화를 보존하며 선과 관련되어있기 때문이다. 그럼에도 불구하고 이것은 통합의 원리 안에서 지상의 본질적인 사회이다. 이것은 그리스도인이 마지막 충성을 다할 진정한 공동체는 될 수 없다. 그러므로 아우구스티누스에 따르면 정치적인 삶은 최상의 가치가 아니며, 인간 사건의 과정처럼 부분적인 것에 불과하며, 부분적으로나마 인간이 추구해야 하는 것은 하늘의 도시이다. 그에게 있어서 지상적 임무들은 궁극적 의미를 가지지 않는다. 지상 도시가 어떻게 세워지는가에 있어서 최종 결과가 매우 다르다는 것을 보는 것은 쉽지 않다. 인간의 일들을 바라보면서 아우구스티누스는 덧없음과 죽을 운명을 의식함으로서 그것을 극복하였다.[21]

그러나 인간성은 두 부분 안에서 잔여물 없이 나누어질 것이다. 즉, 하나는 인간이 살아가는 것에 따라 구성되어지고, 다른 하나는 하나님이 살아가는 것에 따라 구성되어진다. 그리고 이것들은 우리가 신비적으로 부르는 두 도성이거나, 인간의 공동체로서 그 중 하나는 하나님에 의해 영원히 다스려지도록 운명 지어 졌고, 다른 하나는 악마에 의해 영원한 고통에 처하게 된다(XV, 1). 아우구스티누스

---

21) Eugene Teselle, <u>Augustine the Theologian</u> (New York: Herder and Herder, 1990), p. 271.

의 이러한 개념 규정에서 우리는 몇 가지를 발견할 수 있다. 그것은 그의 사상이 예정론과 종말론이라는 것이다. 각 도성의 구성원은 개인적 선택이나 인간의 지시에 의해서가 아니라, 하나님의 은혜로운 예정에 의해서이며, 그것의 경계 또한 하나님만이 아신다. 다시 말하면, 그 두 공동체는 인간의 형식적 제도가 아니며, 인간의 신비적 공동체이며, 시간이나 공간에 의해 묶여진 것도 아니며, 여전히 보이지 않는 실제이다.[22]

하지만 두 도성은 시간의 종말, 즉 마지막 때까지 존재하게 될 것이다. 마지막 심판은 분명하게 한쪽의 백성을 다른 한쪽으로부터 나누게 될 것이다. 동시에 지상의 나라는 하나님의 본성에 의해 계획되었고, 하나님의 도성은 심판의 날에 새로운 질서를 세움으로 인해 승리하게 될 것이다. 두 도성의 종말이나 목적은 초역사적인 것이다. 그것은 마지막 심판 때 그리스도의 오심이다. 그 때에 두 도성은 현재 안에 함께 섞여 있으며, 그들의 마지막 운명 때 분리될 것이며, 그 왕국은 하나님에 의해 들려지게 될 것이다(XX, 4). 다른 말로 하면, 두 도성의 분리와 역사의 마지막 성취는 심판의 날에 이르게 될 것이다. 그리스도는 죽은 자와 산 자를 심판할 것이고, 그 두 도성의 선택과 타락자(하나님에게 버림받은 자)는 영원히 살게 될 것이다. 그러므로 모든 역사는 영원을 준비하고 지상의 도시는 천상의 도성을 향하여 가는 인간의 진보와 순례의 발걸음이다.[23]

19권에서 아우구스티누스는 진정한 평화와 정의는 믿음과 소망 안에서 교회에 의해 향유될 수 있다고 분명하게 진술하고 있다. 즉,

---

22) John Tonkin, The Church and the Secular Order in Reformation Thought (New York: Columbia University Press, 1981), p. 6f.
23) Ibid., p. 8. Also, Mourant, Introduction to the Philosophy of Saint Augustine, p. 29.

진정한 사회 또는 공화국은 하늘에 있는 하나님의 도성이다(XIX, 20, 27).

하나님의 도성에서 탁월한 윤리적 개념은 인간의 수고의 마지막에 대한 논의이다. 아우구스티누스는 두 단어를 사용하여 다른 곳에서보다 더 자주 이 목적을 다루었다. 그것들은 "평화"와 "행복"이다. 이 목적은 하나님의 사랑에 의해 홀로 보여 지는 것이 아니라, 평화를 추구하는 모든 인간이 있는 곳 어디에서나 보여 지는 것이다. 평화가 사람의 몸 뿐 아니라 인류 전체를 다스리지 못했다는 것은 대부분의 평범한 관찰자들에게도 분명한 것이다. 만약 이 평화가 하나님에 의해 약속되어진 것이라면 현존하는 것이 아니다. 그러면 평화란 없는 것인가? 그에 따르면, 평화는 하나님의 도성으로부터 오는 것이며, 이 세상으로부터 분리됨으로서 이해할 수 있는 것이다. 하지만 이 평화는 지상의 과오에 의해 오염되었으며 하나님의 본래적 의도에 의해서 그렇게 된 것은 아니다. 그러므로 아우구스티누스는 "영원한 삶"에서 같은 개념으로 설명하였다(XIX, 11).

아우구스티누스가 결론짓기를 기독교는 그 동기가 거의 대부분 전적으로 내세에 있다는 것이다. 그에 의하면, 우리가 그리스도인이 되는 것은 영원한 삶을 얻는 것이라고 한다(VI, 9). 그리스도인의 존재의 목적과 하나님을 예배하는 것은 어쨌든 "영원한 삶, 끝없는 선물, 그리고.... 하늘 도성의 사회 그 자체..."를 얻는 것이다(5/18). 우리가 살펴본 바대로, 이 영원한 삶은 다른 말로 하면 평화이다. 그리고 이 평화는 미래의 삶 안에서 오는 것이다. 아우구스티누스에 의하면, 그리스도인은 오직 하늘에서만 안전과 안식을 느낄 수 있다.

지상의 선이 겉으로 보기에는 악한 것이 아니지만, 그것은 충분히 선하지 않기 때문에 하늘은 선을 기대한다. 하나님은 우리에게 완전한 평화를 추구할 수 있게 하셨지만 이 세상에서의 행복의 경험은 불완전한 것이다. 지상의 평화가 불완전한 것이긴 하지만 그것은 여전히 필요한 것이다. 하나님의 도성은 지속된다. 그것은 평화를 향하여 움직이고 그것은 하나님의 영원한 평화이다. 하나님의 도성은 완전한 것이고, 그 온전한 사회에서는 서로가 하나님 안에서 하나님과 함께 즐길 수 있다는 것이다.[24]

아무튼 하나님의 도성(The City of God)에서 아우구스티누스의 최상의 공헌은 평화이다. 그리고 시민 사회의 목표는 조화와 평화이다. 그것은 사랑과 행복, 미래와 현재 사이에 관계되어 있다. 즉 그것은 지상의 도성과 하나님의 도성이다.

2. 루터의 두 왕국

(1) 루터의 변증법적 접근

변증법적 방법처럼, 마르틴 루터의 사상에는 변증법적 특성이 존재하는데, 그것은 보이는 교회와 보이지 않는 교회, 신앙과 노동, 영과 육, 율법과 복음, 그리고 천상의 왕국과 지상의 왕국 같은 것들이다. 그것들은 의미 있는 통일성 안에서 반대되는 의미에로 나아간다. 루터는 다음과 같이 말한다. 우리는 다른 것 없이 하나를 가질 수 없다. 그는 또한 하늘이 땅으로부터 나눠진 것처럼 그것들이 서로 나뉘어져 있다고 말한다.

루터의 변증법적 이미지의 열쇠 가운데 하나는 그의 두 왕국

---

24) Battenhouse, ed., A Comparison to the Study of St. Augustine, p. 273. Also, Barry, Christian Ethics and Secular Society, p. 124.

교리이며, 그는 교회와 국가의 관계를 해석함에 있어서 기독교 윤리의 차원에서 적절하게 논의하고 있다. 루터는 때때로 보이지 않는 하나님의 보이지 않는 왕국에 대해 말하는데, 그 이유는 하나님의 숨겨진 의지에 관심을 갖기 때문이다. 그러므로 그것은 보는 것보다는 듣는 것, 노동보다는 신앙, 율법보다는 복음에 관계되어 있다.[25]

하지만 두 왕국 사이의 관계성은 일치의 관계성으로서 이해할 수 있을 것이다. 하늘과 땅, 영원과 시간, 영과 육은 함께 정돈되어 있으며, 하나님의 의지에 의해 관련되어 있으며, 그들은 서로에게 말하고 서로에게 질문한다. 다음과 같은 이유에서이다. 즉, 하나님과 피조물 사이의 관계성은 일치의 관계성의 본질 안에서 이해되어진다. 그리스도는 첫 번째의 머리이며 두 왕국의 핵심이다.

두 왕국 개념의 의미는 루터가 변증법적으로 다룬 그의 갈라디아서 3:23의 주석에서 율법-복음과 육-영의 비교에 의해 명백하게 나타나고 있다. 그것들은 그리스도인의 삶에서 변증법적 관계를 지니고 있다. 그리스도인은 세상에서 분리되어 순수한 한 공동체에서만 살 수 없다. 그는 두 왕국의 시민이다. 다음의 두 장에서 우리는 루터의 두 왕국 사상과 두 왕국 안에서 그리스도인의 삶에 대해서 논할 것이다.

(2) 두 왕국 사이의 차이

루터는 그의 논문, Von Weltlicher Obliqkeit(1523)에서 아담의 후손은 두 그룹에 속한다고 진술하고 있다. 그들은 하나님의 왕국에 속하고 동시에 세상의 왕국에 속한다. 하나님의 왕국에 속한 자들은 그리스도를 믿는 모든 참 신자로서 그의 아래 살며, 하나님의 왕

---

[25] T. F. Torrance, Kingdom and Church (Fair Lawn, N. J.: Essential Books, 1986), pp. 22-23.

국에서 그리스도가 왕이며 주가 되신다. 루터는 말하고 있다:

> ...우리는 아담의 후손과 모든 인류를 두 계층으로 나누
> 어야만 한다. 첫째는 하나님의 왕국에 속하고, 두 번째는
> 세상의 왕국에 속한다. 하나님의 왕국에 속한 자들은
> 그리스도 안에서 그리고 그리스도 아래서 참된 신자들이다....
> 그리스도인이 아닌 모든 사람은 세상 왕국에 속해 있고
> 법아래 있다....

이러한 이유로, 하나님은 두 정부를 제정하셨다. 즉, 영적 정부는 성령에 의해서 그리스도인과 그리스도 아래서 의로운 자들을 만들어 낸다. 세속정부는 비 그리스도인들의 생을 유지하며 악하다. 그렇기에
그들은 여전히 의무를 지켜야 하고 외면적 평화를 유지한다.....26)

  인류가 이 세상의 왕국에 속해 있는 한, 그것은 법아래 있는 것이다. 법은 세속 정부 안에서 나타난다. 비록 루터가 법의 두 가지 의미를 사용했을 지라도 - 그리스도 안에서 교사로서 법은 인간을 회개로 이끈다. 그리고 시민 규칙의 근거로서 법은 인간의 행위를 제어한다. 가령 모든 사람이 그리스도인이라면, 세속 정부는 필요하지 않을 것이다.

  영적 왕국 외에 하나님은 세속 권위의 왕국을 세우셨다. 이들은 이 세상에서 사람들 가운데 악으로 존재하기 때문이다. 하나님은 검 아래 악의 세계를 세우셨다. 그것은 야만의 세상에서 속박과 구속으로 인간을 억제할 것이다. 그것은 저지하는 힘과 불의의 권위를 세운다. 그것은 평화와 질서를 유지한다. 영적 왕국에서 그리스도인을 만드는 것이 그의 목적이며 그리스도 안에서 그를 신성하게 하는 것

---

26) Martin Luther, LW 45, 88-92 그리고 WA 11, 249.

이다. 그것은 그가 말씀과 함께 사용하는 것이다. 세속 왕국에서 그의 목적은 세상의 정의와 평화를 유지하는 것이다. 여기에서 그가 사용하는 독특한 도구는 칼을 사용하는 힘이다.

토런스(Torrance)가 지적한 세속 왕국으로부터 구별되는 영적 왕국의 포인트는 다음과 같다: (1)영적 왕국은 그 끝이 다르다는 것이다. 우리가 알고 있는 것처럼 지상의 삶은 종말에 이르고, 죽음과 죄와 모든 부패를 넘어 새로운 존재로 들어간다. 영적 왕국은 본질적으로 종말론적 표현인데, 이것은 현 죄악된 세상을 새롭게 하시려는 하나님의 목적인 것이다; (2)그것은 영적인데, 이 세상에서 효능이 다른 의미로 보여 지고 있다. 즉, 하나님의 말씀과 하나님의 영 혹은 하나님의 영의 검은 정부에 의해 고용된 철의 검에 비하여 다르다는 것이다.[27] 하나님의 영적 정부는 교회의 개념과 밀접하게 연관되어 있지만 그것과 동일한 것은 아니다. 하늘의 차원에서, 영적 교회는 하나님의 영적 정부와 일치하지만, 지상 교회의 세속적 제도는 하나님의 세계 정부의 일면으로 존재한다는 것이다.

영적 정부는 은혜의 왕국이다. 하나님의 은혜는 그리스도 안에서 현존하며, 이 왕국은 그리스도의 왕국이며, 그가 이 왕국의 왕이다. 그리스도는 그의 정부에서 죄와 죽음에 매여 있는 인간에게 은혜와 복음을 가져옴으로써 작용한다. 이 은혜는 죄의 용서와 함께 하나님의 자녀들의 자유를 포함하고 있다. 즉, 율법의 책망에서 자유, 하나님의 진노로부터의 자유, 창조 전 이 세상과 모든 운명의 힘으로부터의 자유이다. 그리스도의 정부는 선포된 하나님의 말씀, 성례전, 세례 안에서 기독교를 통하여 인간에게 죄의 용서를 가져오는 방법이다. 이 세 가지는 이 세상에서 진정한 영적 교회의 출현을 인식하게

---

27) Torrance, <u>Kingdom and Church</u>, p. 25. Obrigkeit, 독일어로 정부(government)를 의미한다.

하는 표시들이다. 이 표시들을 통하여 성령은 사역한다. 이 사건이 발생할 때 하나님의 왕국은 사람들에게 힘차게 나타난다.

　세속 왕국은 하나님과 인간을 위하여 무엇을 성취해야 하는가에 있어서 더 이상의 의미가 없다. 세속 왕국은 단지 지상적 삶에 봉사하고 이 세상의 삶과 함께 사라지는 것이다. 하나님은 그의 왼손으로 세속 정부를 다스리신다. 그것은 그가 그의 오른 손으로 다스리는 영적 정부와 비교해서 정말로 중요한 것이 아니다. 그리스도의 왕국 안에서의 규칙은 그의 모든 백성들과 관계를 맺고 있으며, 그들은 하나님 앞에서 하나이며 같다. 그리스도의 왕국 안에서 사랑은 그리스도의 명령이며 모범이며 규칙이다. 세속 왕국에서 정의와 힘의 법칙은 단지 법과 정의를 보존하는 힘이다.[28]

　그리스도의 왕국에서 모든 것은 자발적이며 용서 안에서 구성되는 반면에, 세속 정부는 보복과 징벌을 시행한다. 다시 말하면, 세속 정부는 검과 이성에 의해 다스려지는 반면에, 영적 정부는 말씀에 의해 다스려 진다; 그리스도는 그의 영을 통하여 그의 복음과 함께 하는 인격적 다스림이다. 세속 정부에서 어떤 사무의 완수를 위하여 결정을 할 때에 그는 그리스도에게 충고를 들으러 갈 필요는 없지만 지상의 법에는 따라야 한다.[29] 이런 경우에 긍정적인 법들은 이성의 기초 위에서 시험되어지며, 법은 정의의 기초로서 이성과 더불어 존재한다.

　루터는 두 왕국이 하나님에 의해 똑같이 세워졌다고 주장한다. 비록 세속 정부가 죄의 결과로 존재할지라도 그것은 하나님 자신의

---

28) Paul Althaus, The Ethics of Martin Luther, trans. by Robert C. Shultz (Philadelphia: Fortress Press, 1982), pp. 56-58.
29) WA 32, 391; LW 21, 110. 루터는 모든 이성은 자연법과 함께 채워져 있으며; 그리스도의 법은 사랑의 법외에 아무것도 아니라고 말하고 있다.

사역이며 제도이다. 그리스도는 이 세속 왕국에 참여하지 않지만 하나님은 그것을 만드셨다. 이것이 하나님의 왕국인 것은 분명하지만 그리스도의 왕국은 아니다. 그리스도는 단지 영적 왕국에만 관계되어 있다. 그러므로 루터는 하나님의 행동과 그리스도의 행동을 구별하였다.

하나님은 모든 삶의 형태를 명령하신다. 땅의 왕국과 하늘의 왕국, 보이는 왕국과 보이지 않는 왕국 모두의 삶의 형태를 명령하신다. 그는 두 왕국 안에서 우리를 만난다. 복음과 함께 영적인 방법으로, 법과 함께 세속적인 방법 안에서 우리를 만난다. 그러나 그의 의지는 율법과 복음 안에서 우리를 분명하게 만든다. 두 왕국은 다른 두 이유 때문에 하나님에 의해 직접적으로 세워졌고 나란히 존재한다. 환언하면, 두 왕국은 하나님이시며, 주이신 그 분 안에서 서로 관계되어 있고 서로에게 속해 있다. 그러므로 두 왕국은 두 개의 나누어진 법을 소유함에 의해 구별되는 것이다. 죄 된 세상에서 하나님을 만나는 두 개의 다른 방법이 있다: 첫 번째는 성령에 의해 주어진 복음과 함께이고, 두 번째는 죄의 결과에 의해 외부적으로 제어하는 율법과 함께이다.[30]

본회퍼는 루터가 교회의 진정한 통일과 완전한 관계가 있다고 주장하였다. 그러나 성서의 말씀은 다음과 같은 결론을 말하고 있다. 교회의 일치는 어떤 정치적 힘에 의지하는 것이 아니라 그리스도께서 사신 것처럼, 그의 말씀과 성례전으로서 예수 그리스도에게 의지하는 것이다. 검은 결코 신앙과 교회의 연합을 가져올 수 없다. 교회 안에서 그리스도는 검에 의해 다스리는 것이 아니라 그의 말씀에 의해서이다. 두 왕국의 주인은 하나님이시며 그리스도 안에서 그것은

---

30) Gerhard Ebeling, <u>Luther</u>, trans. by R. A. Wilson (Philadelphia: Fortress Press, 1970), pp. 185-189.

명백한 것이다. 그는 말씀과 검의 역할을 통해 세상을 다스리신다.31)

요약하면, 루터의 두 왕국 이론은 양자가 날카롭게 구별된다. 하나님의 왕국과 세상의 왕국, 영적 왕국과 세속적 왕국, 하늘의 정부와 땅의 정부. 그것의 의미는 법의 왕국과 복음의 왕국이 나누어지는 것도 아니고, 같은 것도 아니다. 두 왕국은 상호 조화 안에서 공존하며, 인류 안에서 삼위일체 하나님의 창조와 구속적 행위 안에서 완전하게 표현됨으로서 함께 질서가 지워지는 것이다. 그러나 루터에게 있어서 하나님은 두 왕국의 주인일 뿐 아니라 율법과 복음이라는 다른 수단에 의해 각각을 다스린다.

(3) 두 왕국 안에서의 그리스도인의 삶

두 왕국에 대해서 말한다면, 루터가 묘사한 대로 교회와 정부의 두 영역인데, 그것은 선포와 율법이며, 동시에 그리스도인의 생활 안에서 두 관계를 세우는 것이다. 모든 그리스도인은 세계 시민의 한 부류이다, 적어도 그가 세계에서 육체와 상품의 대상인 한에서 그렇다. 그러나 그의 인격은 그리스도인의 생활 안에 있으며, 그는 전적으로 그리스도 아래 홀로 있는 것이다. 그러므로 루터의 표현을 빌리면, 모든 그리스도인은 어떻게 두 왕국 안에 존재해야만 하는가와 또한 하나님의 영적 정부와 그의 세속 정부 사이에 어떻게 존재해야 하는 가이다.

그리스도인은 존재의 두 영역을 지니고 있다. 이중의 역할 안에서 두 시민권자로서의 기능과 그가 살고 있는 두 영역에서 다양한 방식들로 살아간다. 따라서 인간은 하나님의 두 정부의 지배를 받는

---

31) Dietrich Bonhoeffer, Ethics, ed. by Eberhard Bethge (New York: The MacMillan Company, 1972), pp. 94-96. 본회퍼는 두 영역을 주장하였다: 두 왕국 대신에 거룩한 것과 세속적인 것, 영적인 것과 세속적인 것.

다. 그리스도인들에게 있어서 이들 두 영역은 그들이 살아가는 데 있어서 두 개의 실제적이고 분명한 삶으로 나누어 놓는 것이다; 그러나 이들 왕국들은 그리스도인의 존재가 나누어지는 것에 있어서 단단하게 고정된 영역은 아니다. 그들은 이쪽이든 혹은 다른 쪽이든 한 쪽에서만 살 수 없다. 그러므로 그들은 두 왕국 안에서 살아야만 한다. 그들은 두 개의 시민권을 가지고 있다. 즉, 그들은 믿음을 통해 그리스도의 지배를 받고, 그들의 육체를 통해 제국의 지배를 받는다. 이것은 그들이 두 주인을 갖고 있다는 것이다. 그들은 군주와 그리스도에게 동시에 순종해야 한다. 군주는 그들의 외적 삶을 다스리고, 그리스도는 신앙과 그들의 양심 안에서 다스린다. 그리스도인으로서 그들은 이쪽 혹은 저쪽 정부의 수단을 사용하여 하나님의 의지와 명령을 수행하는데,[32] 그것은 세상과 함께 하는 것이다. 이것은 계속적으로 인간에게 새로운 양심의 결정을 요구한다.[33]

때때로 루터는 "두 개의 인격" 혹은 "역할의 두 유형"에 관해 묘사하였는데, 그것은 "그리스도인"과 "세속적 인간"의 구별하지만 그 둘은 한 사람 안에 함께 있는 것이다. 다른 곳에서 그는 "그 자신의 행위 안에서의 인격"과 "타인의 행위 안에서의 인격" 사이를 구별하였다; 또는 "개인적 인격"과 "공적 인격" 사이를 구분하였다; 삶과 행동 사이에서 "당신은 언제 영향을 받는 사람이 되는 가"와 삶과 활동 안에서 "당신은 언제 다른 그리스도인과 관계되어 있는 가" 인데, 이 삶은 타인의 삶과 연결되어있다; 또

---

32) Jacques Ellul, in his book To Will & To Do, trans. by C. Edward Hopkin (Boston: Philgrim Press, 1969), 하나님의 의지는 선하고, 그 선은 하나님의 결정을 수용하며 하나님의 의지를 추구하는데 이것이 그리스도인의 삶의 방식이다라는 것을 논쟁하였다.
33) WA 39, 81; Althaus, The Ethics of Martin Luther, pp. 53, 61; also Bornkamm, Luther's Doctrine of the Two Kingdom, pp. 8-9.

는 "인격"과 "역할" 사이에서이다. 이들 두 영역에서 그리스도인의 인격과 함께 하나는 꽤 구별되고 심지어는 정 반대되는 것을 해야 한다. 그것이 실제로 두 인격을 가지고 있어도, 하나는 이쪽을 다른 하나는 저쪽에서, 그리스도인은 한쪽에서는 이것을 해야 하지만, 다른 쪽에서 그는 그것을 해서는 안 된다. 루터는 여기에서 사회적인 인격으로서 그리스도인의 행위와 그리스도인과 그들의 돌봄을 위임한 그/그녀의 행위 안에서, 사역의 완성된 책임 안에서 그/그녀가 무엇을 행하여야 하는가에 대한 날카로운 반대를 세웠다. 그리스도인으로서 그들은 그들의 이웃을 섬기는 것 외에 다른 것을 찾을 수 없다. 비록 그들의 이웃이 원수일지라도 말이다.[34]

그러므로 완전하게 다른 삶의 두 영역 안에서 태도와 행위들은 비교할 수 있는 것이다. 개인적 그리스도인의 인격적 통합과 그의 윤리성의 명백한 특성은 이중 도덕의 의식 안에서나 윤리적인 이원론 안에서 개인적 도덕성과 공적인 도덕성은 파괴되지 않는다.

그리스도인의 구별된 행위 안에서, 그는 사적 인격이나, 공적 인격으로서 행동하는 것으로 사랑 자체의 행동을 만드는 것이다. 그리스도인은 언제든지 다른 사람을 섬길 수 있는 가능한 기회를 가져야만 한다. 그러한 봉사를 실제로 행하는데 어떤 형태의 문제도 없다. 그들은 어떤 개개의 봉사에 대해 이기적으로 자문하지 않으며, 그것은 세계의 눈이나 그들에게 개인적으로 매력적이니 중요한 것이긴 하지만, 단지 그것이 왜 필요한 것인가가 중요한 것이다. 여기에는 특별한 은혜가 필요하며, 그것은 하나님의 영에 의해 순수한 마음의 동기의 은혜가 필요하다.[35]

그러므로 루터는 계속해서 우리 자신의 인격의 관심과 타인에

---

34) Althaus, *the* Ethics of Martin Luther, pp. 68-69.
35) WA 11, 261; LW 45, 104.

대한 우리의 봉사의 관심 사이의 기본적인 구별을 말한다. 하나님에 대한 순종과 인간의 정부에 대한 순종 사이의 근본적인 충돌은 없다. 하나님은 또한 그가 세우신 정부를 통하여 우리에게 그의 명령을 주신다. 인간이 하나님에게 순종해야만 하는 의무는 지상적 권위에 순종하는 의무까지 확장되어진다. 루터는 이 세상의 질서 안에 우리의 삶과 매우 밀접한 관계를 지닌 것으로서 복음이 말하는 사랑의 계명을 중시한다. 루터는 결론적으로 다음과 같이 말한다.

> 이 두 제안의 방식 안에서 서로의 조화를 가져 온다. 즉,
> 동시에 내적으로 하나님의 왕국에 만족하고, 외적으로
> 세상의 왕국에 만족한다....[36]

루터에게 있어서 사랑은 세상을 다루는 하나님의 쥠쇠이며 세속적 일로서 영적으로 그리스도인의 책임에 부합되는 것이다. 영적 정부와 세속 정부안에서 사랑의 두 가지 행동은 일(노동)에서 하나이며 같은 사랑이다. 보른캄(Bornkamn)이 지적한 것처럼 내용에 있어서 두 활동이 다른데, 한쪽에서는 정의의 보호와 방어이며, 다른 한편에서는 희생과 고난이다. 사랑은 양쪽 모두를 에워싼다. 왜냐하면 사랑은 하나님의 질서이며, 또한 비 그리스도인을 통하여 그의 정의를 다스리는 하나님의 실재로 이해되어지기 때문이다. 게다가 루터에게 있어서 사랑의 계명은 그리스도인에게 뿐만 아니라 우주적, 자연적 계명이다.[37]

두 왕국의 교리는 두 왕국 안에서 그리스도인의 상황을 묘사하는 것 외에 아무것도 아니다. 루터에 의하면 신앙과 삶은 나눌 수 없

---

36) Ibid., pp. 70, 75-78; WA 11, 255; LW 45, 96. 루터에게 있어서 도덕적 물음은 "무엇"에 관한 것 이 아니라 우리의 행동에 있어서 "어떻게"에 관한 것이다.
37) Bornkamm, Luther's Doctrine of the Two Kingdoms, p. 33; LW 31, 367, 371.

는 것이다. 그리스도 안에서 신앙은 그의 이웃을 자유롭게 섬기는 것이다. 그리스도인은 신앙 안에서 언제든지 그의 행동의 새로운 결정을 할 수 있다. 그러므로 루터에게 있어 그리스도인의 인격은 순종과 봉사의 자유가 주어진 것이지, 의무와 긍정적 책임으로부터 자유는 아닌 것이다.

    루터에게 있어 신앙은 중심적인 것이다. 왜냐하면, 신앙에 의해 인격의 내적 존재가 바로 세워지고, 그래서 그의 삶의 열매는 선한 것이 되기 때문이다. 행동하는 것과 마찬가지로 마음이 올바르게 되는 것을 신앙이 보증한다. 신앙은 또한 하나님의 완전한 선물이다. 하나님 안에서 신앙의 선물은 복음을 통하여 직접적으로 주어진 것이다. 이것은 그것을 위해 준비된 자에 의해 받게 되는 것이다. 이제 그리스도인의 삶은 날마다 이 은혜를 받아들이고, 감사의 일을 통하여 표현되고 이웃 사랑에서 나타나는 것이다.38)

    두 왕국 이론은 우리에게 양심에 집중하게 하고, 그것에 의하여 낯선 두 가지의 진리를 접하게 하였다. 양심 때문에 두 왕국 사이의 구별을 만들었다. 그러나 다시 양심 때문에 그것들은 또한 겹치거나 일치하는 분명한 구분을 하게 되었다. 세상에서 그리스도인과 인간으로서의 인간의 인격이 다루어지는 것은 두 왕국 안에서 일치하지만 여전히 구분되어 남아 있다. 그러므로 루터는 행위의 결과와 비교하여 선한 동기를 강조한다. 따라서 루터는 내적 속박을 가지고 있는 것이다. 루터의 주된 윤리적 관점은 인격적 자유이다.

---

38) 루터에게 있어서, 하나님의 은혜는 그의 전적인 호의인 반면에, 신앙과 정의는 그의 부분적 은사이다. 여기서 우리는 몇몇 신학자들의 신앙의 개념을 비교하고자 한다. 아우구스티누스는 신앙=신뢰하는 것+이해하는 것+믿는 것이다. 틸리히에게 있어서 신앙은 궁극적 관심이거나 무한한 열정이며, 궁극적 관심에 의한 존재 진술의 이해이며, 용기의 기초이다. 바르트에 있어서 신앙은 인간에 의한 하나님 말씀의 이해, 신뢰, 순종, 결정, 응답, 그리고 하나님과의 만남을 의미한다.

루터의 두 개의 정의에 대한 고전적 진술은 갈라디아서 강해 (1531)에서 발견된다. 여기에서 루터는 바울의 목적인 두 정의 사이의 근본적 대립을 요약한다. 그는 우리가 그리스도인의 의와 다른 모든 의 사이의 차이에 대한 완전한 지식을 가지고 있다고 말한다. 그리스도인의 의는 단지 소극적이다. 그것은 우리가 간단하게 말할 수 있는데, 그것은 우리 자신의 행위에 의해서가 아니라 타인의 고통에 의해서이다. 다시 말하면, 다른 사람이 모든 행동을 하는 동안에 우리 안에서 하나님이 행하신 것이다. 그러므로 두 의는 절대적으로 대조되는 것이다; 동시에 각자는 그들 영역에서 절대적인 주장을 하는 것이다.39) 그리스도인과 인간의 의 사이의 엄격한 구분에도 불구하고, 루터는 신앙의 의와 노동의 의가 같은 하나의 정의에 속한다는 것을 선언하였다. 다시 말하면, 루터는 양자가 하나님의 단일한 의지에 전적으로 의존해 있기 때문에 두 개의 의의 통합을 확증하였다.

요약하면, 모든 그리스도인은 동시에 두 왕국 안에 살고 있다. 하나님의 왕국 안에 있는 한 인간은 의롭다. 세상 왕국에 있는 한 그는 죄에 있다. 루터의 두 왕국 교리는 삼차원적이다: (1)그 관계는 교회와 국가의 관계이다; (2) 그 관계는 영적인 것과 세속적인 것, 하나님의 왕국과 세상의 왕국이다; (3) 그리스도인의 행동은 그 자신의 행동과 타인의 행동이라는 것이다. 이러한 차원 안에서 우리는 몇몇 공통적인 국면을 발견할 수 있다. 그것은 복음과 율법, 사랑 그리고 신앙의 관계이다. 여기에 신앙과 사랑, 그리스도 안에 있는 하나님의 의 그리고 그것들의 열매에 대한 그의 강조를 볼 수 있다. 이것이 하나님의 은혜이며 그의 법칙이다. 즉, 자유의 복음은 인간의 영원한 구원(오직 믿음에 의해)에 있어 본질적인 것이며, 그의 이웃에

---

39) Cranz, An Essay on the Development of Luther's Thought on Justice, Law, and Society, pp. 91-93.

게는 현재적인 봉사이다(사랑 안에서 신앙의 행위에 의해).

3. 아우구스티누스와 루터의 두 왕국 비교

이제 우리는 여러 가지 면에서 아우구스티누스와 루터를 비교하게 되는데, 그것은 아래와 같이 유사성과 차이를 가지고 있다. 첫째로, 아우구스티누스와 루터는 바울의 종말론적 이원론의 바탕에서 시작하고 있다. 그리고 플라톤주의의 철학적 이원론의 영향을 받았다. 그러므로 그들은 두 영역으로부터 조화의 방법을 찾으려고 시도하였다. 아우구스티누스에게 있어서 평화와 조화가 목표였다. 목표를 수행하기 위하여 사랑과 선이 요구되었다. 루터에게 있어서 구원(의)이 목표였다. 이것은 사랑과 믿음에 의해 완성되었다.

두 번째로, 본질적인 면에서 루터의 임무는 아우구스티누스의 "하나님의 도성"에서 주장되어진 시민의 신학적 통일과 종교적 권위를 다시 세우는 것이었다. 루터의 형식적 독특성은 성서적-철학적 종합의 어떤 종류의 조건 없는 거부 안에 놓여 있다. 그리고 그의 인간 경험의 전체성의 명백한 상호 관련성은 그 분의 말씀의 검의 두 끝으로서 복음과 율법에 의한 하나님의 인류에 대한 다스림의 명백한 성서적 범주 안에 두는 것이다. 궁극적으로 루터의 두 왕국 교리는 아담 그리스도 안에서 신약의 종말론적 개념의 두 세대에 근거한 것으로 보여 진다.[40]

---

40) 루터의 성서적 기초는 다음과 같다: 예수의 산상수훈의 진술과 로마서 13장 그리고 베드로 전서 2:13-14에 나타난 것으로 그것은 우리에게 권위에 복종할 것을 훈계하고 있다. 게다가 그것은 구약의 진술로서 창세기 9:6과 출애굽기 21:14, 22ff에 의하면 "검"에 의해 조직되고 세워진 것으로, 죽음의 형벌을 포함하고 있다. 반면에 하나님의 도성의 이상은 시편 87:3에 의해 그에게 서술적으로 제안되었다. 그것은 예루살렘의 거

세 번째로, 루터의 두 왕국 교리는 아우구스티누스와 같이 윤리적으로 다루어진 것은 아니지만, 교의학적으로 다루어졌다. 아우구스티누스는 그가 윤리학의 분야를 어떻게 이해하였는가를 설명하고 있다. 그것은 인간의 모든 행위와 관련된 최고의 선을 다루는 것이다.
그것은 우리가 추구하는 것으로서 선이며, 그 밖의 어떤 것은 아니기 때문이다. 우리를 행복하게 만드는 미래가 없어진 것도 아니다. 사실상 이것은 우리가 왜 인생의 목적인가라고 부르는 것이다....41)

아우구스티누스와 루터의 두 왕국 이론은 산상 수훈의 이해와 관계되어 있다. 그것은 이 세상의 근원의 한 복판에서 그리스도인의 삶의 타당성과 관련되어 있다. 아우구스티누스의 사상은 루터의 사상보다 더 금욕적으로 방향 지어져 있다. 그는 완전과 불완전 사이의 차이를 그리고 있으나 루터는 윤리적으로 그것을 인식하지 못하였다. 아우구스티누스에게 있어서 이 차이는 산상 수훈의 문제를 해결하는 것이었으나, 루터에게 있어서 이것은 두 왕국 교리를 형성하는데 결정적인 힘이었다.

네 번째로, 아우구스티누스의 두 도성 사상은 일차원적이다. 그는 성과 속의 관계 혹은 그가 사용한대로 하늘과 땅의 근본적인 관계성에만 관련되어 있었다. 반면에 루터에게 있어서 그것은 삼차원적이다. 교회와 국가에 대한 물음은 실제적으로 아우구스티누스와 같지 않았다. 루터에게 있어서, 두 도성의 예는 전형적인 것이었다. 아우구스티누스는 교회와 국가의 문제에 주목하였는데, 그것은 순수한 상황을 묘사하는 것이었다. 그는 그의 위대한 계획을 적용하지 않았다.

록한 도성을 지칭하는 것이다. 하지만 하나님의 도성이라는 용어는 성서로부터 차용한 것이다.
41) Augustine, City of God, VIII, 8.

물론 아우구스티누스의 두 도성이 루터의 두 왕국의 모형이 된 것은 분명하다. 두 도성 사이의 경계는 엄밀하고 무조건적인 것이다. 루터에게 있어서 그러하다; 그러나 동시에 그것은 불가시적이고 확고하게 정의할 수도 없는 것이다. 두 도성은 두 개의 사회학적 연합(국가와 교회)은 아니지만, 개인들의 무형적인 공동체이다.[42]

하지만 이들 두 도성은 함께 울타리 안에 있을 수 없는 원리적으로 두 종류의 사람이 있다: 하나는 인간을 따라 사는 것이다; 다른 하나는, 하나님을 따라 사는 것이다. 거기에는 두 사회가 있다. 하나는 하나님에 의해 다스림을 받고 다른 하나는 마지막 심판 때 사탄과 함께 벌을 받는다. 반면에 루터에게 있어서 두 왕국은 하나의 인격이다. 물론 그리스도인은 두 왕국 안에 살고 있다. 다시 말하면, 모든 그리스도인은 두 왕국 안에 존재하는데 그것은 하나님의 영적 정부와 세속 정부안에 있는 것이다. 그러므로 그는 적어도 육체 안에서와 세상의 선의 주체 안에서 사는 것이다.

다섯 번째로, 아우구스티누스에게 있어서 참 하나님의 도성은 아직 존재하지 않는다. 그것은 여전히 "위에" 있는 것이며 시민들은 진리 안에서 부활한 자들을 함께 모을 때까지 순례자이다. 그러나 루터에게 있어서 두 왕국의 현존은 "지금"이다.

여섯 번째로, 아우구스티누스의 두 도성은 의지에 의해 나누어져 있으나 그것들은 혼합되어 있고 구별은 숨겨져 있고, 세상의 끝은 분명하게 두 개로 분명하게 구별되어 있는데, 그것은 비록 태초에 우주가 하나로 시작되었을지라도 그러하다. 반면에 루터에게 있어서, 두 왕국은 연합되어 있다. 다른 말로 하면, 루터의 두 왕국이론은 서로 분리되어 있지만, 루터는 그의 구속사 안에서 두 왕국을 통일하려

---

42) Bornkamm, <u>Luther's Doctrine of Two Kingdoms</u>, pp. 19f.

고 시도하였다. 왜냐하면 하나님이 두 왕국의 주이시며, 두 왕국은 조화로운 교통 안에서 공존하기 때문이다.

 일곱 번째로, 역사적 개관에서 아우구스티누스와 루터는 섞여 있으며, 가인과 아벨까지 거슬러 올라간다. 그러나 아우구스티누스와 루터 사이의 구별은 변화된 역사의 상황에 놓여 있지 않지만, 그것은 강조의 변화에 있는 것이다. 아우구스티누스의 두 도성의 사상은 두 영역 이론으로서 제도적이고 조직화된 미래의 중세적 종합에 위대한 영향을 끼쳤다. 아우구스티누스의 적대자는 지상 도성의 고전적 화신인 이교도 로마 제국이다; 반면에 루터에게 있어서, 그것은 교회의 형태 안에서 지상적 하나님의 도성의 결과인 두 도성의 중세적 혼동이다. 그것은 법적이고 강제적인 제도와 교회에 봉사하고 이교도를 박해하는 의무를 지닌 국가의 형태로 되어 있다. 결과적으로 루터는 그리스도인들로 하여금 정치권력을 행사하는데 있어서 정확한 기조와 한계뿐만 아니라, 하나님의 진실 되고 비강제적인 왕국의 순수성을 확립하는데 전념하고 있다.[43]

 여덟 번째, 아우구스티누스는 루터처럼 국가를 평화의 보호자로 찬양한다. 그리고 평화는 하나님의 왕국을 확장시키는데 실질적인 도움이 된다. 그렇지만 그는 실제로 국가를 하나님의 구원 의지 안에 포함시키지 않는다. 반면에 루터가 세속 정부안에서의 하나님의 활동으로 묘사하는 것에 해당되는 부분은 아우구스티누스에게는 거의 없다. 물론, 국가가 보호하는 자유와 정의는 하나님의 선물이다. 이 하나님의 선물은 태초부터 본성에 심겨져 있는 것이다; 국가의 권력은 그 근원을 하나님의 섭리 안에 두고 있다. 그러므로 아우구스티누스는 이 문제에 대해 신학적으로보다는 존재론적으로 말한다.

---

43) Ibid., p. 21, 24.

아홉 번째로, 아우구스티누스에게 있어서, 지배자와 피지배자의 차이는 죄의 사실에 기초해 있는 것이었다. 루터에게 있어서 지상의 삶은 몇몇의 상급자들과 다른 종속적인 것들의 관계성이 요구되어지는데, 몇몇은 명령을 내리고 다른 것들은 복종하며, 이들 관계성은 좁은 의식 안에서 정치적 삶을 전혀 제한하지 않는다. 그러므로 루터가 이해한 모든 것들은 세속정부로서 죄의 지배에 선행하는 근거를 가지고 있으며, 그것은 이러한 지상적 삶에 기초적으로 필요한 것들이다. 루터와 아우구스티누스 모두는 인간이 자연적 경계의 질서 안에서 선택의 자유를 가지고 있는 것을 지지한다.[44]

마지막으로, 신앙과 사랑의 관계성에 관하여, 아우구스티누스는 누구든지 최고선(summum bonum)에 참여하는 것보다 자신을 사랑하는 것이 더 큰 만족이 될 수 없으며, 자신을 사랑하는 것은 하나님을 향한 사랑에 기초하고 있다는 것을 가정하고 있다. 이 목표는 하나님의 사랑을 통하여 성취된다. 왜냐하면 그것은 우리가 최고선으로서 그를 즐길 수 있기 때문이다. 반면에 루터 또한 "bonum"이라는 용어를 하나님에게 적용한다. 그는 계명의 성취를 신앙 안에서 보았다. 하나님의 선은 루터가 보는 것처럼, 하나님에 속한 성품이 아니며 스스로 인간을 향한 그의 태도이며, 그의 선은 인간을 위한 것이다. 인간을 향한 선의 존재는 그의 사랑이다. 하지만 종말론적으로 말하면, 아우구스티누스와 루터의 사상은 기대와 미래이다; 그리고 교회학적으로 윤리학적으로 말하면, 그들의 신앙은 실재이며 현재이다.

---

44) Althaus, The Ethics of Martin Luther, p. 48.

IV. 웨슬리의 경제윤리

존 웨슬리(John Wesley, 1703-1791)는 18세기가 낳은 위대한 인물이다. 그는 영국의 부패한 사회와 타락한 영국교회를 대상으로 새로운 신앙운동과 사회변혁을 일으켰고, 불타는 열정과 불굴의 투지로 전 세계를 선교 대상으로 삼아 신앙 부흥운동을 실현시킨 사람이다. 웨슬리의 설교와 저서 그리고 그의 삶 자체의 초점은 '개인구원'과 '사회구원'이었으며, 그리스도인 신앙의 실천적이고 윤리적인 차원이었다. 다시 말하면, 그의 신학과 삶의 강조점은 하나님에 대한 사랑과 이웃에 대한 완전한 사랑이다. 그리고 그러한 사랑의 실천의 종착역은 "거룩한 삶의 실천"이고, 이것이 곧 웨슬리가 말하는 "그리스도인의 완전"이다.

여기에서 우리는 그가 지향했던 "거룩한 삶의 실천"의 길로써 그가 보여 주었던 청기지 사명과 돈의 사용에 대하여, 그리고 가난한 사람들에 대한 사명에 대하여 집중적으로 살펴 볼 것이다. 따라서 다음과 같은 웨슬리의 설교들을 조명하려 한다. 그 설교문은 "선한 청지기"(The Good Steward), "돈의 사용"(The Use of Money), "부의 위험"(The Danger of Riches), 그리고 "부 축적의 위험에 대하여"(On the Danger of Increasing Riches) 등이다.

1. 선한 청지기의 사명

웨슬리는 그의 "선한 청지기"(1768)라는 설교에서 강조하기를 우리의 생명이 하나님으로부터 온 것과 같이, 우리의 재물과 다른 모든 것이 하나님으로부터 위탁 받았기 때문에 우리는 하나님의 청지기라는 것이다. 그렇다면 하나님의 청지기 곧 관리인으로서의 책임과 기능과 제한성은 무엇인가?

먼저, 웨슬리는 우리가 어떤 점에서 하나님의 청지기인가를 말한다. 인간이 하나님과의 관계에서 몇 가지로 표현되어 지고 있는데, 그들은 "죄인"이나 "타락한 피조물" 또는 "빚진 자"나 "종" 등의 명칭이다. 그러나 가장 잘 묘사된 것은 "청지기"라는 것이다. 그런데 청지기는 자기에게 맡겨진 것을 마음대로 사용하거나 처리해서는 안 되고, 주인의 뜻대로 따라야 한다. 그 이유는 청지기에게 맡겨진 것은 자신의 소유가 아니고, 주인의 소유이며, 다만 청지기는 위탁을 받은 관리인이기 때문이다.

> … 청지기는 그의 손에 맡겨진 것을 그가 원하는 대로 사용할 자유가 없고, 그의 주인이 원하는 대로 사용해야 합니다. 그는 그의 손에 있는 어느 것도 자기 마음대로 처리할 권리가 없고, 다만 그의 주인의 뜻을 따라야 합니다.[1]

청지기는 우리에게 맡겨진 것들을 하나님이 기뻐하시는 뜻에 따라 사용하는 것이 청지기의 마땅한 도리라는 것이다. 그러면, 하나님께서 우리에게 맡기신 것들은 과연 무엇들인가? 하나님께서 청지기에게

---

1) John Wesley, "The Good Steward," <u>John Wesley's Sermons</u>, edited by Albert C. Outler & Richard P. Heitzenrater (Nashville: Abingdon Press, 1991), p. 420. 이곳과 앞으로 나오는 웨슬리의 설교문을 인용하는 것은 필자의 번역이다.

위탁하신 것들은 우리의 영혼, 육체, 재산, 기억력, 상상력, 마음, 언어의 능력, 음식, 의복, 힘, 시간, 돈 등 우리가 살아가는데 필요한 모든 것이라고 한다.

이렇게 많은 것들을 우리는 위탁 받았는데, 문제는 그 위탁 기간은 길어야 우리가 이 땅에 살아 존재할 때까지이며, 우리의 몸은 흙이 되고 영은 하나님께로 되돌아 갈 때에는, 우리의 청지기 직무는 정지된다는 것이다. 그런데 그 때가 신속히 다가온다고 경고한다. 죽음 이후의 재물, 의복, 주택 등은 우리와 아무 상관이 없게 된다. 또한 우리의 달란트도 소멸되고, 모든 명예, 권력, 미움, 욕망 등도 사라진다고 한다. 즉, 우리의 청지기의 직무는 끝나게 되고 만다. 우리의 죽음 직후에는 단지 회계보고만이 남게 된다는 것이다. 그래서 심판의 날에는 청지기로서의 직분에 대한 계산 곧 재판을 받게 된다고 설교한다.

웨슬리가 말하는 선한 청지기의 중요한 사명은 가난한 자를 위한 청지기의 사명이다. 우리가 죽은 후에 주인과 계산을 할 때, "우리에게 맡겨진 세상적인 재물을 어떻게 사용했느냐?" 라는 질문에 직면하게 된다고 한다. 육신의 갈망을 채우기 위해서, 삶의 허영을 위해서 사용했는가? 하나님의 영광을 위해서는 얼마나 사용했는가? 자신의 가정의 생활에 필요한 것 이외에 남은 모든 것은 하나님께 되돌려드려야 하는데, 하나님께 되돌려드린다는 뜻은 곧 가난한 사람들에게 주는 것을 의미 한다고 한다. 그것은 하나님께서 가난한 사람들이 도움을 받도록 지정하셨기 때문이라는 것이다.

배고픈 자를 먹이고, 헐벗은 자를 입히고, 병든 자를 위로하고, 나그네를 도와주고, 그들이 필요한 것들에 따라 구제해

주었는가?2)

그러므로 선하고 충성스런 청지기의 사명은 먼저 우리가 가진 모든 것이 하나님의 소유라는 사실을 인식하고, 그의 뜻에 합당한 관리를 해야 하는데, 그의 뜻은 우리가족이 필요로 하는 것 이외의 모든 것은 가난한 사람들에게 베푸는 것이다. 그것은 내 가족이 필요로 하는 것 이상의 모든 것은 가난한 자들에게 속한 것이기 때문이라고 말한다.3)

2. 돈의 사용과 부의 위험

돈의 사용에 대하여 웨슬리만큼 구체적으로, 신학적으로, 윤리적으로 그리고 조직적으로 제안하고 가르치는 사람은 없을 것이다. 웨슬리는 "돈의 사용"4)이라는 설교에서 재물에 대한 충성된 청지기가 될 수 있는 세 가지 명백한 원칙을 제시한다. 그 세 가지는 "가능한 한 많이 벌어라," "가능한 한 많이 저축하라," 그리고 "가능한 한 많이 주라"이다. 대부분의 사람들은 처음 두 가지에 멈추고 세 번째의 원칙을 지키지 못한다. 다음은 웨슬리의 가장 핵심적인 경제 윤리관인 세 가지 원칙을 살펴본다.

---

2) Ibid., p. 428.
3) John Wesley, "On the Danger of Increasing Riches," The Works of John Wesley, Third Edition, Vol. VII (Grand Rapids, Michigan: Baker Book House, 1978), p. 360.
4) "돈의 사용"(1760)은 웨슬리의 경제윤리관을 가장 명백하게 요약한 설교이다. 본문은 누가복음 16:9인데, 이 본문은 웨슬리가 1741년부터 1758년까지 27회나 사용하였다.

첫째는 "가능한 한 많이 벌어라"(Gain all you can)인데, 웨슬리는 이 원칙을 통해서 우리의 직업윤리를 말한다. 가능한 한 돈을 많이 벌되, 마음이나 건강을 해치거나 생명을 해치면서까지 벌려고 발버둥을 치지는 말라고 한다. 또한 돈을 벌기 위해서 이웃이나 어떤 사람들을 상처주어서는 안된다고 한다. 돈을 벌기 위해서 다른 사람들을 속이거나 손해를 주면 되겠는가? 아무런 수단 방법을 사용해서 돈을 벌라는 것이 아니라, 건전한 직업을 통해서, 정직하고 온전한 마음으로, 그리고 부지런하게 돈을 벌라는 것이다. 게으르거나 시간을 낭비하지 말 것을 권고한다. 지연하지 말 것과 뒤로 혹은 다음 날로 미루는 일 등도 하지 말 것을 당부한다.

둘째는 "가능한 한 많이 저축하라"(Save all you can)인데, 이것은 신중성의 윤리를 묘사하는 것이다. 무의미한 낭비는 마치 바다에 값진 것을 집어 던지는 것과 같다고 말한다. 육체의 갈망을 채워 주는 일이나, 눈을 기쁘게 하기 위해서나, 폭식이나 식도락 미식주의자와 같이 사치스런 낭비는 잘라 버리라고 말한다. 즉, 웨슬리는 금욕주의적 생활로써 절약을 하여 돈 사용에 주의하라고 강조한다.

셋째는 "가능한 한 많이 주라"(Give all you can)이다. 여기에서 우리는 박애주의를 초월한 웨슬리의 진정한 하나님사랑과 이웃사랑을 발견하게 된다. 사람들이 "가능한 한 많이 벌라"와 "가능한 한 많이 저축하라"까지만 실천한다면, 그들은 '불의의 맘몬'의 친구로 전락되고 마는 것이다. 맘몬이란 돈이나 부를 의미하며, 돈을 사랑함은 모든 악의 뿌리라고 강조한다. 웨슬리는 가능한 한 많이 주어야 하는 이유를 다음과 같이 설명한다.

> 하늘과 땅의 소유자께서 당신들을 이 세상에 태어나게 하고 살도록 할 때, 그는 당신을 소유자가 아닌 청지기로 자리매김 하셨습니다. 그래서 그는 여러 가지의 사물을 당신에게 잠시 맡기셨습니다.... 당신 자신도, 당신의 몸과 영혼도 당신의 것이 아니라 하나님의 것입니다.[5]

충성스럽고 현명한 청지기가 되기를 원한다면, 주인이 맡긴 재물을 다음과 같이 관리해야 되는데, 첫째는 가정의 식구들이 필요로 하는 것 - 음식이나 의류 등, 건강과 힘을 위한 것과 집을 치리하는데 필요한 것 - 을 쓰고, 그리고 둘째로 남은 모든 돈은 주인인 하나님에게 돌려드려야 하는데, 그 대신 다른 사람들, 특히 가난한 사람들에게 주라는 것이다. 그들에게 주는 것이 곧 하나님에게 돌려 드리는 것이라고 확신한다. 남에게 주기를 아까워하지 말라고 당부한다. 진정으로 그리스도인의 신중성은 돈의 사용이라고 한다.[6]

웨슬리는 그의 설교 "부의 위험"(1781)에서 부(富, riches)의 정의를 말하는데, 부자란 우리가 생활하는데 필요한 것, 즉 충분한 식품과 입을 옷 그리고 누울 장소, 그것 이외의 것을 가진 자는 부자로 간주 된다.[7] 자신의 의식주에 필요한 것과 최소한의 생활필수품보다 더 많은 것을 소유한다면 그는 부자이고, 그런 사람들은 많은 올무와 시험에 빠진다고 경고한다. 많이 번 돈 그리고 많이 저축한 돈을 쌓아 놓는 부자들의 위험성에 대해서 강하게 충고한다.

---

5) John Wesley, "The Use of Money," John Wesley's Sermons, p. 355.
6) Ibid., p. 356.
7) John Wesley, "The Danger of Riches," John Wesley's Sermons, p. 453.

주님의 이름으로 묻는데, 부자가 되려고 갈망하는 당신은 누구입니까? 하나님 앞에서 자신의 가슴에 물어 보시지요: 당신들 중에 누가 먹을 음식보다 그리고 입을 옷보다 더 많은 것을 갖고자 정말로 갈망합니까? 멈추고 생각하시오... 당신 앞에 악이 현존하고 있습니다. 당신은 검의 칼날로 달려가렵니까? 하나님의 은혜로 회개하고 사십시오.[8]

자신의 가정에서 생활에 필요한 재물 이외의 것을 가난한 사람들에게 나누어 주지 않고, 부를 축적하는 것이 위험한 이유를 웨슬리는 여러 가지로 지적한다. 우선, 돈을 사랑하는 자는 항상 더 갖기를 갈망하며, 돈은 그들이 하나님에 대한 믿음을 갖는데 방해가 되고, 오히려 그들의 행복추구와 안목의 갈망과 육체의 갈망 그리고 명예의 갈망에 관심을 갖게 된다는 것이다. 그런데 이런 갈망은 바보 같은 갈망이고 악마와 같은 파괴적인 갈망이라고 경고한다. 또한 부자들의 위험은 자랑과 칭찬을 좋아하고, 따라서 자기의지가 강화되어 결국 인간 누구의 의지나 하나님의 뜻에도 굽힐 줄 모르는 수렁에 빠지게 된다고 지적한다.

세상의 지혜에 따른 척도는 주택을 사고 또 사며, 땅을 계속 늘리는, 즉 재물을 땅에 묻어두는 것을 행복으로 간주한다. 하나님은 이와 같은 사람들에게 "어리석은 자여! 오늘 밤에 네 영혼을 도로 찾으리니, 그러면 네 예비한 것이 뉘 것이 되겠느냐?"라고 경고하신 다는 것을 웨슬리는 상기시키고 있다.[9] 하나님의 척도는 우리가 열심히 벌고, 절약하고 열심히 저축한 재물을 욕심을 내어 땅에 묻어 두지 말고, 주인이 원하는바 대로 사용해야 타당하다고 보는데, 주인이 원하는 것은 당신이 되돌려 받는 대신에 그 재물을 가난한 사람들에게 베푸는

---

8) Ibid., p. 457.
9) Ibid., p. 458.

것이라고 한다. 이것이 충성되고 선한 청지기의 사명이라는 것이다.

3. 가난한 자들에 대한 사명

웨슬리의 위대함은 그의 신학적 사고와 윤리사상들이 단지 이론으로만 끝나고, 강단에서 외침으로만 끝난 것이 아니라, 그의 삶을 통해서 인간 사회의 현장에서 실천적으로 실현되었다는 사실이다. 그의 신학윤리의 초점과 평생 목회의 초점은 사회적으로 소외당하는 가난한 사람들에 대한 사명이다. 그들을 돕는 일은 하나님이 맡겨 준 사명이라고 그는 굳게 믿었다.

위에서 언급되었듯이, 웨슬리는 개인의 심령구원과 사회의 구원이 강조되었는데, 그는 심령이 가난한 자에게 뿐만 아니라 경제적으로 가난한 자, 억압 받는 자, 그리고 여러 가지 모양으로 포로 되어 자유를 갖지 못한 자들에게도 복음 전파하는 것을 중요한 과제로 생각하여 그의 목회활동에서 그 과제를 실현하였다. 이와 같은 그의 목회철학은 예수의 목회에서 유출되었다. 예수는 병든 자와 소외된 자들을 보고 민망히 여기거나(Compassion) 불쌍히 여기시어(Pity) 그들을 치유하고 돌보았다.10) 웨슬리는 특별히 "가난한 사람들에게 복음 전하는 것을 사명"으로 생각하고 실천하였다.11) 그렇다면, 왜 웨슬리가 가난한 사람들에게 그토록 지대한 관심을 가졌는가? 웨슬리가 빈곤층을 대상으로 일하게 된 동기는 무엇인가? 우선 웨슬리의 신념은 가난한 자들을 돌보고 나누는 것은 곧 이웃을 사랑하는 것이고,

---

10) 마태복음 9:36; 14:14; 15:32; 마가복음 1:41 등등.
11) The Journal of John Wesley. Standard Edition, Band I-VIII, edited by N. Curnock, (London, 1938), p. 358(1759, 11, 17).

가난한 이웃을 돌보는 것은 곧 하나님을 사랑하는 길이라고 믿었다. 제닝스(Theodore Jennings)는 웨슬리의 경건주의와 그의 복음적 열정, 그리고 "거룩한 과제"(Holiness Project)12)를 위한 신앙실천이 그 원인이라고 지적한다.13) 하이첸래더(Richard P. Heitzenrather)에 의하면, 웨슬리의 빈곤층에 대한 큰 관심과 목회활동의 동기는 예수를 모방한다는 차원에 있다.14) 이것이 예수의 길을 따르는 방법이라고 생각한 것이다. 즉 웨슬리에게 있어서 예수를 "닮는다는 것"은 예수의 삶의 모습을 보는 것뿐만 아니라, 가난한 사람들과 함께 살고 그리고 그들을 위하여 존재의 의미를 가짐으로써 예수 자신의 삶의 모델을 취하는 것이었다. 왜냐하면, 예수 복음의 핵심은 결국 가난한 자와 억눌린 자들의 해방을 통한 구원이기 때문이다.

빈곤층에 대한 웨슬리의 지대한 관심은 무엇보다도 새 계명에 근거한 그의 "사랑의 윤리"의 실천, 즉 하나님 사랑과 이웃 사랑의 실현이었다. 이것이 곧 주님의 부름과 계명에 순종하는 길임을 인식하였다.15) 사실상 웨슬리는 저소득층의 노동자들이 일하는 공장과 변두리 인간들이 밀집해 있는 빈민촌 그리고 교도소들을 수없이 방문했는데, 웨슬리에 있어서 일주일에 성찬식에는 참여하지 못한다고 해도 가난한 사람들의 오두막집을 정규적으로 방문하지 않는 것은 상

---
12) 웨슬리의 "Holiness Project"는 이미 그가 Oxford에서 활동할 때부터 시작된 것으로써 마태복음 25:40절에 근거한 복음의 가르침을 헌신적으로 실천한 것이다. 즉 거룩한 삶을 실현하려는 그의 윤리적 삶의 모습이다.: Jennings, Good News to the Poor, pp. 140-141.
13) Theodor W. Jennings, Good News to the Poor, pp. 47-69.
14) M. Douglas Meeks, ed. The Portion of the Poor: Good News to the Poor in the Wesleyan Tradition. (Nashville: Kingswood Books, 1995), pp. 49-63.
15) Manfred Marquardt, John Wesley's Social Ethics: Praxis and Principles. (Nashville: Abingdon Press, 1992), p. 33. 이 책은 원래 독일에서 출판된 것이 영어로 번역되었다. Translated by John E. Steely and W. Stephen Gunter, Praxis und Prinzipien der Sozialethik John Wesleys, (Goettingen: Vandenhoeck & Ruprecht, 1977).

상할 수 없는 일이었다. 그는 주장하기를 가난한 사람들을 방문하는 것은 은혜의 근본적인 수단이며 그리스도의 명령에 복종하는 절대적인 신앙의 형태라고 한다. 그는 단언하기를, 부자들이 가난한 사람들에 대하여 일반적으로 동정심이 적은 것은 그들이 가난한 사람들을 별로 방문하지 않기 때문이라는 것이다.[16)]

  웨슬리가 가난한 사람들을 위하여 베푼 실천적인 차원은 일반적으로 생각하는 자선금을 모집하는 정도를 훨씬 초월하는 것이었다. 웨슬리는 그들을 구제하기 위하여 근본적인 해결방법을 모색하였다. 일시적인 해결책보다는 영구적으로 가난의 구렁텅이에서 탈출할 수 있는 자립의 가능성을 염두에 두고 목회활동을 하였다. 그래서 웨슬리는 빈민 치료소, 협동조합, 신용조합 등을 조직하여 가난한 사람들 자신이 자신들을 도우며 점진적인 해결방안을 모색하도록 노력하였다. 그래서 사실상 감리교의 모든 측면은 "어떻게 가난한 사람들에게 도움이 될 수 있을까?"에 초점이 맞추어 져 왔다. 따라서 웨슬리는 빈민의 대변자가 되었다.

  사회학적으로 가난에 대해서 두 가지의 상충되는 이론이 있다. 하나는 개인에게 책임 추궁을 하는 것인데, "가난한 사람을 비난하는 시각"(blame the poor perspective)이고, 또 다른 이론은 빈곤의 책임을 개인에게 돌리는 것이 아니고, 그 사회의 구조나 정부의 정책 자체에 모순이 있다고 보는 견해인 "조직체를 비난하는 시각"(blame the system perspective)이다.[17)] 웨슬리 당시의 사회적 구조와 가난에 대한 인식은 전자에 더 가까웠다. 그래서 가난은 자신

---

16) John Wesley, "On Visiting the Sick," <u>The Works of John Wesley</u>, p. 119.
17) William Ryan은 그의 책 <u>Blaming the Victim</u>,(1976)에서 가난한 것은 개인이 열심히 일하지 않고 게으르기 때문이라고 주장한다. 한편 Oscar Lewis (<u>La Vida</u>, 1965)는 가난을 그 사회의 정치적, 문화적 그리고 구조적인 문제이기 때문에 개인이 아무리 노력해도 그 빈곤의 수렁에서 빠져날 수 가 없다고 한다.

들의 책임이며 운명일 뿐만 아니라, 신이 내리는 형벌의 상징으로까지 이해되었다. 그 결과로 가난한 사람들은 사회적으로 죄악시 되었고 또한 냉대를 받았던 것이다.[18]

웨슬리가 빈곤을 이해하는 관점은 어느 쪽이었나? 그들의 가난이 나태하기 때문인 것으로 간주하는 것을 사악한 착오"라고 웨슬리는 강력하게 언급한다.[19] 더 나아가서, 가난한 사람들을 위한 웨슬리의 편애는 부자들에 대하여 자주 경적을 울린 것으로 나타났고, 그러한 사실은 그의 여러 설교들 속에 잘 나타나 있다.[20] 그리고 가난한 사람들을 돌보는 사랑의 실천 중에서 거룩한 삶의 실현이 가능해 지고, 따라서 그러한 실천을 통해서 그리스도인들은 "그리스도인의 완전"으로 한 걸음씩 다가 갈 수 있다고 웨슬리는 믿었다.

---

18) XIII장, "사회계층과 빈곤"을 참조 할 것.
19) The Works of John Wesley, ed. Thomas Jackson, Vol. II.(London: Wesleyan Conference Office, 1872): Reprint, Grand Rapids, (MI: Zondervan, 1958-59): 280(February, 9-10, 1753).
20) 웨슬리의 부에 대한 설교로는 다음과 같은 것들이 있다: "The Danger of Riches", "On Riches", "The Rich Man and Lazarus", "On the Danger of Increasing Riches" 등등.

V. 본회퍼의 윤리

"그의 형제들 가운데 있는 예수 그리스도의 한 증인인 디트리히 본회퍼,
1906년 2월 4일에 브레슬라우에서 출생하여
1945년 4월 9일에 플로센부르그에서 사망하다." [1]

1. 본회퍼의 윤리적 삶

　　본회퍼는 그의 삶 자체가 책임적인 자아로서 위기적 현실 상황에서 윤리적인 결단을 하는 삶을 살았으며, 자신이 믿는 신앙을 생활화했으며, 예수를 닮고자 하는 제자도의 길을 용감하게 걸어간 사람이다. 그는 사회와 정치의 불의와 모순과 맞서 싸우는 와중에서, 양심과 말씀에 귀 기울이며 예수의 "나를 따르라"는 명령에 순종하였다.

　　본회퍼는 17세가 되던 1923년부터 튜빙겐 대학과 베를린 대학에서 신학을 공부했고, 21세 때에는 "성도의 교제: 교회의 사회학에 대한 교의학적 고찰"이라는 회기적인 졸업논문을 제출하여 명성의 기미를 보였다. 그는 1930년 미국 뉴욕시의 유니온신학교에서 일 년간 연구를 했고, 1933년부터 2년간은 영국 런던에서 독일교회의 목사로 일을 했는데, 독일로 귀국한 후 점점 히틀러의 독재정치와 그의 우상화에 저항하기 시작했다.

　　한편으로는 독일의 많은 부분의 기독교계가 히틀러의 전체주의

---

[1] 본회퍼의 친구들이 만든 비문.

와 손을 잡고 국수주의적이고 민족주의적인운동에 동참하는 실정이었다. 본회퍼는 이러한 기독교 운동에 항의를 했고, 결국 히틀러의 정권에 정면으로 도전하며 정의와 양심을 따르는 고백교회를 택하게 되었다. 1939년 라인홀드 니버(Reinhold Niebuhr)의 천거로 유니온 신학교의 교수로 초청을 받아 갔지만, 그는 곧 니버에게 편지 한통을 써놓고 귀국하게 된다.

... 저는 아메리카에 온 것이 잘못이었다는 결론에 도달했습니다. 조국의 역사상의 이 고난의 시기를 저는 독일의 그리스도인의 형제와 함께 나누지 않는다면, 저는 전후에 독일에서의 그리스도교 생활의 재건에 참여할 권리를 가질 수 없게 됩니다.

본회퍼는 자신의 안일한 삶을 포기하고, 동포의 고난에 참여하려는 그의 고민과 결단과 책임을 간과할 수 있다. 실로 그는 사회와 현실에 대하여 소극적이고 도피적인 태도를 물리치고, 사회의 현실에 적극적으로 참여한 사람이다.

나치정권에 대한 그의 적대감은 결국 적극적인 저항운동, 즉 반 나치운동에 가담하게 된다. 그의 매형인 한스 폰 도오나니(Hans von Dohnanyi)의 설득으로 국방부 정보부원들과 관계를 맺고, 히틀러 암살계획에 가담하게 된다. 그러나 그 암살계획은 실패로 끝났고, 곧 혐의가 있는 사람들이 하나씩 투옥되었는데, 본회퍼도 1943년 4월 5일 그의 자택에서 체포되어 베를린에 있는 테겔 형무소에 투옥되었다. 그는 연합군에 의해 독일 함락이 임박했던 1945년 4월 9일에 사형을 당했다.

본회퍼가 위대한 신학자요 윤리학자라고 하는 것은 그의 창조적이고 도전적인 사상 때문만이 아니라, 그의 사상과 믿음이 그의 머리에만 머문 것이 아니라, 그것들이 그의 가슴과 삶 속에서 실천되었던 역사 속의 산 증언이었기 때문이다. 그의 중요한 저서로는 다음과 같다: 1930년도에 학위논문으로 발표된 "성도의 교제" (Sanctorum Communio, The Communion of Saints, New York: Harper & Row, 1963); 1931년도의 작품인 "행동과 존재"(Akt und Sein, Act and Being, New York: Harper & Row, 1962); 1939년에 출판된 "성도의 공동생활"(Gemeinsames Lehen, Life Together, New York: Harper & Row, 1954); 1937년도에 출판된 "나를 따르라" (Nachfolge, The Cost of Discipleship, New York: The Macmillan Company, 1949); 1949년에 출판된 "윤리학" (Ethik, Ethics, London: SCM, 1955) 등이 있다.

2. 본회퍼의 윤리의 특징

(1) 그리스도의 현실로써의 윤리

본회퍼는 윤리의 출발점으로써 그리스도의 현실을 강조했는데, 그것은 그리스도인들이 역사적인 현실 속에서 그리고 내가 존재하고 있는 구체적인 현실 속에서 그리스도와 더불어 살아가야 할 그리스도인의 삶의 방법이라는 것이다. 그렇다면, 본회퍼가 보는 기독교윤리의 출발점은 무엇인가? 이에 대해서 그는 다음과 같이 설명한다.

기독교윤리의 출발점은 자신의 현실이나 이 세상의 현실도 아니고, 규범이나 가치의 현실도 아니고, 예수 그리스도 안에 나타난 하나님의 계시의 현실이다. ...기독교윤리의 문제는 그리스도 안에 나타난 하나님의 계시의 현실이 그 피조물 가운데서 실현되어 가는 것

이다.2)

하나님의 현실은 거룩한 현실이고 궁극적인 현실이다. 그리고 우리 인간들이 살고 있는 장소는 죄 된 현실이며 세상의 현실이다. 그런데, 하나님의 현실과 세상의 현실은 그리스도를 통해서 화해가 이루어지고 통합이 이루어져야 한다고 보는 것이다. 그리스도가 이 세상의 현실에 오셔서 하나님의 현실과 화해와 통합을 이루고자 하시는데, 이것이 그리스도의 현실이다. 그러므로 본회퍼에 의하면, 우리 그리스도인들에게 중요한 과제는 우리가 어떻게 그리스도 안에 계시된 하나님의 현실인 그리스도의 현실에 참여 할 것인가라는 문제이다.

비슷한 것으로써, 본회퍼는 세계가 성스럽고 종교적인 영역과 세속적이고 비종교적인 영역으로 분리해서 이 두 영역을 서로 대립구조의 영역으로 만드는 것을 반대한다. 성육신 하신 그리스도께서 하나님의 현실과 세상의 현실을 화해하셨기 때문에, 세상에는 두 영역이 아닌 하나의 현실만이 존재한다는 것이다. 그리스도인은 성스러운 영역과 속된 영역, 종교적인 영역과 비종교적인 영역으로 분리할 것이 아니라, 한 영역을 지향해야 된다고 한다.

(2) 형성의 윤리

본회퍼는 형성의 윤리를 제시한다. 그것은 마치 예수 그리스도께서 이 세상에 성육신하시어 인간의 틀을 입으시고, 삶에 있어서 인간의 참 모델이 되어 우리에게 보여준 것과 같이, 우리 인간의 삶의 모습이 예수의 틀을 닮아 가는 삶이 필요하다는 것이다. 본회퍼에 있

---

2) Dietrich Bonhoeffer, Ethics (New York: The Macmillan Company, 1965), Macmillan Paperback edition, pp. 189-190.

어서, 윤리의 문제는 인간의 "짜여짐(formation), 즉 형성의 문제이다. 여기에서 형성(Gestaltung)이란 "그리스도의 형상과 같은 모습이 되는 것," 또는 "그리스도의 인격이나 그의 삶에 참여하는 것"을 의미한다. 그는 설명하기를:

> 형성은 오직 예수의 틀 안에서만 묘사되어 진다. 성육신 되시고, 십자가에 달려 죽으시고, 부활하신 그리스도의 유일한 틀로써의 형성, 그를 닮는 형성만이 존재할 뿐이다.3)

여기에서 우리는 세 가지의 연속성이 있는 형성을 알 수 있다. 첫째는 그리스도의 성육신으로의 형성이고, 둘째는 십자가에 달리신 그리스도로서의 형성이며, 셋째는 부활하신 그리스도로서의 형성이다.
"인간으로 성육신하셨다"는 것은 그리스도께서 참 인간이 되신 것처럼, 우리가 그분처럼 참 인간이 되어야 한다는 말이다. 그러므로 인간이 결코 명예의 대상도 아니고 천대의 대상도 될 수 없다는 것이다. "십자가에 달리신 분"으로서의 형성이란 하나님 앞에서 그리고 십자가 앞에서 날마다 죽는 삶을 의미한다.4) 그리고 "부활하신 그리스도"로서의 형성은 하나님 앞에서 새롭게 태어나고 새로운 삶을 영위해 나가야 하는 인간의 모습을 지칭하는 것이다. 그러한 삶이란 곧 그리스도를 위한 삶이 되어야 한다.

(3) 명령으로써의 윤리

본회퍼에게 있어서 하나님의 명령에 순종한다는 것은 그의 윤리의 방법론에서 큰 비중을 가진다. 그는 그의 39년이라는 짧은 생애

---

3) Ibid., p. 80.
4) Ibid., p. 81; 본회퍼 저, 기독교윤리, 손규태 역 (서울: 대한기독교서회, 1992), p. 70.

에서 24년의 교육과 준비, 약 4년간의 대학교수와 목회의 기간을 제외하면, 나머지 11년간은 항거와 투쟁 그리고 순종의 삶이었다. 불의에 항거하고 부조리에 맞서서 투쟁하였는데, 결국 그러한 항거와 투쟁은 하나님의 뜻에 순종하려는 그의 신앙의 실천적인 측면이었고, 하나님의 역사가 그 당시의 독일 사회에 그리스도의 현실로 나타난 상황 속에서 본회퍼가 그리스도의 십자가에로의 형성에 충성한 것이다.5)

그런 차원에서 볼 때, 본회퍼의 윤리는 "하나님의 명령으로써의 윤리"일 뿐만 아니라 "상황적 윤리"의 성격도 찾아 볼 수 있다. 또한 그의 윤리는 역사의 사건이며, 일정한 시간과 장소에 연관된 상황적이다. 하나님의 뜻은 미리 정해진 것이 아니라 인간의 각양 삶 속에서 새롭게 그리고 다르게 나타날 수 있다고 본다. 본회퍼가 독일 루터교가 나치스의 정권과 손잡고 "독일 그리스도인의 신앙운동"을 통하여 히틀러의 집권에 순응하는 것에 불만을 품고, 히틀러의 정권에 항거한 독일 고백교회에 가담한 것은 극히 상황적인 것이다. 또한 미국의 유니온신학교에서의 교수 초빙을 사양하고 독일의 정치적, 사회적, 종교적 상황에 전적으로 뛰어 든 것도 그런 이유이다.

본회퍼에 의하면, 이 세상에 주시는 하나님의 말씀은 확고부동한 권위가 있고, 그런 하나님의 말씀은 하나님의 명령으로써 인간에게 구체적으로 들려질 수 있다고 한다. 그는 하나님의 명령이 "시간과 장소를 벗어나서는 발견되거나 알려질 수 없고, 그것은 지역적, 시간적 상황에서만 들려질 수 있다"고 단언한다.6) 그런데, 중요한

---

5) 박봉랑, 그리스도교의 비종교화: 본회퍼 연구 (서울: 대한기독교서회, 1998), pp. 73-78.
6) Bonhoeffer, Ethics, pp. 278-280.

것은 이런 명령에 대한 준수의 여부는 인간의 자유에 있다는 점이다.

본회퍼는 하나님의 명령이 "위임"(mandate)이라는 형태로 나타난다고 설명하는데, 이것은 그리스도를 통해서 계시된 하나님의 구체적인 계명이다. 따라서 그리스도인들은 이 세상에서 살아갈 때에 하나님의 위임들을 수행하는 삶을 살아야 된다고 한다. 그는 하나님의 네 가지 위임이 노동, 결혼, 정부, 교회라고 제시한다. 이상의 위임은 세상으로부터가 아닌 위로부터 주어진, 즉 하나님으로부터 위탁을 받았다는 것이다.[7]

그러므로 인간은 하나님의 위탁에 응답해야 하는 책임적인 존재로 본다. 바꾸어 말하면, 인간은 하나님의 위임을 위탁받은 대리인이라는 말이다. 또한 책임적인 존재라 함은, 마치 그리스도께서 타자를 위해 살고 죽으신 것처럼, 그리스도인들이 이 세상에서 "타자를 위한 존재"가 되어야 한다는 말이다. 물론 책임성에는 복종과 자유의 긴장 속에서 함께 공존한다. 그렇기 때문에 "나의 삶이 그리스도의 삶의 모습과 부합되는가?" 또는 "나의 행위가 이 세상의 현실 속에서 주어진 하나님의 명령에 부합되는가?" 라는 질문을 물으며 행동 결단하는 삶을 살아야 할 것이다.

하나님의 명령에 복종하고 그리스도의 삶에 부합되는 삶을 사는 것이 곧 본회퍼가 말하는 제자의 길이라고 생각한다. 그는 값싼 은혜와 값비싼 은혜를 비교하는데, 값싼 은혜란 마치 길바닥이나 경매장에서 팔려나가는 고물처럼, 교회에서는 회개 없는 기도나 확신이 없는 세례나 신앙고백이 없는 성만찬 등의 은혜가 교회라는 창고에서 헐값으로 팔려 나간다고 힐난했다. 반대로 값비싼 은혜는 희생과 순종과 십자가의 길을 감으로써 얻어지는 은혜라고 한다.[8] 본회퍼는

---

7) Ibid., pp. 287-292.
8) Dietrich Bonhoeffer, Nachfolge, 허역 역, 나를 따르라 (서울: 대한기독교서회,

값비싼 은혜가 하나님의 명령에 복종하는 그리스도인들이 얻어야할 은혜라고 말한다.

3. 사랑에 대한 본회퍼의 이해

바르트(Karl Barth)가 말씀의 계시에 중점을 두었다면, 본회퍼는 십자가에 대한 인간의 응답에 강조점을 두었다. 따라서 그가 이해한 사랑의 개념도 그리스도의 십자가에 중심을 두고 있으며, 그래서 사랑이란 타인을 위해서 즐겁게 자신을 희생하고 봉사하는 것이라고 한다. 본회퍼는 주장하기를 인간으로부터 하나님에게 연결되는 길은 수 없이 많지만, 하나님으로부터 인간에게의 길은 단 하나인데, 그것은 바로 그리스도 안에서 나타난 하나님의 사랑, 즉 십자가의 길이라고 했다. 다시 말하면, 십자가를 통해서 나타난 하나님의 사랑은 하나님과 인간의 연결 수단이라는 것이다.[9]

본회퍼가 이해하는 사랑의 개념을 요약하면 다음과 같다. 첫째, 예수 그리스도 안에서 성육신 된 하나님의 사랑은 모든 그리스도인의 사랑에 대한 기초를 이룬다. 그리고 인간의 사랑은 십자가 속에 나타난 하나님의 사랑으로부터 출발되어야 한다. 둘째, 하나님의 사랑은 아가페적인 사랑인데, 그 사랑은 타인을 위해 희생적인 삶 속에서 실현될 수 있다. 셋째, 아가페적인 사랑은 그리스도의 십자가 속에서 가장 잘 표현된 사랑이고, 그 사랑은 또한 그의 삶과 가르침,

---

2000), pp. 24-26.
9) Dietrich Bonhoeffer, No Rusty Swords, Letters, Lectures & Notes, 1928-1936, edited by Edwin H. Robertson, revised edited by John Bowden & Eberhard Bethge (London: Collins, 1970), p. 37.

특히 산상수훈 중에서 "원수를 사랑하라"는 교훈에서 잘 나타나 있다.10)

넷째, 하나님을 사랑함은 예배와 봉사 속에서 실천해야 할 필수적인 것이고, 이웃을 사랑함은 하나님의 진실 된 사랑의 표징이다. 다섯째, 이웃을 사랑함에는 제한이 있을 수 없다. 가까운 이웃이나 먼 이웃이나, 그리스도인이나 비 그리스도인이나, 부자나 가난한 사람을 막론하고 모두에게 적용해야 한다. 그리스도인의 사랑은 내 이웃을 참 이웃으로 삼고 사랑하는 것이다. 이웃을 사랑하라는 하나님의 명령에 순종하기를 주저해서는 안 된다. 왜냐하면, 우리들의 이웃 사랑은 하나님의 뜻이기 때문이다. 여섯째, 기독교인의 사랑은 제한이 없으며, 기독교의 사랑은 사회 안에서 실천해야 할 책임적인 행위이다.11)

---

10) Dietrich Bonhoeffer, <u>Life Together</u>, translated by John W. Doberstein (New York: Harper & Row, 1954), pp. 34-37.
11) Dietrich Bonhoeffer, <u>The Communion of Saints</u>, a dissertation presented to the theological faculty of the University of Berlin, 1927.

제 3 부
종교와 사회
Religion & Society

VI. 폭력과 평화: 비폭력의 길
Violence & Peace

VII. 종교 사회학적 고찰
Study of Sociology of Religion

VIII. 산업화의 윤리적 모순
Industrialization & Ethical Problems

IX. 여성주의와 여성의 역할 변화
Feminism & Changing Role of Women

VI. 폭력과 평화:
하나님의 평화 성취를 위한 미래 지향적 과제

평화는 하나님의 창조의 원초적 질서이고 본래적 가치이며 인간사회의 비전이다. 평화는 인간의 삶에서 높은 덕목임에 틀림없다. 그러나 인간 사회에는 항상 갈등과 분쟁, 폭력과 전쟁이 존재하여 왔다. 특별히 20세기는 폭력으로 점철된 폭력의 시대였는데, 인류는 두 차례의 세계대전과 이데올로기의 충돌로 인한 갈등과 전쟁을 겪었고, 그 결과로 지구촌의 사람들은 수많은 인명피해와 고통을 경험했다. 세계 제2차 대전 이후에도 이념의 충돌로 인한 전쟁, 종교 간의 갈등으로 인한 충돌, 식민지 해방운동과 전쟁, 종족이나 인종간의 충돌 등으로 세계는 평화를 상실해 온 상태이다.

하나님의 창조적 의도는 분명히 인류의 평화적 공존일 것이다. 그렇다면, 이 땅 위에 온전한 평화는 구현될 것인가? 즉, 이 지구상에 과연 하나님 나라가 건설될 것인가? 그것은 하나의 '불가능성의 가능성'일까? 가능하다면, 그런 길을 달성하기 위해서 우리는 무엇을 어떻게 해야 하는가? 그것은 인간의 사고의 문제이며, 방법의 문제이며, 또한 삶의 태도의 문제일 것이다.

이러한 문제에 접근하기 위해서 우리는 먼저 평화에 대한 개념을 파악하는 것이 중요하다. 여기에서 우리는 평화에 대한 성서적인 의미와 그것이 하나님 나라와 어떤 연관성이 있는지에 대하여 연구하고자 한다. 그리고 평화달성을 저해하는 요소들은 무엇인가와 평화성취를 위한 수단의 요소들은 무엇인가를 고찰할 필요가 있다고 생각한다.

1. 평화의 개념

평화는 여러 가지 형태로 표출된다. 예컨대, 한 사람에게 나타나는 마음의 평화, 이웃과의 관계 속에 사랑을 바탕으로 나타나는 평화, 그룹이나 공동체 간에 신뢰와 협조로써의 평화, 한 사회에서의 정의와 질서로써의 평화, 국가 간의 존중과 공정으로써의 평화, 하나님과의 올바른 믿음을 바탕으로 하여 이루어지는 평화 등이다. 일반적인 의미로써의 평화는 전쟁이 끝난 후의 상태, 즉 '갈등의 부재 상태,' '전쟁이나 폭력이 없는 상태' 또는 '평온하고 화목한 상태'를 말한다. 개인적인 의미로써의 평화는 '마음의 평화' 즉 내적 갈등에 의해서 어지럽히지 않는 마음의 상태를 의미하기도 한다.

후버(Wolfgang Huber)와 로이터(Hans-Richard Reuter)는 그들의 책 평화윤리에서 평화를 역사적인 차원에서 다루면서, 고대 그리스의 평화 개념을 '중간 질서로서의 평화'로, 로마제국의 평화개념은 '지배로서의 평화'로, 구약 성서적인 평화 개념은 '삶의 형식으로서의 평화'로, 그리고 신약성서적인 평화 개념은 '선물로서의 평화'로 규정한다.[1]

---

[1] 볼프강 후버와 한스-리하르트 로이터, 평화윤리, 김윤옥과 손규태 옮김 (서울:대한기독교서회, 1997), pp. 37-64. Wolfgang Huber & Hans-Richard Reuter, Friedensethik (Stuttgart, Kohlhammer, 1990).

(1) 고대 그리스의 평화 개념

평화를 지칭하는 그리스어는 "에이레네"(eirene)인데, 이 말의 뜻은 "폭풍 전후의 고요함"이다. 에이레네는 전쟁의 사건 중에서 어떤 공동체가 지속적으로 경험할 수 있는 공동체의 내적 평화 상태를 의미한다.[2] 플라톤의 평화 개념은 갈등과 전쟁의 부재에서 오는 정의와 질서로 나타난다. 그의 책 "공화국"에서 궁극적으로 묻는 질문도 "진실 된 사회는 무엇으로 이루어지는가?"이다.[3] 플라톤은 한 사회가 3계급과 3가지 자질로 구성되는데, 이들 각 계급의 기능과 역할이 잘 수행될 때 전체 국가 혹은 사회는 조화를 가질 수 있으며, 이러한 조화의 상태가 바로 정의의 실현이자 평화의 상태라고 제안한다.

아리스토텔레스의 평화는 '중용'을 핵심으로 전개된다. 그가 말하는 중용의 윤리는 어느 상황에서나 양극단에 치우치지 않고 조화의 중간을 유지하는 것을 윤리적 덕목으로 삼는 것이다. 따라서 그는 전쟁의 원인이 중용의 덕의 부재라고 본다. 따라서 폴리스(polis, 도시국가)가 국토나 재산 같은 자원을 지나치게 많이 가지고 있거나 혹은 지나치게 너무 적게 가지고 있으면 전쟁이 발생할 수 있다고 말한다. 고로 각 폴리스가 자원의 규모를 적절하게 유지하는 것이 전쟁을 방지하고 평화를 유지하는 길이라고 보는 것이다.[4]

그런데, 아리스토텔레스가 모든 전쟁을 부정적으로 본 것만은

---

2) Ibid. p. 37. '에이레네'(eirene)라는 말의 어원은 고대 그리스 신화에 유래한다. 일리아스(Illias)와 오딧세이(Odyssey)의 신들과 영웅들의 이야기들은 이런 어원의 발전사를 반영한다.
3) Plato, "Republic," in Book I, Five Great Dialogues, translated by B. Jowett Roslyn (New York: Classics Club, Walter J. Black, 1942).
4) 김완수, "그리스 철학에 있어서의 평화의 문제," 평화의 철학 (서울: 철학과 현실사, 1995), pp. 50-60.

아니다. 그는 도시국가의 조화(Harmonia)와 융화(homonia)인 평화를 위해서라면, 즉 전쟁을 위한 전쟁이 아니라 평화를 위한 전쟁이라면 옳다고 본다. 그럼으로 폴리스를 지키기 위한 방어전쟁에 대해서는 그 정당성을 인정했는데, 이러한 전쟁과 평화의 관점이 중세 기독교의 '의로운 전쟁론' 혹은 '정당 전쟁론'(Just War theory)의 근거를 제공한다.

(2) 로마 제국의 평화 개념

고대 로마가 지중해 세계를 정복한 이후, 기원전 40년경 황제가 된 아우구스투스는 오랜 동안 전쟁이 없는 시대를 열었고, 차후의 200여년은 평온한 상태를 유지하는데, 이것을 '로마의 평화'(Pax Romana)라고 부른다. 그 당시와 그 이후의 많은 사람들은 아우구스투스 황제를 '평화의 사도' 또는 '세계의 구원자'라고 부를 정도이었다.

라틴어에서 평화라는 의미의 '팍스'(Pax)는 "계약을 맺는다"라는 뜻을 가진 pacisci에서 유래된 말이다. 따라서 로마의 평화는 막강한 군사력에 의존하며, 전쟁의 최종 목표를 평화에 맞추는 것이다. 그러므로 전쟁 자체가 평화의 수단이며, 이러한 평화는 '승리의 평화'이며 '세계 지배'와 연결된다고 볼 수 있다. 로마시대의 동전은 이러한 평화 개념을 증명하듯이, 동전에는 승리의 월계관을 쓴 신이 올리브 가지와 창, 칼, 방패로 무장하고 있는 모습이 새겨져 있다.[5]

이와 같은 고대 로마의 평화 개념은 자신들이 '세계의 왕초' 혹은 '세계의 주인'이라는 인식에서 나온 것이며, 종교적인 평화의

---

[5] 후버와 로이터, Opere Citato, p. 46; 클라우스 벵스트, 로마의 평화: 예수와 초대 그리스도교의 평화인식과 경험, 정지련 역 (한국신학연구소, 1994), pp. 34-35.

개념이 아니며, 실제적인 '세계 평화'를 의미하는 것도 아니다. 또한 로마의 평화를 의미하는 것은 정치적인 측면으로서 휴식(otium), 융화(concordia), 안정(securitas)을 암시하기도 한다.

2. 신학 윤리적 평화의 고찰

(1) 구약에서의 평화: 샬롬

평화를 뜻하는 히브리어는 "샬롬"(salom, shalom)인데, 이 말의 뜻은 포괄적으로 평화는 물론이고 정의, 안정, 질서, 평온함, 풍족함, 만족함을 의미 한다. 이러한 샬롬의 뜻은 개인적으로, 공동체적으로, 정치적으로, 또는 육체적으로 그리고 영적으로 인간이 살고 있는 모든 관계들을 포함하는 구원과 안녕의 표현이다. 샬롬은 하나님의 창조질서 그대로의 자연법적인 형태를 지칭 한다.[6]

아마도 샬롬이란 명사는 "충분이 갖고 있다" "완전하게 되다" 라는 동사형에서 유래되었다고 본다.[7] 따라서 샬롬은 총체성, 완전성, 충만성의 인간 사회를 의미하며, 전체 삶의 만족함과 온전한 관계성을 말한다. 즉, 구약시대의 이스라엘 사람들에게의 샬롬이란 그들의 온전한 삶의 형태이고 삶의 척도이다. 왜냐하면 샬롬은 구체

---

6) 자연법(natural law)은 Thomas Aquinas로부터 극대화 되었는데, 자연법이란 조작이 없이 '당연 한 것' '자연적인 것' 즉 우주의 자연법칙을 존중하는 것이다. 그래서 자연적으로 발생하는 원인-결과에 있어서 하나님을 근본 기초로 생각하는 방법이다. 자연의 법의 근거가 하나님(하나님의 법)에게 있다고 보는 자연신학(natural theology)과 연관이 있다. Martin Luther는 인간이 마땅히해야 할 것과 하지 말아야 할 것에 대한 지식 즉 이성을 가지고 태어난다고 보는데, 그는 이것을 자연법 혹은 이성법이라고 부른다.
7) G. Gerlemann, "slm genug haben," in Theologisches Handwoerterbuch zum Alten Testament II (Munechen/ Zuerich, 1976), 919-935.

적인 삶의 현장 속에서 실현되기 때문이다.

이사야서 48:22의 "악인에게는 평화가 없다"는 구절과 시편 85:10의 "정의와 평화가 입을 맞춘다"라는 표현은 샬롬이 정의를 필수조건으로 삼고 있음을 제시한다. 구약의 평화는 항상 윤리적인 공평성을 중요시한다. 다시 말해서, 정의 없는 평화는 진실 된 평화가 아니라는 것이다.

(2) 신약에서의 평화: 은총의 선물로서의 평화

신약에서의 평화 개념은 고대 그리스의 평화 개념인 '아이레네'(eirene), 고대 로마시대의 Pax Romana와 구약에서의 평화개념인 샬롬(shalom)의 개념을 한편으로는 수용하고 종합하면서, 더 나아가서는 이들을 승화하여 발전시키고 있다. 즉, 그리스도교적 상황에서 새로운 의미로 발전되어 진다. 그러므로 신약에서의 평화는 몇 가지 특징을 가진다.

첫째, 신약에서의 평화는 그리스도의 선물이다. 신약성서에 나타난 평화는 우리가 획득할 수 있는 것이 아니라 샬롬을 가져오는 자인 '그리스도의 선물'로 표현되어 진다. 그리스도는 그의 십자가를 통해서 나와 이웃 그리고 나와 하나님과의 사이에 놓여 있던 담을 허무시고 서로를 화평하게 만드셨다는 것이다.[8] 만일 우리가 하나님의 부르심과 그의 용서하심을 받아들이면, 세상이 줄 수 없는 하나님의 평화로 기쁨의 삶을 누릴 수 있다고 한다.[9] 그리스도인들은 이런 하나님의 평화를 보존할 뿐만 아니라 하나님 평화의 공동체를 확장하도록 부르심을 받은 것이다.[10] 바울과 복음서의 저자들은 우리

---

8) 에베소서 2:14-18.
9) 요한복음 14:27.
10) David W. Brown, "Peace," in New Dictionary of Christian Ethics & Pastoral

가 하나님의 평화를 위한 통로가 될 뿐만 아니라 우리의 가족과 교회 그리고 국가 안에서 평화를 만드는 'peacemaker'가 되어야 한다는 것이다.

둘째, 신약성서에서 평화를 의미하는 구절이 수 없이 많은데, 그들 중에서 가장 많이 사용 되어 진 것은 평화적 인사의 형태로 나타난다. 여기에서의 평화적 인사는 그 속에 새로운 생명력과 구원의 소식의 요소가 담겨져 있다. 예수께서 병들었던 여인에게 "딸아 ... 평안이 가라. 네 병에서 놓여 건강할 찌어다"[11]라고 말씀하신 것은 '선물로서의 평화' 혹은 '구원의 평화'로서의 요소를 보여 준다. "형제들아...마음을 같이 하며 평안할 찌어다..." (고린도 후서 13:11)라는 표현처럼 바울도 자주 가정과 교회 안의 평화를 강조한다.[12]

셋째, 신약의 평화는 '하나님 나라'의 선포로서 구체화 된다. "내가 세상에 화평을 주러 온 줄로 생각지 말라. 화평이 아니고 검을 주러 왔노라" (마태복음 10:34)라는 말씀은 '거짓 평화'나 권력과 폭력에 기초한 '로마의 평화'를 초월한 새로운 평화, 즉 비폭력으로 얻어지는 평화와 다가오는 하나님의 통치 (하나님 나라)에 적절한 평화를 의미하는 것이다.[13] 다가오는 하나님 나라에서의 하나님의 통치에 대한 선포는 곧 인간의 회개와 새로운 질서 속에서의 희생과 사랑의 관계를 요구하는 것으로 볼 수 있다. 그러므로 예수와 바울에게서는 죄의 얽매임으로부터의 해방(회개)과 모든 적대관계로부터의 해방(희생과 사랑의 관계)이 중요하다. 따라서 회개-화해-의인됨은 평

Theology, David J. Atkinson & David H. Field, editors (Downers Grove, Illinois: InterVarsity Press, 1995), 655-656.
11) 마가복음 5:34.
12) 데살로니가 전서 5:13; 고린도 전서 7:15, 14:33; 로마서 14:17 등.
13) 후버와 로이터, op. cit. pp. 59-61.

화의 중요한 요소가 된다는 것을 알 수 있다.

3. 평화를 저해(沮害)하는 요소

평화를 성취하거나 혹은 유지하는데 방해가 되는 요소는 여러 가지가 있다. 예컨대, 미움, 화풀이, 앙갚음, 갈등, 전쟁, 테러, 분노, 폭력, 협박, 공포조장, 충돌, 파괴, 착취, 억압 등등이다. 이러한 요소들은 서로를 갈라놓기도 하고, 상대방에게 심한 상처를 주거나 파괴할 수 있는 가능성을 가질 뿐만 아니라, 인간의 존엄성을 훼손시키는 악마적인 힘을 가지고 있다.

때로, 종교는 사람들 사이와 사회와 국가 사이를 갈라놓기도 하고 갈등과 충돌 그리고 더 나아가서는 전쟁을 유발시키는 힘을 발휘한다. 중세기의 십자군 전쟁이 이를 입증하고, 몇 백년간 지속되어 온 팔레스타인 지역에서의 유대인과 이슬람교의 아랍인의 갈등과 전쟁이 그렇고, 이라크 국내의 이슬람 중에서 시아파와 수니파 사이의 갈등이 그것을 말해 주고, 북 아일랜드의 천주교와 개신교의 대립이 그것을 말해 준다.

평화 연구가인 요한 갈퉁(J. Galtung)은 종교에 '소프트 종교'(Soft Religion)와 '하드 종교'(Hard Religion)가 있는데, 소프트 종교는 진정한 사랑과 봉사로 가득 찬 종교이기 때문에, 이러한 종교는 평화를 건설하려는 영성성과 연대성을 창출한다고 한다.[14] 반

---

14) J. Galtung, "Religion:Hard and Soft, An Essay of UNESCO Conference at Barcelona," 1994, p. 2. Galgung, <u>Choose Peace: A Dialogue Between Johan Galtung & Daisaku Ikeda</u>, translated by Richard L. Gage (London, East Haven: Pluto Press, 1995), pp. 79f.

면에, 하드 종교는 냉정하고 차별적이고 공격적 혹은 폭력적인 종교성을 지닌 것으로서 평화를 깨트리는 역할을 한다고 지적 한다. 갈퉁에 의하면, 종교가 공격적이고 폭력적으로 되는 중요한 이유는 선민사상과 공격적인 선교주의라는 것이다. 선민주의는 자신들을 결속하는 데에는 큰 힘이 되지만 상대방을 배척하거나 공격할 수도 있어서 자신들이 '거룩한 전쟁' 이라고 인식하면서 전쟁을 정당화하기도 한다고 한다. 공격적 선교주의도 그들의 선교가 열정적이라는 점은 장점으로 간주되지만, 타 문화권에서 토착문화와 그들의 종교를 악마시하여 무조건 파괴하려는 시도로 인하여 때로는 공격적이거나 폭력적이 될 수도 있다는 것이다.

(1) 폭력과 테러

① 폭력[15]의 개념을 정의하기란 그리 쉽지 않다. 왜냐하면 폭력이 갖고 있는 범위가 넓고 논쟁의 여지가 많기 때문이다. 과연 우리는 어디까지 폭력이라고 말할 수 있는가? 일반적으로 폭력을 정의하자면, 폭력이란 의도적으로 물리적인 힘을 사용하여 타자에게 달갑지 않은 육체적이며 정신적 그리고 심리적 상처를 주는 행동이라고 말할 수 있다. 아무튼 우리는 폭력의 개념정의에 있어서 범위와 정도의 문제에 부딪히게 된다.

폭력의 종류도 다양한데, 몇 가지의 예를 들면, 성폭력, 인종적 폭력, 가정폭력, 전쟁과 같은 국제적 폭력, 국가의 정부가 국민에게 가할 수 있는 제도적 폭력, 정치적 폭력, 대형의 기업들이 생필품 등의 생산과 판매를 통한 '힘의 남용' 등이 있다. 또한 폭력을 몇 가지로 구분한다면, 개인적인 폭력과 집단적인 폭력, 보이는(명백한) 폭

---

15) 테러와 전쟁도 폭력의 범주에 포함된다고 볼 수 있다.

력이나 보이지 않는(은밀한) 폭력, 물질적 폭력과 정신적 폭력, 제도적인 폭력과 비제도적 폭력, 법적인 폭력과 불법적인 폭력, 공정한 폭력과 불공정한 폭력 등을 거론할 수 있다. 폭력이 어떤 종류의 폭력이든 간에 폭력이 갖는 윤리적인 문제는 내재된 무책임성이다. 폭력은 평화성취의 발목을 잡을 뿐만 아니라 결코 평화와 조화를 이룰 수 없는 것이다.

폭력을 폭력으로 대응하는 것이 타당한가? 즉, 폭력이 정당화 될 수 있는가? 과연 정의를 위하여 힘과 폭력을 사용하는 것이 정당한가, 아니면 어떠한 이유에서도 폭력의 사용은 정당화 될 수 없는 것인가에 대해서 많은 이견이 있다. 아무리 선한 사람이라도, 복음을 들고 일하는 사람이라도, 최대 악을 대응할 때는 그 최대 악을 물리쳐야 하지 않을까? 독일의 디트리히 본훼퍼(Dietrich Bonhoeffer)는 최대 악인 나치주의에 항거하고 불의에 정면으로 대응하였다.

② 테러리즘(Terrorism)에서 사전적인 의미의 테러는 "강제적인 수단을 이용하여 격렬한 공포의 상태를 조장하는 조직적인 행위" 이다.[16] 사회학적인 정의로서의 테러리즘은 사회의 정상적인 운영을 와해시키기 위해 공포와 협박, 파괴와 살상 그리고 폭력 등을 수단으로 사용함으로써 정치적인 목표를 성취하려는 시도를 의미한다.[17] 테러리즘의 목적은 한 국가 혹은 사회 계층의 도덕 혹은 윤리성을 파괴하고, 그 사회나 계층의 결속을 도려내고 질서를 혼란시키는데 있다. 테러리스트들이 사용하는 방법과 수단으로는 인질극, 유

---

16) "Terrorism," <u>Webster's New American Dictionary</u> (New York, NY: Smithmark Publishers, Inc)., p. 532.
17) Thomas J. Sullivan & Kenrick S. Thompson, <u>Introduction to Social Problems</u>, 2nd Edition (New York: Macmillan Publishing Company, 1991), p. 461.

괴, 공중납치, 폭탄테러, 살인, 암살 등이 있다.

테러의 특징을 다음과 같이 몇 가지로 요약한다. 첫째로, 테러 행위에서는 흔히 비전투원인 무고한 시민들을 희생양으로 사용한다. 즉, 무고한 시민들을 "비전투요원들"로 인식하지 않는다. 이것은 "정당전쟁"(just war) 이론의 원칙을 위배하는 것이다. 둘째로, 자신들의 목표를 이루고자하는 정치적 테러리스트들은 공포 분위기를 조장하기 위하여 폭력을 사용한다. 셋째로, 테러리스트들은 보다 급속하고 광범위한 목적의 효과를 위하여 매스 미디어(mass media)를 사용한다. 넷째, 이들의 목적은 한 나라 혹은 한 계층의 사람들의 사기(morale)를 혼란시키고, 그 구성원들의 연대성을 파괴하는 것이다. 그런데 지난 2001년 9월 11일의 오사마 빈 라덴 주도의 탈리반에 의한 미국 테러사건은 오히려 미국 국민들에게 새로운 국가적 기풍과 단합성을 불러 일으켰다.

테러는 전쟁 혹은 폭동과 같이 일종의 폭력이라 할 수 있다. 그렇기 때문에, 테러는 어떤 동기이건 또는 어떤 형태이건 간에 부정적인 도덕적이고 윤리적 평결(verdict)을 받을 수밖에 없다. 즉, 테러는 윤리적인 차원에서 전혀 정당화될 수 없는 행위이다. 그것은 테러의 행위가 정치적인 관련이 없는 무고한 시민을 담보로 하여 희생시키는 결과를 초래하기 때문이다. 그리고 테러는 정치적인 원인으로 인해서 시민들에게 공포와 불안 그리고 무질서의 분위기를 조장하기 때문이다. 테러는 그 수단과 방법에서 인류의 평화와 정의를 실현하려는 의도에서 어긋나는 결과를 불러오기 때문에 윤리적인 심판을 받는 것이다.

(2) 전쟁

초대교회로부터 현대에 이르기까지 교회가 고민하는 것은 "그리스도인은 세계의 평화성취를 위하여 과연 어떤 태도를 취해야 하는가?"이다. 전쟁과 평화에 대한 기독교의 입장은 크게 두 가지로 나타나는데, 그것은 정당전쟁주의와 평화주의이다. 전쟁 정당주의는 아우구스티누스, 토마스 아퀴나스, 루터, 칼빈, 그리고 라인홀드 니버와 램지(Paul Ramsey) 등에 의해서 주장되어져 왔다. 반면에 평화주의 전통은 터틀리안(Tertullian), 오리겐(Origen), 메노 시몬즈(Menno Simons, 1496-1561), 쟌 하워드 요도(John Howard Yoder), 스탠리 하우워스(Stanley Hauerwas) 등으로 이어 진다.

전쟁의 이론을 논하기 전에 우리는 몇 가지의 질문에 봉착하게 된다. 즉, 전쟁에 대한 그리스도인의 태도는 무엇인가? 전쟁이 악인가? 아닌가? 어떤 경우에 우리는 무력사용에 참여해야 하는가? 정의의 이름으로 다른 사람들의 생명을 빼앗는 것이 옳은 일인가? 의로운 전쟁은 가능한가? 더 나아가서, 폭력사용, 무기사용, 살상 등이 "의로움"이 될 수 있는가? 악의 존재 혹은 악의 횡포를 방관 할 것인가? 전쟁을 이해하기 위하여 세 가지 관점을 소개한다. 물론 이들은 그리스도교적인 입장이다.

① 정당전쟁주의(Activism)[18]

이것을 '행동주의'라고도 하는데, 이것을 주장하는 사람들에 의하면 전쟁에 참여하는 것은 항상 정당하다는 것이다. 정부는 하나님이 세우신 것이기 때문에 정부에 복종해야 하며, 정부를 보호하기 위해서는 마땅히 모든 전쟁에 참여해야 한다고 말한다. 하나님은 질서의 하나님이지 혼돈의 하나님이 아니라는 것이며, 구약에서의 하나

---

[18] Norman L. Geisler, Christian Ethics: Options and Issues (Grand Rapids, Michigan: Baker Book House, 1989), pp. 215-221.

님은 전쟁을 지휘하셨고 주관하셨음을 상기 시킨다.19)

② 의로운 전쟁 혹은 거룩한 전쟁 (Just War or Holy War)

로랜드 베인튼(Roland Bainton)은 전쟁의 종류를 세 가지, 즉, 평화주의, 의로운 전쟁, 그리고 십자군전쟁(the Crusade)으로 제시했다.20) 콘스탄틴 대제 이전의 초대교회는 평화주의를 채택했지만, 콘스탄틴을 기점으로 그 이후에는 교회지도자들이 국가의 권위를 인정하고 그리스도교의 질서를 유지하기 위하여 비 그리스도인들에 맞서 싸우기 시작했다. 이로부터 도덕신학자들은 의로운 전쟁의 타당성을 주장했다. 의로운 전쟁주의의 신학적 근거는 시세로(Cicero), 암브로스(Ambros), 아우구스티누스, 토마스 아퀴나스 등의 신학에 의하여 영향을 받은 것이다. 물론 의로운 전쟁의 전제 조건은 정의와 평화를 위해서 이다. 하나님께서 세우신 국가에 순종하는 것이 그리스도인의 의무이며, 전쟁의 의도가 의로워야하며, 전쟁의 목적은 평화를 회복하는데 있어야 된다는 것이다.

다시 말해서, 아우구스티누스와 토마스 그리고 다른 도덕신학자들에 의해서 발전되어 온 의로운 전쟁, 즉 정당전쟁의 기준은 "정당한 전쟁을 호소하는 것" 혹은 "전쟁에 참여할 수 있는 조건" (jus ad bellum, justice toward war)과 "정당한 전쟁을 수행하는 것" (jus in bello, justice in war)에 초점이 맞추어 진다.21) 그렇다면, 언제, 어떤 전쟁이 정당전쟁의 규범에 속하는 것인가? 정당전쟁

---

19) 창세기 9:6; 고린도 후서 14:33, 40; 사사기 3:1-2, 왕하 10:28, 신명기 7:2-25.
20) Roland H. Bainton, Christian Attitudes Toward War and Peace: A Historical Survey and Critical Re-evaluation (New York: Abingdon Press, 1960), p. 14.
21) Henry Paolucci, ed., The Political Writings of St. Augustine (Chicago: Henry Requery Company, 1962), p. 182; A. Entreves, ed., Aquinas Selected Political Writings (Oxford: Basil Blackwell, 1965), pp. 159ff.

의 규범을 열거하면 다음과 같다 :

　　a. 정당한 원인(just cause)있어야 한다.
　　b. 정당전쟁은 항상 그 의도 혹은 동기에 있어서 정당해야 한다. (just intention) 즉, 평화를 목적으로 해야 한다.
　　c. 전쟁은 정의를 실행하고 수호해야 정당전쟁이 될 수 있다. 아우구스티누스에 의하면, 피해를 보복하는 것도 정당전쟁이다.
　　d. 정당전쟁은 그 성격에 있어서 정당해야 한다. 즉, 전쟁은 공정하게 집행되어야 한다. 포로에게 고문을 한다거나, 굶주리게 하는 일, 생화학 무기를 사용하는 일 등은 비인간적인 행위이다.
　　e. 정당전쟁은 공적인 권위자 (정부)가 집행하고, 그 후견인이 되어야 한다.
　　f. 민간인은 철저히 공격에서 배제되어야 한다.

　　칼빈(Calvin)은 시민들이 침공을 당하여 고통을 겪는다면, 정부는 당연히 불의의 세력에 대한 하나님의 진노의 대행자로서 악을 제어하고 정의를 수립하기 위해 전쟁을 할 수 있다고 피력한다. 십자가의 이름을 유용한 십자군(cross에서 Crusades로)은 서 유럽의 그리스도인들이 성지를 무슬림으로부터 장악하려는 시도에서 발상 되었고, 그 첫 번째 십자군전쟁은 1096-1099년 사이에 발생하였는데, 그들의 목적이 성공적으로 달성되었다. 그러나 때로는, 일곱 차례에 걸쳐 펼쳐진 십자군 전쟁이 의로운 전쟁의 원칙을 벗어나서 잔인하게 수행되었다. 거룩한 전쟁을 찬성한 중세기의 그리스도인들은 이슬람교도들과 싸우는 것이 그리스도인이 되는 거룩한 길이며, 하나님과 교회에 충성하는 것이라고 생각했다.

③ **평화주의 (Pacifism)**

일명 '반전주의'라고도 불리 우는 평화주의는 어떤 유형의 전쟁이라도 정당하지 않으며, 그러므로, 전쟁에 참여해서는 안 된다고 주장한다. 평화주의는 예수를 본받아 살아가려는 초대 교인들에게 강력히 나타났다. 즉, 예수의 삶과 가르침이 평화주의의 토대를 이룬다. 전쟁은 미움이나 이기주의적 자아성취 또는 탐욕의 악에 근거한 것이므로 본질적으로 나쁜 것이라고 한다.

성서적인 근거는 "살인하지 말라"(출20:13), "악한 자를 대적하지 말라"(마태복음 5:39), "너희 원수를 사랑하며, 너희를 핍박하는 자를 위하여 기도하라"(마태복음 5:44) 등이다. 전쟁은 대량 학살을 초래하는 행위이기 때문에 살인은 항상 옳지 못한 것이며, 살인은 그리스도교 신앙에 위배된다고 주장한다.

요더(Yoder)는 그리스도인들이 예수께서 시작한 '새로운 질서'의 생생한 증거자들이 되어 새로운 질서의 공동체를 만들어야 된다고 주장한다. 그것은 사랑과 용서와 비폭력을 생활화함에서 이루어진다는 것이다.[22] 그리스도인들은 폭력을 앞세우는 세상문화와는 색다른 사랑과 섬김의 대안적 문화를 만들어 가야하며, 그리스도인들에게 있어서의 십자가는 그들이 어떤 경우에도 폭력을 버려야 하는 것을 여실히 말해 주는 가장 극적인 사건이라고 한다. 이러한 것이 이루어지려면 기독교 사회윤리의 기능이 중요하다고 생각한다.

4. 평화의 수단

---

[22] John Howard Yoder, The Politics of Jesus (Grand Rapids, Michigan: Eerdmans Publishing Co., 1972), pp. 163-192.

누가는 그의 복음서에서 예수 탄생의 기쁜 소식을 다음과 같이 선포 한다: "가장 높은 곳에서는 하나님께 영광이요, 땅에서는 주께서 기뻐하시는 사람들에게 평화로다."(눅:14) 그런데, 문제는 이 땅 위에 평화가 그리 쉽게 실현되지 않는다는 사실이다. 평화는 과연 어떻게 이루어 질 수 있는가? 평화의 수단이 될 수 있는 요소로서 비폭력, 관용, 그리고 책임을 생각해 본다.

(1) 비폭력

예수의 삶의 방법은 "비폭력적 저항"이라고 말할 수 있다. 그것은 예수가 불의와 모순에 대해서 저항하고 투쟁하며, 약자의 편에서 강자에 대해 싸우고 투쟁하되, 그 방법은 비폭력인 것이기 때문이다. 예수는 폭력이나 미움이 많은 사회에서, 그런 상황에 대비하여 사랑과 용서, 평화와 섬김의 방법으로 하늘의 평화를 이 땅위에 실현하려고 노력하셨다. 그의 이러한 비폭력적인 삶의 방식은 "악한 자를 대적하지 말라. 누구든지 네 오른편 뺨을 치거든 왼편 뺨도 돌려 대라"(마 5:39)라는 말씀이나, "검을 가지는 자는 다 검으로 망할 것이다"(마 26:52)라는 말씀과 일치한다. 진정으로 예수는 평화의 전달자이며, 평화의 건설자, 아니 평화 그 자체이셨다.

인도의 민족운동 지도자인 마하트마 간디에게 있어서 비폭력은 인간존재의 근본적인 법칙이며, 개인의 존엄성에 해당하는 자유와 평등에 부합되는 것으로 간주한다.[23] 따라서 폭력은 인간을 절하시키고

---

23) 요더(Yoder)는 기독교 평화주의자로서 간디나 말틴 루터 킹과 같은 사람들의 비폭력을 '실용적 평화주의' 라고 지칭하면서 이를 비판한다. John Howard Yoder, <u>Nevertheless: Varieties of Religious Pacifism</u> (Scottdale, Pennsylvania: Herald Press, 1971), pp. 52-55.

타락시킨다고 말한다. 힘을 힘으로 대결하고 증오를 증오로 맞이하는 것은 오직 인간의 타락을 유도한다. 이와 반대로 비폭력[24]은 인간의 본성을 회복시켜 줄뿐만 아니라, 비폭력은 인간의 사회질서와 정의를 보호해 주며 회복시킬 수 있는 계기를 마련해 준다고 본다.[25] 간디의 비폭력 사상의 핵심은 진정한 비폭력이 가장 높은 형태의 용기이며, 모든 것을 희생할 수 있는 카리스마적인 성격의 재질이다.[26]

비폭력적인 삶의 실천은 하나님의 희생적인 사랑을 삶에서 행하며, 자신을 비우며 남을 섬기는 사람에게 가능한 것이다. 이러한 비폭력적인 삶의 실천은 이 땅위에 평화를 확장하고 실현하는 것에 크나큰 공헌을 할 것이다.

(2) 관용[27]

관용은 "tolerantia"라는 라틴어에서 유래된 단어인데, 그 의미는 "참는다," "고통을 감수 한다" 라는 뜻의 내적인 관용이 있고, "남을 용서한다," 또는 "남을 너그럽게 받아들인다" 라는 외적인 관용의 뜻이 있다. 즉, 관용이란 자기와 다른 의견, 생각, 습관, 문화, 전통, 행위, 조직체, 인종, 종교 등을 가진 사람에 대한 관대함을 나타내는 것을 말한다. 더 나아가서는 자기 자신이 "좋아하지 않는 것"이나 "인정하지 않는 것" 까지도 자발적으로 인내하고 용납하는 것을 내포한다.

---

[24] 비폭력을 구분한다면 약자의 비폭력(non-violence of the weak)과 용감한 자의 비폭력(non-violence of the brave)로 구분 되어 질 수 있다. 전자는 일종의 무력함이고, 후자는 진정한 비폭력이다. 여기에서의 비폭력은 실력과 조건이 충분히 갖추어 졌지만 의도적으로 그리고 자발적으로 폭력을 포기하는 사람의 자세를 말한다.
[25] 차기벽, 간디의 생애와 사상 (서울: 한길사, 1996), pp. 51-145.
[26] 황필호, 편역, 비폭력이란 무엇인가 (서울: 종로서적, 1986), pp.75-110.
[27] 관용에 관한 보다 심층적인 토의는 김영일의 그리스도교 윤리 (서울: 대한기독교서회, 1998), pp. 137-153을 참조 바람.

사회학적인 차원에서의 관용은 한 인간이 독자적인 존재에서 긍정적인 관계성으로 전이될 때 더욱 가능해 진다. 그 이유는 인간관계의 작용 안에서 존재하기 때문이다. 즉, 나의 행동이나 태도는 나에게만 국한된 것이 아니고, 상호관계 또는 상호작용 속에서 그 기능을 발휘할 수 있기 때문이다. 사람은 사회적 동물이고 공동체의 요인이기 때문에 나의 행동과 태도 그리고 삶의 모습은 곧 남에게 어떤 영향을 주거나 해를 끼치게 되는 것이다.

여기에서 우리는 관용이란 무엇인지에 대하여 정의를 내릴 필요가 있다. 관용의 태도 가운데 하나는 타인을 그 상태 그대로 인정하고 받아주는 것이다. 그러므로 여기에는 모든 미움과 갈등, 고집과 아성, 교만과 괄시, 질투와 독선 등을 극복하고, 다른 사람의 현존, 즉 그의 "현재 있는 그대로, 생긴 그대로, 그리고 가진 것 그대로"를 받아들이는 것뿐만이 아니라, 그의 과오와 죄를 용서함으로써 나 자신과 건전한 관계를 맺고, 오히려 그를 들어 올리는 태도를 일반적으로 관용이라고 할 수 있다.

복음의 본질은 사랑과 용서와 구원이다. 그것은 관용 즉, 관용의 윤리라는 것을 알 수 있다. 로마서에 나타난 바울의 관용의 윤리도 이와 같은 예수의 복음의 존재 그 자체를 집약하고 총합한 것이다.

초대 기독교 역사에서 신학적으로 가장 영향력 있는 서신인 로마서에 보면 바울의 관용을 잘 묘사하고 있다. 로마서 14장과 15장은 신학적 갈등으로 나뉘어졌고 그것이 승화하여 분파 간에 증오하는 로마교회에 바울이 관용의 필요성을 피력한 내용이다. 바울은 갈등의 관계에 있는 유대인 기독인과 이방인 기독인들 간의 공존과 친교를 강조하였다. 두 파당의 기독인들이 상호 용납의 윤리의 깃발 아래서 함께 모여 화합과 온전함을 추구하며 하나님께 찬양을 드려야 마땅하다는 것이다.28) 이러한 내용은 로마서 15장 7절에서 집약적으로 지적하고 있다. 즉, "이러므로 그리스도께서 우리를 받아 하나님께 영광을 돌리심과 같이 너희도 서로 받으라"라는 내용이다.

    로마교회의 문제 발단은 A.D. 49년, 바울이 로마서를 쓰기 위하여 구술하기 약 7년 혹은 8년 전, 선동자들이 반란을 일으켜서 많은 유대인 그리스도인들과 교회지도자들이 로마로부터 축출을 당하게 되어 시작되었다. 그것은 결국 로마 황제 클라우디우스(Claudius)가 개입하여 더욱 큰 사건으로 전개되었다.29) 그래서 유대인들은 회집의 권리를 잃었고, 그 결과 거의 모든 교인은 이방인 그리스도인들만이 그 교회에 남게 되었다. 그 후 (약 5년 후) 네로(Nero)가 황제의 자리에 앉고 유대인들에 대해 약간의 관용을 베풀게 되자, 로마에는 유대인 교회와 이방인 교회로 분리되어 모이게 되었다. 이 두 교회의 분파는 신학신조(자유적인파와 보수주의적인 파) 뿐만 아니라 인종적(유대인과 비유대인)인 성격의 상이점을 가지고 있었다. 아무튼, 로마서의 수신대상은 주로 이방인 그리스도인이었는데, 그들은 그 지방의 기독교 공동체의 대다수였다고 한다. 그들에게의 권고는 더 이상 불화하지 말고 서로 용납하라는 것이다.30)

    "너희도 서로 받으라" (롬 15:7)라는 권고는 서로 용서하고 영접하라는 온전한 친교를 말하며, 적개심에 불타는 경쟁적 신앙생활에 종지부를 찍으라는 의미를 나타내고 있다. 14: 1에 "믿음이 연약한 자를 너희가 받되……"라는 표현에는 "연약한 자"와 "강한 자"

---

28) Ernest Findlay Scott, <u>Paul's Epistle to the Romans</u>, London: SCM Press, 1947, P. 72.
29) 참조, Wolfgang Wiefel, "Roman Christianity," in Karl P. Donfried, ed., <u>The Romans Debate</u>, Augsburg Puslishing House, 1977, PP. 108-109.
30) <u>Ibid</u>., P. 113.

를 연상케 한다. 여기에서 "강한 자"란 숫자적으로 대다수를 의미
할 뿐만 아니라 전통적 형식주의에 도전하며 영적인 용기를 가진 사
람들을 지적하는 것 같다. 그러니까 그들은 진보적인 성향의 사람들
이다.31) 바울은 14:1에서 시작한 "연약한 자"와 "강한 자"에 대
한 경우를 15:7에 결론적으로 강하게 언급함으로써 "상호 관용의 원
칙"을 제언하고 있다. 그리고 이 원칙은 "하나님이 저를 받으셨음
이니라"(14:3)라고 말하여 자신의 뜻만이 아니라 하나님의 인준을
시사한다.

    바울이 주창하는 상호관용의 윤리는 하나님과의 관계성에서의 결
합을 의미하며, 신앙의 확신을 통한 본질적인 관용을 제시한다. 즉, 그
리스도의 정의와 희생과 사랑을 바탕으로 한 무조건적인 관용을 요구
하고 있다. "너희도 서로 받으라"는 말은 기회 있을 때 영접하라는
것도 아니고, 단순히 상대방을 존경하고 용납할 수 있을 때 실천하라는
것도 아니다. 그것은 적극적으로 그리고 활동적으로 솔선하여 접근하고
용납하라는 것이다. 마음의 문을 항상 열어 놓고 상대방과의 온전한 관
계를 맺을 수 있도록 준비하는 관용을 말한다. 그렇기 때문에 이러한
관용에는 고통과 희생도 감수할 수 있음이 포함되는 것이다. 바울 서신
을 연대적으로 나열할 때 "양심"(Suneidesis/conscience)이라는 단어
는 고린도서 이전까지는 나타나지 않는다. 그 이전에 바울이 사용한 단
어는 "마음"(heart)이라는 말로 양심의 뜻을 대신하였다. 양심이란 말
은 고린도전서 8:7에 처음 사용되어 졌는데 그것은 아마도 고린도 교
회의 특별한 환경에 대한 논란, 즉 우상에게 제물로 드려진 고기를 먹
는 것이 옳은 일이냐는 논쟁에서 비롯된 듯하다. 고린도전서 8장에는

---

31) Robert Jewett, Christian Tolerance, Philadelphia: The Westminster
    Press, 1982, PP. 28-30. 참조, C. E. B. Granfield, The Epistle to the
    Romans, 2 Vols., P. 700.

"약한 양심"이란 표현이 세 번 나타나는데 (8:7; 8:10; 8:12), 그 "약한 양심"이란 자기 자신의 양심에 불복종함으로써 자신의 파괴를 갖는 사람과 죄로 인해서 양심에 상처를 입은 사람을 일컫는다. 그러니까 바울은 양심의 자율성을 인정하는 것 같다.[32]

우리는 여기에서 관용의 실천을 가능하게 하는 것은 자아인식 이라고 말할 수 있다. 그리고 자아가 양심에 복종할 때 관용의 실천은 더욱 가능해지는 것이다. 그러나 하나님의 직접적인 음성인 양심이 오염되면 양심의 기능은 상실되어 버린다. 그렇게 될 때에 개인의 온전성을 유지시키고 보호하며 하나님의 음성을 청취하는 양심은 파괴되는 것이다. 진정한 관용을 베풀며 살아간다는 것은 양심이 살아있다는 증거이며, 하나님의 음성을 계속적으로 듣고 그와 동행한다고 말할 수 있다. 그리고 이러한 삶이 평화를 확장하는 길이라고 생각한다.

(3) 책임적인 존재

"책임"이라는 뜻을 가진 영어단어의 "responsibility"는 응답(response)이라는 말과 능력(ability)이란 말의 합성어로 되어 있다. 다시 말하면, 책임은 응답할 수 있는 능력을 기대한다는 말이다. 그러나 더 깊은 의미의 책임은 믿음직한 행위를 바라는 "약속"이란 숨은 뜻이 담겨져 있다.[33] 본래 책임이라는 단어는 라틴어인 "respondeo"에서 근원을 찾을 수 있다. 그 뜻은 (1)어떤 일에 대해서 회답으로서 무언가를 돌려주기 위한 약속; (2)법적인 의미에서

---

32) Jewett, <u>Christian Tolerance</u>, PP. 43-59.
33) G. A. Cole, "Responsibility" in <u>New Dictionary of Christian Ethics & Pastoral Theology</u>, David J. Atkinson & David H. Field, eds. (Downer Grove, Illinois, 1995), pp. 734-736.

하나의 의견이나 충고 또는 결단을 보여 주는 것, 혹은 소환을 받은 사람이 법정에서 대답하는 것 등이다. 이러한 의미는 독일어의 "Verantwortung"에서 잘 반영되어 있는데, 그 의미는 "대답 한 다"(Antwort)라는 것이 강조되어 있다. 책임 있는 행위자는 다른 사람에게 자신의 의도성이나 행위에 대하여 대답할 수 있는 사람이다. 대답함에는 그 사람의 인격과 행위의 연대성이 인정된다.

"도덕적·윤리적 책임이 있다"라는 것은 "도덕행위자가 당연이 해야 할 일을 잘했기 때문에 칭찬을 받을 만하다"든가 "그가 당연한 것을 잘못하였기 때문에 책망을 받을 만하다" 혹은 "자신의 행위에 대하여 해명할 필요가 있다"는 뜻이다. 도덕적 책임은 윤리적 진행과정의 동기와 행동상태와 그 결과에 대한 모든 것을 묻는 것이다.[34] 사실상 책임성은 한 인간이 당연성을 얼마나 착실하게 그리고 양심적으로 감당 하는가?를 측정할 수 있는 규범이다.

그러므로, 책임이란 인간이 도덕적인 행위자로서 당연히 하여야 할 의무이다.[35] 한스 요나스(Hans Jonas)의 책임개념은 "...을 위한 책임"으로서 책임이란 '돌봄'에 뿌리를 두고 있다고 제안한다.[36] 인간은 다른 사람들과 관계를 맺고 살아가고 있기 때문에, 그리고 공동체의 요원이기 때문에 타인에게와 공동체에 대한 책임을 가진다. 그리고 인간은 생각할 수 있고 판단할 수 있는 능력을 소유한 이성적인 존재이기 때문에 자신의 행동과 결단에 대한 책임이 뒤따른다. 슈와이커(Schweiker)는 이와 같은 책임을 '행위자적인 책임'이라고 한다.[37] 슈와이커는 행위자적인 책임 이외에도 '사회적인 책임'

---

34) Taylor, Principles of Ethics, 김영진 옮김, 윤리학의 기본원리, pp. 225-7.
35) 김영일, 그리스도교 윤리, pp. 129-133.
36) Hans Jonas, Das Prinzip Verantwortung (Frankfurt, 1979), p. 175.
37) William Schweiker, Responsibility and Christian Ethics (Cambridge, Great Britain: The University of Cambridge, 1995), pp. 40-45.

과 '대화적인 책임'을 제언한다. 본회퍼(D. Bonhoeffer)는 책임이란 다른 사람들을 위해서 행동하는 자리에서 의무가 부과된다는 관점에서 '대리적 행위로서의 책임'이라고 말한다.38)

뤼챠드 니버(H. Richard Niebuhr)도 인간을 대화적인 존재로 보고, 행위자의 자아는 다른 사람들에게 대답하고, 그 일을 책임지는 과정 속에 드러난다고 말한다. 따라서 대답한다는 것은 도덕적 자아가 관여하는 것이라고 제언한다.39) 즉, 니버가 말하는 인간은 "대화적인 존재"(homo dialogicus)이다. "모든 삶은 응답의 성격을 가졌다"40)라는 전제로부터 시작하는 니버의 자아는 타인에게 대답하며 응답하는 행위 속에서 부각되어진다. 그런 행위는 질문에 대답한다거나, 공격에 방어를 한다거나, 도전에 대응한다거나, 부름에 응답한다거나, 명령에 답변을 하는 등이다.41)

그리스도인들은 이 땅에 '하나님의 나라' 즉 '평화의 나라'를 확장하고 실현하기 위하여 부름을 받은 사람들이며, 그렇기 때문에 우리는 그런 사명에 대하여 책임적인 존재가 되어야 한다.

5. 최고의 선으로서의 평화

평화는 인간 삶에 있어서 그리고 하나님의 창조적 질서에 있어

---

38) Dietrich Bonhoeffer, Ethics, edited by Eberhard Bethge (New York: Collier Books, 1986), p. 224.
39) H. Richard Niebuhr, The Responsible Self: An Essay in Christian Moral Philosophy (New York: Harper & Row, 1963), p. 56.
40) Niebuhr, The Responsible Self, p. 46. Also see William Schweiker, "Radical Interpretation and Moral Responsibility: A Proposal for Theological Ethics," in The Journal of Religion, 73:4 (1993), 613-637.
41) Niebuhr, The Responsible Self, p. 56.

서 '최고의 선'이다. 그리고 평화실현을 위한 최고의 가치와 규범은 '선'(good)이라고 볼 수 있다. 아우구스티누스도 하나님이 통치하시는 완전한 평화가 최고의 선이라고 했다. 이것이 그가 말하는 "하나님의 도성"에서의 평화이며 완전한 평화일 것이다. 그런데 "지상의 도성"에서는 그러한 최고의 선인 완전한 평화가 이루어질 수 없다고 암시한다. 그러나 그리스도인들의 과제는 최고의 선으로서의 완전한 평화를 이 땅위에서 실현시킬 수는 없다고 해도, 적어도 '선'으로서의 평화는 확장시켜야 한다고 제시한다.[42]

인간이 살고 있는 이 땅위에서 평화를 확장하려면 악을 극복해야 하는데, 악은 선으로 극복해야한다. 그렇다면, 악을 선으로 극복해야 된다는 그 '선'이란 무엇을 의미하는가? 첫째로, 선이란 상대방을 대할 때나 관계를 가질 때 진실을 말하는 것이다. 즉, 정직성이다. 거짓이나 불의가 있다면 악을 극복할 수 없게 된다. 순수성이 결핍되기 때문이며, 그 결과로 좋은 관계 즉 신뢰의 관계를 맺을 수 없기 때문이다.

둘째로, 이 지구상에 테러와 폭력, 불안과 불평, 그리고 부조리와 갈등 등 평화를 방해하는 요소들을 극복하고 평화를 확장하기 위해서는 빈곤을 극복해야 한다. 빚진 사람이나 빚진 나라는 불평과 불만 그리고 불행하기 쉽다. 따라서 어떤 불순한 태도가 도발할 수도 있다. 빚을 탕감해 주는 것은 은혜를 베푸는 행위이고, 돌봄으로서의 책임을 실천하는 선이다. 셋째로, 가능한 한 모든 면에서 가능한 한 많이 사랑을 베푸는 일이 바로 악을 선으로 극복하는 것이다. 그래서 예수는 이웃사랑(막 12:31)뿐만 아니라 폭력포기(마 5:38-42)와 원수사랑(마 5:43-48)까지도 강권하셨다. 넷째로, 고난이나 희생을 기꺼이

---

[42] Augustine, The City of God, XIX, translated by Gerald G. Walsh, et al. (Garden City, New York: Doubleday, Image Books, 1958), 12-17.

감수할 수 있는 태도를 갖추어야 한다. 악을 대할 때에는 예기치 못할 일이 발생할 수 있기 때문이다. 그러므로 악을 선으로 극복해야 한다.

인간이 살고 있는 세계는 좁아져서 지구가 하나의 작은 마을이 되었다. 그래서 지구촌이라는 '한동네' 사람들이 상보상생 해야 하는 시대를 맞이했다. 한마디로, 우리는 열린 세계 속에서 열린 마음으로 서로 존중하고 협조하며 대화를 통한 평화로운 지구촌 공동체를 형성해야 할 책임적인 존재이다.

그러나 불행하게도 지구촌 안에는 아직도 종족과 국가 간의 벽이 높이 쌓여 있고, 동서의 갈등, 종교와 문화의 갈등이 심화되어 있고, 이념적 투쟁이 이곳저곳에 점철되어 있음을 볼 수 있다. 비관용적인 요소들, 즉 전쟁, 대립, 독선, 폭력, 테러, 증오, 지배의욕, 배타적인 태도, 착취, 분쟁, 욕심 등이 인간사회 속에 만연하여 있다. 이러한 비평화적인 요소들이 평화의 요소들, 즉 정의, 대화, 용납, 사랑, 화해, 조화, 비폭력, 관용, 상호존중, 책임적인 존재 등으로 변화되어야 할 것이다. 이것이 바로 예수께서 이 땅 위에 평화실현을 위해서 전한 복음의 중심 사상이 아닌가? 실로 기독교는 이 땅위에서 평화를 확장하고 평화를 실현하도록 세워진 종교이다.

고대 그리스의 평화에 대한 개념인 eirene는 중용의 윤리를 통한 개인의 내적인 평화이었다면, 고대 로마의 평화의 개념인 Pax Romana는 군사력에 의존하여 전쟁의 최종목표로서의 지배 질서로 표현되는 평화이었다. 그러나 성서적인 평화의 개념은 이 땅 위에 평화로운 하나님 나라의 확장과 평화의 실현이다.

비폭력적 삶과 관용과 책임적인 존재로서의 목적은 상실된 인간의 존엄성과 거룩성 그리고 상호 관계성과 신뢰성의 회복이다. 인간 공동체 안에서 죄로 인한 타락, 남을 증오하고 무시하고 폭력을 사용하고 또한 방관하는 태도 등으로 인간은 그 본연의 존엄성과 거룩성을 상실해 왔다. 비폭력적 삶과 관용과 책임적 존재는 사회적 조화(Social Harmony), 즉 관계적 조화(Relational Harmony)를 이루도록 도와주는 수단이며 윤리적 규범이다. 인간 상호관계 속에서의 조화는 평화와 행복을 불러준다. 이러한 조화는 오직 사람들이 자신의 욕심과 갈등과 미움과 폭력을 버릴 때에만 가능한 것이다.

필자는 이 땅위에 평화를 확장시키고 평화 실현을 위해서, 즉 "하나님께는 영광이요 땅에서는 평화"의 실현을 위하여 다음을 제안한다. 첫째, 인내심을 갖고 대화하는 일이다. 둘째, 사랑과 봉사로 관용하는 일이다. 셋째, 희년정신을 활성화하는 일이다.[43] 넷째는 인내심을 갖고 대화에 임하며, 사랑과 봉사로 관용을 베풀고, 희년정신을 활성화 할 수 있는 책임적 존재가 될 때, 이 땅위에 평화를 실현할 수 있을 것이다.

평화를 방해하는 폭력에 대한 대응책에 있어서 "이는 이로" 식의 대응, 즉 폭력을 폭력으로 대응하는 것은 평화실현에 도움을 주지 못한다. 단지 악을 선으로 극복할 때에만 가능할 것이다. 마치 예수가 악과 폭력에 대응할 때, 사랑과 용서와 섬김과 자기 비움으로 대응한 방법처럼 평화운동을 전개해야 한다.

그런데, 과연 이 땅위에 완전한 평화실현은 가능할 것인가? 어쩌면 예수 재림의 때까지는 그러한 실현이 불가능 할지도 모른다. 그러나 조금씩 단계적으로 그리고 부분적으로나마 평화실현이 이루어질 수 있다고 본다.

---

43) 희년정신이란 의미는 "쉼"이며 "자유"인데, 이런 뜻과 연관하여 본래 창조 그대로의 "원상복구" 혹은 "환원" 혹은 "용서"의 의미도 내포되어 진다.

VII. 종교 사회학적 고찰

　　종교와 사회는 언제나 밀접한 관계를 가져왔다. 한국의 고려왕조 시대에는 불교가 그리고 조선왕조 시대에는 유교가 한국의 정치와 사회에 지대한 영향을 끼쳤다. 중세기의 유럽 문화권에서는 기독교가 유럽인들의 삶에 크나큰 영향력을 행사했다. 그래서 종교사회학은 종교를 사회학적 측면에서 조명하는 학문으로써, 종교와 사회의 관계 그리고 그들 상호간의 영향을 살펴보아야 하며, 종교의 기능이 사회에 어떠한 영향을 끼치는가를 연구해야 한다.

　　여기에서 우리는 종교의 사회학적인 이해를 다루면서, 이 학문의 거장으로 꼽히는 뒤르켐(E. Durkheim), 마르크스(K. Marx), 베버(M. Weber) 등의 이론을 조명하려 한다. 그리고 다른 주제로는 종교의 기능, 종교 체험, 종교와 사회변화 등에 대하여 연구하고; 아울러 니버(H. Richard Niebuhr)의 "그리스도와 문화"를 소개하며, 이단에 대한 문제를 사회학적인 측면에서 다룰 것이다.

1. 종교의 사회학적 이해

(1) 종교의 정의

　　종교(religion)라는 단어는 라틴어의 "릴리기오"(religio)에서 유래되었는데, 리릴기오는 "릴리가레"(religare)라는 단어에서 나온 말이다. Religare는 re(back)와 ligare(to bind)의 합성어로써 "귀속" 혹은 "돌아가 결속함"의 뜻을 가진다. 이 단어로써의 종교의 의미는 기독교적인 교훈이 담겨 있음을 알 수 있다. 즉, 탕자의 비유에서 둘째 아들을 연상케 한다. 인간의 죄로 인하여 하나님과 인간의 사이가 멀어진 상태에 있다가, 하나님의 용서와 인간의 회개로 다시 화해하는 것을 뜻한다.

　　동양에서 종교를 "교"(敎) 또는 "도"(道)라고 말하는데, 여기에 내포된 의미는 신이 인간에게 자기를 계시하고, 이 계시로써 인간을 바른 길로 인도함과 또한 인간이 신을 향해 마음 문을 여는 것을 뜻한다. 여기에서 "도"는 하늘이 내린 것으로 하늘과의 연결되는 지침과 방향을 의미하며, 인간이 마땅히 가야하고 알아야 할 길과 진리를 말하는 것이다. 종교(宗敎)란 단어는 "으뜸 되는 가르침"이란 뜻을 내포한다.

　　종교를 정의 할 때, 두 가지의 차원에서 보아야 한다. 하나는 본질적인 정의로써, "종교가 과연 무엇인가?"라고 하는 종교의 바탕 혹은 본질적인 실체에 대한 질문을 적용해야 한다. 따라서 믿음의 특수성, 신의 영역, 성스러운 것과 불경스러운 것, 교파, 교회출석 등이 검토되어야 한다. 또 다른 하나의 차원은 기능적인 정의인데, "종교가 무엇을 하는가?"라고 하는 그 종교의 기능 역할에 대해서 묻는 것이다. 여기에서 강조하는 것은 상징, 궁극적인 의미, 가치관, 현상적인 것 등을 강조한다. 예를 들어 설명하면, 하나의 의자를 표현함에 있어서, 본질적인 정의는 의자의 다리가 네 개이며, 등 바침이 있다는 묘사로 설명할 수 있을 것이다. 또한 기능적인 정의로는 의자가 쉼을 주며, 사람이 앉을 수 있는 것, 또는 한 사람만이 앉을

수 있다는 것 등으로 정의 할 수 있다.[1]

임마누엘 칸트는 종교를 도덕의 완성으로 보았고, 에밀 뒤르켐은 종교가 모든 문화의 원천이었다고 주장했으며, 20세기 최고의 과학자인 아인슈타인은 "종교가 없는 과학은 절름발이이고, 과학이 없는 종교는 소경"이라고 말했다. 반면에 마르크스는 종교가 민중의 아편이라고 비난을 했다. 그러면 몇 사람들의 종교에 대한 이론을 살펴보기로 한다.

(2) 뒤르켐(Emile Durkheim)의 종교 이해

인간의 사회성과 사회적 삶에 있어서 종교의 역할이 대단히 중요하다는 기능주의 이론을 주장한 사람들 중에 대표적인 사람이 에밀 뒤르켐(Emile Durkheim, 1858-1917)이다. 그는 그의 책에서 사회에서의 종교의 기능적 역할에 대해서 다음과 같이 말한다.

> 종교란 신성한 것들, 즉 구분되어 지고 금지되어진 것들과 관계되어 있는 믿음과 실천들이 교회[2]라고 불리어지는 단일한 도덕적 공동체로 단결되어진 총합체이다.[3]

여기에서 뒤르켐은 세 가지를 지적하는데, 그들은 믿음의 체계와 의식적 체계 그리고 사회적 관계성이다. 이 중에 하나라도 없으면 종교로써 성립되지 못한다. 믿음의 체계는 이론적인 요소인데, 예컨대, 초

---

1) Keith A. Roberts, <u>Religion in Sociological Perspective</u> (Homewood, Illinois: The Dorsey Press, 1984), pp. 22-28.
2) 여기에서의 "교회"는 기독교교회 뿐만 아니라 일반적인 도덕적 공동체를 의미함.
3) Emile Durkheim, <u>The Elementary Forms of the Religious Life</u>, translated by J. W. Swain (New York: Collier Books, 1961, first published 1912), p. 62.

월적인 존재, 교리, 신조, 규범, 가치관, 신화 등이 여기에 속한다. 또한 믿음의 체계는 사건들을 해석해 주고, 선악과 옳고 그름을 안내해 주는 역할을 한다. 의식적 체계는 실천적인 요소로써, 예배, 기도, 치유, 결혼, 세례식, 장례식 등을 말한다. 사회적 관계성은 상호관계나 친교, 소속감, 결속력 등을 내포 한다.

뒤르켐이 이해하는 종교는 한 그룹 혹은 사회의 결속력, 즉 사회 통합의 요소와 그들이 믿는 신성한 것을 중심으로 한 성스러움의 경험과 믿는 사람들을 하나로 묶어주는 집단 형성의 요소 등이라고 한다. 그는 "사회를 하나로 묶어 주는 것이 무엇이냐?"고 묻고, 그 질문에 대답하기를 그것은 바로 종교의 기능이라고 말한다. 종교는 사회의 결속력을 만들어 낼뿐만 아니라 그것을 항상 강화한다고 한다. 그러므로 종교와 사회는 불가분의 관계라는 것이다.

(3) 맥스 베버(Max Weber)의 종교 이해

베버(1864-1920)의 주요 관심사는 "종교가 사회에 어떤 영향을 미치는가?"이었으며, 그래서 그는 그러한 각도에서 세계의 중요한 종교를 연구하였다.[4] 베버는 특별히 자본주의의 출현과 발생에 더욱 많은 관심을 가졌는데, 그의 논문의 문제제기는 "왜 하필이면 근대의 자본주의가 역사적으로 볼 때, 문명의 역사가 비교적 짧은 미국에서 발생했는가?"이며, "왜 역사가 깊은 동양에서는 자본주의가 일어나지 못했는가?"이다.

베버는 개신교 윤리와 자본주의 정신에서 종교의 영향과 사회

---

4) Weber의 중요한 저서는 다음과 같다. 개신교 윤리와 자본주의 정신 (The Protestant Ethic and the Spirit of Capitalism, 최초 출판은 1904-1905); 고대 유대교 (Ancient Judaism, 1920-1921); 중국의 종교 (The Religion of China, 1920-1921); 인도의 종교 (The Religion of India, 1920-1921).

변화의 관계를 전개하는데, 특히 개신교의 윤리가 경제적으로 서양 역사와 사회에 미친 원인과 결과에 대해서 논증하고 있다.5) 그의 논리를 간단하게 말하면, 현대의 자본주의가 미국에서 발생한 이유는 개신교 신학윤리, 즉 칼빈주의(Calvinism) 신학의 영향이 많았다는 것이다. 이러한 신학사조는 영국에서 미국대륙으로 들어간 청교도의 삶에 막대한 영향을 주었는데, 사실상 16세기 영국의 청교도들은 영원한 구원이 그들에게 최대의 관심사이었다. 그런데, 이와 같은 청교도들의 신학적인 삶에 기반을 이루도록 공헌을 한 것은 칼빈주의의 신학이었다.

미국에 정착하여 살아간 청교도의 후손들은 그러한 신학적인 삶을 바탕으로 노동의 윤리를 형성했는데, 그것은 구원의 확신을 얻기 위해서 그리고 하나님의 영광을 위해서 신앙생활을 열심히 하고, 또한 노동도 열심히 하는 근면과 절약과 정직성뿐만이 아니라 낭비와 사치를 금하는 생활을 유지하게 되었다. 또한 노동을 높은 덕목으로 여기는 한편, 게으름이나 일하지 않는 것을 죄악으로 간주하였다. 결과적으로 그들은 돈을 많이 절약함과 동시에 저축할 수 있게 되었고, 저축된 돈을 투자 하고 또 재 투자하다보니 재정축적의 현상이 나타나게 된 것이다. 그래서 자본주의가 탄생되었다는 이론이다.6)

사실상 베버는 종교의 정의에 대한 명쾌한 설명은 하지 않는다. 단지 종교의 사상과 그로 인한 사람들의 삶의 태도가 사회의 변화와 연관성이 있다는 것을 설명한다. 위에서 언급했듯이, 미국의 청교도들이 선택된 자의 표징으로 근면, 정직, 검소의 가치관과 음주,

---

5) Max Weber, The Protestant Ethic and the Spirit of Capitalism, translated by Talcott Parsons(New York: Charles Schribner's Sons, 1958).
6) Ibid., pp. 98-128; Talcott Parsons, The Structure of Social Action, 2nd ed. (New York: New York: Free Press, 1949), pp. 521-528.

도박, 사치, 낭비 등을 죄로 간주하여 금욕주의적인 가치관을 가진 것이 현대의 자본주의와 상관관계가 있다는 것을 제안하는 것이다. 반대로, 힌두교의 가치관은 물질적 현 세계의 고통으로부터 더 높은 영적인 존재의 영역으로 도피할 것을 강조하기 때문에, 힌두교는 사회변화를 가져오지 못했다고 한다. 베버는 종교가 사회변동을 촉진할 수도 있고 억제할 수도 있다고 결론을 내린다.

(4) 칼 마르크스(Karl Marx)의 종교 이해

세계 역사에서 19세기의 정치구도와 사회변동에 크나큰 영향력의 원인을 제공한 칼 마르크스(1818-1881)는 인간에게 과학이 진실과 지식을 공급하는 유일한 방법이며, 경험적으로 검증되는 것만이 존재한다는 이론으로부터 시작한다. 그래서 그는 신이나 초자연적 존재는 실제가 아니고, 종교의 교리도 실제가 아니기 때문에 허위적인 것이라고 주장한다.

마르크스는 종교를 자연종교와 인공종교로 구분하는데, 자연종교는 자발적으로 발생한 원시종교로써 태양이나 산이나 동물 등 자연을 숭배하는 것을 지칭한다. 인공종교는 천주교, 개신교, 유대교, 이슬람교 등을 말하는데, 이들은 인위적으로 만들어진 종교라는 것이다. 인공종교, 특별히 기독교는 지배계급과 종교의 지도자들이 결탁하여, 소외를 당하고 착취를 당하여 불만이 많은 노동자들, 즉 교인들을 기만하여 종교적인 교훈과 힘으로 위로하는 척하고 평정을 꾀한다고 한다. 따라서 "종교는 민중의 아편"이라는 것이다.

> 인간이 종교를 만든다. 종교는 인간을 만들지 못한다. 즉, 종교는 어느 인간이 자신을 아직 발견하지 못했거나 혹은 다시 자신을 이미 잃은 사람이 갖는 자의식과 자기감정이라고 할 수 있다. 종교

> 는 인간 본질의 환상적 실현이다. 왜냐하면 인간의 본질은 참 실재가 존재하지 않기 때문이다.[7)]
>
> 종교는 억압받는 인간의 한숨이며, 냉혹한 세상의 감정이며, 정신이 없는 상황의 정신이다. 종교는 민중의 아편이다.[8)]

마르크스가 보는 종교는 인간의 생산품이고, 종교가 믿는 하나님은 인간의 영상 혹은 투사라고 주장한다. 즉, 인간이 자신들의 열망을 투사해서 종교와 하나님을 만든다고 한다. "종교가 민중의 아편"이라는 표현 속에는 민중이 진통성과 중독성을 가진 아편 때문에 현세적인 불만과 곤경을 참거나 잊어버릴 수밖에 없다는 것이다. 따라서 종교는 인간을 소외시킬 뿐만 아니라 소외를 강화한다고 본다.

그러므로 마르크스가 이해하는 종교는 하나의 이데올로기이다.[9)] 그가 여기에서 말하는 이데올로기는 부정적인 차원으로써, 이데올로기가 사회질서 속에서 서민층과 노동자 계급의 불만을 잠재우게 하려는 특권층 혹은 가진 자들을 합리화하기 위하여, 그래서 사회의 평정을 도모하기 위하여 만들어진 것이라고 한다.

이러한 종교의 입장을 내세우는 마르크스의 강조점은 사실상 인간의 자연적 권리와 인간성의 회복에 있다. 그가 보는 인간은 사회의 핵심이고 경제 활동의 주체인데, 인간들의 노동의 대가는 자본주들의 착취로 인하여 권익을 상실 당한다는 것이다. 이것은 곧 인간이

---

7) Karl Marx and Frederick Engels, <u>On Religion</u> (New York: Schocken, 1964), p. 41.
8) Ibid., p. 42. 번역은 필자의 것이다.
9) 이데올로기는 인간사회의 체계화된 윤리적 신념과 가치관을 말하며, 이것은 기능적으로 한 사회에서 동기를 부여하고 질서를 정당화하며, 사람들의 삶의 방향을 설정해 주는 상징적 세계관을 가진다. 이데올로기는 갈등과 분쟁을 초래하기도 하고(예, 공산주의와 민주주의), 또한 한 사회를 긍정적으로 이끌어 가기도 하며 사회변화의 원동력이 되기도 한다.

인간으로서의 자연적 모습이 상실되는 것이고 소외된 모습으로 전락된다고 주장한다. 그런데 종교는 이런 노동자인 민중을 소외시키고 소외를 완성한다는 것이다.

2. 종교의 기능과 역할

종교는 과연 사회와 인간에게 어떤 영향을 주는가? 인간사회에 주는 종교의 기능과 역할은 무엇인가? 이에 대해서 뒤르켐, 베버, 파슨스(Parsons), 멀튼(Merton), 버거(Berger) 등이 주도하는 기능주의는 긍정적인 입장이고, 마르크스 등이 펼치는 갈등주의는 부정적인 입장이다. 긍정적인 차원에서 종교가 부여하는 기능과 역할을 기술해 보면 다음과 같다.

첫째, 사람들에게 삶의 의미(meaning)를 공급한다는 것이다.[10] 의미란 인간의 삶 속에서 일어나는 상황과 사건을 해설하는 것을 말한다. 예컨대, "가"라는 사람이 암에 걸려 죽었다고 할 때, 많은 사람들이 이러한 상황과 사건을 다르게 해설할 수 있다. 어떤 이는 그가 운수가 나빠서라고, 다른 사람은 그가 건강관리를 잘못해서 암으로 죽었다고, 또 다른 사람은 그가 죽은 것은 환경오염의 문제 때문이라고, 아마도 어떤 사람은 그것이 하나님의 뜻이라고... 등등의 각각 다른 해설을 할 수 있다는 말이다.

대부분의 종교들은 의미 시스템을 공급한다. 즉, 믿음의 공동체

---

10) Meredith B. McGuire, <u>Religion: The Social Context</u>, 2nd edition (Belmont, California, 1987), pp. 23-31.

와 의미 시스템 사이에는 직접적인 관계를 가지고 있다. 피터 버거와 토마스 루크만(Luckmann)은 종교가 인간의 삶에 의미를 부여한다는 것을 가리켜서 "세계관"(world view)이라고 호칭하는데, 이것을 "종교적 세계관"이라고 부르는 것이 더 적합할 듯하다.[11] 왜냐하면, 세계관에는 여러 가지 종류들이 있기 때문이다. 크리훠드 기어츠(Geertz)는 종교가 사람들에게 생의 의미를 공급할 뿐만 아니라 현실을 해설하고 그 현실의 모습을 바꾸기도 한다고 주장한다.[12]

의미 시스템에는 두 가지 종류가 있는데, 하나는 설명적 의미 시스템이고, 다른 하나는 규범적 의미 시스템이다. 설명적 의미 시스템은 세상일에 대하여 "왜"라는 것을 설명하는 것이다. 예컨대, "네 부모를 공경하라"는 지시에 대하여 설명이 요구되는 것을 말한다. 규범적 의미 시스템은 "당연성"에 관한 것으로써 세상일들이 "이렇저렁" 해야 된다고 처방하는 것이다. 이것은 사회 질서에 있어서 이치에 맞는 것을 내포한다.

둘째, 종교가 부여하는 기능과 역할은 소속감이다. 종교가 사람들에게 공급하는 소속감은 개인에게 결속력을 주어서 외롭지 않게 하며, 삶의 안정감을 갖도록 도와준다. 이러한 소속감은 멤버들 상호간의 연대성을 조성해 주기도 한다. 뒤르켐은 그의 "자살"이라는 연구에서 소속감과 결속력 그리고 의미를 갖지 못할 때, 사람들은 "아노미"(anomie)현상을 경험하게 되고, 결국 자살을 하게 되는 동기가 된다고 주장한다.

---

11) Peter Berger and Thomas Luckmnn, The Social Construction (Garden City, New Jersey: Doubleday, 1966).
12) Clifford Geertz, "Religion as a Cultural System," in Anthropological Approaches to the Study of Religion, M. Banton, edited (London: Tavistock, 1966), pp. 1-46.

셋째, 종교는 사회통합의 기능을 한다. 종교의 사회통합의 기능, 즉 사회적 응집력(social cohesion)의 기능을 뚜렷하게 주장한 사람은 뒤르켐이다. 그는 건강한 사회가 필요로 하는 규범과 가치관을 종교가 마련해 줄뿐만 아니라 그것을 촉진해 주며, 믿음의 공동체는 도덕적인 공동체로써의 기능까지 겸비한다고 본다. 뒤르켐은 결론 짓기를 종교적인 의식과 상징들을 근거로 개인들이 그 집단의 믿음의 공동체와 연결되고, 그러한 과정 속에서 개인들은 배우고, 성장하고, 의미를 교환하고, 결속을 다진다고 한다.[13]

넷째, 종교는 사람들에게 마음의 평화(peace of mind)를 제공한다. 인간은 대부분 불확실한 상황 속에서 살아간다. 예측과 기대가 무너지고 실망하고 상처받을 때가 많은 것이 인간의 삶이다. 인간에게 문제가 생기고 벽에 부딪히는 경험을 할 때, 그들은 무엇엔가 초월적인 힘을 찾고 의지하게 된다. 종교는 인간의 죄의식을 삭감해 주고, 실망과 슬픔을 당할 때 위로해 주고, 방황하고 불안해 할 때 안정감을 준다.

다섯째, 종교는 제한성에 희망을 준다. 인간은 무력한 존재임을 실감한다. 특별히 죽음은 인간의 제한성을 확인해 주는 좋은 예이다. 감기 하나에도 무력해 지고, 암이나 심장마비나 뇌졸증 등에도 속수무책일 경우가 많다. 이러한 인간의 한계상황은 초월적인 존재를 갈구하게 되고, 인간은 의존적 감정을 통하여 마음의 평화를 얻고자 한다. 그래서 종교는 인간들에게 초월자의 힘과 내세의 희망을 확인시

---

13) Durkheim, Elementary Forms of the Religious Life, p. 257.

켜 준다.

여섯째, 종교는 때로 사회변화의 동기부여를 할뿐만 아니라 그런 운동을 주도하기도 한다. 마르틴 루터와 존 칼빈의 종교개혁이 그렇고, 존 웨슬리의 사회개혁과 부흥운동이 그것을 입증해 준다. 또한 종교는 사회의 사람들의 의식 변화와 행위 변화의 기틀을 마련하고 유도하기도 한다. 때로 종교는 사회적 규범과 가치관에 도전하고, 부조리와 모순, 부정과 부패 등에 항의하고 시정을 촉구하기도 한다. 기독교의 구약에서 이와 같은 예언자적인 기능을 많이 찾아 볼 수 있다.

일곱째, 종교는 윤리적 규범과 가치관을 제시하거나 기존의 것들을 시정하기도 하여, 옳고 그름이나 선악이 무엇인지 안내한다. 바꿔 말하면, 종교는 사회 질서와 사회 양심을 고쳐시킨다.

종교의 역기능: 위에서 언급되었듯이, 마르크스의 종교 이론은 종교의 역기능을 대변한다. 그가 지적한 "민중의 아편"은 종교의 지도자들이 자본주들과 결탁하여 종교가 소외를 산출하는 한편, 가진 자들의 권익을 옹호해 주는 것으로써 종교의 기능과 역할의 부정적인 면을 지적하는 것이다. 또한 종교가 사회의 규범과 가치관이 타당성을 잃었을 때 침묵을 하고 시정을 촉구하지 않는 다면, 그것도 종교의 역기능 또는 무기능으로 보아야 할 것이다. 사이비 종교와 이단은 반사회적이고 현실도피주의적인 혹은 문화 거부적인 경우가 많다.

숨겨진 기능: 사회학자 중에는 기능의 이론에서 "명백한 기능"(Manifest function)과 "숨겨진 기능"(Latent function)을 제안

하는 사람들이 있는데, 그 중에서 가장 두드러지게 전개하는 학자는 로버트 멀튼(Robert Merton)이다.14) 명백한 기능은 어떤 것에 대하여 의도된 혹은 기대된 기능을 말하는데, 예컨대, 자동차의 명백한 기능은 교통의 편리함이다. 숨겨진 기능은 어떤 사회적 과정이나 사회현상에서 의도되지 않았거나 기대되지 않았던 것이 부수적으로 나타나는 기능을 말한다. 숨겨진 기능에 대한 예를 든다면, 자동차를 다른 사람들에게 자랑하기 위하여 혹은 자신의 부를 보이기 위하여 사용한다면 그것은 숨겨진 기능이다.

베버가 연구한 "개신교 윤리와 자본주의 정신"에서 명백한 기능은 청교도들이 하나님에게서 신임을 얻기 위해서 열심히 일하고 정직한 삶을 살아간 결과로 얻어진 것이 명백한 기능이라고 본다. 그러나 멀튼 교수는 청교도들이, 예를 들면, 하나님의 창조질서에서 6일 동안 일하고 7일째는 쉬는 것이라든가 하나님의 영광을 위하여 자연에 대하여 연구하는 것 등을 통하여 과학의 발전을 초래했고 결국은 다윈주의(Darwinism)15)를 탄생시켰는데, 이것이 숨겨진 기능이라고 설명한다.

3. 종교 체험

(1) 신성의 경험

뒤르켐은 종교를 설명함에 있어서 우선적으로 성(聖)과 속(俗),

---

14) Robert K. Merton, <u>Social Theory and Social Construction</u> (Glencoe, Illinois: Free Press, 1957).
15) Charles Robert Darwin(1809-1882)은 영국의 자연주의자로서 진화론으로 유명하다. 그의 저서로는 <u>Origin of Species by Means of Natural Selection</u> (1859); <u>Descent of Man</u> (1871); <u>Different Forms of Flowers</u> (1877) 등이 있다.

즉 "신성"(sacred)과 "세속"(profane)이라는 상반된 두 개념을 제시한다.16) 신성이란 말은 20세기 초부터 비교종교학이나 종교사회학에서 많이 사용되어진 용어이다. 신성은 존엄성, 즉 절대적인 힘이며 강렬한 존경과 경외의 대상이다. 따라서 신성한 물체나 상징은 내재적으로 존엄성을 소유하며, 세속적 혹은 일상적인 것과는 구분되어지는 것이다.

인간은 대개 보이지 않고 신비적인 것에 매력을 느끼는 경우가 많다. 그렇다면, 어떤 종류의 대상이 신성한 존재인가? 뒤르켐은 신성이 가지는 몇 가지 특성을 요약한다. 첫째, 신성은 초자연적인 힘을 내포하고 있다고 생각하기 때문에 인간은 신성에 대하여 믿음과 경외심을 갖게 된다고 한다. 둘째, 신성은 모호성이 특징이라는 것이다. 셋째, 신성은 예배하는 사람들에게 힘과 희망을 주고, 넷째는 신성은 추종자들에게 윤리적 명령과 도덕적인 의무감을 요구한다고 한다. 다섯째는 신성이 영역을 초월하는 "완전 타자"(wholly other)이기 때문에 전율의 신비를 가진다고 본다.17)

왜 인간은 신성한 존재들과 관계를 맺는가? 인간은 익숙한 일상생활에서 벗어나서 성스러움에 매력을 느끼고 그것에 대하여 선망의 대상으로 믿음을 갖게 된다. 그런 상태가 지속될 때 사람들은 종교체험을 하게 되고, 종교체험이 극에 도달할 때 인간은 환상적인 신비체험을 갖게 된다. 따라서 종교체험은 신성으로 체험된 사물이나 상징 또는 사건에 대한 인간의 심적이며 내적인 반응이다. 뒤르켐은 말하기를, 인간은 한계적인 상황에서 결정적이고 신비적인 신성의 힘

---

16) Durkheim, <u>Elementary Forms of the Religious Life</u>, p. 62.
17) Thomas F. O'Dea & Janet O'Dea Aviad, <u>The Sociology of Religion</u> (Englewood Cliffs, New Jersey: Prentice-Hall, Inc.,1966), 박원기 옮김, <u>종교사회학</u> (서울: 이화여자대학교 출판부, 1991), pp. 38-41.

을 체험하게 된다는 것이다. 사실상 신성함과 종교체험은 밀접한 관계가 있으며, 신성은 종교체험을 낳게 한다.

(2) 카리스마와 지도자

신성의 속성에는 카리스마가 있다. 카리스마(Charisma)는 신약성서에서 사용되어진 말로써, 본래 희랍어로 "성령으로부터 은혜로 주어진 공짜 선물"이란 뜻을 가진 단어이다.[18] 그런데 이 단어가 점차로 확대되어서 치유의 은사, 예언, 방언 등의 의미로도 사용되어졌다.

카리스마를 처음으로 사회학적으로 규명하고 학문적으로 정리한 사람은 맥스 베버이다.[19] 그에 의하면, 카리스마는 개인의 성품과 자질을 말하는데, 보통사람과 분별되고 초인간적이며 비상한 힘과 자질을 부여받은 것이라고 한다. 이와 같은 특성은 보통 사람이 가질 수 없고, 이것은 신성에서 근원이 있으며 모범적인 것으로 인정받는다는 것이다. 새 종교들은 일반적으로 카리스마적인 지도자의 힘을 중심으로 추종자들이 집결되고 그들의 충성심과 믿음을 유발시켜서 이루어진다고 베버는 주장한다.

카리스마의 이론에서 쟁점 중에 하나는 "카리스마가 과연 타고난 것인가?" 아니면 "카리스마가 길러지고 습득되어진 것인가?"이다. 베버에 의하면, 카리스마는 구약의 예언자들과 같은 지도자에 기초를 둔 권위를 갖는데, 그것은 카리스마적인 지도자가 보통사람들이 갖지 못한 특별한 힘과 자질을 부여 받았기 때문에 사람들을 통

---

18) 고린도전서 7:7, 12:4, 12:7, 12:11; 로마서 12:6-8; 베드로전서 4:10; 디모데전서 4:14; 디모데후서1:6 등등.
19) Max Weber, <u>The Theory of Social and Economic Organization</u>, translated by A. M. Henderson & T. Parsons (New York: Oxford University Press, 1947), pp. 358-359.

제할 수 있는 능력을 가졌다고 한다. 그래서 베버는 카리스마의 세 가지 특성을 '비일상성' 즉 평범함을 뛰어 넘어서 일상적인 것과는 전혀 상이한 특성, '임의성' 즉 전통이나 관습적인 제도를 벗어나는 특성, 그리고 '창의성' 즉 개혁적으로 형태를 쇄신하고 변화를 추구하는 특성을 말한다.

카리스마의 권위: 그렇다면, 카리스마에는 어떤 유형의 권위가 있는가? 물론 카리스마적 권위는, 위에서 지적했듯이, 내재적인 비범성과 경외심 그리고 탁월성으로부터 유래된다. 이런 카리스마적인 지도자가 죽으면, 그가 인도하던 그룹이나 조직체는 공중분해 될 수도 있고, 또 다른 유사한 카리스마적인 지도자가 출현되어 계승할 수도 있다. 전통적인 권위는 전통적으로 부여된 것이다. 혈통이나 관습적인 테두리를 통해서 전수될 수도 있다. 전통적인 권위의 지도자가 죽으면, 그의 근친자가 계승되는 경우가 일반적이다. 한국교회 목회자의 "세습"이 이런 형태로 흘러가는 경우가 종종 나타난다. 합법적인 권위는 정해진 규정과 법에 의해서 일정기간 동안에 부여되는 권위이다.

카리스마적 리더십: 카리스마적인 리더십은 상황적인 조건과 영향력과 특성적인 요소를 갖추어야 한다. 우선 카리스마적 지도자는 추종자들의 절대적인 신뢰를 얻어서 동원력을 가져야 한다. 따라서 지도자에 대한 자발적인 애정과 복종을 유발하고 사명감을 촉발해야 한다. 카리스마적 지도자는 초월적인 힘과 지식으로 호소력이 있어야 한다. 그리고 카리스마적 지도자는 우유부단하고 잘못된 제도나 기성 질서를 뛰어넘는 혁명적인 힘을 발휘해야 한다. 무엇보다도 가장 중요한 것은 카리스마적인 권위를 자신의 만족이나 이익을 위해서 사용하지 말고 공동의 유익을 위해서 그리고 공동체의 발전을 위해서

사용해야 된다고 생각한다.

4. 종교와 사회변화

맥스 베버가 종교사회학적으로 중요한 공헌을 제공한 것은 종교적 가치관이나 신념 혹은 아이디어 등이 사회구조에 반영되고, 한 사회 사람들의 삶의 태도도 바꿀 수 있고, 사회의 방향성도 전환할 뿐만 아니라, 때로는 사회변동의 원동력이 될 수 있다는 이론을 전개한 것이다. 예컨대, 그가 연구한 개신교의 청교도적인 종교적 신념과 그에 따른 노동에 대한 윤리가 현대 미국에서 자본주의의 출현을 가져왔다는 것이 바로 그런 것을 이론으로 입증한 예이다.

역사적으로 고찰할 때, 사실상 종교는 역사의 방향을 조정했고, 사회나 시대를 개혁 혹은 변화시키는데 중요한 동기와 추진력을 제공해 왔다. 이제 우리는 하나의 사례로써 윌리엄 맥라그린(William McLoughlin)이 연구한 미국사회(1607-1977)의 종교와 사회변화의 관계성을 조명하려 한다.

(1) 미국의 종교와 사회의 관계성

맥라그린은 미국문화의 발전에서 종교의 역할이 무엇이었는지, 그리고 그런 종교의 역할이 미국의 문화발전과 변화에 어떤 영향을 끼쳤는지에 대하여 그의 연구에서 기술하고 있다. 그는 미국 역사에서 다섯 번의 대 각성이 일어났으며, 하나의 대각성은 30년 동안 지속되었다고 주장한다.[20] 그가 말하는 "각성"(Awakening)이란 미국

---

20) William McLoughlin, Revivals, Awakenings, and Reform: An Essay on

의 사람들이 채용한 사고와 행위인데, 이것은 전체 문화를 새로운 패턴으로써 수정할 수 있는 세계관이며, 변화의 와중에서 그들의 정체성을 재조정하며 유지시킬 수 있는 것이라고 설명한다. 그리고 미국사회에서 대각성의 중요한 수단이었든 "부흥회"(revival)는 영적인 거듭남의 결과로 그리고 회심의 과정을 통하여 발생하는 각 개인의 변화를 말한다.

맥라그린은 첫 번째 대 각성을 "청교도 각성"(1610-1640)이라고 호칭하는데, 이것은 미국이라는 국가를 위하여 이데올로기적인 중심과 바탕을 마련했다는 것이다. 영국의 청교도들은 본래 영국의 교회와 정치가 부패되었기 때문에, 교회와 정치를 정화하고 하나님의 뜻과 청교도들의 가치관과 신앙에 맞는 새로운 사회와 교회를 만들려는 시도를 했다. 그러나 그들은 그런 시도가 실패했을 뿐만 아니라 박해를 받기 시작했다. 그 결과, 그들은 미국 대륙을 "약속된 땅"인 새 세계로 인식하고, 거기에 선택된 국가를 건설하고 싶은 기대를 가졌던 것이다. 그래서 그들은 철저한 기독교 신앙과 근면, 정직, 청빈의 가치관을 토대로 미국 사회의 토대를 닦아 갔다. 이것이 청교도의 정신이며, 오늘날까지도 청교도 정신이 미국사회에서 하나의 큰 기둥을 유지해 오고 있는 실정이다. 그리고 미국에서의 종교는 역사 속에서 미국의 문화와 정치와 사회를 어우르는 혼합물이 되어 왔다고 해설한다.[21]

두 번째 대 각성(1730-1760)은 첫 번째 각성이 흘러간 90여

Religion and Social Change in America, 1607-1977 (Chicago: The University of Chicago Press, 1978).
21) Ibid., pp. 24-44. 청교도정신이 미국의 사회와 정치와 문화에 막대한 영향을 끼친 예로는 미국 대통령의 선서식 중에 성경위에 손을 얹고 선서하는 것이나, 미국의 돈에 "In God We Trust" 즉, "하나님 안에서 우리는 서로 신용 한다"라는 문구를 사용하는 것 등이 있다.

년 동안에 미국의 사회는 종교적으로 그리고 영적으로 나약해 지고, 집단 간의 알력과 불화가 가 점점 팽창했으며, 사회의 기강과 질서가 문란해지는 현상에의 반작용으로 일어났다고 한다. 이때의 각성은 부흥회가 곳곳에서 행하여 졌고, 죠나단 에드워즈(Jonathan Edwards)와 같은 신학철학자들이 사회의 변혁을 주도했다. 이 각성으로 인해서 미국은 한 국가로써 유일한 민족주의를 강화할 수 있었고, 민주주의가 자리매김을 했으며, 미국 독립전쟁의 쾌거를 갖게 되었다.

그 이후의 나머지 세 번째 대 각성(1800-1830), 네 번째 대 각성(1890-1920), 그리고 다섯 번째 대 각성(1960-1990)은 제 각기의 원인, 예컨대, 사회의 혼란, 가치관의 혼선, 사회적 분열, 종교적인 세속화 등에 의해서 일어났고, 미국의 정치, 문화, 사회의 혼란과 부조리와 위기를 재조정하고, 새로운 가치관으로 재무장하게 하며, 새로운 미국의 기풍을 세우고 다짐하는 역할을 했다. 그런데, 그런 과정 속에서 종교의 기능과 역할의 힘이 컸다고 본다.

(2) 세속화의 문제

1700년대의 계몽주의 시대 이후부터 인간의 사회는 몇 가지의 특징적 상황을 형성하게 되었는데, 그들은 세속화, 합리화, 기계 산업화, 과학화, 도시화, 디지털 공학을 통한 통신다원화, 유전 공학화 등이다. 그런데 이들의 공통점은 인간의 본래적 가치를 상실할 수 있는 가능성과 종교의 신비성에 도전할 수 있는 가능성이 내재되어 있다는 것이다. 우리는 여기에서 세속화의 문제만을 다루기로 한다.

① **세속화의 개념 정리:** 학자들 사이에는 세속화가 무엇인지, 무엇이 세속화의 원인되는지, 그리고 세속화의 영향은 무엇인지 등에

대하여 이견이 있기 때문에, 세속화의 정확한 정의를 내리기는 쉽지 않다. 우선 우리는 세속주의(secularism)와 세속화(secularization)의 차이점을 알아야 할 것이다. "세속주의"란 단어는 사실상 홀리오크 (G. J. Holyoake)에 의해서 처음으로 사용되어 졌는데, 본래의 뜻은 사람들이 계시, 하늘나라, 지옥 등 하나님의 영역을 벗어난 삶, 그러나 종교적인 신념은 부인하지는 않고 도덕적인 선에 초점을 두며 살아가는 것을 의미했지만, 후로는 점점 의미가 강화되어 무신론으로까지 확대되었다.[22] 일반적으로 세속주의는 기독교적인 신학이나 믿음을 벗어나서 사회적 규범과 가치관 또는 시대적 정신이나 이데올로기 등을 중심으로 살아가는 인간의 삶을 말한다.

세속화라는 용어를 공식적으로 사용하게 된 것은 1648년 웨스트팔리아(Westphalia)의 평화조약에서이다.[23] 세속화라는 말의 영어 표기는 "secularization"인데, 이 단어는 라틴어의 "saecularis"에서 유래된 것으로써 이 말의 뜻은 "세상적인" 또는 "속세적인" 이다. 이 말은 종교와 사회 간의 변화되는 관계성에 대한 것인데, 흔히 사람들은 성스럽지 않다거나 타락된 믿음, 종교의 힘이 나약해진 상태 혹은 종교 자체가 세상적으로 타락한 경우, 종교의 규범이나 교훈을 벗어난 행위나 그런 삶의 모습 등을 세속화라고 말한다. 또한 신앙인들이 성경의 기록이나 가르침보다는 계몽주의적이고 인본주의적인 이성과 합리성에 치우치는 경우, 그리고 종교의 신비성과 거룩성을 중요시하기보다는 과학적인 사고와 논리의 편에 서는 경우도 세속화라

---

22) J. D. Douglas, general editor, The New International Dictionary of the Christian Church (Grand Rapids, Michigan: The Zondervan Co., 1978), p. 894.
23) D. A. Lyon, "Secularization," New Dictionary of Christian Ethics & Pastoral Theology, David J. Atkinson (Downers Grove, Illinois: Inter-Varsity Press, 1995), pp. 767-769.

고 말할 수 있다.

래리 샤이너(Shiner)는 세속화를 다섯 가지의 개념으로 정리한다. 첫째는 종교의 쇠퇴, 즉 종교의 제도나 종교의 사회에 대한 영향력의 감소 등을 의미하는 것이다. 둘째는 세상 혹은 사회와의 통합 혹은 타협을 말하는데, 예컨대 과학적인 사고나 세상의 문화와 함께 하는 상태이다. 셋째는 사회가 종교를 멀리하려는 배타적인 것으로써, 종교의 영역과 사회문화의 영역을 분리하는 상태를 지칭한다. 넷째는 종교의 자체적인 변화에서 유발되는 것인데, 종교의 신조, 제도, 의식 등의 변형이 원인이 될 수 있다. 다섯째는 사회와 문화가 종교의 전통으로부터 소원해 짐으로서 신성성을 잃는 상태이다.[24]

② **세속화의 기독교적 정의**

성경은 여러 가지 차원에서 "세상"이나 "이 시대" 또는 "타락"에 대하여 경고한다. 물론 죄에 빠진다거나 세상의 악한 권세에 사로 잡혀서 하나님에 대하여 적대감을 갖는 것도 경고의 대상이다. 세속화를 신학적으로 말할 때, 그것은 인간이 하나님과의 관계가 틈이 생겼다거나 또는 단절된 상태, 혹은 하나님으로부터의 이탈된 삶이 될 수도 있다.

창조주 하나님이 6일 동안 세상을 창조한 다음에 "그 지으신 모든 것을 보시니 보시기에 심히 좋았더라" 라고 만족히 하셨다. 그러나 곧 이어 인간의 타락이 시작되어 아담과 하와는 낙원에서 추방을 당했고, 그 후로 인간은 살인과 회피, 부패와 부정, 욕심과 질투,

---

24) Larry Shiner, "The Concept of Secularization in Empirical Research," in <u>Journal for the Scientific Study of Religion</u>, vol. 6 (1967), pp. 207ff.; 오경환, <u>종교사회학</u> (서울: 서광사, 1990), p. 403. 다음 section에 나오는 H. Richard Niebuhr의 <u>그리스도와 문화</u>에 나오는 5가지 유형을 참조 바람.

미움과 싸움 등으로 하나님과 점점 소원한 관계가 되어져 갔다. 인간의 타락과 함께 "죄가 세상에 들어오고" (롬 5:12), 결국 인간 사회의 모든 것은 악하기 때문에 세상을 이겨야 된다고 경고 한다 (요일 5:4). 따라서 성경은 대부분 "세상"이나 "이 세대"를 부정적으로 간주하고, 타락의 상징 그리고 죄의 상징으로 본다.[25] 즉, 선한 세상이 악한 세상으로 바뀌었다는 것이다.

그래서 바울은 "이 세대" 또는 "이 세상"은 무상하고, 시련과 고난이며, 악한 양상들로 가득 차 있고, 온갖 부도덕한 것들로 채워져 있다고 묘사한다.[26] 특히 이 세대는 하나님을 떠나 있고, 하나님의 목적에 적의를 품고 있는 악한 권세들로 인하여 잡혀있는 사회라고 비난한다. 이토록 성서는 "세속화"라는 직접적인 용어를 사용하지는 않았지만, 이미 세속화의 현상을 감지하고, 세상으로 향하는 경향성에 대하여 그리스도인들에게 경고한 것을 알 수 있다. 이러한 차원에서 아우구스티누스의 "하나님의 도성"과 "지상의 도성"의 비교는 좋은 비교가 될 것이다.

③ 세속화 신학

각 세대에 따라서 신학의 흐름은 다양하다. 1960년대에는 하나님 죽음의 신학과 더불어 세속화 신학이 선풍적인 신학 사조이었다면, 1970년대에는 해방신학이 인기 있는 주제였고, 1980년대에는 타종교와의 대화에 중점을 둔 비교종교 신학이 유행을 중요한 분야이었으며, 1990년대에는 영성신학이 대중의 관심을 끌었다고 볼 수 있다. 위에 열거한 신학들은 대개 기독교 교회에 부정적인 인상을 주었다.

---

25) 고린도전서 3:18-19, 1:20, 2:6, 8; 고린도후서 4:4 등.
26) 고린도전서 7:31; 가라디아서 1:4; 빌립보서 2:15; 고린도전서 5:10.

역사적으로 신학의 흐름을 보면, 시대적으로 하나님의 계시와 이성, 즉 초월적인 신과 내재적인 신에 대한 강약의 현상이 나타났다. 예컨대, 소크라테스를 중심으로 한 고대 그리스의 철학과 윤리의 시대에는 자아 중심적이고 자아성찰을 통한 인간 중심의 인식과 행복이 중요했기 때문에, 계시보다는 인간의 이성이 우선시 되었다. 그러나 교부시대, 8-9세기의 스콜라 시대, 중세기 시대 등은 인간 이성의 한계를 강조하였고, 내재적인 신보다는 초월적인 하나님에 무게를 두었다. 이러한 상황에서 볼 때, 세속화 신학은 경건주의나 근본주의의 반등으로서 초월적인 신(계시)보다는 내재적인 신(이성)을 강조하는 신학이라고 볼 수 있다. 따라서 "저 세상"적인 것보다는 "이 세상"적인 것에 더 관심을 가는 것이다. 더구나 현대의 과학 기술의 눈부신 발전에 비하면 기독교의 전통적인 신학은 큰 신뢰를 얻지 못하게 되었다.

하비 콕스(Harvey Cox)는 그의 책 세속 도시에서 세속화 신학을 전개 한다.27) 현대인에게 신에 대한 전통적인 접근이 별 의미와 효과가 없다고 판단하였고, 그것을 세속적인 차원에서 접근해야 할 필요성을 느낀 것이다. 그는 세속화가 성서의 중심이 되는 주제를 성취했는데, 그것은 바로 미신과 모든 사물에는 영이 존재한다는 정령론(animism)으로부터의 자유이기 때문이라고 주장한다. 콕스에 의하면, 하나님은 자연을 창조하신 분임과 동시에 초월자로서 자연, 인간, 정치, 사회, 가치들을 투시하시고 역사하시는 분이며, 인간과 상호협력자라고 한다.

많은 사람들이 콕스의 세속화 신학이 하나님을 부정하는 하나님 죽음의 신학, 즉 서구 제국주의에 이용되어 온 하나님이 죽어야만

---

27) Harvey Cox, The Secular City (New York: Macmillan, 1965).

참 기독교 신앙이 살아난다는 하나님 죽음의 신학과 유사하며, 그래서 하나님의 실재를 부정하는 것으로 평가하기도 한다. 그러나 사실상 콕스의 세속화 신학에서는 하나님 죽음의 신학에 반대한다. 사랑과 자유와 정의가 넘치는 인류역사의 발전을 위해서 하나님은 죽어야 하는 존재가 아니고, 오히려 그것을 위해서 살아계셔서 인간의 사회를 인도하셔야 할 분이라는 것이다. "세속 도시"에서 콕스의 출발점은 하나님이 예수 그리스도와 성서에만 계신 분이 아니라 역사적 과정 속에서 계시하신다는 것이며, 과학 기술문명의 과정에서 일어나는 세속화는 곧 기독교 성서를 구체적으로 실현해 가는 것이라고 해석한다. 콕스의 세속화 신학의 문제점은 세속사회의 특징 중에 하나인 익명성에 관한 것인데, 하나님이 교회뿐 아니라 일반 세속 사회 속에도 존재한다는 신앙적 논리를 제공함으로서 교회를 출석하지 않아도 기독교인이 충분히 될 수 있다는 평계를 제공하게 된 것이다

④세속화의 이론

피터 버거: 버거는 세속화가 사회와 문화의 어떤 영역이 종교적인 제도와 상징체계로부터 벗어나는 과정이라고 정의하고, 세속화의 세 가지 차원을 제시한다. 그 세 가지는 사회 구조적 차원, 문화적 차원, 그리고 개인의 의식적 차원이다.[28] 첫째, 사회 구조적 차원의 세속화란 사회의 기관이나 어떤 구조 그리고 제도가 종교로부터 분리되어 더 이상의 통제나 영향을 받지 않는 현상을 말한다. 종교의 기능이 그 사회를 하나로 묶어주고, 통일된 세계관을 갖게 하는데, 세속화는 이러한 종교의 기능으로부터 벗어나거나 약화된다는 것이

---

[28] Peter Berger, <u>The Sacred Canopy: Elements of a Sociological Theory of Religion</u> (Garden City, New York: Doubleday, 1967), p. 107-108.

다.

　　둘째, 문화적 차원의 세속화는 예술이나 문학 등 문화적인 영역에서 종교적인 내용이라든가 종교적인 영향이 사라지고 비종교적인 것으로 채워지는 현상을 의미한다. 버거는 특히 다원화의 현상이 세속화를 재촉하는 원인 중의 하나라고 본다.29) 셋째, 개인의 의식적 차원의 세속화는 인간 개인의 가치관이나 세계관, 즉 개인의 삶의 방법이 종교성으로부터 이탈된 상태를 말한다. 이것은 또 다른 표현으로는 탈영성화(de-spiritualization)라고도 볼 수 있다.30)

　　브라이언 윌슨: 윌슨(Bryan Wilson)은 전통적으로, 특별히 중세기에, 종교가 정치, 교육, 경제, 문화, 도덕적 삶 등 여러 분야에서 막대한 영향력을 끼쳤지만, 현대 사회에 들어와서는 종교의 영향력이 점점 계속적으로 감소되어 지고 있다는 것이다. 그러나 윌슨은 종교의 완전한 소멸은 예측하지 않고, 다만 사회의 체제와 의식 속에서 종교성의 감소를 시사한다.31) 예를 들면, 사람들이 종전보다 교회 출석을 덜 출석하고, 종교적 참여도도 감소하는 양상을 그는 지적한다.

　　또한 윌슨은 인격적이고 상호관계성이 높은 "공동체"의 형태가 비인격적이고 이질성과 임시성이 짙은 "사회"로 변해 가는 세속화가 이루어지고 있다고 진단한다. 공동체가 해체되고 사회라는 단위로 변형된다는 말은 이성과 합리화, 개인주의와 이기주의 등이 인간사회 안에 만연된다는 것이다.

　　파슨스(Talcott Parsons)와 벨라(Robert Bellah): 파슨스와 벨라는 세속화를 현대사회에서 기계화와 산업화로 되어가는 과정에서의

---

29) Ibid. p. 127.
30) 오경환, 종교사회학, p. 397.
31) Bryan Wilson, "Secularization: The Inherited Model," in The Sacred in a Secular Age, ed. Phillip E. Hammond (Berkeley: University of California Press, 1985), pp. 15-18.

다양성과 복잡성의 일부분이라고 본다. 그래서 종교는 점차로 사회로부터 분리되어 가고, 그 결과 종교는 하나의 "개인적인 관심사"(a private affair)가 되어 가고 있다는 것이다. 그러므로 세속화는 종교의 쇠퇴가 아니고 바뀌어 가는 과정이라고 지적한다.[32] 벨라가 이러한 진단을 하게 된 것은, 그의 종교이해에 있어서 종교가 의미를 공급하는 것과 상징 시스템을 갖는 기능이 사라지지 않는다고 믿기 때문이다.

5. 니버의 그리스도와 문화

미국의 예일 대학교 신학부에서 교수를 역임한 뤼챠드 니버(H. Richard Niebuhr)는 그의 유명한 책 그리스도와 문화 (Christ and Culture)에서 그리스도와 문화사이의 상관관계를 다섯 가지로 제시한다. 그 다섯 가지 유형은 (1)문화에 대립하는 그리스도(Christ against culture), (2)문화의 그리스도(The Christ of culture), (3)문화위에 있는 그리스도(Christ above culture), (4)역설적인 관계의 그리스도와 문화Christ and culture in paradox), 그리고 (5)문화의 변혁자로서의 그리스도(Christ the Transformer of culture)이다. 여기서 "그리스도"는 "교회"이나 "복음" 혹은 "기독교인"으로 대치할 수 도 있고, "문화"는 "사회"나 "세속" 혹은 "비기독교인"으로 바꾸어 사용할 수도 있다.

---

[32] Talcott Parsons, "Christianity in Modern Industrial Society," in Sociological Theory, Values & Sociocultural Change, edited by Edward Tiryakian (Glencoe, Illinois: Free Press, 1964), pp.233-70; Robert Bellah, "Religious Evolution," in Beyond Belief: Essays on Religion in a Post Industrial World (New York: Harper & Row, 1970), pp. 20-50.

"문화에 대립하는 그리스도"의 유형은 사회를 죄악시하여 아예 따돌리거나 멸시하여 교회가 사회로부터 고립되는 유형이다. 그래서 이 유형은 "요놈!" 하는 유형이라고 볼 수 있다. "세상은 악하고 우리는 선하다"라는 생각이나 "우리는 죄악 된 사회와 엄청나게 다르다"라는 사고는 사회와 문화를 배격하게 되고, 그래서 기독교인과 비기독교인 사이는 대립의 관계가 된다. 교회는 극도로 영적이고 세상 혹은 사회는 심각하게 세속화되었다는 것이다. 교부시대의 클레멘트(Clement)와 터툴리안(Tertullian), 톨스토이(Leo Tolstoy) 등이 이에 속한다.

제2유형인 "문화의 그리스도"는 교회와 세상이 조화 혹은 혼합하여 교회가 그 모습을 드러내어 보이지 않는 것이다. "같이 놀자!"의 유형이라고 볼 수 있는 이것은, 그리스도와 문화 또는 교회와 사회 사이에 근본적인 영속성과 일치가 가능하다고 보는 것이다. 그러므로 기독교의 가치관과 세상의 가치관은 일치 되는 셈이다. 이 유형을 주장하는 사람들은 그리스도를 통하여 문화를 해석하고, 반대로 문화와 더불어서 그리스도를 해석한다.

"문화 위에 있는 그리스도"의 유형에서는 교회가 문화의 상위에 군림하지만 약간의 종합과 타협의 요소가 있는 유형이다. 이것은 "에헴!"이라고 표현할 수 있다. 그리스도는 문화를 초월하고 문화 위에서 고차원적으로 역사의 흐름과 더불어 지속되어 가지만, 결국은 그리스도와 문화가 종합되어 질 것이라고 본다.

제4유형인 "역설적인 관계의 그리스도와 문화"에서의 교회와 문화는 상호 상관적인 평행을 유지하는 관계의 유형이다. 즉, 복음과 세속은 일치될 듯해 보이지만 계속 평행의 관계가 유지된다. 이 형을 풍자적으로 표현 한다면, "한심스럽지만 봐 줄게!"일 것이다. 사회,

즉 세상은 나쁘고 악하지만, 그러나 하나님께서 세상을 지으시고 통솔하시기 때문에 참고 이해를 해야 된다고 보는 것이다. 그러나 여기에는 상반적이고 이원론적인 요소가 남아 있다.

마지막으로, "문화의 변혁자로서의 그리스도" 유형은 교회가 사회에 봉사하면서 사회와 문화를 이끌고 가는 인도자 혹은 변혁자의 역할을 하는 것이다. 이 유형의 모습을 "사랑해, 너를!"이라고 표현해 본다. 교회가 직접 세상에 참여하여, 사랑하고, 돌보고, 봉사하고, 희생할 때, 사회가 변화될 수 있고, 세속화가 영성화로 탈바꿈할 수 있을 것이다. 니버가 보는 그리스도는 인간의 죄를 해방시키고 자유하게 하는 해방자, 즉 구속자이다. 또한 그리스도는 인간의 삶을 변화시키는 개변가라는 것이다. 그래서 그리스도는 우리에게 죄악된 세상을 변화시키라고 권고하신다. 니버는 이 책을 통해서 그리스도와 문화 사이의 상관관계 속에서 그리스도인들의 결단을 촉구한다.

그런데 한국교회는 오늘날 한국사회에 앞장서서 인도하는 모습보다는 오히려 사회에 의해서 끌려가고 있거나 사회의 부패와 불의에 타협 혹은 묵인하는 현상을 볼 수 있다. 우리들 중에는 소위 "주일 교인"(Sunday Christian)들이 많은 듯이 보인다. 주일에는 찬송가와 성경을 들고, 착실하고 경건한 기독교인의 모습으로 교회에 출석하지만, 월요일부터 토요일까지는 비기독교인 이상으로 불의에 동참하여 무책임하고 부도덕적인 생활을 하는 사람들이 바로 주일 교인이다.

하나님을 믿고 예수를 따르는 제자로서의 신앙을 사회생활에 적용하여 그리스도인의 모습을 나타내며 살아가는 것이 오늘의 한국사회가 요청하는 그리스도인의 사명이라고 생각한다. 경제 성장은 이루어졌지만 정신문화 수준이 낮은 한국사회, 도덕성이 무너져 가고,

산업화로 인한 인간성과 존엄성의 파괴 현상이 만연되어 있는 이 사회, 이기주의와 적당주의로 인한 무책임성 질병으로 멍들어 있는 한국사회, 이러한 우리사회를 누가 변화시키고 올바른 길로 인도 할 것인가? 기독교인들이 그러한 사명을 감당해야 된다고 생각한다.

6. 이단이 사회에 미치는 영향

　　이단이나 사이비 종교는 흔히 그 나라에서 정치적인 혼돈과 사회적인 불안, 도덕적인 해이 그리고 기성교회의 기능상실, 즉 교회가 사회에 대한 책임을 다하지 못하는 상태 등의 현상이 일어나서, 그런 현상의 결과로 인하여 사람들이 삶의 의미를 찾지 못하고, 불안과 허무함을 느끼고 희망을 잃게 될 때 생성된다. 또한 급격한 사회변화가 있을 때, 이단이나 사이비 종교가 고개를 드는 경우도 있다. 우리 한국에서 조선 말기의 혼란과 일본의 침략 그리고 6. 25 남북전쟁의 혼란의 틈을 타서 몇 가지의 이단과 사이비 종교가 발생된 것도 그러한 예로 볼 수 있다.

　　여기에서 우리는 우선 진정한 종교 혹은 교회란 무엇인가를 살펴보고자 한다. 그리고 본론으로는 이단의 발생원인과 이단의 공통분모를 살펴봄으로써 이단과 사회의 역동적 관계를 고찰하려 한다. 즉, 이단이 사회와 정통적인 교회에 어떤 영향을 끼치는 가를 종교사회학적인 입장에서 집중적으로 분석하려는 것이 목적이다.

(1) 이단이란 명칭과 정의

　　"사이비 종교"나 "유사 종교"란 말은 겉으로 보기에는 제법 진정한 종교나 교회와 비슷하지만 속으로는 다른 조직체이며 공인되지 않은 단체이다. 이단이란 전통적이고 공인되어 진 교회에서 벗어나고 어긋나서, 한 카리스마 지도자를 중심으로 극단적이고 개인적 신비주의의 요소를 지니며, 소규모로 조직되어 운영되다가, 짧은 생명을 갖는 종교적 색채의 집단을 말한다.

이단이란 말의 영어 표기는 "헤레시"(heresy) 또는 "컬트"(cult)이다. Heresy는 그리스어의 "하이레시스"(hairesis)에서 파생되었는데, 이 단어는 "선택하는 행위" 혹은 "선별"을 의미하는 말이다. 하이레시스는 원래 어떤 철학사상을 주장하는 것을 뜻하는 중립적인 '학파' 혹은 '분파'를 지칭하는 말로 사용되다가 차츰 "승인되지 않은 것"이라는 의미로 사용되어져 왔다.

이단이란 또 다른 어원인 'cult'는 라틴어의 '쿨투스'(cultus)에서 나온 단어인데, 이 말의 뜻은 '예배' 혹은 '숭배'이다. 이단이나 사이비 종교적 행위는 지도자의 절대적인 숭배와 복종을 토대로 일종의 예식을 가진다. 대개 이단의 지도자는 마법사나 무당처럼 카리스마적인 사람으로서 사회의 혼란기나 사회의 규범에 불만을 갖고 튀는 사람들(일탈자)의 틈새를 이용하여 주도하기 때문에 많은 사람들이 이단에 쉽게 매료된다.[33]

월러스(Anthony Wallace)에 의하면, 이단에는 세 가지 종류가 있다고 한다. 그들은 개인주의적인 이단(the individualistic cult)과 샤만적인 이단(the shamanic cult), 그리고 공동체적인 이단(the communal cult)이다.[34] 개인주의적인 이단은 마술적인 요소를 많이

---

33) Rodney Stark, "Church and Sect," in P. Hammond, ed., <u>The Sacred in a Secular Age</u> (Berkeley: University of California Press, 1985).
34) Anthony F. C. Wallace, <u>Religion: An Anthropological View</u> (New York: Random House, 1986), pp. 86-87.

가지고 있으며, 예식행위에서 행운이나 복과 저주에 대한 것에 중점을 둔다고 한다. 샤만적인 이단의 지도자는 마술적인 요소와 무당적인 요소를 함께 소유하며, 어떤 능력(power)이나 영(spirits)에 사로잡혀있는 것이 통례이라고 한다. 베버(Weber)는 이것을 카리스마라고 부른다. 대부분의 경우 샤만적인 이단에서의 예식행위는 병자나 죽은 자를 대상으로 이루어진다고 한다. 공동체적인 이단은 흔히 유사종교 (예컨대, 여호와의 증인, 몰몬교, 통일교 등)에서 그 특성을 찾을 수 있는데, 그들의 역할이 많은 사람들에게 호감을 가질 만한 요소들을 갖고 있고 포교에 열정적이기 때문에 대중성을 띠고 있다고 한다. 때로, 공동체적인 이단은 한 부족 혹은 씨족 단위로 형성되기도 하고, 한 지방이나 사회의 토속종교의 성격을 갖기도 한다.

현대의 사회학자와 사회윤리학자 중에서 독일의 트뢸취(Ernst Troeltsch)와 베버(Max Weber), 그리고 미국의 뤼챠드 니버(H. Richard Niebuhr)와 잉거(J. Milton Yinger) 등 몇 몇의 학자들은 이단(cult 혹은 heresy), 종파(Sect)와 교회(Church)를 구분하여 설명한다.

트뢸취는 그의 저서 기독교회의 사회적 가르침[35])에서 기독교의 역사를 세 가지 유형, 즉 종파형(sect type), 교회형(church type), 그리고 신비주의(mysticism)로 제시하면서, 이단에 대해서 표현하기를 "극단적인 신비적 개인주의의 형태" 라고 말하였다. 그래서 이와 같은 이단은 경전이나 교리보다는 그 집단의 지도자의 영적 체험과 신비적 기복적 가치를 강조하며, 정치적 현실에 무관심할 뿐만 아니라 탈사회적인 태도를 가진다는 것이다.

베버는 교회와 종파를 구분하고, 그 둘은 내적으로나 외적으로

---

35) Ernest Troeltsch, The Social Teachings of the Christian Churches, translated by Olive Wyon (New York: Harper & Brothers, 1912, 1931, 1960).

각각 독특한 성격을 지니고 있다고 설명한다. 내적으로, 교회는 제도적이고 전통적이며 높은 가치의 예식을 갖추며 전문적 지도자의 활용이 보편적이라고 한다. 교회에는 누구나 환영을 받는 곳이다. 반면에 종파는 카리스마적인 지도자를 중심으로 움직이며, 배타성이 강하기 때문에 특정인들만이 이 집단에 참여 할 수 있다고 본다. 외적으로, 교회는 사회와 더불어 평화를 추구하며, 교회는 사회에 도덕적인 힘을 제공하는 반면에, 종파는 사회와 떨어져 있거나 적대적이라는 것이다.36)

베버는 이단의 지도자와 카리스마(charisma)는 무관하지 않다고 제안한다. 베버에 의하면, 카리스마는 평범함을 벗어난 것으로서 호소력이 있고 권위를 자발적으로 수락하며, 추종자들을 따르게 하는 무언가를 가지고 있다고 말한다. 누구든지 이런 지도자의 호소를 들으면 확신을 가지고 응답하게 된다는 것이다.37)

니버가 분류하는 교회와 이단을 보면, 교회는 복음의 우주성을 강조하는 포괄적인 종교이며, 국가와 사회의 안녕 질서와 경제와 문화에 관심을 갖고 협조하는 자연 발생적인 사회그룹이라고 한다. 반면에 이단은 사회와 문화와의 결속을 부인하는 소외적이고 배타적이며 또한 개인적인 소규모 집단으로서 "버림받은 소수의 자녀" (the child of an outcast minority)라고 언급한다.38) 밀튼 잉거는 이단이란 한 지역적인 소규모 집단으로서 한 사람의 지배자를 중심으로 반짝하다가 사라지는 짧은 수명39)을 갖는다고 정의한다.40)

---

36) Max Weber, The Theory of Social and Economic Organization, translated by A. M. Henderson and Talcott Parsons (New York: Oxford University Press, 1947).
37) Weber, 위의 책.
38) H. Richard Niebuhr, The Social Sources of Denominationalism (New York: Henry Holt, 1929).
39) 그래서 Lawrence Foster는 이단을 "a form of first-generation religion"이라고

아무튼, 현대의 기독교에서 보는 이단은 비정통 혹은 사이비로 간주된 신조를 수호하며 과격한 지도자를 따르는 적은 무리의 종교를 모방한 단체라고 말할 수 있다. 이들은 사회의 불안과 혼란을 틈타서 심리적으로 안정을 찾지 못하며 무언가에 불만을 갖는 사람들에게 손짓하여 그들을 악용하려는 시도로 이루어진 집단이다. 즉, 이단의 지도자는 의도적으로 추종자들을 속여 자신의 목적을 이루려는 집단의 경우가 많다. 그리고 위에서 언급했듯이, 이단은 한 사람 카리스마적인 지도자를 중심으로 이루어지고, 급진적인 기세를 보이다가 그 지도자가 죽으면 사르르 죽어 가는 현상을 보인다.

이단은 사이비 종교와도 다른 의미로 사용 되어 진다. 사이비 종교는 이단으로 정죄 되지는 않지만, 성경적으로나 교리적으로 잘못된 신앙상태를 가질 뿐만 아니라 반사회적 반윤리적인 행위를 하는 유사 기독교를 말한다. 즉, 기독교의 이름을 이용하여 기독교와 유사한 종교집단을 꾸리는 것이다. 이단처럼 사이비 종교도 추종자들을 현혹시켜서 지도자의 목적 (자아성취, 자기만족, 경제적인 부의 축적 등)을 이루려는 집단이다. 사이비종교가 더 악화되면 이단으로 전락될 수 있다.

(2) 종교 사회학적인 입장에서의 종교

사회학에서 사회를 이해하는 접근방법은 세 가지의 이론이 있다. 즉, 에밀 뒤르켐(Emile Durkheim)을 중심으로 성립된 기능주의

한다. Lawrence Foster, "Cults in Conflict: New Religious Movements and the Mainstream Religious Tradition in America," in <u>Uncivil Religion</u>, edited by Robert Bellah & Fredrick E. Greenspahn (New York: Crossroad, 1987), p. 188.
40) J. Milton Yinger, <u>Religion, Society and the Individual</u> (New York: Macmillan Co., 1957).

(Functionalism)와 칼 마르크스(Karl Marx)의 이론에 근거하여 형성된 갈등주의(Conflict theory) 그리고 미국의 사회학자들을 중심으로 이루어진 상징적 상호작용주의(Symbolic Interactionism)가 그것이다.

위의 세 가지 이론 중에서 기능주의에 의하면, 인간이 살고 있는 사회는 상호의존적인 여러 가지 조직체나 기관들로 구성되어 있다고 한다. 즉, 국가 기관이나 정부부처, 은행, 교회, 학교, 사업체 등의 요소들이 각각의 기능을 하지만, 동시에 서로 도움을 주고받으며, 의지하며 관계를 갖는 와중에서, 한 사회가 형성되고 유지되며, 한 사회 전체의 기능을 가능하게 만든다는 것이다. 그러므로 각 요소들은 한 사회의 구성요인이 되면서, 그 사회전체가 잘 유지되도록 상호의존적이며 상호보완적으로 관계되어 진다고 본다.[41]

따라서 종교는 사회 보존과 질서 등에 크나큰 영향을 주는 공헌을 한다. 예컨대, 기독교는 한 사회에 규범과 가치관을 공급하며, 그 사회의 사람들이 올바른 삶의 길로 살아가도록 안내해 주고 힘을 심어 준다. 교회가 믿음과 도덕적 가치를 사회에 제시하고 심어줌으로서 사회의 결속과 공동체적 의식을 제공하는 기능을 한다.

종교는 사회 안에 존재한다. 인간 사회를 배제하는 종교는 있을 수 없다. 종교는 사회인 즉 사람들의 신앙과 실천에 관계된 것이므로 당연히 사회적이다. 뒤르켐은 '사회를 지탱케 하는 것이 무엇인가' 라는 질문을 던지고, 그에 대한 대답으로서 그것은 종교가 부여하는 '사회적 결속' 이라고 말한다.[42] 그러므로 종교와 사회는 불

---

41) Emile Durkheim, <u>The Elementary Forms of the Religious Life</u>, translated by J. W. Swain (New York: Free Press, 1965). Max Weber, <u>The Sociology of Religion</u>, translated by E. Fischoff (Boston: Beacon Press, 1963).
42) Durkheim, <u>Elementary Forms of the Religious Life</u> (New York: Free Press, 1965). Durkheim, <u>The Rules of Sociological Method</u>, 8th edition, translated by Sarah A. Solovay and John H. Mueller (Glencoe, Illinois: The Free Press, 1950

가분의 관계를 가지며, 그들은 상호의존적인 기능 그리고 상호보완적인 기능을 가져야 한다. 한 종교가 진정 참다운 종교라면 사회에 악영향을 끼쳐서는 안 된다. 그런 종교는 사이비 종교 혹은 이단이 될 수 있다. 따라서 종교의 기능이 사회 (사회 인간들에게 그리고 사회 구조)에 주는 의미와 효과를 검토해야 한다.

종교의 기능성을 논함에 있어서, 미국의 그로크(Glock)와 스타크(Stark)는 다음 몇 가지의 차원을 보아야 한다고 제안한다.[43] 첫째는 경험적 차원이다. 진정한 종교라면, 그 종교를 신봉하는 사람들은 종교적인 체험과 느낌을 갖게 된다. 흔히 신도들은 신이나 초자연적 실존과의 소통과 교통의 체험을 갖는다. 하나님과의 교통 혹은 하나님 계시의 경험 그리고 구원에 대한 신학적 기반과 확신에 대한 것이다. 웨슬리에 있어서 경험은 각 개인의 내적인 것을 말한다. 경험은 곧 삶 속에서의 실천으로 이어진다고 볼 수 있다. 경험이 없는 신앙이나 경험이 없는 신학은 속없는 빈 조개껍질과 같은 것이다.

둘째는 의식적인 차원으로서 종교의식의 질과 형식과 전통성을 묻는 것이다. 의식에는 개인적인 묵상과 기도, 교회행사나 프로그램에 참여, 예배의 참여, 세례식, 장례식, 성만찬식 뿐만 아니라 재정적인 헌금과 기부 등이 포함된다. 셋째는 윤리적인 차원인데, 종교는 사람들에게 올바른 윤리적 규범과 가치관을 제공해야 한다. 고등 종교일수록 그 경전 속에는 윤리적 교훈으로 가득 차 있음을 볼 수 있는데, 그것은 종교와 윤리가 상호 불가분의 관계가 있음을 보여 주는

---

[43] Charles Y. Glock & Rodney Stark, Religion and Society in Tension (Chicago: Rand McNally, 1965), pp. 18-39, 68-86. Charles Y. Glock, ed., Religion in Sociological Perspective (Belmont, CA: Wordsworth, 1973). Glock는 처음에 4가지 종교적 차원, 즉 경험적 차원, 의식적 차원, 결과적 혹은 윤리적 차원, 그리고 지성적 차원을 제시했는데, 후에 Stark와 함께 4가지 차원(Devotional, Faithful, Communal, Particular)을 추가했다.

것이다. 종교는 인간에게 도덕적 가치를 부여할 뿐만 아니라 인간 사회에 윤리적 규범을 제시하고, 그러한 규범에 따라 살아가도록 도움을 준다. 윤리적인 차원에서는 개인의 일상생활에 반영되는 태도를 중시하여야 한다. 종교는 신앙과 더불어 사회 안에서 신앙생활의 실천이 따를 때 진정한 종교라고 볼 수 있다.

넷째는 지성적인 차원이다. 이는 교인들이 그 종교의 교리나 신학적인 이해를 얼마나 깊이 터득하고 있는가에 대한 것이다. 웨슬리(John Wesley)는 그의 사변형의 신학(Quadrilateral,[44] 즉 성서, 이성, 전통, 경험)에서 지성적인 차원을 이성의 차원으로 보았다. 이성은 사람에게 생각할 수 있는 능력과 사리판단을 할 수 있는 능력을 준다고 말한다. 즉 이성은 굳건한 믿음을 형성하고 성장시키는데 도움을 줄뿐만 아니라 성서 해석의 오류나 신앙의 오류를 방어할 수 있다는 것이다.

다섯째는 신앙적인 차원으로서 성도들의 믿음의 척도, 즉 종교 투신의 정도를 말한다. 예컨대, 하나님의 존재에 대한 확신과 예수 그리스도의 구원에 대한 믿음, 성서에 나타난 기적에 대한 믿음, 영생에 대한 확신, 인간의 죄성과 회개 등이다.

종교 혹은 교회의 기능과 역할에 대하여 종합적으로 살펴보면 다음과 같이 일곱 가지로 요약할 수 있다:

① 종교는 의미를 부여한다. 종교적 의식과 상징들을 통하여 개인들은 의미를 얻기도 하고, 또한 상호간에 의미를 교환하기도 한다. 종교는 모든 사회, 모든 인간들에게 필수적인 요소로써 인간의 삶에 의미를 주고 방향을 제시하는 기능을 가졌다. (Emile Durkheim,

---

[44] 이 용어 "Quadrilateral"은 Albert Outler가 처음 사용하기 시작했음. 참조: W. Stephen Gunter, et al. <u>Wesley and the Quadrilateral: Renewing the Conversation</u> (Nashville: Abingdon Press, 1997), pp. 17-38.

Max Weber, Peter Berger, Clifford Geertz)

② 종교는 소속감과 연대감을 준다. 종교는 사람들 상호간의 협조와 연대관계를 증진시키고, 신도들은 결속력을 얻어서 외롭지 않게 한다. 또한 사회를 함께 붙들어 매는 역할을 가진다. (Durkheim)

③ 종교는 윤리적인 규범과 가치관을 제시한다. 종교는 사회와 사람들에게 삶의 방향을 제시하며, 옳고 그름과 선악이 무엇인지의 당연성을 말해 준다. 뿐만 아니라 종교는 사회질서와 사회양심을 고취시킨다. 종교는 한 사회가 도덕적으로 건전하게 유지될 수 있도록 도와주는 기능을 한다. (Peter Berger, Thomas Luckmann)

④ 종교는 그 사회의 문화에서 중심적인 역할을 하며, 사회에서 가장 중요하고 으뜸 되는 힘을 제공한다. (Max Weber)

⑤ 마음의 평안 (peace of mind)을 제공한다. 종교는 사람들이 일상생활에서 갖는 공포와 허무, 불안과 근심, 위험과 난관 등을 극복하고 평안과 위로를 얻기 원한다. (Durkheim, Weber, Edward Sapir)

⑥ 확고한 세계관(world view)을 갖게 하며, 현실을 해석하고, 그 현실의 형태를 바꾸기도 한다. (Clifford Geertz, Weber) 종교는 사람들에게 투철한 사상을 정립시키고 사회활동에 적용시킴으로써, 역사의 방향을 조정하고 사회를 개혁 혹은 변화시키는데 중요한 동기부여를 한다.

⑦ 종교는 개인과 그 공동체를 묶어 주는 역할을 한다. (Durkheim, Weber, Gerhard Lenski) 종교는 사회적 현상이다. 사회생활과 종교생활은 함께 유지되어야 한다. 신도들이 종교생활을 한다고 해도 그들은 계속적으로 사회 속에서 다른 사람들과 관계를 맺게 된다. 종교생활은 사회적 상호작용과 집단형성을 촉진한다. 실로

종교는 사회에 믿음과 가치를 심어 줌으로 결속력과 공동체성을 강화시킨다.

(3) 이단의 발생원인

이단의 발생원인은 무엇인가? 이단이나 사이비 종교가 발생하는 이유는 여러 가지 복합적인 요인이 작용한다. 다음 몇 가지를 열거한다.
- 기성교회의 제도적인 부패와 정체성의 부재
- 기존교회의 교인들이 마음의 평화를 얻지 못하고, 사회적, 심적 인 욕구를 얻지 못할 때
- 그 시대에 정치적으로 불안과 사회적 혼란을 경험할 때. 사회의 혼란이 심할수록 민중의 종교적 욕구는 강렬해 진다.
- 사회의 윤리 도덕이 기반이 무너지고, 가치관이 와해될 때
- 자유주의 신학과 신앙으로 인하여 교인들이 무절제한 신앙생활을 할 때
- 교회가 분쟁하고 교단이 분열하는 와중에서
- 교인들의 신학이나 교리가 빈곤할 때. 기독교와 한국의 토속적 무속 신앙과 구별을 못하고 오히려 혼합심성을 가질 때.
- 한국인에게 많은 기복심성
- 성경에 대한 잘못된 해석
- 말씀과 진리의 결핍증 그리고 영적 영양실조에 걸린 사람들

(4) 이단의 특성과 공통점

기독교를 표방하여 발생하는 이단들은 여러 가지 양상을 보인다. 성서에 나타난 표현을 보면, 요한 일서 2:22에는 "적그리스도"

라는 명칭 하에 그는 "거짓말하는 자"이며 "아버지와 아들을 부인하는 자"로 묘사되고 있다. 그 밖에도 "거짓 선지자"와 "거짓 선생"(벧후 2:1), "거짓 사도"(고후 11:13), "속이는 자"(딤후 3:13), "불법한 자"(살후 2:3), "자기를 보여 하나님이라" 하는 자(살후 2:4) 등으로 표현된다.

　　이단은 대개 반사회적인 요소와 파괴적인 특성을 소유하고 있다. 거의 모든 이단의 지도자들의 목적은 돈과 지배적인 힘이다. 이 두 가지의 목적을 달성하기 위하여 다른 이단의 성격이 형성된다. 오늘날에도 잡다한 이단들에게 다음과 같은 공통점을 찾을 수 있다:[45]

- 자아 중심적: 이단의 지도자들은 예수 그리스도를 중심에 세우지 않고 자기(교주) 중심적이다. 그래서 자신이 예수 그리스도인양 행세하거나 혹은 예수와 동격으로 자신을 추켜세운다. 어떤 지도자는 자신이 메시야임을 지칭한다.
- 비 성서적: 이단은 비 성서적이고 비 신학적이다. 성경에서 말하는 종말에 대한 내용을 과장 혹은 왜곡하여 위기의식을 고취시킨다. 그들은 성경의 일부분만을 강조하여 전체의 진리인 듯이 주장한다.
- 신격화: 이단 지도자들은 자신을 신격화한다. 이단의 지도자는 신비롭고 마술적인 요소를 가진 카리스마적 지도자로서 대중에게 매력과 호소력을 제공한다. 교주의 신비적인 체험을 신의 계시로 확대하여 그를 추종하게 한다. 이단은 살아있는 지도자에게 초점을 맞춘다. 카리스마적인 이단 지도자는 하나의 우상은 될 수 있지만 초월자, 즉

---

45) Ronald Enroth & Others, A guide to Cults and New Religions (Downers, IL: Inter-Varsity, 1983), 오희천 역, 신흥종교와 이단들 (서울: 생명의 말씀사, 1988), pp. 17-23. 탁명환, 주요이단종파비판 (서울: 국제종교문제연구소, 1991), pp. 15-19. 탁명환, 기독교이단연구 (서울: 국제종교문제연구소, 1987), pp. 88-92.

하나님은 되지 못한다.
- 반사회적: 이단은 외부 사회와의 관계를 단절하고 폐쇄적인 경향이 있다. 즉, 반사회적이고 문화 거부적이다. 그 집단만이 진리를 소유하고 있으며, 따라서 그 집단을 이탈하면 구원을 받지 못한다는 것이다. 이단의 지도자들은 추종자들이 가족이나 친지 등의 외부 사람들과의 관계를 끊도록 유도한다. 즉, 공간적이고 심리적인 격리를 강조한다.
- 비윤리적: 이단의 지도자들은 비윤리적이다. 그들은 윤리적인 결점과 오류를 가지고 있다.
- 전체주의적: 이단은 독단적이고 전체주의적이다. 교주는 독재적인 통솔을 하며, 교리와 실생활에 있어서 모두 절대적인 권위를 가진다. 그들의 구조는 피라미드식 구조로서 상부의 위치일수록 절대적인 권위를 갖는다.
- 밀교적: 이단은 밀교적 특성을 갖는다. 즉, 이단은 비밀과 은폐의 요소가 많다. 대부분의 이단 지도자들은 밀실을 만들어 놓고 비밀스러운 일들을 자행한다.
- 현세적: 이단은 현실도피주의자들이다. 그들에게는 진정한 내세관이 없고 매우 현세적인 관념에 젖어 있어서 지상천국을 강조한다. 죽어서 천국에 가는 것보다는 살아서 이 땅 위에 천국을 이룬다고 주장한다.
- 기성종교와 교회 배격: 다른 종교(정통기독교)는 모두 부패한 것이라고 비난한다.
- 무당적 행위: 한국의 무속신앙과 연계하여 혼합현상을 나타낸다. 어떤 이단들은 무당의 특유한 춤과 노래로 밤새 동안 세습 무당적 행위를 한다. 이단들은 대개 인간의 호기심과 신비추구를 이용하여 입

신, 방언, 안찰, 접신, 환상 등의 신비체험으로 유도한다.
- 신비체험: 이단은 열광적 신비체험을 강조하여 신도들의 호기심과 열정적인 몰입을 유도한다. 허황된 이적을 추구하고 황홀경을 갖게 한다.
- 세뇌 작업과 절대충성: 신도들에게 절대적인 충성을 강요하여 심리적으로 그리고 영적으로 옭아매고 노예처럼 만든다. 강요, 감금, 강훈련을 통해서 개인의 가치관과 세계관을 버리고, 그들 이단 집단의 모든 것을 주입시킨다. 즉 세뇌(brainwashing)작업을 통해서 추종자들의 마음과 사고를 통솔한다.
- 경제적 착취: 거금의 헌금은 특권과 은사와 능력을 얻는데 적대적이라고 하여 기부금을 종용한다. 많은 헌금을 하지 않으면 지옥에 들어갈 것이라고 협박한다.
- 예측불허: 이단 지도자의 광신적 태도가 어떤 변수를 초래할지 아무도 가늠할 수가 없다.
- 순수성의 강요: "그들"과 "우리들"이란 공식을 만들고, "그들"은 악이고 죄인들 혹은 저주 받을 사람들이고, "우리들"은 순수하며 의로운 선택받은 사람들이라고 주장한다. 즉, 사회와 세상을 불결하고 죄악으로 단정하고, 자신들의 집단만이 순수하기 때문에 그 집단의 교훈이나 규율에 절대 몰입될 것을 강요한다.
- 새 추종자 모집: 이단은 새 추종자 모으기에 온갖 정력을 쏟는다.
- 이탈에 대한 공포 조장: 추종자들이 그 이단 집단을 이탈할 경우에는 무서운 대가가 부과 될 것이라는 공포와 불안감으로 살아간다.

(5) 사회에 미치는 영향

이단은 이유를 불문하고 또한 그 여파의 다소를 불문하고 사람들에게 막대한 충격을 주고, 사회에 큰 영향을 끼친다. 한국에서 일어난 몇 가지 사례를 보면, 32구의 시체가 용인공장의 식당천장에서 발견된 1987년도의 오대양 집단 변사 사건, 1989년도 청우 일신회에서 가정주부 40여명을 집단 가출하도록 부추긴 사건, 1992년 10월 28일 시한부 종말론 휴거 소동, 1994년도 국제 종교연구소 탁명환 소장 피살 사건, 같은 해 영생교 승리제단의 사건 (교주 조희성씨가 신도를 살해하고 암매장하도록 함), 1996년도 경기 이천 모 종교단체 신도 3명의 암매장 사건, 1997년 아가동산 사건, 1999년 수많은 여성 교도들을 농락한 JSM(정명석) 사건46), 2000년 할렐루야 기도원 사건,47) 2003년 경기 연천 모 성도회 신도 4명 시신 발견 사건 등등 사례가 수없이 많다.

사이비 종교와 이단은 종교사회학적인 입장에서 이해되는 종교의 기능과 역할로부터 반 기능적이며 역행을 하는 것이 통례이다. 위에서 언급했지만, 여기에서 우리는 사이비 종교와 이단이 기성 교회에 끼치는 영향과 사회 국가에 미치는 영향을 몇 가지 실례를 들어서 요약해 본다.

(가) 이단이 사회에 끼치는 영향의 몇 가지 실례들

- 통일교: 시작된 이 집단은 문선명을 메시야라고 칭하며, 강제적 사상 개조, 속칭 "세뇌"(brainwashing)를 통하여 많은 사람들이 가정과 사회를 이탈하게 만든다. 1982년에는 불법 세금에 관련하여 미

---

46) 이들은 "국제 크리스천 연합" 그리고 이후에는 "기독교 복음 선교회"라는 이름으로 대학 캠퍼스를 주 활동 무대로 삼고 대학별로 동아리를 조직해 왔다.
47) 이들의 가장 큰 문제는 "성령 수술 문제"이다. 할렐루야 기도원에 가서 김계화 원장의 안수기도 를 받으면 불치병이 깨끗이 낫는다고 하는데, 소위 성령수술이란 김씨가 자신의 손을 환자의 환부에 대면 손에서 불이 나가서 살이 찢어져 상처가 나고, 그 자리를 통하여 암 덩어리가 녹아 나오게 하여 이를 끄집어내는 것이다.

국 정부로부터 처벌을 받았다. 1955년 이화여자 대학교에서 통일교에 관련된 5명의 교수와 4명의 학생이 파면 또는 퇴학처분을 받았다.
- People's Temple: 지도자 짐 죤스(Jim Jones)는 아프리카의 가냐(Guyana)에서 제임스 마을(Jonestown)을 세우고 종교적인 단체를 운영하다가, 1978년 11월 914명의 신도들이 집단 자살을 했다.
- 안장홍 증인회: 1988년에 예수 재림 시한을 정하여 놓고, 사람들을 불안하게 하고 사회를 시끄럽게 했다.
- 다미선교회: 이 집단은 1992년 "시한부 종말론"을 내세워서 신도들을 미혹하고 헌금을 강요하며, 사람들에게 공포와 불안을 조성했다.
- Davidians: David Koresh가 이끄는 이 집단은 미 텍사스 주의 와코(Waco)에서 집단생활을 하였고, 미국 정부의 제재를 받다가, 1993년 FBI요원들과의 대치중에 81명이 불에 휩싸여 죽게 되었다. 지도사 David는 130여명의 여신도들을 상대로 성관계를 가졌다.
- Heaven's Gate: 과학적 공상과 기독교의 요소를 혼합하여 만들어진 이 집단은 1997년 3월 캘리포니아주의 샌디에고에서 39명이 집단자살 소동을 벌였다.
- 어느 종파와 이단에서는 일부다처제를 허용 혹은 묵인하고, 병역복무 거부로 국가와 긴장관계를 갖는다.

(나) 기성교회에 끼치는 영향
- 신앙의 갈등을 갖게 하여 때로는 분열을 가져온다. 기독교의 가르침은 참 진리로부터 이탈되어 있으므로 새로운 교회 갱신이 불가피함을 역설한다.
- 이단을 추종하는 대부분의 신도들은 이중 교적을 갖는다. 예컨대,

한국 기독교의 기도원 운동 중에 도심 기도원, 즉 전국에 2000여 개가 넘는 예언기도제단 (가정 제단이라고 부른다)을 추종하는 신도들 대부분이 형식적인 교적은 정통 기성교회에 두고 실질적인 교적은 가정 제단에 둔다. 그래서 개성교회에 이질감을 조성하고 암적인 역할을 한다.
- 이단들의 제 일차 전도 표적은 기성교회 교인들이다. 이들은 계획적으로 가가호호 방문하면서 교인임을 알리는 교패가 부착되어 있는 교인 가정을 선택하여 포섭하기 위하여 유혹한다.
- 일반 사회에 정통 교회들의 이미지를 실추시킨다.

(다) 사회에 미치는 영향
- 이단에 빠진 사람들은 가정을 소홀이 여겨서 가정파괴를 가져온다. 이단의 교주들은 추종자들로 하여금 가정보다는 교주 섬기는 것을 우선순위로 강요한다. 따라서 광신적 신도들은 가족을 버리고 가출하는 사례가 빈번하다.
- 사회의 가치관과 에토스를 흔들고, 사람들의 마음을 동요시키고, 위기의식을 준다.
- 사람들로 하여금 사회와 단절하게 하고 고립시킨다.
- 착취 (인격적 착취, 경제적 착취)하기 위한 수단으로서 항상 불안을 조성하고 죄책을 키운다. 무지한 사람들을 조종하고 통제한다. 즉, 추종자 하나하나를 심리적으로 영적으로 옭아매어서 노예로 만든다. 또한 이 세상의 허무성과 종말의 임박성을 강조하며, 헌금을 하지 않으면 벌로 지옥 불에 들어 갈 것이라고 협박도 서슴치 않는다.

종교는 인간 사회를 보존하며, 가치를 제시하며, 정체성 확립을 한다. 인간은 종교적 존재(homo-religious)이기 때문에, 개인이든 사회이든 그 생활의 참된 생사화복이 종교와 매우 깊은 관계를 갖게 되고, 인간의 삶의 평화가 종교의 기능 역할과 무관하지 않다. 그런데 종교가 병에 걸리면, 개인이든 사회이든 건전할 수가 없다.

  이단은 사회와 기독교계에 병적인 존재이다. 교회 안이나 주위에서 이단 후보자들이 우후죽순처럼 돋아나는 현실 속에서 이단은 교회를 좀먹고 분열시키고 혼란스럽게 만든다. 그러므로 교회는 다음의 몇 가지에 주의를 기우려야 한다. 첫째, 교회는 교인들을 위하여 기독교의 정통적인 교리와 신학 교육을 철저히 실시해야 한다.

  둘째, 올바른 성서해석 그리고 철저한 신앙훈련을 통하여 성도들이 이단에 빠지지 않도록 해야 한다. 기성교회가 건강하고 살아서 부흥하는 곳에서는 이단의 존재이유가 상실될 수도 있다.

  셋째, 교단 본부나 신학대학교에서 목회자 연장교육을 통하여 교인들을 교육하고 지도할 수 있는 목회자들의 수준을 높여야 한다.

  넷째, 교단 차원의 커리큘럼의 보강 등, 신학교육 정비가 필요할 수도 있다.

  다섯째, 교단 차원에서 이단이란 무엇인가의 정의와 어떤 경우가 이단이 될 수 있는가 등의 범주를 정하여 교인들에게 보다 정확한 안내를 하는 것이 필요하다.

  교단 차원, 각 교회 차원, 그리고 각 교인 차원에서 이단의 정체성과 특성, 그리고 이단이 끼치는 사회적 악 영향을 철저히 인식하고, 교육 혹은 계몽하여 이단으로 인한 피해가 없도록 미리 예방하는 것이 중요하다.

VIII. 산업화와 윤리적 문제
Industrialization & Ethical Problems

　　유럽에서 발명된 기계와 증기기관 등으로 인하여 18세기부터 약 백 년간 지속되어진 산업 혁명은 생산 기술의 변혁과 그에 따른 사회조직과 인간의 삶의 양상에 변화를 가져 왔다. 산업화는 인간의 삶에 여러 가지 "득"(advantage)을 가져 왔다. 삶의 편리함, 경제적 풍요, 합리성의 활성화, 세계화로 인한 지구촌의 형성 등은 산업화의 결과이다. 그러나 산업화는 인간에게 "실"(disadvantage)도 적지 않게 안겨주고 있다. 이러한 산업화의 실은 결과적으로 윤리적 모순을 나타내고 있는 것이다.

1. 맥도널드 제도화의 사회

　　지구는 하나의 작은 마을로 좁아졌다. 옛날 (1960년대 이전)에는 한국에서 미국으로 가려면 한 달 혹은 몇 날이 소요되었으나, 요즘에는 10-13시간이면 가능하다. 머지않아 한국과 미국 간의 여행이 3-5시간으로 좁혀질 것으로 예상된다. 국제화 시대가 도래된 것이다. 세계는 점점 좁아지고 있으며, 하나의 마을로 변해가고 있다.

미국의 죠지 릿쳐(George Ritzer)는 그의 책 맥도날드화 된 사회에서 세계는 맥도날드(McDonald) 음식점 문화의 물결에 휩싸여 있다고 말한다. 맥도날드는 한국에서도 눈에 뜨인다. 세계에서 맥도날드 음식점이 존재하지 않는 나라는 아마도 2-5개국 정도일 것이다. 북한도 몇 년 내에 파고들어 갈 것이다.[1]

맥도날드 음식점은 1937년 맥(Mac)과 딕(Dick) 맥도날드 형제가 미국 캘리포니아 주의 파사디나(Pasadena)에서 처음으로 열고 영업을 시작하게 되었다. 1955년에 분점을 열기 시작하여 1991년에는 무려 12,000개의 분점을 갖게 되었고, 현재에는 전 세계적으로 파급되어 약 16,000여 분점으로 확대되었다. 뿐만 아니라 맥도날드 음식점과 비슷한 형태의 음식점들, 예를 들면, 웬디스(Wendy's)나 버거킹(Burger King) 등이 성업을 하고 있다.

맥도날드 음식점의 운영 법은 테일러(Frederick W. Taylor)가 개발한 소위 "과학적 운영방법"(Scientific Management) 인데, 이것의 원칙은 "시간과 움직임"(Time-and-motion)이라고 불리어지기도 한다. 시간과 움직임의 조화와 일치 속에서, 즉 계속 돌아가는 기계와 시간에 맞추어서 사람들이 작업을 해야 하는 것이다. 기계는 정기적으로 움직이는데, 사람이 거기에 맞추지 못하면 낭패를 보게 된다. 어떻게 보면, 인간은 기계의 종이 된 모습이다.

산업혁명이후 큰 공장이나 산업화된 업체에서 점점 과학적 운영방법을 채택하여 왔고, 현시대에는 보편화된 현상이다. 이것은 생산과정에서 기계적으로, 조직적으로 그리고 효율적으로 운영할 수 있으며, 특히 대량생산을 할 때는 더욱더 적용되는 운영 방법이다. 실

---

[1] George Ritzer, The McDonaldization of Society (Newbury Park, California, 1993).

제로 현대 자동차 공장이나 삼성의 애니콜 무선 전화기의 생산 라인도 그런 방식으로 운영되고 있다. 이러한 운영의 방법의 특징은 경제성, 신속성, 조직성, 예견성, 그리고 효율성이다.

2. 베버 (Weber)의 합리화 이론

웨이터나 웨이추레스의 서비스를 받지 않고 신속히 음식을 주문하여 먹을 수 있는 맥도널드 음식점이나 기계와 시간에 얽매여서 노동을 해야 하는 산업체에서의 인간의 삶을 다음과 같은 장점을 열거할 수 있다. 즉, 편리함, 조직성, 효율성, 예견성, 통제성, 신속성, 단순성, 기계적 방법, 경제성, 통일성 등이다. 여기에서 예견성이란 언제나 어디서나 같은 것을 기대할 수 있고, 의심의 여지가 없는 것을 말한다. 통일성이란 모든 생산품이 똑같이 생산되어질 수 있다는 말이고, 통제성이란 생산품의 양과 질을 쉽게 조절할 뿐만 아니라 노동자들의 노동의 과정과 효과도 쉽게 감시하고 조절할 수 있다는 의미이다.

오늘날 우리가 살고 있는 사회에서 어디를 가든지, 모든 것이 합리성, 즉 합리적 구조로 되어 있다. 직장의 사무 처리와 인사 조직, 공장의 생산라인, 교회에서의 조직망, 정부기관과 행정, 기타 학교나 가정에서까지 온통 합리성의 색채가 농후하다. 단체여행을 가면, 시간표에 맞추어 안내원의 지시에 따라 움직여야 한다. 꼭 로봇이나 동물 취급을 당하는 느낌이 든다.

그러나 이러한 합리적 구조 속에는 인간의 이성과 자율성, 존엄성과 신비성이 무시되는 비인간화의 단점을 엿볼 수 있다. 기계와 시간에 그리고 엄격한 통제와 조직 속에서 인간은 비인격적으로 전락되는 것이다. 위에서 언급한 산업화의 장점이 바로 맥스 베버가 말한 "합리화"(rationalization)이다.

　　산업화가 인간 삶을 편리하게 하고, 신속하게, 효율적으로, 그리고 풍요롭게 할 수 있다는 좋은 점이 있지만, 윤리적인 면에서 보면 모든 사람들의 생활을 기계화 혹은 제도화함으로서 인간의 신비성과 존엄성을 배제하는 모순을 초래하고 있다. 그래서 "텅 빈 인간"으로 또는 "정신없는 전문인"으로 전락시킬 수 있는 가능성이 높다. 베버는 이러한 현상을 가리켜 "Iron Cage," 즉 "철 새장"이라고 꼬집는다. 모든 것이 사무적이고 기계적이어서 인간이 인간다운 대우를 받지 못하고 자율성을 잃고 새장에 갇힌 동물 취급 혹은 로봇 취급을 받기 때문이다. 합리화의 대표적인 것이 관공서나 회사의 운영 방법에서 볼 수 있는 "관료주의 제도"(bureaucracy)이다. 관료주의 제도 운영방법에는 분업화와 상하 지위체제 등의 현상이 특징이다.

3. 산업화에 따른 가치관의 변화

　　산업화, 기계화, 과학화는 인간의 사회 변화를 유도해 왔다. 도시화와 세속화가 그 대표적인 예라고 볼 수 있다. 그 이외에도 공동체의 변화, 경제의 풍요, 물질주의 사고방식, 대가족 제도에서 핵가족 제도로의 변화, 여성의 해방, 이혼의 현상, 독신자의 생활, 여가 생활, 환경오염과 자연 생태계의 파괴, 인구이동, 거대화, 자동화 등 삶의 스타일의 변화와 가치적 변화는 산업화의 직접 또는 간접적인 영향으로 발생한 것이다.

(1) 도시화(urbanization) 현상

인간의 역사를 살펴보면 인간들은 작은 공동체 혹은 작은 연대 속에서 살아 왔다. 농사일이나 사냥이 그들 생계의 수단이었다. 예컨대, 고대 근동 지역에서 가장 큰 도시의 하나가 바빌론이었는데, 그 당시 바빌론의 규모는 3.2 평방 마일에 걸쳐 있었고, 인구도 약 15,000명 정도이었다. 그러나 17세기와 18세기에 점진적으로 산업화와 더불어 인구의 집중 현상, 즉 도시 형성이 이루어 졌다. 그리고 19세기와 20세기 초반 동안에 도시가 급속하게 성장해 갔다. 공장과 회사들은 인구가 몰려있는 도시에 세워졌고, 농촌의 사람들은 일터를 따라 움직이는 인구 이동이 일어났다. 그러나 급속히 성장해 가는 도시의 사람들 중에는 빈곤의 문제가 크게 대두 되었다.

소위 말하는 "시카고 학파"는 미국 시카고 대학교의 사회학 교수이었던 로버트 팍(Robert Park), 버게스(Ernest Burgess), 워쓰(Louis Wirth) 등이 주축이 되어 시카고시를 연구의 장으로 삼고 이룩한 이론이다. 이들의 연구 중에서 도시 분석에 대한 "생태학적 접근"(ecological approach)과 도시 생활에 대한 "도시성"(urbanism)은 괄목 할만하다. 도시 분석의 생태학적 접근이란 도시 거주자의 지역 분포도, 경쟁, 이동 혹은 침입, 계승 등은 생물학적 생태계의 현상과 비슷하다는 것이다. 예로서 호수의 생태계에서는 물고기, 곤충, 기타 유기체들이 서로 안정된 상태를 유지하기 위하여 경쟁을 벌이게 된다는 것을 지적한다.[2] 또한 도시는 중앙에서 외곽으로 분산되어 가는데, 도시 속에서의 주거나 사업 등에 대한 개인이나 그룹 간의 경쟁, 보이지 않는

---

2) Robert E. Park, <u>Human Communities: The City and Human Ecology</u> (New York: Free Press, 1952).

자리다툼, 침입, 계승 등의 현상을 가지고 있다고 한다.

　　워쓰가 발표한 이론, 즉 도시에 살고 있는 사람들의 생활양식으로서의 도시성은 사람들이 같은 도시에 살고 있으면서도 서로 알지 못한다는 이론이다. 상호간의 접촉은 있지만 그런 접촉은 인격적인 접촉이 아니라 비인격적이고 사무적인 것, 즉 목적을 위한 도구나 수단으로서의 접촉이라는 것이다. 그들은 이동성이 많기 때문에 그들 간의 유대 관계는 아주 약하고, 그들의 삶의 속도는 농촌 사람들보다 훨씬 빠르며, 그들의 공동체에 대한 참여 의식도 약하다고 진단한다.3)

　　앞에서 언급되었듯이, 퇴니스(Ferdinand Toenies)는 인간 집단을 공동체와 사회로 구분 하였다. 공동체 속의 인간들은 혈연과 지연으로 "이웃사촌"적 가치관을 가지고 서로 얼굴과 얼굴을 마주치며 인격적인 관계를 맺고 살아간다. 그러나 산업화의 등장으로 모여진 도시, 즉 사회적 성격의 구조 속의 사람들은 이웃 간에 인사도 하지 않고 비인격적인 관계로 살아간다. 이들에게는 개인주의적 가치관이 심화되어 공동체적 의식이 결여되어 있다. 산업화로 인하여 급속히 출현된 도시화의 문제는 인구 집중 속에 개개인들은 소외와 고독으로 신음하는 사람들이 속출하게 되었다는 사실이다.

(2) 경제의 풍요와 여성의 위치

　　산업화의 장점 중의 하나는 경제의 풍요이다. 산업화는 일자리를 많이 창출해 왔고 직업의 수요는 남성뿐만 아니라 여성에게도 적용되었다. 전통적으로 가정에서 살림이나하고, 아이를 키우며, 남편

---

3) Louis Wirth, "Urbanism as a Way of Life," American Journal of Sociology, vol. 44, 1938.

시중을 들어주던 여성들이 직장생활을 하게 되니 경제적인 힘이 생기게 되었다. 여성들은 점점 남성들과 동등한 대우를 받도록 다방면으로 노력하여 왔다. 즉 일터에서의 동등한 대우와 임금, 사회 진출에 대한 평등성의 기회와 능력에 따른 직업, 여성으로서의 주체적 자아의 회복, 가족의 구조적 제도 변화 등이 여성주의자들이 펼쳐간 내용이다.

예를 들면, 남편의 돈벌이에 의존하던 옛날의 여성들과는 달리, 산업화 시대의 여성들은 직업을 갖고 경제권을 가질 수 있게 되어, 목소리를 낼 수 있게 되었다. 남편에게 의존하던 패턴은 여성의 권리로 변화되었고, 부부간에 마음이 맞지 않으면 쉽게 이혼할 수 있게 되었다. 또한 직장인들 중에는 독신주의자들도 많이 생기게 되었다.

(3) 산업화가 교회성장에 끼지는 악영향

산업화가 불러온 경제성장은 한국인들의 사치와 낭비의 가치관을 갖게 될 뿐만 아니라 여가 활동에 관심을 갖게 되어 교회생활에 부정적인 효과를 불러 왔다. 자동차가 있고 경제적인 여유가 있을 뿐만 아니라, 이제 주 5일 근무의 제도가 확산되고 있으므로 사람들이 교회에 출석하여 얽매이기보다는 자연으로 그리고 여행으로 삶을 즐기려는 가치관을 선호한다. 경제적인 풍요함과 산업화, 기계화로 인한 편리함은 2천 년대의 교회성장에 점차적으로 막대한 부정적 효과를 가져 올 것이다.

옛날에는 항해할 때, 돛대를 세우고 전적으로 바람에 의존했다. 동쪽으로 항해하려면, 동풍을 불어주도록 신에게 간절히 기도했다. 즉 그들은 신에게 전적으로 의지했다. 그러나 기계가 발명되고 휘발유가 개발된 산업화 시대의 항해사들은 신에게 의존할 필요가 없게

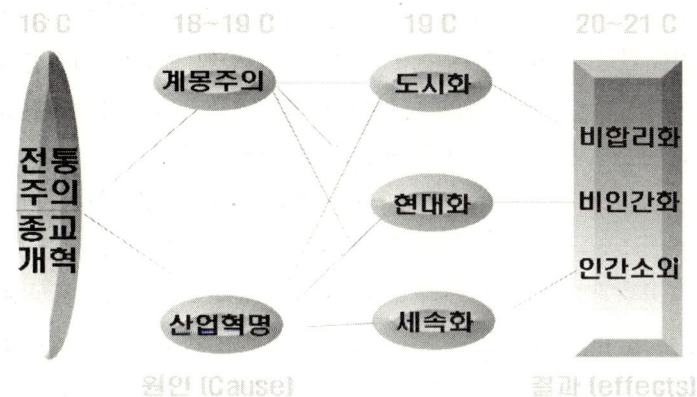

되었다. 왜냐하면 엔진과 휘발유가 있어서 스위치를 틀기만 하면, 바람의 방향과는 상관없이, 빠른 속도로 어디든지 자유자재로 운항할 수 있게 되었기 때문이다. 더 이상 하나님께 기도하는 신앙이 필요 없는 시대가 된 것이다. 다시 말해서, 과학과 기술의 발전이 교회에 가져다 준 것 중에 하나는 사람들에게 세속화와 비신앙심을 부추긴다는 것이다.

지금까지 우리는 산업화가 불러온 장점과 단점을 점검해 보았다. 도표에서 볼 수 있듯이, 사실상 인간들은 산업화, 기계화, 과학화의 덕을 입고 살아왔다. 이로 인한 문명의 이기는 인간의 삶에 편리함, 신속성, 합리성, 예견성, 능률성, 통제성, 경제적 풍요함 등이다. 반면에 이러한 문명의 이기는 인간으로 하여금 구조와 기계의 종속적인 존재로서, 인간의 존엄성과 거룩성과 신비성이 상실될 수 있는 윤리적인 부정적 요소가 염려된다는 것이다. 또한 산업화는 신앙의 비신앙화를 부추기는 요소도 간과할 수 없다. 산업화가 인간의 삶에 가져오고 있는 가치의 변화와 인간 소외의 문제, 더 나아가서는 창조주 하나님에게의 인간 도전의 소리가 염려되는 것이다.

산업화와 의료기술과 유전공학기술 그리고 과학기술의 발전은 단순히 인간의 이성과 지혜의 승리인가? 만일 인간의 이러한 기술들이 만들어 낸 산물들이 인간을 지배하고 인간의 위치를 뒤흔드는 상황이 온다면 우리는 이것을 어떻게 대처할 것인가?

그리스어에 근거를 둔 "hubris"라는 말이 있다. 이 말의 뜻은 "건방진", "거만함" 혹은 "오만"을 나타내는 말이다. 즉 인간들이 자기 잘난 맛에 살다보면 신처럼 행동할 경우가 있는데 그런 경우를 뜻하는 말이다. "Nemesis"라는 그리스어는 신의 징계를 나타내는 말이다. 다시 말하면 피조물인 인간이 자신의 위치를 지키지 못하고 신의 자리로 올라가 신의 권위를 무시할 때 당할 수 있는 결과이다. 어쩌면 유전공학으로 인해서 우리가 하나님의 영역을 침범할 때 우리 인간은 신의 징계를 받을 수 있다는 것을 알아야 하겠다.

IX. 여성주의와 여성의 역할 변화

여성의 사회적 상태와 위치는 시대에 따라서 혹은 사회변화에 따라서 변수를 가져왔다. 1950년대와 그 이전 시대의 사회역할로서 여성상(the image of women)이란 극히 소극적이며 피동적인 것으로 남편과 자녀, 그리고 가정 일을 중심으로 한 삶 자체였다. 전통적으로 많은 남성들이 여성을 가정에 묶어두어 "현모양처"(賢母良妻)가 되기를 원해왔다. 그러므로 한 여성의 개인적 관심은 가능하면 그녀의 남편에게 매혹적인 배우자가 되어 시중을 잘 들어주는 역할과 가정살림을 깔끔히, 그리고 열심히 종사하며 가족과 자녀를 위해 살아가는 것이었다. 반면에 남성은 가정 밖의 사회에 나가서 출세하고 가족의 부양을 책임지도록 인식되어왔다.

여성의 사회적 태도변화와 역할변화는 지난 35년 동안 놀라울 정도로 격동의 상황을 보여 왔다. 따라서 가정에서는 남성과 여성의 역할이 재조정되어가고, 사회에서 여성의 위치와 역할이 향상되어가고 있다. 그러면, 이러한 변화를 가져오게 된 이유는 무엇이며, 이러한 변화가 몰고 오는 사회적인 결과 혹은 영향은 무엇인가? 필자는 이와 같은 변화의 동기와 영향에 대하여 사회윤리적인 측면으로 논하고자 한다.

1. 여성의 위치

(1) 왜곡된 여성의 가치관

여성의 주체적 자아가 부정된 것은 가부장적인 유교 문화나 유대교 문화뿐만이 아니라 이슬람교 문화권에서 찾아볼 수 있는 공통된 사실이다. 가족이라는 구조적 기구 안에서의 여성은 아내로서 남편을 즐겁게 하는 섹스의 대상으로, 그리고 어머니로서는 자녀를 낳아주고 잘 키우는 살림꾼의 역할을 감당해야 인정받는 여성이었다. 직장에서는 컴퓨터나 타자의 키보드나 두드리고, 복사하고, 청소하고, 커피 서비스 등의 심부름이나 하는 것이 고작이었다. 남성 위주의 사회에서 여성들은 심리적 소외감과 가치관의 상실을 체험하여야 했다. 때로는 여성들은 모든 결정권을 갖고 있는 남성들을 위한 성적환상의 대상물이었다.[1] 남성 위주의 가족제도와 사회제도는 여성의 사회진출을 법적으로, 그리고 제도적으로 제약하였다.

신약성서에서 군중의 숫자를 계산할 때 여자들은 숫자에 포함되지 않았다. 예컨대, 오병이어의 기적의 기사를 보면 "떡을 먹은 남자가 오천명이었더라" (막 6:44; 마 14:21) 라고 하여 남자의 수만을 계산하였다.[2] 고린도전서 14장 34절은 "여자는 교회에서 잠잠하라…." 고 언급했는데, 이것은 당시 모든 교회에서 여자들이 예배의식에 참여하는 것을 금한 것을 말해 주고 있다. 유대회당에서 여자들이 말하는 것이 원칙적으로는 금지된 것은 아니지만, 침묵하며 듣는 것이 상례였다.

중세 교회의 남성적인 세계관은 여성을 "정욕의 마력", 또는

---

1) Betty Roszak and Theodore Roszak, eds., Masculine/Feminine (New York: Harper & Row, 1969), pp. 297-306.
2) 사도행전 4:4 에도 남자만이 계산된다.

"악의 근원"으로 인식되었다. 여성은 물론 성의 상징으로서 필요한 존재이지만 어쩔 수 없는 유혹이며, 이상한 재앙이며, 더러는 불쾌한 마녀라고까지 생각하여 경계하기도 하였다.3) 위에서 언급한 것처럼 동서고금을 통하여 나타나는 현상은 여성의 가치관이 격하, 혹은 배제되어왔다는 사실이다.

(2) 말 속에 숨은 성차별

언어구조를 분석해보면 종종 우리말 속에 성차별적인 요소를 발견할 수 있다. 언어는 곧 그 사회문화를 반영하는 것이다. 그러므로 우리말 단어와 한자, 속담, 민요 등에 이르기까지 그 안에 담겨져 있는 여성 차별적인 색채를 찾아볼 수 있다. 나쁜 뜻의 글자에는 거의 모두 계집 "女"자를 붙여 여성을 비하한다. 예를 들면, 부인의 한자어를 분석하면, "婦"는 여자와 빗자루의 합성어로서, 부인이란 닦고 쓸고 청소하는 사명을 갖는 존재이다. 이것은 창조적이고 생산적이며 도전적인 존재와는 많은 차이점을 갖는다.4) 또한 결혼 전의 젊은 여자를 가리켜서 표현하는 말이 "아가씨"인데, "아가씨"란 어원은 "알"과 "씨"가 결합하여 이루어진 낱말이다. 즉, 번식을 위해 종자로 준비된 존재라는 뜻이다.

영어에서도 성차별적인 말을 흔히 볼 수 있다. "대학교 일학년 학생"이란 의미인 "freshman"은 남성을 나타내는 단어이다. "학사학위"를 뜻하는 "bachelor"는 본래 "기사 후보자"(혹은 "미혼남자")란 어원을 갖는 낱말이다. "석사학위"라는 표기에 사용하는 단어인 "master"도 "주인", "교사", 또는 "지배자"라는 남성형이다. 뿐만 아니라 "성직자"라는 단어인 "clergyman"

---

3) Roszak & Roszak, Masculine/Feminine, pp. 297-306.
4) 강주헌, 계집팔자 상팔자? (서울: 고려원, 1995).

역시 분명하게 남성형임을 알 수 있다. 이상에서 살펴본 것처럼 동서양을 통해서 남성위주의 사회는 여성을 차별하여 불평등적인 대우는 물론 여성을 억압하는 풍조를 드러내고 있다.

(3) 전세대 패러다임(Paradigm)의 제한성

1940년대와 1950년대에 표출된 여성상과 여성의 역할은 기능주의의 관점에서 설명되어진다. 기능주의는 여성들을 사회에서의 불평등과 가정에서의 발 묶임 상태를 고무시켰다.5) 예를 들면, 미국 내의 대학 강의실에서는 파슨스(Parsons)가 쓴 "미국 사회구조 내에서의 연령과 성"이란 글을 읽도록 요구되었다. 이 논문은 여성의 미덕과 올바른 태도, 그리고 가정부인으로서의 여자의 역할 등에 대하여 기술한 것이다. 파슨스의 논문뿐만이 아니라 미라 크로마로브스키(Mirra Kromarosvsky)와 같은 많은 사회학자들과 교육자들이 기능주의적인 면에서 여성들의 순종의 미덕과 현모양처로서의 역할의 중요성을 피력하였다.6) 이런 시대에서 여성들의 일(work)은 부수적이고, 그리 중요하게 인식되지 못한 것이 분명하다.

이상과 같은 전 세대 패러다임에 의하면, 분노나 억울한 일이 있어도 참아야 하고, 실증이 난다해도 인내심을 길러서 맡은 일을 충실히 완수해야 하며, 아무리 사소한 일이라 할지라도 신중성을 갖고 처리해야 한다는 것이다. 또한 머리는 항상 단정히, 그리고 얼굴은 항상 예쁘게 단장해야 하며, 가능하면 정장을 하거나 스커트와 블라우스(blouse)를 착용하라고 권고한다. 바지 같은 단정치 못한 옷은 금물이다. 어떤 일이 있어도 목소리를 높여서는 안 되며, 항상 조용

---

5) Betty Freidan, The Feminine Mystique (New York: Dell Publisher, 1963), p. 127.
6) Mirra Kromarosvsky, Women in the Modern World, Their Education and Their Dilemmas (New York: McGraw-Hill, 1953).

하고 순종적이며, 온순한 태도를 보여서 사람들에게 "그녀는 참말로 여성답다"라는 평을 받아야 한다고 강조했다. 이런 상황 속에서 살던 몇몇 여성들은 전세대적 패러다임, 즉 기능주의자들이 말하는 여성의 역할에 대한 정의에 도전하여 새로운 여성의 정체성 확립을 시도하게 되었다.

2. 여성 평등성 이론을 야기한 사회적 조건

(1) 여성운동의 태동과 전개

많은 사람들은 일상생활에 몰두하다 보면, 사회적 구조의 전환 방향과 변화의 태동을 인식하지 못한다. 1950년대와 그 이전에 살던 대부분의 여성들이 이와 같은 경우였다. 그러다가 1960년대에 들어와서 여성운동의 기미가 보이기 시작했다. 사회변화에 대한 열기가 무르익어가고 있었다. 그런 열기는 사방에서 태동되었는데, 그것들은 인권운동, 전쟁에 반대하는 평화주의 운동, 낙태선호운동, 그리고 여권운동 등이다. 예를 들면, 미국의 연합감리교에서 1972년도에는 여성 목사가 371명이었던 것이 1988년도에는 2,444명으로 증가하였고, 2000년 현재는 3,390명이다. 또한 1972년도 이전에는 여성 감독이 없었는데 반하여, 1990년도에는 7명이 선출되었고, 현재까지 10명[7]으로 증가하였다. 낡은 규칙이나 제도는 변화하는 사회와 제도를 잡아둘 수 없다. "새 포도주를 낡은 가죽 부대에 넣는 자가 없나니 만일 그렇게 하면 새 포도주가 부대를 터뜨려 포도주와 부대를 버리게 되리라. 오직 새 포도주는 새 부대에 넣느니라"[8]

---

[7] 미감리교에 총 10명의 여성 감독이 선출되었는데, 그 중에 한 감독은 타계했고, 또 한 분은 은퇴한 상태이므로 현재 재직하고 있는 여성 감독은 8명이다.

토마스 쿤 (Thomas Kuhn)은 그의 책에서 "현존의 규칙과 제도의 불충분함은 새것들을 추구함을 위한 서론이다"라고 언급했다.9) 어빙 고프만 (Erving Goffman)은 기존의 규칙과 습성을 혼란시키는 사람들은 낙인이 찍히어 비난을 받게 된다고 설명한다.10) 사회학적인 측면에서 볼 때, 사실상 여성들은 낙인찍히어 불균형, 차별대우, 성적 관계의 불합리성 등의 불이익을 받아온 것이다. 이러한 전통적인 여성의 지위와 역할에 대하여 도전장을 내민 사람들이 있었는데 그들이 바로 여성주의자들이었다. 그들은 여성들이 남성들과 동등한 대우를 받도록 다방면으로 노력하였다. 즉, 교육의 평등성, 일터에서의 동등한 대우와 임금, 사회진출에 대한 평등성의 기회와 능력에 따른 취업, 여성으로서의 주체적 자아의 회복, 가족의 구조적 제도 변화 등이 그들이 펼쳐나간 여성해방운동의 골격을 이룬다.

Feminism" (여성운동)11)이란 단어는 1890년대에 사용하기 시작하였다. Sexism에서 여성주의가 차지하는 비중은 매우 크기 때문에, 사실상 sexism과 여성주의는 매우 밀접히 연결되어 있고, 그 관계는 상호작용 내지는 상호교환의 여지가 분명하다.

흔히 "여성운동의 첫 번째 물결"이라고 알려진 현대 여성주의의 태동은 1789년 프랑스 혁명의 일원으로 활약한 드 구즈 (Oltmpe de Gouges), 그리고 더 강력한 운동으로는 동시대 영국에서 여성권리의 옹호를 부르짖고 일어서서 여성운동에 박차를 가한

---

8) 마가복음 2:22.
9) Thomas S. Kuhn, The Structure of Scientific Revolution, 2nd ed. (Chicago: University of Chicago Press, 1970).
10) Erving Goffman, Stigma: Notes on the Management of Spoiled Identity (Englewood Cliffs, New Jersey: Prentice-Hall, 1963).
11) 우리나라에서 feminism이란 용어는 여러 가지로 사용되어 왔다. 1970년대 중반에는 "여권론"으로, 1980년대에는 "여성해방론"으로, 그리고 1990년대에는 "여성주의" 또는 영어발음 그대로 "페미니즘"이라고 사용되어 왔다.

매리 월스톤크래프트(Mary Wollstonecraft)로부터 시작되었다. 이들은 "개인의 자연적 권리"를 강조한 18세기 계몽주의의 영향을 받았다고 볼 수 있다. 그녀는 그의 책 <u>Vindication of the Rights of Woman</u>(1792)에서 여성을 합리적인 위치로 끌어올리기 위해서는 여성교육이 필요 불가결하다고 주장하였다.12)

    조직화된 여성주의는 사실상 19세기에 발생했다. 처음엔 그것이 노예제도의 폐지와 도덕적 개혁운동과 연계하여 활동하였고, 후에는 사회정의를 위하여 투쟁한 여성들을 중심으로 여성운동이 전개되었는데, 여권의 불균형이 곧 사회의 불의임을 내세워서 정치적, 법적, 그리고 교육적인 차원으로 운동이 전개되었다.

    마르크스를 중심으로 일어 난 19세기의 사회주의의 태동은 그 동안 전개되었던 여성운동에 새로운 힘을 심어주었다. 여성운동의 방향 전환이 이루어진 것이다. 그 동안에는 여성의 "개인적 권리"에 중점을 두었지만, 이제부터는 사회 계급으로서 여성의 "경제적 권리"가 강조되었다.

    여성운동이 새로운 양상으로 전개된 것은 1960년대의 일이다. 그것은 민권운동의 영향 하에 이루어졌는데, 이로부터 극단적 여성운동이 대두되었다. 이들은 남녀평등 권리의 옹호와 가부장 제도의 폐지는 물론, 더 나아가서 결혼의 모순성 내지는 포학성, 성적 관계의 불합리성, 그리고 자녀출산을 통한 여성 지배와 소유적 요소의 부당성에 대하여 논란을 전개하였다. 결국 과격한 여성운동가들은 결혼이나 자녀출산을 적극 반대할 뿐만 아니라 남성들과의 결별이 타당하다고까지 주장하게 되었다.

---

12) Mary Wollstonecraft, <u>Vindication of the Rights of Women</u> (New York: W. W. Norton & Company,1988). 이 책은 원래 1972년도에 출판되었다.

(2) 산업화에 의한 여성의 위치

앞장에서 언급했듯이, 산업화는 인간의 삶에 여러 가지 변화를 가져왔다. 삶의 편리함, 경제적 풍요, 합리성의 활성화, 신속성 등은 산업화의 결과이다. 그러나 산업화가 가져온 가장 큰 변화중의 하나는 여성의 위치와 역할일 것이다.

산업혁명이후 큰 공장이나 산업화된 업체에서 대량생산을 하기 위해서는 수많은 노동인력이 필요하게 되었다. 문제는 노동의 수요가 남성만으로는 역부족 현상이 일어나기 시작했다는 것이다. 그렇기 때문에 전통적으로 가정에서 살림이나 하고, 자녀들을 양육하던 여성들에게 일자리의 문이 열리게 되었고, 경제적인 힘을 갖게 되었다. 그러나 역시 직장에서의 임금은 남성 상위주의가 적용되었다. 여성들은 점점 남성들과 동등한 대우를 받도록 다방면으로 노력하여 왔다. 즉, 일터에서의 동등한 대우와 임금, 사회진출에 대한 평등성의 기회와 능력에 따른 직업, 여성으로서의 주체적 자아의 회복, 가족의 구조적 제도변화 등이 이슈화 되어 왔다.

산업화가 몰고 온 여성의 위치와 역할의 변화를 구체적으로 열거해 보면 다음과 같다. 첫째, 경제력을 갖게 된 여성에게 크나큰 자유가 부여되었으나, 그에 따라서 여성 해방적 사고방식과 함께 이혼 등으로 인한 가정 파괴로 이어지는 사회문제가 발생하였다. 둘째, 산업화는 공장과 사업체, 그리고 노동자들의 수요에 의한 도시집중으로 곧 도시화형상이 나타났고, 도시로 몰려드는 인구이동은 또 다른 사회현상인 가족제도의 변화를 가져 왔다. 즉, 전통적인 대가족 제도는 새로운 소가족제도 혹은 핵가족제도로 대체된 것이다.

부부가 함께 직장생활을 하다 보니 자녀 양육의 문제가 대두되고, 따라서 어머니의 직무로 수행되어 오든 자녀가정교육은 부실한 상태로 나타나게 되었다. 물론 핵가족제도로 야기된 현상 중의 하나는 출산율의 감소이다. 산업화 이전의 농경시대에는 자녀의 수가 많을수록 노동의 공급과 경제력의 여유가 있게 되었고 유아 사망률도 높아서 출산율이 높았으나, 산업화의 시대에는 의료기술의 발달로 인하여 사망률도 감소되었을 뿐만 아니라 산아제한의 기술도 개발되었고, 농경의 노동력도 불필요하기 때문에 출산율의 감소현상이 나타나게 되었다.

셋째, 부부 동시 사회진출과 역할축소는 또 하나의 산업화의 결과인데, 이것은 역시 이혼과 불협화음의 가정을 불러 왔고, 결손가정 출신의 불량아문제도 사회문제의 과제로 남게 되었다. 넷째, 산업화의 영향이 여성에게 부정적으로 작용한 중요한 요소 중의 하나는 여성의 "이중적 기능"이다. 직장에서의 노동과 가정에서의 가정 살림 (빨래, 식사준비, 청소, 자녀 돌보기 등)이라는 이중 부담이 또 다른 여성 노예현상이 나타난 것이다. 더욱이 어떤 가정에서의 여성은 "정서 공급자"라는 역할도 감당해야 한다.

이토록 산업화는 가족제도, 특히 여성의 역할과 위치의 변화를 불러 왔다. 여성에게 경제적 해방과 대가족의 부양이라는 범주에서는 해방은 얻었지만, 그런 해방이 또 다른 굴레를 씌운 것도 사실이다.

3. 성서 속의 Sexism

구약에 비추어진 여성은 인간의 원죄를 자아낸 원조로, 상속도 정당하게 받지 못하는 결핍자로, 제사에 참여할 수 없는 무자격의 존재로, 인구 조사에는 계산도 되지 않는 비존재자로 나타난다. 남성 우월주의적인 요소를 몇 가지 더 소개한다면, 단지 남성만이 이혼할 권리가 부여되고, 결혼당시 여성에게 순결성이 없으면 돌에 맞아 죽임을 당할 수도 있는 법적인 제도가 되어있고, 소녀들은 결혼 대상자로서 사고 팔릴 수 있는 매매의 대상이기도하다. 아버지는 딸의 모든 일에 있어서 대리인이며, 결혼 전 (약 12.5세 까지)에는 전적으로 아버지에게 종속된 존재이다.

부인은 자기 남편을 지배자 혹은 명령자라는 뜻을 가진 "바알" 또는 주님이라는 의미의 "아돈" 이라고 호칭했는데, 이것은 노예가 주인을 부르는 것이나 신하가 왕을 부르는 표현과 흡사한 것이다.13) 물론 여성이 가정에서 아들을 갖게 될 때 그 지위와 세력이 높아지지만, 여자는 살아있는 동안 남편에게 속한다는 사실이다.

그러면, 어떻게 이토록 구약시대에 남성상위주의와 여성에 대한 성차별의식이 만연되었을까? 구약에서 가장 논쟁거리가 되는 요소는 아담과 이브의 창조설화이다. 창조기사가 두 번 기록되어 있는데, 그 중에서 창세기 1:27-28에 의하면 남성과 여성이 하나님의 형상대로 동시에 창조되었기 때문에 남녀가 동등하다. 그런데 문제는 창세기 2장 (2:7-8; 20-23)이다. 여기에서는 하나님이 남자만을 먼저 창조하셨는데, 그가 혼자 거처하는 것이 좋지 않아서 그를 깊은 잠에 들게 한 후 그의 갈비뼈 하나로 그의 배필로서 여자를 만들었다. 그러므로 여자는 남자에게 종속적이며, 남자는 가부장적 존재라는 것이다. 또한 여성은 하나님의 형상대로 지음을 받지 못했다고 주장하는 사람들도 있다.

그러나 이런 것은 타당성 없는 성서해석의 오류라고 생각한다. 더 한번 그 기사를 살펴보면, 이브의 창조는 아담이 깊이 잠든 중에 이루어 졌고, 아담이 이브 창조에 참여행위도 없었다. 단지 하나님 자신이 만든 아담의 뼈라는 소재를 사용했을 뿐이다. 그리고 만일 여

---

13) 김판임, "유대교에서의 여성의 지위와 역할 및 이에 대한 예수의 입장," <u>한국기독교신학논총</u>, 18집, 기독교학회 편 (서울: 기독교서회, 2000), pp. 109-158.

자의 존재가 아담의 갈비뼈에서 나온 것이라면, 남자의 존재의 소재는 흙이라는 사실로 미루어 볼 때 이브의 존재 소재보다도 고상할 것이 없는 처지이다. 다시 말하면, 이브의 근거 소재는 그래도 사람의 뼈이지만, 아담은 흙으로 지음을 받았기 때문에, 과연 그의 근거 소재가 흙으로 지음을 받은 각종 들짐승 그리고 새들과 무슨 차이가 있는가?(창 2:19)라고 주장하는 사람들도 있다.

　　신약에서도 남성의 지배적 전통은 계속되었다. 예수의 제자 12명이 모두 남자라든가, 여성에게서 침묵과 순종을 미덕으로 기대했던 것, 여성의 이미지가 불결하고, 미약하고, 수동적임을 나타내는 것 등은 일반적으로 노출된 여성관이다. 그리고 이런 요소들이, 구약시대의 가부장적 그리고 남성 상위적 요소와 함께, 기독교 문화권에서 시즘을 조장해 온 것이다.

　　그렇다면, 예수의 입장은 어떠했는가? 기쁜 소식을 전하신 그분도 같은 선상에서 복음을 선포하셨는가? 신약성서를 통해서 나타난 예수의 여성관은 다행히도 반여성적 이거나 여성 차별적인 성차별의 견해가 없다. 즉, 예수는 남성과 여성의 삶과 신앙 그리고 구원의 문제를 함께 중요시하고 있다. 오히려 여성에 대한 예수의 태도는 그 당시 사회에서의 여성의 위치에 비하면 획기적이었다. 잃어버린 은화를 찾은 여인의 비유(눅 15:8-10), 돈 한 푼까지도 헌금 궤에 넣은 과부의 이야기, 하혈병을 치유 받은 여인의 이야기, 우물가의 사마리아 여인에 대한 이야기(요 4:3-42), 회당장 야이로의 딸을 치유한 이야기(막 5:21-24), 이방 여인 수로보니게 여인의 딸을 치유한 이야기(막 7:24-30), 예수의 발에 향유를 부은 죄된 여인을 용서한 이야기(눅 7:36-50), 마리아와 마르다의 이야기(눅 10:38-42), 간음한 여인을 용서하신 이야기(눅 8:2-11), 부활한 예수를 제일 먼저 만난 막달라 마리아의 이야기 등등 수 없이 많다.

사실, 예수에게 있어서 복음전파의 궁극적인 목적은 하나님 나라 도래의 임박성과 그에 대한 구원의 대비를 촉구한 것이다. 여기에 인종이나, 남녀의 성차별이 있을 수 없었다. 그러므로 예수는 여성을 차별대우하는 섹시즘의 사조를 개혁할 의지를 보인 것이다. 그렇다면 어떻게 초대교회 이후의 기독교는 섹시즘을 정당화하는데 일조를 해 왔을까?

필자는 초대교회 이후의 기독교가 여성 차별적 섹시즘에 동조해온 것에는 대체로 세 가지 영향이 있었다고 본다. 첫째는, 구약시대의 유대사회에 만연되어 잇든 남성 지배적-여성 종속적 관념에서 영향을 받아 왔다고 생각한다. 둘째는, 바울의 부분적 여성관의 영향 때문이다. 바울은 한 두 차례 당혹스러울 만치 여성 차별적인 언급을 했었다. 예컨대, 고린도전서 11:7-9에서 바울은 남자는 하나님의 형상과 영광을 지니고 태어났기 때문에 머리를 가리지 않아도 되지만, 여자는 남자의 영광을 지니고 있기 때문에(11:7) 그리고 "여자가 남자에게서 났으며"(11:8), "여자가 남자를 위하여 지음을 받은 것"(11:9)이라고 말했다. 고린도전서 14:34-35에서는 다음과 같이 언급하고 있다:

> …. 여자는 교회에서 잠잠하라. 저희의 말하는 것을 허락함이 없나니 율법에 이른 것같이 오직 복종할 것이요, 만일 무엇을 배우려거든 집에서 자기 남편에게 물을 지니 여자가 교회에서 말하는 것은 부끄러운 것임이라.

그러나 이런 언급은 고린도 지역의 사회 문화의 특징적인 환경과 조건 때문에 바울이 고린도 교회에 내려진 특별한 지시라는 것이 신약성서학자들의 공통적인 의견이다. 다른 서신에서는 바울이 결코 여성들이 예언하거나 신앙생활을 하는 것에 대하여 제동을 걸지 않고, 오히려 남녀평등의 원칙을 보여 주었다. 남자와 여자 모두가 하나님으로부터 났다는 언급(고전 11:12)이나, 남자와 여자 모두가 그리스도 예수 안에서 하나(갈 3:28)라는 언급 등은 그의 일반적인 여성관을 보여 주는 것이다.

 셋째는, 교부시대와 중세기의 신학 형성에 지대한 영향을 주었던 희랍 철학자 아리스토텔레스의 영향도 만만치 않을 것이다. 그는 강력한 반여성주의자이었다. 그는 남자의 지적인 우월성은 찬양하지만, 여자는 지적인 능력을 갖추지 못한 "열등한 존재" 혹은 "불구의 존재"라고 혹평했다.[14] 아리스토텔레스의 영향을 받은 오리겐, 터틀리안, 토마스 아퀴나스 같은 사람들은 자연히 성차별적인 신학윤리 사상을 갖게 되었고, 이런 것들이 결국 오랜 세월을 내려오면서 여성차별을 정당화하는 가치관으로 흘러 내려온 것이다.

4. 섹시즘(Sexism)에 대한 신학적, 윤리적 평가와 과제

 지금까지 우리는 사회변화와 역사 속에서 섹시즘이 어떠한 모양으로 이루어져 왔으며, 특히 여성의 위치와 권리 그리고 여성에 대한 인식이 어떻게 변화되었는지에 대하여 고찰하였다. 중요한 이슈(issue)는 남성·여성, 특히 여성의 가치와 존엄성의 자리 매김이다.

 성차별주의는 신학적으로 그 정당성을 갖는가? 남녀차별이 없는 사회의 실현은 가능한가? 남녀차별 없는 사회의 실현을 위하여 복음을 믿는 우리는 무엇을 어떻게 하여야 하는가? 이슬람교, 힌두교,

---

14) Aristotle, "Aristotle's View of Women," Women: From the Greeks to the French Revolution, edited by Susan Bell (Stanford, California: Stanford University Press, 1973), pp. 17-21.

불교, 유교는 물론 유대교와 기독교도 성차별주의와 가부장적인 가치관을 통하여 여성을 억압해 왔다. 그 결과 여성들은 사회참여에서 배제 혹은 무시되어 왔고, 노동시장에서의 차별대우를 받아 왔고, 여성의 성(sex)은 착취, 악용, 남용, 오용을 당해 왔을 뿐만 아니라, 사회적으로 여성은 주변적 존재에 불과했고, 종교적으로는 소외된 존재, 가정적으로는 피지배자로서 생활을 도와주는 수단으로 만, 즉 노동과 출산과 자녀교육 등의 책무만을 감당해 왔던 것이 사실이다.

   그러면 우리는 무엇을 어떻게 해야 하는가? 필자는 몇 가지를 제안한다. 첫째, 성차별로 인한 여성 하위주의적 사고와 가치관은 비윤리적이며 반 그리스도적이다. 여성을 멸시하는 성차별의 죄성을 인정해야 한다. 둘째, 과거에는 여성 자신들이 스스로 인정하거나 혹은 포기를 해왔다. 그러나 여성 스스로가 자각하고 자신들의 정체성과 가치성을 올바로 인식해야 한다. 여성은 과거에 주체적 자아뿐만 아니라 사회적 자아를 잃고 있었든 것이 사실이다. 셋째, 자각과 인식으로만 끝나서는 안 되고, 남녀 모두가 여성운동이나 여성신학 등에 적극적으로 참여해야 한다. 넷째, 예수의 복음의 과제는 오늘 우리가 살고 있는 사회상황 속에서 가난한자, 눌린 자, 갇힌 자, 포로 된 자, 소외를 당하는 자를 자유케 하는 것(눅 4:18)이라는 것을 믿는 다면, 당연히 여성을 sexism의 굴레에서, 즉 여성의 억압, 차별, 소외 등에서 해방할 수 있도록 힘을 합해야 한다. 다섯째, Sexism의 문제는 여성과 남성의 대립적인 문제도 아니고, 여성만의 문제도 아니고, 남성만의 문제도 아니라, 여성과 남성 모두의 문제이다. 여성 중에는 우리들의 어머니, 누나, 여동생, 아내, 딸, 이모, 고모, 아줌마 모두가 끼여 있다. 이들은 나와 함께 하나의 공동체의 요원으로서 존재한다.

제 4 부
사회문제의 실제와 윤리적 사고
Practice of Social Problems & Ethical Inquiry

X. 자살
Suicide

XI. 뇌사와 장기이식
Brain Dead & Organ Transplantation

XII. 안락사
Euthanasia

XIII. 사회계층과 빈곤
Stratification & Poverty

XIV. 다인종 사회와 문화적 다원주의
Multi-Racial Society & Cultural Pluralism

XV. 윤리적 삶의 길
Ethical Ways of Life

X. 자살 Suicide

자살은 옛날이나 지금이나, 동양이나 서양이나 간에 모든 인류가 오랫동안 부정적으로 경험해 온 현상이다. 즉, 자살은 전통적으로 부도덕하고 비윤리적인 행위라고 인정해 왔다. 그러나 시대가 변할수록 그리고 날이 갈수록 자살의 비율은 높아져 가고 있다. 오늘날 어느 사회나 자살은 하나의 심각한 사회문제로 부각되고 있다. 여기에서 우리는 우선 자살이란 무엇인가를 알아보고, 자살에 대한 이론적인 차원에서 자살의 원인 혹은 동기와 자살의 종류, 자살에 대한 윤리적이고 성서적이며 신학적인 입장 등을 다루려 한다.

1. 자살의 개념

인간의 죽음에는 몇 가지의 종류가 있는데, 다른 사람에 의해서 죽임을 당하는 타살이 있고, 많은 사람을 함께 죽이는 학살이 있으며, 병으로 죽는 사람, 사고를 당하여 죽는 사람, 전쟁 중에 죽는 전사자 등이 있다. 그런데 자살이란 자신에게 있어서 최종적인 행동으로서 자기 스스로가 자신의 목숨을 끊는 행위를 말한다. 따라서 자살은 의도적으로 자신이 본인에게 부과하는 죽음이다.

다시 말하면, 자살은 자신이 결단하여 자신의 생명을 단절하는 행위이다. 자살이란 말의 영어 표기는 "suicide"인데, 이 단어의 어두인 "sui"는 라틴어로 "자기 자신"을 의미하고, 어미인 "cide"는 영어의 "결단하다"(decide)라는 낱말의 어미인 "cide" 그리고 살인(homicide)이란 말의 어미 "cide"와 모두 일치한다. 그리고 이 "cide"란 말은 라틴어로 "잘라내다"(cut off)라는 뜻을 가지고 있다. 따라서 자살이란 자신이 결단하여 자신의 생명을 "잘라내는 것"을 말한다. 자살의 행위는 자살시도와 자살의 관념화(ideation)와 더불어 가능해 진다.

2. 자살의 종류

사회학의 아버지라고 하는 에밀 뒤르켐은 어떤 사람이 자살할 가능성이 높은가에 대하여 연구한 결과를 그의 책 자살에서 세 가지 부류의 자살을 제시한다.15) 그가 언급한 자살들은 사회학적인 요소로서 이기적 자살, 무규범적 자살, 이타적 자살의 세 가지이다. 그가 말한 세 가지 이외에도 전염병으로서의 자살과 생물학적인 측면의 유전적 자살 등이 있다.

(1) 이기적 자살(egoistic suicide)

이런 자살은 개인과 사회와의 상호관계가 결핍된 결과로 파생되는 자살이다. 개인이 사회와의 통합이 약하여 사회적 규범이 그 개인의 행동에 영향력을 갖지 못할 때, 즉 자신이 사회 공동체에 좋은

---

15) Emile Durkheim, <u>Suicide: A Study in Sociology</u> (New York: Free Press, 1897, 1951).

관계를 갖지 못하고 고립되었을 때 발생할 수 있는 경우에 자살이란 선택을 하게 된다고 한다. 예컨대, 결혼한 사람들 보다는 독신으로 살아가면서 타인과의 관계가 단절된 상태에 있는 사람들에게 자살의 비율이 높다. 그 이유로 그들은 주변 사람들과의 정서적인 유대관계가 단절되어 고독과 소외감 등에 심히 시달리게 되고, 결국 그것들은 그들을 자살이란 탈출구로 몰아넣을 수 있다.

(2) 이타적 자살(altruistic suicide)

이것을 '타애적 자살' 혹은 '집단 본위적 자살' 이라고도 말 할 수 있는데, 이와 같은 자살은 개인이 집단이나 사회에 너무 밀착되거나 종속되었거나 또는 완전히 통합 상태에 있을 때 가능하다. 1987년도 32명의 집단 자살을 가져 온 오대양 사건이나 1978년 존스타운(Jonestown, Guiana)에서 근 1,000여명이 집단 자살한 피플스 템플(People's Temple)의 사건이 이러한 이타적 자살이라고 볼 수 있다.

최근 한국에서 나약하고 방황하는 사람들이 인터넷 등을 통하여 연결이 되고, 그들이 서로 고민을 나누다가 집단 자살을 하는 경우가 종종 일어난다. 혼자서는 자신의 목숨을 끊을 수 있는 용기도 없다가 지단 최면상태의 힘을 빌려 함께 죽는 것이다. 또한 한 가족의 부모가 자녀들과 함께 동반자살을 하는 경우도 있다. 이런 경우에 나이 어린 자녀들이 포한되는 경우가 허다한데, 이와 같은 것은 사실상 동반자살이 아니라 살인이라고 볼 수 있다. 그것은 어린이들이 판단능력이 없이 어른들의 결정에 멋도 모르고 휩싸이기 때문이다. 어린 아이들이지만, 그들은 법적으로 엄격한 독립체요 분리된 인격체이며 독립된 영혼이기 때문에, 부모에게 자식의 목숨까지 좌지우지할 수 있는 권한이 없다.

(3) 무규범적 자살(anomic suicide)

여기에서 "아노미"(anomie)란 "규범이 없는 것"(normlessness) 혹은 "의미가 없는 것"(meaninglessness)이란 뜻을 말한다. 따라서 무규범적인 자살은 개인이 삶의 의미를 상실했거나 삶의 가치를 갖지 못할 때 발생할 수 있는 것이다. 가치관이나 규범의 공백이나 혼돈으로 인하여 개인의 삶의 방향 감각이 상실되었거나 안정감이 소멸되었을 경우에 자살이란 선택을 하게 된다. 사회적으로 무질서 혹은 무규범이 판을 칠 때나, 개인적으로 뚜렷한 규범을 갖지 못하고 방황할 때 자살 충동을 갖게 된다. 이런 사람일수록 자아 의지력이나 자아 투지력이 필요하다.

(4) 전염병으로서의 자살

미국이나 유럽에서 자살에 대해서 활발하게 연구되어 지는 것 중에 하나가 자살이 전염일 수도 있다는 문제의식이다. 예컨대, 자살 사건이 많이 일어나고 그것에 대한 매스컴의 보도가 이루어진 후에는 자살 사건이 급증한다는 사실이다. 특별히 명성이 높은 연예인이나 사회 지도자가 혹은 유명 정치인이 자살사건 보도이후에는 후속 모방 자살로 이어질 가능성이 높다는 것이다. 그러므로 자살의 전염을 막기 위해서는 자살을 미화하거나 정당화하는 내용의 보도를 하지 말아야 한다. 실제로 1983년부터 1986년 사이에 자살이 급증했던 오스트리아 자살사건들은 언론이 자살에 대한 보도를 억제하면서 신중하게 다룬 이후에 자살빈도가 현저하게 낮아졌다.

사실상, 자살은 같은 처지와 비슷한 상황에 놓인 사람에게 전염효과를 가지고 있다. 즉 다른 사람들의 자살을 통해서 자신도 죽음이 궁극적인 해결책이라고 판단할 수 있기 때문이다. 이것을 "베르테르 효과"라고 표현하기도 하는데, 그것은 18세기 유럽의 젊은이들이 괴테의 소설 "젊은 베르테르의 슬픔"을 읽고, 소설에서 주인공 베르테르가 로테와의 사랑을 이루지 못하고 권총으로 자살한 것을 모방하여 동조 자살을 했던 사건들을 일컫는 것이다.

(5) 유전적 자살

생물학적인 측면에서 볼 때, 자살 그 자체가 유전된다고 볼 수는 없지만, 자살을 일으키는 정신병이나 정신적인 요소에 유전적 요인이 있다는 이론이 유전적 자살이다. 실제로 자살자들을 보면, 노이로제나 신경쇠약에서 오는 정신 분열증이나 조울증과 같은 정신이상자들이 많은 것으로 나타난다.

3. 자살의 원인과 방법

자살은 자신이 처한 환경이나 혹은 자신에 대한 존재적인 비관에서 비롯되어서 책임을 벗어나려는 행동이라고 볼 수 있다. 그래서 자신이 책임 있게 운영해야 할 자신의 삶을 포기하는 것이다. 자살의 원인에는 개인적인 것과 가정적인 것 그리고 사회적인 것 등이 있다. 물론 이들 셋은 서로 얽혀 존재할 수도 있다. 그 중에서 자살을 선택하는 밑바닥에는 가정불화나 이혼, 가정에서의 학대, 가족 식구간의 의사소통의 부재, 가부장적 가족질서의 해체, 가정 폭력, 핵가족화 등으로 야기되는 가족 체제의 변화 그리고 가족 구성원간의 관계성이

해이된 상태로부터 자살이 나타나게 되는 경우가 많다.

가정 문제 이외에 개인적인 외로움이나, 염세, 비관, 질병, 빈곤, 정서적 불안, 사회관계 속에서 발생하는 고도의 스트레스, 우울증과 연계된 절망, 신체불구, 조기 퇴직, 자기실현의 염원이나 무로 귀착하고 싶은 염원, 또는 부모나 가족의 상실, 확고한 규범이나 가치관의 결핍, 정신이상 등도 있다. 소크라테스는 인간 삶의 궁극적인 목표는 행복이라고 했는데, 한 인간이 이러한 삶의 목표인 행복을 파괴하는 현상에 직면할 때 자살을 선택하기도 할 것이다.[16]

노인의 자살은 핵가족제도와 현대문명의 영향으로 인하여 효사상과 가족공동체의 해체가 현실화되었기 때문에 옛 날보다는 현대에 현저히 높은 비율을 보이고 있다.[17] 그 결과, 관계성의 결핍으로 노인들이 고독의 문제와 경제적인 문제, 노인 학대 등의 경험을 하게 되어서 이와 같은 노인자살의 증가율을 불러오고 있다. 어떤 노인들은 자식들에게 짐이 되기 싫어서 자살하는 경우도 있다. 또한 질병의 문제로 의료 혜택을 제대로 받지 못하여 자신의 목숨을 스스로 끊는 노인들도 있다.

자살의 방법으로는 강물이나 호수에 뛰어들기, 자동차나 기차나 전철에 투신하기, 약을 복용하기, 목매달기, 칼이나 총을 사용, 살 베기, 고층 건물에서 추락하기 등이 있다. 어떤 사람들은 24개월 내에 1회 이상 시도한다. 미국에서는 매년 3만 명이 자살을 하는데, 자살 시도는 약 250,000명 이상이다. 자살 시도에 있어서 여자가 남자보다

---

16) A. J. Flisher, "Mood Disorder in Suicidal Children and Adolescents," <u>Journal of Child Psychology and Psychiatry</u>, 40: 315-324, 1999.
17) 노인의 자살을 비교해 보면, 1990년에 65세 이상의 자살하는 노인이 310명, 1994년에는 510명, 1998년에는 1,159명인데 비해, 2003년도에는 폭발적인 증가추세를 보여서 2,760명으로 매일 7.5명꼴이다. 참조: <u>조선일보</u>, 2005년 1월 27일, 목요일.

두 배나 많지만, 자살의 성공률은 남성이 3배나 더 성공적이라고 한다.[18]

4. 자살에 대한 견해

(1) 자살 예찬론 (합리적 자살)

어떤 사람들은 자신의 생명은 자기 자신이 주관해야 마땅하고, 따라서 자의로 자기의 생명을 끊는 행위는 최후의 주권 행사 혹은 자유 행사, 그리고 용기 있는 결단이라고 주장한다. 합리적인 자살을 주장하는 사람들에 의하면, 자살하는 사람이 정상적인 의식을 가지고, 심사숙고된 판단에 의하여 계획되고, 자살이 실행하였다면, 그것은 합리적인 자살이라는 것이다. 합리적 자살에는 3가지 조건을 충족시켜야 한다고 제시한다. 첫째는 자살하는 사람이 논리적 오류를 범하지 말아야 하고, 둘째는 자신의 행위가 미칠 수 있는 결과를 예견해야 하며, 셋째는 현실에 대한 충분한 정보와 지식을 근거를 가져야 한다는 것이다. 그러나 자살에 합리적 조건이 가능한 것인가?

사실, 자살을 개인의 권리로 보는 견해는 생소한 것은 아니다. 예컨대, 쇼펜하우어(Schopenhauer)는 자살이 바보짓이기는 하지만, 한 인간은 자신의 생명을 마감할 수 있는 권리가 있다고 주장한다.[19] 루소(Rousseau)도 자살이 어떤 경우이든 인간의 궁극적 권리라고 했으며,[20] 니체(Nietzsche)는 "자살은 인간의 권리이며 특권이다"라

---

18) U. S. Bureau of the Census, "Statistical Abstract of the US," (Washington, D.C., 2001).
19) Schopenhauer, "On Suicide," I-31, p. 25.
20) Rousseau, <u>Julie, or the New Heloise</u>, I-72, p. 175.

고 주장하였다.[21]

　　자살을 권리로 보는 입장에는 크게 세 가지의 근거가 있다. 그 셋은 첫째로 생명의 개인 소유권 견해로서 자신의 생명은 자기 자신에게 속한다는 것이고, 둘째로 자유 선택권의 견해로서 인간의 자유 선택은 존중되어 져야한다는 주장이며, 그리고 셋째는 자연적 권리의 견해로서 자살은 인간이 태어나면서부터 함께 부여된 권리라고 보는 것이다. 그러므로 어떤 사람이건 인간은 태어나면서부터 자신의 생명에 대한 소유권을 가졌으며, 자신이 자신의 생명의 끝을 마무리할 수 있는 자연적인 선택의 권리를 갖는다는 주장이다.

　　희생적 자살은 사회나 국가에 기여하는 기회가 되어, 영웅의 대접을 받을 수도 있다. 사회나 국가의 권익을 위하여 자신의 생명을 희생하는 사람들의 형태는 여러 종류가 있다. 예컨대, 군인들이 국가나 동료들을 방어하기 위하여 전쟁 중에 전사하는 일, 다른 사람이 기차에 치어 죽을 수밖에 없는 상황에서 자신이 철로에 뛰어 들어서 그 사람을 살리고 자신이 죽는 경우, 의사가 전염병이 만연된 마을에 들어가서 치료하다가 자신이 죽는 경우, 이준 열사와 독립 운동가들이 조국의 독립을 위해서 투옥되고 희생당한 사건 등이 바로 희생적 자살이다.

(2) 자살 반대론

　　자살을 반대하는 이유는 다양한데, 다음의 몇 가지로 요약할 수 있다. 그들은 ①사회에 책임을 수행하지 못하기 때문에, ②공동체나 국가에 상처를 주기 때문에, ③생명의 신성성과 존엄성을 파괴하

---

21) Nietzsche, The Dawn of Day, original edition, 1881 (Stuttgart: Kroner Verlag, 1953), p. 210.

기 때문에, 즉 생명은 창조주 하나님의 선물인데, 피조물인 인간이 스스로 생명을 마감할 수 있는 권한이 없기 때문에 등등이다. 여기에서 세 번째 사항은 기독교적인 입장에서 더 심층적으로 논의하기로 한다.

① **자살은 사회에 책임 불이행하는 행위**

전통적인 철학 윤리사상이나 신학사상에서는 자살이 옳지 못하다는 것에 동의하고 있다. 플라톤(Plato)에 의하면, 이상적인 사회는 모든 사람들이 맡은바 책임과 사명을 충실하게 수행할 때 가능하다고 주장 한다. 그런데 자살하는 사람은 이런 사명과 책임을 수행하지 못하고 포기하는 것이기 때문에 자살이 정당하지 못하는 것이다.[22]

② **자살은 공동체에 상처를 주는 행위**

한 사람의 자살은 그가 속한 공동체의 사람들에게 정서적인 불안이나 슬픔 혹은 상실감과 허무감 그리고 죄책감 등을 주게 되어, 결국 그 공동체의 사람들에게 상처를 주게 된다. 또한 위에서 언급한 것처럼, 자살 행위는 그가 속한 공동체의 여러 사람들에게 나쁜 모델을 보여 주는 셈이고, 정의롭게 살려는 사람들에게 방해가 될 뿐만 아니라 자살할 수 있도록 자극하기도 한다.

인간의 모든 행위는 행복을 궁극적인 목적으로 삼는 다고 역설하는 아리스토텔레스는 그의 저서 윤리학(Nicomachean Ethics)에서 주장하기를 자신의 생명을 파괴하는 사람을 "국가를 불공정하게 간주하는 것"이므로 범죄의 행위라고 한다.[23] 토마스 아퀴나스도 자살

---

22) Plato, "The Republic" in Five Great Dialogues, traslated by B. Jowett, Roslyn (New York: Classics Club, Walter J. Black, 1942), p. 651.
23) Aristoteles, Nicomachean Ethics, 1138a, I-76.

이 국가나 공동체에 상처를 주는 행위로 간주 한다.24)
③ 자살은 생명의 신성성과 존엄성을 파괴하는 행위

생명의 가치적 원칙을 바탕으로 자살을 반대하는 이론은 기독교의 신학에 그 근원을 두고 있으며, 이것은 생명의 신성성과 거룩성의 원칙이라고도 볼 수 있다. 이러한 생명은 하나님의 창조물로서 인간에게 선물로 부여된 것이다. 그러므로 이런 신성하고 거룩한 생명은 위탁을 받은 인간이 소중하게 간직할 뿐만 아니라 현명하게 운영해야 된다는 것이다. 각자에게 부여 받은 생명은 고귀한 것으로서 그 자체 내에 절대적 가치가 있다. 따라서 이런 생명을 개인이 멋대로 버리거나 파괴하는 것은 이유를 불문하고 옳지 못하며, 더 나아가서 자살은 죄라고 본다.25)

(3) 유교 문화권의 자살

자살에 대한 동양의 유교 문화권의 태도는 긍정적인 면과 부정적인 면을 함께 수용하는 이중성을 가졌지만, 대체적으로는 부정적인 측면이 강한 편이라고 볼 수 있다. 자살에 대한 긍정적인 차원에서는 "살신성인"(殺身成仁)으로써, 어떤 경우의 자살은 윤리적으로 간주되고 허용된다는 것이다. 살신성인이란 자신의 몸을 죽여서 인(仁)을 이루는 것, 즉 사회나 공동체의 옳은 일을 위해서는 한 개인의 목숨을 희생하는 것쯤이야 지당하다는 말이다.

자살에 대한 유교적 태도의 부정적인 측면은 "신체발부"(身體髮膚)라는 표현에서 찾아 볼 수 있다. "신체발부"라는 말의 본래

---

24) Thomas Aquinas, <u>Summa Theologica</u>, I-35, 2a, in <u>Basic Writings of Saint Thomas Aquinas</u>, ed. Anton C. Pegis, vol. 1 (New York: Random House, 1945).
25) Margaret Pabst Battin, <u>Ethical Issues in Suicide</u> (New Jersey: Prentice Hall, 1995), pp. 114-121.

뜻은 몸과 머리 그리고 피부, 즉 몸 전체를 의미 한다. 그런데 이 표현 속에 숨겨진 의미는 자신의 신체가 부모 혹은 조상으로부터 물려받은 것이기 때문에 그 고귀한 생명인 몸을 조금도 손상해서는 안 되고, 온전하게 보존해야 함이 조상에 대한 의무 중의 하나라는 것을 강조한다. 따라서 자살은 조상에 대한 불경스러운 것으로 간주된다.

5. 기독교적인 입장

기독교의 신구약 성경에는 "자살"을 금지한다는 말이 아무 곳에도 나오지 않는다. 그러나 몇 곳에서 자살에 해당하는 기록을 찾을 수 있는데,26) 그것에 대한 도덕적인 묘사는 없다. 예를 들어, 사무엘상 31:4를 보면, 사울이 블레셋 군대와의 전투에서 패한 후에 사울 자신이 칼로 자신을 죽이는 기록이 나온다. 여기에서 사울의 자살 행위를 비겁하다고 이해할 수도 있고, 적군의 수모를 모면하기 위하여 취한 행동이라고 볼 수도 있고, 혹은 자신의 조국 유대의 명예를 조금이나마 실추하지 않으려는 행위라고 말할 수 있을 것이다. 그러나 성경에는 그 어느 윤리적, 도덕적인 언급을 하지 않는다.

기독교 신학의 대부라고 할 수 있는 어거스틴(Augustine)은 자살을 반대 한다. 자살이 잘못된 것이라는 것은 자신이 자신을 죽이는 것이 살상이라고 이해하기 때문이다.27) 죽음으로 역경을 피하는 것보다는 어려움을 참는 것이 더 고상하고, 어떤 시험이나 죄를 회피하기

---

26) 사사기 9:54; 16:30; 사무엘상 31:4; 사무엘하 1:6; 17:23; 열왕기상 16:18, 역대상 10:4; 마태복음 27:5; 사도행전 16:27.
27) Augustine, The City of God, V. 1, 22, translated by Gerald G. Walsh, et al. (Garden City, New York: Doubleday, Image Books, 1958).

위하여 목숨을 끊는 것은 어리석은 짓이라고 한다. 왜냐하면, 자살은 사소하고 불확실한 죄를 피하기 위하여 더 무섭고 크고 확실한 죄를 범하는 것이기 때문이다.[28]

다음은 왜 기독교가 자살을 죄로 간주하며 자살을 반대하는지에 대해서 몇 가지를 열거 한다. ①십계명의 제6계명인 "살인하지 말찌니라" 라는 명시, ②모든 생명의 소유권이 하나님께 있다는 근거(생명은 하나님의 선물), ③인간의 몸은 하나님의 거룩한 성전이기 때문에, ④인간은 하나님의 형상내로 창조된 존재이기 때문에, 그리고 기타의 이유로 자살이 부당하다는 것이다.[29]

① 출애굽기 20:13에 나오는 십계명의 제6계명은 자살을 금지 한다. 다른 삶을 죽이는 살인처럼 자신을 죽이는 자살은 사실상 살인이라고 보는 것이다. 초대교회는 순교를 장려했지만, 자살을 살인과 동일하게 취급하였다. 위에서 살펴 본 것처럼, 어거스틴도 이것을 강조하여 자살이 죄라고 주장한다. 즉, 하나님께서 선물로 주신 생명을 버리는 것은 곧 하나님을 버리는 것과 같다고 말한다.

② 모든 인간의 생명은 하나님으로부터 받은 선물이며, 따라서 그 생명의 소유권은 하나님께 있기 때문에 자살은 하나님의 주권을 침해하는 범죄 행위가 된다. 이러한 견해는 하나님과 인간 사이의 재산 관계라고 볼 수 있다. 그리고 이것은 하나님께서 창조주이시고 인간은 피조물이라는 신학에 근거한 것이다.

③ 예수께서 자신의 몸을 성전이라고 부른 것처럼, 바울도 고린도 전서 3:16-17에서 인간의 몸이 하나님의 성전이라고 명했다. 따

---

28) Ibid., V. 17-27.
29) Ruth Purtilo, Ethical Dimensions in the Health Professions (Philadelphia: W. B. Saunders Company, 1993), pp. 148-149.

라서 성전인 인간의 육체는 신성하며 흠집을 내거나 파괴 한다면 그 것은 하나님을 모독할 뿐만 아니라 하나님을 전면 거부하는 처사가 되는 것이다.

④ 창세기 1:27은 인간이 하나님의 형상대로 창조되었다는 것을 말해 준다. 하나님의 형상대로 창조된 인간이 자살을 함으로서 자신의 육체와 생명을 파괴하는 것은 곧 하나님의 형상을 파괴하는 것과 같은 것임을 말한다.

기독교에서 자살이 잘못된 것이며 죄라고 주장하는 근거는 위에서 열거한 이유들 이외에도 인간의 생명이 하나님으로부터 차용되어 진 것이기 때문에 (칸트의 주장), 인간이 하나님의 종이기 때문에 주인에게 충성해야 해야 된다 (Locke의 주장) 등이 있다.[30]

자살에 대한 연구조사에 의하면, 대부분의 자살은 정오에서 오후 6시 사이에 시행 되어 지고, 커피 마시기를 즐기는 사람일수록 자살의 기도가 적으며, 달과 자살은 연관이 있는데, 달이 둥글 때 보다는 쪽 달일 때가 자살 비율이 더 높다고 한다. 우울증으로 어려움을 당하는 사람들은 겨울의 공휴일 보다는 봄철인 5-6월이 더 견디기 힘들기 때문에 이 시기에 자살 비율이 높다는 것이다.[31]

자살에 대한 몇 가지 근거 없는 사회적 통념(myth)도 있다. 그 중에 하나는 "자살 기도에 대하여 말하는 사람은 절대로 자살을 범하지 않는다" 이다. 자살의 의도나 계획 등을 말하는 사람에게는 대화를 통한 설득이 필요하다. 또 하나의 통념은 "자살하는 사람은 어느 경고를 하지 않는다" 라는 것인데, 사실 대부분의 자살 기도자는

---

30) Battin, <u>Ethical Issues in Suicide</u>, pp. 36-37.
31) Marc Etkind, <u>... Or Not To Be: A Collection of Suicide Notes</u> (New York: Riverhead Books, 1997), pp. 13-15..

어느 모양으로나 사인이나 경고를 한다. 다른 통념은 자살을 시도하는 사람은 항상 자기파괴를 원한다는 것인데, 그들도 새로운 가치관을 확립하여 새 출발할 수 있는 역량이 충분하게 잠재되어 있다고 본다.

톨스토이의 작품, "사람은 무엇으로 사는 가?"에 보면, 며칠 전에 남편을 잃은 여인이 쌍둥이 딸을 낳고 가난에 고통을 당하고 있다. 신이 천사 미하일에게 이 여인의 생명을 거둬오라고 명령한다. 그 여인은 "이 어린 아이들은 부모 없이는 살지 못한다"면서 살려줄 것을 간청한다. 딱한 사정을 들은 천사는 빈손으로 신에게로 돌아간다. 그러나 신은 미하일에게 "사람은 무엇으로 사는가에 대해서 알아오라"며 지상으로 돌려보낸다. 7년이 지난 후, 그 쌍둥이 딸들이 이웃 여인의 사랑 속에 무사히 자란 것을 본 미하일은 "사람은 사랑으로 산다는 것을 깨닫게 되었다는 것이다.

방향을 잃고 방황하는 사람, 올바른 가치관이 정립되지 못하여 뒤틀린 사람, 고독과 절망으로 신음하며 절규하는 사람, 불안의 감방에 갇히어 빛을 갈구하는 사람 등등 ... 이런 사람들에게 사랑으로 보살펴 주는 공동체와 사회가 필요하다.

XI. 뇌사와 장기이식
Brain Dead & Organ Transplantation

　　오늘날 의료기술과 유전공학의 급진적인 발달과 더불어 인간의 신비성은 점점 파헤쳐지거나 파괴되는 경향이 발생하고 있다. 즉, 생명과학의 발달은 생명을 물질적으로 해석, 활용하며, 따라서 인간의 존엄성은 파괴되는 현상이 세계 각 곳에서 일어나고 있다. 쥐의 유전자와 인간의 유전자를, 돼지의 유전자와 인간의 유전자를 조작하여 유사인간을 만드는 것은 하나의 예이다.
　　현대에 들어와서, 의료 과학 기술의 발달로 몇 가지 새로운 이슈가 등장하게 되었다. 첫째는 인공소생술과 생명연장 장치의 개발로 인하여 인간의 생명연장이 가능하게 되었다는 점이다. 호흡과 심장박동의 장애가 있는 사람에게 기계로 그 기능을 도와주기 때문이다. 둘째는 중환자의 상태가 지속성 식물상태인지 혹은 뇌사상태인지 판별이 가능해 졌다는 것이다. 셋째는 장기이식 수술이 가능해 졌다는 점이다. 1967년 12월 남아프리카 공화국에서 바나드(C. Barnard)가 세계에서 최초로 심장이식 수술을 시행한 것을 기점으로 여러 가지 이식수술의 발전이 이루어져 왔다. 따라서 고도로 발전된 과학 의료기술은 인간생명의 시작과 마감을 인간이 원하는 대로 조작할 수 있다는 말이다.

XI. 뇌사와 장기이식 · 209

바꿔 말하면, 의료기술의 발전은 종래의 불치병으로 간주되었던 질병이 치료될 수 있게 되었다. 그 뿐만 아니라 인간의 출생과 죽음에 관계되는 영역까지도 거침없이 다루고 있는 실정이다. 예를 들면, 인공수정, 체외수정 혹은 시험관 수태, 성감별 및 인공유산(임신중절, 낙태), 장기이식, 안락사, 생명체 합성 및 조작 등이 그런 것들이다. 이 장(章)에서는 뇌사와 장기이식을 논의하고, 다음 장에서는 안락사에 대해서 알아보고자 한다.

1. 팔리는 인간의 몸

뇌사와 장기이식에 관해서 다루기 전에, 우선 장기매매의 현실을 알아본다. 몇 년 전 22세의 미국청년이 강도를 하던 중에 사살됐는데, 그의 신체 각 부분은 자그마치 52명에게 이식되었다. 불행하게도 그는 에이즈 보균자이기 때문에, 그의 신체부분을 받은 사람 중에서 최소한 4명이 에이즈로 사망했다고 한다. 여기에서 우리는 몇 가지의 윤리적인 문제점을 지적할 수 있다. 그 하나는 그는 그의 신체부분들이 잘려 나갈 것을 알았을까? 즉, 그는 미리 자신이 죽은 후에 신체를 기증하겠다는 것을 예약 했는가, 아니면 가족의 동의를 얻었나? 또 다른 하나는 그가 에이즈 환자라는 것을 모르고 무조건 그의 장기를 사용하였는가? 에이즈 보균자의 신체를 받고 에이즈로 죽은 사람에 대한 책임은 누구에게 있는가?

장기이식은 피부조직 이식으로부터 시작되었다. 20세기에 들어서자 각막이식, 위장이식, 심장이식, 콩팥이식, 간이식 등 수 많은 종류로 이식기술이 발전되었다. 그런데, 문제는 인간 신체의 부분들이 마케팅화 되고 있다는 사실이다. 요즘 이식의 90%가 생체장기이식이기 때문에 장기 밀매행위가 윤리적 문제로 크게 부각되고 있다. 최근 한국에 장기매매 알선 카페가 수십 개 널려있는데, 그런 곳에는 장기를 팔려는 사람들로 북적거린다. 그런 사람들은 대개 가난에 시달리는 사람들과 사업하다가 망하여 벼랑 끝에 선 남자들이라고 한다. 그와 같은 사람들은 "가진 건 몸 뿐"인 셈이다. 또한 인터넷에는 난자판매 알선 카페도 성업 중이다.[1]

장기이식과 관련된 윤리문제로 첫째는 필요한 장기의 공급에 따른 정당성의 문제이다. 이식받아야 할 사람은 많아서 길게 대기하고 있는데, 이에 필요한 공급은 많지 않다는 사실이다. 그래서 고가의 장기매매가 이루어지고 밀매가 성행하게 된다. 그리고 대부분 돈이 많거나 사회적 신분이 높은 사람들에게 우선적으로 장기이식의 기회가 주어지는 경우가 많다. 이것은 분배적 정의[2]의 원칙에 어긋나는 것이다. 둘째는, 위에서 지적했듯이, 장기매매의 문제이다. 인간 신체의 일부가 상품화된다는 것은 인간의 비인간화를 낳게 하는 것이다. 다른 차원의 윤리적 문제는 이장의 끝부분에서 다루기로 한다.

2. 뇌사

(1) 죽음의 정의와 뇌사설

① 죽음의 정의: 사람이 "살아 있다"라는 것은 무엇으로 증명할 수 있는가? 사람이 살아 있다고 할 때에는 호흡을 하고, 심장이

---

[1] 인간 정자의 경우 하루에 7억 개씩 생산되어 지지만, 여자는 가임 기간 중 한 달에 난자를 한 개씩, 평생 400개쯤 배란한다. 사람의 난자 크기는 0.2mm이다.
[2] 김영일, 그리스도교 윤리, p. 118.

뛰고, 뇌가 건전하고, 모든 세포가 신진대사를 잘 수행하여야 한다. 따라서 호흡이나 심장박동 중에 어느 하나가 정지되면 심장사가 되는데, 모든 죽음의 98%가 이에 해당된다. 심장이나 폐의 기능정지로 산소공급의 중단이 3분 이상 지속되면 뇌세포가 손상을 받게 되고, 9분 정도 지속되면 뇌의 기능이 상실된다. 만일 세포들이 산소공급을 받지 못하여 신진대사를 수행하지 못하게 되면, 그것이 세포사로 이어지게 된다.

전통적으로 "죽음"이란 심장의 기능이 종식된 상태로서 생명현상의 소멸로 보았다. 즉 사람의 죽음이란 다른 다세포생물의 죽음처럼, 유기체 속의 각 조직마다 다른 속도로 소멸되어 가는 "점차적인 소멸과정"을 밟는다. 사람 몸의 각 조직과 장기들은 일정한 소생기간이 있어서 그 기간 내에 신선한 혈액의 공급이 없으면 불가역적으로 소멸될 수밖에 없다. 그런데 인공호흡기나 기타 생명유지 장치를 사용함으로서 인공적으로 심장과 폐를 작동이 지속되고 생명이 연장되는 것이다. 이러한 상태가 곧 식물상태인 것이다.

② 식물상태: 상식물상태의 인간은 호흡, 체온조절, 혈압조절, 심장조절 등을 맡고 있는 뇌간의 기능은 그대로 살아 있지만, 대뇌, 소뇌, 뇌간의 일부분만이 죽은 상태이기 때문에 의사소통의 불능, 자력에 의한 운동 불능, 시각기능 소실, 말하고 듣는 기능의 상실, 배변의 자의성을 잃는 상태에 빠지게 되는 것이다. 식물인간은 그 상태로 몇 년 동안 생존이 가능할 수도 있는데, 대개는 다른 합병증으로 목숨을 잃게 된다.

③ 뇌사: 뇌간을 포함한 전뇌의 기능이 소실되고, 그것이 회복될 수 없고, 그래서 전체 뇌의 기능이 완전히 상실함에 따라서 인체를 총괄을 맡고 있는 뇌의 사망을 "뇌사"라고 한다. 뇌사를 한마디

로 말한다면 "회복될 수 없는 뇌, 전체기능의 완전한 상실"을 의미한다. 사실상 뇌사가 선행하는 경우는 전체 죽음의 1% 정도로서 교통사고, 추락, 총상 등에 의해서 발생하는 경우가 대부분이고, 고혈압이나 뇌동맥류 파열로 심한 뇌출혈이 있을 때, 질식 상태 등으로 인한 산소공급의 단절의 원인도 있다.

인간 생명현상을 통제하고 지휘하는 최고의 기관은 뇌이다. 그리고 뇌가 기능을 발휘하지 못하는 뇌의 완전종식의 상태라면, 즉 생명의 소생이 확실히 불가능하다면, 뇌사를 인정하지 않고 심장사만이 인간의 진정한 죽음으로 보는 견해는 비과학적이고 불합리하다고 주장하는 사람들도 있다. 사람의 생명기능은 모두 뇌와 연결되어 있다. 사람이 뇌기능을 상실하면 그 사람은 생존을 유지해 나갈 수 없다. 그렇기 때문에 전뇌가 기능을 상실하고 죽었다고 판단될 때에는 개체의 죽음으로 보자는 것이 뇌사설이다.

1968년 8월 제22차 세계 의학회 총회에서 인간의 사망시기의 결정을 뇌사로 인정하도록 결의한 것이 "시드니 선언"이다. 그 이후로 1968년 미국 하버드 의과대학에서, 1974년 일본의 뇌파학회에서, 1977년에는 미국 대통령 자문위원회에서, 1985년에는 일본 후생성 뇌사연구반에서, 1987년에는 대만 행정원 위생성 총통령에서, 그리고 기타 세계 여러 나라에서 노사판정 기준에 대한 연구 혹은 뇌사 판정안이 설정되었다.

그런데, 아직도 많은 사람들이 심폐기능에 의한 사망, 즉 심장사만을 죽음으로 인식하고 있으며, 비록 인공호흡 장치로 호흡이 계속되더라도, 또 심장이 뛰고 있는 것을 보면, 뇌가 파괴되어 영원히 되돌아 올 수 없음을 알아도 죽음을 인정하지 못하고 주저하는 경우가 많다. 또한 이러한 상태에서 인공호흡 장치를 제거하고 장기를 떼어내는 것을 대단히 가혹한 일이라고 정서적으로 생각하는 사람들도 있을 것이다.

뇌사에 대한 윤리적인 문제는 "뇌사를 진정한 죽음으로 인정하는가?"이다. 여기에는 법적인 찬성과 종교적 혹은 신학적인 찬성의 여부도 고려해야 한다. 찬성할 때의 유익한 점은 절망상태에 있는 많은 사람들에게 새로운 삶의 희망을 줄 수 있으며, 그것은 그리스도 교적인 사랑의 연대성에 부합되는 것이라고 말할 수 있다. 따라서 회복이 불가능한 환자와 그의 가족들의 경제적 부담과 정신적 고통을 덜어 줄 수 있다. 그렇다면, "뇌의 사망이라는 판정을 받은 환자에게 인공호흡 장치를 사용하여서 생명을 연장하는 모든 인공적인 방법을 중지해야할 도덕적인 의무가 있는가?" 라는 질문을 가질 수 있다. 아니면, 영원히 소생이 불가능하다고 의학적으로 판정된 환자로부터 인공심폐장치를 떼는 의사는 살인죄가 적용되는가?
다른 각도에서의 문제로는 뇌사를 법적으로 그리고 사회적으로 수용하여, 그리고 자칫 귀중한 생명을 경시하여 뇌사가 아닌 사람을 사망으로 결정하는 오류를 범할 가능성도 있을 것이다. 그러나 엄격한 뇌사판정기준에 의하여 자격 있는 의사 2명 이상이 판정하게 하고, 규정된 시설과 장비를 갖춘 병원에서 확인하도록 한다면 오류를 범하지 않을 것이다.

하나의 해결방법은 사람들이 건강할 때에 미리 "사망 선택 유언"(Living Will)을 작성해 두는 것이다. 그것은 본인이 언젠가 환자가 되었을 때를 예비하는 것인데, 그렇게 하면 그때에 가족이나 의료진에게 부담을 덜어 줄 수 있게 된다. 즉, 그것은 환자자신의 결정권을 존중해 주는 것인데, 자신에게는 뇌사를 죽음으로 택할 것인가, 아니면 심장사를 자기의 죽음으로 선택할 것인가를 미리 결정해 두는 것이다. 뇌사를 죽음으로 선택하는 경우는 인공호흡 장치 등 기계 사용을 하지 않겠다고 유언서에 명기하는 것이다.

(2) 삶과 죽음에 대한 기독교적 이해

우리가 지금 다루고 있는 뇌사와 장기이식, 그리고 다음 장에서 논의할 안락사와 같은 주제는 인간의 생명과 직접적인 관계가 있기 때문에 기독교적인 차원에서 삶과 죽음에 관한 이해를 조명할 필요가 있다. 기독교의 성서에 의하면, 인간은 하나님에 의해서 창조되었다. 육체는 흙으로 만들어지고, 그리고 그 입에 생기 즉 영혼을 불어 넣으셔서 그 사람이 생령(a living soul)이 되었다는 것이다. 이것이 곧 하나님께서 하나님의 형상대로 만드신 인간이다.[3]

구약성서에서 사용되어 진 "생명"이란 뜻의 단어는 "하이임"(hayyim), "네페쉬"(nepes), 그리고 "루아"(ruah) 등이다. 하이임이란 하나님이 주신 생명으로 움직이는 생명을 말한다.[4] 살아 있는 동안 인간은 "네페쉬"를 가진다. 더 정확하게 설명하면, 살아 있는 인간존재는 육체적인 존재와 영의 존재와 함께 화합을 이루며 공존한다. 루아는 생명의 하나님으로부터 끌어내는 인간존재의 삶을 뜻한다. 네페쉬는 "영" 또는 "영혼" 그리고 때로는 "숨"으로서의 "생명"을 의미한다.

신약성서에서는 "생명"을 세 가지 용어로 사용하는데, 그들은 "바이오스"(bios), "프쉬케"(psyche), 그리고 "조에"(zoe)이다. 바이오스란 생명은 생물학적인 생명, 즉 인간의 육체적인 생명이 동물이나 생물의 생명처럼 죽음과 함께 썩어지는 이 세상에 살아가는 현재 상태만이 존재하는 것을 말한다. 프쉬케는 마음이나 심리적인

---

[3] 창세기 1:26-28; 2:7, 21-23.
[4] 사도행전 17:28.

차원에서의 생명으로서, 고통과 슬픔을 경험하는 인격체로서의 생명, 감정을 나타내고 대인관계를 형성할 수 있는 그리고 하나님을 찬양할 수 있는 인격체로서의 생명을 나타낸다. 조에는 본래 하나님이 흙으로 그의 형상대로 빚으시고, 그 입에 생기를 불어 넣었는데, 그 불어넣은 생기가 영적인 생명, 영원히 살 수 있는 생명을 의미한다.

종합하면, 인간의 생명은 하나님으로부터 지음을 받았고, 그에 의해서 주관을 받기 때문에 그에게 속할 뿐만 아니라 신성성과 존엄성을 가진다. 따라서 신성성과 존엄성을 가진 인간, 더구나 하나님의 형상을 입은 인간의 생명을 빼앗는 행위나 조작하는 행위는 하나님을 배반하는 것이며, 금지되어야 할 일이다. 다시 말하면, 인간은 단지 생물학적인 육체의 존재만을 가진 것이 아니라 영적인 존재로서, 하나님과 인격적이고 영적인 관계를 유지하며 살아가는 존재인 것이다. 살아있는 하나님으로서, 그는 모든 인간에게 숨 즉 생명을 주셨기 때문에[5] 인간 스스로가 그의 뜻대로 생명을 빼앗거나 소멸시킬 수 없다는 것이 기독교의 입장이다.[6]

3. 장기이식

(1) 장기이식이란?

장기이식이란 한 사람의 몸의 일부분(장기)을 다른 사람의 몸의 특정 부위에 옮기는 것을 말한다. 즉, 장기이식은 질병이나 상해로 인하여 그 기능을 충분히 발휘하지 못하는 장기를 떼어내고, 다른

---

5) 사도행전 17:25; 욥기 12:10.
6) 신명기 30:19; 욥기 34:14-15.

몸에서 떼어낸 장기를 환자의 몸에 옮겨서 그 기능을 대행시키는 치료방법이다. 장기이식이 이루어지기 위해서는 장기를 주는 쪽, 즉 제공자(donor)와 장기를 이식 받는 쪽, 즉 수용자(recipient)가 있어야 한다.

장기이식에서의 문제 중에 하나는 이식용 장기의 확보이다. 그것은 지금까지의 실정에 비추어 보면, 장기의 수용자는 제공자보다 훨씬 많아서 항상 수용자들이 대기해온 상태이다. 따라서 장기의 공급을 증가시키는 방법이 무엇인지, 불법적으로 장기를 매매하는 행위를 어떻게 방지 할 것인지, 그리고 제공되어 진 장기를 어떻게 공평하게 또한 효율적으로 분배할 것인지 등에 대하여 심도 있는 연구와 법적인 대응이 필요하다.

종전까지에는 장기의 공급원이 사람에만 국한되었는데, 의료기술과 유전공학 기술의 발전으로 체세포배아줄기세포의 연구라든가 또는 성체줄기세포의 활용이나 인간의 유전자와 동물의 유전자를 결합하여 장기이용을 위한 생명체를 만들어 내는 연구들이 활발하게 진행되고 있는 실정이다. 장기의 공급원이 완전한 사람인 경우에도, 그것이 ①살아있는 사람의 몸(생체)으로부터의 장기이식, ②죽은 사람(사체)의 몸으로부터의 장기이식, ③뇌사자를 완전히 죽은 사람으로 보아서, 뇌사자로부터의 장기를 활용하는 길도 있다. 그리고 ④선천적으로 뇌 특히 대뇌의 대부분을 상실한 상태로 태어나는 무뇌아(無腦兒)[7]로부터의 장기이식이 있다. 위의 네 가지의 공급원 중에서 무뇌아가 가장 좋은 장기공급원이라고 한다.[8]

---

7) 무뇌아를 무뇌증이라고도 부르는데, 이것은 선천적으로 대뇌의 양반구가 전혀 없든가 또는 작은 덩어리로 축소되어 태어나는 아기를 말한다. 이런 경우 보통 뇌간은 살아있어서 호흡은 자발적으로 하지만, 판정이 대체로 가능하며, 임신 중에도 정확한 진단이 가능하다고 한다. 무뇌아에 대한 치료는 불가능하며, 수일 내지 수개월 내에 죽음에 이룰 수밖에 없다.

체세포배아줄기세포를 이용한 치료의 개념은 환자의 체세포를 떼어서 기증받은 난자로 복제를 해 배아를 만든 후 줄기세포를 만드는 방식이다. 모든 인체조직이 새로 시작되는 배아에서 줄기세포를 만들기 때문에 그리고 환자의 세포로 만들기 때문에 이식 거부 반응이 없는 "환자 맞춤형 줄기세포"이다. 배아줄기세포를 활용한 치료는 인체의 모든 세포를 제공하기 때문에 치료 활용도가 다양하다고 할 수 있다. 그러나 이와 같은 치료방법은 윤리적인 논란이 많다.

　　성체줄기세포의 치료법은 환자의 골수나 신생아의 탯줄 혈액에서 존재하는 줄기세포를 뽑아 이를 실험실에서 분화·증식시킨 뒤에 다시 환자에게 이식하는 방법이다. 즉, 내 몸 속의 줄기세포로 나를 치료하는 개념으로서, 배아가 아닌 다 자란 인체조직에서 세포를 얻기 때문에 "성체줄기세포"라고 부른다. 성체줄기세포를 이용한 치료는 백혈병, 뇌졸중, 신경질환, 심장병, 관절염 등 제한된 분야이지만, 윤리적인 논란은 거의 없다.

(2) 장기이식에 관여하는 자

　　장기이식의 과정에서 필수적으로 관여해야 하는 당사자들이 있는데, 그들은 제공자와 수용자이다. 그리고 제공자와 수용자의 중간에서 직접적으로 또는 간접적으로 관계성을 갖는 사람이나 기관들이 있다.

---

8) 한국형사정책연구원, 뇌사와 장기이식에 관한 형법적 연구 (서울: 한국형사정책연구원, 1994), pp.35-36.

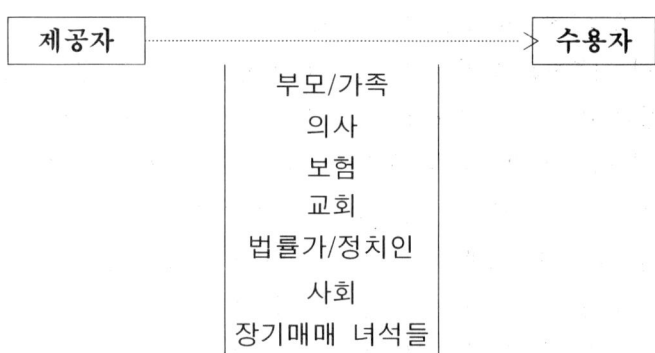

장기를 제공하는 사람과 받는 사람들 사이에 존재하는 사람들의 기능을 살펴보면 다음과 같다.

　　제공자: 누가 뇌사자가 될지 모르지만, 뇌사자의 경우에는 평상시에 미리 "사망 선택 유언"(Living Will)을 미리 써 놓는 것이 좋다. 이것을 위해서 교회에서 교육을 통해서 또는 사회적으로 합의를 이루는 운동이 필요하다. 생체제공자의 경우에는 전문의 의료상담과 심리적 상담이 필요하다. 장기를 기증하게 된 동기와 결정과 절차가 제공자의 자유로운 선택인가를 확인해야 한다.

　　수용자:　대부분의 수용자는 이식수술 후의 결과와 거부반응에 대한 불안과 심적인 문제가 대두될 수 있다. 사체나 뇌사자의 장기를 이식받은 경우에는 타인의 장기가 자신의 몸에 붙어 있다는 부담감이 있을 수 있다.

　　의사:　생체 제공자의 장기를 받을 때는 우선 의학적으로 반드시 혈액형 그리고 조직적합 반응검사의 결과에 따라서 가장 교차시험(matching)이 잘 되는 제공자를 선택하여야 한다. 의사는 장기의

제공자와 수용자간의 어떤 이해관계에서 원만하게 이루어 질 수 있도록 주선해야 한다. 의사는 되도록 환자의 건강을 위해서 모든 노력을 기울려야 한다. 수용자가 많을 때에는 정당하게 우선순위를 결정해야 한다.

　　법률가와 정치인:　우선 법적으로 뇌사자 또는 무뇌아에 대한 죽음의 정의와 경계선을 설정해서, 입법화가 되지 않은 경우에 입법화해야 한다. 환자가 장기이식을 받는 경비에 대해서 너무 높지 않도록 통제해야 한다. 그리고 장기제공 등, 장기이식에 관련된 모든 것이 법적으로 잘 정비되도록 살펴야 한다.

　　교회:　교인들에게 장기이식의 장점과 단점, 장기이식에 대한 신학적 해석 등을 가르쳐야 한다. 그래서 장기기증에 참가하는 일이라든가, 미리 "사망선택유언"을 작성할 수 있도록 동기부여 등 격려하는 것도 좋을 것이다. 물론 장기 제공자와 수용자 그리고 담당 의사가 교회에 있으면, 상담을 해 주고, 합심해서 기도로 힘을 심어 주는 것은 필수일 것이다.

　　부모와 가족:　부모는 자녀가 뇌사자나 무뇌아로 판정이 될 경우에 그 자녀를 위해서 그리고 사회를 위해서 현명한 결정을 내려야 한다. 가족은 함께 의논하여 "사망선택유언"을 미리 숙고하고 준비하도록 유도하는 것도 좋을 것이다. 또한 병원의 기록부에 빨강 도장으로 찍어 두는 "DNR"(Do Not Resuscitate), 즉 인공호흡기를 사용하지 말라는 결정 혹은 지시 표시를 할 것인가도 가족이 함께 의논하는 것도 권고할 사항이다. 왜냐하면, 만일의 경우, 자신이 식물인간이 되는 경우는 가족이나 의사들의 주저함 없이 해결될 수 있기 때문이다.

4. 장기이식의 윤리문제

장기이식에 따른 여러 가지 윤리적인 이슈(issue)와 문제점들이 있는데, 그들은 장기의 기증자에 따른 경우, 즉 생체의 장기이식의 경우, 사체의 장기이식의 경우, 뇌사자와 무뇌아의 장기이식의 경우, 배아줄기세포의 장기이식의 경우가 있다. 또한 장기이식 과정의 중간에서 직접적으로 또는 간접적으로 관여하거나 영향을 주는 참여자들에 따른 이슈와 문제점들이 있다. 몇 가지를 열거한다.

① 인간의 완전한 죽음을 언제로 또는 어떻게 결정할 것인가? 뇌사자와 무뇌아의 죽음에 대한 법적이고 의학적인 입장은? 사체에서 장기를 제공받을 때에는 그 장기기증자에 대한 죽음의 판정의 시기가 매우 중요하다. 그 이유는 대부분의 장기는 일정기간이 지나면 사용을 할 수 없게 되기 때문이다. 이러한 문제는 어느 정도 위에서 논의를 했다.

② 필요한 장기의 공급문제와 관계된 것으로서 정당성의 문제이다. 장기이식을 받아야 할 사람은 많고 장기는 부족할 때, 우선순위를 어떻게 결정할 것인지? 권력으로부터의 외압이나 금품수수의 문제는 어떻게 차단할 것인지? 이 문제도 위에서 언급을 했다.

③ 장기의 매매에 따른 비윤리성과 문제점들은 무엇인가? 장기매매를 어떻게 방지할 것인가? 신체의 일부가 상품화 된다는 것은 비인간화를 의미하는 것이 아닌가?

④ 인간은 하나님의 형상으로 지음을 받은 신성한 존재이며, 그리고, 기독교적인 입장에서 보면, 그의 존재의 주권자가 하나님 인데, 인간 스스로가 주관해서 인간의 신체를 적출하고 이식하는 것이

과연 올바른 것인가?

⑤ 장기이식을 그리스도인의 부활과 희망에 적용할 수 있는가? 죽은 사람의 장기가 다른 사람의 몸에 이식된다면, 그것이 다른 사람의 삶 속에서 제이의 생명으로 부활 하는 것인가?

⑥ 바울은 말하기를 "죽은 자들이 썩지 아니할 것으로 다시 살고 ... 이 썩을 것이 불가불 썩지 아니할 것을 입겠고 이 죽을 것이 죽지 아니함을 입으리로다" 9)라고 했는데, 이 말의 뜻은 우리의 세상적인 삶이 영생으로 계속된다는 것이다. 이 말의 의미는 어쩌면 죽은 자의 인격은 죽은 후에도 지속되고, 죽은 몸도 죽은 그 사람에게 속한다는 것이 아닐까? 그렇다면, 신학적인 질문은 한 사람의 생명이 의학적으로 죽었다고 해도 성서적으로 그가 과연 죽은 것인가? 이러한 성경구절을 어떻게 해석해야 하는가? 어떤 신학자는 인간의 몸은 애초에 흙으로 지음을 받았기 때문에, 죽음으로 인간의 몸은 다시 흙으로 되돌아가며, 인간의 인격은 종지부를 찍는 것이라고 말한다. 그렇기 때문에 장기를 몸에서 떼어 다른 사람에게 옮기는 것은 별 문제가 없다고 한다.

⑦ 뇌사자나 식물환자에 대하여 의사의 죽음의 오판이 되었을 경우는 어떻게 대비해야 하는가? 즉, 수술을 시행하는 의사에게 치중된 결정이 항상 올바른 판단이라고 볼 수 있는가? 또한 의사의 윤리적 의식이 잘못 되었을 때에 파생되는 문제들은 무엇인가?

⑧의식이 없는 상태에서 생명연장 장치에 의해서 유지되는 삶을 인간의 순수하고 보람 있고 현명한 삶이라고 할 수 있는가? 또한 생명연장 장치를 제거하여 자연적인 죽음을 맞게 하는 것이 작위 또는 부작위에 의한 살인죄로 간주되는가?

---

9) 고린도전서 15:52-53.

XII. 안락사 Euthanasia

"죽음의 의사"라는 별명이 붙은 잭 케볼키안(Jack Kevorkian)은 안락사의 옹호자이다. 그는 미국 미시간(Michigan)주에 거주하는 의사로서 140여명의 사람들을 죽여주었고, 여러 차례 법정에 섰었다. 시한부 환자가 고통을 견디지 못하고 죽고 싶다고 요청해 오면, 케볼키안은 그에게로 달려가서 안락사를 시행하였는데, 그들에게 약물을 투여한 방법으로 죽음을 도와준다. 과연 안락사는 올바른 선택인가? 전 세계적으로 안락사에 대한 논쟁은 뜨겁다.

고대 희랍 철학윤리학자들 중에는 안락사에 대한 견해가 양분되었다. 예컨대, 피타고라스(Pythagoras, 582-500 B.C.)와 소크라테스(Socrates)는 안락사를 반대했는데, 그 이유는 인간이 신의 소유물이며 안락사와 같은 죽음은 신의 법을 범할 뿐만 아니라 신의 저주가 된다고 보았다. 반면에 플라톤은 일반적으로 자살에는 부정적이었지만, 심한 병으로 죽을 고비를 겪고 있는 불치병 환자들이 자신의 운명보다 조금 일찍 가는 것은 용납한 듯하다.[1]

아리스토텔레스는 안락사가 비난받을 만한 일인데, 그것은 국가에 빚을 지는 것일 뿐만 아니라 경솔함이거나 혹은 비겁함의 하나라

---

1) Paul Carrick, <u>Medical Ethics in Antiquity</u> (Dordrecht: D. Reidel, 1985), p. 136; Plato, <u>Phaedo</u>, 62 b-c, translated by Hugh Tredennick in <u>The Collected Dialogues of Plato</u>, edited by Huntington Cairns & Edith Hamilton (New York: Random House, 1966), p. 45.

고 했다. 기독교의 영향을 받기 전의 로마시대에는 고통을 받는 불치의 환자나 신체의 심한 결손을 가진 자는 치욕을 피하기 위해서 안락사를 택하기도 했다. 시대의 가치관과 종교의 신념에 따라서 안락사에 대한 찬반론은 교차되어 왔다.

세계에서 최초로 안락사를 법적으로 인정한 나라는 네덜란드이다. 네덜란드는 2001년도에 안락사를 합법화 했는데, 안락사를 수행할 수 있는 조건이 다음과 같이 갖추어 져야 한다. 첫째는 치유 불가능한 병에 걸려 견딜 수 없는 고통 속에 있는 환자가 온전한 정신으로 안락사를 꾸준히 요청할 때; 둘째는 의사는 환자를 오랫동안 진료한 사람이어야 하며, 최소한 한명 이상의 다른 의사와 환자의 상태에 대하여 숙의한 다음에 결정해야 하며; 셋째는 모든 안락사의 시행은 3인으로 구성된 위원회에 결정과정을 서면으로 제출한 후에, 또한 지역보건 위원회로부터 최종 확인과 승인을 받아야 하며; 넷째는 16세 미만의 청소년 환자의 안락사는 부모의 동의가 필요하다고 한다.

1. 안락사란 무엇인가?

안락사라는 말을 표기하는 영어단어인 "euthanasia"는 희랍어의 "euthanatos"에서 유래된 말인데, 이 단어의 머리글자인 "eu"는 영어로 "well" 또는 "good"이란 말과 같은 것인데, 그 뜻은 "안락하게" 또는 "좋은"이란 뜻을 가진다. 그리고 "thanatos"는 "death" 즉 죽음을 의미 한다. 문자적으로 안락사를 정의한다면, 안락사란 "고통 없이 편안하게 죽는 것" 즉, "행복한 죽음"을 말한다. 예를 들어, 영화에서 큰 부상을 입고 회복할 수 없는 말을 총으로 쏴 죽여주는 장면을 목격할 때가 있다. 이것은 자비롭게 죽을 수 있도록 도와주는 "자비로운 죽임"(mercy killing)인 것이다.

사실상, 영구식물상태로 죽음을 기다리는 사람들, 회복할 수 없고 크나큰 고통을 지속적으로 받고 있는 암환자들, 대뇌가 없이 태어나서 도저히 생명을 유지할 수 없는 무뇌아들, 뇌사 상태에 있는 사람들 등의 사람들은 본인들은 물론이고 가족과 주변사람들에게 큰 부담과 고통을 준다. 이렇게 무의미한 삶을 유지하고 연장시키는 것이 옳은 것인지 그래서 차라리 조속히 생명을 단축하는 것이 좋은지, 아니면 비록 고통을 당하고 엄청난 의료비가 든다고 해도, 그래도 인간생명의 존엄성을 지키는 것이 옳은 것인지에 대한 결단을 해야 한다.

2. 안락사의 종류

안락사의 종류는 매우 다양하게 분류되어 진다. 우선 환자 자신이 능동적으로 안락사의 행위에 관여했느냐 아니냐에 따라서 "능동적 안락사" 혹은 "수동적 안락사"로 구분한다. 능동적 안락사는 환자 자신이 고통으로부터 해방하기 위해서 자신의 의지로 결정하는 것이다. 반면에 수동적 안락사는, 특별히 환자 자신이 의식하지 못하여 자신의 의지로서 결정하지 못하는 경우에, 의사와 가족이 결정을 해 주기 때문에 환자의 입장에서는 수동적이 되는 셈이다. 따라서 수동적 안락사에는 치료행위가 이미 진행 중인 것을 취소시키는 경우도 있고, 또한 생명연장을 위한 치료행위를 거절하거나 지연시키는 경우도 있는데, 이런 것은 죽도록 방치하는, 즉 "letting the person to die"라고 볼 수 있다. 어떤 사람들은 능동적 안락사를 "자의적 안락사"라고 부르고, 수동적 안락사를 "타의적 안락사"라고 말한다.[2]

또 다른 구분으로는 안락사의 장본인의 역할(role play)에 관계하여 안락사의 종류를 명명하기도 한다. 환자 자신이 죽음을 결정하고 행동으로 옮기는 경우는 "직접적인 안락사"라고 칭하며, 환자 외의 어떤 사람이 환자의 죽음을 대신 결정하고 행동하면 "간접적인 안락사"라고 부른다. 직접적인 안락사를 "적극적인 안락사"라고도 부르고, 간접적인 안락사를 "소극적인 안락사"라고도 칭한다.[3] 적극적인 안락사는 환자나 가족의 요구에 따라서 가스 주입이나 독극물 투여 등으로 숨지게 하는 것을 말하고, 소극적 안락사는 회복 불가능한 환자의 인공호흡기를 떼어내는 등을 말한다. 위에 열거한 안락사의 종류를 종합하면 다음과 같다.

능동적 안락사 → 자의적 안락사, 직접적인 안락사, 적극적인 안락사
수동적 안락사 → 타의적 안락사, 간접적인 안락사, 소극적인 안락사

능동적인 안락사 또는 자의적인 안락사의 경우에 그 타당성의 여부가 재고되어야 한다. 왜냐하면 과연 심한 고통을 당하고 있는 환자의 정신 상태가 정상적인 심리수준으로서 안락사를 요청한다고 볼 수 있느냐는 의구심이 있기 때문이다. 수동적 안락사 또는 타의적 안락

---

2) Norman L. Geisler, <u>Christian Ethics: Options and Issues</u> (Grand Rapids, Michigan: Baker Book House, 1989), pp. 157-158.
3) 샤논(Thomas A, Shannon)과 디지아코모(James J. DiGiacomo) 지음, <u>생의윤리학이란?</u>, 황경식과 김상득 옮김 (서울: 서광사, 1988), pp. 79-84.

사에 해당되는 사람들은 거의 모두가 자기 의사를 표시할 능력이 없는 사람들, 예컨대, 유아들, 나이 어린 아이들, 식물인간의 환자들 등이다.

3. 안락사에 대한 찬반 논쟁

(1) 죽음의 권리와 존엄성

인간의 자율성과 합리성을 강조하는 계몽주의와 인간의 이성을 강조하고 인간 중심적인 사고로부터 출발한 인본주의의 정신에 젖어 있는 사람들은 인간 각 개인에게 삶과 죽음에 대한 기본적인 권리가 주어져 있다고 주장한다. 이런 사람들에 의하면, 인간은 누구든지 자율적으로 인간답게 생을 마감할 수 있는 권리가 있다는 것이다. 그것은 인간 스스로가 자신의 생과 죽음을 운영할 수 있는 주관자이기 때문에 존엄하게 죽을 권리가 있다고 본다.

인간의 자율성(autonomy)은 윤리적 자유주의가 특별히 강조하는 것인데, 그것은 개인의 자유와 권리를 최고의 가치관으로 삼는 것이다. 즉, 개인은 자신의 몸과 생명 그리고 죽음까지도 통제 내지는 관리할 권리를 가졌다고 보는 입장이다. 그럴 때, 인간은 더 좋은 삶과 죽음을 소유할 수 있다고 주장한다. 그런 입장에서 볼 때, 의사도 개인의 권리를 존중해야 하기 때문에, 환자에게 치료 중단이라든가 안락사까지도 해야 한다고 본다. "죽을 권리"와 "죽음의 존엄성"이라는 가치관의 근거가 바로 그 "자율성" 즉, "이건 내 몸이야, 이건 내 자유야, 이건 내 삶이야, 죽음도 내 꺼야! 내가 내 삶을 통제할거야"이다.[4]

---

4) Richard M. Gula, Euthanasia (New York: Paulist Press, 1994), pp. 8-14.

따라서 이들은 특별히 능동적인 안락사는 반드시 필요한 것이라고 천명한다. 사람들이 병마와 싸우면서, 고통을 참아가면서, 고생하다가 언젠가 할 수 없이 죽어가는 그런 죽음은 존엄성에 입각한 죽음이 아니라고 한다. 고통에서의 해방이라는 이유와 개인의 기본적인 권리라는 조건은 죽음의 권리 주장을 강화한다. 안락사를 찬성하는 그룹은 대부분 상황윤리, 직관주의 윤리, 공리주의 등이다.

(2) 자비로운 죽임(Mercy Killing)의 필요성

안락사를 찬성하는 사람들 중에는 다음과 같이 주장하기도 한다. 즉, 인간사회에서 서로가 고통을 당하고 어려움을 당하는 사람을 도와주는 것은 당연한 일이다. 불치의 병으로 고통을 받고 있는 환자의 죽음은 피할 수 없는 일이며, 그 고통과 비참함을 조속히 단축시키는 것은 그 환자를 위한 행위뿐만이 아니라 그 환자의 가족에게도 자비를 베푸는 일이라는 것이다. 그러므로 자비로운 죽임의 행위는 필요하다고 한다.

사실상 의식이 없이 항상 누워있어야 하거나, 견딜 수 없는 고통을 받으면서 지옥 같은 삶을 살아가야 한다면, 그것은 목숨은 살아있을지 몰라도 "죽은 인간"과 마찬가지일 것이다. 그래서 환자의 생명을 빨리 단축시킴으로 자비를 베풀어 주어야 한다는 것이다. 왜냐하면 고통스러운 육체적인 삶 그자체가 최고의 선이 아니기 때문이다. 환자의 고통을 덜어주는 것이 중요한 임무라고 보며, 그러므로 그것은 비윤리적인 행위가 아니라고 한다.[5]

(3) 경제적 부담의 삭감

---

5) Geisler, op. cit., pp. 200-201.

병원의 중환자실에서 인공호흡기 등 인공생명연장 기구와 의약품을 사용하면서 장기간 치료를 받을 때의 경비는 일반적인 사람들에게는 엄청난 금액이다. 실제로 얼마 전에, 반(半)식물인간 상태로 불치의 병에 6년여 동안 시달리던 딸을 간호해오던 아버지가 생활고를 이기지 못해 인공호흡기를 떼어서 20살 된 딸을 숨지게 한 사건이 발생했다. 택시운전을 하다가 그만둔 그 아버지는 2억 원의 치료비를 대느라 집도 팔고, 카드빚도 2천여만 원 등 5천여만 원의 부채를 떠안고 있다고 했다.

　　공리주의자들은 불치병환자 혹은 식물인간과 같은 환자들에게 들어가는 비용은 엄청난 금액인데, 그러한 재정을 차라리 안락사를 행함으로서 사회복지나 공적인 비용에 사용하는 것이 "최다수 최대 행복"의 원칙에 적합하다고 본다.

(4) 생명의 존엄성

　　고대 희랍이나 로마 시대에서는 어떻게 죽느냐가 삶의 최종적 가치로 가늠을 했기 때문에 남 보기에 흉하지 않게 그리고 합리적으로 죽음을 맞이하는 것이 관심이었다. 그러나 초대 기독교인들에게는 단지 하나님만이 인간의 생명을 주시는 분이고 그 하나님만이 생명을 거두어 가시는 분으로 믿었다. 다시 말해서, 전통적인 기독교신학이나 기독교윤리적인 입장에서 보면, 인간의 생명은 하나님의 이미지(image)로 창조되었기 때문에 신성함이 내포되어 있을 뿐만 아니라, 하나님의 선물이기 때문에 고귀한 가치가 있으며, 함부로 버리는 행위는 불경스러운 짓이라는 것이다.[6]

　　아우구스티누스는 인간의 삶, 그리고 고통을 인내하는 것까지도

---

[6] Ron Hamel, editor, <u>Choosing Death</u> (Philadelphia: Trinity Press International, 1991), pp. 16-23.

하나님께서 정하신 섭리이기 때문에 거기에 맞추어 살아야 한다고 주장한다. 죽음의 시간과 방법은 하나님의 뜻에 속한 것으로서 하나님만이 주관하신다고 말한다. 신약성서에 준하여, 기독교인들은 고통을 두 가지 차원에서 기쁨으로 받아들여야 한다. 그 이유 중에 하나는 하나님은 고통을 영적인 성숙의 수단으로 사용하신다는 것이고, 또 다른 이유는 그리스도인들에게 있어서 고통을 인내한다는 것 자체가 하나님의 자녀임을 입증하는 표시라는 것이다.[7] 바울은 로마의 기독교인들에게 "우리가 환난 중에도 즐거워하나니, 환난은 인내를 인내는 연단을 연단은 소망을 이루는 줄 앎이라"고 충고한다.[8]

그러므로 기독교적인 입장에서 볼 때, 환자의 고통을 덜어주기 위해서 안락사를 행하는 것은 모순이다. 그리고 안락사를 반대하는 사람들에게 있어서, 의사의 가장 기본적인 고귀한 임무는 환자의 생명을 보호하고 치료하는 일인데 환자의 죽음을 도와서 죽게 한다면, 그것은 환자 자신과 의사가 생명의 존엄성을 무시하거나 무감각한 행위라고 한다. 그런 일이 빈번히 무감각하게 자행된다면, 그 사회 자체가 인간의 생명을 경시하는 풍조를 낳게 되는 셈이다.

(5) 자살 혹은 타살의 가능성

율법주의자들이나 전통적 기독교윤리학자들 중에는 능동적이고 자의적 안락사를 자살행위[9] 또는 수동적이고 타의적 안락사를 살인행위로 간주한다. 이런 주장의 근거는 십계명 중에 제육계명인 "살

---

7) Darrell W. Amundsen & Gary B. Ferngren, "Medicine and Religion: Early Christianity Through the Middle Ages," in Health/Medicine and the Faith Traditions, edited by Martin E. Marty and Kenneth L. Vaux (Philadelphia: Fortress Press, 1982), pp. 94-95.
8) 로마서 5:3-4. 참조: 야고보서 1:2-4; 욥기 23:10; 히브리서 12:11.
9) 자살에 관한 것은 제10장을 참조하기 바람.

인하지 말지니라"라는 출애굽기 20:13이다. 뤼쳐드 굴라(Richard Gula)도 능동적이고 자의적인 안락사는 자살로 보았는데, 그것은 의사가 극약을 주선해 주고 투약되도록 도와준다거나, 어떤 방법으로나 환자가 죽을 수 있도록 도와주기 때문에, 결국 환자의 죽음은 의사의 도움으로 이루어지는 자살이라는 것이다. 따라서 의사와 환자는 도덕적으로 책임이 있다고 한다.[10]

그러나 안락사와 자살은 약간의 상이점이 있다. 안락사의 경우는 대부분이 불치병 환자의 경우에 의료행위를 통하여 이루어지지만, 자살의 경우에는 의료행위와는 거의 무관하며 죽음이 임박한 환자의 경우가 아니다. 그리고 자살은 자신이 선택하여 자신이 생명을 단축하는 행위를 하는 반면, 안락사는 대부분이 자신이나 타인이 결단을 하고 안락사의 행위 자체는 다른 사람이 집행한다.

더러는 치료의 중단이 죽음을 촉진하기 때문에, 그것은 일종의 타살이라고 주장하기도 한다. 그러나 치료는 하나의 인공적인 의술이고, 치료중단으로 인한 죽음은 환자로 하여금 자연스럽게 죽음을 맞이하는 것을 뜻한다. 사람을 불법적으로 살해하는 것과 개인 자신의 결정으로 생명유지 장치의 작동을 중단하는 것은 차이가 있다. 그러나 환자의 자율적인 의사를 어떻게 확인 할 것인가는 하나의 중요한 문제이다.

4. 안락사의 윤리적 이슈와 문제점

① 인간에게 자율적으로 그리고 품위 있게 죽을 권리가 있는가? 안락

---

10) Gula, Euthanasia, pp. 5-6.

사는 정당성을 인정받을 수 있는가?
② 인간의 생사를 주관하시는 분은 하나님인가? 즉, 죽음은 반드시 하나님의 섭리인가?
③ 안락사를 자살이나 타살로 보는 것이 타당한가? 그 둘 사이의 차이점은 무엇인가?
④ 치료로 회복의 가능성이 없고, 크나큰 고통을 당하는 사람에게 막대한 경비를 들이며 생명연장을 허용하는 것이 본인의 삶과 가족에게 어떤 영향이 있는가?
⑤ 능동적인 안락사, 자의적인 안락사, 또는 직접적인 안락사를 용인하는 것에 따르는 사회적 위험은 무엇이며, 의사의 책임은 무엇인가?
⑥ 소극적인 안락사의 경우, 환자의 회생 가능성 여부에 대해서 명확한 세부지침이 없는 상태에서 의사의 오판의 가능성도 있을 수 있지 않은가?
⑦ 회생이 불가능한 환자에게 인공호흡기를 부착해서 몇 날이라도 수명을 더 연장하는 것이 과연 참다운 삶이라고 그리고 삶의 의미가 있다고 보는가?

5. 안락사의 대안으로서의 호스피스

인도의 콜카타에는 마더 테레사 수녀가 세운 "죽음을 기다리는 집"이 있다. 그 집은 길거리에서 갈 곳이 없어 버려진 채 죽어가는 노숙자 환자들을 데려다가 사랑과 정성으로 그들을 돌보며 고통을 달래주는 곳이다. 그곳에서 보살피는 사람들은 환자들에게 고통을 이기며 죽음을 존엄하게 맞이할 수 있도록 도와준다. 이런 것이 호스피스의 운동이다.

"호스피스"(hospice)는 한마디로 말기 환자를 위한 병원이다. 이런 시설에서는 심적으로, 영적으로 그리고 육체적으로 고통을 당하며 죽어가는 말기 환자들을 최대한의 성의와 사랑으로 위로해 주고 보살펴 준다. 이러한 접근이야말로 윤리적으로 최상의 수준이며 이웃을 내 몸과 같이 사랑하는 실천의 현장이다.[11]

---

11) 제이 홀맨 엮음, 박재형 외 옮김, <u>의료윤리의 새로운 문제들</u> (서울: 예영커뮤니케이션, 1997), pp. 358-359.

XIII. 사회계층과 빈곤
Stratification and Poverty

인간이 사는 곳은 어디든지 사회문제들이 존재한다. 수많은 사회문제들 중에서 우리가 여기에서 특별히 짚고 넘어가야할 주제들은 사회계층 또는 계급 간의 갈등과 부조리의 문제, 경제적인 힘의 집중과 빈부 격차의 문제, 부의 분배문제, 가난의 대물림의 문제, 세계적인 기아 대책의 문제 등이다.

따라서 다음과 같은 질문들은 위의 문제들에게 접근하고 이해하는데 적절할 것이다. 사회의 불평등은 왜 일어나는가? 그러한 불평등은 어느 정도인가? 빈곤이란 무엇인가? 빈곤층이 존재하는 이유는 무엇인가? 가난한 사람들은 그 가난의 구렁텅이에서 과연 벗어 날 수 있는가? 돈의 불공정한 분배는 무엇을 의미하며 어떤 결과를 초래하는가? 경제적 힘의 집중은 부당한 것인가? 빈곤에 대해서 성서는 무엇을 말하고 있는가? 힘의 집중과 힘의 남용은 어떤 결과를 가져오는가? 우리는 이 장(chapter)에서 가능하면 위의 질문들에게 초점을 맞출 필요가 있다. 그것은 이와 같은 질문들이 인간사회를 이상적인 사회와 행복한 사회로 만들 수 있느냐 아니냐를 판가름 할 수 있기 때문이다.

1. 사회계층과 사회 계급

(1) 사회계층 Stratification

사회주의나 공산주의의 이상적인 목표는 모든 사람의 동등성 추구이다. 그런데, 그들에게 그러한 현상은 일어났는가? 그렇지 않다. 사회계층은 그들 국가나 사회에도 존재해 왔다. 사실상 진정한 사회주의 (socialism)가 이루어지려면 적어도 세 가지의 조건이 입증되어야 한다. 첫째, 진정한 사회주의는 민주적이어야 한다. 민주적인 지도자는 그가 지도자로서 봉사하는 그 국가의 백성들에게 응답할 수 있고 책임적이어야 한다는 말이다. 그러나 사회주의를 표방한 공산국가들, 예컨대 중국, 북한, 쿠바 등의 지도자들은 모두가 독재자나 국민들을 억압하고 완전히 통제하는 전체주의 지도자들이었다.

사회주의의 두 번째 원칙은 평등주의(egalitarianism)이다. 평등주의란 모든 사람들에게 기회의 평등, 즉 결정함에 있어서 계급적이거나 수직적이 아니고 모든 사람들에게 균등하게 주어지는 평등, 그리고 그 사회의 이익을 균등하게 나누는 평등이 있어야 하는 것이다. 셋째, 진정한 사회주의는 모든 생산 수단의 소유권이 일정한 사람들에게 속하는 것이 아니라 모든 사람에게 속해야 한다. 그래서 진정한 사회주의는 경쟁이나 개인 재산의 소유, 그리고 착취를 거부한다.

그렇다면, 사회계층이란 무엇인가? 사회 계층은 한마디로 "불평등"이다. 사회학자들은 개인들이 처해 있는 불평등한 위치를 사회계층이라는 말로 표현한다. "계층"(strata)이란 개인 간이나 서로 다른 집단 간의 구조적 불평등을 의미한다. 이러한 위계적 구조 또는 계층에서는 위로 올라갈수록 더 많은 혜택을 누리고, 밑으로 갈수록 혜택이 감소된다. 인도의 카스트(caste)[1] 제도나 노예제도는 불평등의 극단적인 형태이다.

(2) 사회 계급(Social Class)

계급은 노예제도나 카스트제도와 차이점이 있는데, 이러한 제도는 대부분이 태어나면서부터 정해진 운명과 같은 것이다. 그러나 계급체계 안에서 한 개인의 계급은 태어나면서부터 주어진 것이 아니고 부분적으로 성취된 것이다. 또한 계급은 법이나 종교에 기초해서 나누어지는 것도 아니고, 유동적인 것이며, 계급 간의 구분도 명확하지 않다. 가장 중요한 것은 계급이 경제적 차이에 의해서 결정된다. 재벌과 졸부 그리고 달동네의 사람들은 계급으로 구분이 된다.

일반적으로 상층 계급은 상당한 정도의 자산을 소유하고 있으며, 상대적으로 소수의 개인들과 가족들로 구성되어 있다. 각 나라에서 최상층은 대개 전체인구의 1-2%정도가 된다. 미국의 경우, 전체인구의 10%의 사람들이 거의 80%의 주택 등 부동산을 소유하고 있으며, 90%의 주식과 채권을 소유하고, 전체 은행의 돈 60%를 소유하고 있는 실정이다.[2] 존 스콧(John Scott)은 19세기에 상층 계급을 이루는 세 부분으로서 대지주, 금융 자본가, 그리고 산업 자본가이었다고 지적한다. 그런데 그러한 상층 계급의 구도가 20세기에는 변화가 생겼는데, 그것은 지주 계급이 사라졌고, 금융 자본가들과 산업 자본가들 사이에 충돌하는 경우가 있다는 것이다.[3]

몇 십 년 전 미국의 사회학자인 워너(Warner)는 사회 계급을 6

---

1) 카스트(caste)란 말은 포르투갈어에서 온 말로서 "인종"이나 "순수 혈통"이란 뜻을 가진 단어이다. 인도의 카스트 제도에서 사회적 명예에 따른 범주가 4종류인데, 그것을 "Varna"라고 부른다. 가장 높은 Varna는 브라만(Brahmins)들이다.
2) William Kornblum, Sociology in a Changing World, sixth edition (Belmont, CA.: Wadsworth, 2003), p. 344.
3) John Scott, Who Rules Britain? (Cambridge: Polity, 1991).

가지로 구분했다. 그들은 상상층 계급, 상하층 계급, 중상층 계급, 중하층 계급, 하상층 계급, 하하층 계급이다.4) 최근에는 사회 계급 분류에 다음과 같은 약간의 변화가 있다. 큰 법인체의 재벌 엘리트(Corporate elite)는 약 1%의 사람들로서, 한 국가의 경제의 흐름을 좌우할 수 있는 그룹이다. 상류층(upper class)의 사람들은 전체 인구의 약 2-5%로 구성되는데, 이들은 높은 봉급을 받는 사람들이다. 대개 중상층(upper-middle class)에 속하는 사람들은 전체 인구의 15-20%에 해당하는 사람들로서 회사에서 지배인 격이거나 전문인, 고급 기술직, 의사, 변호사, 중소기업의 사장 등이다. 이 부류에 속하는 사람들은 대부분 대학교나 대학원을 졸업한 사람들이다.

중하층(lower-middle class)의 사람들은 약 25-30%로서 사무직 종사자, 회사원, 또는 봉급이 괜찮은 노동자들, 판매 대리점, 교사, 간호원, 기술자 등이다. 노동자 계급(working class)의 사람들은 30-35%에 해당하는데, 이들은 거의 육체적 노동에 종사하는 블루칼라 노동자이거나 낮은 사무직에 속한다. 이들은 대개 상층 노동자 계급에 속한다. 그래서 이들은 종종 "노동 귀족"이라고 불려 지기도 한다. 하층(low class)의 사람들은 15-20%로 구성되는데, 이들은 기술이 없는 단순 노동자들로서 생활고에 시달리는 층이다.5) 이들 중에는 시간제 노동을 하는 사람들도 있고, 임금이 낮은 임시직들도 많이 있다.

(3) 사회계층에 대한 미국의 사례

윌리엄 담합(William Domhoff)은 그의 연구에서 "누가 미국

---

4) W. Lloyd Warner, Paul S. Hunt Marchia Meeker, and Kenneth Eels, <u>Social Class in America</u> (New York: Harper & Row, 1960), pp. 3-33.
5) John Farley, <u>Sociology</u>, fourth edition (Englewood Cliffs, New Jersey: Prentice-Hall, Inc., 2000), pp. 260-261.

사회를 지배하는가?"라는 질문을 던지고, 미국 사회를 지배하는 사람들은 소수로 구성된 "파우어 엘리트"(Power Elite)라고 주장한다. 그 파우어 엘리트 그룹은 미국 사회의 최상층 계급에서도 정선되어진 사람들로서 미국의 정치, 경제, 외교 등에서 지도적인 역할을 하는 사람들이라고 한다.[6] 예를 들면, 1940년대에 설립된 "경제 발전 위원회"나 "해외 외교 협회" 등에는 약 200여명의 재벌 총수들과 금융재벌가 등 가장 유력한 인사들로 구성되는데, 그들 중에는 미국의 국무장관이나 정부의 고위급 인사로 일하는 경우가 많다는 것이다.

미국에서 최상층 계급은 미국 전체인구의 0.5%로 구성되는데, 그들은 그들 가족 끼리만이 접촉하고, 그들의 자녀는 정예 사립 초, 중, 고등학교에서만이 교육을 받으며, 그들 자손들 역시 그들 그룹의 자손과만이 결혼한다. 어떤 사람, 예컨대 한국 이민자가 갑자기 갑부가 되었다고 해도 그들의 서클에는 가입할 수 없다. 그 최상층 계급의 사람들은 엄청난 선거 후원금으로 미국 국회의 상하원 의원들과 대통령 선출에도 막대한 영향력을 행사하고, 그로 인해서 결국은 국제정치와 경제계까지도 직간접적으로 영향을 미친다고 한다.

미국의 사회학자인 롸이트 밀스(C. Wright Mills)는 가장 영향력이 있는 3계급이 미국을 좌지우지 한다고 주장하는데, 그 세 계급은 대형 주식회사의 총수들, 연방정부의 고급관리들 그리고 군의 요직의 장성들이라고 한다.[7] 이러한 패턴은 오늘날 많은 나라에서도 찾아 볼 수 있는 현상이라고 생각한다. 이들은 거의 한 국가를 이끌어가는 지도자들이 된다.

---

6) William G. Domhoff, Who Rules America Now? (New York: Simon & Schuster, 1983). 이 책은 그의 이전(1967년)에 출판된 Who Rules America?의 후속편이다.
7) C. Wright Mills, The Power Elite (New York: Oxford University, 1956, 1982).

2. 빈곤의 정의

가난을 정의하기란 그리 쉬운 일은 아니다. 빈부의 경계선은 상대적이기 때문이다. 내가 가진 돈이 이천만 원이라고 할 때, 내가 부자일 수도 있고, 가난한 사람일 수도 있다. 삼백만 원을 소유한 사람보다는 분명히 부자이다. 그러나 이억 원을 가진 사람에 비하면 나는 명백하게 가난한 사람이다. 계급 체계의 가장 밑바닥에 있는 사람들이 빈곤층에 속한다. 그들은 대개 의식주를 걱정하며 살아간다. 부족한 영향섭취, 비위생적인 생활, 노동의 기회와 교육기회의 부재 등으로 생활고에 허덕이며 살아가는 사람들이다.

그렇다면, 가난을 어떻게 정의할 것인가? 가난을 일반적인 정의로 말한다면, 가난이란 인간 사회에서 이용할 수 있는 자원이 불균형적 분배로 인하여 초래되는 생활 조건을 말한다. 즉, 경제적인 낮은 수준 때문에 생활에 기초적으로 필요한 수단을 가질 수 없는 사람들의 상태를 지칭하는 것이다. 그러므로 가난의 본질은 돈과 기회에 있어서의 불균형이다.

좀 더 구체적으로 가난을 정의한다면, 대개 두 가지 종류로 빈곤을 구분하여서, "절대적 빈곤"(absolute poverty)과 "상대적 빈곤"(relative poverty)으로 말한다. 절대 빈곤은 육체적으로 건강한 삶을 유지할 수 없을 정도로 식품, 주택, 의복, 건강에 대한 보살핌 등의 기본적이고 필수적인 생활 수급에 필요한 수입을 갖지 못하는 수준, 즉 최소한의 기본적인 생활수준에 미치지 못하는 경제수준을 의미한다. 이러한 개념을 설정하고자 노력한 사람 중 한 사람이 찰스 부스

(Charles Booth)인데, 그는 1889년에 런던 인구의 3분의 1이 비참한 빈곤 속에서 살고 있다는 사실을 알리는 책을 출판하면서부터 절대 빈곤에 대한 학문적인 관심이 돌기 시작했다.[8]

상대 빈곤은 한 사회나 국가의 표준에 미루어 볼 때 상대적으로 가난한 상태를 말한다. 그런데, 상대 빈곤을 가늠하는 선 혹은 표준을 정하는 것은 그리 쉬운 것이 아니다. 대부분은 소득 수준으로 그런 표준을 정하는데, 여기에도 문제점이 내포되고 있다. 왜냐하면 같은 나라에서도 지역에 따라 물가의 수준과 소득의 수준이 판이하게 다르기 때문이다. 좋은 예로, 이탈리아는 로마지역을 중심으로 남북의 경제적인 수준이 심한 격차를 보이고 있기 때문에, 그래서 산업과 상업이 왕성한 북쪽의 주민들은 북쪽을 농업이 중심인 남쪽 지역으로부터 분리하여 독립해야 한다는 운동이 벌어지고 있다.

3. 빈곤의 원인

"가난의 원인이 무엇이냐" 혹은 "가난의 책임이 누구에게 있느냐"에 대하여 여러 이론이 있다. 그들 중에서 대표적인 두 가지 상반된 이론은 다음과 같다. 즉, '개인 책임추궁 견해'(blaming the poor perspective)와 '구조와 정책 책임추궁 견해'(blaming the system perspective)이다. 후자는 정부의 정책이 잘못되었거나 적당하지 못하기 때문에, 그리고 사회적인 구조나 제도 자체에 문제가 있기 때문에 많은 실업자가 발생하고, 가난한 사람들이 배출된다는 것이다.

---

[8] Charles Booth, In Darkest England and the Way Out (London: Macmillan, 1970, first published 1890).

앞의 두 가지 이론 이외에도 가난의 원인을 문화적인 상황으로 설명하려는 이론이 있고, 마르크스주의적인 해설 등이 있다.

(1) 가난한 자의 책임

개인의 운명은 개인 자신에게 책임이 있는 것인가? 가난한 사람은 그 가난이 자신의 책임이라고 하여 개인에게 책임을 전가시키는 견해, 즉 "blaming the poor perspective"가 있다. 이러한 견해는 개인에게 초점을 맞출 뿐만 아니라 사회의 조직이나 정부의 정책을 보호하는 차원으로 접근하기도 한다. 스펜서(Herbert Spencer)는 그의 이론, 후에 "사회적 다윈주의"로 알려진 이론을 설파했는데, 그것은 가난한 사람들이 가난한 이유는 그들이 적합하지 않기 때문이라는 것이다. 빈곤은 자연적인 현상의 결과로서 나타나는데, 게으름이나 지능지수가 낮다거나 노력을 하지 않는 사람, 건강상태가 나쁜 사람, 결단력이 없어서 주저주저하는 사람들은 일하는데 적합하지 않기 때문에 가난할 수밖에 없다고 말한다.[9] 이와 같은 이론은 스펜서 이후에 여러 학자들이 이론을 전개하였다.

가난의 책임을 개인에게 돌린다는 접근방법은 정부의 정책이나 사회의 구조적 문제점들을 자유롭게 해 주면서, 빈곤의 문제를 해결하는 방법으로서 개인을 변화시키고 치료하는 프로그램 등이 필요하다고 제언한다. 전 세계 인구의 20%에 해당하는 극빈자들의 수입이 전 세계 전체 수입의 1.1%정도인데, 과연 이들의 빈곤상태를 그들에게만 돌릴 수 있을 런지 의문이다.

(2) 빈곤의 문화적 설명

---

9) Herbert Spencer, The Study of Sociology (New York: Appleton, 1874).

어떤 사회학자들은 많은 숫자의 가난한 사람들이 빈곤상태에 놓여있는 것은 가난한 가정이나 환경에서 태어났기 때문이라고 지적한다. 많은 경우 그들의 빈곤상태가 너무 심각하기 때문에 어떤 사람들은 가난의 구렁텅이에서 빠져나오지 못하고 대물림을 하는 경우가 있다. 그들의 생활 상태는 달동네와 같은 수준으로 대부분의 사람들이 몇 식구가 쪽방에서 살며, 더러는 전기와 수돗물도 없는 실정이고, 먹을 끼니 걱정도 해야 하는 실정이다. 그래서 그들은 체념을 하고, 그러한 삶의 패턴이 부모로부터 물려받아 형성되어진 문화이며, 그들의 가치관이 되어버린 채 살아가는 주변인간들이다. 이것을 "빈곤의 문화"(culture of poverty)라고 부른다.

"빈곤의 문화"라는 개념은 오스카 루이스(Oscar Lewis)에 의해서 처음으로 소개되었다. 이것은 극빈자들의 생활 패턴이 세대와 세대를 이어가면서 그들의 문화로 형성되어 살아가는데, 그들의 생각과 생활에서 형성된 규범과 가치관은 다른 사회 계급의 사람들과 차이가 있다는 것이다.[10] 물론 그들에게는 좌절과 절망이 있다. 그것들이 쌓이게 되어 오히려 체념하고, 운명으로 생각하고 부모들이 살아왔든 것처럼 살아간다. 따라서 그들에게는 결손가정이 대부분이고, 술중독자들도 많다고 한다. 그래서 그들은 그런 틀 속에 갇히어 버리고, 그 빈곤의 구렁텅이에서 헤어나지 못한다. 그리고 그런 생활 패턴을 또 다시 그들 자손들에게 물려주는 대물림이 지속된다고 본다.

엘리옷 리보우(Elliot Liebow)의 연구는 빈곤의 문화를 입증한다. 그는 미국 수도인 와싱톤 디씨(Washington D.C.)의 한 거리에 있는 식당, 그가 명명한 "텔리스 코너"(Tally's Corner)라는 식당에서 거의 상주하다시피 하면서 그 식당을 찾는 손님들을 만남으로 경험적인

---

10) Oscar Lewis, La Vida (New York: Vintage, 1968).

연구조사를 실행하였다. 그가 만난 남자들은 거의 모두 이혼한 상태이고, 여자들 역시 이혼하여 혼자서 자녀들을 키우는 상태이었다. 대부분의 그들은 소액을 받는 품팔이 시간제 일을 하기 때문에 경제적으로 시달리지만 크게 걱정하지도 않는 모습이었다. 그들 중에는 물론 실직자도 있었다. 그들의 생활수준은 너무 밑바닥의 생활을 하기 때문에 헤어날 도리도 없는 현실에다가 모든 것을 체념한 상태이고, 희망 따위는 가질 수도, 가질 필요도 없는 실정이었다.[11]

(3) 마르크스주의의 견해

마르크스는 빈부 격차의 원인과 문제를 힘의 불균형으로 설명한다. 마르크스에 의하면, 사회는 두 가지의 경제적 계급으로 나뉘어져 있는데, 한 계급은 부를 소유한 계급이고 또 다른 계급은 부를 실질적으로 생산하는 그룹이라고 한다. 그런데 생산을 하는 노동자들은 자기의 노동을 자본가에게 매출하고, 그 매출한 노동의 대가를 받아야 하는데, 노동자들은 정당한 노동의 대가를 받지 못한다는 것이다. 그 이유는 자본가들이 노동자들에게 단지 먹을 수 있는 만큼과 계속적으로 생산할 수 있는 만큼의 임금만 지불하고 나머지는 착취하여 자본가들의 자산만 부풀린다고 주장한다. 그리고 자본가들은 노동자들에게 계속적인 노동을 강요한다고 한다. 그러므로 마르크스주의자들의 견해에 의하면, 가난은 자본주의를 위한 부수물이고, 자본주의를 유지하기 위한 필수품이라고까지 말한다.

허버트 간스(Herbert Gans)는 "누가 가난한 사람들로부터 이익을 얻는가?"라는 질문을 제기하고 거기에 대한 대답을 다음과 같이 열거한다.[12] 첫째, 가난은 저임금 노동자들을 양산하는데, 이들은 상류

---

11) Elliot Liebow, <u>Tally's Corner: A Study of Negro Street Corner Men</u> (Boston: Little, Brown, 1967).

층이나 중산층의 사람들이 하지 못하는, 소위 말하는 "3D"[13] 종류의 일들을 하기에 안성맞춤이라는 것이다. 그렇기 때문에 중류와 상류층의 사람들은 이들 가난한 사람들이 청소하는 일이나 식당일 등의 일을 맡아 주기를 기대한다고 한다. 둘째, 가난한 사람들은 부자들이 생산하는 생활필수품 등의 물건들을 사서 사용하기 때문에 그들이 필요하다는 것이다.

4. 성서에 나타난 빈부에 대한 이해

보편적으로 보면, 빈곤의 문제 보다는 부의 문제가 대두되어지는 경우가 많다. 그 이유로는 첫째, 부의 획득이 자유방임적 자본주의에 의해서 이익추구가 정당하게 이루어지는 경우보다는, 이익추구라는 목적을 위하여 수단과 방법을 가리지 않는 경우가 많기 때문이다. 그 한 예가 착취나 부당한 방법일 수 있다. 둘째, 일정한 소수의 사람들에게만 경제의 힘이 쏠리는 힘의 집중과 힘의 남용의 문제이다. 어떤 사람들은 각자가 노력하여 노력하고 축적하여 발생한 것이기 때문에 힘의 집중과 같은 것이 잘못이 아니라고 주장한다. 그러나 힘의 집중은 힘의 남용과 오용으로 연결될 수 있고, 때로는 이들의 힘에 의해서 일반 대중이 희생양이 될 수도 있다는 것이다.

구약성경에는 약 613개 항목의 계명이 있는데, 그들을 종합하여

---

12) Herbert Gans, "The Uses of Poverty: The Poor Pay All," in <u>Sociology: Full Circle</u>, 4th edition, edited by W. Feigelman (Fort Worth: Holt, Rinehart and Winston, 1985), pp. 155-161. 또한 다음의 책도 참조: Gans, <u>The War Against the Poor</u> (New York: Basic Books, 1995).
13) "3D"란 "Dirty, Difficult, and Dangerous," 즉 더럽고, 어렵고, 위험한 직종의 일을 의미한다.

분류하면 크게 두 가지의 개념이라고 볼 수 있다. 하나는 인간의 죄로 소원하여 진 하나님과 인간의 관계성이고, 또 다른 것은 나와 이웃과의 관계적인 삶에 대한 것이다.[14] 이 두 가지를 요약한다면, 나 자신이 하나님과 이웃과의 좋은 관계를 갖기 위한 수단은 경제이다. 예컨대, 하나님은 사회적으로 약한 자, 즉 가난한 사람, 과부, 나그네들을 보살펴 주라고 강권하신다.[15]

그런데, 문제는 인간이 살아가는 사회에는 "언제든지 가난한 자가 그치지 아니하겠으므로..." 빈곤의 문제는 항상 존재한다는 말이다. 그러한 문제에 대하여 하나님은 인간들에게 대안을 제시하신다. 그것은 "내가 네게 명하여 이르노니 너는 반드시 네 경내 네 형제의 곤란한 자와 궁핍한 자에게 네 손을 펼치라"는 것이다.[16] 이것이 우리 모두에게 주어진 분배에 대한 과제이다.

예수께서는 사역의 서막에서 이사야서 61장을 인용하면서 그의 목회철학을 명시하신다. 즉, 가난한 자에게 복음을, 포로 된 자에게 자유를, 눈먼 자에게 다시 보게 함을, 그리고 눌린 자를 자유하게 하는 것이 그의 목회에 있어서 중요한 관심사이었다. 그래서 초대 그리스도교 지도자들도 부의 분배의 문제와 특별히 가난한 삶들에 대한 배려를 중요시 하였다.

예수께서는 '부자' '부' '돈'에 대해서 자주 언급하신다. 재산이 예수를 따르는데 장애가 되거나(마 19:22), 하늘나라의 입장권을 얻는데 방해가 될 수 있다던가(마 19:24), 부요한 사람들이나 배부른 사람들은 화를 면치 못한다(눅 6:24-25)는 등, 부에 대한 위험성을 강조하신다. 그러면서 해결 방법을 제시하시는데, 그 방법은 "보물을 하

---

14) 김영일, 그리스도교 윤리, pp. 60-61, 205-207.
15) 신명기 10:18; 24:14-15, 19; 잠언 14:31 등.
16) 신명기 15:11.

늘에 쌓아 두라"(마 6:21)는 것이다. 재물을 하늘에 쌓아 두는 것은 곧 하나님께서 불쌍히 여기시고 사랑하시는 가난한 사람들에게 주는 행위이다.17) 물론 부자 청년에게 제시하신 것처럼 소유를 팔아서 가난한 사람들에게 나누어 주는 방법도 있다(막 10:17-22). 이러한 예수의 가르침은 부를 가진 자들이 사회적인 책임이 있다는 것을 분명하게 보여 주시는 사례이다.

부의 분배 문제와 가난한 사람들에 대한 그리스도인의 사회적 책임성을 가장 잘 나타내는 것은 레위기 25:8-17절과 23-55절에 나타난 희년정신이라고 생각한다. 희년이란 이스라엘이 가나안에 들어간 그 때를 기점으로 하여 일곱 번째로 맞는 안식년이 지난 그 다음 해인 "제 오십 년째의 해"를 말하는데, 그 날이 "대사면의 날"에 해당된다. 안식년과 희년의 차이는 안식년이 7년이 지난 후 한 주간을 쉬는 제도이고, 희년은 50년이 되는 해가 희년으로서 축제를 벌인다.

안식년에는 세 가지의 사건이 있는데, 첫째는 토지에 있어서 6년 동안은 재배하여 곡식을 수확하지만 제 칠년 째는 토지를 쉬게 해야 한다(출 23:10; 레 25:2-7). 둘째는 7년째 되는 안식년에는 노예를 자유 하도록 풀어주어야 한다(출 21:1-6; 신 15:12-18). 셋째는 빚진 것은 돈이건 곡식이건 간에 모두 무효로 해야 한다(신 15:1-6). 그런데 희년에 일어나는 사건은 안식년에 일어나는 3가지의 사건에 또 하나의 사건이 가산되어 지는데, 그것은 토지 그 자체를 본래 주인에게 돌려주는 것이다(레 25:10). 즉, 49년간 팔고 산 땅이나 부채로 빼앗긴 땅이나 모두를 환원해야 하는 것이다. 사람들이 매입한 땅을 왜 영구히 소유하지 못할까? 그 이유는 레위기 25:23에서 설명하는데, 인간은 나그네이고, 토지는 본래 하나님의 소유이기 때문이라고 한다. 인간은 하

---

17) 제4장의 "웨슬리의 경제윤리"에서 "선한 청지기의 사명," "돈의 사용과 부의 위험," 그리고 "가난한 자들에 대한 사명"을 참조 바람.

나님의 청지기로서 이 땅에서 임시로 토지를 사용할 뿐이다.

　　그러므로 희년이란 자유와 원상복구라는 의미를 내포한다. 창조의 원래 모습대로 계급의 차이도, 빈부의 격차도, 종속의 관계도 없는, 그저 창조된 그대로, 자연 그대로의 모습인 것이다. 누구나가 똑같은 하나님의 자녀로서의 자유와 권리가 주어진 것을 말한다. 부자와 나사로의 비유(눅 16:19-31)에 보면, 부자가 지옥 불에서 고통을 당하며 애원을 한다. 부자의 잘못은 무엇인가? 그의 죄는 자신의 대문 앞에 앉아 있는 이웃인 나사로를 잘 돌보지 않은 행위, 즉 자신의 부를 이웃과 나눌 수 있는 기회가 주어졌는데도 그것을 외면하고 무관심을 보인 삶 때문이 아닌가?

　　희년정신을 우리의 삶에 실천 할 수 있는 길은 무엇인가? 예를 들어서, 내가 저녁식사를 이만 원짜리 소갈비를 먹는 대신에 오천 원짜리 된장찌개를 먹는다면, 15,000원이 절약되는데, 이 절약한 돈으로 가난한 이웃사람들을 도와줄 수 있다. 이것이 우리가 희년정신을 생활화하는 하나의 길이라고 생각한다. 이것이 우리의 재물을 하늘에 쌓아 두는 길이기도 하다.

　　지구상에는 빈곤의 문제가 심각하다. 예를 들어 보면, 하루에 35,000명의 어린이들이 굶주림과 영양실조로 죽어간다. 하루에 천원, 약 1달러가 없어서 죽는 사람들이 많다는 이야기다. 빈곤은 문맹, 부적절한 의료의 혜택, 저능아 생산, 뇌의 손상, 질병, 유아 사망률의 증가 등의 결과를 불러온다.[18] 성서의 가르침에 의하면, 가난한 사람을 돌보지 않고 학대하는 자는 그가 얼마나 신앙심이 크다고 하더라도 하나님의 자녀가 아니라는 것이다. 가난한 자를 학대하는 사람은 곧 창조주이신 하나님을 멸시하는 자이고, 궁핍한 사람을 도와주는 사람은 하나님을 존경하는 것이라는 잠언의 말씀을 우리는 되새길 필요가 있다(잠언 14:31).

---

18) Ronald J. Sider, <u>Rich Christians in an Age of Hunger</u> (Dallas: Word Publishing, 1990), pp. 3-36.

XIV. 다인종 사회와 문화적 다원주의
Multi-Racial Society & Cultural Pluralism

　　2006년 2월 6일 디트로이트에서 열린 제40회 미식축구(NFL)에서 피츠버그의 스틸러스(Steelers)가 시애틀 시호크스를 누르고 우승하였다. 그 프로풋볼 수퍼 볼의 최우수선수상(MVP)은 하인스 워드(Hines Ward)가 차지하는 영광을 누리게 되어 미국의 영웅이 되었다. 그런데 그는 한국인 어머니와 흑인 아버지를 둔 혼혈아이다.
　　미국에서 하루아침에 영웅이 된 하인스에 대해서 한국의 신문과 방송 그리고 많은 사람들이 야단법석이다. 그가 한국인의 피를 가졌다는 자부심 때문일 것이다. 그가 그런 영광을 얻지 못하고 보통 사람이었다면, 아마도 그와 그의 어머니가 이전에 받았던 이방인의 취급을 받고, 지금 한국에 살고 있는 35,000여명의 다른 혼혈아와 똑같이 수모와 모멸감을 받으며 서글픈 체험을 했을 것이다.
　　흔히 사람들은 우리가 "단일민족" 이라고 자랑스럽게 생각한다. 과연 한국인들은 단일민족인가? 인류 사회학적으로나 역사적으로 볼 때, 한국은 혼혈과 다민족이라는 테두리에서 벗어날 수 없는 나라이다. 한 예로, 조선 개국의 일등 공이자 청해 이씨의 시조인 이지란(李之蘭)도 "두란첩목아" 라는 이름의 여진족이었다. 그 밖에도 수많은 중국인들과 만주족 그리고 몽고족들이 한국인들의 피에 섞여있다. 지금 한국에는 미국계 혼혈인 아메코리안이 약 5천명, 동남아 사람들과 결혼하여 태어난 아시아계 혼혈 코시안이 3만여 명, 그리고 외국인 노동자가 수십만 명이 살고 있다. 이것은 한국 사회가 다인종과 다문화의 사회라는 것을 말해 준다.

지금까지 한국에서 혼혈인들은 사회적 차별대우, 즉 교육의 혜택, 취직 등 많은 분야에서 사회적 차별대우를 받아 왔다. 한국 사회가 순혈주의(純血主義)와 폐쇄적인 사고방식에서 벗어날 때 아름다운 조화가 이루어 질 수 있을 것이고, 지구촌에서는 인종주의와 차별대우와 편견이 없는 공동체, 모든 인종들이 공존하는 공동체가 하루 속히 달성되어야 할 것이다.

1. 용어의 개념

인종(race): 이 단어는 16세기 유럽에서부터 사용한 사회학적 용어로서 혈족관계를 강조하여 같은 조상의 후손들을 지칭하는 것이었다. 18세기 이후로는 이 단어가 육체적이고 외형적인 특성으로서, 예컨대, 피부 색깔이나 얼굴의 형태 등의 범주를 나타내는 뜻으로 사용되어 지고 있다. 인종은 신체적 특성과 문화적 특성을 결합시켜 범주를 정하기도 한다.

인종주의(racism)는 겉으로 보여 지는 신체상의 특징을 가진 인종의 사람들이나 인성이나 행동의 유전적 특성을 가진 사람들에 대하여 차별화하고, 그로 인하여 우월성과 열등성으로 구분하는 인식과 태도를 말한다. 미국에서는 노예생활로부터 차별대우를 받았던 흑인을 멸시하는 표현으로서 "니거"(nigger)를 사용했었다.

고비노(Gobineau)는 인종을 세 가지, 즉 백인종, 흑인종, 황인

종으로 구분하였다. 고비노에 의하면, 백인은 다른 인종에 비해서 더 우수한 지성, 도덕성, 의지력 등을 가졌다는 것이다.[1] 반면에 흑인종은 동물적인 기질이 있기 때문에 무능력하고 정서적으로 불안하다고 진단하였다. 이와 같은 이론은 유럽 국가들이 펼친 식민지 정책에 부채질을 하게 하였고, 심지어는 히틀러가 고비노의 이론을 이념으로 사용하기도 했다.

    종족 집단(ethnic group): 종족을 뜻하는 영어의 "ethnic"이란 단어는 그리스어인 "ethnos"에서 유래된 말인데, 그 본래의 뜻은 "국가"(nation)라는 의미를 가졌다. 종족 집단이란 사회적, 문화적, 종교적 혹은 국가적 성격과 특징에 기초하여 다른 사람들이나 자신들에 의하여 사회적으로 구분되어 지는 그룹을 말한다. 여기에는 신체적 특성에 기준을 두지 않는다.

    민족중심주의(Ethnocentrism): 민족중심주의는 자신들의 민족 혹은 종족 집단이 다른 종족 집단에 비해서 여러 가지 면에서 우월하다고 인식하고 행동하는 결과로서 나타난다. 따라서 다른 종족의 집단을 이방인이나 야만인으로 간주하며, 그들은 지적으로, 정신적으로, 그리고 도덕적으로 부족하다고 괄시를 하는 태도를 갖는다.

2. 다수인종 집단과 소수인종 집단의 관계

    15세기 전후로부터 시작된 유럽인들의 세계 탐험과 무역은 결국 유럽 국가들의 식민지정책에 경쟁심을 불러 일으켰고, 미개한 지

---

[1] Joseph Arthur de Gobineau (1816-1882)는 현대 인종주의의 아버지라고 불리 우고 있다.

역이나 섬나라의 원주민을 정복하였다. 따라서 유럽의 수백만의 사람들이 식민지로 이주하는 인구의 대이동의 현상이 일어났다. 어떤 사람들은 아프리카의 수많은 흑인들을 체포하여 미국에 노예로 팔기도 하였다. 그 결과 각 지역과 국가에서는 소수인종 집단과 다수인종 집단 사이에 갈등이 일어나게 되었는데, 그러한 갈등은 인종주의, 편견, 차별대우, 주변성 등의 사회문제로 비약하게 되었다.

(1) 편견 (Prejudice)

편견은 어떤 개인이나 하나의 집단에 대해서 갖는 경직된 태도로서, 여러 가지를 종합적이고 적절 타당한 정보와 증거를 확보하기 전에 미리 판단하며 선입관을 갖는 것을 말한다. 그렇기 때문에 편견은 인간의 자세로서 경우에 따라서는 타인에 대한 긍정적 혹은 부정적인 가치관이나 감정이 될 수도 있다. 그러나 긍정적인 편견일지라도 편견은 공정성과 객관성을 잃을 수 있다. 또한 편견의 대상은 개인일 수도 혹은 어느 집단일 수도 있다. 그 대상이 개인일 경우에는 그 개인의 성격, 품위, 인격, 행동 등에 대해서 이미 주입된 견해를 가지고 있으므로 정확한 "옳고 그름"이나 "선악"의 판단 능력을 상실하게 되는 것이다. 지나친 긍정적 편견은 옹호(두둔), 친절, 관용 등의 가능성이 있는 한편, 지나친 부정적 편견은 비난, 미움, 방관, 배타, 비관용 등의 현상으로 나타날 수 있다.

사회과학에서 더 많은 관심을 갖는 것은 집단이나 종족을 대상으로 가지는 편견이다. 이러한 편견의 원인은 오랜 역사를 통해서 내려온 지역감정이나 육체적 색다른 종족간의 갈등, 그리고 집단 이기주의에서 유래된다. 문화와 전통의 상이한 집단이나 종족간의 부정적 견해와 선입관으로 인한 편견도 흔히 찾아볼 수 있다.[2] 이러한 편견의 결과는 관용으로부터 먼 거리에 있는 적개심을 갖게 한다. 미국의 흑백 갈등은 좀처럼 식어지지 않고, 유대인족에 대한 나치정권의 적대심은 수십만의 희생자를 유발시키는 결과를 낳게 하였다. 그러므로 편견과 적대심은 평화와 관용을 위협하는 요소가 될 수도 있다.

편견은 또한 습득된 품행으로 나타나기도 한다. 부모나 선배, 혹은 친구에게서 배운다는 것인데, 그가 살고 있는 사회 그 자체는 배움의 장이라고 본다.[3] 흔히 사람들은 일상 대화 속에서 "그들은 우리와 같지 않다"고 표현하여, "그들"과 "우리" 사이를 구분시킬 뿐만 아니라 "그들"의 부정적인 면을 염두에 두도록 주지시키는 일이 많다.

(2) 선입관 (Stereotypical Thinking)

편견과 유사한 의미를 가지고 사용되어지고 있는 사회학적 용어가 선입관(stereotype)과 차별대우(discrimination)이다. Stereotype 이라는 단어는 원래 인쇄기술에서 유래된 것으로써 지난 50여 년간 사회과학 분야에서 사용되어져 왔다. 인쇄를 하기 위해서는 인쇄 내용의 동판을 만드는데, 그 목적은 그 동판으로 수천 장의 인쇄를 찍어 내려는 것이다. 그러므로 "stereotype"이란 말은 "기계적으로 반복되어 짐"을 의미하며, 넓은 의미로 사용되어 질 때의 뜻은 "케케묵은" 혹은 "흔해빠진"이란 뜻도 있다. 이 용어는 저널리스트인

---

2) Tulio는 문화적 차이에서 발생하는 편견을 강조한다. 참조, Tulio Tentori, <u>Social Prejudice</u>,(Rome: Studium, 1962).
3) 이와 같은 이론을 "Learning Theory" 혹은 "Cultural Transmission Theory" 라고 말한다. 참조, Edwin H. Sutherland, <u>White Collar Crime</u>, (New York: Dryden, 1949). Sutherland and Donald R. Cressey, <u>Criminology</u>, 10th ed., (Philadelphia: Lippincott, 1978).

리프만(Walter Lippmann)이 그의 책 Public Opinion (1922)에서 처음으로 소개되어 일반화 되어졌다.

　　예를 들면, 대부분의 한국 사람들은 미국의 흑인들이나 유태인들에 대해서 전해들은 정보에 의한 인식을 가지고 있다. 그래서 그들에 대해서 이해하기를, 예를 들어, "무식하고 흉악한 미국 흑인들", "구두쇠 유태인들"이란 틀에 박힌 선입관을 가지고 있다.4) 이러한 선입관은 비록 직접적인 접촉을 갖는다고 해도 별다른 변동을 갖지 않는데, 그것은 대부분의 사람들이 실제적인 것을 보려하기 보다는 오히려 자기들이 기대하는 쪽만을 보려하기 때문이다.5)

　　차별대우는 편견과 선입관으로부터 오는 과도한 표현으로 나타난다. 다른 집단의 사람들에게는 허용될 수 있는 기회를 특정한 집단의 사람들에게는 허용하지 않는 행위를 말하는데, 차별은 자연의 법, 즉 양심에 따른 도덕률을 짓밟는 것이고, 도덕적으로 부조리한 행위로서 민주주의 사회의 안녕을 무너뜨리는 악적인 요소이다.

(3) 주변성(Marginality)

　　철학적 개념으로서의 "주변적 위치"란 표현은 야스퍼스(Karl Jaspers)에 의해서 처음으로 사용되어 졌다.6) 또 하이데거(Martin

---

4) 여기에서 "Conformity"란 사회학적 개념도 stereotype과 비슷한 의미를 가지고 있음을 밝힌다. Conformity란 한 국가 혹은 민족의 공통적인 성향에 일치하는 것을 말하는데, 외국 사람들이 한국 사람을 언급하면 "김치"나 "된장찌게"와 연관을 갖는 것을 말한다. 또한 외국인이 한국에서 살아갈 때 한국인처럼 김치와 된장찌게를 잘 먹고 한국인답게 삶을 영위하면 그를 가리켜서 한국에 Comformed 되었다고 말할 수 있다.
5) 이것과 성격적으로 다르지만 내용상으로 유사한 용어인 "ethnocentrism"(종족 우월주의)이 있다. 이들은 종족적으로 우월하다고 생각하여 다른 종족 혹은 인종을 극심히 차별대우하며 편견을 갖는다. 그들은 심히 교만하며 자신들을 찬양하는 한편, 타종족의 사람들을 괄시하고 짓밟는 성향을 보인다. Nazism 이 하나의 좋은 예이다.
6) Karl Jaspers, Philosophie, 1932.

Heidegger)는 주변적 위치의 중요성을 죽음의 개념에 연계시켜 언급하였으며,[7] 미국 시카고 대학의 교수였던 파크(Robert E. Park)는 이 개념을 사회학적인 측면에서 처음으로 사용하였다.[8] 그러면, 파크가 말하는 주변성이란 무엇을 의미하는가? 파크에 의하면, 개인이나 한 그룹의 사람들이 사회의 중심에 위치해 있지 못하고 문화적으로나 신분적, 그리고 때로는 경제적으로 변두리에 밀려 존재한다는 것을 의미한다. 그럼에도 불구하고 그러한 주변적 인간은 자신의 문화적 가치관과 행위 등을 고수하는 것이 특징이다. 그러므로 그 변두리 인간은 한 사회에 살고 있지만 사실상 두 사회에 존재하면서 항상 갈등과 충돌 속에서 살아간다. 또한 그는 편견과 차별대우의 희생자이기도 하다.

이러한 주변성은 이민의 왕국인 미국에서 흔히 찾아볼 수 있는데, 주변성은 영구히 지속되거나 혹은 장기간 지속된 후에 점차 그 사회의 대중 혹은 지배적인 그룹의 문화에 동화될 수 있다. 변두리 인간은 정서적으로 불안정하고, 항상 불쾌감을 가지며, 자아의식, 즉 수줍음을 지니고 살아간다고 한다.

스톤퀴스트(Stonequist)는 주변성을 두 가지 형태로 구분하는데, 그 하나는 문화적 그리고 인종적(혹은 생물학적)차이에서 유발되는 것과 또 하나는 단순이 문화적 차이에서 요인 된다고 보는 것이다.[9] 혼혈로 태어난 사람들은 인종적으로 그리고 생물학적으로 두 세계를 넘나들며 살아야 하는, 그래서 자칫하면 영구히 변두리에 버

---

7) Martin Heidegger, Sein und Zeit, 1929.
8) Robert E. Park, Race and Culture, (Glencoe, Illinois: The Free Press, 1950). 참조, Park, "Human Migration and the Marginal Man," in American Journal of Sociology, 33(6), 1928, pp.881-93.
9) Everett V. Stonequist, The Marginal Man, (New York: Charles Scribner's Sons, 1937).

림받아 살 수도 있다. 이것은 두 가지 이미지로 인한 갈등이 그 개인을 주변인간으로 떠밀어 버린다고 한다. 그러한 그들의 생활은 도덕적 질서의 혼탁함, 그리고 양면가치의 태도와 감정을 가질 수 있다고 본다. 그들은 고독과 자포자기로 점철된 소외된 삶을 살 수 밖에 없다. 또한 그들은 마르크스가 말하는 소외 즉, 경제적 소외와 계급적 소외10) 뿐만 아니라, 키에르케고르가 염려하는 인간 실존의 상실까지도 관계된다.11) 기존 사회체제가 이와 같이 소외당하고 변두리로 밀려있는 주변 사람들을 계속 방관할 수도 있고, 또는 그들을 초대하고 영접하여 관용을 베풀 수도 있다.

3. 동화(Assimilation)와 다원주의의 이론

(1) 동화의 이론

미국 사회는 세계 여러 종족 집단들이 모여든 이민의 생산품이다. 미국의 역사는 몇 차례에 걸쳐서 여러 종족집단의 이민의 물결로 엮어진 것이며, 미국이 발전하게 된 동기 중에 하나도 이민이다. 이들 종족집단이 미국으로 이주할 때에는 그들의 고유의 전통, 문화, 종교, 언어 등도 함께 수반되었다. 따라서 미국의 사회와 문화는 여러 종족집단들의 문화와 전통, 습관이 어우러진 "비빔밥"이 된 것이다. 그러므로 미국의 사회와 문화는 단일적인 것이 아니라 다원적인 요소가 있다.

---

10) Erich Fromm, Marx's Concept of Man, (New York: Frederick Ungar Publishing Co., 1966). 참조, Robert Tucker, Philosophy and Myth in Karl Marx, Cambridge University, 1972.
11) Hermann Diem, <u>Kierkegaard</u>, trans. by David Green, Richmord, 1966.

동화는 사회학적인 용어인데, 동화란 한 사회 안에서 서로 다른 종족 집단들이 함께 살아갈 때, 소수종족 집단의 사람들이 자신들의 고유한 전통과 문화 보다는 그 사회의 다수 종족 집단의 문화와 삶의 패턴을 닮아 자신들의 것으로 만드는 과정을 말한다. 동화의 이론을 가장 적절하게 설명할 수 있는 것은 미국 사회이다.

① 앵글로 일치 이론 (Anglo-Conformity)
　역사의 기록으로 본다면, 미국에 처음으로 이민을 간 사람들은 아마도 영국 사람들, 즉 앵글로색슨(Anglo-Saxon) 사람들일 것이다. 그들 청교도들이 먼저 미국에 들어가서 자리를 잡고 그들 나름대로의 사회와 문화를 형성하게 되었다. 이들의 이념은 자유, 사랑, 민주주의, 준법정신, 개신교의 신앙 등이었다. 이들은 미국을 하나의 국가로 발전시켰고, 이들의 후손들은 미국의 다수종족, 즉 미국의 주인 노릇을 하여왔다. 따라서 다른 나라의 소수종족 집단들이 미국으로 이주하여 살게 되면, 그들의 문화권에 흡수하기를 바라는 것이다. 그래서 이와 같이 강제적 요소가 있는 동화를 일컬어서 "압력 밥솥 동화" 즉, "pressure-cooking assimilation"이라고도 부른다.[12]

　이 용어 "앵글로 순응"(Anglo-Conformity)은 스트와트 콜(Stewart Cole)과 밀드레드 콜(Mildred Cole)에 의해서 처음으로 소개되었다.[13] 역사적으로 미국에서 영국과 북서지역 계통의 사람들은 지배계층으로서 "와습"(WASP), 즉 "백인 앵글로색슨 개신교인"(White Anglo-Saxon Protestant)라는 가치관이 큰 주춧돌과 기둥이 되어 왔다.

---

12) Young-IL Kim, "The Correlation between Religiosity and Assimilation of First Generation Korean Immigrants in the Chicago Metropolitan Region," Ph.D. Dissertation, (Chicago: Loyola University of Chicago, 1994), pp. 28-30.
13) Stewart Cole & Mildred Cole, <u>Minorities and the American Promise</u> (New York: Harper and Brothers, 1954).

앵글로 일치 이론을 공식으로 표현한다면 A + B + C = A인데, 여기에 서 A는 백인 앵글로색슨 개신교인을 의미하며, B와 C는 다른 소수 이민 자들을 말한다. 그래서 미국에 들어와서 사는 소수인종의 사람들은 다수 인종으로 흡수되는 것이다.

② 용광로(Melting Pot) 이론

미국은 한때 "용광로"라고 일컬어진 적이 있다. 이민자들이 미국이라는 사회, 즉 용광로에 들어가면, 녹아져서 새롭게 태어나는데, 이 새로운 정체성이 미국 사람으로의 동화된 모습이라는 것이다. 그러니까 자신들의 본래 인종적인 관습과 문화 등은 녹아져 사라지고 "미국 인종"으로 새롭게 태어난다는 것이 용광로 이론이다. 이 용어는 쟁월(Israel Zangwill)에 의해서 소개되었는데, 그것은 뉴욕시에서 장기간 올렸던 연극의 이름이었다.

용광로적인 동화는 완전 총체적인 동화를 의미하는데, 공식을 이용다면 A + B + C = D이다. 여기에서 D는 용광로 속에서 녹아서 미국인이라는 새로운 정체성으로 태어난 것을 말한다. 이 이론은 사회과학자들에 의해서 1960년대부터 심한 공격을 받게 되었다.[14]

(2) 문화적 다원주의 (Cultural Pluralism)

미국으로의 완전 동화이론의 반격으로서 전개된 이론이 문화적 다원주의이다. 문화적 다원주의는 소수인종 집단이 미국에서 아무리 살아도 그들의 전통과 문화 등을 그대로 유지하면서 살아가기 때문에 미국 사회에는 다양한 문화가 존재하며, 따라서 그들을 인정해야 한다는 것이다. 이와 같은 이론을 전개한 사람은 칼렌(Kallen)인데,

---

14) Young-IL Kim, Ibid., pp. 30-33.

그는 앵글로 일치 이론이나 용광로 이론은 민주적 사회의 정신에 위배된다고 주장한다. 그리고 그는 모든 미국에 사는 이민자들은 자신들의 전통과 고유의 문화를 유산으로 지켜야 된다면서, 미국에는 서로가 상부상조하는 조화로운 사회를 이루어야 한다고 제언한다.[15]

뉴만(Newman)과 베리(Berry) 그리고 많은 사회학자들이 문화적 다원주의를 제청하는데, 이 이론은 A + B + C = A' + B' + C' 라는 공식으로 표현할 수 있다. 여기에서는 자신들의 고유 전통을 살리면서, 새로운 사회에서 다른 인종 그룹들과 평화롭게 공존한다는 의미를 가지고 있다.

필자는 "피아노 이론"을 제안하고 싶다. 피아노는 우선 검은 건반과 흰색 건반이 있으며, 각양 음, 즉 도, 레, 미, 화, 솔, 라, 시의 음색이 있다. 또한 도미솔을 함께 누르거나 레화라를 함께 치면 아름다운 화음이 만들어 진다. 훌륭한 음악이 이들의 조화로 이루어 진다. 모든 인종의 사람들이 함께 손잡고 조화를 이루면, 아름다운 사회가 이루어 질 것이다.

구약에서 선민사상이나 소수인종 집단들의 존재는 인정하지만 성경의 법례들은 이러한 소수의 사람들의 권리를 보호할 것을 명하고 있다. 이사야 2:2-4와 미가 4:1-4는 전 우주가 하나님을 예배하므로 평화가 오는 날을 꿈꾸었다. 신약성서에서 예수는 선한 사마리아의 이야기에서나, 백부장의 하인을 치려하신 일에서나, 큰 잔치의 비유(눅 14:16-24)에서나 소수 인종 집단의 한 사람이든 이방인이든 그런 사람을 부각시키면서 관용과 화해를 유도하신다. 바울도 그리스도의 복음이 모든 종족의 벽을 허문다는 것과 모든 사람들이 그리스도 안에서 한 형제자매임을 강조한다.

---

15) Horace M. Kallen, Culture and Democracy in the United States (New York: Boni and Liveright, 1924).

XV. 윤리적 삶의 길
Ethical Ways of Living

　프랑스의 파스칼(Pascal)은 "사람이 갈대"와 같지만 "생각하는 갈대"라고 했다. 이 말은 인간이 갈대와 같이 한 풀처럼 나약하고 보잘 것 없지만, 그러나 생각할 수 있는 이성과 결단할 수 있는 가치관을 가진 인격적인 존재라는 의미일 것이다. 인간은 식물이나 다른 동물과는 달리 이성적인 사유능력을 가졌기 때문에 자기성찰을 하게 된다. 즉 우리가 참다운 이성적인 인간이라면 "인생이 무엇이냐?"라는 철학적 인식의 문제와 과제를 생각할 뿐만 아니라 "어떻게 살아야 하나?"라는 윤리적 문제와 과제를 숙고해야 한다.
　인간의 삶 속에는 기쁨과 슬픔, 희망과 좌절, 의미와 무의미, 올바른 가치관과 옳지 못한 가치관, 사랑과 미움, 선행과 악행, 성공과 실패 등 긍정적인 요소들과 부정적인 요소들이 있다. 어떤 사람들은 슬픔과 괴로움과 허무함 속에서 살아가고, 또 어떤 사람들은 사랑과 기쁨과 행복과 더불어 살아간다. 어떤 삶의 길을 살아가느냐는 어떤 가치관을 가지며 어떤 결단을 하며 인생의 길을 닦아 왔느냐에 좌우 된다. 따라서 가치관의 선택, 즉 삶의 길의 선택은 대단히 중요하다. 바꾸어 말하면, 인생을 보람 있게 그리고 행복하게 살려면 인생관을 올바로 가져야 한다.
　인생관이란 개인의 삶과 행동에 대한 주관적인 태도를 안내해

주는 가치관이다. 가치관이란 무엇이 옳고 그름인지, 무엇이 선악인지를 말해주는 사람들이 공통적으로 갖는 생각인데, 이것은 사람들이 삶의 목적을 정하는 일이나 일상생활을 함에 있어서 올바른 판단을 하고 행동하도록 안내해 주는 길잡이 역할을 하는 것이다. 가치관은 한 개인이나 가족의 방향을 좌우한다. 가치관의 차이가 삶을 풍요롭게도 하고 혹은 빈약하게도 한다. 그러므로 올바른 가치관을 갖느냐 아니면 그릇된 가치관을 갖느냐에 따라서 건전한 가정이나 개인의 삶의 길을 형성할 수 있느냐 아니냐를 판가름 할 수 있게 되는 것이다.

뤼차드 덕데일(Richard Dugdale, 1877)은 그의 연구에서 1800년대 미국 뉴욕 주에서 살았던 두 가정은 좋은 비교를 했다. 맥스 듀크 가정은 두 부부가 종교를 갖지 않고 세속에 사로잡혀 살았다. 약 100년 뒤 그들에게는 1,200여명의 자손들이 생겼는데, 그들 자손 중에 140명의 중범죄자가 배출되었다는 것이다. 반면에 죠나단 에드워드(Jonathan Edwards)의 가정은 독실한 기독교 가정이었는데, 그 부부에게서 100여 년 동안에 729명의 자손이 출생하였다. 그 자손들 중에는 300명이 성직자로 교회와 기관에서 사역을 했고, 65명은 대학 교수로, 13명은 대학 총장으로, 50여명은 좋은 책을 저술한 문학가와 철학자로, 3명은 국회의원으로, 그리고 1명은 미국의 부통령으로 사회와 국가에 지대한 공헌을 하고 봉사했다. 한 개인이나 가정의 가치관이 무엇이냐에 따라서 그 사람의 인생의 결과가 좌우된다는 사실을 알 수 있다.

"어떻게 살아갈 것인가?" 라는 윤리적인 과제는 결국 "어떤 윤리적 삶의 길을 선택하느냐" 라는 것과도 관계가 있을 것이다. 그래서 다음과 같이 여러 가지 윤리유형에 비추어 보는 삶의 길을 생각해 본다.

1. 여러 종류의 윤리와 삶의 길

(1) 고대 그리스 철학 윤리적 삶의 길

소크라테스는 "너 자신을 알라"고 말했는데, 이 말은 철학의 주체가 자아이며, 삶의 주체도 자아임을 암시하는 표현일 것이다. 고대 그리스 철학윤리학의 출발점은 "나"이다. 이들 철학윤리학자에게 있어서 중요한 질문은 "어떻게 하여야 좋은 삶, 선한 삶을 영위할 수 있느냐?"이다. 그러므로 고대 그리스의 철학윤리 사상은 인간의 이성을 강조하고 자기중심적이며 이기주의적인 윤리의 접근방법(egoistic ethical approach), 즉 자아 중심적 삶의 철학윤리라고 볼 수 있다.[1]

고대 그리스의 철학윤리의 주축을 이루는 소크라테스, 플라톤, 그리고 아리스토텔레스는 모두 개인의 행복 추구에 강조점을 둔다. 예를 들면, 아리스토텔레스의 윤리관에서 인간의 목적은 행복인데, 인간의 모든 행위는 행복(eudemonia)을 궁극적인 목적으로 삼는다. 즉, 행복은 목적 중에 제일가는 목적이고, 선(善, good) 중에서 첫째가는 선이다. 물론 아리스토텔레스에게 있어서 행복의 최고 단계는 이성적인 행위와 영혼의 활동과 지혜의 덕이 서로 결합될 때 이루어진다는 것이다.

위에서 언급한 것처럼, 고대 그리스의 윤리는 "옳은 삶" 또는 "선한 삶"이 초점이지만, 어디까지나 개인과 행복이 중심이다. 이러한 윤리적인 삶에 있어서의 장점은 주체적 자아를 중요하게 생각하기 때문에 자신의 위치, 능력, 의무, 사명, 비전, 권리 등을 잘

---

[1] Richard L. Purtill, Thinking About Ethics (Englewood Cliffs, New Jersey: Prentice-Hall, Inc., 1976), pp. 131-132.

파악할 수 있는 능력을 갖추는데 도움이 된다. 따라서 자기의 삶을 자기가 주인이 되고 주관을 하여 살아갈 수 있고, 능동적이고 자율적인 삶을 살 수 있기 때문에, 자살과 같은 자기의 권리와 기회를 쉽게 포기하지는 않을 것이다.

단점으로는 이러한 윤리적 삶은 자기중심적인 개인주의 또는 이기주의에 젖어서 남을 배려하는 태도가 부족일 수도 있을 것이다. 또한 주체성이 없는 사람은 삶 속에서 일어나는 위기나 어려운 문제에 대해서 대처방식을 스스로 결정하지 못하고, 다른 환경이나 요인에 의해서 지배를 받기 쉽다.

(2) 문화적 상대주의의 삶의 길

"로마에 있을 때는 로마의 법을 따르라"는 말은 문화적 상대주의(cultural relativism)를 설명하는 한 방법이다. 나와 다른 영역에 있을 때에는 내 방법이나 내 습관과 문화를 항상 고집하지 말라는 의미일 것이다. 신속한 교통수단과 뉴스의 전달수단은 세계를 하나의 공동체로 만들어서 많은 사람들이 타인종과 타문화를 접하는 기회를 많이 갖게 되었다. 문화와 전통의 다양성이란 어쩌면 불가피한 시대에 우리가 살고 있다.

필자는 1972년도부터 미국 유학생활을 하였는데, 첫 학기에 대학의 캠퍼스에서 미국 대학생들이 공개적으로 서로 껴안고 입맞춤 하는 것을 보고 문화적 충격을 받았다. 그 당시의 한국사회는 공공연한 장소에서 그런 행동을 허용하지 않았기 때문이다. 가끔 우리는 어느 나라에서 사람들이 행동하는 것이나 먹는 음식이 다른 나라의 사람들에게는 너무나 생소하여서 불쾌감을 갖고 비난하기도 한다.

문화적 상대주의란 어느 한 윤리적 구조가 다른 윤리적 구조보다 월등하지 않다는 것이다. 그렇기 때문에 도덕적인 판단에는 "절대적 표준"이 없다고 본다. 즉, 옳고 그름이나 선악의 표준은 상대적이라는 것이다. 내 주장이나 나의 삶의 방법이 옳다고 고집하기보다는 남의 의견과 문화와 행위를 이해하고 인정하는 것이 중요하다고 볼 수 있다. 따라서 무엇이 그 사회에서 통상적으로 행하여지고 있는 것인가, 즉 그 사회의 보편타당한 윤리적 구조가 무엇인가를 인정하는 것이 문화적 상대주의적 삶의 길이다.[2]

이민자들이 많은 미국과 같은 다인종과 다문화 사회에서 1750년대부터 1960년대 사이에는 "용광로"(Melting Pot)라는 이론 하에서, 미국에서 살고 있는 모든 사람들은 미국이라는 거대한 용광로에 들어 왔으니 녹아서 "미국사람"이라는 새로운 정체성을 가져야 된다는 주장이 대두되었다. 그러나 1960대 이후에는 다문화와 다인종이 서로 자신들의 전통과 문화를 유지하며 공존한다는 "샐러드 볼"(salad bowl)이란 개념이 등장하여 문화적 다원주의가 대세를 지켜왔다. 오늘날 한국에서도 외국인 노동자들이 많이 들어와서, 외국인들의 인구분포가 전체 인구의 7%정도까지 육박해 왔다. 한국에서도 문화적 상대주의적 삶의 현상이 보이고 있는 실정이다.

내 것만이 최고라는 고집과 아집을 버리고, 다른 삶들의 생각과 문화를 감사하며 이해할 줄 아는 포용성과 융통성이 필요한 세대에 우리는 살고 있다. 이러한 것은 부모와 자녀 간의 세대적 갈등에도 적용될 수 있다. 반면에 문화적 상대주의는 기독교의 우월성이나 옳고 그름의 절대 표준이 되는 창조주 하나님의 절대 권위를 무너뜨릴 수 있는 가능성을 내포하고 있다. 또 하나의 문제는 "관용이 항상 좋기만 한 것인가?"라는 문제 제기가 있다. 왜냐하면 수용과 관용이 때로는 부적절한 덕목이 될 수 있기 때문이다. 예컨대 어떤 나

---

[2] Steve Wilkens, <u>Beyond Bumper Sticker Ethics</u> (Downers Grove, Illinois: InterVarsity Press, 1995), pp. 29-34.

라에서 인권의 탄압이나 성적인 문란의 문제가 그곳에서의 관행이라고 그냥 묵과할 것이냐는 문제이다.

(3) 윤리적 이기주의의 삶의 길

기독교는 "네 이웃을 사랑하라," "네 오른편 뺨을 치거든 왼편도 돌려 대라," "희생하라" 라는 등의 도덕적 가치관을 가르친다. 그것은 인간이 타인에 대하여 책임이 있고, 사회의 이익을 위해서 행동하라는 이타주의(altruism)에 입각한 교훈이다. 이와는 반대로, 윤리적 이기주의(Ethical Egoism)는 자기 본위 위주의 삶과 행위는 도덕적으로 가치가 부여된다고 주장하는 것이다. 이것은 이기주의로서 우리의 행동과 삶은 우리 자신들의 이익을 위해서 이루어져야 하고, 이러한 태도는 도덕에서 가장 고귀한 원칙이라고 한다.

윤리적 이기주의를 대변하는 대표적인 사람은 아인 랜드(Ayn Rand)인데, 그는 윤리적 이기주의가 단순한 이기주의(egoism)와는 다르다고 주장한다. 이기주의는 나 자신의 갈망과 충동을 통하여 나에게 관심 있는 유익을 추구하는 것에 비해, 윤리적 이기주의는 궁극적으로 사회적 이익추구를 위한 것인데, 그런 목표 달성을 위하여 개인의 목적과 비전을 세우고 이성적으로 그리고 합리적으로 노력해 나가는 것이라고 한다.[3]

예를 들어서, 장학금을 얻기 위해서 시험에 부정행위를 하는 것은 단순히 개인적인 갈망과 충동에 의한 개인 중심의 관심사이다. 그러나 유학을 꿈꾸며 미래에 한국의 대학에서 교수로 학생들을 양성하고 세계적인 학자가 되겠다는 원대한 비전을 갖고, 열심히 공부

---

[3] Paul W. Taylor, ed., Problems of Moral Philosophy, 2nd ed. (Belmont, California: Dickenson, 1972), p. 137. See also John Stuart Mill, Utilitarianism: With Critical Essays, ed. by Samuel Gorovitz (Indianapolis: Bobbs-Merrill, 1971).

하고 학식을 연마하는 것은 단순한 이기주의가 아니라 윤리적 이기주의라고 설명한다. 주체적인 자아가 풍파가 많고 악이 만연한 사회에서 살아가려면 자아를 지키고, 자신에게 적합한 결단과 행동을 해야 마땅하다고 말한다. 그러나 어디까지나 사회를 위한 사회적 이익 추구가 있어야 된다는 것이다.

윤리적 이기주의는 개인적 책임과 자존심과의 관계를 굳세게 연결시켜 준다. 자신을 위한 이익추구는 결국 개인이 책임질 일이고, 또한 그것은 사회를 위한 책임이 되기도 한다. 그런데 윤리적 이기주의에서의 자아는 아무래도 세계의 중심에 존재한다. 즉 어디까지나 자신이 우선이다. 이것이 타인을 위해서는 자신을 완전히 희생하라는 기독교의 가르침과는 거리가 있다.

(4) 공리주의적 삶의 길

벤담(Jeremy Bentham)과 밀(John Stuart Mill)을 주축으로 하고, "최다수 최대 행복"을 슬로건, 즉 기본원칙으로 삼는 공리주의 윤리(Utilitarianism Ethics)는 인간의 대인관계와 경험을 중요시 하는 윤리이다. 이 윤리는 인간의 개인보다는 인간 상호작용을 강조하기 때문에 사회윤리적인 차원이며, 벤담과 밀은 민주주의 이념의 확립과 여성권리 옹호에 결정적인 공헌을 하게 되었다. 한 예로서 공리주의에 의하면, 누구든지 한 사람, 한 인격체로 계산되어야 하고, 또한 아무도 한 사람 이상으로 취급되어서는 안 된다는 것이다.

벤담은 원래 변호사이었지만, 결국 공공의 윤리와 철학에 관심을 갖게 되었고 공리주의의 핵심적인 이론을 체계화하였다. 그는 공리성(utility)을 될 수 있는 한 많은 사람들이 많은 행복을 누리는 원리로서 구심점을 잡았다. 즉, 인간 모두가 보편적인 행복을 추구하는 것이 인생의 궁극적인 목표라고 한다. 그리고 필요할 경우에는 개인적인 쾌락도 다수의 행복을 위해서는 양보해야 한다고 제안한다. 그렇다면 어떤 행위가 옳은 것인지 아니면 옳지 않은 것인지를 판정할 수 있을까? 어떤 행위가 당사자에게 행복을 증가시켰는지 혹은 행복을 감소시켰는지에 따라서 판정된다는 것이다. 행복을 촉진한 행동이라면 그것이 좋은 행동이라고 본다.

그러므로 공리주의자들에게는 무엇이든 또는 어떤 행동이든 동기나 의도가 우선적으로 고려되지 않고, 그 대신 어떤 행동이든 결과적으로 갈망함이나 행복을 가져오면 그것이 유용한 것이므로 그러한 행위는 도덕적으로 옳다는 것이다. 다시 말하면, '만일 선한 목적을 이루는데 유익하며 효율적이면 그 행동은 윤리적으로 옳다'라고 보는 견해이다. 행복이 최상의 목적이고 최우선 순위이며, 그 다음이 친절이나 정의 등 다른 덕목들이다.

이웃과의 관계와 행복을 추구하는 공리주의 윤리적 삶은 인간사회를 윤택하게 만들 수 있는 좋은 삶의 길이다. "이웃을 네 몸과 같이 사랑하라"는 기독교의 애타주의와 맥락을 같이 하는 부분이다. 반면에, 공리주의 윤리적 삶의 길에서 단점을 찾는다면, 행복이 최선의 목표이고 최대다수 최대행복을 위해서는 어떤 수단이나 방법도 도덕적으로 옳다고 보는 것이 과연 타당한 것이지 의문을 제기 할 수 있다. 그럴 경우 동기와 방법은 등한시 하는 오류가 발생한다. 또한 행복 이외에 다른 것들, 예컨대 지식, 사랑, 정의 등은 단지 행복을 위한 보조 수단이 되는 것이다. 또한 전체사회의 복지나 행복을 위해서 개인의 권리와 자유가 상실된다면, 그것도 정의롭지 못한 것이 아닌가?

그리고 몇 가지 잠재적 의문점이 제기된다. 공리주의 윤리가 행복이라는 목적에 강조점을 두는데, 미래를 예측할 수 없는 상태에서 언제 어떻게 결과를 알 수 있는가? 미래의 행복을 알 수 없는데,

현재의 행동이 옳음인지 그름인지, 선인지 악인지를 어떻게 알 수 있는가? 행복이 극대화 된다는 것을 언제 알 수 있는지? 또 하나의 문제점은 우리가 현재 어떤 결단을 할 때, 두세 개의 선택 중에서 나머지는 버려야 하는데, 만일 버려진 것이 더 좋은 결과로 나타날지 어떻게 알 수 있는가?

(5) 상황 윤리적 삶의 길

상황윤리(situation ethics)는 전통적이고 형식적인 도덕주의와 율법주의로부터 탈피하는 입장이다.4) 상황윤리는 1960년대에 급부상한 윤리운동으로서, 예수의 새 계명인 "이웃을 사랑하라"는 전제하에 전개된 윤리운동이다. 상황윤리는 무규범의 윤리라고 말하는 사람도 있지만, 사실상 기독교의 성서가 말하는 "아가페적인 사랑"을 유일한 규범으로 사용한다. 사람이 결단하여 행동할 때, 정해진 어떤 규칙이나 규범에 얽매이지 않고 그 특별한 사랑인 아가페적인 사랑을 규범으로서 적용한다. 이 사랑은 항상 선(good)한 것이며, 희생적이며, 자기를 내어 주는 사랑이다.5)

"인생은 아름다워"(Life is Beautiful)라는 영화에 나오는 아버지 귀도는 그의 아들이 수용소에서의 극한 상황을 실망하지 않고 극복하도록 거짓말을 한다.6) 즉, 귀도는 아들 조슈아에게 자신들이 처한 어려운 사실이 하나의 신나는 게임이라는 것을 믿도록 유도한다. 어떤 지옥 같은 인생의 길이 펼쳐있다 해도 귀도는 자신의 아들인 조슈아 만큼은 "인생이 아름답다"는 것을 깨닫도록 도와주고 싶었던 것이다. 윤리적으로 거짓말은 허용되는가? 또한 선의의 거짓

---

4) Joseph Fletcher, Situation Ethics, (Philadelphia: Westminster Press, 1966).
5) Purtill, Thinking About Ethics, pp. 53-66.
6) 김영일, 영화 속의 인생과 윤리 (서울: 대한기독교서회, 2004), pp. 66-98.

말은 필요한가? 구체적으로, 아버지 귀도가 아들에게 인생이 아름답다고 믿도록 행한 거짓말은 선한 것인가 혹은 악한 것인가?

일반적인 윤리의 잣대로 본다면, 거짓말은 당연히 옳지 않은 것이다. 그러나 상황윤리에서는 그것이 옳다고 본다. 만약 귀도가 아들에게 지옥 같은 현실을 그대로 보여주고, 그로 하여금 극한 상황을 그대로 직면하게 했다면, 아마도 죠슈아는 견디지 못하고 희생되었을 것이 분명하다. 즉, 아버지의 거짓말은 그 아들을 지극히 사랑하였고, 그에게 생명력을 공급해 주었을 뿐만 아니라 미래를 살아갈 수 있는 희망과 비전을 심어 주었다. 그러므로 귀도의 거짓말은 선한 동기로부터 출발한 것이고, 그것은 "선의의 거짓말"이다.

죠셉 훌레쳐(Joseph Fletcher)는 상황윤리 이론을 제기하면서, 특별한 사랑, 즉 무조건적이며 무제한적이고 희생적인 아가페의 사랑을 말한다.[7] 이 특별한 사랑은 옳고 그름 그리고 선악을 가리며, 행동결단을 함에 있어서 안내를 한다는 것이다. 오직 이 사랑만이 본래적 가치를 가졌기 때문에 사랑이외는 어떤 법이나 규정도 절대적이 될 수 없다고 본다. 따라서 이런 사랑만 보장된다면, 시간과 장소에 따라 그리고 상황에 따라서, 수단과 방법을 고려하지 않고 목적을 위해서 행동결단을 할 수 있다고 한다. 즉, 상황윤리에서는 어떤 것이든 만일 그것이 목적을 달성하는데 도움이 된다면, 그것은 '좋은 것'이고 '선한 것'이다.

상황윤리의 핵심적인 표어는 "사랑에 상황을 더하라"(Love plus the Situation)이다. 어떤 상황에서 어떤 행동을 하든지 유일한 규범으로서의 사랑만이 첨가 된다면, 어떤 목적을 달성하기 위한 수단과 방법은 그 여하를 막론하고 수용된다. 즉, 상황윤리에서 중요한

---

7) Joseph Fletcher Situation Ethics: The New Morality (Philadelphia: Westminster Press, 1966).

명제는 '목적만이 수단을 정당화' 한다는 것이다. "인생은 아름다워"에서 귀도는 오직 하나의 목적, 곧 사랑하는 아들 조슈아의 생존과 행복을 위하여 거짓말이라는 수단과 방법을 사용한 것이다.

상황윤리적인 삶의 길에 단점을 짚는다면, "상황"이라는 명쾌한 테두리를 알 수 없다는 점이다. 어떤 상황의 결과는 5년, 10년 이상이 걸릴 수도 있다. 사랑이란 목적을 위해서라면 어떠한 행동과 방법이 허락된다면 타당성의 문제가 있다. 좋은 결과를 위해서 좋은 동기로 시작하여 좋은 수단방법을 갖는다면 더욱 훌륭한 것이 아닌가? 때론 규칙이나 법이 무엇이 사랑의 행위가 아님을 말해 주기도 하고, 우리가 사랑의 범주를 넘나들면서 오류를 범할 때 경고하는 수단이 될 수도 있다.

(6) 덕목으로서의 삶의 길

필자는 미국에서 미국인 교회 목회를 십여 년 하는 동안에, 그들 부모의 자녀교육을 관심 있게 보았다. 자녀가 남의 집에 놀러 간다든가 또는 자녀들만 친구 집에 남겨놓고 부모가 떠날 때, 부모들은 대개 자녀들에게 "Be good!" 혹은 "Behave good!"이라고 말한다. 그 말은 "착한 사람이 되라" 혹은 "처신을 잘 해라"라는 당부이다. "좋은 존재"와 "좋은 행동"의 사람은 인격적으로 잘 갖추어진 사람이고, 좋은 덕목(virtue)으로 세워진 사람이다. 좋은 사람이란 여러 가지 좋은 덕목들이 한 사람의 내면세계 속에서 잘 조화를 이루어 좋은 인격체의 사람으로 형성된 것이다.

어떤 덕목으로 한 사람의 인품 혹은 인격이 구성되었느냐는 것이 중요하다. 인격(character)은 한 사람의 내면세계를 이루고 있는 윤리적 구조 혹은 윤리적 힘으로서 무엇이 옳은가에 대한 판단력과 그에 따른 행위나 처신을 조장해 주는 원동력이 되는 것이다. 본래

"character"는 희랍어에서 유래된 말로 "동전 위에 새겨진 표시"라는 뜻이다. 덕이란 타고난 것과 삶의 경험, 교육, 훈련 등을 통하여 습득되어지는 한 사람의 윤리적 구조이다. 악덕한 사람이 한두 번 좋은 일을 했다고 해서, 그가 착한 사람이 되지는 못한다.

고대 그리스의 철학윤리는 덕의 윤리(Virtue Ethics)의 원조가 되는 셈이다. 그들 철학윤리학자들, 예컨대 소크라테스, 플라톤, 아리스토텔레스 등은 네 가지의 중요한 덕목, 즉 지혜, 용기, 절제, 정의를 강조했다. 아우구스티누스는 사도 바울처럼 단 세 가지 덕목 (믿음, 소망, 사랑)을 제안했는데, 다른 여러 가지 덕목들 (예컨대, 정의, 용기, 절제, 인내, 사려 등)은 모두 사랑이란 덕목에 포함된다고 보았다. 덕의 윤리는 한때 잠잠하였으나 현대에 들어와서 다시 활기를 띄우고 있는 실정이다. 그것은 아마 세상이 점점 사악해지고 있기 때문일 수도 있다.

신학윤리의 전통에서 볼 때, 일곱 가지 기본적이고 중요한 덕목들(Seven Cardinal Virtues)이 있다. 옳은 길을 선택하기에 필요한 "지혜"(Wisdom), 외부의 위협과 장애물을 극복하기 위한 "용기"(Courage), 자신과의 싸움에 필요하며 내재적인 위협을 이겨내기에 필요한 "절제"(Temperance), 사람들이 올바르게 대우를 받는가를 볼 수 있는 힘인 "정의"(Justice), 하나님의 목적을 신뢰할 수 있는 "믿음"(Faith), 주어진 환경에서 하나님의 역사하심을 알 수 있는 "희망"(Hope), 믿음과 희망에 근거하여 응답할 수 있는 행위인 "사랑"(Love)이 일곱 가지 중요한 덕목이다. 이 덕목들은 건강한 인격형성을 이루는데 기본적으로 필요한 요소들이다. 이들은 인간의 영적 건강과 거룩한 삶에도 반드시 필요한 것이다.

이와는 반대로, 일곱 가지 치명적인 죄가 있다.[8] 좋은 인격의 사람이 이들 일곱 가지 죄의 병균 중에 하나라도 감염이 되어 있으면 그 사람은 좋은 사람이 되지 못한다. 그 만큼 이들 치명적인 죄 속에는 지독한 독소가 함유되어 있다는 말이다. 그 뿐만 아니라 일곱 가지 치명적인 죄들은 세상의 모든 죄들의 근원이 되기 때문이다. 즉, 인간의 모든 죄는 이들 일곱 가지 죄에서 파생된다는 것이다. 일곱 가지 치명적인 죄는 교만(Pride), 질투(Envy), 분노(Anger), 나태(Sloth), 탐욕(Avarice), 대식(Gluttony), 욕망 혹은 색욕(Lust) 등이다.9)

그러면, 왜 좋은 덕목으로 구성된 좋은 사람이 되어야 하는가? 이와 같은 질문에 대해서 덕의 윤리는 대답하기를 선함은 좋은 사회를 구성하고 좋은 삶을 살 수 있는 필수조건이기 때문이라고 한다. 좋은 삶이란 이성에 어긋나지 않고, 모든 것이 기능적으로 원활하며 형평성을 이루는 삶을 의미한다. 위에서 언급하였듯이, 아리스토텔레스가 말하는 인간 삶의 목적은 행복(eudemonia)인데, 이 행복이란 말은 정서적인 상태만을 말하는 것이 아니라, 소위 말하는 "웰빙"(well-being)으로서 모든 것이 조화를 이루는 삶, 즉 인간이 성취할 수 있는 최상의 질적인 삶을 말한다.

어떻게 보면, 우리가 사는 세상은 두 다리를 양쪽에 걸치면서 정치를 교묘히 잘하는 사람들, 요령과 적당한 부정을 이용하는 사람들, 왜곡된 양심으로 악을 정당화하는 사람들, 자기 자신의 출세를 위해서는 아부와 아첨 그리고 권모술수 등 온갖 수단방법을 가리지

---

8) 에바그리우스 (Evagrius of Pontus, 346-399)는 8가지 죄목을 열거하였는데 그들은 대식, 욕망, 탐욕, 슬픔, 분노, 영적인 혼수 상태, 헛된 영화, 그리고 교만 등이다. 이후에 그레고리 대제(Gregory the Great, 540-604)는 이를 수정하여 질투의 죄목을 첨가하는 한편, 헛된 영화를 교만에 포함시키고, 슬픔과 영적인 혼수 상태를 결부 시켰다. 결국 이들의 죄목들은 Thomas Aquinas가 다소 수정 가감하여 오늘날까지 쓰여온 7 가지 치명적인 죄목으로 발전되어 내려 오게 되었다. 그러나 궁극적인 기원은 잠언 6:16-19이라 생각한다.
9) 김영일, "건강한 윤리적 지도자," 김영일, 이세형, 이후천, 한정애 공저, 목회리더십: 신학과 실제 (서울: 열린출판사, 2005), pp. 20-23.

않으며 처신하는 사람들이 잘되고 성공하는 듯하다. 그러나 결국은 좋은 덕목으로 인격이 올바로 서 있고 정의로운 사람이 승리한다고 하는 사실을 역사가 말해 주고 있다. 그러나 단점으로는 덕성이 좋은 삶으로 이끌어 준다는 덕의 윤리적 삶이 자칫하면 이기주의적 삶, 즉 자신의 좋은 삶을 위한 것으로 전락할 수도 있다는 것이다.

2. 그리스도교 윤리적 삶의 길

인간에게는 틀에서 벗어나려는 경향, 즉 죄를 범하게 되는 경향이 있는 듯하다. 무한한 자유를 누리며 자기 자신의 독립 왕국을 세우고 싶은 꿈, 잘난 척하는 교만, 유혹에의 포로, 무한히 갖고 싶어 하는 욕망 등은 자기 사랑과 자아 중심적인 삶의 요소이다. 다른 말로 표현하면, 이와 같은 현상은 기독교의 규범으로부터의 이탈, 즉 탈 규범이다. 아우구스티누스는 이런 현상을 자아 사랑에 의한 하나님과의 관계단절이라고 했고, 키에르케고르(Kierkegaard)는 불안이라 불렀고, 니체(Nietzsche)는 권력으로의 의지라 했으며, 틸리히(Paul Tillich)는 소외, 즉 죄라고 했다.

소크라테스로부터 시작된 고대 그리스 윤리의 특징은 "자아" 중심적인 윤리이며 개인의 행복(eudemonia)과 개인의 좋은 삶(good life)을 위한 윤리이다. 공리주의를 중심한 영국윤리의 강조점은 건전한 사회를 위한 사회의 동료 인간들의 행복 추구이다. 나와 이웃의 관계를 강조하는 특징을 가졌다. 그러나 기독교윤리는 하나님 중심의 윤리이다. 하나님 중심의 윤리란 우리들의 의도와 결단과 수단 혹은 방법 그리고 목적이 하나님의 뜻으로 부터 출발하여, 하나님의 뜻대로 이루어지는 것을 말한다.

기독교윤리가 하나님 중심의 윤리란 것은 기독교윤리가 우주의 창조주이신 하나님의 뜻이 만물과 성서 속에 그리고 예수 그리스도를 통하여 나타난 명령으로서 출발하기 때문이다. 그렇기 때문에 이것을 "신의 명령으로서의 윤리" 또는 "신학적 주의설"[10]이라고도 부른다. 신의 명령으로서의 윤리에서 옳고 그름은 천지를 창조하신 하나님께서 만드셨다. 선의 표준도 그 분의 뜻에 의해서 정해진다. 따라서 인간은 하나님의 명령에 복종해야 하는 것이다.

그러면, 왜 기독교윤리가 하나님의 명령에 복종해야 하며, 왜 옳고 그름의 판단 기준을 하나님에게 맞추어야 하는가? 그것은 하나님은 모든 것의 근원이 되시며, 거룩하시며 창조주이시기 때문에 그리고 예배의 대상이기 때문이다. 또한 하나님은 절대적인 선(Good)이시기 때문에 선악과 옳고 그름을 가늠하는 심판자이시며, 그의 위대한 힘과 권위를 남용하거나 오용하지 않는 분이시기 때문이다. 그리고 하나님은 사랑과 정의, 관용과 양심의 근원이 되시는 분이기 때문이다.[11] 이러한 하나님께 응답하는 것과 하나님과 올바르고 좋은 관계를 갖는 것은 지극히 마땅한 삶의 모양이다.

그런데 문제는 인간이 하나님의 명령에 근본적으로는 복종해야 하지만, 이것이냐 저것이냐를 선택할 수 있는 자유의지를 가졌기 때에, 때로는 불복종의 길로 살아갈 수가 있다는 것이다. "네 이웃을 네 몸과 같이 사랑하라"는 명령이 있지만, 많은 사람들이 그 명령을 실천하지 못하면서 살아간다. 예수께서 대문(우리의 마음 문)을 두드

---

10) 주의설(voluntarism)은 의지가 세계의 근기(根基)라는 설이다. "voluntarism"이라는 단어는 라틴어의 "voluntas"(의지 혹은 뜻)이란 말에서 온 것이다. 그러므로 신학적 주의설이란 선악이 무엇인지에 대한 것은 하나님의 뜻에 의해서 결정되어 진다는 것을 믿는 것을 말한다. Wilkens, Beyond Bumper Sticker Ethics, p. 170.
11) MacIntyre, A Short History of Ethics, pp. 110-116.

리실 때, 나 자신이 문을 열고 그를 영접할 수도 있고, 못들은 체 외면할 수도 있다. 인간에게는 선택의 자유가 부여되었기 때문에 책임적 존재가 되는 것이다. 이것은 곧 자연적 양심[12]의 기능으로서 도덕적 선악과 옳고 그름을 분별할 수 있는 힘이다. 만일 하나님이 주신 자유의지를 양심적으로 그리고 책임적으로 잘 사용한다면, 인정받는 좋은 사람이 될 뿐만 아니라 하나님과 좋은 관계를 가질 수 있다.

    종합하면, 참다운 그리스도교 윤리는 "삼각 유형의 윤리"이다. 삼각 유형이란 수직적으로는 예수 그리스도를 통하여 "나"와 "하나님"과의 관계가 사랑과 믿음으로 맺어지며, 수평적으로는 "나"와 "이웃"과의 형제 우애적 관계를 의미한다. 그리고 우리들을 둘러싸고 있는 우주와 자연과의 관계도 필연적이다. 물론 하나님은 모든 것의 근원이시고, 그리고 그리스도교 윤리의 중심이 되신다.

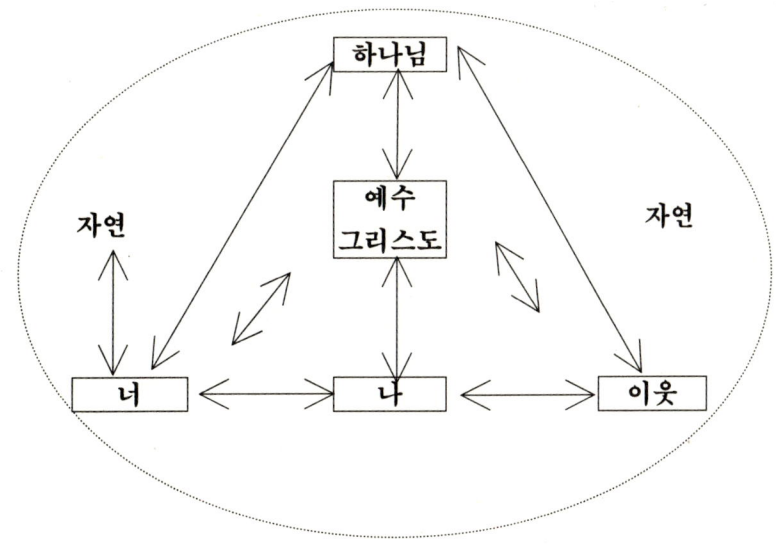

---

12) 자연적 양심은 모든 사람이 태어나면서부터 본래적으로 그들 속에 존재하기 때문에 자연적 (natural)이라고 부르는 것으로, 이것은 어두움을 밝히는 힘이다.

예수 그리스도를 통하여 그리스도교 윤리는 보완이 되고 완성이 되는데, 그를 통하여 현세와 내세가 연결되고, 그를 통해서 현재의 인간 사회의 평화 추구의 염원이 영원한 세계에서 성취되는 것이다. 삼각 유형의 윤리는 모든 종류의 윤리들을 종합하며, 그리스도교 윤리의 총합을 이룬다.[13]

오늘날 많은 사람들이 점점 물질주의와 과학과 기술 그리고 유전공학 쪽으로 무게를 두는 경향이 있다. 그리고 사람들은 자신을 위하여 하나님을 덜 사랑 하거나, 하나님을 배반하는 경우가 비일비재(非一非再) 하다. 그러나 기독교윤리가 추구하는 윤리적 삶은 하나님의 부르심과 이웃의 손짓에 항상 응답하기 위하여, 즉 하나님 사랑과 이웃 사랑을 위하여 봉사하는 써번트(servant)의 삶과 "나"를 희생하는 삶이어야 한다.

---

[13] 김영일, 그리스도교 윤리, pp. 204-206.

참고 도서

◻ 기독교 윤리
김영일. <u>그리스도교 윤리</u>. 서울: 대한기독교서회, 1998.
김영일. <u>영화 속의 인생과 윤리</u>. 서울: 대한기독교서회, 2004.
박봉랑. <u>그리스도교의 비종교화: 본회퍼 연구</u>. 서울: 대한기독교서회, 1998.
본회퍼, 디트리히 저. <u>기독교윤리</u>. 손규태 역. 서울: 대한기독교서회, 1992.
Atkinson, David J., and Field, David H. Eds. <u>New Dictionary of Christian Ethics & Pastoral Theology</u>. Downers Grove, Illinois: InterVarsity Press, 1995
Bonhoeffer, Dietrich. <u>Ethics.</u> Paperback Edition. New York: The Macmillan Company, 1965.
_____. <u>The Communion of Saints.</u> A Dissertation Presented to the Theological Faculty of the University of Berlin, 1927.
_____. <u>Nachfolge.</u> 허혁 역. <u>나를 따르라</u>. 서울: 대한기독교서회, 2000.
_____. <u>Life Together</u>. New York: Harper & Row, 1954.
_____. <u>No Rusty Swords, Letters, Lectures & Notes, 1928-1936.</u> Edited by Edwin H. Robertson. Revised Edited by John Bowden & Eberhard Bethge (London: Collins, 1970.
Carmody, Denise Lardner & John Tully Carmody. <u>Christian Ethics: An Introduction through History & Current Issues</u>. Englewood Cliffs, New Jersey: Prentice Hall, 1993.
Feinberg, John S. & Feinberg, Paul D. <u>Ethics for A Brave New Wworld</u>. Wheaton, Illinois: Crossway Books, 1993.
Geisler, Norman L. <u>Christian Ethics: Options and Issues</u>. Grand Rapids, Michigan: Baker Book House, 1989.
Wilkens, Steve. <u>Beyond Bumper Sticker Ethics</u>. Downers Grove, Illinois: InterVarsity Press, 1995.

◻ 성서 윤리
Banks, R. <u>Paul's Idea of Community: The Early House Churches in Their Historical Setting</u>. Grand Rapids: Eerdmans, 1980.
Birkey, D. <u>The House Church: A Model for Renewing the Church.</u> Scottdale, PA: Herald Press, 1988.
Birch, Bruce C., and Rasmussen, Larry L. <u>Bible & Ethics in the Christian Life</u>. Minneapolis: Augsburg Pub. House, revised & expanded edition, 1989.
Brueggemann, Walter. <u>Theology of the Old Testament.</u> Minneapolis: Fortress Press, 1997.
Friesen, Garry., and Maxson, J. R. <u>Decision Making and the will of God</u>:

    A Biblical Alternative to the Traditional View. Portland, OR, 1983.
Furnish, Victor Paul. The Moral Teaching of Paul. Nashville: Abingdon Press, 1979.
_____. Theology and Ethics in Paul. Nashville: Abingdon Press, 1968.
Gottwald, Norman K., ed. The Bible and Liberation: Political and Social Hermeneutics. Maryknoll, N.Y.: Orbis Books, 1983.
Houlden, J. L. Ethics and the New Testament. New York: Oxford University Press, 1977.
Knox, John. The Ethics of Jesus in the Teaching of the Church. Nashville: Abingdon Press, 1961.
Lohse, Eduard. Theological Ethics of the New Testament. trans. M. Eugene Boring. Minneapolis: Fortress Press, 1991.
Manson, T. W. Ethics and the Gospel. New York: Charles Scribner's Sons, 1960.
Maston, T. B. Biblical Ethics: A Guide to the Ethical Message of the Scriptures from Genesis through Revelation. Cleveland: World Pub. Co., 1967, 8th, 1979.
Mott, Stephen Charles. Biblical Ethics and Social Change. New York & London: Oxford University Press, 1982.
Ogletree, Thomas W. The Use of the Bible in Christian Ethics. Philadelphia: Fortress Press, 1983.
Sander, Jack T. Ethics in the New Testament: Change and Development. Philadelphia: Fortress Press, 1975.
Spohn, William C. What Are They Saying about Scripture and Ethics? New York: Paulist Press, 1983.
Stegner, William Richard. Narrative Theology in Early Jewish Christianity. Louisville: Westminster Press, 1989.
Westermann, Claus. Blessing in the Bible and the Life of the Church. 성서와 축복. 문희석 역. 서울: 대한기독교출판사, 1980.

□ 기독교 사회윤리

Aiken, William., and La Follette, Hugh eds. World Hunger and Moral Obligation. Englewood Cliffs, NJ: Prentice-Hall, 1977.
Bainton, Roland H. Christian Attitudes toward War and Peace. Nashville: Abingdon Press, 1960.
Benneyy, John C., ed. Christian Social Ethics in a Changing World: An Ecumenical Theological Inquiry. New York: Association Press, 1966.
Brunner, Emil. Justice and Freedom in Society. 정의와 자유 전택부역. 서울: 대한기독교서회, 1974.
Durkheim, Emile. The Elementary Forms of Religious Life. Translated by

Joseph Ward Swain. Paperback Edition. New York: Free Press, 1969.
Fletcher, Joseph. Situation Ethics: The New Morality. Philadelphia: Westminster Press, 1966.
Freudenberger, C. Dean, and Paul Minus. Christian Responsibility in a Hungry World. Nashville: Abingdon Press, 1976.
Frey, R. G. Rights, Killing and Suffering. Oxford: Basil Blackwell, 1983.
Kirkpatrick, Frank G. The Ethics of Community. Oxford, UK: Blackwell Publishers Ltd, 2001.
_____. Together Bound: God, History and the Religious Community. New York: Oxford University Press, 1994.
Macmurray, John. The Self as Agent. London: Faber and Faber Limited, 1957, 1991.
Macquarrie, John. The Concept of Peace. 「평화의 개념」, 조만 역. 서울: 대한기독교서회, 1980.
Niebuhr, H. Richard. Christ and Culture. New York: Harper & Row, 1951, 1956.
_____. The Responsible Self: An Essay in Christian Moral Philosophy. New York: Harper & Row, 1963.
Schweiker, William. Responsibility and Christian Ethics. Cambridge, Great Britain: The University of Cambridge, 1995.
Weber, Max. The Protestant Ethic and the Spirit of Capitalism. Translated by Talcott Parsons, 1920. Reprint. New York: Scribner, 1958.

□ 신학과 윤리
한정애. 교회사를 통해 본 작은 공동체 운동. 충남 천안: 한국신학연구소, 1997.
Barth, Karl. Church Dogmatics: The Doctrine of God II: 2. trans. and ed. G. W. Bromily et al. Edinburgh: T. & T. Clark, 1957.
_____. Church Dogmatics: The Doctrine of Creation III: 4. trans. and ed. G. W. Bromily et al. Edinburgh: T. & T. Clark, 1957.
Bloesch, Donald G. A Theology of Word & Spirit: Authority & Method in Theology. Downers Grove, Illinois: InterVarsity Press, 1992.
_____. God the Almighty: Power, Wisdom, Holiness, Love. Downers Grove, IL: Intervarsity Press, 1995.
Bonhoeffer, Dietrich. The Cost of Discipleship. New York: Macmillan, 1959.
_____. Ethics. Edited by Eberhard Bethge. New York: Macmillan, 1965.
Brunner, Emil. The Divine Imperative. trans. Olive Wyon. Philadelphia: Westminster Press, 1947.
Gustafson, James. Theology and Christian Ethics. Philadelphia: United

_____. Ethics from a Theocentric Perspective. 2 volumes. Chicago: University of Chicago Press, 1981-84.
McGrath, Alister E. Christian Theology. Cambridge, Massachusetts: Blackwell Publishers, 1994.
Porter, Jean. Moral Action and Christian Ethics. Cambridge, Great Britain: Cambridge University Press, 1995.
Robinson, John A. T. Honest to God. Philadelphia: Westminster Press, 1963.
Tillich, Paul. Systematic Theology, Vol. I, II, III. Chicago: University of Chicago Press, 1951
_____. Courage to Be. New York: Yale University Press, 1952.
_____. Morality and Beyond. New York: Harper Torchbook, 1963.
Thomas Aquinas. Summa Theologica. In Basic Writings of Saint Thomas Aquinas. Ed. by Anton C. Pegis. New York: Random House, 1945.
Wesley, John. John Wesley's Sermons. Edited by Albert C. Outler & Richard P. Heitzenrater. Nashville: Abingdon Press, 1991.
Wesley, John. The Works of John Wesley. Third Edition, Vol. VII. Grand Rapids, Michigan: Baker Book House, 1978.

□ 교회, 종교와 사회

김영일. 이세형, 이후천, 한정애, 공저. 목회리더십: 신학과 실제. 서울: 열린출판사, 2005.
권규식. 종교의 사회학적 이해. 대구: 이문출판사, 2001.
뱅크스, 로버트. 장동수 옮김. 바울의 그리스도인 공동체 이상. 서울: 여수룬, 1991.
오경환. 종교사회학. 개정판. 서울: 서광사, 1990.
Kim, Young-IL. "The Correlation between Religiosity and Assimilation of First Generation Korean Immigrants in the Chicago Metropolitan Region." Ph.D. Dissertation. Chicago: Loyola University of Chicago, 1994.
Barna, George. Without a Vision, the People Perish. Glendale, California: Barna Research, 1991.
Bellah, Robert. "Religious Evolution." In Beyond Belief: Essays on Religion in a Post Industrial World. New York: Harper & Row, 1970.
Berger, Peter L. A Rumor of Angels: Modern Society and the Rediscovery of the Supernatural. Rev. ed. New York: Anchor Books/Doubleday, 1990.
_____. The Sacred Canopy: Elements of a Sociological Theory of Religion. Garden City, New York: Doubleday, 1967.
Berger, Peter and Luckmnn, Thomas. The Social Construction. Garden

City, New Jersey: Doubleday, 1966.
Bibby, Reginald. Fragmented Gods: The Poverty and Potential of Religion in Canada. Toronto: Irwin Publishing, 1987.
Buchanan, John M. Being Church, Becoming Community. Louisville, Kentucky: Westminster John Knox Press, 1996.
Cox, Harvey. The Secular City. New York: Macmillan, 1965.
Douglas, J. D. General Editor, The New International Dictionary of the Christian Church. Grand Rapids, Michigan: The Zondervan Co., 1978.
Frazee, Randy. The Comeback Congregation: New Life for a Troubled Ministry. Nashville: Abingdon Press, 1995.
George, Carl F. Prepare Your Church for the Future. Grand Rapids, Michigan: Fleming H. Revell, 1992.
Geertz, Clifford. "Religion as a Cultural System." In Anthropological Approaches to the Study of Religion. M. Banton, Edited. London: Tavistock, 1966.
Lyon, D. A. "Secularization," New Dictionary of Christian Ethics & Pastoral Theology. David J. Atkinson. Downers Grove, Illinois: Inter-Varsity Press, 1995.
McCann, Joseph F. Church and Organization: Sociological and Theological Inquiry. Scranton, PA.: University of Scranton Press, 1993.
McGuire, Meredith B. Religion: The Social Context. 3d ed. Belmont, California: Wadsworth, 1992.
McLoughlin, William. Revivals, Awakenings, and Reform. Chicago: University of Chicago Press, 1978.
Marx, Karl and Frederick Engels. On Religion. New York: Schocken, 1964.
O'Dea, Thomas F. & Janet O'Dea Aviad. The Sociology of Religion. Englewood Cliffs, New Jersey: Prentice-Hall, Inc.,1966. 박원기 옮김. 종교사회학. 서울: 이화여자대학교 출판부, 1991.
Parsons, Talcott. "Christianity in Modern Industrial Society." In Sociological Theory, Values & Sociocultural Change. Edited by Edward Tiryakian. Glencoe, Illinois: Free Press, 1964.
Roberts, Keith A. Religion in Sociological Perspective (Homewood, Illinois: The Dorsey Press, 1984.
Roof, Wade Clark. Community and Commitment. New York: The Pilgrim Press, 1983.
Russell, Keith. In Search of the Church. New York: The Alban Institute Publication, 1995.
Shiner, Larry. "The Concept of Secularization in Empirical Research," in Journal for the Scientific Study of Religion. Vol. 6, 1967.
Warner, R. Stephen. New Wine in Old Wineskins: Evangelicals and

Liberals in a Small-town Church. Berkeley: University of California Press, 1988.
Weber, Max. The Protestant Ethic and the Spirit of Capitalism. Translated by Talcott Parsons. New York: Charles Schribner's Sons, 1958.
Whitehead, Evelyn & James. Community of Faith. Seabury Press, 1982.
Wilson, Bryan. "Secularization: The Inherited Model." In The Sacred in a Secular Age. Edited by Phillip E. Hammond. Berkeley: University of California Press, 1985.
Wuthnow, Robert. Rediscovering the Sacred: Perspectives on Religion in Contemporary Society. Grand Rapids, Michigan Eerdmans, 1992.
_____. Christianity in the 21st Century. New York: Oxford University Press, 1993.

□ 일반윤리

김영진 옮김. 윤리학의 기본원리. 서울: 서광사, 1985. Taylor, Paul W. Principles of Ethics. Dickenson Publishing Company, Inc., 1975.
안명옥, 임기석 옮김. 현대 윤리사상. 서울: 서광사, 1986. McGlynn, James V. & Toner, Jules J. Modern Ethical Theories. Milwaukee: The Bruce Publishing Co.,1962.
진교훈 옮김. 윤리학: 옳고 그름의 탐구. 서울: 서광사, 1990. Mackie, J. L. Ethics: Inventing Right and Wrong. Harmondsworth: Penguin Books Ltd., 1977.
Aristoteles. Nicomachean Ethics.
Domhoff, William G. Who Rules America Now? New York: Simon & Schuster, 1983.
Frankena, William K. Ethics. Second edition. Englewood Cliffs, New Jersey: Prentice-Hall, Inc., 1973.
Kuhn, Thomas S. The Structure of Scientific Revolution. 2nd ed. Chicago: University of Chicago Press, 1970.
MacIntyre, Alastair. A Short History of Ethics. New York: The Macmillan Company, 1966.
Mead, George Herbert. The Philosophy of the Act. Chicago: University of Chicago Press, 1938.
Mill, John Stuart. Utilitarianism: With Critical Essays. edited by Samuel Gorovitz. Indianapolis: Bobbs-Merrill, 1971.
Parsons, Talcott. The Structure of Social Action. 2nd ed. New York: New York: Free Press, 1949.
Plato. "The Republic" in Five Great Dialogues. translated by B. Jowett, Roslyn. New York: Classics Club, Walter J. Black, 1942.
Perry, Ralph Barton. General Theory of Value: Its Meaning and Basic Principles Construed in Terms of Interest. New York:

Longmans, Green, 1926.
Purtill, Richard L. Thinking About Ethics. Englewood Cliffs, New Jersey: Prentice-Hall, Inc. 1976.
Rand, Ayn. The Virtue of Selfishness. New York: Signet, 1964.
Skinner, B. F. Beyond Freedom and Dignity. New York: Bantam Books, 1972.
Sullivan, Thomas J., and Thompson, Kenrick S. Introduction to Social Problems. 2nd ed.New York: Macmillan Publishing Company, 1991.
Taylor, Paul W. ed. Problems of Moral Philosophy. 2nd ed. Belmont, CA: Dickenson, 1972.
Thiroux, Jacques P. Ethics: Theory and Practice. Second Edition. New York: Macmillan Publishing Co., Inc., 1980.
Warner, W. Lloyd, Paul S. Hunt Marchia Meeker, and Kenneth Eels. Social Class in America. New York: Harper & Row, 1960.
Williams, Bernard. Ethics and the Limits of Philosophy. Cambridge, Massachusetts: Harvard University Press, 1985.
Williams, Daniel. The Spirit and the Forms of Love. New York: Harper & Row, 1968.

□ 경제윤리

Daly, Herman., and John Cobb. For the Common Good. Boston: Beacon Press, 1989.
Gore, Al. Earth in the Balance. Boston: Houghton Mifflin, 1992.
Green Forum, Philippines. An Alternative Development Economics. Manilla: Popular Book Store, 1991.
Lowry, Susan Meeker. Economics as if the Earth Really Mattered. Philadelphia: New Society Publishers, 1988.
Meeks, Douglas. God the Economist. Philadelphia: Fortress-Augsburg, 1989.
Novak, Michael. The Spirit of Democratic Capitalism. New York: Simon & Schuster, 1982.
Pearce, David et al. Blueprint for a Green Economy. London: Earthscan Publications, 1989.
Raines, John, and Day-Lower, Donna. Modern Work and Human Meaning. Philadelphia: Westminster Press, 1986.
Sagoff, Mark. The Economy of the Earth. Cambridge: Cambridge University Press, 1988.
Schmidt, Alfred. The Concept of Nature in Marx. New York: Humanities Press, 1972.
Scott, John. Who Rules Britain?. Cambridge: Polity, 1991.
Sider, Ronald J. Rich Christians in an Age of Hunger. Dallas: Word Publishing, 1990.

Weber, Max. The Theory of Social and Economic Organization. Translated by A. M. Henderson & T. Parsons. New York: Oxford University Press, 1947.
Wogaman, Philip. Economics and Ethics: A Christian Inquiry. Philadelphia: Fortress Press, 1986.

☐ Feminism, Gender Roles, Sexuality

강주헌. 계집팔자 상팔자. 서울: 고려원, 1995.
Bell, Alan P., and Martin S. Weinberg. Homosexualities: A Study of Diversity among Men and Women. New York: Simon and Schuster, 1978
Cox, F. D. Human Intimacy: Marriage the Family and Its Meaning. Fifth Edition. St. Paul, MN: West Publishing Company, 1990.
Freidan, Betty. The Feminine Mystique. New York: Dell Publisher, 1963.
Goffman, Erving. Stigma: Notes on the Management of Spoiled Identity. Englewood Cliffs, New Jersey: Prentice-Hall, 1963.
Kuhn, S. Thomas. The Structure of Scientific Revolution. 2nd ed. Chicago: University of chicago Press, 1970.
Lehman, E. C., Jr. Gender and Work: The Case of the Clergy. Albany: State University of New York Press, 1993.
Ozorak, Elizabeth W. "The Power, but not the Glory: How Women Empower Themselves Through Religion," in Journal for the Scientific Study of Religion. Vol. 35, No. 1. March, 1996. 17-29.
Roszak, Betty and Roszak, Theodore. eds. Masculine/Feminine. New York: Harper & Row, 1969.

☐ 생명/의료 윤리

샤논(Thomas A. Shannon)과 디지아코모(James J. DiGiacomo) 지음. 생의윤리학이란?. 황경식과 김상득 옮김. 서울: 서광사, 1988.
제이 홀맨 엮음. 박재형 외 옮김. 의료윤리의 새로운 문제들. 서울: 예영커뮤니케이션,1997.
Amundsen, Darrell W. & Gary B. Ferngren. "Medicine and Religion: Early Christianity Through the Middle Ages." In Health/Medicine and the Faith Traditions. Edited by Martin E. Marty and Kenneth L. Vaux. Philadelphia: Fortress Press,1982.
Battin, Margaret Pabst. Ethical Issues in Suicide. New Jersey: Prentice Hall, 1995.
Callahan, Daniel. Abortion: Law, Choice, and Morality. New York: Macmillan, 1970.
Carrick, Paul. Medical Ethics in Antiquity. Dordrecht: D. Reidel, 1985.
Childress, James. Priorities in Biomedical Ethics. Philadelphia: Westminster

Press, 1981.
Gula, Richard M. Euthanasia. New York: Paulist Press, 1994.
Hamel, Ron, Editor. Choosing Death. Philadelphia: Trinity Press International, 1991.
Hare, R.M. Essays on Bioethics. New York: Clarendon Press, 1993.
Purtilo, Ruth. Ethical Dimensions in the Health Professions. Philadelphia: W. B. Saunders Company, 1993.
Smith, Harmon. Ethics and the New Medicine. Chs. 1, 4. Nashville: Abingdon Press, 1970.

▫ 폭력과 평화

김완수. "그리스 철학에 있어서의 평화의 문제," 평화의 철학. 서울: 철학과 현실사, 1995.
벵스트, 클라우스. 로마의 평화: 예수와 초대 그리스도교의 평화인식과 경험, 정지련 역. 한국신학연구소, 1994.
차기벽. 간디의 생애와 사상. 서울: 한길사, 1996.
황필호, 편역, 비폭력이란 무엇인가. 서울: 종로서적, 1986.
후버, 볼프강 그리고 로이터, 한스-리하르트. 평화윤리, 김윤옥과 손규태 옮김. 서울: 대한기독교서회, 1997. Wolfgang Huber & Hans-Richard Reuter. Friedensethik. Stuttgart, Kohlhammer. 1990.
Augustine. The City of God, XIX. Translated by Gerald G. Walsh, et al. Garden City, New York: Doubleday, Image Books, 1958.
Bainton, Roland H. Christian Attitudes Toward War and Peace: A Historical Survey and Critical Re-evaluation. New York: Abingdon Press, 1960.
Bonhoeffer, Dietrich. Ethics. Edited by Eberhard Bethge. New York: Collier Books, 1986.
Brown, David W. "Peace," in New Dictionary of Christian Ethics & Pastoral Theology. david J. Atkinson & David H. Field, Editors. Downers Grove, Illinois: InterVarsity Press, 1995.
Entreves, A., ed., Aquinas Selected Political Writings. Oxford: Basil Blackwell, 1965.
Geisler, Norman L. Christian Ethics: Options and Issues. Grand Rapids, Michigan: Baker Book House, 1989.
Jonas, Hans. Das Prinzip Verantwortung. Frankfurt, 1979.
Paolucci, Henry, ed., The Political Writings of St. Augustine. Chicago: Henry Requery Company, 1962.
Niebuhr, H. Richard. The Responsible Self: An Essay in Christian Moral Philosophy. New York: Harper & Row, 1963.
Plato. "Republic," in Book I, Five Great Dialogues. Translated by B. Jowett Roslyn. New York: Classics Club, Walter J. Black, 1942.

Schweiker, William. Responsibility and Christian Ethics (Cambridge, Great Britain: The University of Cambridge, 1995.
Sullivan, Thomas J. & Kenrick S. Thompson, Introduction to Social Problems, 2nd Edition Edition. New York: Macmillan Publishing Company, 1991.
Yoder, John Howard. The Politics of Jesus. Grand Rapids, Michigan: Eerdmans Publishing Co., 1972.

□ 이단, Cult, Sect, Heresy, Denomination

정동섭. 그것이 궁금하다. 서울: 도서출판 하나, 1994.
탁명환. 기독교이단연구. 서울: 국제종교문제연구소, 1987.
_____. 주요이단종파비판. 서울: 국제종교문제연구소, 1991.
로날드 엔로드 외 공저. 오희천 번역. 신흥종교와 이단들. 서울: 생명의 말씀사, 1992.
Durkheim, Emile. Elementary Forms of the Religious Life. Translated by J. W. Swain. New York: Free Press, 1965.
Durkheim, The Rules of Sociological Method, 8th edition. Translated by Sarah A. Solovay and John H. Mueller Glencoe, Illinois: The Free Press, 1950.
McGuire, Meredith. Religion: The Social Context. Belmont, CA: Wadsworth Publishing Co., 1987.
Niebuhr, H. Richard. The Social Sources of Denominationalism. New York: Henry Holt, 1929.
O'Toole, Roger. Religion: Classic Sociological Approaches. Toronto: McGraw-Hill Ryerson Limited, 1984.
Roberts, Keith A. Religion in Sociological Perspective. Homewood, Illinois, 1984.
Troeltsch, Ernst. The Social Teachings of the Christian Churches. Translated by Olive Wyon, 2 Vols. New York: Macmillan, 1931, 1960.
Wallace, Anthony F. C. Religion: An Anthropological View. New York: Random House, 1986.
Weber, Max. The Sociology of Religion. Translated by E. Fischoff. Boston: Beacon Press, 1963.
_____. The Theory of Social and Economic Organization. Translated by A. M. Henderson and Talcott Parsons. New York: Oxford University Press, 1947.

□ Karl Marx

Atkinson, David J. & Field, David H. New Dictionary of Christian Ethics & Pastoral Theology. Downers Grove, Illinois: InterVarsity Press, 1995.

Becker, Lawrence C., editor. Encyclopedia of Ethics. New York: Garland Publishing, Inc., 1992.
Easton, Loyd D. & Guddat, Kurt, translated & edited. Writings of the Young Marx on Philosophy and Society. New York: Doubleday Anchor, 1967.
Fischer, Ernst, edited. The Essential Marx. Translated by Anna Bostock. New York:Herder and Herder, 1990.
Fromm, Erich. Marx's Concept of Man. New York: Frederick Ungar Publishing Co.,1981.
Koren, Henry J. Marx and the Authentic Man. Pittsburgh, Pennsylvania: Duquesne University Press, 1987.
Marcel, Gabriel. Being and Having. Translated by Katherine Farrer. New York: Harper & Row, 1985.
Marx, Karl. Economic-Philosophical Manuscripts. Selected Essays from the Oekonomisch-Philosophisch Manuscripte. Translated by Ria Stone. New York: Lawrence & Wishart, 1947.
Nielsen, Kai. Marxism and the Moral Point of View. Boulder, Col.: Westview, 1988.
Ollman, Bertell. Alienation: Marx's Conception of Man in Capitalist Society. London: Cambridge University Press, 1985.
Schaff, Adam. Marxism and the Human Individual. New York: McGraw-Hill Book Company, 1990.

□ 사회문제와 윤리

한국형사정책연구원. 뇌사와 장기이식에 관한 형법적 연구. 서울: 한국형사정책연구원, 1994.
Athens, Lonnie H. Violent Criminal Acts and Actors: A Symbolic Interactionist Study. Boston: Routledge, 1980.
Becker, Howard S. The Outsiders: Studies in the Sociology of Deviance. New York: Free Press, 1963.
Bell, Robert R. Social Deviance. Homewood,Ⅲ.: Dorsey, 1971.
Berger, Peter L., and Thomas Luckmann. The Social Construction of Reality. Garden City, N.Y.: Doubleday, 1966.
Black, Charles L., Jr. Capital Punishment: The Inevitability of Caprice and Mistake. New York: Norton, 1974.
Blumer, Herbert. Symbolic Interactionism: Perspectives and Method. Englewood Cliffs, N.J.: Prentice-Hall, 1969.
Booth, Charles. In Darkest England and the Way Out. London: Macmillan, 1970. First published 1890.
Brenton, Myron. The Runaways: Children, husbands, Wives and Parents. New York: Little Brown, 1978.
Brillon, Yves. Victimization and Fear of Crime Among the Elderly. Toronto:

Butterworths, 1987.
Brownmiller, Susan. Against Our Will: Men, Women, and Rape. New York: Simon and Schyster, 1975.
Cass, Vivienne C. "Homosexual Identity Formation: A Theoretical Model." Journal of Homosexuality, 4, Spring 1979:219-235.
Castells, Manuel. The Urban Question: A Marxist Approach. Alan Sheridan (trans.). Cambridge: MIT Press, 1977.
Chiricos, Theodore G. "Rates of Crime and Unemployment An Analysis of Aggregate Research Evidence." Social Problems, 34 (2), April 1987:187-212.
Clason, Patrick. "Terrorism in Decline? Crbis, 32, Spring 1988:263-276.
Cole, Stewart & Mildred Cole. Minorities and the American Promise. New York: Harper and Brothers, 1954.
Coleman, James William. The Criminal Elite: The Sociology of White Collar Crime. New York: St. Martin's Press, 1989.
Coser, Lewis A. The Functions of Social Conflict. New York: Free Press, 1956.
Currie, Elliott. Confrontation Crime: An American Challenge. New York: Pantheon Book, 1985.
Daly, Martin, and Margo Wilson. Homicide. New York: Aldine De Gruyter, 1988.
Delph, Edward William. The Silent Community: Public Homosexual Encounters. Beverly Hills: Sage, 1978.
Durkheim, Emile. The Rules of Sociological Method. Sir George E. G. Catlin(ed.) and Sarah A. Solovay and John H. Mueller(trans.). New York: Macmillanm 1938 (originally published in 1904) (eighth edition, 1950)
Durkheim, Emile. Suicide, John A. Spaulding and George Simpson (trans.). New York: Free Press, 1951 (originally published in 1897).
Eberstadt, Nick. The Poverty of Communism. New Brunswick, N.J.: Transaction Books, 1988.
Etkind, Marc, Or Not To Be: A Collection of Suicide Notes. New York: Riverhead Books, 1997.
Farley, John. Sociology. Fourth Edition. Englewood Cliffs, New Jersey: Prentice-Hall, Inc., 2000.
Faunce, William A. Problems of an Industrial Society(second edition). New York: McGraw-Hill, 1981.
Flisher, A. J. "Mood Disorder in Suicidal Children and Adolescents," Journal of Child Psychology and Psychiatry. 40:315-324, 1999.
Galbratich, John Kenneth. The Nature of Mass Poverty. Cambridge: Harvard University Press, 1979.
Gans, Herbert. "The Uses of Poverty: The Poor Pay All." In Sociology:

              Full Circle, 4th Edition. Edited by W. Feigelman. Fort Worth: Holt, Rinehart & Winston, 1985.
_____. The War Against the Poor. New York: Basic Books, 1995.
Goffman, Erving. The Presentation of Self in Everyday Life. Garden City, New York: Doubleday Anchor, 1959.
Greenwald, Harold. The Call Girl: A Social and Psychoanalytic Study. New York: Ballantine, 1958.
Hall, Susan. Gentleman of Leisure: A Year in the Life of a Pimp. New York: New American Library, 1972.
Henriques, Fernando. Prostitution and Society. New York: Grove, 1966.
Henslin, James M. (ed.). Deviant Life-Styles. New Brunswick, N.J.: Transaction, 1977.
Hibbert, Christopher. The Roots of Evil: A Social History of Crime and Punishment. New York: Minerva, 1963.
Hirschi, Travis. Causes of Delinquency. Berkeley: University of California Press, 1969.
Kallen, Horace M. Culture and Democracy in the United States. New York: Boni and Liveright, 1924.
Kornblum, William. Sociology in a Changing World. Sixth Edition. Belmont, CA: Wadsworth, 2003.
Lewis, Oscar. La Vida. New York: Vintage, 1968.
Liebow, Elliot. Tally's Corner: A Study of Negro Street Corner Men. Boston: Little, Brown, 1967.
Merton, Robert K. Social Theory and Social Construction. Glencoe, Illinois: Free Press, 1957.
Mills, C. Wright. The Power Elite. New York: Oxford University, 1956.
Park, Robert E. Human Communities: The City and Human Ecology. New York: Free Press, 1952.
Ritzer, George. The McDonaldization of Society. Newbury Park, California, 1993.
Spencer, Herbert. The Study of Sociology. New York: Appleton, 1874.
Wirth, Louis. "Urbanism as a Way of Life." American Journal of Sociology. Vol. 44, 1938.